Tom Daut
Anno Salvatio 423
Der gefallene Prophet

Ins Leben gerufen wurde mein Pseudonym Tom Daut im Sommer 2011 in der kleinen Stadt Hemer. Aus der Zeit davor gibt es wenig zu berichten. Nur, dass ich Fantastik schon seit meiner Kindheit liebte und mich das normale Arbeitsleben trotz zwei Ausbildungen lediglich so lange binden konnte, bis das Schreiben den größten Teil meiner Freizeit in Anspruch nahm. Die folgenden zwei Jahre benutzte ich dann ein berühmtes soziales Netzwerk und das Veranstalten sog. Hörbuch-live-Lesungen auf Cons, Kleinkunstbühnen und Kneipen, um die deutsche Fantastikszene auf mich aufmerksam zu machen. Und dies hat so gut funktioniert, dass mittlerweile zwei meiner Romane bei einem Verlag gelandet sind und sich darüber hinaus auch der ein oder andere Sprech- und Schreibauftrag in mein Arbeitszimmer verirrt hat.

Website: http://tomdaut.webs.com

Tom Daut

Anno Salvatio 423

Der gefallene Prophet

*Für Alexander
Danke für die tolle Unterstützung auf dem Buch
Tom Daut
11.10.2014   Dreizich*

Oldigor Verlag

Deutsche Erstveröffentlichung
Ausgabe September 2014
verlegt durch Oldigor Verlag, Rhede
Copyright © 2014 Tom Daut
Alle Rechte vorbehalten
Nachdruck, auch auszugsweise, nicht gestattet
1. Auflage
Covergestaltung: Timo Kümmel
Gesamtcovergestaltung: Klaud Design
ISBN 978-3-943697-23-7
www.oldigor.com

In Verbundenheit

Dieses Buch widme ich vor allem vier Personen:

Heike Schrapper
Meiner Schwester im freiheitlichen Geiste und Partnerin in allen Lebenslagen. Ohne dich wäre dies alles nicht möglich gewesen.

Sonja Küsters
Betaleserin der ersten Wahl und Geburtshelferin bei diesem wahrhaftig gigantischen Baby.
Die ersten Schritte hat es dank dir getan.

Andrea Reichart
Du hast den Initialfunken für einen Start in die große weite Welt gezündet.

Andrea Wölk
Meine mutige, eifrige Verlegerin, die sich so vorbehaltlos auf das Abenteuer „Tom Daut" eingelassen hat.

... und selbstverständlich verneige ich mich vorm Publikum meiner Lesungen und den Leserinnen und Lesern meiner Bücher, weil sie das Autorendasein zu einer solch erfüllenden Erfahrung für mich machen.

Ihr alle macht meine Träume wahr. Dafür danke ich euch.
Lebt in Leidenschaft!

Tom

Die Zwölf Gebote

1. Ich bin der Herr, dein Gott.
2. Ihr sollt keinen Gott neben mir haben.
3. Das Wort Gottes ist Gesetz.
4. Das Wort meines ersten Dieners ist mein Wort.
5. Du darfst keinen Golem fertigen.
6. Ehre die Männer Gottes.
7. Ehre den Vater und die Mutter.
8. Du sollst nicht morden.
9. Du darfst nicht stehlen.
10. Du sollst kein falsches Zeugnis ablegen.
11. Nur aus der Ehe darf Leben entstehen.
12. Sei fruchtbar und mehre dich

Prolog

Anno Salvatio 423 - das 423. Jahr der Errettung der Katholischen Weltgemeinde durch den Heiligen Vater Papst Innozenz XIV.

Seit nunmehr 423 Jahren existiert das Gelobte Land: die letzte Trutzburg gegen die Mächte Babylons und Verteidigungslinie gegen Satan und seine gefallenen Cherubim, die Dämonen.

In den Datenmappen der vierzehn Bistümer verzeichnen die Turmmeister den Monat Februar ...

Das Gewicht seines Kopfes drückte seine Stirn so fest auf die Tischplatte, dass er meinte, die Struktur der nachgestellten Holzmaserung überdeutlich zu spüren. Die Oberfläche roch nach verschüttetem Bier und schaler Asche. Fetzen von zig Unterhaltungen, geführt bei viel zu lauter Musik, brandeten gegen seinen Verstand. Das alles erzeugte ein akustisches Wellenmuster, das ihn schwindeln ließ. Ihm wurde übel. Er wagte es, den Kopf anzuheben und die geschwollenen Augen zu öffnen, aber das Innere seiner Lider fühlte sich an wie Sandpapier.

Durch das stechende Licht der Deckenbeleuchtung zog ein verschwommener Reigen aus Gesichtern, als hätte man ein Spiegelkabinett in Rotation versetzt. Dabei fühlte sich sein Schädel an, als wolle er das Gehirn mit verzweifelten Gebärversuchen durch die Stirnfalten treiben.

Da! Plötzlich gewann eines der Gesichter an Deutlichkeit.

Mit dem letzten bisschen funktionierender Vernunft versuchte er es festzuhalten, mit den eitrig gerahmten Augen zu fixieren. Die purpurroten Adern im Weiß schwollen vor Anstrengung noch ein wenig mehr an ... und das Gesichterkarussell stoppte jäh.

Leider. Etwas an dem Blick dieses Fremden verursachte Furcht, ja Panik, in ihm. Seine Augäpfel schienen aus reinem Schwarz zu bestehen: seelenlose, polierte Marmorkugeln.

Irgendetwas wollte der Fremde ihm mitteilen, aber er verstand beim besten Willen nicht, was. Die Stimme knarzte und schabte durch seine Ohren wie splitterndes Holz. Er hörte Worte, jedoch entglitt ihm immer wieder deren Sinn.

Nun wurde ihm richtig schlecht. Sein Magen würde wohl endgültig aufgeben und das gesamte allabendliche Besäufnis auf der Tischplatte verteilen.

Doch mit einem Mal schwoll die Stimme an, wurde dermaßen laut, dass sie, neben dem unbarmherzigen Blick, sein gesamtes Bewusstsein ausfüllte: „Ich werde dir etwas anvertrauen. Gib darauf acht, als würde die Unversehrtheit deiner eigenen Seele davon abhängen. Du darfst es niemandem zeigen oder verraten! Keinem! Verbirg es gut, bis du es weitergibst! An diesen Mann hier."

Ein neues Gesicht erschien. Es gehörte einem jungen Mann, hatte wesentlich gütigere Augen und wurde von auffällig hellem Haar gekrönt. Er bemühte sich, jedes Detail in sein alkoholgelochtes Gedächtnis zu prägen.

„Nur vor ihm darfst du dich offenbaren. Vergiss das niemals oder du wirst die Ewigkeit haben zu bereuen."

Die dunkelwarme Umarmung der Bewusstlosigkeit umfing ihn. War er mit dem Gesicht auf dem Tisch aufgeschlagen? Seine Wange tat weh.

Seine letzte Erinnerung war der Geschmack von Blut.

I

Anno Salvatio 423. August. Dekanat St. George.

„Hier Wing 037 an Zentrale Rauracense. Was gibt's?"

„Hier Zentrale an Angel's Wing 037. Im Luther's Demise ist der Einsatz um einen häuslichen Disput aus dem Ruder gelaufen. Wir haben den Dekan angewiesen, dass Sie sich das ansehen sollen."

„Wing 037 an Zentrale. Das ist nicht weit von meiner Position. Ich erwarte Ihre Briefingdaten und bin auf dem Weg. Amen!"

„Verstanden, 037. Wir schicken Ihnen sofort alles rüber. Amen."

Ein Auftrag mit dem Segen der Erzkathedrale duldete keinen Aufschub. Straßenpriester Desmond Sorofraugh beeilte sich besser.

Er jagte seinen Winggleiter durch die finsteren Häusercanyons der Milliardenmetropole New Bethlehem. In den zerplatzten Regentropfen auf der Cockpitscheibe brachen sich die Lichter der vorbeiwischenden Wohn- und Geschäftseinheiten hundertfach. Eine Ansicht, die zum Steuern kaum reichte, aber alles, was man zum Beherrschen des düsenbetriebenen Dreisitzers brauchte, wurde Desmond vom Bordcomputer in den Priesterkragen gespeist. An diesem weißen Ring um seinen Hals, der vom richtigen Kragen des Talars halb verdeckt wurde, steckte auch eine zwei Finger breite Scheibe. Er hakte sie aus und klemmte sie, einem rechteckigen Monokel gleich, vors Auge.

Während er so die Missionsparameter checkte, verschwand sein schwarzer Winggleiter mit seinen geschwungenen Formen und den eng anliegenden Flügeln als eines von tausend Schiffen in den Strömen aus fliegendem Metall, um wenig später fernab der vorgeschriebenen Routen über ein ausgedehntes Industriegebiet zu flitzen. Durch den unablässig aufsteigenden Qualm, die flirrende Hitze und über riesige Rohrkonstruktionen hinweg, konnte Desmond sein Ziel bereits in der Ferne ausmachen.

Luther's Demise war ein normalbefriedeter Standardstadtteil der unteren Mittelklasse. Die einzelnen Ebenen wurden alle zwanzig Höhenmeter von Wallways markiert, die die Gebäuderiesen umliefen und sie mit Brücken zu gigantischen Komplexen verbanden.

Desmonds Mitbrüder hatten ein Leitsignal eingerichtet, das ihn auf die sechste Ebene zu mehreren Gleitern führte, die sich ebenfalls Angel's Wing nannten und das Symbol des Silbernen Kreuzes trugen. Die dazugehörenden Straßenpriester standen in schwarzen Umhängen und Talaren im Regen und versperrten die Zugänge des Wallways.

Als die Landestelzen von Desmonds Gleiter den Boden berührten, klemmte er den Bildschirm vom Auge zurück an den Kragen. Das Cockpit schob sich zwischen die Landestelzen unter den Wing und er rückte vom mittleren Platz auf den Sitz daneben. Indem er die Ausstiegsautomatik betätigte, glitt die Tür hydraulisch zur Seite und der Sitz wurde mit einem Teil der Seitenwand nach draußen geschoben.

Desmonds Lederstiefel platschten in eine Pfütze, die Gliederkette, die das Lanzenkreuz des Heiligen Georg auf seiner Brust mit dem Kragenring verband, klimperte leise.

Mit den kurzen, für sein Alter ungewöhnlich weißen Haaren hob er sich unter den kapuzenverhüllten Straßenpriestern deutlich ab. Trotz des Regens würde Desmonds Umhangkapuze unten bleiben. Er hasste es, wie das Ding sein Sichtfeld einschränkte.

Zum Glück brauchte er in dem Gedränge einfach nur dem Klang der rauen Stimme zu folgen, um den Einsatzleiter Bruder Jonas zu finden.

„Sorofraugh!", beendete der seine Anweisungen an die Umstehenden. „Ich hoffe, Sie haben sich auf dem Weg hierher einen Überblick über die Lage verschafft."

„Kyrie eleison, Bruder Jonas. Sie wissen doch, was ich von dem theoretischen Mist aus unserer Zentrale halte."

„Also nicht", brummte Jonas. „In der dritten Etage, Wohneinheit 33 Süd, hat es Krach gegeben. Die Nachbarn haben uns gerufen. Zwei von uns sind hin, einer frisch von der Novizenschule. Eigentlich ein simpler Sündengriff, aber sie haben es verbockt. Die Scheiße kocht über. Der Penner von 33 Süd zieht eine Waffe, schießt auf seine Frau, unsere Priester schießen auf ihn, er schießt zurück. Das Ende des verdammten Liedes: Die Brüder hängen an der Apartmenttür fest und halten ihn in Schach. Wir wissen nicht, wie es seiner Frau geht, aber das Arschloch droht jetzt damit, sich die Rübe runterzupusten."

Desmond seufzte. „Danke, Bruder. Das war wirklich plastischer als alles, was aus unseren Türmen so kommt. Allerdings wirft Ihr Fluchen ein schlechtes Bild auf die Bruderschaft, wenn die Gemeinde in Hörweite steht." Er deutete auf die Menge hinter den Absperrungen.

Jonas verzog die schlaffen Wangen. „Bauen Sie da oben bloß keine Scheiße, Sorofraugh!"

Anstelle einer Antwort nahm Desmond seine Waffe und den unterarmlangen Hirtenstab vom Gürtel, legte beides in Jonas' Hände und ging durch den nachlassenden Regen zum Haupteingang des Gebäudes.

Entgegen den Ratschlägen seines Onkels hatte er es einmal mehr versäumt, sich bei Bruder Sem Jonas beliebt zu machen. Und dessen Blick war nicht der einzige, der ihm nun folgte. Auch wenn solche Fälle sein Spezialgebiet waren, so spürte Desmond, dass ihm kaum einer seiner Brüder die hohe Erfolgsquote gönnte. Die Gerüchteküche darüber, wie er das zustande brachte, brodelte.

Die Fahrstühle im Gebäude waren von Jonas abgeschaltet worden. So erklomm Desmond das schmierige Treppenhaus und beruhigte seine Anspannung mit der Litanei von Gottes Schild.

„Vom Sünder zum Büßer, zur Reue, zur geretteten Seele", wiederholte er. Dabei ließ er den Rosenkranz mit dem Antlitz der Heiligen Mutter Gottes Perle für Perle durch seine Finger gleiten. Langsam fragte er sich, ob es nicht schlauer wäre, sich doch von der Inquisition oder den Exorzisten rekrutieren zu lassen. Seine Fähigkeiten passten eigentlich mehr zu einem Diener Uriels oder Michaels als zu einem Straßenpriester. Aber die Aussicht darauf, Gläubige foltern zu müssen oder die Gefahr, dass seine verborgenen Talente in einer Exorzisten-Basilika nicht lange unbemerkt bleiben würden, hatten ihn bislang an die St. George gebunden.

Oben bei der Wohnungstür von 33 Süd angekommen, sah er wie sich Bruder Ismail und Bruder Salomo an die Flurwand drückten. Knapp über Ismails Kopf war ein großes Stück Türrahmen weggesplittert. Zwischen den behandschuhten Fingern, mit denen Salomo, der Frischling, sich den linken Arm hielt, glänzte es feucht und dunkel.

Als die beiden Desmond bemerkten, rief Ismail: „Hey, du da drin! Du Arschloch mit der Knarre! Hier ist noch einer von meinen Brüdern. Er will mit dir reden." Einen Moment lang hörte man nichts als Atmen, dann fetzte ein glühendes Gasprojektil noch mehr Splitter aus dem Türrahmen.

„Ich will aber nich` mit ihm reden", polterte eine Stimme aus der Wohnung.

Desmond legte den Zeigefinger auf die Lippen und bewegte sich zur Tür.

Innerlich darüber fluchend, die Einsatzdaten lediglich überflogen zu haben, rief er: „Wie heißt du, mein Sohn?"

„Ich wüsste nicht, was Sie das angeht", kam es zurück.

Der nächste Schuss schlug in die Flurwand und glühte in einem Schmauchfleck knisternd nach. Desmond betete den Heiligen Geist herbei und tastete sich mit seiner Hilfe vor. Stinkenden Wellen gleich schwappte die Angst des Mannes durch die Tür. Ohne dem Kerl direkt in die Augen zu sehen, würde er hier nichts ausrichten können.

„Ich werde jetzt ganz langsam reinkommen. Unbewaffnet. Niemand möchte dir etwas tun. Ich will nur nach deiner Frau sehen."

Desmond zog die Handschuhe aus, warf sie zu Boden und trat mit gespreizten Fingern in den Türrahmen.

Am Ende des Korridors stand der Mieter von 33 Süd im Schein dürftiger Neonbeleuchtung: eine untersetzte Gestalt mit rundlichem Gesicht und spärlichem Haupthaar, das schweißnass an seinem Kopf klebte. Er trug ein verdrecktes Unterhemd, eine viel zu weite Unterhose und Socken, die Falten um seine Knöchel warfen.

Desmond bewegte sich Schritt für Schritt auf ihn zu, bemüht darum, Augenkontakt herzustellen.

Die Arme des Kerls fuhren hoch. „Sollten Sie mich hinters Licht führen, sind wir beide sofort beim Herrn!"

Desmond kannte die ihm entgegengestreckte Waffe nur zu gut. Hinten auf der Oberseite ragte das Magazin heraus, seitlich am Lauf saßen die beiden Kammern für das Gas. Da er direkt von vorn auf den Lauf starrte, ergab sich die Silhouette eines Kreuzes: der Erlöser eines Priesters.

Auch ohne Aurainformation sprach die Körperhaltung des Mannes Bände. Die Angst in seinen Augen hatte sich in nackte Panik verwandelt und seine Hände zitterten, als er sich über den Stoppelbart fuhr.

„Wie ist dein Name, mein Sohn?", wollte Desmond wissen.

Der Mieter von 33 Süd leckte sich über die Lippen. „Sparen Sie sich dieses Priestergetue. Ich könnte Ihr Vater sein. Also hören Sie auf, mich mit ‚Sohn' anzuquatschen!" Der Waffenarm zitterte. „Und nehmen Sie Ihre verfluchten Hände neben den Kopf. Ich kenne euren Hokuspokus nur zu gut. Los! Arme auseinander oder Sie werden es bereuen!"

Desmond hatte nicht vorgehabt, den Mann mit dem Heiligen Geist telekinetisch zu binden, also nahm er gehorsam die Hände auf Ohrhöhe. Er hielt den Augenkontakt und tastete sich behutsam in das verwirrte Bewusstsein seines Gegenübers. Als er einen säuerlichen Geruch an sich wahrnahm und seine Poren sich weiteten, um den gleichen kalten Schweiß zu produzieren, wie er dem Mann mit der Waffe ins Unterhemd sickerte, wusste er, dass er es geschafft hatte.

„Okay. Hören Sie mir zu: Sie wollen niemanden verletzen, also nehmen Sie die Waffe runter und lassen Sie mich nach Ihrer Frau schauen!"

Der Mann ließ seinen Arm tatsächlich ein wenig sinken, dann blinzelte er. Er schüttelte den Kopf, sodass sich eine Haarsträhne löste und in seine Stirn fiel, der saure Geruch verschwand aus Desmonds Nase und der Waffenarm rückte wieder in die alte Position. „Ich weiß nicht", stieß er hervor. „Wie ist Ihr Name?"

Desmond wollte schon sagen: „Ich bin Vater Sorofraugh", besann sich dann aber und antwortete: „Ich bin Priester Sorofraugh. Desmond Sorofraugh." Ihm war noch nie die Kontrolle entglitten, wenn er schon so weit in einen Verstand vorgedrungen war. Seltsam.

Der Mieter aus 33 Süd senkte die Waffe ein wenig, wobei ihr Lauf aber weiterhin auf Desmonds Brust zeigte. „Desmond Sorofraugh ...", wiederholte er leise, räusperte sich und sagte: „Meine Frau ist im Schlafzimmer." Er winkte ihn mit der Pistole durch die Tür. „Sobald Sie irgendwie mit Ihren Händen fuchteln, erschieße ich Sie, Priester!"

Desmond entschied, so lange nichts zu unternehmen, bis er wusste, wie es um die Frau stand, und folgte dem sich rückwärts Bewegenden.

Der Schlafraum war in einem ähnlich heruntergekommenen Zustand wie der Korridor. Es roch nach muffigem Teppichboden, abgestandenem Schweiß und verbranntem Fleisch. An der rechten Wand befanden sich die Klappen der Stauraumeinheiten. Vor Kopf stand ein Bett, darauf lag die Ehefrau.

Die Stellung ihrer Extremitäten und die Blutmenge auf dem Kleiderhaufen unter ihr ließen nichts Gutes erahnen. Jedenfalls sah Desmond kein Heben und Senken des Brustkorbs. Bei dem unzureichenden Licht konnte er allerdings nicht ganz sicher sein.

Der Mann blieb am Fenster stehen. Er schob die vergilbte Gardine zur Seite, beobachtete Desmond aber aufmerksam.

Dieser trat ans Bett. Leeren Blickes starrte die leicht üppige Frau an die Decke. Ihre Hände waren über dem blutbedeckten Bauch verschränkt. Mit zwei Fingern tastete Desmond über ihren Hals, konnte aber keinen Puls spüren. Jetzt bereute er es, die Handschuhe zurückgelassen zu haben. Mit ihnen hätte er selbst schwächste biologische Funktionen nachweisen können.

Schließlich sah er auf. Seine Antwort auf die ungestellte Frage im Blick des Mannes war ein leichtes Kopfschütteln. Er öffnete seinen Umhang und deckte ihn über das Gesicht der Toten.

Der Oberkörper ihres Mannes begann zu beben. Mit einem Mal vergaß er alle Vorsicht, vergrub sein Gesicht in den Händen, schüttelte seinen Kopf und wimmerte: „Aber er hat mir gesagt, er würde sich um alles kümmern. Er hat gesagt, es würde alles gut werden. Er hat mir versichert, es passiert niemandem was, wenn ich nur …"

In Desmond keimte die Hoffnung auf, diesen Sünder dingfest zu machen, ohne dass noch jemand verletzt wurde. Aber dann ruckte dessen Kopf wieder hoch und er schaute sich suchend um.

Die Pistole wieder im Anschlag, ging er zum Bett und hinterließ eine Spur zähen Blutes auf der restlichen Kleidung, als er eine Arbeitshose unter dem Körper seiner Frau hervorzog. Er durchwühlte die Taschen der Hose, dann hielt er Desmond einen völlig zerknitterten, ehemals weißen Zettel unter die Nase.

„Nehmen Sie den, Desmond Sorofraugh! Er hat mir gesagt, wir würden uns begegnen. Hätte nicht gedacht, dass es überhaupt noch passiert …"

Desmond langte nach dem Papier und steckte es vorsichtig in eine seiner schwarzen Gürteltaschen. „Ist Ihre Frau im Glauben an Gott gestorben?"

„Wie bitte? Sie sind doch Priester! Und Sie fragen mich, ob sie gläubig war? Natürlich war sie das! Manchmal hat sie mich mit ihrer Frömmigkeit rasend gemacht." Der jammernde Unterton strafte das Gesagte Lügen. „Oder wollen Sie andeuten, wir wären heidnische Ketzer?"

„Nein, natürlich nicht", versuchte Desmond die zurückkehrende Wut des Mannes wieder zu besänftigen. „Aber wenn es im Moment des Todes nur den leisesten Zweifel gab, muss ich ihr so rasch wie möglich das Sakrament der Letzten Ölung gewähren. Verstehen Sie? Es ist wichtig für das Fortbestehen ihrer Seele. Hoffen wir, dass sie noch in der Zwischenwelt ist."

Der Mieter nickte erschöpft.

Desmond holte ein Fläschchen aus seinem Gürtel und öffnete es. Mit öligen Fingern strich er das Symbol des Kreuzes auf die Hände der Frau und spähte dabei aus dem Augenwinkel nach ihren Ehemann. Die Waffe senkte sich wieder. Als Desmond seinen Umhang anhob, um das Ritual im Gesicht der Toten fortzuführen, zeigte die Pistole ganz zu Boden.

Er murmelte die traditionelle Formel: „Durch diese heilige Salbung helfe dir der Herr, in seinen Schoß zu finden, er stehe dir bei mit der Kraft des Heiligen Geistes. Der Herr, der dich von den Sünden befreit, rette dich. In seiner Gnade nehme er dich auf."

Jetzt begann der Mieter von 33 Süd zu schluchzen. Während Desmond noch den Zipfel seines Umhangs in der Hand hielt, fand sein Blick Kontakt zu den tränenverschleierten Augen. Dies war seine letzte Chance. Ein Stoßgebet, dann brach er in das Bewusstsein, lähmte es und warf seinem Gegenüber den Umhang ins Gesicht. Beim Sprung über das Bett führte er einen präzisen Schlag gegen das Handgelenk des Waffenarms. Die Gaspistole krachte zu Boden. Dem Mann war der schwarze Umhang noch nicht aus dem Gesicht gerutscht, da hatte Desmond ihm die Arme schon auf den Rücken gedreht.

Angelockt durch den Lärm stürmten Ismail und Salomo in die Wohneinheit. Sie fixierten die Arme des überrumpelten Sünders mit den Gesten des Heiligen Geistes, übernahmen das Anlegen der Schandschellen und erklärten, welche Vergehen man ihm zur Last legte.

Desmond wurde schwindelig. Um nicht zu Boden zu gehen, stützte er sich an der fleckigen Tapete ab. Zum ersten Mal hatte er versucht, einen Verstand zu beeinflussen und dabei gleichzeitig mit dem Heiligen Geist einen Gegenstand beschleunigt. Seine Därme fühlten sich an, als hätte sich ein Igel in ihnen zusammengerollt. Aber selbst wenn er sich jetzt vor den Augen seiner Brüder übergeben sollte: Was war schon das Opfer einer verspeisten Mahlzeit gegen das Heil einer geretteten Seele?

Zitternd lehnte er sich aus dem Fenster. Der Anblick mochte verkommen sein, aber die Luft war erfrischend.

***

Vor dem Gebäude herrschte aufgeregtes Treiben. Brüder, die herumliefen, Gerät zusammenräumten und ihre Gleiter startklar machten. Mitten im Gewirr wartete Bruder Jonas darauf, Desmond seine Ausrüstung zurückzugeben.

„Gute Arbeit, Sorofraugh!"

„Ersparen Sie sich die Phrasen, Bruder Jonas. Ich beanspruche die Festnahme für mich. Lassen Sie den Mann in meinen Wing schaffen."

„Das ist mal wieder typisch. Hier stehen fast vierzig Brüder rum, die sich seit drei Stunden den Arsch aufreißen, Sorofraugh tanzt für knapp zwanzig Minuten an und sackt die Früchte der ganzen Mühen ein. So werden Sie nie populärer bei Ihren Mitbrüdern."

„Ich will den Kerl nur zur St. George Kathedrale bringen, sonst landet er womöglich noch bei den Inquisitoren."

„Das können Sie gleich wieder vergessen", schnaubte Jonas verächtlich. „Es gibt eindeutige Weisungen von oben. Der Erzbischof will ihn bei den Heilsbringern im Asyl sehen. Aber bitte schön ... Liefern Sie ihn eben da ab! Wir haben genug mit Aufräumen zu tun. Amen!"

„Amen, Bruder Jonas."

Gelassen legte Desmond die Ausrüstung wieder an und beeilte sich zurück ins Cockpit. Der kalte Wind trieb einen Schauer durch seinen Talar. Ganz zu schweigen von dem wieder einsetzenden Regen. Er stieg auf den Pilotensitz, fuhr die durchsichtige Trennwand zum rechten Kabinenteil hoch und versiegelte dort alle Bedienelemente.

Keine Minute verging, da glitt neben ihm das Schott auf und der bleiche Mann aus der Wohneinheit wurde in die Kabine gestoßen. Als einzigen Schutz vor der Kälte hatte man ihm eine grobe Decke um die Schultern gelegt. Ausdruckslos starrte er durch die Trennscheibe. Er lehnte sich erst an, als Desmond die Landestützen hochfahren ließ und sich das Cockpit wieder zwischen die Flügel hob.

„Hier Wing 037 an Zentrale. Starte von Luther's Demise zum Gefangenentransfer in die St. George Kathedrale." Es war nicht das erste Mal, dass er versuchte, sich mit direkter Dreistigkeit über eine Bistumsorder hinwegzusetzen. Oft hatte er den diensthabenden Bruder in der Zentrale damit beeindrucken können. Dieses Mal nicht.

„Zentrale an Wing 037. Negativ, Bruder Sorofraugh! Bestätigen Sie die Überführung des Sünders Thomas Bate, Luther's Demise 33 Süd, zum Hiobs Asyl!"

„Die Kathedrale meines Onkels ist aber sehr viel näher als das Asyl!"

„Das fällt nicht in Ihre Zuständigkeit. Bestätigen Sie jetzt die Order oder soll ich Sie für einen Insubordinationsverweis vormerken?"

Ein erneuter Verweis würde die Versetzung in eine andere Gemeinde oder gar eine andere Stadt bedeuten. Da er das weder sich noch seinem Onkel antun wollte, antwortete Desmond: „Wing 037 an Zentrale Rauracense. Ich bestätige Order für Transfer zum Hiobs Asyl. Amen!"

„Amen, Bruder Sorofraugh."

Resigniert tippte Desmond die Koordinaten für das Hiobs Asyl in den Navigationscomputer und überließ der Maschine das Fliegen. Dann jagte er die Daten seines Gefangenen noch einmal durch den Zentralrechner. Er stieß auf nichts, was darauf hinwies, warum der

Fall die Aufmerksamkeit eines Erzbischofs verdiente, oder was es so zwingend notwendig machte, den Mann in ein Asyl einzuweisen. Das Display fasste nur eins der vielen Schicksale zusammen, die nicht so verlaufen waren, wie man es den bibeltreuen Bürgern dieser Stadt versprochen hatte. Bislang hatte Desmond immer freie Hand gehabt, wohin er seine Sünder zur Bekehrung brachte. Was ging da vor sich?

Via Sprechanlage wandte er sich an den Gefangenen. „Hallo, Thomas."

Schweigen. Thomas Bate hatte den Kopf an die Seitenscheibe gelegt und schaute nach vorn, ohne einen bestimmten Punkt zu fixieren.

Also griff Desmond in seine Gürteltasche und zog einen quaderförmigen Gegenstand hervor. Das Ding war nicht größer als sein kleiner Finger. Sanft drückte er auf eine angelaufene Stelle auf der Oberfläche und schob den Quader auseinander. Das Gerät verfügte nun über fast die doppelte Größe und eine rote Leuchtdiode blinkte. Jeder elektronische Beichtabnehmer innerhalb des Wings würde nur statisches Rauschen aufnehmen. Auch jene Aufzeichnungsgeräte, von denen Desmond nichts ahnte.

Er heftete den sogenannten Scrambler ans Armaturenbrett und startete sein Verhör. „Thomas, woher hattest du die Waffe und was steht auf diesem Zettel, den du mir gegeben hast?"

Bate schreckte auf. „Sie haben den Zettel noch nicht gelesen? Er ist wichtig!"

„Von wem hast du ihn erhalten?"

„Sie müssen ihn anschauen. Bitte!"

„Sobald du mir sagst, wer dir diesen Zettel gegeben hat, hole ich ihn aus meiner Tasche und schau ihn mir an." Eigentlich tat Desmond der Mann leid. Obwohl er seine eigene Frau im Zorn erschossen hatte, haftete seiner Ausstrahlung eher etwas von einem Opfer als von einem Täter an.

Erneut betete er still und suchte Thomas Bates Blick. Die Pupillen über den geschwollenen Tränensäcken weiteten sich. Diesmal war sein Verstand weich wie Wachs. Desmond überwältigte ihn so schnell, dass Bate keine Chance zur Abwehr blieb.

Minutiös sondierte er die Ereignisse der letzten 48 Stunden und versuchte, an direkte Erinnerungen über den Zettel oder die Waffenübergabe zu kommen, aber das Gedächtnis des Mannes war ein reißender Bilderfluss. Seine Erinnerungen mäanderten in den unmöglichsten Windungen durch das Tal der Zeit. Es war reines Chaos. Würde Desmond für einen Moment die Konzentration verlieren, das Durcheinander der Gedanken würde ihn unweigerlich fortspülen. Jedes Mal, wenn er schon meinte, in dem hungrigen Strom einen genauen Blick auf die Zettelübergabe oder gar seinen geheimnisvollen Boten zu erhaschen, wurde er ... weggestoßen. Anders konnte er es nicht beschreiben.

Danach landete er immer wieder in einer völlig anderen Erinnerung. Meistens fand er sich irgendwo im Salome Distrikt wieder. Vier Orte dort wiederholten sich so auffällig oft, dass Desmond sie im Gedächtnis behielt, um später nachzuhaken. Andere Gedankensplitter waren weniger angenehm. Nachdem er das dritte Mal miterleben musste, wie die Frau in Wohneinheit 33 Süd an einem Bauchschuss verendete, ertrug er die finsteren Gefühle nicht mehr und zog sich zurück.

Thomas Bate sackte zusammen und Desmond wurde wieder übel. Obwohl das Ganze nicht länger als einen Lidschlag gedauert haben konnte, hatte er ein Gefühl zwischen den Schläfen, als hätte er tagelang Whisky mit dem Teufel gesoffen.

„Was für eine Art Straßenpriester sind Sie eigentlich?", ächzte Bate. Über der grauen Decke erschien sein Gesicht fast weiß. „Ich dachte, ihr wäret alles heilige Männer? Was treiben Sie da mit meinem Kopf? Verdammt sollen Sie sein!" Sein Zorn verschwand so schnell, wie er ihn überfallen hatte. Das Verfluchen eines direkten Dieners der Kirche konnte einem eine lebenslange Verwahrung bei der Heiligen Inquisition einbringen. Auch wenn dies in der Regel keine besonders lange Strafe war, beinhaltete sie doch ein äußerst unangenehmes Ableben.

Bate schien die Hände falten zu wollen, besann sich dann eines Besseren und fragte maulend: „Wo bringen Sie mich hin?"

„Ich wollte dich eigentlich zur St. George bringen, aber der Herr möchte dir lieber im Hiobs Asyl Gelegenheit zur Reue geben."

„Im Asyl? Welche Buße erwartet mich da?"

Desmond zuckte mit den Schultern. „Das hängt ganz davon ab, wie überzeugend du bereust. Und vom Generaloberen des Hiob natürlich".

Bate ging so nah an die Trennscheibe heran, dass sein Atem Kondensflecken hinterließ.

„Ich flehe Sie an. Bringen Sie mich nicht in eine von diesen Anstalten. Da verdrehen sie einem das Gehirn!"

„Im Asyl wird man dir gewissenhaft alle Wege der Buße aufzeigen, die noch möglich sind. Ich will dir nicht vorgaukeln, dass es einfach wird. Das Töten eines Mitmenschen ist eine kapitale Sünde. Aber Gottes Wege sind unergründlich. Und Vergebung ist sogar in einem solchen Fall möglich."

„Ich bereue jetzt schon. Ich bereue es, nicht in Babylon geboren zu sein. Oft denke ich, es wäre besser, dort in Sünde zu sterben, als hier in Tugend zu leben."

Desmond schaute auf den Scrambler und war spätestens jetzt froh, dass er das Gerät eingeschaltet hatte. Diese Bemerkung hätte nach der Protokollauswertung eine sichere Verurteilung aufgrund von Ketzerei bedeutet.

„So etwas solltest du noch nicht einmal denken. Babylon ist dafür verantwortlich, dass die ganze Welt von der Sintflut heimgesucht wurde. Ein Leben der Sünde wird nicht nur in dieser Welt bestraft. Weißt du, was eine Ewigkeit in der Verdammnis bedeutet?"

„Und wissen Sie, was es bedeutet, in eins dieser Asyle eingewiesen zu werden? Ist Ihnen je ein Bekehrter begegnet, der wieder rausgekommen ist? Jemand, der den Weg zu Gott so weit zurückgefunden hat? Was passiert mit all den Sündern, die in den Asylen landen?"

Desmond hatte zwar Mitleid mit dem Mann, aber allmählich verlor er die Geduld. „Du solltest besser in dich gehen und schweigen. Wir sind fast angekommen."

In der Tat brachte der Leitstrahl vom Hiobs Asyl den Winggleiter nun langsam runter. Desmonds Aufgabe war es nur noch, eine Verhaltensanalyse des Gefangenen aus der Einsatzaufzeichnung zu übermitteln. Die restlichen Informationen hatte die Besatzung des lokalen Terminals schon von der Zentrale. Zum Abschluss des Transfers würde man eine Rückmeldung ans Bistum senden, dann war der Fall für Desmond erledigt. Er schaltete den Scrambler aus, verstaute ihn wieder sorgfältig und hoffte, dass Büßer Bate von nun an vorsichtiger mit dem sein würde, was er so von sich gab.

Vor ihnen erhob sich ein gedrungenes dunkelgraues Bauwerk auf einer mehrere Blöcke umfassenden Grundfläche: das Asyl vom Heiligen Hiob. Desmonds Gleiter überflog zunächst die vielen auffälligen Türmchen auf seinem Dach und sank danach an der erkerübersäten Fassade herab.

Als sie die Bodenebene fast erreicht hatten, schob sich das stählerne Haupttor des Asyls in die Betonwände. Linien aus Markierungslämpchen wiesen über die Piste zu den Landebuchten im hinteren Teil der Ankunftshalle. Der Autopilot schaltete sich ab und Desmond setzte die Flügel seines Wings auf den Antigravitationsring der ihm zugewiesenen Landebucht. Als sich das Cockpit unter die Flügel schob, passte es exakt in die Abmessungen der Vertiefung. Landestützen waren hier unnötig.

Desmond warf einen letzten Blick auf Thomas Bate.

Der hatte die Decke abgeworfen und bettelte: „Nein, bitte! Nehmen Sie mich wieder mit. Bitte, ich will doch wenigstens die Beerdigung meiner Frau …"

Auf Knopfdruck wurde die Trennscheibe opak und schalldicht. Desmond schloss die Augen und legte einen gesicherten Kippschalter auf der Mittelkonsole um. Die rechte Wand der Landebucht fuhr zur Seite. Gleichzeitig schob die Hydraulik des Wings den Passagierteil in die entstandene Öffnung.

Eine Minute darauf wurde die rechte Cockpithälfte zurück an den Gleiter gezogen. Desmond öffnete die Augen wieder, die Trennwand fuhr herunter und der Platz neben ihm war leer. Selbst die graue Decke war verschwunden.

Er machte zunächst keine Anstalten, die Startprozedur einzuleiten. Regungslos fixierte er die Betonwände jenseits der Frontscheibe. Tatsächlich war Desmond noch nie jemandem begegnet, den man aus einem Asyl wieder entlassen hatte.

II

In den Städten des Gelobten Landes drängten sich anthrazitfarbene Wohn- und Fertigungstürme zweihundert und mehr Stockwerke gen Himmel. Doch trotz dieser beachtlichen Höhe überragte keines der Bauwerke die grimmige Gewaltigkeit der Kathedralen. Von jedem Punkt aus sollten die Gläubigen den Blick respektvoll zu den Kirchen erheben können. So war es Gebot. Die Kathedrale stellte den Nabel eines jeden Dekanats dar und war Dreh- und Angelpunkt der Regierungsgeschäfte in den Gemeindebezirken. Und die zwei brachialen Türme an der Frontseite gemahnten nicht nur an die Macht des Herrn, von hier aus regierten auch der Dekan und sein Mitarbeiterstab. Klerikalbeamte und Administratoren eilten durch die Korridore der Macht und verwalteten akribisch jede Information, derer sie durch Bespitzelung habhaft werden konnten.

Die Allmächtigkeitskathedrale von Papst Innozenz XIV. in der Hauptstadt New Jericho stellte jede andere Kathedrale in den Schatten. Um ihre einzigartige Bedeutung zu unterstreichen, verfügte sie über zwei weitere Türme: den mittleren Hauptturm an der Frontfassade und den alles überragenden Turm des Vaters an der Rückseite des Langhauses. In seiner Spitze befand sich der Sitz des Herrn, den nur der Heilige Vater selbst betreten durfte und der so hoch lag, dass er sich an trüben Tagen hinter einer Wolkendecke verbarg. Richtete man seinen Blick jedoch an klaren Tagen lange genug in die Höhe, konnte man manchmal winzig erscheinende, bleiche Gestalten erkennen, die von dort fortflogen oder gerade ankamen.

Auch in ihrem Inneren ließen die schwindelerregenden Dimensionen der Kathedrale jeden Wallfahrer nichtig erscheinen.

Marcus Grenoir, Metropolit von New Jericho, zeigte sich heute allerdings wenig beeindruckt vom Messraum im Kern des Langhauses. Er bewegte sich mit zielstrebigen Schritten durchs Mittelschiff und spähte in den Altarraum, wobei ihm das Geräusch seiner Schuhe in der Stille der Nacht unnatürlich laut vorkam. Das

Mittelschiff war zu dieser Stunde nur spärlich beleuchtet und vom Gang zwischen den Bankreihen aus waren kaum Einzelheiten im hinteren Teil auszumachen. Lediglich die Strahler am Boden dort ließen erahnen, dass Grenoirs Herr schon anwesend war.

Sobald er bei der breiten Treppe zum Altarraum angelangt war, machte er sich daran, den Höhenunterschied von fast zwanzig Metern über die viel zu steilen Stufen zu überwinden. Die goldenen Fransen an seiner weißen Robe erwiesen sich dabei als enorm hinderlich. Seine Augen fest auf die Stufen gerichtet, zählte er jede einzelne. Auch wenn er die Anzahl natürlich kannte, half ihm dies dabei sich zu konzentrieren und vermittelte ein Gefühl von Beständigkeit und Sicherheit.

Bei der fünfunddreißigsten Stufe schnaubte er, weniger aus Erschöpfung als aus Empörung. Wieso musste er den gleichen beschwerlichen Weg nehmen wie Gemeindemitglieder, die das rare Privileg einer Audienz bei Innozenz XIV. erhielten? Er war der Erste der Kurienkardinäle. Papst Innozenz' Stellvertreter, kein Bittsteller. Sein Wort galt wie Bibelgesetz in der gesamten katholischen Welt. Er hätte eigentlich über die Sakristei Zugang in den Altarraum erhalten müssen, trotzdem beliebte es dem Heiligen Vater, Grenoir diese Strapazen aufzubürden. Vermutlich war er ungehalten darüber, mitten in der Nacht mit Staatsangelegenheiten belästigt zu werden. Das Weib oder der besonders zarte Knabe, den die Garde des Schwurs diese Nacht in sein Bett geschafft hatte, musste außergewöhnlich genau den Vorstellungen des Papstes entsprochen haben.

Und doch wähnte sich Kurienkardinal Grenoir von Gott gesegnet, schließlich war er nicht in den Turm des Vaters gerufen worden. Dort machte ihm nicht nur die große Höhe zu schaffen, der Turm war auch die Heimat der Seraphim. Die Engel glitten lautlos durch die Gänge und trieben ihm allein durch ihren Anblick einen Schrecken in die Glieder. Nicht die kleinste Verfehlung ließ sich vor ihren toten, mitleidlosen Augen verbergen. Scheußlich. Und doch … notwendig.

Bevor er die letzten Stufen nahm, packte Grenoir seine Aktenmappe fester und sammelte sich kurz. Er wollte Innozenz, der sich lässig auf dem Heiligen Stuhl fläzte, auf keinen Fall die Genugtuung verschaffen, ihn außer Atem zu sehen.

Um das Oberhaupt der katholischen Welt nicht zu klein erscheinen zu lassen, war der Altarraum selbst eher gedrungen gehalten. Anstelle des Altars, der sich hier für gewöhnlich befand, ruhte ein dunkler Marmorthron und von der Decke hing ein sich nach unten verjüngender Obelisk, der exakt einen Meter über der Rückenlehne endete.

Obwohl Innozenz nicht mit seinem offiziellen Gewand angetan war, sondern einen Anzug aus glänzender Bleiseide, ein rotes Hemd und eine schwarze Krawatte trug, wahrte Marcus Grenoir die Form. Er kniete nach der letzten Stufe nieder, um Gott zu preisen, erhob sich dann, nur um nach fünf Metern erneut auf die Knie zu fallen und vor Innozenz das Haupt zu senken. Geduldig verharrte er, bis ihm der Heilige Vater seinen Ring mit dem schwarzen Stein unter die Nase hielt. Grenoir küsste das reich verzierte Schmuckstück, bekreuzigte sich und stand auf.

„Nun, mein lieber Marcus, was erachtetet Ihr als dermaßen dringlich, dass Ihr mich zu solch einer unpassenden Zeit von meinen seltenen Vergnügungen abhalten musstet?"

Der Stellvertreter des Papstes hätte beinahe verächtlich geschnaubt, konnte sich aber gerade noch beherrschen. Innozenz wäre fähig, ihn selbst für eine solch geringe Despektierlichkeit mindestens eine Woche lang mit dem Gürtel zu bedenken. „Mit Verlaub, Eure Heiligkeit, in letzter Zeit sind in der Stadt Nicopolis wiederholt Gerüchte über eine neue Prophezeiung verbreitet worden …"

„Na und?", fuhr ihm der Papst unwirsch dazwischen. „Mit dergleichen tröstet sich Gottes Volk doch immer wieder. Was ist daran so ungewöhnlich, dass es keine Zeit bis morgen hat?"

„Heute Nacht sind allein zwölf Verkünder dieser neuen Prophezeiung aufgegriffen worden. An einigen der Kathedralen hat es sogar Ausschreitungen gegeben …"

„Zwölf in nur einer Nacht! Das ist in der Tat bemerkenswert. Handelt es sich dabei um eine von unseren Weissagungen?"

„Natürlich nicht, mein Vater. Wegen einer unserer Täuscherprophezeiungen hätte ich Euch wohl kaum mitten in der Nacht bemüht."

Innozenz wischte ungeduldig mit der Hand durch die Luft und deutete dann mit dem Zeigefinger auf Grenoirs Aktenmappe. „Ihr habt eine umfassende Zusammenstellung der Situation vorbereitet." Eine Feststellung. Keine Frage.

Der Oberste Kurienkardinal nickte und streckte dem Papst die Ledermappe entgegen. Dieser ließ die goldene Siegelspange, die auf seinen Fingerabdruck programmiert war, aufschnappen und schlug den Deckel zurück. Rasch überflog er die Darstellungen und Texte auf dem Display im Inneren.

„Eure Einschätzung, lieber Marcus! Was glaubt Ihr? Hat der Gehörnte seine Hand im Spiel?"

Marcus Grenoir hob die Schultern. „Schwer zu sagen, Vater! Unzweifelbar wissen wir nur, dass der Dämon Azrael sich in letzter Zeit durch das Gelobte Land bewegt hat. Doch seine Spur hat sich verloren. Ich halte es durchaus für möglich, dass Satan hinter all dem steckt. Aber wie Ihr schon bemerkt: Unser Volk bringt solche Sachen auch immer wieder selbstständig hervor. Ich hoffe, Ihr werdet nach Durchsicht meiner Aufzeichnungen über mehr göttliche Einsicht verfügen als ich. Wir sollten in jedem Fall vorsichtig sein, bevor wir uns, in welcher Form auch immer, vor der Landesgemeinde äußern."

„Nun gut, lieber Marcus. Es scheint ja tatsächlich ernst zu sein. Entfernt Euch und ruht vor dem Morgenlob noch etwas aus. Ich werde Eure Bemühungen genau in Augenschein nehmen und Euch nach dem Frühstück mitteilen, wie ich zu reagieren gedenke."

Grenoir war entlassen. Während der Papst mittels des Senders in seiner Armlehne eine Verbindung zu seinen persönlichen Bediensteten aufnahm, machte er sich an den Rückweg durchs Mittelschiff.

Sie sollten Innozenz „die beiden" für die folgende Nacht „warmhalten", bekam der Kurienkardinal auf dem Weg nach unten noch mit. Der Weg durch die Sakristei blieb ihm wieder verwehrt.

***

Während der gesamten restlichen Tagesschicht hatte Desmond kaum an etwas anderes denken können als diesen Zettel und nach dem Vespergebet, das traditionell das Debriefing der Tagflotte abschloss, war er praktisch nach Hause geflohen.

Entgegen der Norm lebte er nicht im Dormitoriumstrakt der Kathedrale. Priester und Klerikalbeamte spionierten einander gewohnheitsmäßig ständig aus und sollte das Bistum je erfahren, dass Desmond wesentlich mehr vom Heiligen Geist empfangen hatte als der Rest der Priesterschaft, drohte ihm der Tod oder gar Schlimmeres.

So hatte er nach seinem Abschluss an der Katholischen Akademie von den vollen Persönlichkeitsrechten eines Priesters Gebrauch gemacht und war in den relativ ruhigen Horeb-Sektor gezogen. Hier übten nicht einmal die Geschäfte auf den mittleren Ebenen eine große Anziehungskraft aus. Jemand, der auf Unterhaltung oder Ärger aus war, mied den Horeb und tobte sich im Dhiban-Sektor oder im zentralen Karmel-Revier aus. Und das war Desmond ganz recht so.

Als er also endlich in den drei Räumen seiner Wohneinheit angelangt war, hatte er sofort sein zusammengewürfeltes Arsenal an Wanzenstörern und Abschirmern verteilt und das erste Mal gewagt, die Nachricht näher zu betrachten.

„Vier Mal wurdest du auf deinen Platz verwiesen. Bleib mittelmäßig, werde aber nicht zu oberflächlich", stand dort in fein säuberlicher Handschrift.

Wesentlich öfter als vier Mal hatte er die Heilige Maria um eine Eingebung gebeten, war aber dennoch nicht in der Lage gewesen, eine Bedeutung hinter den Worten zu entdecken. Es waren nur ewig die gleichen Fragen durch seinen Kopf gekreist: Woher sollte ein offensichtlich Übergeschnappter mit der Waffe eines Priesters seinen Namen kennen? Und wieso hatte er eine Nachricht für ihn? Da stimmte irgendetwas nicht. Er hatte keine Ahnung, wie viel Salomo und Ismail von der Sache mitbekommen hatten, aber Desmond nahm sich vor, noch vorsichtiger zu sein als ohnehin schon.

Während draußen in New Bethlehem ein neuer Tag erwachte, strich er bestimmt schon zum hundertsten Mal diesen ominösen Zettel glatt. Gleich würde sein Dienst beginnen. Er reckte sich entnervt nach dem schwarzen Comphone. Nachdem er Daniels Namen in die Empfangseinheit gesprochen hatte, brauchte es eine Minute, bevor das kleine Display zum Leben erwachte. Sein bester Freund wirkte verschlafen. Das markante Kinn wurde von Bartstoppeln verunziert. Trotzdem hätten sich die Assistentinnen in der Kathedrale wahrscheinlich wieder in einen aufgeregten Taubenschwarm verwandelt, wenn er so dort aufgetaucht wäre.

„Ich fasse es nicht", nuschelte Daniel aus der Lautsprechermembran. „Du bist das. Müsstest du nicht schon längst arme Seelen vor der Sünde retten?"

„Korrekt. Ich bin auch schon so gut wie unterwegs. Aber ich habe ein kleines Problem, bei dem du mir vielleicht weiterhelfen könntest. Hast du heute Abend Zeit?"

„Lass mich überlegen." Daniel startete einen halbherzigen Versuch, die wirren dunkelbraunen Haare nach hinten zu streichen. „Morgen habe ich eine große Sache am Laufen. Da muss ich noch eine Menge planen und organisieren. Aber wenn alles klappt, könnten wir uns gegen acht treffen."

„Das passt. Wo soll ich hinkommen?"

„Haddy's Place. Ist am einfachsten … und am sichersten. Ich hab Haddys Laden selbst ausgestattet. Gegen acht bin ich da. Sollte was dazwischenkommen, funk ich dich an. Bis heute Abend." Er grinste schief. „Und viel Spaß mit den bösen Buben."

„Dank dir. Gottes Segen", unterbrach Desmond die Verbindung. Jetzt blieb ihm gerade noch Zeit, sich mit frischer Wäsche aus dem Reinigungsfach einzukleiden und ein Waffelbrot aufzuwärmen.

Danach hetzte er durch die neonbeleuchteten Korridore seines Wohnkomplexes. Da viele der Arbeitsschichten um diese Zeit begannen, musste sich Desmond teilweise an seinen Mitbewohnern vorbeidrücken, damit er den Rapidlift zu den Tunnelzügen noch pünktlich erwischte. Er dankte Gott für die sich widerspenstig schließenden Liftgitter, denn durch einen beherzten Griff an ihre gewundenen Metallstäbe gelang es ihm, sich in die letztmögliche Kabine seines Zeitfensters zu drängen.

Allerdings verbrannte er sich auf dem Weg nach unten an dem immer noch viel zu heißen Waffelbrot die Zunge. So viel zum Frühstück mit Dankgebet.

Im Fundament ignorierte Desmond die farbigen Linien an den Wänden, die zu den einzelnen Stationen der Tunnel wiesen, genauso wie die omnipräsenten Bildschirme mit ihren Aufforderungen zum „Beten und Arbeiten", ihren Psalmbotschaften und den Informationen zu zahlreichen Ausfällen im größten freien Transportsystem des Gelobten Landes. Er kannte die Strecke zur automatischen Eskalatortreppe und hinunter in die Station auswendig und nutzte den Weg lieber, um sich weiter den Kopf wegen der rätselhaften Botschaft zu zermartern. Auch in der Bahn selber ließ ihn das Problem nicht los. Nach fünf Minuten Grübeln und Eingekeiltsein im bunten Gedränge war er dann umso glücklicher, an der Tunnelstation der St.-George-Kathedrale hinauszudürfen. Dort ließ ihn der abfahrende Zug zwar allein mit umherwirbelndem Müll zwischen den bauchigen Betonsäulen zurück, aber wenigstens roch es hier nicht nach so vielen Menschen.

Vom schmiedeeisernen Tor am westlichen Ende, das er mit dem Codechip in seinem Kreuz öffnete, war es dann bloß noch eine Rapidliftfahrt durch die Kathedrale bis zum oberen Flugdeck. Unter der riesigen Dachkonstruktion des Langhauses waren Techniker in grauen Overalls bereits dabei, die Angel´s Wings startbereit zu machen. Die warmlaufenden Triebwerke erzeugten zwar einen Höllenlärm und es roch überall nach Treibstoff, trotzdem genoss Desmond diesen Augenblick vor dem Start. Er stand abseits vom Rest der Tagflotte beim offenen Hangartor, der Wind strich über sein Gesicht und die Aussicht war berauschend. Auf den Dächern zeichneten sich Wälder von Antennen im grellen Sonnenlicht ab. Während ein aufgeschreckter Taubenschwarm in den wolkenlosen Himmel flatterte, strömte um die Gebäude herum das Leben. Ehrfurcht bemächtigte sich seiner beim Gedanken, an die unzähligen Schicksale, die sich hier abspielten. Sie strichen über seine Wahrnehmung wie ein Chor, dessen Stimmen der Wind zu ihm trug. Aber wenn er sich diesem Singsang zu lange öffnete, dann verwirrte ihn das laute Durcheinander und er bekam Kopfschmerzen.

Die Mechanikercrew winkte. Zeit, aufzubrechen.

Als er den Winggleiter in die Gebäudeschluchten stürzen ließ, begann die rätselhafte Nachricht aufs Neue, an Desmond zu nagen. Zum Glück hatte es das Update seines Bordcomputers aus der vergangenen Nacht in sich. Neben den Berichten aus der südwestlich gelegenen Nachbarstadt Nicopolis schrumpfte die Vermisstenmeldung des St. Luca über einen ihrer Heiler zur Bedeutungslosigkeit. Die Kommandoebene berichtete über die brutalen Ausschreitungen einer Sekte gottloser Heilsverkünder. Wer mit dem Inhalt ihrer falschen Prophezeiung in Kontakt kam, musste dies sofort melden. Bis auf Weiteres war über das gesamte Bistum Rauracense Verfügungsstufe Eins verhängt worden.

Desmond überflog die Worte der Weissagung. Es ging um „den Einen, der ohne Schuld vor den Herrn tritt, um ihn herauszufordern" und „der die Menschen in ein freieres Morgen führt". Nichts Besonderes.

Ungewöhnlich war an dieser Verkündigung nur, dass damit derart massive Gewaltausbrüche einhergingen. Nie hatte es jemand in Desmonds Anwesenheit gewagt, auf Kathedralengelände auch nur zu fluchen. Aber in Nicopolis hatte man letzte Nacht sogar versucht, eine Kathedrale mit Betonfeuer in Brand zu stecken. Das hatte so gar nichts von den falschen Propheten, die ihre Lehren sonst nur im Flüsterton zu verbreiten wagten. Natürlich vermutete die Obrigkeit sofort, dass der Antichrist seine Finger im Spiel hatte, blieb aber jeden konkreten Beweis schuldig.

Bis zur Sext, dem Mittagsgebet vor der Pause, kamen ihm weder Satansanhänger noch Jünger der neuen Prophezeiung unter, aber seine Unruhe über den Zettel wuchs und wuchs. Er hielt es nicht mehr aus. Nachdem er eine Stunde später einen Sünder namens Tenges wegen des Fälschens von Privilegien abgeliefert hatte, ließ er sich kurzerhand einen Beichttermin geben. Die persönliche Assistentin seines Onkels informierte ihn knapp, dass er sich früh abends am Beichtstuhl der St. George einfinden solle.

***

Nach einem schnellen Essen zuhause und weiteren Stunden unnützen Herumrätselns näherte sich Desmond seinem Ziel diesmal über den großen, menschenleeren Vorplatz mit den riesenhaften Standbildern der zwölf Apostel. Weder die umliegenden Parkanlagen noch die St. George selber boten bei dieser Witterung einen einladenden Anblick. Wegen des vielen Stahls erinnerte die Kathedrale eher an eine düstere Fabrik und wurde nur durch die beiden alles überragenden Drachentürme mit den namensgebenden Wasserspeiern als Gotteshaus ausgewiesen. Auch den weiträumigen Grünflächen schien alle Farbe zu fehlen. Sonst stellten sie in dem Gebäudegedränge einer Megalopolis attraktive Anziehungspunkte für die Bewohner dar, doch heute trotzten bloß ein paar Nebelkrähen Wind und Regen.

Desmond betrat den Zugangstunnel zur Messehalle durchs mit Schlangen und Drachen verzierte Hauptportal der St. George. An Ende des Tunnels benetzte er seine Fingerkuppen in dem in die Wand eingelassenen Weihwasserbecken, ging in die Knie und bekreuzigte sich.

Erst jetzt durfte er in die Messehalle. Er passierte Säulen aus angelaufenen Stahlträgern mit dicken Nieten, deren Verbindungsträger so dicht standen, dass Düsternis im östlichen Seitenschiff herrschte. Sogar der Ausblick auf die Bankreihen neben dem Mittelgang wurde einem verwehrt. Auf dem Beichtpfad sollte niemand von seiner inneren Einkehr und den Bleiglasszenen aus dem Leidensweg Christi abgelenkt werden. Tagsüber sorgte Sonnenlicht, das durch die Bogenfenster geleitet wurde, dafür, dass einem kein grausiges Detail erspart blieb, in der Nacht übernahmen Scheinwerfer diese Aufgabe. Heute blieben sie jedoch düster.

Weihrauchgeruch hing in der feuchten Luft. Die marode Klimatisierungsanlage hatte es in den vergangenen Wochen kühl werden lassen, vor den Ablaufgittern hatten sich Pfützen gesammelt und die sonst so andächtige Stille wurde von einem ununterbrochenen Tröpfeln zerstört.

Desmond fror schon bei der Erinnerung an die letzte Messe. Beim Singen und Beten war ihm so kalt geworden, dass er zur anschließenden Gerichtssitzung nicht lange geblieben war. Mitleidig dachte er an jene Sünder, die den Rest der Woche oben in den Käfigen der Messehalle verbringen mussten.

Allerdings war es nun an ihm, Buße zu tun. Hinter zwei x-förmigen Stahlträgern vor dem östlichen Querhaus stand der Beichtstuhl aus stumpfem Kirschholz. Das geschnitzte Abbild des Erzengels Uriel wurde von den Votivkerzen der Geläuterten erleuchtet; auf dass die Flamme des Engels sie nicht verzehren möge.

Desmond langte nach dem Griff der rechten Tür, zog sie auf und kniete sich ins enge Innere des Beichtstuhls. Sein Onkel, der Dekan, würde in der anderen Kammer bereits auf ihn warten. Und auch wenn die Beichte als Vorwand arrangiert worden war, so durfte Desmond das Sakrament nicht entweihen. Er musste seine Verfehlungen offenbaren und aufrichtige Reue beweisen. Allerdings waren seine Geständnisse meist weit weg von einem Grund, die Bodenklappe im Beichtstuhl zu öffnen und ihn in den Trakt der Reue stürzen zu lassen.

Mit einem schabenden Geräusch wurde das Schiebetürchen zwischen den Kammern geöffnet. Ein Holzgitter war alles, was er sah. Ab jetzt, so wusste er, würden Aufzeichnungsgeräte alles Gesagte mitschneiden.

„Gott und sein Engel der Buße und Strafe gewähren dir ihr Ohr und die Aussicht auf Absolution, mein Sohn."

Desmond antwortete dem Ritual gemäß: „Im Namen des Vaters, des Sohnes und des Heiligen Geistes. Amen."

„Gott, der bis in unser Herz sehen kann, schenke dir wahre Erkenntnis deiner Sünden und seiner Barmherzigkeit." Die angenehme Stimme Ephraim Sorofraughs ließ nicht erkennen, wie interessiert er an dem war, was Desmond ihm wirklich erzählen wollte. Geduld war für ihn die oberste aller Tugenden. Sie hatte ihn zu dem gemacht, was er jetzt war: Herr einer eigenen Kathedrale und oberster Hirte eines ganzen Dekanats.

Desmond senkte die Stirn an seine gefalteten Hände. „Amen. Der Herr möge mir vergeben, denn ich habe gesündigt."

„Der Mensch ist nicht nur gut. Fehler und Verfehlungen liegen in seiner Natur."

„Ich war missgünstig meinen Mitbrüdern gegenüber. Ich neidete ihnen ihr Zusammengehörigkeitsgefühl", war das Schlimmste, das Desmond heute vorzubringen hatte. „Gleichzeitig fühle ich mich ihnen überlegen. Mehr als ich sollte, Vater."

„Du bist schuldig und du wirst schuldig bleiben. Indem du dich der Sünde des Hochmutes hingibst, sonderst du dich vom Fluss des Lebens ab."

Desmond rezitierte daraufhin eines der ihm bekannten Reuegebete.

Sein Onkel antwortete: *„Gott, der barmherzige Vater, hat durch den Tod und die Auferstehung seines Sohnes die Welt mit sich versöhnt und den Heiligen Geist gesandt zur Offenlegung aller Sünden. Durch den Dienst der Kirche schenke er dir Verzeihung und Frieden."* Er machte eine kurze Pause. *„So spreche ich dich los von deinen Sünden. Im Namen des Vaters und des Sohnes und des Heiligen Geistes."*

Desmond entgegnete ein „Amen", war aber schon nicht mehr bei der Sache.

„Danke dem Herrn, denn er ist gütig."

„Sein Erbarmen währt ewig." Er konnte das Ende des offiziellen Teils kaum noch abwarten.

Mit den Worten: „Der Herr hat dir die Sünden vergeben. Geh hin in Frieden", schloss Ephraim Sorofraugh und schob das Kläppchen wieder in die alte Position.

Es war das Signal für Desmond, dass die Aufzeichnungsgeräte jetzt abgeschaltet waren. Trotzdem langte er in den Gürtel und aktivierte den Scrambler.

„Was lastet auf deiner Seele, Desmond, dass es dich zu einer solch halbseidenen Beichte hergebracht hat?"

„Freust du dich überhaupt nicht darüber, dass ich nicht schon wieder die geistige Versuchung durch eine Frau gestanden habe?"

„Du solltest lieber zur Sache kommen, mein Sohn. Die Zeit in meinem Terminplan war heute ohnehin knapp bemessen."

„In letzter Zeit gehen mir so viele Dinge durch den Kopf, Onkel. Ich hege ernsthafte Zweifel daran, ob ich richtig bei der Priesterschaft von Gottes Schild bin. Ich könnte nicht einen meiner Mitbrüder aufzählen, den ich Freund nennen würde. Oder jemanden, der sich nach dem Dienst gern mit mir träfe. Die anderen hängen in ihrer freien Zeit ständig zusammen. Ich fühle mich einfach nicht als ein Teil einer Gemeinschaft." Eigentlich hatte Desmond etwas ganz anderes vorbringen wollen, aber seine Frustration war spontan aus ihm herausgesprudelt.

„Heiliger Herr Jesus! Dies ist nicht das erste Mal, dass ich mir solche Dinge von dir anhören muss. Du weißt doch, wie ich dazu stehe. Deine Mitbrüder müssen zwei Wochen auf eine Sitzung in diesem Beichtstuhl warten. Willst du mir etwa erzählen, dass du dich wegen Zweifeln an deinem Lebensweg in meinen Terminplan geschmuggelt hast? Wenn du dein Gewissen darüber erleichtern möchtest, würde ich vorschlagen, wir treffen uns nach dem Vespergebet bei einem anständigen Glas Wein in meiner Zelle."

Desmond musste den Drang unterdrücken, sich zu verteidigen. Er hob den Kopf. „Ich wurde gestern angewiesen, einen Sünder namens Thomas Bate ins Hiobs Asyl zu überführen", begann er.

Der Dekan schnaubte. „Davon habe ich gehört. Du wolltest das wieder mit der Zentrale ausdiskutieren. Hast du immer noch nicht gelernt, in solchen Dingen mehr Gehorsam an den Tag zu legen? Führ dir stets vor Augen: Je näher du Gott in der Hierarchie der Heiligen Kirche kommst, desto mehr Hingabe wird von dir erwartet. Wenn das Bistum von deinen Aufsässigkeiten erfährt, werden sie Fragen stellen. Unangenehme Fragen. Sollten wir Pech haben, landen wir beide noch irgendwann vor dem Bischof. Ich möchte nicht, dass du noch mehr Aufmerksamkeit erregst."

„Ich weiß, Onkel. Und du hast sicher recht. Aber dieser Fall war anders."

Er berichtete in aller Schnelle von den merkwürdigen Begleitumständen der Verhaftung, von seinen Schwierigkeiten, in Thomas Bates Geist zu lesen, und von der Übergabe des geheimnisvollen Zettels.

Der Dekan wirkte jetzt außergewöhnlich beunruhigt. „Mir schwante schon nichts Gutes, da die Erzkathedrale eher von diesem Fall wusste als ich. Hast du das schon irgendjemandem außer mir erzählt?"

„Nein, nein. Wo denkst du hin? Daniel werde ich einweihen. Du kennst ihn ja. Er ist gerissen. Und er hat keinen klerikal eingefärbten Blickwinkel. Vielleicht kann er ja was damit anfangen."

„Ich halte Daniel zwar für vertrauenswürdig und als Koryphäe für Abhörmaßnahmen hat er Talente, die uns nützlich sein könnten, aber die ‚Geschäfte' seines privaten Sicherheitsunternehmens stehen manchmal in keinem guten Licht. Im Dekanat eines anderen wäre er bestimmt schon in einer Geißelzelle gelandet. Sei also bitte vorsichtig."

Desmond nickte, besann sich dann, dass sein Onkel dies nicht sehen konnte, und erwiderte eine Bestätigung.

„Wir werden sehen, was ich über den Fall Bate herausfinden kann. Sobald du mit Daniel gesprochen hast, setz dich wieder mit mir in Verbindung. Die Einladung zum Wein steht noch. Wir werden dann über alles reden. Gott segne dich, mein Sohn!"

In der anderen Kammer hörte man Kleiderrascheln und die Scharniere der sich öffnenden Tür. Ohne weitere Abschiedsworte eilte Dekan Sorofraugh aus dem Seitenschiff. Ein Rapidlift neben dem großen Zugangstunnel würde ihn in den oberen Teil des Zentralturms bringen.

Desmond ging langsam zum Eingangsportal zurück und betrachtete mit einem Rest an jugendlicher Ehrfurcht, der noch in ihm verblieben war, die Statue des Heiligen Georg. Grimmig, mit stählerner Miene und Grünspan im Gesicht, blickte der Heilige von seinem Platz über dem Portal auf den Mittelgang herab und unter seiner Lanze wand sich der Drache.

Desmond hoffte, dass er genauso mutig wie ihr Schutzpatron sein würde, sollte sich ihm je ein Ungeheuer in den Weg stellen.

III

Im Täuferbezirk hatte sich der Regen des Tages in Nebel verwandelt. Zusammen mit dem Dunst vom nahen Christopherusfluss kroch er zwischen die Fundamentstockwerke des lokalen Vergnügungsviertels, legte sich dort auf den Asphalt und zerstreute die Lauftexte der Kneipenfenster zu diffusem Leuchten. An Haddy´s Place suchte man solch aufdringliche Werbung vergebens. Haddy legte Wert auf Diskretion und seine Kundschaft dankte es ihm seit Jahrzehnten.

Froh, der Kälte der Bodenebene zu entkommen, schlug Desmond die schweren Vorhänge vor dem Eingang zurück und wurde von Schwüle, Tabakqualm und einem Dutzend verbotener Glimmsubstanzen begrüßt. Die Luft trieb ihm die Tränen in die Augen. Die Gäste, die in ihren dämmerigen Nischen saßen oder an der Bar hingen, schienen daran gewöhnt. Einige musterten den Neuankömmling im Priestertalar mürrisch, bedachten ihn mit einem Kopfschütteln und setzten ihre Gespräche dann unbeeindruckt fort. Respekt vor dem Kreuz konnte er hier wohl nicht erwarten.

Haddy stand hinter der Theke. „Desmond! Als unser gemeinsamer Freund meinte, du würdest uns heute beehren, konnte ich es kaum glauben." Die buschigen Augenbrauen verliehen Haddys Gesicht einen viel zu ernsten Ausdruck. „Dein letzter Besuch ist ja schon ewig her. Seit du nur noch Weihwasser trinkst, ist es dir wohl zu schäbig bei mir, was?" Flink wischte er mit einem Lappen durch ein Glas und präsentierte grinsend seine schiefen Zähne.

„Ich bitte dich um Vergebung, Haddy. Sobald ich nächste Woche etwas Zeit habe, werde ich mich ganz inoffiziell bei dir blicken lassen und dafür sorgen, dass ich am nächsten Tag tüchtig was zu beichten habe."

Der schwarzhaarige, rundliche Mann mit dem grauen T-Shirt gluckste: „Nichts für ungut, mein heiliger Freund. Du kannst mir ja dafür `nen Platz im Paradies freihalten, wenn`s bei mir mal soweit ist. Komm mit! Du wirst schon erwartet." Er winkte ihn mit dem Lappen durch, der mindestens genauso fleckig wie sein Shirt war. Desmond betete für denjenigen, der als Nächster aus dem ausgewischten Glas trinken musste.

Hinter der Theke führte ein in schmutzigem Gelb gekachelter Flur zur Küche. Dort herrschte ein Chaos aus den seltsamsten Gegenständen, deren Sinn sich Desmond auch auf den zweiten Blick nicht erschließen wollte. Er wusste bloß: Dies war Haddys Ablenkung für die gelegentlichen Kontrollen.

Kurz vor der Küche verpasste Haddy einer Kachel in Bodennähe drei sachte Tritte, woraufhin sich ein Spalt in der Wand öffnete. Desmond schlüpfte hindurch, die Kachelwand rumpelte in ihre alte Position zurück und er fand sich in einen schmalen Gang zwischen bis an die Decke gestapelten Kisten und Kleincontainern wieder. Hier lagerten die wirklich ungesetzlichen Waren.

Am Ende des Ganges erkannte er eine blasse Deckenleuchte mit einem Klapptisch und drei maroden Plastikstühlen darunter. Zwei der Stühle waren unbesetzt. Auf dem dritten saß Daniel in einer abgewetzten Lederjacke vor zwei leeren Gläsern. Wie aus dem Nichts erschien plötzlich eine Flasche mit sherryfarbener Flüssigkeit in Daniels Hand. Flink füllte er beide Gläser, erhob sich und umarmte Desmond zur Begrüßung.

„Hallo, Captain Jackdaw! Wir haben uns viel zu lange nicht mehr gesehen."

„Cheers, du alter Seelenumsorger! Wie läuft es bei der Straßenreinigung?" Beim Lächeln zeigten sich Daniels Grübchen und Lachfalten. Seine halblangen braunen Haare waren nun glatt nach hinten gekämmt.

Desmond wies auf die Gläser und setzte sich. „Was ist da drin? Irgendwas, das mich direkt in Hölle schickt?"

„Nicht alkohol-, aber absolut beichtfrei. Keine Sorge. Allererste Qualität. Und beruhigt obendrein die Nerven." Daniel zwinkerte, leerte sein Glas in einem Zug, atmete scharf ein und schüttelte den Kopf. In seinen Augen standen Tränen. „Wow, noch besser als ich dachte", krächzte er. „Ein bisschen was, um die

Seele taumeln zu lassen." Damit donnerte er das Glas auf den wackeligen Tisch.

Desmond nippte vorsichtig. Sofort glitzerten auch seine Augen feucht.

„Nichts Gutes mehr gewohnt, was, Schwarzrock?", feixte sein Freund.

„Schwarzrock? Für einen alten Schieber riskierst du eine ganz schön große Lippe. Nimm dich bloß in acht. Mein Onkel hat dich sowieso schon im Auge." Desmond lachte, tat einen kleinen Schluck und wusste sich diesmal zu beherrschen.

„Ist eine Menge los im Moment. Ich hätte fast nicht kommen können." Daniel schenkte sich nach, deutete mit der Flasche in Desmonds Richtung, aber der schüttelte den Kopf.

„Ich weiß, was du meinst. Ist eine schlimme Sache in Nicopolis. Selbst bei uns in New Bethlehem ist die Führungsriege nervös geworden. Den ganzen Tag über hatten wir Verfügungsstufe Zwei. Sei bloß vorsichtig da draußen. Die Straßenpriester dürfen Sünder auch ohne triftigen Grund oder Aufklärung über ihre Vergehen festnehmen. Wenn du dich bei der Stimmungsschieflage mit einem Kleriker anlegst, verfrachtet man dich schneller in eine Geißelzelle, als du ‚Amen' sagen kannst."

Daniel streckte beide Hände von sich. „Ich pass schon auf mich auf. Und so dämlich, dass ich Kathedralen in Brand stecke, werde ich wohl nicht mehr werden." Sein zweites Glas löste einen Hustenreiz hinter vorgehaltener Hand aus.

Desmonds Augen weiteten sich. „Als Anschlag lief das ausschließlich über die kircheninternen Kanäle. Wie kommst du an solche Informationen heran?"

„In meinem Metier habe ich so meine Beziehungen. Auch nach außerhalb ..." Bei dem abenteuerlustigen Ausdruck in Daniels Augen konnte Desmond nur hoffen, dass er damit lediglich Kontakte in andere Bistümer meinte. Denn jedwede Verbindung über die Grenzen des Gelobten Landes hinaus nach Babylon würde mit sofortiger Kreuzigung geahndet.

„Weißt du, Desmond, du bist mein bester Freund und ich glaube, ich kenne dich besser als jeder andere Mensch in Gottes Welt. Doch ich frage mich immer öfter, warum gerade du in der Katholischen Kirche dienst. Heiliger Geist hin oder her."

Desmond überlegte einen Augenblick. Diese Frage hatte er sich selbst schon unzählige Male gestellt. Wenn er ehrlich war, war es genau das, was jedem Disput mit seinem Onkel zugrunde lag. „Zum Ersten ist da mein Onkel. Der wollte mich nirgendwo anders sehen. Zum Zweiten: Ich kenne kaum jemanden, der für den Job besser gesegnet wäre." Bei diesen Worten tippte er sich an die Stirn. „Und was am meisten zählt: Ich glaube einfach, dass es für die Menschen schon immer schwierig war, Gottes Willen zu erkennen. Aber wenn es manchen Menschen nicht so gut gelingt, dann muss es als Ausgleich jemanden geben, der es besser macht. Vielleicht führt das den Rest der Herde wieder auf den rechten Weg."

Eine Weile schwiegen beide. Dann schenkte Daniel zum dritten Mal ein. „Du bist ein hoffnungsloser Idealist. Ich befürchte, dass du mit deiner Einstellung bald ganz alleine stehst, wenn du das nicht schon tust. Aber auch wenn der Schäfer der Herde wahrscheinlich schon lange über alle Berge ist ..." Er hob sein Glas. „Solange es Hirtenhunde wie dich gibt, kann ich es mir leisten, ein Schaf zu sein. Und darauf trinke ich." Damit setzte er das Glas an.

Desmond erwiderte: „Als Schaf habe ich dich nie gesehen. Eher als alten Bock."

Daniel prustete den Fusel über den Tisch. Noch immer grinsend wischte er sich über den Mund, dann wurden seine Züge ernster. „Genug mit dem philosophischen Gequatsche. Deswegen sind wir nicht hier. Wo drückt die Sandale?"

„Kann ich hier wirklich frei reden?"

„Hmm. Nach dir traue ich Haddy wie kaum einem Menschen sonst." Mit einem anzüglichen Grinsen klappte Daniel den breiten Kragen seiner Lederjacke hoch. „Aber Kontrolle ist besser als Vertrauen." Unter dem Kragen befand sich ein Scrambler, der doppelt so groß war wie Desmonds Version.

„Nun gut. Hör zu. Gestern habe ich einen Sünder namens Thomas Bate hochgenommen …" Desmond schilderte den Hergang der Geschehnisse in allen Details. Er berichtete auch über die seltsame Erfahrung, als er im Geist des Sünders herumgestöbert hatte.

Daniel rieb sich über die Bartstoppeln. „Kann ich den Zettel mal sehen?"

Desmond überreichte ihm das Stück Papier.

Sein Freund las mehrmals still und bewegte dabei unwillkürlich die Lippen. „Steckt voller Ungereimtheiten, die Geschichte. Warum hat Jonas gleich so viele von euch Brüdern aufgeboten, nur um einen einzelnen Mann dingfest zu machen? Woher hatte Bate die Waffe eines Priesters? Und warum wurde darauf bestanden, einen Sünder ohne Gerichtssitzung ins Asyl zu überweisen? Eine solche Entscheidung fällt doch normalerweise in den Kompetenzbereich deines Onkels."

„Genau das gibt meinem Onkel und mir auch zu denken."

„Und überhaupt: Welches Interesse könnte der Erzbischof oder sein innerer Kreis an einem einfachen Arbeiter wie diesem Bate haben?" Daniel knickte die Nachricht in der Mitte und gab sie Desmond zurück. „Könnte jemand von deinen Mitbrüdern der Verfasser sein? Bate kannte dich namentlich, und da du nur sehr wenige soziale Kontakte hast …"

Bei den letzten Worten war sich Desmond schlagartig sicher, wie der kryptische Text zu deuten war. Und an die Konsequenzen, die dies für ihn haben könnte, mochte er gar nicht denken. Er wusste nur eins: Er würde sofort mit seinem Onkel sprechen müssen.

***

Eine Viertelstunde. Vielleicht zwanzig Minuten. Das war alles, was er brauchte. Selbst an einem Tag wie diesem. Erst recht an einem Tag wie diesem. Am liebsten hätte er seinen Ärger laut hinausgebrüllt.

Innozenz XIV. sog Luft durch die Nase und wartete, bis der schwere Duft seine beruhigende Wirkung entfaltete. Der Anblick des Farbenmeeres um ihn herum war ihm als einziger Trost geblieben. Im gesamten Gelobten Land suchte eine solch üppige Flora ihresgleichen. Nichts, wirklich gar nichts, vermochte an diesen Garten Eden heranzureichen. Innozenz war überzeugt davon, dass selbst die prächtigsten Landstriche in den Grünen Arealen sich nie und nimmer mit der Schönheit seines kleinen Reiches messen konnten. Dafür gab es auch einen guten Grund: Er überließ in der verschnörkelten Glashalle auf dem Dach der Allmächtigkeitskathedrale nichts dem Zufall. Die klimatischen Bedingungen und die Mineralienzusammensetzung der Erde unterlagen strengsten Kontrollen. Jedes Insekt, das seine aufwendigen Kreuzungsexperimente stören konnte, wurde sofort ausgemerzt, denn hier gedieh alles exakt so, wie es dem Willen des Heiligen Vaters entsprach.

Ganz im Gegensatz zur Lage im Gelobten Land. Bewaffnete Auseinandersetzungen! Zuletzt hatte es so etwas in den „Shaitanskriegen" gegeben, aber die waren schon vor zweihundert Jahren aus den Geschichtsbüchern gelöscht worden. Eine mehr als unangenehme Erinnerung.

Damals waren Satans Scharen in unheiliger Allianz mit einer Konföderation Babylons ins Gelobte Land eingefallen und hatten ihm den Untergang bringen wollen. Und beinahe wäre ihnen dies gelungen. Zum Glück hatte sich zu dieser Zeit die Macht Gottes in der Priesterschaft bereits ausreichend manifestiert und Innozenz hatte Verrat und Hightechwaffen den Heiligen Geist entgegensetzen können. Seitdem hatte das Gelobte Land nachgerüstet und nie wieder hatte ein Babylonier auch nur einen seiner ungewaschenen Heidenfüße über die Grenzen gesetzt.

Die aktuellen Vorkommnisse schienen auf eine vergleichbare Belastungsprobe wie einst hinauszulaufen. Verstörend war nur, dass die Gefahr diesmal von innen drohte. Hervorragend strukturiert, gut ausgerüstet und viel zu skrupellos gingen die verschiedenen Zellen der falschen Prophezeiung vor. Schon allein die Tatsache, dass eine solch große Organisation hatte zusammenfinden können, ohne dass sie vorher enttarnt worden war, gab Innozenz schwer zu denken.

War der Herrscher der Katholischen Weltgemeinde am Ende doch zu überheblich und selbstgefällig geworden? Geblendet von zu viel Zuversicht in seine eigene Macht und die seines Gottes?

Grimmig beäugte er den besonders dichten Rosenbusch, vor dem er stand. Das Gewächs, dessen Ausdünstungen Innozenz' aufgestörte Psyche so beschwichtigten konnten, überragte ihn um ganze zwei Köpfe. Während er die Griffenden der Astzange in seiner Hand leicht öffnete und wieder schloss, untersuchte er die flammenden Knospen von jeder Seite. Er wollte auch den leisesten Makel entdecken, abschätzen und dann beseitigen.

Dabei versuchte er, seine Gedanken auf die donnernde Predigt zu lenken, die er in den frühen Abendstunden für Nicopolis halten würde. Hoffentlich löste sie eine Hexenjagd auf die Anhänger dieser neuen Prophezeiung aus, die ihresgleichen suchte. Es wäre nicht das erste Mal, dass die Gemeinde, unter Führung der Priesterschaft von Gottes Schild, solches Ungeziefer ausgemerzt hätte. Auch das rief Erinnerungen wach, denn das letzte Mal hatten dies die verräterischen Renegatenpriester und ihre Gefolgschaft zu spüren bekommen. Hatten sie sich doch eingebildet, den Weg des Herrn besser zu kennen als der Heilige Vater selber. Narren!

Das waren Bilder, die ihm wieder ein Lächeln ins Gesicht zauberten. Nach der Ergreifung der obersten Renegaten hatte niemand mehr gewagt, sich zu irgendetwas anderem zu bekennen als zu Innozenz und zum Geweihten Kreuz.

Doch so sehr er sich auch darauf freute, die Herzen seiner Schäfchen heute Abend zu entflammen, er war sich nicht sicher, ob dies reichen würde. Es schien doch weitaus mehr hinter der Affäre zu stecken als die Wahnvorstellungen von ein paar irregeleiteten Idealisten, die ihren Unflat unorganisiert an jede Wand schmierten. Dieser Aufruhr war keine Rebellion der Worte.

Diesmal wurde die Kirche mit offener Gewalt konfrontiert. Da sprachen die Hiobsbotschaften aus Nicopolis eine deutliche Sprache. So in Erinnerungen versunken, nahm es ganze zehn Minuten in Anspruch, den Rosenbusch einmal zu umrunden. An dreien der Äste entdeckte der Papst Blüten, deren Blätter an den Rändern vereinzelte trockene Stellen aufwiesen.

Immer ein Auge auf ihre tückischen Dornen gerichtet, bog er die Zweige zur Seite und setzte alles daran, den gesunden Trieben nicht zu schaden, auch wenn er nah an den Stamm des Busches kommen musste, um die schadhaften Äste an ihrer Basis zu erwischen.

Wenig später war es vollbracht. Drei ausladende Zweige lagen neben dem Busch. Innozenz würde veranlassen, dass man aus den Blüten ein Duftöl für den Orden der Magdalena destillierte. Diesen berauschenden Geruch wollte er unbedingt an jenen sechs Nonnen wissen, die allein für sein Wohlergehen zuständig waren.

Obwohl ihm diese Freuden wohl bis auf Weiteres verwehrt waren, denn auch in dieser Nacht käme es aufgrund der Nicopolis-Affäre wohl kaum zur wohlverdienten Zerstreuung zwischen den päpstlichen Laken.

***

Selbst wenn sie nicht so erschien, war die Unterkunft seines Onkels deutlich geräumiger als Desmonds Wohneinheit. Allerdings stand hier alles voller Regale, aus denen antike gebundene Bücher quollen. Dazwischen schaute die Ikonensammlung des Dekans traurig auf Desmond herab. Er saß in einem Sessel unter einem hohen, schmalen Bogenfenster und drehte ungeduldig ein Rotweinglas zwischen den Fingern.

Endlich betrat Onkel Ephraim den Wohnraum, setzte sich in den Sessel gegenüber und prostete ihm mit einem weiteren vollen Glas zu. Desmond wollte zum Reden ansetzen, doch der erhobene Finger seines Gegenübers stoppte ihn. Mit geschlossenen Augen nahm Onkel Ephraim einen Schluck und ein versonnenes Lächeln teilte seinen Henriquatre-Bart. Als er die Augen wieder öffnete, strahlten sie hinter der silbernen Brille Frieden und Geduld aus. Desmond beruhigte sich ein wenig. So lächelte sein Onkel nur, wenn sie allein waren. Es bedeutete Familie, Angenommensein, den Ausschluss des gesamten Kirchenapparats. Zum Schutz des bescheidenen Idylls hatte Desmond wieder einen Scrambler eingeschaltet, diesmal ein größeres Modell.

„Ich habe nicht damit gerechnet, mein Sohn, dass du mich heute schon besuchen würdest." Ephraim Sorofraugh deutete mit der Linken auf seinen Neffen. „Und auch nicht damit, dass du dabei deine Waffen, deine Ausrüstung und sogar eine Schildweste tragen würdest."

„Nach dem, was ich heute erfahren habe, erschien es mir am sichersten so."

„Was für eine Neuigkeit bringt jemanden mit deinen Talenten dermaßen aus der Fassung? Ich glaube manchmal, dass du einfach mehr Selbstvertrauen nötig hättest. Aber das sollte mich nicht wundern. Dein Vater war in dem Alter genauso."

Obwohl Desmond liebend gern noch mehr über seinen Vater erfahren hätte, drängte ihn im Moment etwas anderes. „Weißt du schon etwas über die Akte Thomas Bate?"

Ephraim Sorofraugh fuhr mit der Hand durch den von Grau durchsetzten Haarkranz. „Leider war es mir nicht möglich, in der kurzen Zeit herauszubekommen, was für den Erzbischof so wichtig an dem Fall war. Ich weiß nur eins: Die Befehlskette ist an mir vorbeigelaufen. Bruder Jonas hat seine Order direkt vom Bistum erhalten. Mich hat man erst benachrichtigt, als er nicht mehr weiterkam." Geistesabwesend schwenkte er sein Weinglas. „Das ist alles sehr ungewöhnlich. Leider werden genauere Nachforschungen dadurch behindert, dass sich die Situation in unserer Nachbarstadt zuspitzt. Schon zweimal hat sich Bischof Zacharias heute Abend mit mir wegen Nicopolis in Verbindung gesetzt. Er will beim Erzbischof für Rauracense Sondermaßnahmen erwirken, um ein Übergreifen des Aufruhrs zu verhindern." Ephraim Sorofraugh gönnte sich einen weiteren Schluck Rotwein, dann stellte er das

Glas hin und fuhr fort: „Wir verpassen übrigens gerade Papst Innozenz' Predigt. Aber ich zeichne sie auf. Es wäre mehr als peinlich, wenn ich nach der Morgenandacht nichts dazu sagen könnte."

„Die Unruhen werden schon offen als Aufstand bezeichnet?"

„Nur auf Kirchenebene natürlich. Der Gemeinde wird vermittelt, Bischof Vessara wäre ganz Herr der Lage."

Desmond brummte frustriert.

„Warum machst du ein so langes Gesicht? Ich glaube nicht, dass New Bethlehem etwas zu befürchten hat."

„Das ist es nicht, Onkel. Ich glaube, ich bin der Sache mit der Nachricht auf die Schliche gekommen."

„So rasch?"

Desmond musste Luft holen. „Mein Geheimnis ist wahrscheinlich keins mehr. Der Verfasser der Nachricht weiß über meine Fähigkeit, den Verstand anderer zu lesen oder zu beeinflussen, Bescheid. Mehr noch: Er ist wahrscheinlich sogar selbst dazu in der Lage."

„Ziehst du da keine voreiligen Schlüsse, mein Junge?" Desmonds Onkel schluckte hart.

„Du hast mich immer vor diesem Moment gewarnt, Onkel Ephraim. Aber ja, es ist mir sehr ernst. Daniel hat mich darauf gebracht, indem er vermutete, der Mann hinter der Nachricht müsse mich kennen. Auf der Fahrt hierher habe ich mir das Ganze noch einmal gründlich überlegt. Es bleibt kaum eine andere Möglichkeit."

Der Dekan fluchte leise, aber sehr anschaulich. Desmond blieb der Mund offen stehen.

„Entschuldige, mein Sohn. Fahre fort." Ephraim Sorofraughs linke Hand begann gegen die Armlehne zu klopfen, ohne dass er es bemerkte und wie immer, wenn er nervös wurde, kratzte er sich am Muttermal, das an seinem Hinterkopf saß.

„In der Nachricht heißt es: ‚Viermal wurdest du auf deinen Platz verwiesen.' Als ich in Büßer Bates Kopf nach dem Verfasser der Nachricht gesucht habe, wurde ich kurz vor dem Ziel immer zu anderen Gedanken ... katapultiert. Danach fand ich mich oft in Erinnerungen an den Salome Distrikt wieder."

Onkel Ephraims Gesicht drückte eine ungestellte Frage aus.

Desmond fuhr fort: „Vier dieser Erinnerungen wiederholten sich dabei ständig und wirkten überhaupt nicht wie selbst erlebt. Sie glichen eher Standbildern. Genau vier Orte", schloss er und betonte die letzten beiden Worte deutlich. „Ich würde den Bibeleid darauf schwören, dass dies die Plätze sind, auf die mich der Verfasser verweisen wollte und dass er sie selbst im Verstand von Thomas Bate versteckt hat. Hast du einen Atlasbildschirm für mich, Onkel?"

Statt gegen die Stuhllehne zu klopfen, umklammerte der Dekan sie jetzt. „Im Büro", war alles, was er herausbekam.

Desmond verschwand im kleinen Büroraum neben dem Schlafzimmer. Als er wiederkam, hatte er einen rechteckigen Rahmen mit einer Scheibe in der Mitte unter dem Arm. Er legte sie auf den Tisch, berührte das Glas und zoomte mit flinken Fingern in den Salome Distrikt.

„Der Davidsturm, das große Gedenkkreuz, der Tempel der Händler und der alte, geschlossene Vergnügungspark - das waren die Orte, die so absonderlich erschienen." Er markierte die entsprechenden Stellen und vergrößerte den Bildausschnitt, bis die Markierungen fast den Rand der Karte berührten.

Der Dekan beugte sich über das Display.

„Was meinst du, was der zweite Satz bedeuten könnte?", wollte er wissen.

„Bleib lieber mittelmäßig ...", zitierte Desmond und sprach dabei mehr zu sich selbst. „Ich schätze, dass das nicht sehr kompliziert ist." Er verband die schräg gegenüberliegenden Orte mit Linien. „Die vier Orte markieren eine Stelle in ihrer Mitte." Schließlich passte er den Bildausschnitt dem Kreuzungspunkt der Geraden an. „Der Häuserfriedhof", entfuhr es ihm.

Onkel Ephraim blickte auf. „Dort gibt es nur zerfallene Gebäude. Ein Schandfleck, der Gesindel anzieht, das keine

Wohnberechtigung mehr hat. Heimat derer, die verloren sind für die Gemeinde, weil sie ihr Leben nicht nach den Zwölf Geboten führen wollen. Leider gesteht mir das Bistum nicht genug Privilegien zu, dass die Stadtarchitekten das Viertel wieder vernünftig aufbauen könnten. Was sollte an einem solchen Ort von Wichtigkeit sein?"

„Genau das gedenke ich herauszufinden. Ich werde mich morgen, an meinem freien Tag, dort hinbegeben."

Als Desmond aufstehen wollte, packte sein Onkel ihn an den Schultern und drückte ihn zurück in den Stuhl. „Du musst mir jetzt ganz genau zuhören, mein Sohn. Du wirst dich von diesem Ort fernhalten! Vergiss die ganze Sache! Ich werde feststellen lassen, von wem diese verfluchte Nachricht stammt, und du wirst solange ganz unauffällig deinen Dienst tun! Es könnte durchaus sein, dass du dich irrst. Vielleicht bist du nur irgendeinem Spinner auf den Leim gegangen, der sich vor der Buße noch einmal wichtig machen wollte. Aber wenn nicht, wenn der Verfasser wirklich Kenntnis über dein Talent hat, schwebst du in großer Gefahr!"

Sein Onkel hatte Desmond noch nie angeschrien, doch jetzt war er so laut geworden, dass man ihn sicher bis vor die Tür seiner Wohnzelle verstehen konnte. Trotzig wollte Desmond sich in die Höhe stemmen, aber der Griff seines Onkels glich zwei Stahlklammern.

„Wenn der Verfasser mir schaden wollte, hätte er bereits genug Zeit und Gelegenheit dafür gehabt. Denk nur, Onkel, er verfügt über die gleiche Fähigkeit wie ich. Deswegen hat er genau diesen Weg gewählt, um mich zu sich zu rufen."

„Das wissen wir nicht. Die Motive des Verfassers liegen noch im Dunkeln. Mit meinen Möglichkeiten kann ich wesentlich diskreter an Informationen kommen. Die Gefahr für uns könnte größer sein, als du ahnst. Vielleicht steckt ein Großinquisitor dahinter."

Desmond wurde langsam wütend. Wieso wollte sein Onkel verhindern, dass er jemanden fand, der sein Schicksal womöglich teilte?

Der Dekan hielt ihn immer noch fest. „Deine Mutter hätte niemals gewollt, dass ich dich dermaßen unvorsichtig handeln lasse. Besudele ihr Andenken nicht, indem du dein Leben für eine bloße Ahnung aufs Spiel setzt." Für seinen Onkel schien die Sache damit erledigt.

„Meine Mutter?" Desmond schnaubte. „Du ergehst dich immer bloß in Andeutungen. Jedes Mal, wenn ich etwas über sie wissen wollte, hast du mir erzählt, wie schön und stark sie gewesen ist. Und immer, wenn ich mehr erfahren wollte, hast du mir erzählt, das würdest du mir alles sagen, wenn ich älter bin. Vierundzwanzig Jahre geht das schon so. Warum sollte es mir jetzt auf einmal wichtig sein, was sie denken würde? Ich kenne meine Mutter kaum. Ich wünschte, es wäre anders. Mittlerweile habe ich es so satt, mich dauernd verstellen zu müssen."

Jetzt gab der Dekan seinen Neffen frei. „Mein Sohn, ich bitte dich noch einmal inständig. Ich möchte es dir nicht befehlen müssen …"

Als Desmond sich vom Stuhl erhob, kam ihm seine Schildweste doppelt so schwer vor.

Sein Onkel versuchte es ein weiteres Mal. „Desmond! Im Namen von Gottes Kirche, bleib stehen!"

Doch Desmond Sorofraugh setzte seinen Weg zur Tür fort. Als diese automatisch zur Seite glitt, drehte er sich um und sagte leise: „Es tut mir leid. Diese Gelegenheit werde ich mir nicht entgehen lassen. Ich hoffe, wir können noch einmal über das alles reden, wenn ich zurückkomme."

Dann schloss sich die Tür. Der Dekan saß in seinem Wohnzimmer mit zwei verwaisten Gläsern Rotwein und rieb sich mit der Hand über das kahl werdende Haupt.

Sollte er Desmond einfach gewähren lassen? Der Einfall versuchte Dekan Sorofraugh für eine Sekunde. Aber nein. Das wäre viel zu gefährlich. Und es war noch nicht zu spät, seinen Neffen von dem unüberlegten Vorhaben abzubringen.

Er beeilte sich in sein Büro zu kommen, wo bereits der stumme Alarm seines Comphones blinkte. Indem er die Ruftaste drückte, erschien die beunruhigte Miene des wachhabenden Kaplans.

„Dekan Sorofraugh. Ich versuche, Euch schon seit fünf Minuten zu erreichen. Eure Anwesenheit auf der Kommandoebene ist dringend erforderlich. Über Nicopolis wurde das heilige Kriegsrecht verhängt ..."

IV

Wie üblich waren alle Teilnehmer der hastig einberufenen Krisenbesprechung mit einem angemessenen Mitarbeiterstab erschienen. Dennoch hatte bloß jeweils einer ihrer Stellvertreter oder persönlichen Assistenten Zugang erhalten. Diese standen nun in dem holzvertäfelten Besprechungsraum hinter den Stühlen ihrer Herren und warteten darauf, wichtige Datenmappen anzureichen oder Mitschnitte der Gespräche aufzuzeichnen.

Zur Rechten und Linken seines erhöhten Throns flankierten jeweils vier Gardisten des Schwurs den Papst. Ihre in Bordeaux und Schwarz gehaltenen Uniformen zeichneten sich vor dem wandgroßen Bildschirm wie Scherenschnitte ab. Dahinter breitete sich in Endlosschleifen eine bewegte Collage von Explosionen, kämpfenden Priestern und blutenden Zivilisten aus. Die Ereignisse der letzten achtundvierzig Stunden in Nicopolis.

Die wohlgestutzten Augenbrauen des Heiligen Vaters bildeten ein wütendes V auf seiner Stirn. Mitten in seiner Predigt war das Unfassbare geschehen. Man hatte ihn vor der gesamten Katholischen Weltgemeinde ins Gesicht geschlagen. Diese kreuzverfluchten Pharisäer hatten zwei Lastengleiter voller Betonfeuer in die Großkathedrale von Nicopolis rasen lassen. Da sich unter den gesprengten Turmspitzen alle Sensoren, Sendeeinheiten, Empfänger und Umschaltstationen der Kathedrale verbargen, war für eine volle Stunde der Funkverkehr der Millionenmetropole zusammengebrochen. Die zweite Nacht in Folge wurde Innozenz nun wegen dieser erbärmlichen Feiglinge von seinem Schlafgemach ferngehalten. Mochten sie alle an der Beulenpest verrecken!

Die meisten Anwesenden im Konferenzsaal schraken zurück, sobald sie der Blick des Papstes streifte. Zu deutlich war ihm anzusehen, welche Gedanken hinter seiner Stirn brodelten. Dieser schändliche Angriff sollte so rasch wie möglich mit Blut vergolten werden. Doch noch würde Innozenz sich beherrschen und einfach abwarten.

Marcus Grenoir, sein Vertreter zur Rechten, schaute unbewegt geradeaus und Erzinquisitor Clawfinger verbarg sein Gesicht unter der schwarzen Kapuze mit dem rostfarbenen Kreuz der Reue.

Domarchitekt Timon Joel hatte vom Papst zwar nichts zu befürchten, doch merkte man, dass ihm dieses Treffen mehr als unangenehm war.

Mindestens im gleichen Maße wie Abtprimas Aaron Manasse. Der sah nämlich auch niemanden in der Runde offen an, sondern starrte auf das Chaos, das über den Großbildschirm flimmerte. Deutlich konnte man spüren, dass das Oberhaupt der Heiler von Nicopolis kurz davor war, etwas zu sagen, der Mut ihn aber immer wieder verließ. Innozenz hätte es wahrscheinlich auch bedauerlich gefunden, wenn er ausgerechnet den fähigen Aaron als Ventil für seine Wut hätte benutzen müssen.

General Ruben Crude war der einzige Kirchenmann, der seiner Musterung standhielt. Der Oberste Templer hatte die Geduld eines Steins. Er würde stoisch abwarten, bis der Papst das Wort an ihn richtete, und wenn es bis zum frühen Morgen dauerte.

Propagandaführer Morgenstern, in seiner farblosen aber gepflegten Uniform, trug sogar die Andeutung eines Lächelns im Gesicht. Wusste er doch, wie zufrieden sein Oberhaupt mit ihm war. Im Schutz des Netzzusammenbruchs hatte er die beispiellose Niederlage zu einem Sieg für den Glauben manipuliert. Deswegen trug er die fünf Streifen Tuch, die ihm als Zeichen seines hohen zivilen Rangs von der Schulter fielen, wahrlich zu Recht.

Phillip Tamar hingegen erweckte eher den Anschein eines schüchternen Novizen im Erstsemester, als den eines Ehrendomherrn einer Großkathedrale. Gekrümmt und mit hochgezogenen Schultern hockte er hinter einem Stapel kostbar gebundener Mappen, fast so, als wolle er sich dahinter verstecken.

Aber keiner in der Runde der Mächtigen von Nicopolis machte auch nur annähernd einen so bestürzten Eindruck wie Bischof Vessara. Der fette Geistliche mit der sonst sehr ausschweifenden Gestik beschied sich momentan damit, mit seinen juwelenberingten

Stummelfingern Unordnung in die Data-Akten zu bringen. Bei jedem Anlass putzte sich Thaddäus Vessara sonst heraus wie ein Steinpfauenmännchen. Heute hatte er es jedoch offenbar nicht geschafft, nach einer unzerknitterten Robe zu schicken. Sogar die mehr Gold als Rot aufweisende Mitra trug er mit deutlicher Schräglage.

Er war es auch, der das immer bedrohlicher werdende Schweigen schließlich nicht mehr aushielt. Nachdem er jeden der Sitzenden Hilfe suchend angeschaut hatte, probierte er, seinen jämmerlichen Rest an Courage in einen Satz zu kleiden.

„Heiliger Vater, wir konnten nicht …"

„Thaddäus!", unterbrach der Papst ihn lautstark. „Wie konntest du es nur zulassen, dass ich in aller Öffentlichkeit so gedemütigt werde?" Anklagend streckte er dem rundlichen Bischof seinen Zeigefinger entgegen. „Du hast deine Kathedrale verloren und du hast deine Ehre vor Gott verloren."

Er nickte seiner Garde zu. Prompt blitzte etwas im Schein der Bronzeleuchter auf. Bischof Vessaras Glupschaugen drohten aus den Höhlen zu treten, ein Speichelfaden tropfte von den wulstigen Lippen, bevor sein Kinn auf die Brust sackte und die Mitra auf den Konferenztisch rutschte. Aus seiner blutenden Schulter ragte der Griff eines Gardistenmessers.

Ein zweites Messer hatte seinen Weg in die Schulter von Ehrendomherr Tamar gefunden. Auch er hing vornübergebeugt in seinem Sitz. Nur die Finger der linken Hand zuckten unwillkürlich.

Der Mann hatte als Verwalter der Kathedrale ebenso gravierend versagt wie Vessara. Papst Innozenz XIV. erhob sich, ergriff seinen prunkvoll verzierten Hirtenstab und nahm bedächtig die sechs Stufen von seinem Platz herab. Zwei der Gardisten folgten ihm, schweigend hinter den gesichtslosen Masken. Drei Schritte vor dem scheinbar bewusstlosen Bischof kam der Papst zum Stehen.

„Schau mich an, mein Sohn." Seine Stimme klang wie Samt, der eine scharfe Klinge umschloss. Er legte das gewundene Ende des goldenen Hirtenstabs unter Vessaras Doppelkinn und hob dessen Kopf an. Jetzt konnte man erkennen, dass die Augen des Bischofs weit offenstanden.

„Die Muskeln deines Körpers sind erschlafft, aber du kannst noch jedes meiner Worte verstehen. Dieser Zustand wird so lange anhalten, bis man dich in eine Zelle im Turm der Tugend geschafft hat. Und all das weiß ich, weil ich die Messer meiner Garde heute eigenhändig gesalbt habe." Herablassend verzog Innozenz den Mund. „Du hast mich schwer enttäuscht, Thaddäus. Ich vertraute dir einen Platz in meinem Garten an und du hast ihn verkümmern lassen. Ein giftiger Busch ist dort gewachsen. Er hat Früchte von Niedertracht und Heimtücke hervorgebracht und du warst zu nachlässig, es zu bemerken. Statt auf unseren Garten achtzugeben, hast du dich vollgefressen und bist immer fauler und immer fetter geworden." In einer schnellen Bewegung brachte Innozenz den Stab in den Nacken seines Opfers und ruckte ihn nach vorn. Vessaras Gesicht landete mit einem deutlichen Krachen auf der Tischplatte. Das Messer der Garde bohrte sich noch tiefer in die Schulter und ein Schwung der Data-Akten rutschte zu Boden. Trotz der Lähmung entrang sich dem Bischof ein qualvolles Stöhnen.

Danach, hinter den Stuhl des regungslosen Ehrendomherrn Tamar tretend, nahm Innozenz ihm die schwarze Kappe vom Kopf und strich beinahe zärtlich durch dessen kurze blonde Locken.

„Für dich, Phillip, gilt das Gleiche." Nach einem Klaps auf den Hinterkopf des Vergifteten lenkte er seine Aufmerksamkeit schließlich auf Erzinquisitor Clawfinger. „Sorg dafür, dass die drei die Folter der Brandhäutung erfahren, mein Sohn. Da Vessara sich zur Todsünde der Eitelkeit hinreißen ließ, soll er zusätzlich kurz vor seinem Tode enthauptet werden. Zeigt dem abgetrennten Kopf daraufhin den geschundenen Leib. Ihre Namen mögen für immer aus unseren Aufzeichnungen getilgt werden. Amen."

Klemens Grim, der Vertreter Clawfingers, tippte alles eifrig in seine blutrot gefasste Mappe. Abraham Clawfinger, der Mann, der ohne mit der Wimper zu zucken Jungfrauen und Kinder auf die

Streckbank schickte, schaute den Papst unsicher an. „Mit Verlaub, Eure Heiligkeit, aber wer soll der dritte Büßer sein?"

Innozenz ließ den Hirtenstab zur Seite fallen und trat an Clawfingers Stuhl. Mit beiden Händen fasste er sein Gesicht und drückte ihm einen Kuss auf die Stirn. „Aber Abraham, ich sprach mit Erzinquisitor Grim." Er winkte die Garde heran. „Schafft sie weg!"

Abraham Clawfinger wischte sich den Judaskuss von der Stirn. Die Erkenntnis, damit alles verloren zu haben, verlieh ihm den Mut der Verzweiflung. Als die übrigen Gardisten hinter dem Thron hervorstürmten, stand er auf und schleuderte sie durch eine Geste seiner Arme mit dem Heiligen Geist zu Boden. Doch einer der Gardisten beim Papst trat blitzschnell gegen sein Knie und das rechte Bein gab knackend nach. Nur mit Mühe konnte er sich an der Tischkante aufrecht halten. Sein Gesicht war eine Maske aus Wut und Schmerz.

„Das werdet Ihr bereuen. Ich habe zu viele Verbündete in den Türmen. Keiner wird es wagen, Hand an mich zu legen."

Innozenz stieß verächtlich die Luft aus. „Wäre dein Glaube an Gott so groß wie dein Glaube an dich selbst, wäre das alles hier vielleicht nie passiert. Wie konntest du geschehen lassen, dass eine Kathedrale fiel? Wieso konnte sich eine so straff organisierte Gruppe bilden, ohne dass auch nur einer deiner Seher, Judasjünger oder Verhörer etwas davon erfuhr? Hast du überhaupt eine Ahnung, was deine Schergen den ganzen Tag in ihren Kerkern treiben?"

Clawfinger blieb die Antwort schuldig.

„Nun denn, du wirst es sehr bald am eigenen Leib erfahren." Damit drehte der Papst sich von seinem ehemaligen Erzinquisitor weg und begab sich zurück auf den Thron.

„Du verfluchter Bastard! Eines Tages werden deine Marionetten erkennen, dass auch sie entbehrlich sind, und dann ..." Clawfingers Gezeter verwandelte sich in Schmerzensschreie, als ihn die Garde auf das zertrümmerte Knie stellte, um ihn dann aus dem Raum zu schleifen.

Nachdem die Tür hinter ihnen zufiel, machte sich betroffene Stille breit. Einzig Grim schlug unbeeindruckt die Kapuze vom kahl geschorenen Kopf und nahm seinen neuen Platz ein.

Innozenz ergriff wieder das Wort. „Meine Söhne. Wie wir leider schmerzhaft erfahren mussten, konnten weder die zivile Sicherheit, noch die Priesterschaft oder die Inquisition die desaströsen Geschehnisse in Nicopolis verhindern. Wir müssen nun alles in unserer Macht Stehende tun, damit sich die Seuche des Aufstandes nicht auf die anderen Städte überträgt. Deswegen verfüge ich, dass du, Oberster Templer Ruben Crude, die Anzahl von hundert Templerkontingenten von der Östlichen Grenze abziehst, um sie nach Nicopolis zu verlegen. Dort werden sie der wachsenden Gefahr durch Aufrührer begegnen. Amen."

Eine Stationierung der Templersoldaten in den Städten! So etwas hatte es noch nie vorher gegeben und mit einem Mal konnte keiner der Anwesenden laut oder schnell genug auf die anderen einreden. Innozenz würde das verbale Ringen, das er eingeläutet hatte, erst ein wenig genießen, bevor er sich wieder einmischte. Heute Nacht würde er wieder in seinem Bett liegen. Und für morgen war ein ähnliches Treffen mit den Vertretern New Bethlehems geplant. Auf beides freute er sich schon gleichermaßen.

***

Weit war Desmond gestern nicht gekommen. Kaum hatte er die St. George Kathedrale verlassen, da war er auch schon über das Lautsprecherfeld in seinem Priesterkragen wieder hineinbeordert worden. Er hatte natürlich einen Trick seines Onkels vermutet, dennoch war eine Weigerung aufgrund des Unterwerfungseides unmöglich gewesen. Doch spätestens, als er die Versammlungsaula im Trakt der Weisheit betreten hatte, war ihm klar geworden, dass mehr dahinter steckte als die Ängste seines Onkels.

Kriegsrecht in Nicopolis! Für das gesamte Bistum Rauracense war die Verfügungsstufe auf Eins heraufgesetzt worden. Das bedeutete, dass Priester das Gelände der St. George nun nur noch auf ausdrücklichen Befehl des Dekans verlassen durften. Desmond hatte sich wohl oder übel mit einer Bereitschaftszelle im Dormitoriumstrakt abfinden müssen und der Häuserfriedhof wurde fürs Erste unerreichbar für ihn.

Jetzt schritt er würdevoll unter dem Geläut der Drachentürme in einer Prozession aus Straßenpriestern in voller Einsatzmontur und ärgerte sich über eine lästige Extramesse zur Beruhigung der Gemeinde. Auf dem großen Vorplatz erwartete diese sie bereits. Hier und da wurden kleine Fahnen mit dem Heiligen Georg geschwenkt und Mütter hielten ihre Kleinen in die Höhe, damit auch sie die mutigen Verteidiger der Zwölf Gebote sehen konnten.

Als der Insignienträger in der ersten Reihe den Gläubigen das Lanzenkreuz des Heiligen Georg präsentierte, scherte die Priesterschaft zu den Seiten aus, um auf der halbkreisförmigen Fronttreppe dem Dienstgrad entsprechend Aufstellung zu nehmen. Gleich würde Desmonds Onkel durch das Portal treten und das Wort erheben.

Im Hintergrund klang das dröhnende Glockengeläut lang-sam ab und wurde vom immerwährenden Flugverkehrslärm ersetzt. Als schließlich alle Brüder ihre Plätze erreicht hatten, war das Turbinenbrummen allerdings so weit angeschwollen, dass es sogar das Gemurmel der Gläubigen übertönte.

Desmond blickte sich um. Wie sollte Onkel Ephraim bei dem Lärm eine Predigt halten? Auch den Wartenden war aufgefallen, dass hier etwas nicht stimmte. Die aufkeimende Unruhe übertrug sich sogar auf die Priester. Leider reichte der Ausblick über das weitläufige Kathedralengelände nicht, um den Ursprung des Brummens auszumachen. Es schien von allen Seiten auf den Platz zu dringen und mittlerweile spürte man es sogar im Bauch. Neugierig musterte Desmond den weiß gefiederten Himmel.

Mit einem Mal bedeckten ihn riesige dunkle Flecke.

Angetrieben von gleißenden Fusionsverbrennern, schwärmte eine Flotte schwerer Militärschiffe über die Skyline von New

Bethlehem. Obwohl die Transporter der Damaskusklasse mit ihren turmhohen Aufbauten am ehesten fliegenden Burgen ähnelten, vermittelten sie in der Luft die majestätische Eleganz von Nimbusrochen. Beim Überqueren des St.-George-Sektors zeichnete ihre Großformation Schattenrisse auf Gebäudefassaden, die versammelte Gemeinde und die Kathedrale selbst.

Nicht wenige der Gläubigen bekreuzigten sich. Ihre Kinder kreischten und viele flohen in die schützenden Arme der Eltern. Wie sie alle starrte auch Desmond mit offenem Mund nach oben. Auf der Unterseite der gewaltigen Schiffe erkannte er das purpurrote Tatzenkreuz der Templer. Ihr Kurs führte sie in südwestliche Richtung. Dort lag Nicopolis.

***

Der Bericht des neuen Erzinquisitors nach der gestrigen Konferenz hatte Innozenz erneut um eine Nacht in den eigenen Gemächern gebracht. Jetzt kniete er mit ausgebreiteten Armen auf dem Boden.

„Vater, ich rufe dich an! Ein großes Unglück hat deine Gemeinde in Aufruhr versetzt. Dein Erster Diener fleht um Rat."

Ultramarinfarbenes Licht flammte im Raum auf und ließ Innozenz' gepflegtes Gesicht geisterhaft erscheinen.

„Die Ereignisse in Nicopolis sind mir nicht verborgen geblieben. Viele Tote. Viele, die im Glauben an ihren Herrn starben. Ich habe mit Wohlwollen verfolgt, wie du meinen Speer ausgesandt hast. Aber die Antworten, die du nun von mir begehrst, kann ich dir nicht geben." Obwohl die Stimme Gottes durchaus angenehm klang, hallte sie dem Papst dermaßen durch den Schädel, dass er fürchtete, Nasenbluten zu bekommen.

„Aber Vater, wie können …?"

„Satan selbst scheint sich nicht im Gelobten Land aufzuhalten, aber ich habe das sichere Gefühl, dass er bei den Geschehnissen seine Finger im Spiel hat. Seine Präsenz schwingt wie eine vage Ahnung im Hintergrund mit."

Diese Aussage verwirrte Innozenz, denn im Turm des Vaters war keine Frage je ohne Antwort geblieben. „Vater, die Verschwörung ging mit einer neuen Prophezeiung einher."

„Das ... entzog sich bislang meinem Wissen. Wie ist ihr Wortlaut?"

Innozenz schluckte. „Wenn die Türme fallen, wird seine Stimme regieren. Durch seine Hände werden selbst Berge sich bewegen und sein Antlitz wird von allen gesehen. Ohne eine Schuld tritt er vor den Herrn und fordert seine Göttlichkeit heraus. Dann erst kann die Menschheit in ein besseres Morgen geführt werden", zitierte er. Im Untergrund von Nicopolis beteten selbst die Kanalratten diese Wortfolge herunter. Wie konnte seinem Gott so etwas verborgen geblieben sein?

„Und die Türme sind gefallen ... Da dir der Ursprung dieser Weissagung unbekannt ist, mein Sohn, werde ich ihn ergründen. Dämme das Wissen um sie ein. Kein gemeiner Gläubiger außerhalb von Nicopolis darf von ihr erfahren. Zerschlage den Aufstand in meiner Stadt, bevor sich diese Plage verbreitet!"

***

Wie ein Schwarm wütender Hornissen rasten fünfzig Angel's-Wing-Gleiter in engen Kurven und unter lautem Sirenengeheul zwischen den Gebäudekomplexen von New Bethlehem umher. Desmond stellte seinen Wing schräg auf die Seite und suchte Blickkontakt mit dem Piloten rechts neben sich. Die Disziplin, mit der seine Flügelmänner die Formation in dem dichten Zivilverkehr beibehielten, ließ ihn anerkennend salutieren.

Da Ephraim Sorofraugh seinem Neffen ein wenig Integrationshilfe leisten wollte, teilte sich Desmond das Kommando über die abgestellte Zwillingsflotte mit Bruder Jonas. Doch darüber war Desmond alles andere als begeistert.

„Lanzenführer an Bruder Weißschopf, wir sind gleich da. Melden Sie uns doch mal der St. Mafalda. Wing 645, Amen!"

Der dienstältere Jonas hatte auf dem Herflug keine Gelegenheit ausgelassen, Desmond zu provozieren. Dieser ignorierte ihn zwar so gut es ging, aber von den unerfahreneren Brüdern erklang immer wieder verhaltenes Gelächter durch den Funk. Keine guten Bedingungen für sein erstes Kommando.

In der unteren linken Ecke des Kragendisplays blinkte ein rotes Feld. Das Funkfeuer der örtlichen Kathedrale begrüßte sie.

Desmond antwortete in den offenen Kanal: „Hier Drachen- und Lanzenstaffel, Flotte St. George, als Unterstützung der Grenzsicherung an Kommandoebene St. Mafalda. Doppelführer Sorofraugh meldet das Überqueren der Dekanatsgrenze. Warten auf weitere Anweisungen."

„Hier Flugüberwachung St. Mafalda an Drachenführer. Wir empfangen klar und deutlich. Ihre Kennungen wurden in unser Sensorraster integriert. Der Markierungscode ist Grün für die Drachen und Grau für die Lanzen. Schalten Sie um auf Frequenz 1-0-1-5-4. Von nun an unterstehen Sie Dekan Henochs Direktive. Amen!"

„Hier Angel´s Wing 037. Habe verstanden. Amen!"

Desmond drückte das Steuerkreuz am Empfänger, bis das Display vor seinem Auge Henochs monochromes Abbild zeigte. Der alte Dekan schien nicht erfreut über die Verstärkung von außerhalb, doch seine Stirnfalten glätteten sich augenblicklich, als er aufs Missionsprotokoll sah. „Desmond Sorofraugh, bist du das? Natürlich, du bist es. Ich erkenne deine Wingnummer. Hat dich Ephraim endlich einmal aus seinem Glockenturm gelassen?"

Desmond kannte Henoch nur flüchtig. Sein Onkel erwähnte ihn von Zeit zu Zeit. „Hier Grün 037, erwarte weitere Anweisung für Drachen- und Lanzenstaffel." Nach einem Schwätzchen war ihm gar nicht zumute. Wenn das Gespräch zu persönlich wurde, bekäme Jonas nur Zündstoff für weitere Spötteleien.

„Landet auf der unteren Ebene des Gabbata Sektors. Ein Leitstrahl wird euch zur Tunnelstation bei der industriellen Verwaltung lotsen. Dort bringt ihr die Wings auf den umliegenden

Straßen runter. Der gesamte Sektor ist geräumt und offiziell herrscht Ausgangssperre. Somit sind alle Ziele, die sich auf den Straßen herumtreiben, explizit freigegeben. Die Einsatzdaten werden umgehend in eure Kragen geladen. Am Boden wendet ihr euch an Captain Grennert von der Sicherheit. Er hatte bislang die Verfügungsgewalt. Amen."

„Alles verstanden, St. Mafalda. Amen."

„Hier Doppelführer Jonas, Anweisungen für die Lanzenstaffel bitte wiederholen, St. Mafalda."

Henoch hob den Zeigefinger. „Wenn du die Einweisung nicht verstanden hast, mein Sohn, frag deinen Partner Bruder Sorofraugh. Amen."

Henochs Bild verschwand. An seine Stelle trat ein Wust von Einsatzdaten. Desmond scrollte sorgfältig durch. Diesmal war er nicht allein und jede Unaufmerksamkeit konnte Menschenleben kosten. Per Bordcomputer verteilte er Landemarkierungen für seine Staffel.

„Gruppenführer an Drachen. Für einen Überblick drehen wir eine schnelle Runde über das Einsatzgebiet. Dann landet ihr die Wings an den zugeordneten Koordinaten. Rüstet euch mit Gasgranaten und Hirtenstäben aus. Stellt die Erlöser auf Betäubungsstufe. Nach dem Ausstieg sammeln wir uns beim Kommandostand. Amen."

„Das ist aber ziemlich weit entfernt vom Rendezvouspunkt", wagte wieder jemand den Schulterschluss mit Bruder Jonas.

„Ruhe, Wing 579. Muss ich dich an deinen Unterwerfungseid vom Morgenbriefing erinnern, Bruder Salomo?"

„Negativ, Drachenführer."

Warum nur war der Frischling unter seinem und nicht unter Jonas' Kommando? Weshalb hatte sein Onkel ihn überhaupt eingesetzt? Immerhin war Salomo noch verletzt. Desmond brummte missmutig.

Jetzt schoss die Staffel aus den Häuserklüften und überflog ein Pflaster aus hellen Granitplatten. Der Davidplatz, eine von Bürotürmen eingeschlossene Fläche, war ihr Ziel. Am westlichen Ende führte ein breiter, glasüberdachter Eskalator in die von Dekan Henoch erwähnte Tunnelstation.

Desmond setzte sich vor seine Gruppe. Unter ihm zog gerade eine Kette aus massigen Betonsperren vorbei, die sich von der nördlichen Gebäudefront quer über den Platz erstreckte. Dahinter hatte die Sicherheit mit voller Bewaffnung und gepanzerten Fahrzeugen Stellung bezogen. Überwacht wurde das Ganze von einem Libellengleiter, der bis auf ein leichtes Kippeln der Stummelflügel still in der Luft hing.

Vor der nördlichen Gebäudefront zwang Desmond seine Maschine in eine scharfe Rechtskurve. Er präsentierte den Arbeitern hinter den halbrund eingefassten Fenstern kurz die Unterseite des Wings, dann landete er in einer der vielen Gassen.

Die übrigen Drachen hielten sich minutiös ans vorgeschriebene Einsatzraster und achteten darauf, die Lazarusgleiter der Heiler nicht zu behindern. Die Lanzengruppe hingegen ging sehr viel näher an der Tunnelstation runter, als von Dekan Henoch vorgesehen. Offensichtlich waren ihnen von Jonas über den Staffelkanal abweichende Anweisungen gegeben worden. Es war zum Aus-der-Haut-Fahren!

Nach der Landung küsste Desmond die Silbermünze mit dem Abbild der Heiligen Mutter an seinem Rosenkranz und verstaute sie unter seiner Schildweste. Danach klemmte er das Display vom Auge an den Kragen, überprüfte den Ladestatus seines Erlösers und stieg aus.

Mit seinen Drachen im Rücken rannte er über den Platz zur Mitte der Betonsperren. Auf die Lanzen trafen sie erst bei dem farblich kaum vom Boden zu unterscheidenden Zelt, das die Stadtsoldaten dort als Hauptquartier benutzten. Bruder Jonas drängte sich natürlich noch vor Desmond hinein.

Im Inneren hockten Stabsmitarbeiter auf Klappstühlen vor Sendeanlagen und Ortungsgeräten und Captain Grennert spähte einem seiner Unteroffiziere über die Schulter. Als sich die Priester hinter Desmond und Jonas versammelt hatten, sah er auf.

„Behaltet mir den Zufahrttunnel gut im Auge", sagte er und klopfte dem Untergebenen gegen den Oberarm. „Ich will sofort wissen, wenn da unten irgendwas krumm läuft."

In seiner Stadttarnuniform mit Rangtuchstreifen, die wie frisch gebügelt von der Schulter hingen, baute sich der Captain vor den Staffelführern aus St. George auf.

„Ehre sei Gott", bellte er unter seinem präzise gestutzten Schnäuzer hervor.

„Und sein Segen sei mit dir, mein Sohn", antworteten Desmond und Jonas wie aus einem Mund.

Der Blick des Captains glitt zwischen ihnen hin und her und blieb schließlich an Desmond hängen.

„Dekan Henoch hat mich angewiesen, Sie auf den neuesten Stand zu bringen. Die meisten unserer Dekanatspriester sind draußen in der Agrarzone und greifen fliehende Aufständische auf. Diese Heiden versuchen mit allen Tricks, nach New Bethlehem zu gelangen. Deswegen ist der Tunnelverkehr zwischen Nicopolis und uns eingestellt worden. Jetzt stehlen sie die Bahnen von den Ruhegleisen oder benutzen die Tunnel zu Fuß." Der Captain drehte sich um und wies mit dem Leichthelm in seiner Rechten auf die andere Seite der Betonblockade. „Dies ist der Zugang zur ersten Tunnelstation hinter der Stadtgrenze. Hier krabbeln die meisten Aufwiegler wieder ans Tageslicht. Bislang hat es gereicht, sie einzusammeln und wieder zurückzuschicken. Aber unter ihnen befinden sich immer mehr Bewaffnete und dann wird's meistens hässlich. Deswegen befördern wir ihre Ärsche ab heute nicht mehr zurück nach Nicopolis, sondern direkt zum Herrn." Wie zur Entschuldigung bekreuzigte er sich bei den letzten Worten.

„Wie können wir sicher sein, Captain", wollte Desmond wissen, „dass alle, die über die Grenze kommen, Aufrührer sind?"

Grennert tat amüsiert. „Unschuldige haben von der Templerarmee wohl kaum etwas zu befürchten. Und warum sollte man wegrennen, wenn man nichts verbrochen hat? Außerdem ist Nicopolis von Papst Innozenz XIV. persönlich zum Sperrgebiet erklärt worden. Jeder, der die Stadt verlässt, wendet sich damit automatisch gegen das Wort Gottes. Ich muss Sie wohl nicht daran erinnern, dass dies einer Todsünde gleichkommt." Seine dunkelbraune

Haut spannte sich beim Schlucken über den sehnigen Hals. „Der Heilige Vater hat sie alle zu Ketzern erklärt. Deswegen ist jedes Ziel ohne Uniform auszuschalten. Ihr Priester sollt nur sicherstellen, dass jedes Leben für Gott genommen wird. Wenn Sie mich fragen, haben die selbst das nicht verdient."

Desmond wurde es mulmig. Hatte der Mann damit gemeint, dass sie potenziell Unschuldige erschießen sollten? „Aber wir sind doch wohl nicht nur hier, um die Letzte Ölung zu erteilen. Wie können wir Ihren Männern helfen?"

Der Sicherheitsoffizier hob erstaunt eine Augenbraue. „Helfen? Ich habe die Order, Ihnen die Verfügungsgewalt zu übertragen. Aber wenn mir ein Vorschlag zur weiteren Vorgehensweise erlaubt ist: Verteilen Sie Ihre Priester zwischen meinen Jungs entlang der Barrikade. Wenn diese Heiden auftauchen, binden Sie sie einfach mit dem Heiligen Geist. Den Rest erledigen wir."

Bevor Desmond sich noch weiter äußern konnte, fuhr ihm Jonas dazwischen. „Lass das mal alles unsere Sorge sein. Wir kommen schon zurecht. Die Einzelheiten besprechen wir, nachdem wir unsere Positionen eingenommen haben." Er wandte sich an seine Männer: „Ihr habt den Captain gehört, Brüder. Erlöser auf Märtyrer einstellen und haltet das Ölfläschchen bereit. Nathaniel! Verteil die Lanzen auf der rechten Seite. Aber pass auf, dass sie nicht zu dicht beieinander stehen."

Die Straßenpriester in ihren bodenlangen Talaren bewegten sich zur Betonsperre.

„Nicht so voreilig, Bruder Jonas. Drachen, Gehorsam auf mein Gebot!" Desmond wurde ungeduldig. „Die Erlöser bleiben auf Lazarus! Wenn ihr die Leute bindet, versucht, sie zu Boden zu werfen. Dann sind sie außer Gefecht und aus der Schusslinie."

Die Brüder murrten leise, taten aber wie befohlen.

Sem Jonas blieb stehen. „Ich würde mir das nicht von jemandem befehlen lassen, der in seiner gesamten Dienstzeit erst fünf bestätigte Abschüsse zu verzeichnen hat." Sein pockennarbiges Gesicht wurde von einem bösen Lächeln zerschnitten.

Bruder Salomo stellte daraufhin sogar seine Waffe wieder um.

Desmond setzte zu einer wütenden Antwort an, doch das Subterrainradar schnarrte und Captain Grennert lud sie an seine Seite.

„Die Rebellen benutzen wieder eine gekaperte Tunnelbahn. Dieses Mal werden sie nicht weit kommen. Wir haben die Strecke verbarrikadiert." Der Bildschirm der Ortungsanlage verlieh seinem Antlitz einen blassen Glanz. „Sobald der Zug mit der Sperre kollidiert ist, werden die Überlebenden bestimmt versuchen, durch die Station nach oben zu gelangen. Durch die Kanalisation können sie nicht, weil wir die dichtgemacht haben. In zehn Minuten wird die Bahn hier sein. Halten Sie sich bereit." Mit einer knappen Bewegung setzte er Headset und Helm auf und begann, Befehle durch den Kommandostand zu brüllen.

Desmond bewegte sich schnurstracks zu seinen Männern an der linken Flanke der Betonbarriere. Dort, hinter einer Phalanx aus Uniformen und angelegten Gewehren, tauschten sich seine Brüder bereits mit den Sicherheitstruppen aus. Er suchte nach Bruder Salomo, um sich den Frischling ordentlich zur Brust zu nehmen.

Da rumorte der Boden. Die Hölle schien loszubrechen. Mit einem Mal bebte die Erde so stark, dass Desmond der Länge nach hinstürzte. Aus dem Eingang zur Tunnelstation schossen Stichflammen gen Himmel, so mächtig, dass die Verglasung platzte und ihre Hitze über den gesamten Davidplatz wallte. Die dicken Pflasterplatten des Platzes brachen auf und schoben sich gegeneinander. Alle Kämpfer hinter den Absperrblöcken liefen jetzt Gefahr, von der Masse der rutschenden Hindernisse zerquetscht zu werden.

Den Flammen folgten dichte, ölige Qualmwolken.

Schlagartig fiel die westliche Platzhälfte in sich zusammen. Die zerbrechenden Steinplatten rissen den Kommandostand zusammen mit einem Teil der Betonbarrikade in die Tiefe.

Ein Augenblick trügerischer Ruhe folgte.

Doch der aufgewirbelte Staub bekam keine Gelegenheit, sich zu setzen. Kaum war es Desmond gelungen, sich an einem der

Betonbruchstücke hochzuziehen, sah er, wie sich aus einem Fenster der westlichen Gebäudefront eine Rauchspur schraubte. Der olivfarbene Libellengleiter zerplatzte in einer grellen Explosion. Einige Soldaten, die sich unterhalb der Libelle vorgewagt hatten, um ihre verletzten Kameraden zu bergen, vergingen schreiend im brennenden Trümmerregen.

Desmond stand, vom Schock gelähmt, einfach nur da, unfähig, auch nur einen Finger zu rühren. Der beißende Qualm und das unmenschliche Gebrüll überfluteten sein Bewusstsein. Er hatte keine Ahnung, wie lange er brauchte, um sich wieder zu sammeln, doch der Gedanke an seine Brüder zerrte ihn zurück in die Realität.

Er riss das kleine Mikrofon aus dem Kragen. „Hier Bruder Sorofraugh! Drachen? Lanzen? Irgendjemand? Löst die Statustaste aus. Ich will wissen, wie es euch geht." Obwohl die Leistung des Mikros seine Worte deutlich übertrug, hatte er gebrüllt, bis sich seine Stimme überschlug. Er klemmte sich das Display vors Auge und war erleichtert.

Bei Gott, sie hatten ihn gehört! Einunddreißig grüne Signale, sieben gelbe und drei rote. Acht Felder blieben dunkel. Bruder Jonas war dabei.

Aus sämtlichen Stichstraßen hinter der Tunnelstation quollen auf einmal zerlumpte Gestalten. Zu Hunderten rannten und stolperten sie Hals über Kopf durch den Krater, der sich auf der westlichen Hälfte gebildet hatte. Ihr Ziel war es offenbar, irgendwo zwischen den Gebäuden auf der östlichen Hälfte unterzutauchen. Dabei hasteten sie an den verletzten und sterbenden Truppen vorbei, ohne diese auch nur zu bemerken.

Desmonds Kragenlautsprecher über dem Kehlkopf erwachte zum Leben. Der Name Sem Jonas stand wohl doch noch nicht auf der Verlustliste. „Brüder, seht ihr, was ich sehe? Schnappt euch die verfluchten Schweinehirten! Für jede registrierte Ölung gebe ich einen aus."

Desmond musste dem irgendwie Einhalt gebieten. „Hier Sorofraugh! Für die Drachen gilt weiterhin: Binden und Betäuben!"

Keiner gab Antwort, aber Desmond konnte hören, wie einige Verbindungen mit einem deutlichen Knacken unterbrochen wurden.

Umgehend spurtete er über den Platz, sodass er den Flüchtlingsstrom von der Seite erreichte. Unter den Davonlaufenden erkannte man nun auch Frauen und Kinder. Wie sollte er sie nur alle aufhalten?

Um die verletzten Soldaten zu bergen, waren mittlerweile die Lazarusgleiter auf den halbzerstörten Platz geschwebt. Die Fahrer waren so in Panik, dass einige mit herausragenden Pflasterplatten kollidierten oder rücksichtslos durch die flüchtende Menge pflügend eine Schneise aus verstümmelten Körpern und Blut hinterließen.

Die Talare von Desmonds Brüdern waren erheblich zahlreicher, als dieser anhand der Lebenssignale erwartet hätte. Wie schwarze Wölfe mischten sie sich unter den Flüchtlingsstrom. Keiner benutzte die befohlenen Hirtenstäbe. Alle feuerten wild mit den Erlösern in die Menge.

Sobald jemand, von einem roten Plasmaprojektil getroffen, zu Boden ging, stürzte sich ein Prediger wie im Rausch auf ihn und erteilte das Sterbesakrament. Oft wehrte sich der am Boden Liegende noch nach Leibeskräften, doch kaum hatten die Priester die Letzte Ölung beendet, zuckten die meisten Opfer nur noch schwach. Einige bewegten sich gar nicht mehr.

Als Desmond bei den Flüchtlingen ankam, war ihr Strom schon fast versiegt. Eine einzelne Frau presste schluchzend ein blutiges Bündel an ihre Brust und Desmond betete, dass es sich dabei nicht um ein Baby handelte. Er wollte nach einem alten Mann greifen, verpasste diesen aber knapp. So konzentrierte er die kinetische Energie des Heiligen Geistes, brachte den Sünder stattdessen mit einem Wischen seiner Hand zu Fall und betäubte ihn im Vorbeilaufen mit dem Erlöser.

Von den anderen Flüchtlingen konnte man nun nur noch Nachzügler ausmachen, die zwischen den Fundament-Etagen auf der anderen Seite des Platzes verschwanden. Da entdeckte Desmond den am Kopf blutenden Bruder Jonas, der einer Fliehenden ein faustgroßes Loch in den Rücken schoss und dann zu ihr lief. Mit dem Erlöser in der Rechten und der Phiole für die Krankensalbung in der Linken stellte er sich über die Wehrlose, um sich an sein unbarmherziges Werk zu machen.

Desmond blickte Hilfe suchend zurück.

Grimmigen Standbildern gleich harrten seine Brüder einfach aus. Umringt vom Tod. In schmutzigen Kutten. Schweigend. Die, die sich in Sichtweite der Szene befanden, schauten teilnahmslos zu.

Es war nicht das erste Mal, dass Desmond in dieser Stadt jemanden sterben sah. Aber nichts aus seinen Erfahrungen reichte an das heran, was hier geschah. Seine Brüder, eingesetzt als die Beschützer der schwachen Seelen, hatten sich von einem Moment zum nächsten in rücksichtslose Instrumente des Hasses verwandelt. Kein Gott, dem Desmond diente, konnte dieses Massaker billigen. Wartete jetzt die Verdammnis auf sie alle? Desmonds Grauen verwandelte sich in Verzweiflung. Er stand kurz davor, sich einfach auf den Boden zu setzen, um wie ein kleiner Junge loszuheulen.

Nachdem Jonas fertig war, herrschte eine merkwürdige Stille. Hier und da vernahm man ein schwaches Wimmern. Das war alles.

Doch es war noch nicht vorüber.

Mit einem Geräusch, als würden zwei riesige Felsen aneinander gerieben, bekam die nördliche Gebäudefront breite Risse. Die gusseisernen Raben, die die Architekten über vielen Fensterbögen angebracht hatten, donnerten zu Boden. Als Desmond sah, wie sich einer der Verwaltungstürme gefährlich zur Seite neigte, rief er seinen Brüdern zu: „Macht, dass ihr da wegkommt! Ihr müsst sofort von dem Platz runter!"

Die meisten schenkten weder ihm noch dem Geräusch Beachtung. Stattdessen wurde ihre Aufmerksamkeit von irgendetwas am Eingang des Gebäudes in Beschlag genommen. Einige zogen erneut die Erlöser.

Aus dem Schatten zwischen den Portalsäulen des Gebäudes hatten sich flink zwei in fleckige Kleidung gehüllte Gestalten gelöst. Eine hätte der Größe und Statur nach ein Kind sein können. Die andere, der ein grober Stoffbeutel von ihrer Schulter hing, war nur wenig kleiner als Desmond.

Wie von Furien gehetzt, stürmten die beiden an der Front des Gebäudes entlang. Anstatt sich ebenfalls in Sicherheit zu bringen, eröffneten die Straßenpriester das Feuer. Nun gezwungen, Haken zu schlagen, hielten die Flüchtenden direkt auf Desmond zu. Und der hatte mindestens genauso große Probleme damit, den Mann und das Kind gezielt zu binden oder telekinetisch umzustoßen, wie seine Brüder dabei, die beiden zu erschießen.

In ihrer aller Rücken lösten sich jetzt mächtige Brocken aus der Fassade und regneten auf den zerstörten Platz.

Allmählich begriffen die überlebenden Priester der St. George Kathedrale, was um sie herum geschah. Sie steckten die Waffen weg und fingen endlich an zu laufen.

Die beiden Flüchtlinge rannten gerade an Desmond vorbei, da gaben die Stockwerke über dem Fundament unter der Last des Häuserturms im Norden nach. Das riesige Gebäude sackte in sich zusammen. Jeder auf dem Platz war nun rettungslos verloren. Der Boden bebte ein weiteres Mal.

Desmond löste sich von dem Anblick und setzte dem Mann und dem Kind nach. Leider wurde auch Bruder Jonas wieder aufgeschreckt. Als die beiden auf ihn zuliefen, grinste er unheilvoll, warf das Fläschchen für die Krankensalbung beiseite und zückte noch einmal den Erlöser.

Desmond rannte so schnell, dass ihm die Oberschenkel schmerzten.

Dem Mann in Lumpen wurde jäh bewusst, dass sie Bruder Jonas auf keinen Fall entkommen konnten. Vor ihnen lagen zu beiden Seiten fünfzig Meter nackte Wand. Keine Nische, kein Spalt, keine Deckung, nicht mal ein Fensterschlitz. Nun wollte er sich zwischen Jonas und das Kind bringen. Dabei strauchelte er, stolperte und beinahe wären beide gestürzt. Damit gaben die Flüchtenden nun ein allzu leichtes Ziel ab.

„Nein, Jonas! Nein!", brüllte Desmond.

Jonas legte an.

Desmond stemmte beide Füße in den Boden, sammelte den Heiligen Geist und fuhr mit gestreckten Armen durch die Luft.

Jonas feuerte.

In dem Moment, in dem die Projektilkammer das Gas zündete, wurde er von Desmonds unsichtbarer Faust getroffen und verriss den Schuss. Dann schleuderte es ihn gegen einen Stützpfeiler, an dem er besinnungslos liegen blieb.

Desmond kümmerte sich nicht mehr um ihn. Er nahm die Verfolgung der mutmaßlichen Rebellen wieder auf. Obwohl er sich durch das Anwenden des Heiligen Geistes ziemlich verausgabt hatte, konnte er den Abstand zwischen sich und ihnen rasch verringern.

Das Kind schien am Ende seiner Kräfte, denn der Mann zog es jetzt mühevoll hinter sich her und ihr Tempo hatte merklich abgenommen. Keine zehn Sekunden mehr und Desmond hätte sie eingeholt.

Doch dann war die Front des ersten Fundaments zu Ende und vor ihnen tat sich eine Straßenlücke auf. Die größere Gestalt drängte die kleinere um die Ecke. Ein Scheppern erklang und weg waren sie.

Desmond gelangte Sekunden später an dieselbe Stelle, aber es war niemand mehr zu sehen.

Unvermittelt forderte sein Körper Tribut. Ihm wurde unter der dicken Schildweste abwechselnd heiß und kalt. Für einen Moment zwangen ihn Schwindel und Übelkeit dazu, sich an die nächste Wand zu lehnen und ganz ruhig ein- und auszuatmen. Als er endlich das Gefühl hatte, sein letztes Essen würde bleiben, wo es war, betrachtete er den Straßenkorridor. Keine zehn Meter entfernt lag ein Haufen sperrigen Mülls, der sich mit trügerischer Stabilität an eine Wand lehnte.

Er untersuchte den Stapel.

Dahinter entdeckte er ein Kellerschott. Also stieß er den Müll beiseite, löste sein Kreuz und drückte es gegen das Schloss. Trotz der aktivierten Bypassfunktion gab der Mechanismus nur ein verzerrtes Plärren von sich. Desmond nahm kurzerhand den schwarzen Hirtenstab aus dem Gürtel, schlug mit der gewundenen Spitze auf den Riegelkasten und löste einen Elektroschock aus.

Unter einem resignierten Zischen gab das Schloss nach. Desmond trieb den Hirtenstab in den Spalt zwischen den Schotthälften und stemmte ihn weiter auf.

Er schaute in das typische Kellergeschoss eines Verwaltungsturms. Von der Notbeleuchtung in Halbdunkel getaucht, warteten Datenblöcke, Speicherzellenakten und Memorykerne in endlosen Regalreihen auf ihre Löschung oder Verschrottung.

Desmond patrouillierte mit gezücktem Erlöser von einem Gang zum nächsten. Er schwitzte immer stärker. War es hier drinnen noch wärmer als draußen?

Aus einigen Fächern war der achtlos aufgestapelte Inhalt herausgefallen. Aber nirgends hatte sich ein Haufen gebildet, der groß genug gewesen wäre, um zwei Menschen zu verbergen.

Desmond erweiterte seine geistige Wahrnehmung. Er versuchte ein menschliches Bewusstsein in der vollgestopften Lagerhalle wahrzunehmen und spürte tatsächlich ein leichtes Ziehen im Kopf. Gleich darauf ertönte ein Geräusch aus der entsprechenden Richtung, das eine frappierende Ähnlichkeit mit dem besaß, das Desmond am Eingangsschott ausgelöst hatte.

Er zog seine kleine Stiftlampe aus dem Ausrüstungsgürtel und setzte vorsichtig einen Schritt vor den anderen, Lampe und Waffe im Anschlag.

Der schwache Lichtkegel erhellte den Weg keine fünf Meter weit.

„Mein Name ist Vater Sorofraugh. Ich weiß, dass ihr hier drin seid und ihr habt nichts von mir zu befürchten." Seine Schritte schabten über den mit Staub bedeckten Boden. „Du hast ein Kind dabei, nicht wahr? Einem Kind könnte ich niemals etwas antun."

Nun lag die Hälfte des Ganges hinter ihm.

Hatte sich da vorn etwas bewegt? Der Schweiß durchtränkte seine Brauen und rann ihm in die Augen. Er versuchte, ihn fortzublinzeln.

Das elektronische Plärren erklang wieder. Diesmal deutlicher und zweimal hintereinander.

„Was meine Brüder da draußen angerichtet haben, billige ich in keiner Weise. Ich habe alles versucht, sie davon abzuhalten, glaubt mir."

Der Lichtkegel fing zwei menschliche Gestalten ein, die an der Wand kauerten. Aus einem verdreckten Kindergesicht starrten ihn große Augen an. In der Hand des Mannes blitzte etwas auf, das Desmond für ein Messer hielt. Mit wildem Blick lehnte der Mann sich vor das Kind. Es war offenbar ein Junge. Desmond schätzte sein Alter auf ungefähr zehn.

„Ich war es, der euch da draußen geholfen hat." Beschwichtigend nahm Desmond den kreuzförmigen Erlöser runter.

Der Mann trug einen verfilzten Vollbart. Seine Lippen waren zu einer schmalen Linie zusammengepresst.

Der Junge lugte neugierig an seinem Beschützer vorbei. „Hast du den großen Mann mit der Pistole umgeschmissen?", wollte er ängstlich wissen.

Desmond nickte.

Schnell fuhr der Bärtige mit einer Hand über den Boden. Die Bewegung erzeugte wieder das Plärren. Desmond erschrak, sodass seine Waffe wieder hochzuckte, und Mann und Kind fuhren ebenfalls zusammen.

„Wenn ihr mir beim Herrn versprecht, die Hände auf den Boden zu strecken, wo ich sie sehen kann, stecke ich meine Waffe weg. Abgemacht?"

Der Junge nickte.

Aber der Mann spuckte vor Desmond aus. Seine Augen sprühten vor Verachtung. „Ich gebe einen Rattenschiss auf deinen Gott, Priester. Aber da ich sowieso nicht bewaffnet bin ... Was soll's?"

Desmond wertete die blasphemische Äußerung als ein „Ja" und verstaute den Erlöser im Holster. Jetzt erkannte er, dass der Mann einen Judasschlüssel in der Hand hielt, einen Codebrecher für elektronisch verriegelte Türen. Und da die beiden auf einer Abwasserabdeckung hockten, war ihm klar, was sie vorgehabt hatten.

Lagerräume wie dieser bildeten oft das unterste Geschoss eines Gebäudes und waren direkt an das Abwassernetz angebunden. Die Wasserverwaltung schottete solche Etagen standardgemäß gegen Überflutungen ab. Und der Judasschlüssel war wohl nicht sorgfältig genug programmiert worden, um diese Sperre zu überwinden.

In dieser Sekunde hörte man vorne am aufgebrochenen Eingang Stiefelschritte.

„Sorofraugh?", rief jemand. „Ich hab deine Kragenpeilung bis hierher verfolgt. Wo steckst du?"

Desmond fluchte innerlich, weil er das eingeschaltete Signal vergessen hatte.

Der Flüchtling wollte wieder mit seinem nutzlosen Codebrecher über die Abdeckung fahren, doch Desmonds Hand schnellte vor und hielt seinen Arm zurück.

„Ich bin hier!", rief er seinen Brüdern zu.

Die Augen des bärtigen Mannes verengten sich zu wütenden Schlitzen.

Den behandschuhten Zeigefinger an seine Lippen hebend, rief Desmond noch lauter: „Ich glaube, ich habe etwas entdeckt."

Die Stiefelschritte kamen näher. Es waren mindestens fünf Personen.

Der Flüchtling wollte seinen Arm freizerren, doch Desmond ließ ihn nicht. Rasch riss er sein Kreuz von der Halskette. Mit dem Daumen stellte er die Befugnis für die Kanalreinigung Mafalda ein und hielt es gegen das Schloss der Abdeckung. Nach drei leisen Piepsern schabte der Deckel zur Seite. Desmond gab den Arm frei.

„Was war das für ein Geräusch?", wollte eine weitere Stimme wissen. Sie klang nicht mehr weit weg.

„Beim Herrn, ich glaube, ich habe einen Sprengsatz entdeckt!", schrie Desmond mit gespielter Panik und deutete auf den trockenen Abwasserkanal.

Die beiden abgerissenen Gestalten sprangen durch die Öffnung. Desmond sah noch, wie der Mann in seinen Beutel griff und etwas unter dem Rand der Abdeckung befestigte. Offenbar wollte er Desmonds Lüge zur Wahrheit wandeln. So hatte der sich das ganz und gar nicht vorgestellt. Eigentlich wollte er seine Geschichte mit einer der exotischen Gerätschaften aus den Regalen verschleiern.

Doch jetzt blieb keine Sekunde zum Zögern. Wild gestikulierend lief er seinen Brüdern entgegen.

„Wir müssen so schnell wie möglich raus hier!"

Ein dumpfes Krachen folgte. Zum zweiten Mal wollte der Boden unter seinen Füßen wegrutschen. Die Regale kippten gegeneinander. Desmond schnellte mit einem riesigen Satz zwischen den herabfallenden Dataspeichern hervor und riss zwei seiner überraschten Brüder um.

Irgendwie wurde er das Gefühl nicht los, dass er den beiden einzigen Schuldigen des heutigen Tages gerade zur Flucht verholfen hatte.

V

Sechsunddreißig Brüder hatten es überstanden. Der Rest war entweder tot oder wurde, wie Bruder Jonas, von den Heilern im Spital wieder zusammengeflickt.

Einige der überlangen Tische waren aufgestellt worden, um die zusätzlichen Mägen zu beköstigen, doch keinem Priester aus St. George war nach Essen zumute. Alle hingen müde und zerschlagen auf ihren Stühlen in der Südwestecke des großen Zehrsaal der St. Mafalda. Selbst bei dem trüben Licht war ihnen der Schock vom Davidplatz noch deutlich anzusehen. Die Wings der Drachen waren fast restlos zerstört worden und von den Lanzen war kaum jemand in der Verfassung zu fliegen. Sie alle warteten bloß noch auf einen Transport in ihre Heimat-Kathedrale.

So hockten die fünfunddreißig verstörten Männer beieinander und ließen ihre gefüllten Teller kalt werden. Nur einer von ihnen, der sechsunddreißigste Prediger, saß abseits. Und so finster ihn die anderen auch anblickten, so übel sie hinter vorgehaltener Hand reden mochten, er brütete noch weitaus dunklere Gedanken aus.

„Diesmal bist du zu weit gegangen. Jonas ist dein Waffenbruder und dein Bruder vor Gott, unserem Herrn." Obwohl er einen Arm verkrümmt an die Seite drückte, hatte sich der junge Salomo wütend vor Desmond aufgebaut.

Dieser blickte trotzig zu ihm hoch. „Ich glaube nicht, dass ich mich vor dir rechtfertigen muss, Salomo. Hüte deine Zunge, Bruder!"

Weitere Priester gesellten sich zu ihnen.

„Wir haben unsere Heilige Pflicht getan und du bist deinen Ordensbrüdern in den Rücken gefallen", spie ihm Salomo entgegen. „Hoffentlich wirst du exkommuniziert!"

„Ich habe mir einzig und allein Jonas vorgeknöpft. Er hat den Einsatz von Anfang an gefährdet. Ihr übrigen hattet nichts damit zu tun."

„Was einem von uns widerfährt, widerfährt uns allen", merkte jemand hinter Salomo an.

„Bruder Jonas wollte einem Kind kaltblütig in den Rücken schießen. Das kann wohl kaum der Wille des Herrn sein." Immer wieder blitzten die Bilder der am Boden Liegenden vor Desmonds geistigem Auge auf.

Salomo tat einen herausfordernden Schritt nach vorn. „Du hattest den Captain gehört. Sie hatten sich gegen die Weisung des Papstes gewandt. Es waren allesamt Erzsünder. Ob Frauen, Kinder oder Greise, da macht Gott keinen Unterschied!"

Spätestens jetzt wurde der Wunsch, dem arroganten Salomo das Maul zu stopfen, übermächtig. „*Dein* Gott vielleicht!", fuhr Desmond hoch und hob die Hände zur Fesselungskinese.

Erschrocken rempelte Salomo einen Priester hinter sich an, fing sich jedoch sofort wieder. „Na los doch, Sorofraugh. Schmetter mich gegen die Wand! So wie du es mit Jonas gemacht hast! Schleuder uns alle quer durch den Raum, nur weil es dir so passt. Dein frauenherziger Onkel wird dich schon wieder rauspauken."

In Desmonds Brust vermischte sich Zorn mit Heiligem Geist. Er staute so viel von der göttlichen Kraft in sich auf, dass er Salomo wie einen schleimigen Bittsteller auf die Knie zwingen konnte. Doch so plötzlich, wie es über ihn gekommen war, verlosch das Feuer wieder.

Weiter hinten machte er zwei Priester mit weißen Wächterstolen aus, die sich den Weg durch Bänke und Tische hindurch zu ihm bahnten. Auch die St.-George-Priester entdeckten sie und Bruder Salomo griente befriedigt. Er machte respektvoll Platz.

„Desmond Sorofraugh, Straßenpriester der Klassifizierung 2, Kennnummer 037! Arme runter für die Schandschellen! Sie folgen uns auf der Stelle in den Trakt der Reue." Während der Wächter ihm die schwarzmetallenen Schellen entgegenstreckte, bereitete sein Begleiter sich darauf vor, Desmond nötigenfalls mit dem Heiligen Geist zu binden.

In seinem Kopf blitzten erneut die Erinnerungen an die Gesalbten wider Willen auf und wie sie im Staub verreckten. Auch wenn er danach wahrscheinlich sein Innerstes nach außen kehren würde, rechnete er sich gute Chancen aus, die beiden Wächter niederzuringen. Aber wie sollte er seinem Onkel danach je wieder unter die Augen treten? Wahrscheinlich würde man ihn wirklich aus der Kirche bannen. Sein Mut wich, reichte allerdings noch für eine Weigerung.

„Ich werde niemandem irgendwohin folgen." Seine Arme blieben, wo sie waren.

Der Wächter sprach in seinen Kragen. „Vater? Es gibt Probleme."

„Wartet, ich kümmere mich darum." Dekan Henochs Stimme.

Für satte fünf Minuten blieb alles, wie es war. Die beiden Wächter belauerten Desmond und seine Mitbrüder warteten mit missbilligenden Äußerungen auf den Lippen darauf, wie sich die Pattsituation wohl auflösen würde.

Desmond lief der Schweiß übers Gesicht. Er hielt den Heiligen Geist bereits so stark und andauernd, dass er sich wahrscheinlich gar nicht vernünftig wehren konnte, sollte es darauf ankommen.

Dann geschah etwas, mit dem er nie und nimmer gerechnet hätte. Dort, wo sich vorhin die beiden Wächter ihren Weg gebahnt hatten, tauchte jetzt sein Onkel auf.

Eilig schob er seine Männer auf die Seite und stellte sich zu den Wächtern. Er sagte kein Wort, presste bloß die Lippen zusammen und schüttelte den Kopf.

Desmonds Zorn verglomm wie eine feuchte Kerze. Verzweiflung überwältigte ihn.

Das fühlte sich alles so falsch an!

Er nahm die Arme herunter und streckte sie den wartenden Schandschellen entgegen. Überlaut hallte das Klacken, mit dem sie sich um seine Handgelenke schlossen, durch seinen Kopf.

***

Lange hatte Dekan Henoch schweigend in seine Datenmappe geblickt. Jetzt rieb er sich über den Ansatz seiner Hakennase. „Eine schreckliche Sache, mein Freund. Ich kann mir kaum vorstellen, dass nicht wieder Köpfe rollen werden."

Dekan Sorofraugh saß in einem bequemen Sessel vor Henochs aus stumpf silbernem Kovar gefertigten Schreibtisch und nickte betroffen. „Glaubst du, Innozenz wird dich zur Verantwortung ziehen, Isaak?"

„So, wie sich die Lage für mich darstellt, kann man uns an den Geschehnissen vom Davidplatz kaum eine Schuld geben. Viel wichtiger wird es jetzt sein, dass uns die Situation nicht aus den Händen gleitet. Sonst haben wir die Templerarmee am Hals, bevor wir ‚Vater unser' sagen können. Ruben Crude würde bestimmt nur zu gerne eine weitere Megalopolis unter seiner Befehlsgewalt sehen. Deswegen wird Bischof Zacharias in New Bethlehem streng durchgreifen müssen. Und er wird erwarten, dass seine Kathedralsherren das ebenso sehen, Ephraim." Henoch betonte den Namen seines Freundes, doch Dekan Sorofraugh schien zu keiner Antwort bereit. Henoch ließ nicht locker. „Wir müssen Desmond zur Rechenschaft ziehen. Wenn wir es nicht machen, wird die Inquisition es tun. Die Vorwürfe, die dieser Bruder Jonas gegen deinen Neffen erhebt, können nur ernsthafte Konsequenzen nach sich ziehen. Ersparen wir Desmond diese, wird Jonas nicht eher Ruhe geben, bis sich der beisitzende Folterjünger ins Tribunal einschaltet. Ich brauche dir wohl kaum zu sagen, wie unangenehm das für uns werden kann, für uns alle drei."

Da Isaak Henoch einen so unverblümten Ton anschlug, erwiderte Ephraim Sorofraugh ganz frei: „Ich mache mir solche Vorwürfe. Sein erster Kampfeinsatz und jetzt hockt er zornig und verwirrt in einer Bußzelle. Aber du hast recht. Desmond kann nicht ungeschoren davonkommen."

Henoch schüttelte den Kopf. „Unglaublich. Dein Neffe hat diesen Mann fast fünf Meter weit geschleudert. Ich kenne Dekane, die das nicht hinkriegen. Warum trägt er nicht schon lange ein Paar Goldflügel auf der Brust?"

„In der Vergangenheit ist er wiederholt durch seine unkonforme Art aufgefallen. Glücklicherweise konnte ich bislang schlimmere Maßnahmen abwenden. Nun gut. Um der Bistumskurie zu genügen, werden wir ihn schwer disziplinieren." Er dachte einen Moment nach. „Ich glaube, es gibt eine Lösung, die allen gerecht wird."

„Was hast du vor?"

Das Summen der Sprechanlage im Schreibtisch kam der Antwort zuvor.

„Die *Candor* bittet soeben um Landeerlaubnis", informierte eine weibliche Stimme.

„Danke, Abigail." Dekan Henoch erhob sich. „Der Beisitzer aus dem Turm der Tugend trifft in diesem Moment ein. Wir sollten ihn gemeinsam empfangen und dann umgehend zum Tribunalraum geleiten. Wie du weißt, haben die Inquisitoren weder für Förmlichkeiten noch für langes Warten viel übrig. Wir sollten das also schnell hinter uns bringen, damit ich diesen Kerl wieder los bin. Auf dem Weg nach unten kannst du mir erklären, wie du mit Desmond zu verfahren gedenkst."

Ephraim Sorofraugh bewegte sich zusammen mit Henoch zur Tür des Vorzimmers. Auf halbem Wege zögerte der Dekan der St. Mafalda jedoch und sagte: „Du wirst gleich in meiner Kathedrale über deinen eigenen Neffen zu Gericht sitzen müssen. Und ich vertraue mit meinem ganzen Glauben darauf, dass ich mich für keine deiner Handlungen je vor dem Kreuz der Reue verantworten muss."

Ephraim nickte stumm und sie setzten ihren Weg fort.

***

„... deswegen frage ich dich, Sünder Desmond Sorofraugh: Bereust du alle dir zur Last gelegten Taten aufrichtig und bist bereit, für diese Verfehlungen vor deinem Herrn Buße zu tun?"

Seit einer halben Stunde kniete Desmond vor den Richterstühlen im linken Seitenschiff der St. Mafalda. Seine Hände waren gefaltet, er hatte das Haupt reumütig gesenkt und studierte die Maserung des Holzfußbodens.

„Vor Gott Vater als meinem einzig wahren Zeugen: Ja, das bin ich." Oh, Heilige Mutter lass es nicht wahr sein! Aber unzweifelhaft waren diese Worte eben über seine eigenen Lippen gekommen. Die Situation fühlte sich so unwirklich an.

Dekan Sorofraugh erhob sich ernst aus dem Richterstuhl. „So lege ich dir folgende Buße auf: Für die Dauer von sieben Tagen hast du dich nach jedem Morgengebet im Trakt der Reue zu St. George zur Flagellation einzufinden. Dort soll die nackte Haut des Rückens dreimal die Ledergeißel erfahren. Buße soll dir durch die Hand des hier anwesenden Sem Jonas widerfahren. Danach einen Heiler aufzusuchen sei dir verboten. Als Gewähr für eine angemessene innere Einkehr wird dein Priesteramt so lange ausgesetzt, bis du den Makel der Sünde abgegolten hast. Möge deine Einsicht aufrichtig sein. Vom Sünder zum Büßer, zur Reue, zur geretteten Seele. Amen."

„Amen!" Wie aus einem Mund schallte die Antwort der Anwesenden durch den Tribunalraum.

Desmond konnte kaum fassen, was da über ihn hereinbrechen sollte.

Der beisitzende Inquisitor neben dem reich verzierten Richterstuhl schloss das Sitzungsprotokoll in seinem Datapad. Die standesübliche Begeisterung für Prozesse schien dem Mann abzugehen. Während der gesamten Sitzung hatte er unter seiner schwarzen Kapuze allenfalls Langeweile zur Schau gestellt.

Dekan Henoch, der mit trübem Gesichtsausdruck an Ephraim Sorofraughs Seite gesessen hatte, stand als Erster auf. In der vergangenen halben Stunde schien er noch mehr Falten bekommen zu haben. Hinter Desmond ging das Stühlerücken los, als die restlichen Anwesenden es ihm nachtaten.

Bei dem Gedanken, sich jetzt zu den selbstzufriedenen Mienen von Sem Jonas und den restlichen Priestern herumzudrehen, verließ Desmond das letztes bisschen Rückgrat. Wie verlockend erschien es, einfach auf den Knien zu bleiben, bis ein neuer Tag angebrochen war.

Doch sein Onkel befahl: „Erhebe dich, mein Sohn. Wir gehen."

Desmond nahm zwar seine Hand, aber der sonst so vertrauten Geste haftete heute etwas Befremdliches an. Als er zum Stehen gekommen war, machten sich seine Mitbrüder gerade durch den Mittelgang auf den Weg nach draußen.

Jonas schenkte ihm ein bösartiges Grinsen. Zweifellos freute er sich auf die bevorstehende Woche. Desmonds Verzweiflung wich wieder der Wut.

Dekan Henoch stand etwas abseits und wechselte noch ein paar leise Worte mit dem Inquisitor. Dekan Sorofraugh winkte ihm zum Abschied, aber Henoch erwiderte den Gruß nur beiläufig. Daraufhin packte der Kathedralsherr der St. George seinen Neffen am ausgestellten Talarärmel und zog ihn zur Sakristei.

***

Desmond schleppte sich mit hängenden Schultern über das Flugfeld unter dem gewaltigen Kathedralendach zum Shuttle seines Onkels. Drinnen hockte er sich auf einen der eingelassenen Sitze an der Wand und starrte die helle, spartanische Einrichtung an. Sein Onkel setzte sich auf die gegenüberliegende Seite und musste seine Data-Akten festhalten, als das Schiff beim Start anruckte.

Desmond konnte durch die winzigen Fenster erst den vorbeiziehenden Hangar und dann das Äußere der mächtigen schwarzen St. Mafalda Kathedrale erkennen.

„Du hast es nicht nur zugelassen, du hast es sogar selbst getan. Wieso?"

„Jesus Christus sei mein Zeuge: Es tut mir sehr leid, dass es so weit kommen musste. Ich weiß, dass das alles schwer zu begreifen ist, aber du musst mir vertrauen. Dein Schutz war und wird immer mein oberstes Ziel sein."

„Und das willst du erreichen, indem du mich von Jonas züchtigen lässt? Was für eine Art Schutz soll das sein?"

Der Dekan nahm seinen Rosenkranz vom Gürtel und spielte mit den aufgefädelten Elfenbeinperlen. „Was hast du denn erwartet, mein Sohn? In deiner gesamten Dienstzeit machst du durch Insubordination von dir reden. Du stehst kurz vor einer Versetzung und nun missbrauchst du den Heiligen Geist, um einen Mitbruder vor den Augen seiner Männer anzugreifen. Die Verdächtigen, die er festsetzen wollte, entkommen. Zu allem Überfluss sprengen sie auf ihrer Flucht noch einen Teil des Abwassersystems. Du solltest mir dankbar sein. Mit dem Urteil ist gleichzeitig der Inquisition genüge getan und Jonas' Stolz wird wiederhergestellt. In ein paar Wochen ist alles vergessen. Dann kannst du weiterleben wie bisher."

Desmonds Miene verdüsterte sich. „Das würdest du nicht behaupten, wenn du auf dem Davidplatz selbst dabei gewesen wärst, wenn du die angstverzerrten Gesichter gesehen und das entsetzliche Geschrei gehört hättest. Ich werde nie wieder so weitermachen können wie bisher! Nicht, nachdem ich durch ein Meer von unschuldigem Blut waten musste. Mein Amt als Straßenpriester lege ich nieder, sobald wir in der St. George angekommen sind. Von nun an werde ich die Kinder im Trakt der Weisheit ausbilden. Denn wenn ich lehre, kann ich vielleicht dafür sorgen, dass sie nicht dieselben Fehler wie ihre Eltern machen."

Der Dekan setzte ein energisches Kopfschütteln dagegen: „Das würde die Kirche niemals erlauben. Trotz allem hast du eine mehr als bemerkenswerte Büßerrate. Jemand mit deinen Talenten wird nicht einfach so aus dem aktiven Dienst gelassen. Eine Verweigerung würde nur wieder die Inquisitoren auf den Plan rufen. Sei kein Narr, Desmond. Nachdem du diese Buße durchgestanden hast, wirst du dich doch nicht freiwillig genau dem Schicksal fügen, vor dem ich dich bewahren wollte." Er atmete tief durch. „Ich mag zwar nicht dabei gewesen sein, aber meine Kenntnisse über dieses Desaster sind umfassender, als du dir vorstellst. Von den

Menschen, die über den Platz geflohen sind, waren nicht alle Unschuldslämmer. Kannst du sagen, wer von ihnen den Rebellen geholfen hat, die Bahn zu kapern? Ihre Kinder standen wahrscheinlich direkt neben dem hochexplosiven Gomorrhanitro, als sie die Kabinen damit vollgestopft haben. Und wo waren Frauen, Kinder und Alte, als die Bahn in die Tunnelsperre gerast ist?" Der Dekan zögerte erneut einen Augenblick. „Vergiss auch nicht das Schicksal der Arbeiter in dem Büroturm. Der Einsturz ist eine direkte Folge des unüberlegten Vorgehens der Aufrührer und ihrer Sympathisanten. Hast du eine Ahnung davon, wie viele Gläubige in den Trümmern ums Leben gekommen sind?"

Desmond hielt es nicht mehr aus. Jedes Wort fachte seinen Zorn weiter an. Er konnte kaum begreifen, wieso sein Onkel das Unrecht, das er erlebt hatte, so vehement verteidigen wollte. „Wieso hat man die Leute überhaupt zur Arbeit erscheinen lassen? Der gesamte Sektor war doch offiziell gesperrt!"

„Das war ein Schachzug von Propagandaführer Morgenstern. Ein Vertuschen oder Runterspielen des Konflikts in Nicopolis war wohl nicht mehr länger möglich. Also sollte vor den Augen der Gemeinde ein Exempel darüber statuiert werden, was mit Aufrührern und Helfershelfern passiert. Dieser Teil des Plans ist allerdings nach hinten losgegangen. Ich denke, die nächsten Winkelzüge aus dem Medienministerium werden von einem neuen Propagandaführer ausgeheckt."

Desmond fragte sich, wem hier unüberlegtes Handeln anzulasten war. Deine Worte nehmen nicht die Last von meiner Seele. Nichts erklärt oder entschuldigt das abstoßende Gebaren meiner Brüder. Ich möchte kein Teil mehr von einer Gemeinschaft sein, die so etwas verantworten muss, und ich kann den Willen Gottes darin nicht erkennen. Wenn Gott so etwas geschehen lässt, ist das für mich ein Zeichen dafür, dass er sich von seiner Kirche abgewandt hat."

„Nichts geschieht ohne Grund im Gelobten Land." Ephraim Sorofraughs Stimme wurde hitziger. „Versuche ja nicht, den

Willen des Herrn zu ergründen. So jung, wie du noch bist, steht dir das nicht zu. Aber nehmen wir einen Moment an, was du sagst, würde zutreffen. Dann befindest du dich da, wo du jetzt bist, an der besten Stelle, um etwas zu bewegen. Bleib Priester, mehre deinen Einfluss und box dich in der Hierarchie des Klerus nach oben. Vielleicht bist du irgendwann in der Position, das System von innen heraus zu verändern."

„Ist es das, was du all die Jahre bewirken wolltest? Du hast es bis zum Dekan gebracht und dennoch ist es dir nicht gelungen, das Massaker am Davidplatz abzuwenden." Bei diesen Worten begannen Desmonds Augen feucht zu schimmern.

Die Piloten legten den Shuttle in eine scharfe Rechtskurve. Trotzdem stand Ephraim Sorofraugh auf, ließ sein Mappenbündel zur Seite rutschen und legte seinem Neffen beide Hände auf die Schultern.

„Ich werde immer für dich da sein, mein Sohn. Was immer du auch tust. Lass uns die nächste Woche gemeinsam durchstehen. Du wirst mich jeden Morgen an deiner Seite finden. Aber ich bitte dich inständig: Überdenk deine Entscheidung noch einmal." Er probierte ein versöhnliches Lächeln. „Eins hast du noch gar nicht bedacht: Ich habe dich für eine Woche von deinen Pflichten entbunden. Genug Zeit, damit du dich um persönliche Angelegenheiten kümmern kannst." Dabei legte er Desmond die Hand genau auf die Stelle seines Talars, unter der die Nachricht ruhte.

***

Obwohl die Ventilationsanlagen unermüdlich Frischluft in die St. George Kathedrale pumpten, drang unten im Trakt der Reue stechender Schweißgeruch aus jeder Ritze im groben Mauerwerk. Selbst das ewig glimmende Würzkraut in den Opferschalen kam dagegen nicht an. Das einzig Gnädige hier unten war die Beleuchtung. Ihr schwach orangefarbenes Glühen ließ meist nur ahnen, welchen Schrecken die einzelnen Geißelzellen bereithielten. An der Katholischen Akademie wurde jedem Erstsemester beim Aufnahmeritus eine Führung durch die engen Gänge im Fundament der Kathedrale zuteil. Seitdem packte Desmond jedes Mal ein Schaudern, wenn er bloß an die Sünder dachte, die seinetwegen hier einsaßen.

Der erste Schlag klatschte ohne Ankündigung auf seinen nackten Rücken. Weil Salzwasser hineinlief, begann der blutige Striemen sofort zu brennen. Desmond biss fest auf den Lederknoten in seinem Mund, wollte er Jonas doch nicht die Befriedigung gönnen, ihm auch nur ein schwaches Anzeichen von Schmerz zu entlocken.

Für den zweiten Hieb ließ sich sein Mitbruder mehr Zeit. Mit einem zufriedenen Gesichtsausdruck ließ er die Geißel durch seine Finger gleiten, entschlossen, jede Sekunde der Strafe auszukosten.

Wäre es Desmond möglich gewesen, in seine Augen zu schauen, hätte er Jonas vielleicht bewegen können, nicht mehr ganz so viel Kraft aufzuwenden. Aber er hing mit der Nase direkt vor dem groben Mauerwerk. Selbst wenn er den Kopf ganz zur Seite drehte, konnte er weder Jonas noch den Aufseher oder seinen Onkel sehen.

Das Salzwasser begann zu trocknen und Desmonds Haut spannte und kribbelte schmerzhaft. Durch die verdunstende Flüssigkeit aller Wärme beraubt, begannen seine Arme in den Fixierungen der zwei X-förmigen Eisenstangen zu zittern. Jonas gab dem Aufseher ein Zeichen. Der schöpfte mit einer Kelle nach und verteilte einen neuen Schwall Lake auf Desmonds Rücken.

Keine Sekunde später knallte die Ledergeißel erneut. Desmonds Schulterblätter ruckten zusammen und seine Zähne gruben sich tief in das Leder des Knotens. Langsam verwandelte sich seine Erniedrigung in Wut. Desmond hasste Jonas. Und er hasste die Kirche. Der Einzige, den er nicht zu hassen vermochte, war sein Onkel. Ja, er war für die Flagellation verantwortlich und Desmond war wütend auf ihn. Aber Ephraim Sorofraugh stellte nun einmal das letzte bisschen Familie dar, das Gott ihm zugestanden hatte. Ihn konnte er einfach nicht hassen, dafür verachtete er das System, das über ihm stand, nur umso mehr ...

Wann würde endlich der letzte Hieb erfolgen? Wann würde es für heute ein Ende finden? Mit aller Macht konzentrierte er sich auf seinen Peiniger, schloss die Augen und beschwor seine Konzentration.

Die Summe aller Eindrücke schmolz hinter den geschlossenen Lidern zusammen. Alles, was blieb, war ein winziger heller Punkt in der Mitte. Dieser Punkt war Jonas' Bewusstsein.

Ich werde ihm eins verpassen, dass ihm Hören und Sehen vergeht. Diesmal warte ich noch länger ab ... Der Aufseher darf ruhig zweimal nachgießen, bevor ich ihm den Letzten gebe ... Der Krüppel wird heute nicht mehr gerade stehen können ... Morgen lasse ich ihn mindestens eine halbe Stunde da hängen ... Und am Ende der Woche wird sich das Bastardkind wünschen, mir niemals begegnet zu sein ...

Überrascht ruckte Desmonds Kopf hoch. Das waren nicht seine Gedanken. Es waren die von Jonas gewesen. Und Desmond hatte ihm nicht mal in die Augen sehen müssen. Obwohl es ihm schwerfiel, zwang er sich zur inneren Ruhe und startete einen erneuten Versuch.

Er fühlte Mitleid, Traurigkeit und Aufregung: sein Onkel. Und dann konnte er auch wieder Jonas ausmachen. Dessen Wahrnehmungen waren nicht mehr so klar wie vorher. Desmond nahm lediglich rohe Emotionen auf, doch er traute sich durchaus zu, den nächsten Hieb vorauszuahnen.

Er sammelte sich. Der Schmerz flaute ab.

Langsam hob er die Lider wieder und starrte auf einen Punkt tausend Kilometer jenseits dieser Mauern.

Desmond hatte keine Ahnung, ob eine Stunde oder nur ein paar Sekunden verstrichen waren. Auf einmal klärte sich sein Bewusstsein. Es war soweit.

Blitzartig verwandelte er die Muskeln seines Rückens in Stahl. Bei diesem Hieb klang das Klatschen der Geißel bei Weitem nicht so satt wie vorher. Die Haut sprang auch nicht wieder auf. Einzig eine gerötete Stelle zeugte von Sem Jonas' letzten Versuch.

Desmonds Körper bebte in den Schnallen. Er spuckte den Lederknoten auf den Boden und lachte, lachte aus vollem Halse.

Sein Onkel und Jonas zogen gleichermaßen verblüfft die Luft ein. Niemals war aus einem Trakt der Reue das Lachen eines Delinquenten erklungen, der noch bei Verstand war.

Nachdem der Traktwächter die Fixierschnallen geöffnet hatte, rieb Desmond sich die Handgelenke und grinste Jonas an.

Dessen Gesicht verzog sich wütend. Jäh erhob er die Geißel, doch Ephraim Sorofraugh stoppte seinen Arm, bevor er niederschnellen konnte. „Jonas, ich gebiete dir: Vergiss dich nicht!"

Für einen Moment sah es so aus, als wolle Jonas sich losreißen, um die Peitsche gegen den Dekan zu schwingen. Aber die grauen Augen des Kathedralenherrschers wurden kalt hinter den Brillengläsern. Schnell besann Jonas sich eines Besseren.

„Noch solch eine Entgleisung und bei Gott, dem Allmächtigen, ich hänge dich für drei Tage ohne Essen in den Käfig."

Jonas brachte so viel Verstand zusammen, sofort unter mehreren Bekreuzigungen auf die Knie zu fallen. „Vergebt mir, Vater, ich war nicht Herr meiner Taten."

„Mach, dass du hier rauskommst!" Wütend versagte Desmonds Onkel Jonas die rituellen Worte der Verzeihung.

Der Gemaßregelte kam rasch wieder auf die Beine und entfernte sich unter Desmonds abebbendem Gelächter.

„Ich bin zwar froh, dass du es so gut überstanden hast, mein Sohn", machte der Dekan seiner Verunsicherung Luft, „aber du solltest das Sakrament der Vergebung mit etwas mehr Demut entgegennehmen."

Desmond hob sein weißes Hemd und die schwarze Tunika vom Zellenboden auf. Wie Jonas vor ihm senkte er das Haupt und bekreuzigte sich. „Vergebt mir, Vater, ich war wohl ebenfalls nicht ganz Herr meiner Taten. Die Freude hat mich überwältigt. Eine wichtige Lektion ist mir heute zuteilgeworden."

„Melde dich nach dem Duschen im Beichtstuhl. Dort wirst du mir dann ganz genau offenbaren, woher die unverfrorene Reaktion auf deine Buße kam."

Desmond brauchte diesmal keine Gedanken zu lesen, um zu wissen, dass sein Onkel es nicht so streng meinte, wie es geklungen hatte.

IV

Im Beichtstuhl versorgte der Dekan die Wunden seines Zöglings mit heilender Fibrinpaste. Dabei berichtete Desmond überschwänglich davon, wie es ihm gelungen war, Jonas' Bewusstsein ohne Augenkontakt zu lesen, und dass er nun eine Methode gefunden hatte, seinen Körper mit dem Heiligen Geist widerstandsfähiger zu machen.

„In dir schlummern also sogar die Talente eines Kampfmönchs, mein Sohn."

„Und wir nahmen an, ich hätte mein volles Potenzial schon mit siebzehn erreicht." Die kühle Salbe in der frischen Wunde ließ Desmond das Gesicht verziehen. Er brauchte einen Moment, um sich wieder aufs Wesentliche zu konzentrieren. Bei den meisten Priestern zeigte sich der Heilige Geist, wenn sie zwölf oder dreizehn waren, und nur wenige entwickelten ihr Talent jenseits des achtzehnten Lebensjahres so weit, dass man ihnen später die Dornenkrone der Vikare und Dekane verlieh. Desmond hingegen hatte schon mit fünf Jahren über die Kraft Gottes geboten, und jetzt fragte er sich, wann er seine Grenzen wohl erreichen würde. Vielleicht nie?

„Aber lass dir diese Sache nicht zu Kopf steigen", erriet sein Onkel den Gedanken „Auch wenn du über außergewöhnliche Begabungen verfügst - sich auf die Geschichte mit der Nachricht einzulassen, ist sehr gefährlich. Unterschätz das nicht. Kannst du dich wieder schmerzfrei bewegen?"

Desmond warf sein Hemd über. „Es ziept nur noch etwas."

„Vielleicht wirst du dich verteidigen müssen. Schmerzen können deine Reflexe verzögern ..."

„Es ist wirklich alles bestens. Nur ruckartige Bewegungen fallen mir ein wenig schwer. Aber ich komme klar. Ehrlich." Er zog sich den Talar an. „Mach dir keine Sorgen. Das Taufwasser auf meiner Stirn ist nicht erst seit gestern trocken. Ich werde den Häuserfriedhof mit genauso viel Fingerspitzengefühl angehen wie einen regulären Einsatz."

„Gut. In der Hinsicht hast du mein vollstes Vertrauen, mein Sohn."

„Amen."

***

Da es Sem Jonas nicht gelungen war, Desmond gestern neue Striemen zuzufügen hatte er sich bei der dritten Flagellation darauf konzentriert, die alten weiter aufzureißen. Desmonds Rücken brannte schlimmer als zuvor und Onkel Ephraims Fibrinpaste stieß langsam an ihre Grenzen.

In seine Wohneinheit angekommen, schlüpfte er vorsichtig in einen staubfarbenen Overall und hängte sich eine Werk-zeugtasche über die Schulter, damit er wie einer der zahllosen Mechaniker wirkte, die in St. George ihren Dienst taten. Einem aufmerksamen Beobachter wäre unter Umständen der Aus-rüstungsgürtel aufgefallen, aber die meisten Bewohner des Salome Distriktes hatten lernen müssen, dass man gesünder lebte, solange man sich nur um die eigenen Angelegenheiten kümmerte.

Eine Tunnelbahnfahrt und drei Rapidlifte später trat Desmond auf der vierten Ebene aus einem Wohnblock direkt gegenüber vom Häuserfriedhof. Etwa zwanzig Stockwerke tiefer, auf der anderen Seite der Straßenschlucht, wurden die Fassaden von einer an die fünf Blöcke breiten Schneise aus Betonschutt durchbrochen, die sich mehrere Kilometer lang durch New Bethlehems Stadtbild furchte. Weder in den wenigen daraus hervorragenden zerstörten Gebäuden, noch in den intakten, die das Trümmerareal abgrenzten, lebte noch jemand. Das war an der einzusehenden Südflanke des Häuserfriedhofs ganz anders. Hier waren zahlreiche Wohnhöhlen, Unterstände und sogar Tauschläden in das Chaos aus übereinandergefallenen Wandbruchstücken gegraben worden. Dort herrschte ein ständiges Kommen und Gehen. Die Überwachung würde kein leichter Job für eine einzelne Person werden. Zwei Tage zog Desmond vor den gigantischen Halden von Beobachtungspunkt zu Beobachtungspunkt. Es regnete in Strömen, aber er entdeckte nichts, das ihn davon abhalten konnte, sich auch ohne Rückendeckung weiter vorzuwagen.

Am dritten Tag kaufte er in einem Laden für Pilgerzubehör eine hochauflösende Stadtkarte von New Bethlehem. Um die exakte Koordinate der X-Linien zu bestimmen, hob er die vier Orte aus seinem Gedächtnis im Display hervor, markierte deren Mitte und speicherte das Ergebnis ab. Dann steckte er die Karte in seine Umhängetasche und machte sich auf den Weg zu der Koordinate, die das Navigationsraster vorgegeben hatte.

Nach wenigen Minuten stand er am Fuß der Trümmerhalde. Aus ihrer Spitze ragten die unteren Stockwerke eines zusammengefallenen Wohnturms: Desmonds erstes Ziel.

Im Laufe der Jahre hatten die Sohlen der Haldenbewohner einen serpentinenartigen Trampelpfad zwischen den Wohnnischen an der Vorderseite der Halde geformt. Diesem Aufstieg brauchte Desmond jetzt nur zu folgen.

Das sonnige Wetter hatte den Schuttberg heute in einen Ameisenhaufen verwandelt. Die gesamte Umgebung war durchdrungen von fremdartiger Musik, Kindergeschrei und lauten Unterhaltungen. Viele Eingänge standen offen und man konnte ein wahres Panoptikum aus bizarren alten Gegenständen erkennen, die als Möbelstücke, manchmal aber auch als Dekorationsobjekte herhalten mussten.

Ein Stand mit offenem Feuer verbreitete den Duft von gegrilltem Fleisch. Als Desmond an zwei spärlich bekleideten Jungs vorbeikam, die sich dort mit fettigen Fingern Tauben und Ratten einverleibten, wurde er neugierig beäugt.

Ständig musste er sich an die unregelmäßige Wandseite der Halde drücken, um Leute in grob zusammengeflickter Aufmachung vorbeizulassen. Je höher er auf dem festgetretenen Betonstaub kam, desto mehr Tücken wies der Pfad auf. Entweder lief man Gefahr, sich den Kopf an Metallträgern zu stoßen oder man blieb mit der Kleidung an irgendwelchen Nagelbolzen hängen. Ein Sturz aus dieser Höhe hätte unweigerlich ein tödliches Ende bedeutet. An zwei Stellen war die Route völlig unterbrochen und Desmond war gezwungen, die Wände an Rissen heraufzuklettern. Selbst hier kamen ihm Leute entgegen und verlangten schimpfend nach Platz.

Nach einer mühseligen halben Stunde hatte er den oberen Rand der Halde erreicht und den Lärm der bunten Menschenmenge hinter sich gelassen. Nur vereinzelt wurden noch Geräusche zu ihm heraufgeweht.

Die Gegend um den fleckigen Turmrest war verlassen, die Fensterscheiben ohne Ausnahme eingeschlagen. Aus vielen Rahmen ragten noch spitze Glaszacken. Die Fenster, bei denen das Glas ganz fehlte, hatte man mit Folie verkleidet oder sogar mit Stahlplatten vernietet.

Bei näherer Betrachtung stellten sich die Flecken an dem Gebäude als riesige Flechten heraus. Ihre unförmigen Wölbungen entstellten nicht nur die Fassade, sie sonderten auch ein unangenehmes Gas ab. In der Nähe der Pflanzen würde man ohne Schutz heftige Kopfschmerzen bekommen. Längeres Einatmen der Ausdünstungen konnte sogar zu tödlichen Krämpfen führen. Da er den knappen Luftvorrat seines Odemsspenders aus dem Gürtel nicht verschwenden wollte, war Desmond gezwungen, einen großen Bogen um den Wolkenkratzer zu machen.

Dahinter erstreckte sich ein weitläufiges Trümmerfeld aus abgebrochenen Wandfragmenten, rostigen Gitterkonstruktionen und verbogenen Stahlträgern. Die Versuche der Flora, dieses Gebiet zurückzuerobern, konnte man bestenfalls als halbherzig bezeichnen. Vereinzelt kämpften sich schwach beblätterte Zweiglein aus den trockenen Ritzen der Ruinen. Einige knollige, gedrungene Strünke mit dunkelgrün glänzenden Lederblättern wuchsen aus Mulden, in denen sich das Wasser des letzten Regengusses gesammelt hatte. Und natürlich sah man auch hier Felsnesseln. Aber die schossen sowieso aus jeder Fuge in New Bethlehem.

Soweit die natürliche Sehkraft reichte, war nicht eine Menschenseele auszumachen. Allerdings ließ sich von hier aus deutlich erkennen, dass Desmond den höchsten Punkt des Häuserfriedhofes noch lange nicht erreicht hatte.

Im Westen wurde das Trümmerfeld durch eine weitere Erhebung abgegrenzt. Die Ruinen mehrerer Wohntürme lehnten sich in einem Winkel von beinahe fünfundvierzig Grad an eine noch gewaltigere Halde aus Betongeröll. Oberhalb ihrer Dächer setzte sich die Landschaft der Verwüstung in einer weiteren Ebene fort.

Desmond erweckte die Karte aus der Werkzeugtasche aus dem Stand-by-Modus. Sein Zielpunkt lag in nördlicher Richtung, aber zum Glück weit vor der Erhöhung. Noch knappe achthundert frei überschaubare Meter lagen vor ihm.

Dessen ungeachtet kam er ziemlich langsam voran. Das Klettern über die Gebäudereste verlangte ein hohes Maß an Konzentration. Nur zu schnell konnte es geschehen, dass man auf einen losen Brocken trat und in einer der zahlreichen Spalten für immer verschwand.

Dazu spürte Desmond in regelmäßigen Abständen mit dem Geist nach anderen Menschen, denn die Ruinen der Gebäudetürme boten Tausende Verstecke. Doch niemand schien sich diese idealen Bedingungen für eine Falle zunutze zu machen. Nur ein paar Ratten wuselten hier und da aufgeschreckt davon.

Nach ungefähr zwei Dritteln der Strecke tat sich vor ihm ein Abgrund von etwa zwanzig Metern Breite und fünfzig Metern Tiefe auf.

Nun galt es abzuwägen, welcher Weg die höheren Risiken barg. Bei einer Klettertour an der unsicheren Schuttwand schwebte er in der Gefahr, dass ihn lockere Teile unter einer Lawine aus Schutt begraben würden. Oder sollte er sich besser mit dem Harpunenseil auf die andere Seite hangeln? Er würde dann für mindestens eine Minute als wehrloses Ziel in der Luft hängen.

Schulterzuckend holte er Dornkatapult und Seil aus dem Gürtel.

Einen sicheren Halt für das Seil zu finden, war tatsächlich nicht leicht. Desmond probierte es an mehreren Stellen, aber in dem spröde gewordenen Beton wollte der Fixierhaken einfach nicht halten. Schließlich klemmte er ihn in einer Lücke zwischen zwei alten Nagelbolzen fest. Den Katapulthaken schoss er auf die gegenüberliegende Seite. Mit einem trockenen Knall durchschlug der Haken eine Betonplatte, entfaltete seine drei Dornen und zog das Seil straff.

Würde das halten? Der Haken hatte die Wand viel zu problemlos durchschlagen.

Misstrauisch prüfte Desmond die Belastungsfähigkeit der Verbindung, doch zu seiner Überraschung hielt sie stand.

Er klappte seine Gürtelschnalle auf, schwang sich ans Seil und klinkte die Rolle unter der Abdeckung der Schnalle daran fest. Beide Arme und Beine am Seil, begann er sich nun stetig vorwärts zu ziehen. Er war noch nicht ganz in der Mitte der Spalte angekommen, da ging ein Ruck durch seinen Körper. Sofort schaute er nach der Betonplatte, aber dort schien alles bestens. Der Blick an seinen Füßen vorbei offenbarte allerdings, dass einer der Nagelbolzen weggebrochen war. Mit nur noch einem Dorn hing der Fixierhaken an dem verbliebenen Bolzen.

Angstschweiß trat auf Desmonds Stirn. Ganz sachte zog er sich mit den Armen vorwärts. Noch knappe sieben Meter. Plötzlich begann das gespannte Seil leicht zu vibrieren. Zitterte er so oder kam das von den Haken?

Noch fünf Meter. Ob der zweite Bolzen auch nachgab?

Noch drei Meter. Ein zweiter Ruck.

Hinter ihm ertönte ein Knall.

Er stürzte.

Blitzschnell schlang Desmond einen Arm um das Seil.

Als es sich schlagartig wieder strammzog, hatte er das Gefühl, ihm würde der Arm ausgerissen. Desmond prallte so hart an die gegenüberliegende Wand, dass ihm die Luft wegblieb und ein stechender Schmerz fuhr von der Schulter durch seinen gesamten Körper. Um ein Haar hätte er seinen Griff gelockert.

Aber er hing. Die rettende Kante befand sich drei Meter über ihm.

Der rechte Arm tat höllisch weh. Mit einer ausgekugelten Schulter würde er die Distanz nach oben niemals schaffen. Seine Füße fanden zwar Halt an der Wand, doch diese Sicherheit erwies sich als trügerisch. Unter seinen Stiefeln lösten sich immer wieder Bruchstücke.

Die aufkeimende Panik unterdrückend, packte Desmond mit der Linken zu und zog sich nach oben. Das feine Schnurgewebe grub sich schmerzhaft in seine Finger, aber es funktionierte.

Unter Schmerzen wand er den rechten Arm aus dem verschlungenen Seil. Der obere Teil seines Ärmels wurde von Schmutz und Blut bedeckt. Die Schulter war nicht ausgekugelt, aber nahe beim Gelenk ragte eine scharfkantige Porzellanscherbe aus dem Overall.

Mit zusammengebissenen Zähnen zog er sich weiter nach oben. Die Stiefelspitzen rutschten fortwährend ab und jedes Mal, wenn er den rechten Arm einsetzte, hatte er das Gefühl, als würde jemand mit einem glühenden Schürhaken in der Wunde herumbohren. Doch irgendwann wuchtete er sich keuchend über die Kante.

Er blieb für einen Moment auf dem Boden liegen, setzte sich dann auf und wagte einen Blick auf die Schulter. Es blutete nicht besonders stark, schmerzte aber immer noch wie die Hölle.

Einhändig fischte er das Heilerpack aus der größten Tasche seines Gürtels und trennte mithilfe des Mullschneiders seinen Ärmel weiter auf. Nachdem er Wunde und Scherbe desinfiziert hatte, zückte er den Wundschließer. Er zog er die Schutzkappe ab, die Backen des scherenähnlichen Gerätes öffneten sich und die Injektorkanüle zwischen ihnen schob sich nach vorn. Schließlich klemmte er sich den Verschließer zwischen die aufgestellten Knie.

Nun musste alles sehr schnell gehen.

Daumen und Zeigefinger packten die Scherbe.

Zeit zu beten, dass kein großes Gefäß verletzt worden war.

Er versuchte, genug Heiligen Geist aufzubringen, um sein Körpergewebe in der Schulter zu entspannen.

Jetzt!

Mit einer raschen Bewegung zog er die Scherbe aus dem Fleisch. Den quälenden Schmerz und das Blut ignorierend, schnappte er sich den Wundschließer und drückte ihn auf den Schnitt. Der Injektor spritzte eine Enzymlösung ins Fleisch, die das Gewebe verkleben sollte, gleichzeitig klammerten die Zangenbacken die Wundränder zusammen.

Desmond krümmte sich auf dem Boden. Heiße Tränen schossen ihm in die Augen. Als er es nicht mehr aushielt, ließ er den Wundverschließer zu Boden fallen.

Der Herr war ihm gewogen. Das reparierte Fleisch hielt. Allerdings würde seine Schulter durch die Schmerzen für längere Zeit nutzlos werden und jede Form von Nahkampf konnte er für den Rest der Woche vergessen.

Die Wunde vernünftig zu versorgen war unmöglich. Dazu fehlte ihm schlichtweg das entsprechende Talent. Ein wenig künstliche Haut aus dem Heilerpack musste reichen. Er verstaute die Utensilien wieder in seinen Taschen und stand langsam auf.

Der Rest der Strecke gestaltete sich zum Glück völlig ereignislos und endete vor einer zwei Mann hohen Erhebung.

Die Spitze der Erhebung wurde vom Rand eines Wandfragments gebildet. Als hätte das Kind eines Riesen ein Puzzleteil unachtsam fallen gelassen, lag es leicht schräg auf dem Hügel.

Als Desmond seine Füße auf die liegende Wand stellte, stand er zwar schief, aber die mit bunten Schriftzügen verschmierte Oberfläche bot genug Halt, dass er nicht abrutschte. Nach oben zu kommen erwies sich als Kinderspiel.

Ein regelmäßiger Piepton aus dem kleinen Lautsprecher seiner Pilgerkarte zeigte an, dass er angekommen war. Wäre dies ein Ort von religiöser Signifikanz gewesen, hätte das Gerät darüber hinaus eine monotone Erklärung abgegeben. Desmond konnte hier allerdings nichts von Bedeutung entdecken.

Verletzt und müde stand er auf dem besten Punkt für eine Aussicht ins Nirgendwo. Abermals bemühte er das Televid. Vielleicht würde er irgendjemanden entdecken, der ihn beobachtete oder versuchte, mit ihm Kontakt aufzunehmen. Aber das einzige, was in dieser Einöde für eine gewisse Ablenkung sorgte, war der auffrischende Wind.

Desmond nahm das Televid von den Augen und lenkte seine Aufmerksamkeit auf die nähere Umgebung.

Nichts.

Schließlich betrachtete er die Wandplatte selbst. Sie war bedeckt mit Schlagworten in grellen Farben: Warnung, Verderben, Untergang, Sündenpfuhl …

Desmond musste grinsen. Jemand hatte in großen Lettern das Wort SEX dazwischen gesprüht.

Wenn seine Theorie über die Nachricht der Wahrheit entsprach, dann war es möglich, dass das X des Wortes ziemlich genau die Koordinate markierte, an die er kommen sollte. Neugierig bewegte er sich zu den Kreuzungslinien des Buchstabens. Aber so angestrengt er auch über die Mitte des neongrünen X blickte, es wollte sich keine weitere Erkenntnis einstellen.

„Bleib lieber mittelmäßig, werde aber nicht zu oberflächlich. Ich steh schon so was von mittendrin", murmelte Desmond. „Aber ich bin immer noch auf der Oberfläche. Ich muss irgendwie unter die Platte kommen."

Er stieg von der Wand und umrundete den Hügel, bis er unter das Stück der Platte gelangte, das leicht über die Spitze des Hügels ragte. Mit einer Hand langte er unter die Kante der Wand und versuchte vergeblich, sie zu bewegen. Auch wenn ihm beide Arme zur Verfügung gestanden hätten, wäre da nichts zu machen gewesen. Um das vermaledeite Ding auch nur einen Millimeter anzuheben, war weitaus mehr Kraft als die eines einzelnen Mannes nötig.

Desmond rezitierte den Text des Zettels noch einmal. Danach probierte er, Steine aus dem Schutthaufen zu entfernen, die direkt unter der Platte lagen, aber sie waren durch ihr Gewicht zu stark aneinandergepresst.

Irgendwann formulierte er seine Gedanken laut in die einsame Stille. „Wenn der Verfasser der Nachricht mich wirklich kennt, was erwartet er? Was denkt er, wie ich vorgehen werde? Gedankenlesen wird mich bei diesem Ungetüm wohl kaum weiterbringen."

Er warf einen langen, nachdenklichen Blick auf die Platte. Alles, was ihm blieb, war der Versuch, die Wand mithilfe des Heiligen Geistes wegzustemmen. Wer immer ihn unter der Platte erwartete, er überschätzte Desmonds Fähigkeiten offenbar maßlos. Er konnte vielleicht einen Mann umstoßen, aber mehrere Tonnen Stein zu stemmen, das war etwas völlig anderes.

Sich einen stabilen Stand verschaffend, sammelte er seine Energien. Diesmal wartete er so lange, bis sich der Heilige Geist zu einer kompakten Kugel in seinem Brustkorb manifestierte. Er stellte sich die Platte vor, wie sie sich in die Luft erhob. Mit abgespreizten Fingern erhob er die Arme. Die rechte Schulter zog schmerzend am Rande seines Bewusstseins, seine Kaumuskeln spannten sich so sehr an, dass es sich anfühlte, als würden ihm die Zähne in den Kiefer gepresst. Dann öffnete er die zitternden Augenlider und der Druck aus seinem Inneren schoss zur Platte.

Für einen Moment erhob sich das gewaltige Stück Beton an einer Seite tatsächlich mehr als drei Meter weit, aber nur, um im nächsten Augenblick wieder auf die Hügelkuppe zu donnern. Es zerbrach in zwei Teile.

Das größere der beiden rumpelte neben die Erhebung. Desmond selbst landete mit nachgebenden Knien im Dreck. Für einen Moment trübte sich sein Bewusstsein.

Dass er sich auch übergeben hatte, hatte er nicht registriert. Doch der gallenbittere Geschmack im Mund und die ekelige Pfütze auf dem Boden zeugten eindeutig genau davon.

Vorsichtig richtete er sich wieder auf. Hinter seiner Stirn schien sich alles zu drehen. Er wischte sich mit dem Ärmel das

Kinn sauber. Dann kämpfte er sich unsicheren Schrittes zur Bruchstelle am oberen Punkt der Erhebung.

Seine Fähigkeiten hatten nicht ausgereicht, um die Wandplatte wegzustoßen, aber auch wenn es noch von der Hälfte der verbliebenen Wand bedeckt war, zeigte sich unter ihr ein Loch, das senkrecht ins Innere des Hügels führte. Desmond leuchtete mit der Stablampe nach unten und stellte fest, dass es sich dabei um einen absichtlich angelegten Eingang handelte. An der gemauerten Wand waren sogar Sprossen angebracht.

Er hatte mit der Deutung der Nachricht richtig gelegen! Dieser Eingang hatte nur darauf gewartet, von ihm entdeckt zu werden.

Um sich durch die Öffnung zu quetschen, legte Desmond die Tasche kurz ab und schnallte sie sich vor dem Hinunterklettern wieder um.

Es war ganz schön dunkel. Der Schein der Lampe verriet kaum, was sich unter seinen Füßen befand.

Als er den linken Stiefel von der letzten Sprosse auf festen Boden setzte, wurde ihm blitzartig bewusst, dass er in einem weiteren Punkt recht behielt. Jemand hatte ihn erwartet.

Ein starker elektrischer Schlag traf ihn zwischen den Schultern, dann wurde es völlig finster.

VII

Kräftige Arme schleppten ihn durch düstere Gänge.

Ab und zu riss ihn ein Stoß gegen die Schulter kurz aus der Bewusstlosigkeit und zerstückelte seine Reise in Momentaufnahmen aus hektisch geschwenkten Stablampen. Dazu drangen Gesprächsfetzen an Desmonds Ohren, deren Sinn sich ihm partout nicht erschließen wollte.

Er konnte nicht sagen, wie viel Zeit es gebraucht hatte, bis seine Entführer ihn auf die Füße wuchteten, seine Arme spreizten, ihn mit der Nase an eine schimmelige Kellerwand stießen und rostige Metallschellen um seine Handgelenke schlossen.

War er doch in die Fänge der Inquisition geraten? Steckte er wieder in einer Geißelzelle?

Weder seine gepeinigte Schulter noch der gammlige Geruch waren Grund genug für Desmond, sich hinzustellen. Und obwohl ein kleiner Teil von ihm wusste, dass er nur genau das tun musste, um sich in seiner Qual Erleichterung zu verschaffen, brachte er die Kraft dafür einfach nicht auf. So hing er noch eine zähe Weile auf den Knien und ergab sich seinem Dämmerzustand.

Er hätte auf seinen Onkel hören sollen. Wie dumm konnte man sein, einfach so in einen Hinterhalt zu laufen? Aber ... warum, beim Herrn, hatte er seine Angreifer im Trümmerfeld nicht vorher mit dem Heiligen Geist aufspüren können?

Irgendwann kroch die Kälte von seiner Wange über den gesamten Körper und lichtete den Nebel um sein Bewusstsein. Ein schimmeliges Stück Putz hatte den Weg in seinen Mund gefunden. Angeekelt hustete er es aus und der darauf folgende Krampf in der verletzten Schulter sorgte dafür, dass er ganz zurück in die Realität katapultiert wurde.

Abermals drangen Stimmen auf Desmond ein und diesmal ergab das Gesagte einen Sinn.

„Er kommt wieder zu sich. Guckt euch den an! Jetzt versucht er sogar aufzustehen. Ich hab ihm wohl doch nicht die volle Ladung verpasst."

Mit wackeligen Knien gelang es Desmond, auf die Füße zu kommen. Als er an sich herabschaute, fehlten sowohl Ausrüstungsgürtel als auch Umhängetasche.

Er probierte, mit dem Geist nach seinen Gegnern zu tasten, fing sich aber durch die Anstrengung nur weitere Kopfschmerzen ein. Also beschloss er, zunächst einmal den Mund zu halten. Wenn man sich aufs Zuhören beschränkte, kamen Informationen oft ganz von selbst, sagte sein Onkel immer.

„Wieso hat der schon so weiße Haare? Der ist doch noch gar nicht alt." Der Sprecher lispelte leicht.

"Irgendwie ist das gruselig. Bleich wie´n Grottenolm. Vielleicht hat er ´ne Krankheit?" Der Hall der zweiten Stimme verriet Desmond, dass der Raum größtenteils leer sein musste. Leer, aber nicht besonders groß.

„Quatsch, der Gürtel hier ist von ´nem Priester. Wenn der ´ne Krankheit hätte, würden ihn die Wunderheiler nicht eher gehen lassen, bis man ihn wieder ganz gesund gesalbt hätte." Der Besitzer dieser Stimme sprach jedes T so aus, dass es wie ein D klang.

„Vielleicht hat der sich deswegen da draußen rumgetrieben. Bestimmt hat er eine unheilbare Seuche und bevor er sie alle verseuchen konnte, haben die ihn rausgeschmissen. Mit meiner Cousine Daria haben die das auch so gemacht", sagte eine Frauenstimme.

Die Antwort kam von dem Mann mit der heiseren Stimme, den Desmond als Allererstes gehört hatte. „Ich finde, er wirkt bis auf den Kratzer am Arm ganz gesund."

Es befanden sich also mindestens vier Personen im Raum. Jetzt versuchte Desmond vorsichtig, die Hände aus den Metallschellen zu winden. Das brachte ihm aber lediglich das Gelächter der Anwesenden und weitere Schmerzen in der Schulter ein.

„Du brauchst es gar nicht erst zu versuchen", meinte die heisere Stimme amüsiert. „Selbst wenn du ohne eine Schramme aus den Eisen kommst, du würdest diesen Raum nicht an einem Stück verlassen, mein Junge."

Dieses elende Sünderpack! Erst Widerstand gegen die Gewalt Gottes, dann Entführung eines Priesters und jetzt wurde ihm sogar gedroht. Oh, wartet. Das geduldige Ausharren würde jetzt ein Ende haben.

„Wir könnten es ja mal drauf ankommen lassen, Mann. Ihr müsst nur den Mut aufbringen, mich loszumachen."

Brummiges Lachen erklang.

„Ganz sachte, mein junger Hitzkopf, du wirst es wohl kaum gegen sechs Männer aufnehmen wollen. Schon gar nicht hiermit …"

Bei diesen Worten drückte jemand grob auf Desmonds Schulter. Er stöhnte auf. Das fand diesmal niemand lustig. Der Lispler machte seinen Bedenken Luft.

„Ich weiß nicht, Eckart. Du hast doch gesehen, was er mit der Deckplatte auf dem alten Südeingang gemacht hat."

Eckart schnaubte. „Du willst eine bröckelige Betonwand doch wohl nicht mit sechsen von unserer Sorte vergleichen, Krund. Ich würde meine verfluchte Seele dafür aufs Spiel setzen, dass der Schwarzrock es ohne Waffe nicht einmal drei Meter von der Wand wegschafft."

Desmond zwang sich zur Gelassenheit. Er befand sich nicht in unmittelbarer Lebensgefahr. Hätten Eckart und seine Kumpane ihn töten wollen, hätten sie das schon am Eingang erledigt, statt ihn mühselig herzuschleppen.

Hier war verbale Überzeugungskraft gefragt. Er schickte ein Stoßgebet zu Maria, dass er sich damit nicht noch tiefer in die Nesseln setzen würde. „Jeder Kampf wäre wahrscheinlich sowieso überflüssig. Dass ich hier unten aufgetaucht bin, ist nämlich kein Zufall, müsst ihr wissen. Euer Anführer hat mir eine Einladung geschickt. Wenn ihr mich freilasst, werde ich sie euch zeigen."

„Den Teufel werden wir tun." Wieder Eckart. „Du sagst mir, wo du diese komische ‚Einladung' versteckt hast, ich schau sie mir an und dann sehen wir weiter."

„Mein Overall hat auf der rechten Innenseite eine Brusttasche, da steckt ein Zettel drin …"

Die grobe Hand ließ ihn den Satz kaum beenden. Diesmal machte sie sich am Brustteil seines Anzugs zu schaffen. Ihr Besitzer zog die geheimnisvolle Nachricht aus Desmonds Innentasche und für einen kurzen Moment herrschte Stille, die am Ende von einem Fluch unterbrochen wurde.

„Das ist doch ein Haufen Rattenscheiße. Was soll das denn bedeuten? Sieht für mich überhaupt nicht nach einer Einladung aus." Man hörte Papierrascheln, dann flog etwas Helles rechts neben Desmonds Kopf gegen die Wand.

Verdammt, das war nach hinten losgegangen. Verzweifelt versuchte er es erneut. „Der Text beschreibt den Ort oben bei der Platte. Thomas Bate hat ihn mir gegeben …"

Eckart fuhr unwirsch dazwischen. „Kenne ich nicht. Weiß einer von euch, was die Albinoratte meint?" Abermals war Gelächter die einzige Erwiderung. Das stachelte Eckart noch mehr an. „Ich werde dir mal sagen, was wir jetzt mit dir anstellen, Pfaffenabschaum. Damit mir und meinen guten Kumpels nicht langweilig –"

„Was geht hier vor sich?", schallte eine neue Stimme durch den kleinen Raum. „Solltet ihr nicht alle auf Posten sein? Eckart, Bericht!"

Der zur Rede Gestellte wirkte mit einem Mal ausgesprochen kleinlaut. „Wir haben den da draußen auf dem Wurzknollenfeld beobachtet, wie er sich am Westgraben fast umgebracht hat. Dann hat er mit seinen Hokuspokuskräften die Deckplatte am Eingang zerbrochen. Als er zu uns runtergestiegen ist, haben wir ihn mit dem Brutzler lahmgelegt und hergeschafft. Er ist vermutlich einer von diesen neugierigen Priestern. Diesen Gürtel, einen Rosenkranz und eine Werkzeugtasche hat er bei sich gehabt."

„Und ihr seid weder auf die Idee gekommen, ihm die Augen zu verbinden, noch den Vorfall irgendwo zu melden?" In der lauten Stimme schwang deutliche Verärgerung mit.

„Der war so weggetreten, dass er auf dem Weg hierher kaum was mitgekriegt hat", gab Eckart zurück. „Wem hätten wir denn auch schon was melden sollen? Iskariot ist doch mal wieder unterwegs."

„Was immer noch nicht erklärt, warum ihr die Sache nicht an die Dreizehn weitergegeben habt. Noch treffen wir alle Entscheidungen der Ketzergemeinde." Eine Pause entstand. „Zurück an die Periskope mit euch, ihr unzuverlässiges Pack! Und meldet euch bei Trimmund am Fluss, sobald eure Wache zu Ende ist. Der hat noch einige Latrinenwannen, die heute gesäubert werden müssen."

Die Sohlen mehrerer Personen schlurften Richtung Ausgang.

„Was passiert denn jetzt mit dem Milchfladen?", wollte Eckart noch wissen.

„Oh, ich nehme an, dass es sich bei dem Mann tatsächlich um einen Priester handelt. Und so seltsam, wie es klingen mag, aber ich glaube, wir können ihm in gewisser Weise sogar trauen."

Desmonds Haarschopf wurde nach hinten gerissen.

Unvermittelt schaute er in ein bärtiges Gesicht mit wilden blauen Augen.

***

Eckart verschwand und der Mann vom Davidplatz gab Desmonds Kopf wieder frei.

„Hör mir genau zu! Damit wir uns richtig verstehen, Priester: Ich werde dich erst von den Wandschellen befreien, wenn du mir bei deinem Gott schwörst, dass du nicht irgendeinen von deinen Fesseltricks versuchen wirst."

„Ich schwöre bei Gott, dem Vater und dem Heil meiner unsterblichen Seele, dass ich so lange keine Telekinese anwenden werde, bis ihr mich gehen lasst."

Die blauen Augen verwandelten sich in Schlitze. „Trotzdem trau ich dir nicht mal so weit, wie ich im Dunkeln gucken kann. Es ist ganz einfach: Ich verdanke dir das Leben meines Sohnes. Dafür habe ich dich vor Eckarts Willkür gerettet. Wir sind quitt." Zur Bekräftigung seiner Worte spuckte er in den Dreck.

Sein eigenes Leben hatte der Bärtige in diese Rechnung noch nicht einbezogen, dachte Desmond verstimmt.

„Und bild dir keine Schwachheiten ein. Ich öffne zwar die Wandfesseln, du bleibst aber mein Gefangener."

Aus den Falten seiner Lumpen zog er einen Schlüssel und steckte ihn in eine Öffnung neben Desmonds rechtem Handgelenk. Die Schellen schnappten auf und seine Hände glitten aus dem Metall.

Der Raum, in den man ihn geschafft hatte, befand sich vermutlich im Keller eines verschütteten Wohnturms: eine Art Verhörzimmer. Auf einem morschen Tisch an der gegenüberliegenden Wand stapelten sich Gerätschaften zum Fesseln und Foltern.

Desmond streckte die Hand aus. „Mein Name ist Vater Sorofraugh."

Sein Gegenüber betrachtete die Hand, als hätte Desmond Nesselausschlag.

Ein peinlicher Moment des Zögerns folgte, dann lenkte Desmond ein. „Okay, ich verstehe schon. Mein Name ist Desmond. Desmond Sorofraugh. Erfahre ich jetzt deinen Namen? Und zu wissen, wohin ihr mich verschleppt habt, wäre auch nicht schlecht."

„Bei uns läuft das etwas anders als da oben. Hier stelle ich die Fragen, Priester. Gewöhn dich dran. Wieso wusstest du vom Westeingang? Wir benutzen ihn schon seit mindestens einem halben Jahr nicht mehr. Erzähl mir also nicht, du wärest jemandem hierher gefolgt."

Desmond fasste Hoffnung, dass ihn der Zettel doch noch weiterbrachte. „Kurz bevor die Angriffe in Nicopolis losgingen, habe ich eine Nachricht von einem gewissen Thomas Bate erhalten. Er hat betont, sie sei ausschließlich für mich bestimmt. Ihr Inhalt gab mir in verschlüsselter Form den Hinweis darauf, wie ich euch finden würde. Eigentlich hatte ich angenommen, dass man mich hier bereits erwarten würde. Aber anstelle eines freundlichen Empfangs wurde ich betäubt, gefangen genommen und von diesen …"

„Wer soll dich hergeschickt haben? Thomas Bate? Hmm, sagt mir überhaupt nichts, der Name. Bei uns gibt es niemanden, der so heißt. Wo ist dieser Zettel?"

Desmond zeigte auf eine zerknüllte Papierkugel in einer Ecke des Raums. „Der gute Eckart hat mit dem Inhalt nichts anfangen können. Möglich, dass er dir mehr verrät."

Der Mann bückte sich, und nachdem er den Zettel entfaltet hatte, las er die wenigen Zeilen. „Ich kann zwar nicht nachvollziehen, wie dich das zu uns geführt haben soll, aber möglicherweise steckt mehr hinter der Sache, als es den Anschein hat."

Er klaubte einen Phosphorstab aus den Falten seines dreckigen Gewandes, und obwohl die Wand voller Stockflecken war, entzündete sich der Stab beim Drüberreiben problemlos. Der Mann hielt den Zettel so nah an die fauchende Flamme, dass Desmond schon befürchtete, er wolle ihn verbrennen. Aber durch die Hitze bildete sich auf dem Papier ein schwarzer Kreis, durch dessen Mittelachse von oben nach unten ein Dorn verlief.

Der Bärtige knurrte leise. „Dacht ich's mir doch. Das ist wieder so eine Aktion von Iskariot. Kein Wunder, dass ich davon nichts weiß. Er berät sich kaum noch mit den Dreizehn ..." Er fuhr sich durch den verfilzten Bart. „Da du ein Freund von ihm zu sein scheinst, kannst du Iskariot ja möglicherweise zur Vernunft bringen. In letzter Zeit macht er eindeutig zu viel auf eigene Faust. Das ist nicht gut für den Zusammenhalt hier unten."

Desmond schüttelte bedauernd den Kopf. „Es tut mir leid. Ich kenne nur den Iskariot aus der Bibel. Ist er so was wie euer Anführer?"

Die Miene des Mannes nahm wieder einen finsteren Ausdruck an. „Einige würden das behaupten, allerdings nur, wenn ich nicht in der Nähe bin. Du trägst Iskariots Zeichen mit dir herum und willst ihn nicht einmal kennen? Wie kann das sein? Ich warne dich: Spiel keine Spielchen mit mir. Iskariot hat hier nicht alleine das Sagen. Noch nicht jedenfalls. Dein Schicksal liegt jetzt in der Hand der Dreizehn. Wir werden heute noch darüber beraten, wie wir mit dir weiter verfahren, egal ob er dabei ist oder nicht." Der Mann drohte Desmond mit dem Zeigefinger wie einem störrischen Kind. Der gereizte Unterton verlor sich jedoch. „Wenn Iskariot dich bei uns haben wollte, dann soll er sich auch um dich kümmern. Ich werde dich in den Unterschlupf führen. Dort kannst du auf ihn warten." Er warf den Phosphorstab in die Ecke und nahm ein altes Zwingrohr vom Tisch, in dessen oberen Rand sich schon so manche Körperflüssigkeit gefressen hatte. „Dieses Theater können wir uns sparen, sobald Iskariot für dich bürgt. Aber bis es soweit ist, muss ich dir eine Augenbinde anlegen und die Hände fesseln."

In der Hoffnung, dass sich alles bald aufklären würde, steckte Desmond seine Hände ins Zwingrohr und ließ sich die Augen verbinden. Der Mechanismus im Rohr presste seine Unterarme fest aneinander und an der großen Öse vorne wurde er aus dem Raum gezogen. Blind trottete er seinem Führer hinterher.

Durch endlose Gänge ging es, die über eine unüberschaubare Anzahl an Abzweigungen verfügten. Die eigenartige Stille wurde nur ab und zu von einem Quieken gestört: Ratten. Irgendwann war es mit der Ruhe dann vorbei und menschliche Rufe hallten über eine große Distanz zu ihnen. Sie mischten sich unter ein immer stärker anschwellendes Rauschen. Es roch feucht, aber nicht abgestanden. In welchem Raum sie auch immer waren, er schien immense Ausmaße zu haben.

Desmond tastete nach dem Bewusstsein der Rufenden und die Resonanz war erstaunlich. Wie, im Namen des allwissenden Vaters, hatte ihm eine solche Masse an Individuen beim Überqueren des Trümmerfeldes verborgen bleiben können? Waren sie mittlerweile so weit entfernt vom Einstieg? Oder geboten die Gesteinsschichten über ihren Köpfen seinen frisch erlernten Fähigkeiten Einhalt?

„Der Herr der Lügen möge die Wahrheit in deinen Taten verschleiern." Der Sprecher strengte sich an, das stärker gewordene Rauschen zu übertönen.

„Du weißt doch, damit bin ich durch. Ob Dunkelheit oder Licht, ich glaube nur an das, was ich sehe."

„Wenn er seine wahre Macht offenbart, wirst auch du ihn erkennen müssen, Nodrim." Diese tiefe Stimme erinnerte Desmond an Bruder Boas. Er war ein großer Mann mit dunkler Hautfarbe. Einer der wenigen Brüder, die er wirklich sympathisch fand - was daran liegen mochte, dass ihm der Weinkeller unterstand.

„Wie du meinst, Trimmund. In einer Stunde kommen die Jungs von der Zehn-Uhr-Schicht zu dir. Üb mal ein wenig von deiner Macht aus und lass sie tüchtig schrubben. Eckart hat sie wieder mal dazu angestiftet, ihre Posten zu verlassen. Bevor du sie gehen lässt, soll jeder von denen mindestens zwanzig Eimer sauber machen."

„Geht klar, Nodrim. Das hat nicht zufälligerweise etwas mit dem da zu tun? Ist das so ′ne Art Mutant? Wegen der Haare, meine ich …"

„Das wirst du früh genug erfahren. Aber erst, nachdem die Dreizehn über ihn zu Rate gesessen haben. Vorher muss ich meine Lieferung noch bei Iskariot absetzen."

Trimmund zeigte sich erstaunt „Iskariot? Ist der große Führer etwa schon wieder anwesend?"

„Wer kann schon sagen, wo Iskariot sich rumtreibt oder wann er gedenkt, wieder bei uns einzutreffen."

„Treten die Dreizehn deswegen schon wieder zusammen?"

„Irgendwer muss ja dafür sorgen, dass der Laden hier läuft. Hab noch einen guten Tag, Trimmund."

„Halt deine Höhle sauber, Nodrim."

Ein Ruck am Zwingrohr und Desmond setzte sich wieder in Bewegung.

Kaum waren sie außer Hörweite, murmelte der Mann, der Nodrim genannt wurde: „Trimmund schaut immer nach dem Licht in anderer Leute Fenster. Wenn Eckart mit seinen zwanzig Eimern fertig ist, wird er wegen der Fragerei mit seinen Nerven am Ende sein. Danach weiß das ganze Lager über deine Anwesenheit Bescheid. Unsere Versammlung muss rasch einberufen werden."

Desmond war sich nicht ganz sicher, ob Nodrims letzter Satz wirklich ihm galt oder ob der Kerl zu Selbstgesprächen neigte. Aber ihn bewegte etwas anderes viel mehr. „Diese Begrüßung ... Trimmund ist ein Anhänger Satans."

„Wir glauben hier an alles Mögliche, aber ich wüsste nicht, was dich das angeht."

Unwirsch wurde Desmond weitergezerrt. Die Lautstärke des Wasserrauschens und die Feuchtigkeit nahmen zu. Irgendwann spürte er, wie sich der Wasserdunst in kleinen Tröpfchen auf sein Gesicht legte.

Kurz darauf blieben sie wieder stehen. Durch das Rauschen konnte er ein gleichmäßiges Klicken hören. Ohne große Hoffnung auf eine Antwort fragte er: „Wo sind wir hier? Warum halten wir schon wieder an?"

„Wir warten auf den Aufzug", lautete die knappe Antwort und krachend schlug etwas Großes vor Desmonds Füßen auf.

Er schrak zurück. Rostiges Quietschen von einer sich öffnenden Tür folgte, dann wurde er vorwärts gestoßen. Nach drei Schritten stolperte er in ein großmaschiges Drahtgitter und mit einem Schwung, der einem die Knie weich werden ließ, ging es nach oben.

Etwas klickte fortwährend. Das mittlerweile tosende Rauschen um ihn herum veränderte sich nun irgendwie. Nur die feuchte Luft blieb die gleiche und von Zeit zu Zeit bekam Desmond einen kalten, dicken Tropfen ab.

Irgendwann waren sie oben angekommen. Wo immer sie auch sein mochten, das Rauschen war leiser geworden. Wieder erklang das Quietschen und Desmond bekam einen weiteren Stoß.

Der Rest des Weges war sehr viel wärmer und angenehm trocken. Sie ließen das Rauschen hinter sich, bis es ganz verschwunden war.

„Wir haben es gleich geschafft", erklärte Nodrim, sie wurden trotzdem noch zweimal von Wachposten angehalten. Nach einiger Zeit nahm Desmond die Präsenz von Menschen wahr – weit mehr

Menschen als vorhin. Und die schienen sich überall, sogar über ihren Köpfen, aufzuhalten.

Jetzt hatte die Geräuschkulisse etwas von einer riesigen Baustelle. Man hörte das Klingklang von aneinanderschlagendem Metall, rhythmisches Hämmern, das Kreischen von Sägen, derbes Fluchen und sogar den Lärm einiger Maschinen. Nodrim stoppte. Die Binde vor Desmonds Augen wurde entfernt. „Mund zu, sonst landen noch Fledermausküttel drin."

Sie standen in einer unterirdischen Kaverne, in der das Langhaus einer Kathedrale Platz gefunden hätte. Direkt vor ihnen ragte die gewaltigste Felswand auf, die Desmond je gesehen hatte. Und diese vielen Leute. Im warmen Licht der chaotisch verteilten Gasleuchten schien jeder an irgendetwas zu bauen oder zu schleppen. Maschinen und Gerätschaften wurden repariert, Hütten und Schuppen zusammengezimmert.

Die Felswand war, genau wie die Schuttfront der Trümmerhalde, von Behausungen zerlöchert. Ins gesamte untere Drittel der Wand hatten die Bewohner der Kaverne Höhlen getrieben. Und fast aus jedem Loch drang ein schwaches Leuchten.

Entlang der Wand stapelten sich Baumaterialien unterschiedlichster Art. Sie wurden mit primitiven Flaschenzügen zu jenen Höhlen hochbefördert, die noch im Bau waren. Das dafür herausgelöste Gestein wurde zu den Hütten auf dem Boden der unterirdischen Halle transportiert und diente hier als Baumaterial für die zahlreichen Steinhütten.

Wollte man den Höhlen in der Felswand einen Besuch abstatten, musste man entweder Leitern oder die Flaschenzüge benutzen. Dennoch konnte Desmond einige Menschen beobachten, wie sie in schwindelerregender Höhe mit bloßen Händen und Füßen herumkletterten.

Nodrim meinte dazu: „Meine Leute nennen sie Felsaffen. Einige von ihnen kleben geradezu am Gestein. Natürlich verbieten wir ihnen die Kletterei, weil immer mal wieder einer abstürzt. Allerdings nur ganz selten."

Desmond schluckte.

„Keine Sorge. Wir benutzen die Leitern. Allerdings schätzt Iskariot seine Privatsphäre. Deswegen müssen wir bis unters Dach. Ich hoffe, du bist schwindelfrei."

Von neugierigen Blicken verfolgt gingen die beiden weiter. Und nicht nur die menschlichen Bewohner beobachteten sie. Auch eine bemerkenswerte Anzahl an Katzen bewegte sich zwischen den Arbeitern, spielte mit den Kindern oder lag dösend in geschützten Ecken. Was Desmond unangenehm auffiel, war, dass Frauen hier ebenso an den körperlich schweren Arbeiten beteiligt waren wie Männer. Und das teilweise sogar halb nackt! Offensichtlich waren diese Leute Schinder. Peinlich berührt schaute er woanders hin.

Desmond zählte beim Abmarschieren der Wand siebzehn Leitern, eine wackeliger als die nächste, bis sie an die kamen, die sie besteigen sollten. Mit ihren deutlich breiteren Holmen und Sprossen stand sie weiter weg von der Felswand als jede andere. Hoffnungsvoll registrierte Desmond, dass sie zusätzlich im Boden verankert war, jedoch verflog seine Zuversicht sofort wieder, als er an ihr emporschaute. Das obere Ende verlor sich im Dunkel. Desmonds Hände wurden feucht im Zwingrohr. Nodrim schenkte ihm einen spöttischen Blick, dann griff er in die acht Fingerlöcher an der Seite des Rohrs und befreite seine Arme.

„Vergiss deinen Schwur nicht, Priester, sonst bist du diese Leiter schneller wieder runter, als dir lieb ist. Los! Kletter voran. Und achte darauf, dass immer drei Sprossen zwischen uns sind, nicht mehr, nicht weniger."

Desmond nickte. Mit einem mehr als mulmigen Gefühl setzte er den Fuß auf die unterste Sprosse und begann mit dem Aufstieg. Die mit hellblauem Lack gestrichenen Sprossen waren nicht nur breiter, ihr Abstand war auch größer als bei den restlichen Leitern. Als sie eine Höhe von beinahe zwanzig Metern erreicht hatten, waren Desmonds Knie so weich, dass seine Beine beim nächsten Blick nach unten unweigerlich nachgeben würden. Er verließ sich von nun an darauf, dass sich der Abstand zu Nodrim von selbst einhielt.

Bald hatten sie auch die letzte künstliche Höhle in der Wand unter sich gelassen. Kein Flaschenzug und keine andere Leiter waren noch neben ihnen. Die Augen nicht mehr vom nackten Fels abwendend, musste Desmond an Jakobs Himmelsleiter denken. Wenn sie doch bloß schon oben angelangt wären. Er umklammerte die Holme, fühlte den Rost unter dem abplatzenden Lack und konzentrierte sich auf den nächsten Schritt.

Sprosse für Sprosse wurde das Quietschen der Leiter deutlicher und das Schwanken schlimmer. Er musste seine Beine buchstäblich zum Anheben der Füße zwingen. Als sie am Leiterende angekommen waren, ihr Ziel aber immer noch nicht erreicht hatten, entdeckte er, dass man an die Holme der breiten Leiter eine etwas schmalere genietet hatte. Diese Bolzenverbindungen verursachten das Quietschen und Schwanken.

„Ich hoffe, diese abenteuerliche Konstruktion hält zwei Personen überhaupt aus." Den Blick an seinen Füßen vorbei in Nodrims Gesicht bereute Desmond sofort.

„Mach dir keine Sorgen. Iskariot empfängt zwar nur selten Besuch, aber als wir seinen Wohnsitz in die Wand gegraben haben, sind bis zu vier Mann gleichzeitig hier hoch. Von dieser Leiter ist noch niemand gefallen, der es nicht verdient hatte." Nodrim lachte.

„Herzlichen Dank auch, ich fühle mich gleich viel sicherer."

„Verschwende deinen Atem nicht fürs Reden", trieb ihn sein Führer weiter. „Ich habe heute noch andere Angelegenheiten zu regeln und muss diese Leiter schließlich auch wieder runter".

Desmond tat wie geheißen. Nach einem weiteren Leiterwechsel kamen sie an einer Plattform an, die aus rostigen Gittern zusammengesetzt war. Da jeder Schritt ein deutliches Scheppern verursachte, traute er dieser Konstruktion noch weniger als der wackeligen Leiter. Ein Geländer gab es hier auch nicht. So genoss er die Aussicht lieber mit zwei Schritten Abstand zum Rand.

Von der kuppelartigen Decke hingen gewaltige Stalaktiten herab, deren feucht glänzenden Oberflächen das Licht der Baustelle reflektierten. Unten, im gelblichen Schein der Gasleuchten, konnte man käfergroßen Menschen bei der Arbeit zusehen.

In der Mitte der Riesenhöhle, umringt von den Steinhütten des Kavernendorfes, tat sich eine weitläufige runde Vertiefung auf. Desmond fragte sich, wozu sie wohl dienen mochte, wurde dann aber durch Nodrim von dem Anblick losgerissen. Er führte ihn zum anderen Ende der Plattform, wo der Eingang von Iskariots Höhle lag.

„Da drin wirst du warten. Spar dir die Mühe, die Leiter ohne Begleitung wieder runterzuklettern. Wenn du das vorhast, spring lieber gleich. Damit ersparst du uns allen eine Menge Ärger ... und Munition."

„Wie lange wird es dauern?", wollte Desmond wissen.

„Du hast doch gehört, was ich Trimmund am Fluss gesagt habe: Ich habe keine Ahnung, wo Iskariot ist oder wann er wieder zurückkommt. Du wirst eben Geduld haben müssen." Nodrim schien das wieder sehr vergnüglich zu finden.

„So einfach ist das nicht. Schau her." Desmond öffnete den Reißverschluss seines Overalls und wand sich mit zusammengebissenen Zähnen aus dem Hemd.

Nodrim zog die Augenbrauen zusammen. „Was soll das geben? Bleib bloß im Anzug. Oder willst du mich heißmachen? Du bist ganz und gar nicht mein Typ, Pfaffe."

Desmond drehte sich um. „Das da auf meinem Rücken sind Wunden vom Auspeitschen. Mir wurde vor drei Tagen die Flagellation auferlegt, weil ich euer Leben am Davidplatz verschont habe."

Nodrim zuckte mit den Schultern. „Diese Art Verwundung kenne ich nur zu gut, Priester. Und schon deswegen werde ich dich nicht aus lauter Mitleid wieder laufen lassen. Ich dachte, da hätte ich mich klar genug ausgedrückt."

Umständlich zog Desmond sich wieder an. „Darauf wollte ich nicht hinaus. Die Flagellation dauert eine ganze Woche. Das bedeutet, dass ich mich jeden Morgen für die Strafe in meiner Kathedrale melden muss. Wie spät ist es?"

„Draußen ist es später Nachmittag. Aber für dich hat das jetzt jede Bedeutung verloren."

„Wenn ich mich nicht kurz vor dem Morgenlob in meiner Geißelzelle einfinde, wird man anfangen, nach mir zu suchen. Und wenn der Dekan mich hier entdeckt, wie ich tatenlos auf meinem Hintern sitze, wird das höchst unangenehm. Für uns alle."

Nodrim stellte sich wieder auf die Leiter. „Weißt du, eins muss man Iskariot lassen: Er ist wirklich ausgefuchst. Wir sind hier besser versteckt, als du denkst. Niemand wird uns finden. Keine Inquisitoren, keine Engel und auch nicht dein Dekan. Bis später. Wenn dir langweilig wird, kannst du ja beten oder so was." Er machte sich an den Abstieg.

„Ich habe euch gefunden." Mit aller Vorsicht begab Desmond sich an den Plattformrand. „Du glaubst wohl, ich würde bluffen", rief er über die Kante. „Mein Dekan weiß, wo ich bin. Er wird im Häuserfriedhof keinen Stein auf dem anderen lassen."

Aber alles, was man von Nodrim noch vernahm, war das Scheppern seiner Schritte auf der Leiter.

Desmond stieß lautstarke Verwünschungen aus, sah aber dann ein, dass dies auch nichts half und unterzog Iskariots Höhle einer genaueren Betrachtung.

Von außen sah man nur einen winzigen Vorraum, der mit groben Schlägen in den Fels getrieben geworden war. Vor dem Zugang gaben zwei in Gitter gefasste Leuchten ein schwaches Licht ab.

Desmond trat in den Vorraum. Die linke Wand wurde von einem aus dem Gestein herausgearbeiteten Altar eingenommen. In seiner Mitte befand sich ein kleiner Schrein mit einer seltsam verkrümmten Ziegenstatuette. Daneben standen zwei heruntergebrannte Kerzen.

Die hintere Wand war mit Stahlplatten beschlagen, vor denen eine schiefe, schwere Tür hing. Sie versperrte den Zutritt zur eigentlichen Wohneinheit im Fels. Und obwohl sie mit

Rostflecken übersät war, hatte Desmond nicht den geringsten Zweifel, dass das angegriffene Erscheinungsbild über ihre wahre Widerstandsfähigkeit hinwegtäuschte. Da er im Moment keine Veranlassung sah, sich mit Gewalt Eintritt zu verschaffen, setzte er sich auf die abgenutzte Bank an der rechten Wand, starrte auf den Schrein und wartete.

VIII

Die Atmosphäre von Qual und Leid, die dem Inneren Heiligtum anhaftete, war für Innozenz in den vielen Jahrzehnten so alltäglich geworden, dass sie ihm kaum noch auffiel. Dennoch betrat er den Raum an der Spitze des Turms des Vaters sonst mit einem gehörigen Maß an Ehrfurcht. Nur heute spulte er das Ritual des Anrufens und der Fürbitte mit einem nahezu selbstgefälligen Grinsen ab.

„Vater, ich rufe Dich an! Es gibt wichtige Neuigkeiten. Dein Erster Diener bittet um die Gunst deiner Aufmerksamkeit." Dann wartete er auf den Knien vor dem Bronzerahmen, in dem sich, einem Leder gleich, jenes blaue Energiefeld spannte, durch das der Herr mit ihm sprach. Und das helle Flackern, das dessen Präsenz ankündigte, ließ auch nicht lange auf sich warten.

„Du versuchst meine Geduld, mein Sohn. Was ist von solch immenser Bedeutung, dass du bereits so rasch wieder vor mich trittst?"

Innozenz hob das Gesicht von seinen gefalteten Händen zum strahlenden Ultramarin. „Ich habe einen geeigneten Kandidaten für deine Mission an der Wilden Grenze gefunden." Seine Begeisterung machte den Papst unvorsichtig, obwohl gerade er es besser wissen sollte. Das Spiel mit den Erwartungen seines Herrn konnte ein fatales Ende haben.

„Diese Nichtigkeit stellt wohl kaum einen ausreichenden Grund für dein Hiersein dar. Sprich – oder ich entreiße deinem Verstand sämtliche Erinnerungen der letzten Tage."

Der bloße Gedanke daran, was dieser Vorgang mit seinem Gehirn anrichten würde, holte Innozenz schnell in die Wirklichkeit zurück. Ohne weitere Umschweife kam er zu seiner Offenbarung. „Es ist mir geglückt, den Ursprung der neuen Prophezeiung zu bestimmen."

Die gerade noch so deutlich spürbare Wesenheit schien unvermittelt verschwunden zu sein und ließ lediglich lautlose Blitze auf der blauen Oberfläche zurück. Was würde passieren, wenn sein Herr ihm nicht glaubte?

„Wie kann das sein?", überrumpelte die Stimme Innozenz im eigenen Kopf.

„Die Templer erhielten den Hinweis von einem ihrer Judasjünger, dass der falsche Prophet der Rebellen von Nicopolis seine Flucht vorbereitet hat. Sie wollten ihn abfangen, haben jedoch nur seinen Geleittrupp erwischt. Die Gefangenen sind unverzüglich den Inquisitoren überantwortet worden und auch wenn die Wahrheitsfindung in diesem Fall keine leichte war, brach die Identität des Rädelsführers unter Blut und Leid schließlich aus den Gefangenen heraus. Erzinquisitor Grim hat diese Information persönlich als Verbürgte Wahrheit eingestuft."

„Wo befinden sich diese Menschen im Augenblick?"

Innozenz' krönende Enthüllung sollte noch kommen. Warum hielt ihn der Herr mit dem Aufenthaltsort dieser wertlosen Geschöpfe auf? Verärgert griff er nach seiner Datenmappe. „Sie warten in den offenen Käfigen vor der St. Thekla in Nicopolis auf ihren Tod."

Im nächsten Moment ging von dem strahlenden Blau erneut das Gefühl der Leere aus. Innozenz platzierte seine smaragdverzierte Mappe wieder neben sich und wartete.

Die Minuten schleppten sich dahin. Kurz bevor der Papst sich dazu hinreißen ließ, aus Langeweile an seinen polierten Fingernägeln zu spielen, tönte die Stimme des Herrn wieder durch seinen Verstand.

„Was du herausfinden konntest, entspricht der Wahrheit – jedenfalls so, wie die Gefangenen zu St. Thekla sie erlebten. Ich zerstörte ihren Geist und erfüllte sie mit Verzweiflung. Nun sehnen sie ihr eigenes Ableben herbei. Sorg dafür, dass sie im wahren Glauben sterben, mein Sohn."

„Wie Du befiehlst, Vater. Aber der …"

„Dieser Mann der Prophezeiung, der neue Messias, nennt sich Veneno Fate."

Innozenz schluckte. Der Triumph seiner Entdeckung war dahin. „Was werden wir unternehmen, Vater?"

„Ruben Crude wird sich mit dem Kämpfen zurückhalten, bis ich den Veneno Fate gefunden habe. Der endgültige Friede für Nicopolis steht kurz bevor. Aber die Grenzen der Stadt müssen gesichert werden. Fate darf ihnen auf keinen Fall durch die Finger schlüpfen. Nach zwei Sonnenumläufen betrittst du das Innere Heiligtum abermals. Dann wirst du Antworten erfahren."

„Was ist mit dem Mann für die Mission im Süden, mein Vater?"

„Bringt ihn sicher unter, kümmert euch gut um ihn. Die Wilde Grenze muss warten, bis der Widerstand in Nicopolis zerschlagen ist und unser neuer Gegner vor mir steht!"

Innozenz verbeugte sich so tief, dass seine Stirn den kalten Boden berührte. „Amen, Herr!"

***

In den unregelmäßigen Intervallen aus Warten und Dösen hatte sich Desmonds Zeitgefühl vollständig aufgelöst. Ein tiefes Gähnen ließ seinen Kiefer knacken und sein Magen gab ihm zu verstehen, dass die nächste Mahlzeit längst überfällig war. Durst hatte er auch. Er stand auf und betete inständig, dass der neue Tag noch nicht angebrochen sein möge. Eine Legion von Priestern, die unter dem Befehl seines Onkels den Häuserfriedhof stürmten, war das letzte, was er jetzt gebrauchen konnte.

Was war das? Kam da jemand zu ihm herauf?

Neugierig bewegte sich Desmond über die klapprigen Gitter. Von der Spitze der Leiter kroch eine Gestalt auf die Plattform, die er kannte: Nodrim war zurückgekehrt. Hinter ihm krabbelte eine zweite, etwas kleinere Person über die Kante.

Nodrims hatte einen Tuchbeutel über seinem kaftanartigen Gewand hängen. Ob sich darin Desmonds Ausrüstung und der geliebte Rosenkranz befanden?

„Ich dachte mir, du könntest vielleicht was zum Beißen vertragen", sagte Nodrim und legte dabei eine Hand auf die Schulter des Jungen.

„In der Tat. Mein Magenknurren schreckt hier schon die Fledermäuse von den Tropfsteinen."

„Das ist mein Sohn. Eigentlich sollte er schon längst ein Ohr an der Matratze haben, aber ich konnte es ihm einfach nicht ausreden, dich zu treffen." Es war der Junge vom Davidplatz. Mit seinen braunen, verfilzten Haaren sah er wie eine verkleinerte Version seines Vaters aus. Sogar Stil und Verdreckungsgrad der zerlumpten Kleidung stimmten überein. Nur der struppige Bart ließ noch auf sich warten.

Der Junge löste sich aus Nodrims Griff, schnappte sich Desmonds Linke und schüttelte sie kräftig. „Hallo. Ich bin Kieran. Wie ist dein Name?"

„Ich heiße Desmond und ich freue mich, dich kennenzulernen, Kieran."

„Danke, dass du uns gerettet hast, Desmond." Er überlegte kurz. „Warum hast du das getan?"

Die ungezügelte Neugier des Jungen brachte Desmond zum Schmunzeln, aber er bemerkte auch, wie hellhörig Nodrim bei der Frage wurde.

„An diesem Tag hatten schon viel zu viele Unschuldige ihr Leben verloren. Meine Brüder sollten nicht auch noch euren Tod auf dem Gewissen haben."

„Ich glaube dir nicht." In einer Imitation seines Vaters verengten sich die Augen des Jungen. „Du wolltest verhindern, dass dieser fiese Feigling ein Kind von hinten erschießt."

„Wahrscheinlich hast du recht." Desmond streckte lachend die Waffen vor so viel Unverblümtheit.

„Siehst du, Vater, so schlecht, wie du sagst, kann er gar nicht sein. Wie der an die Wand gesegelt ist! Mann, du hast ihn voll fertiggemacht." Überschwänglich gestikulierend spielte er die Szene nach.

Beim Gedanken an Jonas verging Desmond das Lachen sofort wieder und auch Nodrim erinnerte seinen Sohn an den Ernst der Situation. „Kier, komm wieder her. Ich hatte dir doch gesagt, du solltest vorsichtig sein mit dem, was du sagst. Vater Sorofraugh ist ein Priester, vergiss das nicht." So wie Nodrim das Wort „Priester" betonte, machte er keinen Hehl daraus, dass er für Kirchendiener nicht viel übrig hatte.

Nichtsdestotrotz öffnete er den Tuchbeutel und bot Desmond dünnes Fladenbrot, einen Tiegel, der mit einem feuchten Tuch bespannt war, und Wasser in einer Plastikflasche an. Desmond nahm alles entgegen und bedankte sich mit einem demutsvollen Neigen seines Kopfes.

„Ich hoffe, du weißt es zu schätzen. Unsere eigenen Teller bleiben im Moment meist leer", meinte Nodrim lakonisch.

„Kommt doch mit rein und leistet mir beim Essen Gesellschaft." Desmond wandte sich dem Höhleneingang zu und hoffte insgeheim auf weitere Informationen, vielleicht sogar seine Freilassung zu arrangieren.

„Au, klasse!", rief Kieran begeistert und wollte schon losstürmen, doch dann hielt er mitten in der Bewegung inne und drehte sich zu seinem Vater um. „Aber was ist, wenn Iskariot uns hier oben erwischt?"

Nodrim folgte Desmond mit geräuschvollen Schritten über die Gitter. „Der Eingang zu seiner Höhle ist fest verbarrikadiert und er wird sicherlich nichts dagegen haben, dass wir uns ein wenig um seinen Gast kümmern."

Desmond hockte sich auf den steinernen Boden des Vorraums, legte den Fladen in seinen Schoß und entfernte das Tuch vom Tiegel. In dem Gefäß befand sich eine delikat duftende Paste.

Währenddessen machte Kieran es sich halb sitzend, halb liegend auf der Bank bequem und sein Vater ließ sich ihm gegenüber im Schneidersitz nieder.

Als Desmond sein sparsames Mahl vor dem Verzehr segnete, quittierte Nodrim dies mit einem spöttischen Kopfschütteln.

Dessen ungeachtet riss Desmond ein Stück vom Fladen ab, tunkte es in die Würzpaste und schlang einen großen Bissen hinunter. Die Paste schien eine Mischung aus Fleisch, Fett und fremdartigen Gewürzen zu sein, war ziemlich scharf und hinterließ einen mehligen Nachgeschmack. Trotz des einen oder anderen Sandkorns darin schmeckte sie köstlich.

Mit den beschmierten Fingern in das Tongefäß zeigend, fragte Desmond: „Das Zeug ist gut. Was ist das?" Dabei fiel ihm ein Stück Fladen aus dem Mund und blieb an seinem Kinn hängen.

Nodrim grinste, sein Sohn lachte aus vollem Halse.

„Die Frau in der Hütte neben uns bereitet es zu. Dafür helfen wir ihr beim Ausbau ihres Hauses. Es fühlt sich zwar wie Fleisch an, wird aber aus den großen Schildpilzen gemacht, die hier unten in feuchten Gängen wuchern. Die Gewürze kenne ich nicht. Wahrscheinlich tauscht sie die ein oder lässt sie von einem der umliegenden Märkte mitgehen."

Desmond wischte sich über das Kinn und nahm einen Schluck aus der Plastikflasche. Aß er etwas Gestohlenes? Ihm wurde unwohl, aber sein Hunger setzte sich über sein Gewissen hinweg. Bei der nächsten Beichte würde er sich wenigstens nichts aus den Fingern saugen müssen. Obwohl ihm eine Menge Fragen auf der Zunge brannten, beendete er sein Mahl schweigend.

Dann sagte Nodrim: „Ich bin nicht nur gekommen, um Kiers Neugier zu befriedigen oder deinen Bauch zu füllen. Ich wollte dir auch den Beschluss des Rates mitteilen." Desmond wurde aufmerksam. „Wir haben uns entschieden, dich als Iskariots Gast zu akzeptieren. Das bedeutet, du hast von uns nichts zu befürchten, solange du diesen Ort nicht verlässt. Wenn Iskariot zurückkehrt, wird er sich den Kopf darüber zerbrechen müssen, wie es mit dir weitergeht."

„Ich bleibe also bis auf Weiteres euer Gefangener."

Nodrim musterte ihn mit unbewegter Miene. Seine Enttäuschung unterdrückend, konzentrierte sich Desmond auf seinen Blick.

„Das wird nicht funktionieren. Sag mir, wie spät es ist."

Während er auf ihn einredete, wurden Nodrims Augen glasig. Es gelang Desmond trotz der verletzten Schulter ohne große Mühe, Zugang zum Verstand des bärtigen Versammlungsführers zu finden.

Und der antwortete: „Es dauert nicht mehr lange, dann wirst du unten im Lager drei Gongschläge vernehmen. Sie kündigen die dunkelste Stunde des Tages an."

Mitternacht. Gut. Es blieb ihm noch ein wenig Zeit, um seine Flucht anzugehen.

„Es ist das Beste für euch alle, wenn ich so schnell wie möglich von hier verschwinde. Du musst mich jetzt nach unten führen."

Kieran rutschte über die Bank. Er konnte nicht verstehen, was vor sich ging, trotzdem schwante ihm, dass etwas nicht stimmte. Wie lange würde es dauern, bis er mit ein paar ängstlichen Worten das Band zwischen Nodrim und Desmond wieder zerschnitt?

Schon jetzt versuchte Nodrim, den Kopf wegzudrehen. Sein Widerstand erwachte, aber seine Stimme war immer noch ein tonloser Singsang. „Wenn Iskariot dich nicht hier vorfindet, wird er sehr ärgerlich sein."

Desmond trat der Schweiß auf die Stirn. „Er wird Verständnis haben. Ich werde wiederkommen. Morgen, noch vor der Mittagshore, bin ich wieder bei euch."

„Iskariot hat für nichts Verständnis und wir beten hier keine Horen", flüsterte Nodrim. Sein Bewusstsein entglitt Desmond langsam.

Plötzlich fiel Kierans erschrockener Blick auf einen massigen Schatten im Torbogen. Warum hatte Desmond den unerwarteten Besuch nicht kommen hören? War ihm das Scheppern der Plattformgitter entgangen?

„An deiner Stelle würde ich es aufgeben. Wahrscheinlich hätte es sowieso nicht geklappt. Nodrim hat einen starken Willen, musst du wissen. Der Mann bringt mich oft genug zur Raserei mit seiner Dickköpfigkeit. Und er und der kleine Kieran werden jetzt bestimmt nicht mehr ganz so gut auf dich zu sprechen sein." Die Stimme klang dunkel und etwas zu weich, auf irgendeine Weise unangenehm arrogant.

Der Sprecher tat einen Schritt in den Schein der Außenleuchten. Seine Erscheinung passte überhaupt nicht zur Stimme und übertraf Nodrims wildes Aussehen bei Weitem. Langes schwarzes Haar bildete einen wirren Rahmen um ein Gesicht, dessen buschige Augenbrauen ihm ein geradezu diabolisches Aussehen verliehen. In seinen dunkelbraunen Augen wohnte ein fanatischer Glanz.

„Darüber hinaus hat Nodrim recht, wenn er sagt, meine Geduld wäre nicht sehr groß. Und deswegen erklärt euch besser gut. Ich will wissen, was ihr hier oben bei mir zu suchen habt, Mann!"

Kieran krallte sich an der Schulter seines Vaters fest, während der benommen den Kopf schüttelte. Sein enttäuschter Blick fiel auf Desmond.

„Du hast deinen Schwur gebrochen ..."

Desmond zuckte mit den Schultern. „Ich habe dir geschworen, keine Fesselungskinese anzuwenden. Von allem anderen war nie –"

Geräuschvoll krachte Iskariots Faust gegen die Wand. „Eure kleinen Streitereien könnt ihr später austragen. Sagt mir jetzt sofort, was hier vor sich geht." Das bleiche Gesicht verzog sich zornig unter seinem langen Bart.

Nodrim stand auf und straffte seine Haltung. „Dieser Mann hier ist ein Priester der St. George. Wir haben ihn am Westeingang aufgegriffen. Er trug diese Nachricht bei sich, und da sie mit deinem Zeichen versehen ist, brachte ich ihn hierher, damit du die Angelegenheit regelst."

Iskariot nahm den Zettel und schien zu erwarten, dass Nodrim seine Erklärungen fortführte. Doch der winkte bloß nach seinem Sohn.

„Komm, Kieran. Wir haben hier nichts mehr verloren."

Kieran glitt von der Bank und beide verschwanden mit klappernden Schritten in der Dunkelheit.

Desmond wischte seine fettigen Finger am Overall ab. Es war unmöglich, das Alter seines Gegenübers zu schätzen. Der Riese mochte Mitte zwanzig sein, konnte aber ebenso gut die fünfzig schon überschritten haben. Seine herrische Arroganz forderte Desmond heraus. Zwar war ihm noch übel vom Versuch in Nodrims Verstand vorzudringen, aber ... War es närrisch zu erwarten, dass Iskariot nicht bemerken würde, was er vorhatte?

Desmond sammelte seine Energie erneut, schaute der großen Gestalt in die Augen und tastete ganz unauffällig nach ihrem Verstand. Nur, um einen flüchtigen Eindruck zu gewinnen ...

Der Versuch prallte ab wie ein Gummiball. Er hatte sich wohl doch zu sehr verausgabt. Diskret zog er sich zurück und wollte aufstehen, aber seine Beine versagten ihm den Dienst. Allein Iskariots Starren nagelte ihn am Boden fest und mit einem Mal wurde sein gesamtes Sichtfeld von dunklen Augen ausgefüllt. Desmond ging völlig in ihnen auf. Orientierungslos fiel er in eine Finsternis, der der faulige Geruch von Wahnsinn anhaftete. Dann gab es einen Ruck und er hatte das Gefühl, irgendwo mit dem Kopf aufzuschlagen.

Das war wohl nach hinten losgegangen. Als er die Augen öffnete, sah er gegen die Decke. Offensichtlich war er nach hinten gekippt und hatte eine harte Landung auf dem Höhlenboden hingelegt. Sein Schädel fühlte sich gleichermaßen leer wie zum Bersten voll an.

Seltsamerweise wirkte Iskariot kein bisschen überrascht. Seine Wut war einem amüsierten Gesichtsausdruck gewichen. „Suchst du da unten nach etwas Bestimmtem?"

Desmond ergriff die ihm angebotene Hand, die groß wie eine Schaufel war, und ließ sich hochziehen. Iskariots Haut war auffällig weich.

„Mein Name ist Vater Desmond Sorofraugh. Ich bin Priester des Heiligen Georg. Sie müssen Iskariot sein." Er war nicht gerade von kleiner Statur, aber um den Mann mit dem brustlangen Bart anzuschauen, musste er den Kopf heben.

„Ja, mein Name ist Iskariot. Du hast mir aber immer noch nicht erklärt, was du vor meinem Lager zu suchen hast, Vater Desmond Sorofraugh."

„Ihr Mittelsmann hat mir diese Nachricht zukommen lassen." Desmond zeigte auf den zerknüllten Zettel in Iskariots rechter Faust. Der schaute auf das Papier, als sehe er es zum ersten Mal.

Er entfaltete es, nickte nach kurzer Betrachtung und sagte: „In der Tat würde ich mir deine besonderen Fähigkeiten und dein Wissen als Priester gerne für meine Sache nützlich machen." Damit ließ er den Zettel fallen und nahm Desmond bei den Schultern. „Allerdings nur, wenn du wirklich Sorofraugh bist und nicht nur ein Schwindler mit gefärbtem Haar, den uns die Kirche in den Pelz setzen will. Bis jetzt war deine Geschichte überzeugend ..." Der Griff um Desmonds Schultern verstärkte sich. „Doch eins fehlt noch, um deine Identität zu beweisen: Was macht dich so nützlich für uns? Was ist dein Geheimnis?"

Desmond war sich sicher, wenn er jetzt das Falsche sagte, würde der große Mann ihn ohne zu zögern über die Plattform schleudern. Also offenbarte er stockend, was Iskariot ohnehin schon wissen musste.

„Ich bin in der Lage, den Verstand anderer mit dem Heiligen Geist zu beeinflussen."

Iskariot ließ ihn los. „Eine seltene und gefährliche Gabe. Es ist unleugbar. Du bist wirklich Desmond Sorofraugh. Ich begrüße dich im Unterschlupf der Ketzer."

„Wobei soll ich dir helfen? Worum genau handelt es sich bei deiner ‚Sache'? Und wer beim Himmelsheil sind die Ketzer?", fragte Desmond, erleichtert darüber, dass er mit der Interpretation des Rätsels tatsächlich richtig gelegen hatte.

„Wir sind die Ausgestoßenen. Die Kirche und die Gemeinden haben uns das Leben in ihren Städten so zur Hölle gemacht, dass wir fliehen mussten. Einige können keine Kinder kriegen, andere sind in die Ungnade des Klerus gefallen. Wieder andere mussten sich einfach der Willkür der Obrigkeit entziehen. Die Gläubigen schimpften uns Ketzer und spuckten vor uns aus. Jetzt nennen wir uns selber so. Mit Stolz."

Gemeinsam gingen sie zum Rand der Plattform. Während Iskariot ganz nah bei der Kante mit einer weit ausholenden Geste versuchte, die gesamte Kavernenlandschaft einzufangen, hielt Desmond Abstand.

„Das alles hier nenne ich meinen Ameisenhaufen. Jetzt macht es nicht viel her, ich weiß. Aber morgen schon werden dank der Ereignisse in Nicopolis hunderte von Menschen emsig damit beschäftigt sein, sich ein besseres Leben aufzubauen. Ohne den Glauben an Gott. Wie freie Ketzer eben."

Obwohl er selbst seit dem Davidplatz Bedenken gegenüber der Katholischen Kirche hegte, war Desmond dermaßen offene Kritik unangenehm.

Als hätte Iskariot seine Gedanken erraten, fuhr er fort: „Ich sehe dich überrascht. Wärest du denn überhaupt hier, deiner Insignien und Privilegien beraubt, wenn du nicht genauso denken würdest?"

Desmond fühlte, wie zwei Herzen in seiner Brust schlugen. Er wollte Iskariot auf keinen Fall das Gefühl geben, dass er ein Verräter war. Andererseits …

„Ich kann euch verstehen. Die Ereignisse der jüngsten Vergangenheit haben Zweifel wachgerufen. Zweifel an den Methoden unserer Väter in den Kathedralen. Ich würde mich gerne dafür einsetzen, dass sich wieder die richtigen Leute um den Willen Gottes kümmern."

Iskariot schnaubte voller Verachtung. „Der Wille Gottes! Wenn die Menschen Gott am Herzen liegen würden, warum stellt er dann überhaupt solch korrupte Wahrheitsverdreher wie Innozenz und seine Schergen in seinen Dienst? Du bist noch keinen Tag hier, Desmond Sorofraugh. Leb mit uns ohne den Schutz des Kreuzes und dann wirst du sehen, was ich meine."

„Ich würde das wirklich sehr gern tun, aber ich kann nicht einfach meinen Dienst an der Kirche quittieren. Momentan befinde ich mich in einer ... schwierigen Situation." Die folgenden Worte überlegte er sich erst sorgfältig, dann setzte er Iskariot von der Flagellationsstrafe und ihren Folgen in Kenntnis. „Deswegen wollte ich Nodrim davon überzeugen, mich gehen zu lassen."

Iskariot lächelte bedauernd. „Schwer nachzuvollziehen. Sie verprügeln dich und du kriechst zu ihnen zurück. Aber gut, das ist deine Sache. Du wirst offensichtlich auf die harte Tour lernen müssen, was falsches Pflichtgefühl wert ist. Aber eine Sache will mir immer noch nicht in den Kopf: Warum hast du den Dekan eingeweiht? Stand nicht zu befürchten, dass er ein Sonderkommando herschicken würde?"

Diese Frage hatte Desmond schon gefürchtet. Leise antwortete er: „Der Dekan von St. George ist mein Onkel. Seit ich ein kleiner Junge war, ist er mein Vormund und ich vertraue ihm mit meiner ganzen Seele. Er würde sich nie einmischen, es sei denn, er sähe mein Leben in Gefahr. Sollte ich jedoch morgen nicht in der Geißelzelle erscheinen, wird er wissen, dass mir etwas zugestoßen ist. Dann haben wir noch vor dem Mittagsgebet mehr Priester auf der Trümmerhalde als Betonbrocken. Und die werden nicht eher Ruhe geben, bis sie nicht mindestens meine Leiche gefunden haben."

Spätestens nach dieser Offenbarung rechnete er nicht mehr damit, dass Iskariot ihn gehen lassen würde. Der Zögling eines Kathedralenherrschers stellte ein zu wertvolles Faustpfand dar.

Doch in ruhigem Tonfall meinte der nur: „Ich hätte es mir denken können. Der Name Sorofraugh kommt ja nicht gerade häufig vor." Iskariot holte Luft. „Nun gut. Indem du dich mir anvertraut hast, hast du viel riskiert. Im Gegenzug werde ich dir das gleiche Vertrauen schenken. Du darfst den Unterschlupf noch heute Nacht verlassen. Ich werde dich selber zu einem sicheren Ausgang begleiten. Mach dir keine Sorgen wegen deines Status bei der Kirche. Du sollst dein Priesteramt nicht gleich ganz aufgeben. Deine Position im System wird sich sicherlich noch als nützlich erweisen. Ich empfehle dir allerdings, im Unterschlupf zu wohnen, damit meine Leute anfangen, dir zu vertrauen. Am Anfang wird es sicherlich schwierig, aber sobald du die ersten Freunde gefunden hast, wird es den anderen Ketzern leichter fallen, dich zu akzeptieren. Aber nun lasse ich dich zunächst gehen." Iskariot kletterte auf die Leiter und gab Desmond zu verstehen, ihm zu folgen.

Der Weg abwärts gestaltete sich noch schwieriger als der nach oben. Das dauernde Nachuntenschauen brachte Desmonds Knie dermaßen ins Zittern, dass es nur langsam voranging. Unten angekommen, fanden sie alles totenstill vor. Sogar die Katzen waren verschwunden. Die meisten Höhlen in der Wand waren unbeleuchtet und sie begegneten nur noch vereinzelten Wachposten. Iskariot führte Desmond im Licht der wenigen noch brennenden Gasleuchten an der Felswand entlang bis zu einem Durchgang, der zurück zum Fahrstuhl führte.

Desmond sah sich alles an, was er auf dem Hinweg nur hatte erahnen oder hören können: den Schacht für den baufälligen Aufzug, der sich aus rostigen Streben und geteerten Zugseilen zusammensetzte, und den unterirdischen Strom, der durch drei große Öffnungen aus dem Gestein quoll, um sich daneben in die Tiefe zu ergießen.

Nachdem die Kabine von knarzenden Seilen und klickenden Zahnrädern nach unten befördert worden war, kamen sie in ein weiteres hallenartiges Gewölbe. Sie konnte sich von der Größe her zwar nicht mit dem Unterschlupf messen, bot aber einen nicht minder beeindruckenden Anblick. Hier vereinigte sich das herabtosende Wasser zu einem aufgestauten See.

Es gab vereinzelte Leuchten an Decke und Wänden, deren Reflexionen wie Sterne auf seiner Oberfläche funkelten. Dort am Ufer war Desmond heute Morgen Trimmund begegnet. Die Geräuschkulisse war identisch, nur die Rufe der – jetzt sicherlich schlafenden – Menschen fehlten.

Als Desmond und sein Führer zu drei dunkelgrünen Fiberglasbooten kamen, die umgedreht am kiesigen Ufer ihre zerschrammten Bäuche präsentierten, hielten sie an.

„Unser Weg nach draußen", erklärte Iskariot.

Mit erstaunlicher Kraft wuchtete er eines der Boote auf den Kiel und schob es auch ganz allein über die runden Kiesel, bis es frei auf dem Wasser schaukelte. Dann sprang er, trotz klatschnasser Robe, elegant hinein, setzte sich ans hintere Ende, griff sich das Steuer der Antriebseinheit und winkte.

„Kein Mann vieler Worte, aber mit Bärenkräften", dachte Desmond, als er sich vom eiskalten Wasser ungeschickt an Bord zog.

Kaum hatte er einen Platz auf der einfachen Sitzbank vor Iskariot gefunden, da erwachte der Fusionsantrieb am Heck auch schon speiend zum Leben.

Im Schein der Buglampe wischte die Wasseroberfläche wie ein dunkler Teppich an ihnen vorbei, als Iskariot auf die andere Seite zusteuerte. Haare und Bart flatterten im Fahrtwind. Nach einiger Zeit erkannte Desmond das gegenüberliegende Ufer, das aus einer senkrecht aufragenden Felswand bestand. Und er befürchtete schon, Iskariot wolle das Boot frontal dagegen setzen, da tauchte vor ihnen ein schmaler Riss auf.

Der Durchlass war so eng, dass zwischen der Bootswand und dem Gestein keine Handbreit Platz blieb und es sogar vorkam, dass das ungebremste Boot gegen die Wand krachte oder schrammte. Dabei lachte Iskariot jedes Mal rau auf.

Desmond sah zu, dass er die Hände im Boot behielt, und vermutete, dass dieser Weg mit Bedacht gewählt worden war. Sollte er doch noch vorhaben, den Unterschlupf zu verraten, hätte ein Angriff durch diesen engen und überfluteten Schacht nicht die geringste Aussicht auf Erfolg.

Blubbernd erstarb der Fusionsmotor. Iskariot hatte das Boot angehalten. Auf den ersten Blick bemerkte man an dieser Stelle nichts Ungewöhnliches. Erst als Desmond aufmerksamer hinsah, fielen ihm Steigeisen an der Wand auf. Iskariot zeigte mit dem Daumen nach oben.

„Vier Meter über deinem Kopf ist ein Ausstieg. Mach möglichst wenig Lärm, wenn du den Deckel anhebst. Südlich der Trümmerhalde steht ein Gebäude, das an jeder Ecke von Engelsstatuen bewacht wird. Warte direkt unter dem Engel mit dem geflügelten Helm. Morgen gegen zehn wird Nodrim dort mit dir Kontakt aufnehmen."

„Ich werde da sein", antwortete Desmond.

Weitere Worte des Abschieds gab es nicht. Desmond kletterte die Steigeisen hoch, bis er einen ungesicherten Kanaldeckel erblickte, den drückte er vorsichtig nach oben.

Nachdem er sich hindurchgequetscht hatte, empfing ihn kühle Nachtluft. Die Gasse, in der er stand, war nur schlecht beleuchtet, aber seine Augen waren jetzt an die Dunkelheit gewöhnt. Er schob den Deckel leise in die alte Position und machte sich auf den Weg zur nächsten Tunnelstation.

Dem Mondstand nach würde er noch knappe zwei Stunden Schlaf bekommen.

IX

Am nächsten Morgen in der Kirchenbank beim Beichtstuhl brachte Desmonds Bericht Dekan Ephraim Sorofraugh völlig aus der Fassung, vor allem die Schilderungen über die – im wahrsten Sinne des Wortes – Untergrundbewegung.

„Ich kann dich dorthin unmöglich wieder zurückgehen lassen. Schon allein, dass ich davon weiß und nichts unternehme, kann uns beide den Kopf kosten." Die Lippen des Dekans bildeten einen energischen Strich. „Wer hat dich nur so zugerichtet? Bist du in eine Messerstecherei geraten?" Dank der Erstversorgung heilte die Stichwunde an Desmonds Schulter verhältnismäßig gut, trotzdem zuckte er zusammen, als sein Onkel die blaue Schwellung berührte. „Und die schwarze Stelle zwischen deinen Schulterblättern ist doch eine Verbrennung. Wenn das so weitergeht, dann können wir morgen deine Leiche ans Geißelkreuz hängen."

Desmond brummte: „Dieser Bastard Jonas hat mir heute tatsächlich einen neuen Striemen verpassen können. Verflucht soll er sein."

Der Dekan ließ Reste der Fibrinpaste unverrieben und baute sich vor ihm auf. „Lenk nicht ab, indem du im Haus Gottes einen solch lästerlichen Ton anschlägst!"

„Das mit der Schulter war ein Unfall. Und die Verbrennung stammt von dem Lähmer, mit dem mich dieser Eckart ruhiggestellt hat."

„Und mit solchen Barbaren willst du dich verbünden?"

Desmond zog sich wieder an. „Was sollen wir denn sonst unternehmen? Willst du sie jagen und alle in Asyle sperren? Die Ketzer kümmern sie sich wenigstens um die Flüchtlinge aus Nicopolis, die ansonsten nirgendwo hin könnten."

Ephraim Sorofraugh schüttelte energisch den Kopf. „Diese Abtrünnigen haben unsere Männer angegriffen. Und den Flüchtlingen aus Nicopolis ist es verboten, überhaupt hier zu sein. Würden sie dem Vierten Gebot folgen, hielten sie sich sicher in ihrer Heimat auf."

„Sobald du es dem Bistum meldest, bist du gezwungen, mit aller Härte vorzugehen, es sei denn, du willst das Risiko auf dich nehmen, Ruben Crude und seine Templer im Nacken zu haben. Das gibt ein Blutbad. Auf dem Davidplatz sind unsere Brüder – deine Truppe – auf Frauen und unschuldige Kinder losgegangen. Die Folgen davon findest du in den Ruinen des Davidplatzes, unter der Trümmerhalde und auf meinem Rücken. Willst du dir die Verantwortung für ein zweites Massaker dieser Art auf die Seele lasten?"

„Beim Willen des Himmels, nein! Denkst du mittlerweile so schlecht über mich?"

„Dann lass uns das Problem diskret lösen. Auf meine Weise."

„Aber wie stellst du dir das vor? Du wirst dich dort doch nicht etwa Dieben und Mördern unterordnen? Wie willst du unter Gottlosen gemäß den Zwölf Geboten leben?"

„Es stimmt. Die Leute dort unten sind vom wahren Glauben abgefallen. Aber aus welchem Grund?" Desmond rieb sich übers unrasierte Kinn. „Weil sie tief enttäuscht sind, dass die Gemeinde des Gelobten Landes sie abgewiesen hat. Gib ihnen ihre Würde wieder, verschaffe ihnen anständige Nahrung und ein Zuhause, dann finden sie auch wieder einen Grund zu glauben." Obschon sich niemand sonst im Seitenschiff aufhielt, raunte er etwas leiser: „Du weißt es besser als ich, Onkel. Selbst unter unseren hohen Würdenträgern sind die meisten vom rechten Pfad abgewichen. Diese Sünder werden wir nie mehr zurückführen können. Sie besitzen alles. Vor allem Macht. In ihrem Größenwahn glauben sie, über Gott zu stehen. Die Bewohner aus Nicopolis flüchten nicht vor Gott. Sie fliehen vor der Willkür dieser Menschen und der Willkür von Papst Innozenz."

Der Dekan fuhr mit der Hand an Desmonds Lippen. Wie konnte der Junge in einer Zeit, in der Vorsicht mehr denn je ihr oberstes Gebot sein musste, nur so leichtsinnig werden?„Solche Gedanken darfst du nie wieder laut aussprechen. Hast du verstanden?"

Desmond nickte.

„Gottes Wille ist für uns Menschen oft schwer deutbar", fuhr der Dekan mahnend fort. „Es ist nicht an dir, ihn zu ergründen."

Desmond nickte erneut und sah ihn erwartungsvoll an.

„Selbst wenn ich dich gehen lasse: Wie soll ich dein Verschwinden erklären? Es wird Gerede unter den Brüdern geben und ich brauche dir wohl kaum zu erklären, wie eng unser Sicherheitsnetz ist."

„Niemand wird meine Abwesenheit bemerken, da ich gar nicht verschwinde. Ich werde zwar im Untergrund leben, aber ich arbeite nach wie vor im aktiven Dienst der St. George. Für den Fall, dass jemand Nachforschungen anstellt, geben wir meine Aktivitäten als Missionsarbeit im Salome Distrikt aus. Viele Brüder leisten nach ihrer Einsatzzeit noch freiwillig Hilfe in den Gemeinden."

„Wenn deine Machenschaften einem Inquisitor zugetragen werden, sollten wir eine wasserdichte Tarnung parat haben."

Während er sich erhob und im Seitenschiff auf- und abschritt überlegte Desmond laut: „Ich glaube kaum, dass es so weit kommen wird. Und wenn doch, behauptest du einfach, ich wäre als Judasjünger in den Untergrund gegangen."

Bei dem Gedanken, einen Inquisitor hinters Licht zu führen, spannten sich die Gesichtszüge des Dekans wieder an. „Solche Einsätze müssen dem Bistum gemeldet und vom Kardinal genehmigt werden. Bei jedem Verbindungsmann, den ich in eine Sünderenklave einschleuse, muss ich ein Protokoll über die erworbenen Informationen führen."

„Informationen kannst du haben. Jedes Mal, wenn ich das Gefühl habe, dass die Leute da unten im Begriff stehen, eine Dummheit zu begehen, bekommst du von mir einen Hinweis. Dann schickst du eine Hundertschaft Brüder, die gut sichtbar am Ort des Geschehens herumstehen und die Untergründler müssen unverrichteter Dinge wieder abziehen."

Jetzt erhob sich auch Dekan Sorofraugh aus der Kirchenbank. „Ein gewagtes Spiel, mein Sohn. Darauf lasse ich mich nur ein, wenn du mir versprichst, dass ich über jeden deiner Schritte unterrichtet werde."

Desmond hob feierlich die Finger der rechten Hand. „Das verspreche ich dir vor Gott selbst, Onkel."

Der Dekan nahm Desmonds Hände in die seinen. „Versprich es einfach *mir*, mein Sohn. Das genügt vollkommen. Sobald die Situation mit den Ketzern zu eskalieren droht, kommst du ohne Zögern zu mir."

„Das werde ich. Mach dir nicht allzu viele Sorgen, Onkel. Niemandem wird etwas geschehen." Mit einer knappen Abschiedsgeste verschwand Desmond im Zwielicht des Beichtpfads.

Ephraim Sorofraugh schaute ihm mit bangem Herzen nach.

Er kniete sich wieder in die Kirchenbank, faltete die Hände und ließ den Kopf sinken. Dabei murmelte er kaum hörbar: „Oh, Sarah. Wie sehr fehlt mir die Weisheit deines Rates in diesen dunklen Stunden. Ich kann Desmond nicht ewig aus allem heraushalten. Sollte ich ihn in all den Jahren für dich vor Schwierigkeiten bewahrt haben, nur damit er schließlich doch diesen gefährlichen Weg beschreitet?"

Wissend, dass er keine Antwort erhalten würde, verharrte er noch eine ganze Weile auf den Knien und machte sich danach erst auf den Weg zur Kommandoebene.

***

Da er keinen Zugriff mehr auf die Sicherheitskameras hatte, versuchte Desmond an diesem ausnahmsweise sonnigen und warmen Herbsttag alles, um herauszufinden, ob ihn jemand auf dem Weg zum Salome Distrikt verfolgte. Er änderte die Laufrichtung, hielt abrupt an oder gab vor, auf Werbetafeln zu starren, während er in Wirklichkeit die nähere Umgebung beobachtete. Aber weder in den Tunneln noch auf den Wallways fiel ihm etwas Verdächtiges auf.

Auf der vierten Ebene, ganz in der Nähe der Trümmerhalde angelangt, lehnte er sich an die Gebäudeecke, die Iskariot ihm letzte Nacht beschrieben hatte, und wartete.

Über ihm ragte die fünf Meter hohe Statue eines Engels mit Lanze und Schild auf. Diese stummen Himmelsboten sollten über das Wohlergehen der Gläubigen wachen, erledigten ihre Aufgabe jedoch eher schlecht als recht. Wie all die anderen hatte auch dieser schon bessere Tage gesehen. Seine metallene Haut war vom Taubenkot angelaufen und der fliegenumschwirrte Müllbehälter vor seinen Füßen unterstrich den Eindruck des Verfalls. Unbewegt starrte er über die Menschenmassen, die sich auf dem Wallway nach links und nach rechts drängten.

Eine Mutter mit einer Babyschlinge vor der Brust versuchte die Ebene zu wechseln, während ihr der Mann an ihrer Seite rücksichtslos von drei Kurieren in den Weg gestoßen wurde. Aus dem Ausgang eines Wohnturms schleusten sich gerade zwei von Desmonds Mitbrüdern ins Gewühl. Sie führten einen Mann in einem schmutzig braunen Umhang ab, der um sich trat, sie mit Flüchen überhäufte und wie ein Besessener spuckte. Sie drohten ihm im Gegenzug damit, ihn über die Sicherungsmauer des Wallways zu werfen, hinter der sich eine Schlange aus klotzigen Lastengleitern vorbeischob. Aus den Lastengleitern hörte man dann und wann einen der Piloten durchs offene Cockpitfenster fluchen, sobald es ihm nicht schnell genug voranging. Und wenn die endlose Karawane einmal völlig zum Stehen kam, wurden diese Ausbrüche noch mit einem ohrenbetäubenden Stoß aus den Warnhörnern unterstrichen. Alles wie immer in New Bethlehem.

In der Zwischenzeit war die zehnte Stunde des Tages bereits fünfzehn Minuten alt und es gab noch keine Spur von Nodrim. Desmond schloss die Augenlider und suchte mit dem Heiligen Geist nach ihm. Das Gedankenmuster, das er gestern in der Höhle hatte verformen wollen, war ihm noch gut im Gedächtnis. Doch sofort wurde seine Wahrnehmung von Hass, Frustration, Arroganz, Angst, Gram, Wut und Verachtung vernebelt. Von allen Seiten drangen nur die dunkelsten Emotionen auf ihn ein, sodass er seine geistigen Fühler rasch zurückzog und sich wieder aufs Abwarten beschränkte.

Da kämpfte sich ein Bettler von der südlichen Seite des Gebäudes her zum Müllbehälter durch. Dort angelangt, krempelte er seine zerlumpten Ärmel hoch und griff hinein. Als er das braun angelaufene Kerngehäuse eines Apfels zutage förderte, blieben feuchte Papierreste an seinem Arm kleben, doch er schien es nicht zu bemerken. Er beäugte seinen Fund mit einem triumphalen Grinsen. Plötzlich erkannte Desmond ihn. Es war Nodrim. Dabei war seine Verkleidung nicht mal weit weg von seiner üblichen Erscheinung.

Mürrisch raunte er Desmond zu: „Ich kann nicht grad behaupten, ich würde mich freuen, dich wiederzusehen." Dann schlurfte er an ihm vorbei.

Desmond folgte so unauffällig wie möglich. Als er sah, wie Nodrim den Überrest des Apfels in genau dem Tuchbeutel verschwinden ließ, in dem er gestern noch Fladen und Würzpaste transportiert hatte, wurde ihm im Nachhinein übel.

Wie unter einer schweren Last hinkend eilte Nodrim zur Eskalatortreppe nach unten. Desmond blieb in seinem Windschatten und musste aufpassen, dass er Nodrim nicht verlor, denn obwohl sein Begleiter den fußlahmen Bettler mimte, schlüpfte er selbst auf dem eng besetzten Eskalatortreppe noch an wütenden Passanten vorbei.

Da ab der dritten Ebene wesentlich mehr Säulen und Stahlträger vonnöten waren, um die darüberliegenden Straßen zu stützen, herrschte hier ewige Dämmerung. Zusammen mit den beiden darunterliegenden Ebenen sowie dem Boden bildete sie die sogenannten „Mitternachtspfade". Stand man nicht gerade in einem Kathedralenpark, verirrte sich kaum noch ein Sonnenstrahl so weit nach unten, weswegen die Dekanatsverwaltung die Außenbeleuchtung hier nie ausschaltete. Und doch musste man als Bewohner der Mitternachtspfade gute Augen haben. Viele der Leuchtkörper gaben nur ein schwaches Licht ab oder waren ganz kaputt. Da machten auch die Frontstrahler des vorbeifliegenden Lastenverkehrs keinen großen Unterschied mehr.

An der nördlichen Fassade erkannte Desmond ein paar Arbeiter der Bausanierung. Sie hatten die Helmmasken abgenommen und saßen in ihren gelben Overalls auf einem Palettenstapel beim Frühstück. Diese Stadt wurde an zig Stellen gleichzeitig zusammengeflickt. Wenn man es genau betrachtete, war sie eine einzige gigantische Baustelle. Nach der Pause würden die Arbeiter wieder strukturell schwache Teile des Wallways mit schwerem Gerät ersetzten, um deren Abstürzen zu verhindern.

Weit davon entfernt, am Fuß von Desmonds und Nodrims Treppe, rangelten sich ein paar Halbwüchsige in auffällig grüner Kleidung. Angeber, die sich für eine illegale Gang hielten und aus lauter Langeweile Streit suchten.

Nodrim rauschte genau zwischen ihnen hindurch.

„Hey, du alter Spendenschnorrer! Leg mal 'ne Pause ein", pöbelte der Größte und fuhr Nodrim mit dem gestreckten Bein zwischen die Füße.

Einen Fluch auf den Lippen, der seines Gleichen suchte, schlug er der Länge nach hin, schaffte es aber noch, im Fallen mit der geballten Faust zu drohen.

Dieser Provokation wollten die jugendlichen Störenfriede gerade mit ein paar bösartigen Tritten begegnen, als Desmond rief: „Ihr da! Im Namen des Herrn! Lasst den Gläubigen in Frieden oder ihr werdet büßen!"

Überrascht schraken sie zurück.

Ohne darüber nachzudenken, dass er in Zivil war, hatte Desmond sie mit der Priesterweisung zur Ordnung gerufen.

Als er sich bückte, um Nodrim aufzuhelfen, pfiffen Photonengeschosse an der Stelle vorbei, wo sich gerade noch sein Kopf befunden hatte.

Ungelenk warf die Schlägerbande ihre Arme in die Luft und tanzte in Salven aus rotem Laserplasma. Sie waren tot, noch bevor ihre rauchenden Körper auf den Asphalt prallten. Unsanft zog Desmond Nodrim auf die Beine und lief los.

„Was zum Henker ..." Als der bemerkte, was vor sich ging, setzte er dem fliehenden Desmond sofort nach.

Und auch die Gläubigen suchten, einem Rattenschwarm

gleich, ihr Heil in der Flucht. Doch nicht wenige von ihnen brachen mitten im Lauf getroffen zusammen. Auf der Eskalatortreppe kam es zu einem Handgemenge. Zu viele wollten zurück in die Sicherheit der vierten Ebene, aber die beengte Treppe bot nicht genug Platz. Die Schwachen wurden über das Geländer gedrückt, schrien und fielen in die panische Meute darunter.

Derweil hielt Desmond auf die Baustelle zu. Das Stakkato der Energiegewehre hämmerte von irgendwo aus dem Verkehrsstrom hinter ihm und Nodrim her und ließ kleine Dreckfontänen an ihren Absätzen hochspritzen.

Die Arbeiter hockten bereits verängstigt hinter ihrer Palette Riesennieten, auf der sie gerade noch gesessen hatten. Desmond und Nodrim flüchteten in die Sicherheit eines Haufens Trockenasphalt daneben.

Kaum hörten die unbekannten Schützen auf, den Haufen zu beharken, ließ Nodrim seinen Kopf in die Höhe schnellen, nur um ihn sofort wieder einzuziehen. Als direkte Antwort hagelte es rote Energie in die Wand hinter ihnen. Es stank verbrannt.

„Schwarzröcke! Ich hab´s von Anfang an gewusst", schrie Nodrim. „Das war eine Falle. Deine krüppelköpfigen Priesterfreunde wollen meinen Hintern in die Hölle schießen."

„Blödsinn!", gab Desmond zurück.

„Schau es dir selber an. Dir werden sie wohl kaum die Rübe runterballern, du Herodesbalg."

„Ist dir eigentlich aufgefallen, dass wir beide hier zusammen festsitzen?"

Nodrim knurrte und kramte in seinem Beutel.

Die Schüsse schlugen jetzt in kürzer werdenden Abständen gegen den Asphalthaufen.

„Wie viele sind es?", wollte Desmond von Nodrim wissen.

Der hatte mit einem Mal eine Signalpistole in der Hand.

„Als wenn du das nicht genau wüsstest, Schlangenzunge. Zwei Schwarzröcke stehen auf dem Dach eines Shuttlegleiters und treiben mit ihren Scheißgewehren im Anschlag in aller Ruhe auf uns zu."

Dreißig Meter weiter, am nördlichen Rand der Fassadenstraße, lagerte ein Haufen Sand. Rechts davon befanden sich eine Transportplattform und ein Fusionshammer. Dort wurde wohl die Sicherungsmauer am Wallway ausgebessert. Desmond fragte sich, ob er die Distanz dorthin hinter sich bringen konnte, ohne dass sie ihn erwischten.

Als Nodrim etwas, das wie eine Art verkleinerter Torpedo aussah, in den Lauf seiner Signalpistole steckte, klopfte Desmond ihm auf die Schulter.

„Ich werde dir beweisen, dass dieses Killerkommando nicht nur hinter dir her ist. Wenn Gott will, kommen wir beide lebendig hier raus."

„Ich scheiß drauf, was Gott will. Was hast du vor, Priester?"

„Lenk sie irgendwie ab. Ich gebe dir ein Zeichen, dann folgst du mir."

Ohne weitere Fragen abzuwarten, sprang Desmond hinter der sicheren Deckung hervor. Die zwei Schützen in den Priestertalaren eröffneten sofort wieder das Feuer. Er spürte eines der roten Strahlengeschosse knapp an seinem Ohr vorbeizischen und sah, wie sich eine Flugbahn aus Rauch zur Steuerdüse des Shuttles zog. Dann kippte eine ohrenbetäubende Explosion den Rumpf auf die Seite, warf die beiden Priester vom Dach und ließ den Shuttle mit einer Seite über den Asphalt schrappen. Nodrim hatte offenbar ganze Arbeit geleistet!

Nachdem der Shuttle zum Stillstand gekommen war, ertönte ein weiteres Krachen, aber aus einer anderen Richtung. Desmond hatte die Auslassöffnung des Fusionshammers auf die nördliche Sicherungsmauer gerichtet und die Zündung ausgelöst, was er sofort wiederholte. Unter der zweiten Entladung verwandelten sich die Risse im Beton in einen Splitterregen und die Abgrenzung war durchschlagen.

„Jetzt!" brüllte Desmond. Er sprang hinter das Kontrollpanel der Transportplattform und winkte. Nodrim spähte nach ihren Gegnern. Der Pilot hing wie tot über den Instrumenten im Cockpit, aber die beiden Schützen hatten sich bereits wieder aufgerappelt. Sie suchten fieberhaft nach ihren Gewehren.

Nodrim spurtete los, während Desmond, am Kontrollpanel der Plattform stehend, den Antrieb startete.

Als Nodrim ihn in einem weiten Satz beinahe von der Plattform riss, entstellte Zorn sein Antlitz. „Sagte ich nicht, ich traue dir nicht weiter als ich ..." Mit weit aufgerissenen Augen sackte er Desmond in die Arme. Eine Rauchfahne kräuselte sich aus einer fingerkuppengroßen Wunde in seinem Rücken.

„Ein Weitstrecken-Präzisiongewehr", schoss es Desmond durch den Kopf. Hier saß noch irgendwo ein Scharfschütze!

Hastig drückte er die Kontrollen der Transportplattform nach vorn und das Gefährt kippte mit den beiden Männern über den Rand des Wallways in die dunkle Straßenschlucht.

Was für ein Sturz!

Desmond hatte von Brüdern gehört, die sich nach zwanzig Metern mit dem Heiligen Geist abfangen konnten, aber das wäre bei dieser Geschwindigkeit wohl kaum möglich. Er kam kaum zum Ausatmen. Aus seinen Augenwinkeln traten Tränen. Wenn sie überhaupt eine Chance hatten, dann nur, wenn er alle Düsen nach vorne ausrichtete. Er hämmerte verbissen auf die Steuerung ein, aber die Maschine reagierte nur widerwillig. Zusätzlich war er noch darum bemüht, sowohl sich, als auch Nodrim an das schmale Schutzgitter des Fahrers zu pressen und eins mit dem Heiligen Geist zu werden. Obwohl bereits kleine Funken durch sein Sichtfeld tanzten, musste er bis knapp vor dem Aufschlag warten. Nur noch ein bisschen länger ...

Desmond ließ die Bremsaggregate auf höchster Stufe aufheulen und betete, dass sie nicht durchbrannten. Schließlich leitete er volle Kraft auf die Schwebedüsen, seine Finger gaben das Gitter frei und während er den besinnungslosen Nodrim fest an sich drückte, streckte er den freien Arm nach vorn.

Mit einem Gefühl, als wolle er den Erdboden selbst zur Seite schieben, entlud sich die aufgestaute Kraft Gottes.

Die Turbinen konnten dem Fall nur einen geringen Teil seiner mörderischen Wucht nehmen, doch der telekinetische Widerstand, der sich vor Desmond manifestierte, schaffte es.

Als würden ihre Körper in ein zähes Gelee klatschen, kamen sie zusammen mit der Plattform nur wenige Zentimeter vor dem Straßenbelag zum Stillstand.

Dann vibrierte Desmonds ganzer Körper und ...

Ein gewaltiger Knall schleuderte ihn und Nodrim wie verrenkte Gelenkpuppen fort und die Transportplattform wurde zu einem unförmigen Klumpen Schrott zusammengepresst.

***

Wie lange war er besinnungslos gewesen? Warum fühlte sich sein Mund so komisch an? Es knirschte. Das Atmen fiel schwer. Er musste husten und spucken.

Sand! Desmond war in einem Sandhaufen gelandet. Eine flackernde, trübe Laterne beleuchtete den Boden, einen Lastenaufzug und Vorräte für die Baustelle.

Benommen stützte Desmond sich auf die Ellenbogen. Sein Rücken hatte ordentlich etwas abgekriegt und die Verletzung an der Schulter war wahrscheinlich wieder aufgeplatzt. Genau wie seine Lippe.

Alles drehte sich. Jeden Moment würde er sich übergeben.

Beim Aufsetzen fiel ihm feuchter Sand aus den Haaren.

Nodrim lag verkrümmt vor einer Hauswand. Der Anblick trieb Desmond augenblicklich auf die Füße und seine Übelkeit wich schwerer Sorge.

Der sonst so unbeugsame Versammlungsführer hatte eine Hand schützend an die Seite gepresst und sein Blick war gen Himmel gerichtet. Sein Atem ging flach und rasselnd, aus dem Mundwinkel lief Blut.

Behutsam packte Desmond ihn unter den Armen. „Komm schon hoch, du sturer Kauz. Ich hab mir deinetwegen nicht eine Woche Prügel eingehandelt, nur damit du mir jetzt wegstirbst."

Nodrim stöhnte auf. Er hielt sich an der Hauswand fest und versuchte selbst zu stehen, aber seine Finger rutschten kraftlos ab. Desmond musste ihn halten. Es folgte ein Hustenanfall, der roten Speichel auf dem Asphalt verteilte. Schließlich brachte Nodrim ein gekrächztes „Candy" über die Lippen. Dabei zeigte er mit der Hand die Gasse runter.

Sirenengeheul ertönte, dann eine Explosion. Jetzt war Desmond jede Richtung recht. Er legte den Arm um Nodrims Schulter und wollte ihn mitzerren, doch der Verletzte schüttelte den Kopf und hatte auf einmal einen silbrigen Gegenstand in der Hand. Er führte ihn zum Mund, musste ihn aber gleich wieder aushusten. Resigniert streckte er ihn Desmond entgegen.

Es war ein kleines Aerophon, das an einer feingliedrigen Kette vor Desmonds Nase baumelte, und er sollte hineinblasen. Angewidert betrachtete er das blutverschmierte Mundstück.

Die Sirenen erklangen jetzt direkt über ihnen.

Zur Hölle, dachte Desmond. Schlimmer konnte es nicht werden. Er packte die elektronische Pfeife, steckte sie zwischen die schmerzenden Lippen und blies hinein. Der Pfiff war trommelfellzerreißend schrill und viel lauter, als er erwartet hätte.

„Was sollte das denn? Jetzt weiß jeder im Umkreis von drei Blocks, wo er uns zu suchen hat."

Nodrim röchelte nur ein weiteres „Candy", dann stieß er sich von der Gebäudefront ab.

Mehr taumelnd als laufend bewegten sie sich die Gasse hinunter. Desmond half Nodrim, so gut er konnte, doch dieser schien mit jedem Schritt schwerer an ihm zu hängen und sein Atem hörte sich mittlerweile an, als sprängen lockere Schrauben durch die Luftröhre. Lange würde er nicht mehr durchhalten.

Desmond suchte die Umgebung nach einem geeigneten Versteck ab, fand allerdings nur verrammelte Fenster und die versperrten Eingänge längst aufgegebener Läden. Als er zurückblickte, packte ihn kalte Verzweiflung.

Aus einer Nebenstraße liefen fünf Schwarzgewandete in den Lichtkegel einer weiteren schwachen Laterne. Egal, ob es sich bei ihnen um Priester handelte oder nicht: Desmond und Nodrim waren geliefert. Diese verfluchte Pfeife.

Einer der Verfolger wies in ihre Richtung und die Männer beschleunigten ihre Schritte.

Desmond zerrte Nodrim weiter, aber auch seine eigenen Kräfte ließen langsam nach. Nirgends gab es einen Ausweg. Keine offene Tür, keine Abzweigung aus der schmalen Straße heraus. Nichts. Und schließlich standen sie vor einer massiven grauen Mauer.

Auf der rechten Seite war ein versiegelter Eingang. Darüber hing ein ausgeblichenes Schild mit dem rosaroten Schriftzug „Candy". Ob es sich früher um einen Süßwarenladen oder um ein zwielichtigeres Etablissement gehandelt hatte, war nicht mehr zu erkennen. Desmond wollte Nodrim zum Eingang schaffen, aber dem knickten die Knie ein. Er entglitt Desmonds Griff und landete unsanft auf dem Straßenbelag.

Die Männer in Schwarz hatten nun fast zu ihnen aufgeschlossen.

Desmond hockte sich vor Nodrim. Egal wie schwach er sich fühlte, er würde sich nicht kampflos ergeben.

Wie Hyänen schlichen die stummen Angreifer heran, schätzten ab, in welchem Zustand sich ihre Beute befand. Desmond beugte den Kopf. Auf der Suche nach dem Heiligen Geist kratzte er alles, was ihm an innerer Kraft geblieben war, zusammen. Aber bei aller Anstrengung, es würde nicht reichen. So konnte er nicht einmal eine Kerze zum Erlöschen bringen.

In seinem Blick glommen Wut und Verzweiflung.

Die Näherkommenden zögerten für einen halben Schritt, dann bewegten sie sich unnachgiebig weiter auf ihre Opfer zu.

Desmond kniete vor Nodrim auf dem Boden, bereit, ihn mit allem zu schützen, was er aufbringen konnte. Denn obwohl sie tatsächlich Priestertalare trugen, waren die Angreifer lediglich mit langen Schlagstöcken bewaffnet. Hochstapler!

Mit einem animalischen Schrei auf den Lippen sprang Desmond auf und lief los.

Bei seinen Gegnern brach Verwirrung aus. Er stürmte auf einen großen Mann mit bleicher Haut und schwarzen Haaren zu und wich instinktiv einem seitlich geführten Schlag mit dem Stock aus. Dafür stieß er dem Gegner seine Faust aus vollem Lauf heraus unters Kinn.

Unterstützt vom letzten Quäntchen Heiligem Geist schickte der Schlag den Knochenbrecher fünf Meter weit die Gasse runter. Dort traf er mit einem satten Klatschen auf. Sein Stab landete klappernd ein paar Meter hinter ihm.

Jetzt hatte Desmond keine Reserve mehr übrig, auch keine körperliche mehr. Er brachte kaum noch seine Arme in die Höhe.

Die anderen Verkleideten waren zunächst zurückgeschreckt, kamen aber jetzt von vier verschiedenen Seiten wieder heran, in ihren Mienen das Versprechen eines grausamen Todes. Desmonds Knie wurden weich, aus seinem Ärmel rann Blut. Er erwartete den ersten Schlag und begann zu beten.

„Und ob ich schon wanderte im finsteren Tal ..."

Plötzlich öffnete sich eine Tür neben ihnen und eine Schar verwegen aussehender Männer in abgerissener Kleidung stürmte aus dem Eingang unter dem „Candy"-Schild.

Bei Gott, die Ketzer kamen, um sie zu retten!

Die falschen Priester erstarrten.

Aus den Schlitzen der verrammelten Fenster bleckte Mündungsfeuer und einer der Schläger griff sich schreiend an die Schulter. Das riss die anderen aus ihrer Verblüffung. Sie fuhren herum und traten die Flucht an.

Desmonds Hand zuckte vor. Er packte den „Priester", der ihm am nächsten war, am Ärmel. Wenn er ihn festhielt, bis die Untergründler ihn überwältigt hatten, konnten sie ihn befragen und Nodrim würde sehen, dass er kein echter Priester war.

Doch der Mann wollte sich aus dem Griff befreien und trat nach ihm. Es gab ein reißendes Geräusch, dann fiel Desmond hintenüber.

Der gedungene Mörder hastete dem Rest seiner Bande hinterher, wurde ins Bein getroffen, hinkte aber wie von Furien gehetzt weiter durch die Gasse davon.

Einen Fetzen seines Kostüms umklammernd, konnte Desmond ihn nicht mehr aufhalten.

Nodrims Männer, es mochten an die zwanzig sein, waren auf einmal überall. Vorsichtig hoben sie ihren Anführer auf eine mitgebrachte Trage und machten sich auf den Weg zurück durch die Tür des vermeintlichen Süßwarenladens. Desmond blieb nichts anders übrig, als ihnen hinterherzutaumeln.

Von seinem Vordermann durfte er sich allerdings ein „Fahr zur Hölle, Verräter!" anhören, während er ihm die Tür vor der Nase zuschlagen wollte. In letzter Sekunde wurde sie festgehalten. Ein Arm in einer ehemals cremefarbenen Robe schob die Tür wieder auf und ein alter Mann mit schmutzig blonder Mähne zog Desmond hinein.

„Was soll das, Bogdan?" rief der Türzuschläger erbost. „Lass den Schlangensohn doch da draußen verrecken. Sieh nur, was er Nodrim angetan hat."

Der Mann in der Robe erwiderte: „Das wissen wir nicht. Aber wenn er Nodrim wirklich an die Priesterschaft verraten hat, werden ihn die da draußen wohl kaum seiner gerechten Strafe zuführen." In seine Haare hatten sich bereits die ersten weißen Strähnen gemischt und ein Schnäuzer in ähnlich unregelmäßiger Färbung verdeckte seine Oberlippe. Dieser Bogdan mochte hager sein, aber er war fast so groß wie Iskariot und seine Haltung verriet Autorität.

Desmond packte ihn bei den Schultern.

„Danke."

Der Mann brummte: „Dank mir nicht zu früh. Sobald Nodrim versorgt ist, werden wir über dich Gericht halten."

Er eilte hinter der Trage her und Desmond lief ihm schwankenden Schrittes nach.

X

Desmond war so erledigt, dass er nur unwesentlich mehr vom Weg zum Unterschlupf mitbekam als am Vortag. Er rannte Nodrims Trägern und den Männern, die das erste Stück des Ganges vermint hatten, einfach blindlings hinterher. Dabei gab er sich alle Mühe, weder das Stück Stoff in seiner Hand noch den Anschluss an die Gruppe zu verlieren, denn ohne Führung wäre er in dem dunklen Labyrinth nach wenigen Minuten hoffnungslos verloren gegangen.

Die Gruppe gelangte wieder an den unterirdischen See und dann zum Fahrstuhl. Während einige von ihnen mit Nodrim nach oben fuhren, hockte Desmond sich an die feuchte Felswand neben die Zurückgebliebenen. Er konnte verschnaufen und in Ruhe seinen schmerzenden Körper abtasten, da der Gitterkäfig auf sich warten ließ.

Auf seinem Arm wuchs plötzlich ein Fleck dunkle, aufgeworfene Haut, die jedoch nach einem ungläubigen Blinzeln sofort wieder verschwunden war. Zum Glück schien das außer Desmond niemand mitgekriegt zu haben. Er betrachtete den Arm noch einmal, aber seine Haut zeigte die absonderliche Veränderung nicht mehr. Vermutlich halluzinierte er.

Als der Fahrstuhl wieder herabgekracht war, um den zweiten Schwung Ketzer in die Kaverne zu befördern, wurde Desmond zur Seite gedrängelt, bis sich die Gittertür vor ihm schloss. Und er musste erneut mit ansehen, wie eine Gruppe ohne ihn nach oben fuhr. Allein Bogdan war bei ihm geblieben.

„Ich habe mit diesem Anschlag nichts zu tun. Die waren genauso hinter mir her, wie hinter Nodrim. Das müsst ihr mir glauben." Die geschwollene Lippe verwandelte Desmonds Worte in ein Nuscheln.

Bogdan schaute erst mit einer Mischung aus Mitleid und Argwohn auf ihn hinab, dann drehte er sich zurück zum Wasserfall. „Das wird sich noch herausstellen."

Desmond fragte sich, ob er nicht einfach verschwinden sollte. Aber wohin? Am Zugang zum „Candy"-Laden fiele er unweigerlich den Minen zum Opfer und an die Boote im See würden ihn die Ketzer wohl kaum lassen.

Es verging eine geraume Weile, bis Desmond endlich mit Bogdan in den klapperigen Aufzug durfte. Niedergeschlagen kauerte er sich in eine Ecke und es ging aufwärts.

„Ist dir überhaupt klar, was du angerichtet hast?", fragte Bogdan.

Desmond hob kraftlos den Kopf.

„Was soll ich schon angerichtet haben? Ich habe versucht, Nodrim das Leben zu retten."

„So sieht das aus, wenn du jemandem das Leben rettest, Desmond Sorofraugh?", lachte Bogdan spöttisch und lehnte sich an die Gitterwand.

„Woher kennst du meinen Namen?"

„Da ich einer der Dreizehn bin, habe ich der Beratung beige-sessen, in der Nodrim deinen Fall gestern vorgebracht hat. Aber auch sonst hat sich die Nachricht, dass Iskariot ein neues Schoßtier hat, schneller als ein Echo zwischen den Höhlenwänden verbreitet."

„Da muss euch jemand falsch informiert haben. Ich bin niemandes Schoßtier."

„Noch nicht."

„Du glaubst doch nicht im Ernst, dass ich Nodrim umbringen will? Hat überhaupt einer von euch die Ereignisse auf dem Wallway verfolgt?"

Bogdans Miene verfinsterte sich. „Alles, was wir bis jetzt wissen, ist, dass Nodrim sich von Iskariot hat überreden lassen, dich aufzulesen. Er ist kerngesund aus dem Unterschlupf raus und halbtot wieder rein. Meinst du, das wäre die erste Intrige, der die Menschen hier zum Opfer fallen? Nicht alle von uns sind so lange geprügelt worden, bis sie sich verkrochen haben. Die Kirche hat durchaus subtilere Mittel, um unbequeme Zeitgenossen loszuwerden."

„Aber ihr habt euch doch von der Herrschaft der heiligen Kirche befreit."

„Wem willst du hier die Unschuld vorgaukeln, Priester? Ich warne euch. Was auch immer Iskariot oder du vorhabt – wenn Nodrim heute stirbt, wird die Gemeinschaft des Unterschlupfs unweigerlich zerfallen. Es wird ein ganz schlechtes Licht auf Iskariot werfen. Er und Nodrim waren nicht gerade dicke Kumpels. Eine solche Tat wird man selbst ihm nicht durchgehen lassen. So fest hat Iskariot seine neue Gemeinde noch nicht im Griff." Über das Tosen des Wasserfalls hinweg hatte Bogdan sich regelrecht in Rage geredet.

„Ich glaube, du hältst mich für gerissener, als ich in Wirklichkeit bin."

„Ganz im Gegenteil. Ich fürchte, du bist dümmer, als du selbst glaubst. Ist dir nie der Gedanke gekommen, dass Iskariot dich nur hier runtergelockt hat, um Nodrim zu beseitigen? Und dabei war es ihm völlig egal, ob du draufgehst oder nicht." Damit war die Sache für den Mann mit der blonden Mähne erledigt.

Desmond konnte das alles nicht begreifen. Er hatte sich den Rebellen anschließen wollen, um einem Sumpf aus Neid und Hinterhältigkeit zu entrinnen. Jetzt stellte sich der Untergrund von New Bethlehem als ein ebenso arglistiges Pflaster wie die Korridore der Kathedralen heraus.

In einem letzten verzweifelten Versuch streckte er dem Angehörigen der Dreizehn das Stück Stoff in seiner Hand entgegen.

„Hier. Das habe ich von einem aus dem Schlägertrupp abgerissen."
Bogdan ignorierte es. „Wir sind da." Er öffnete die Gittertür.

Beide stiegen aus und erreichten am Eingang zur Kaverne eine Menschenansammlung, die Desmond mit offener Ablehnung begegnete. Ihre verachtenden Blicke, gepaart mit deftigen Beschimpfungen, hätte er an der Oberfläche nicht eine Sekunde geduldet. Aber sie waren nicht an der Oberfläche.

Unvermittelt pflügte Iskariot durch die Menge. Konnte Desmond so etwas wie Erleichterung in dem ernsten Gesicht erkennen? Dankbar ergriff er das Angebot des Hünen, seinen Arm als Stütze zu benutzen. Die Flüche verebbten, aber Gemurmel blieb.

„Komm mit. Wir begeben uns an einen etwas ungestörteren Ort." Bogdan legte seinen Arm auf Iskariots Ärmel. „Bleibt in der Nähe. In spätestens einer halben Stunde treten die Dreizehn zusammen. Dann will ich, dass der Priester sich in der Rotunde befindet."

Iskariot nickte nur. Er eskortierte Desmond durch das murrende Gedränge, bis sie die Felswand erreichten. Dort zogen sie sich in eine der unteren Wohnhöhlen zurück. Da die zukünftigen Bewohner noch mitten in der Fertigstellung ihrer Behausung waren, standen überall Werkzeuge und Baumaterialien herum. Iskariot bedeutete Desmond, er solle sich auf einen Steinhaufen setzen.

„Du erweckst ganz den Eindruck, als hätte dich ein Spaltenwels ausgespuckt. Zieh dir die Jacke und das Hemd aus. Während ich deine Verletzungen behandele, will ich genau wissen, was da draußen los war."

Desmond stopfte den Stofffetzen in die Hosentasche und schlüpfte aus dem Overalloberteil. Der weiße Ärmel seiner Unterziehkombi klebte von geronnenem Blut, seine Schulter hing nach unten.

Mit einem festen Ruck riss Iskariot die Naht des Ärmels auf. Die Wunde blutete kaum. Das änderte sich, als er die Wundränder mit den Zeigefingern aneinanderrieb und das Gelenk wieder richtete. Dabei hatte er die Augen fest verschlossen und brummte leicht. Im ersten Moment wollte Desmond aufschreien, doch blitzschnell wich der Schmerz einer wohligen Wärme, die schließlich den gesamten Arm erfüllte. Als er sich traute, wieder hinzuschauen, war die Wunde von zarter rosa Haut bedeckt und die Schulter wieder in ihrer alten Position.

„Es wird keine Narbe zurückbleiben … Ich warte."

Desmond fasste in aller Kürze zusammen, was bei dem verunglückten Treffen geschehen war. Iskariot blickte immer ernster drein. Er legte eine Hand an Desmonds Lippe, und auch im Gesicht machte sich das angenehme Gefühl der Heilung breit.

„Aber du bist dir absolut sicher, dass dich niemand verfolgt hat?"

Desmond zog sich wieder an. „Glaub mir, nach drei Jahren Dienst als Straßenpriester habe ich eine Nase für solche Situationen. Die Mistkerle haben uns dort erwartet. Da bin ich mir ganz sicher. Ich verstehe überhaupt nicht, wie jemand darauf kommen kann, ich wäre für die Sache verantwortlich. Wenn ich Nodrim hätte schaden wollen, hätte ich ihn nur über die Brüstung schubsen müssen."

Iskariot klemmte den langen Bart unter seine verschränkten Arme. „Die Leute hier sind extrem misstrauisch gegenüber allem, was von oben kommt. Die ersten Bewohner der Kaverne haben dieses Höhlensystem entdeckt, weil man sie dazu gezwungen hatte, sich immer tiefer in die Trümmerhalde zurückzuziehen und die meisten hier haben große Mühen auf sich genommen, um eurem Zugriff zu entwischen. Außerdem haben wir gerade ein Problem damit, alle hungrigen Mäuler zu stopfen. Das macht die Menschen etwas aggressiv."

Desmond fuhr erstaunt mit den Händen über seinen gesamten Körper. Nicht ein bisschen Schmerz war zurückgeblieben. Im Gegenteil. Er fühlte sich erholt und ausgeruht. „Beeindruckend. Ich hätte nicht gedacht, dass jemand so etwas zustande bringt, der kein lang gedienter Heiler ist. Bist du vielleicht so eine Art Heiliger?"

Iskariot grinste bedeutungsvoll. „Nein, das nun wirklich nicht. Vielleicht lernst du es eines Tages ebenfalls. Erzähl nur niemandem davon. Das ist mein kleines Geheimnis."

Nach kurzem Überlegen meinte Desmond: „Sollten wir nicht zu Nodrim gehen? Er braucht deine Heilkraft viel nötiger als ich."

Iskariots Blick verwandelte sich in Eis. „Die Dreizehn sind meine Gegner. Und um meine Fähigkeiten wissen nur Vertraute. Ich will nämlich nicht eines Tages in den Fängen der Inquisition landen. Gerade du müsstest das nachempfinden können. Deswegen werde ich deine ‚Wunden' auch verbinden." Aus der Beuteltasche an seiner Kutte holte er Bandagen und Pflaster und machte sich ans Werk. Als Desmonds Schulter verbunden und seine Lippe verklebt war, fuhr Iskariot fort: „Was wir zunächst wirklich machen sollten, ist uns Gedanken über die unmittelbare Zukunft. Zeig mir mal dieses Stück Stoff, das du von dem angeblichen Kostüm abgerissen hast."

Desmond reichte Iskariot den Fetzen. „Ich glaube, sie wollen uns beide bei dieser Gerichtssitzung fertigmachen. Da war so ein großer Blonder. Die anderen nannten ihn Bogdan. Er sagte, er sei einer von den Dreizehn und vertrat die Meinung, wir hätten das Ganze zusammen inszeniert, um Nodrim loszuwerden."

Iskariot hob die Augenbrauen. „Das passt zu Bogdan. Er ist neidisch auf den großen Einfluss, den ich innerhalb der kurzen Zeit, die ich erst hier bin, erlangt habe. Die Dreizehn fürchten den Verlust ihrer eigenen Macht. Sicherlich wird er versuchen, Kapital für ihre Position aus der Sache zu schlagen. Du redest am besten nur, wenn du direkt angesprochen wirst. Alles andere überlässt du getrost mir. Was auch immer da draußen vorgefallen ist, wir sollten alles versuchen, um die Wogen zu glätten." Desmond hätte bei Iskariot eigentlich mit einem Konfrontationskurs gerechnet. Stattdessen drehte der sich bloß um und meinte: „Wir sollten die Dreizehn nicht länger warten lassen."

Desmond nahm das Stoffteil zurück und sie verließen die halbfertige Höhle. Iskariot ging schnurstracks auf die Mitte der Kaverne zu, aber Desmond blieb stehen und erntete einen fragenden Blick.

„Bevor ich mich für meine angeblichen Missetaten verantworte, möchte ich wissen, wie es Nodrim geht. Wo finde ich ihn?"

„Der Heiler kümmert sich bestimmt schon um ihn. Er wird in seiner Hütte liegen und du wirst der Allerletzte sein, den sie zu ihm lassen."

„Ich habe mein Leben dabei riskiert, seins zu retten, und will wissen, ob sich all die Mühe wenigstens gelohnt hat. Ich verlange, dass du mich zu ihm bringst."

Iskariots Augen verloren ihren fanatischen Glanz, er zuckte ergeben mit den Schultern und änderte die Richtung. „Komm mit. Erwarte aber nicht, dass ich dir helfe, an ihn ranzukommen."

Die Arbeit auf der riesigen Baustelle ruhte. Einzig die Katzen lungerten noch zwischen den vielen unfertigen Häusern auf dem Boden der Kaverne herum. Dies änderte sich erst vor Nodrims dunkler Backbetonhütte, denn hier erwartete Desmond und Iskariot die nächste Menschenmenge. Die Ketzer standen vor dem Eingang, hatten das niedrige Dach erklettert und saßen sogar auf den Nachbarhütten. Das Eintreffen der Neuankömmlinge ließ zwar den Geräuschpegel anschwellen, aber niemand wagte ein offenes Wort an sie. Stattdessen machte man respektvoll Platz, bis den beiden vor Nodrims Häuschen sechs Bewaffnete den Zugang verstellten. Der dunkelhäutige Anführer wirkte etwas unschlüssig, aber er wich keinen Schritt zurück.

„Ihr seid hier nicht erwünscht. Nimm deinen Lakaien, Iskariot, und verschwinde."

Seine Worte untermauernd, entsicherte der Wächter das antik anmutende Gewehr in seinem Arm und in einem Chor aus Klickgeräuschen taten es ihm seine fünf Waffenbrüder nach.

Desmond drängelte sich an Iskariot vorbei und forderte: „Ich möchte erfahren, wie es Nodrim geht."

Der Mann nahm seine Waffe quer vor die Brust. „Ich wüsste nicht, was dich das anginge. Willst wohl sichergehen, ob du Erfolg hattest, was?"

„Nodrim und ich haben da draußen gemeinsam unsere Haut riskiert. Ich habe ein Recht darauf, zu erfahren, wie es um ihn steht. Lasst mich durch." Dabei tippte Desmond dem Mann auf die improvisierte Panzerung aus Plastikmüll.

Iskariot kommentierte die Situation mit einem stummen Kopfschütteln.

Der Wächter schlug Desmonds Hand mit dem Gewehrkolben beiseite. „Selbst wenn ich dich durchlassen wollte, Priesterschlange, wäre es mir nicht erlaubt. Der Heiler hat Nodrim jeden

Besuch untersagt. Wenn du etwas wissen willst, musst du warten wie alle anderen auch."

Desmond wollte gerade zu einer erbosten Antwort ansetzen, da trat ein Mann in der blendend weißen Tracht der Heiler nach draußen. Das Lazarussymbol auf seiner Brust war entfernt worden und im Gegensatz zu allen umstehenden Männern war er feinsäuberlich rasiert, auch an den Seiten seines Schädels. Das Haar am Scheitel war allerdings so lang, dass er es zu einem Wickelzopf hochgesteckt hatte. Mit lauter Stimme verkündete er: „Nodrims Verfassung ist nicht gut. Mehr kann ich euch jetzt nicht sagen. Begebt euch zurück in eure Häuser und fleht zu den Mächten eurer Wahl für sein Wohl."

Ein beunruhigtes Stimmengewirr erhob sich. Jeder schien mit jedem reden zu wollen. Arme wurden klagend in die Höhe geworfen.

Erneut ergriff der Heiler über den Lärm hinweg das Wort. „Ich bitte euch, seid vernünftig! Nodrim braucht vor allem Ruhe. Geht besonnen und leise zurück in eure Wohnstätten. Sobald es Neuigkeiten gibt, werden die Dreizehn euch informieren."

Die Lautäußerungen verstummten, aber nur wenige der Leute wollten sich wegbewegen. So legte der Mann eine Hand auf die Schulter des Wächters.

„Was für eine Art Problem gibt es hier?" Er wirkte autoritär, aber auf eine ruhige, freundliche Art. Desmond erinnerte sich an den Steckbrief einer Vermisstenmeldung vom Anfang des Jahres und kam dem Bewaffneten zuvor.

„Ihr seid Jamin Maltravers und standet einst im Dienst des St. Kosmas, nicht wahr? Mein Name ist Desmond Sorofraugh."

Der Heiler legte die Fingerspitzen vor dem Gesicht zusammen. „Meine Vergangenheit scheint mich schneller einzuholen, als ich fürchtete. Soweit ich informiert bin, handelt es sich bei Ihnen um einen Priester. Sind Sie hier, um mir eine Buße aufzuzwingen, Vater Sorofraugh?"

„Nein. Ich war dabei, als Nodrim verletzt wurde. Wie steht es wirklich um ihn?"

Maltravers ließ die Arme sinken. „Ich soll gleich in der Rotunde vor den Dreizehn aussagen und Sie sollten mich begleiten. Schließlich ist es Ihre eigene Verhandlung. Man wird schon ungeduldig auf Sie warten. Soweit ich weiß, wollte Bogdan die Sitzung bereits vor zehn Minuten eröffnen."

Desmond seufzte vernehmlich. Die Zeiten, in denen er eine direkte Antwort auf seine Fragen bekam, schienen endgültig vorüber.

***

Die Rotunde der Dreizehn war der schwarze Kreis, den Desmond von Iskariots Höhle aus bewundert hatte. Aus der Nähe beeindruckte ihn das Bauwerk noch mehr als aus der Ferne. Wie viele Arbeitsstunden mochte es wohl gebraucht haben, diesen immensen Trichter in den felsigen Boden zu graben? Die Rotunde war eine Mischung aus finsterem Loch und Amphitheater. Ohne viel handwerkliche Finesse hatten die Ketzer zwanzig breite, ringförmige Stockwerke in den anthrazitfarbenen Granit gehauen, die sich bis zu einer tief in der Erde liegenden Arena verjüngten.

Ihre Ränge waren erfüllt von Fußgetrappel und Gesprächsfetzen. Aus dem obersten wuchs eine kranartige Trägerkonstruktion. Davon herab hing, einer hundertbeinigen Spinne gleich, ein kugelförmiges Gewirr aus Leitungen und Lampen, das ein fahles Licht auf die schmutzigen Gesichter der Herbeigeströmten warf.

Die mühselige Kletterei nach unten wurde Iskariot, Maltravers und Desmond manchmal durch angebotene Hände oder eine Seilleiter erleichtert, aber meistens mussten sie einfach springen, denn Treppen suchte man hier vergebens.

Voll besetzt waren nur die unteren drei Ränge und dort fühlte Desmond mit dem Geist das erste Mal in die Menge. Statt der erwarteten Kopfschmerzen spürte er lediglich das Summen einer allgemeinen Anspannung, in der alle neugierig auf den Beginn des Prozesses warteten.

Als sie schließlich auf dem sandbedeckten Bodenrund standen, hieß Maltravers sie am Rand warten. Zwanzig Meter vor ihnen, im Zentrum des Runds, gruppierten sich dreizehn würfelartige Gesteinsblöcke in einem Halbkreis, die Bogdan und elf weiteren Personen als Sitzplätze dienten. Einer davon blieb leer.

Auch wenn ihre Kleidung im selben Maße abgenutzt und zusammengestückelt wirkte, hätte die Erscheinung der zwölf Sitzenden kaum unterschiedlicher sein können.

Desmond registrierte mit Unbehagen drei Frauen unter ihnen. Frauenherzen, so wusste er, waren von Gott nicht dafür vorgesehen, hässliche Wahrheiten zu entdecken oder angemessene Bußen aufzuerlegen. Was sollte das?

Vor den dreizehn Steinwürfeln hatte man zwei billige Metallstühle aufgestellt, die, genauso wie die Sitzblöcke, von grellen Scheinwerfern in der Lampenspinne ausgeleuchtet wurden.

Verstohlen beobachtete Desmond das Publikum. Er wollte sichergehen, dass es nicht zu den Traditionen dieser Veranstaltung zählte, Steine mit sich zu führen, doch dahingehend hatten sie endlich einmal Glück. Er konnte keinerlei Wurfgeschosse ausmachen.

Bogdan stand auf und klatschte über dem Kopf in die Hände. Die Menge begann zu johlen und auf der gegenüberliegenden Seite des dritten Ranges schlug ein Mann mit einem langen umwickelten Knüppel gegen eine mannshohe Metallscheibe. Das Dröhnen dieses verbeulten Gongs übertönte alle anderen Geräusche.

Wahrscheinlich würden jetzt auch die letzten Bewohner der Kaverne zu diesem Spektakel gelockt, dachte Desmond.

Bogdan winkte, Maltravers gab Iskariot und Desmond ein Zeichen und sie schritten in die Mitte, während der Heiler zurückblieb. Bis zum letzten Gongschlag waren die beiden bei den Metallstühlen angelangt und nahmen Platz.

Desmond wünschte sich tausend Kilometer weit weg. Er spürte jedes einzelne Augenpaar auf sich gerichtet und es gab noch nicht einmal einen Tisch, hinter dem er sich verstecken konnte.

Iskariot schien das alles nichts auszumachen. Unter seiner ruhigen Oberfläche lag eine Spur leichten Zorns, das war alles.

Bogdan unterhielt sich leise und ausgiebig mit seinem linken Nebenmann. Entweder wollte er den Ketzern vor Nodrims Hütte noch die Gelegenheit geben, zur Verhandlung zu stoßen oder er liebte es einfach, Angeklagte zu zermürben. Irgendwann tauchten bewaffnete Wachen am oberen Rand auf.

Als dann endlich Ruhe in die Rotunde eingekehrt war, stand Bogdan auf und ergriff das Wort. „Dies ist eine schwere Stunde für die Gemeinschaft des Untergrunds", wurde seine kräftige Stimme klar und verständlich an jedes Ohr getragen. „Einer der unseren", er zeigte auf den leeren Sitzplatz im Halbkreis, „... Einer der unseren ist feige angegriffen und schwer verletzt worden. Die Dreizehn sind hier mit euch zusammengekommen, um die Ereignisse, die zu dieser Schandtat führten, restlos aufzuklären. Dann werden wir gemeinsam Gerechtigkeit walten lassen."

Der größte Teil des Publikums entlohnte die markige Begrüßung mit zustimmenden Rufen und Applaus. Die Zuhörer in Desmonds Rücken hingegen reagierten zurückhaltender. Dort vermutete er Iskariots Anhänger.

Bogdan hatte sich im Laufe seiner Rede mit erhobenen Armen langsam im Kreis gedreht, so als wolle er alle, die auf den stufenförmigen Rängen saßen, einfangen. Schließlich wandte er sich wieder Desmond und Iskariot zu.

„Wir werfen den beiden Beschuldigten vor, einen Komplott geschmiedet zu haben, dessen Ziel es war, den Versammlungsführer Wilko Nodrim zu ermorden." Diese Worte ließ Bogdan erst etwas wirken, bevor er weitersprach. „Desmond Sorofraugh, erhebe dich. Erläutere uns, welcher Profession du nachgehst und was sich heute Morgen gegen zehn Uhr draußen bei den Gebäuden vor der Trümmerhalde zugetragen hat."

Desmond schaute Iskariot fragend an. In den Augen des Mannes mit den buschigen Brauen lag ein Glühen, doch er nickte gelassen.

Desmond stand auf. „Mein Name ist Desmond Sorofraugh. Ich stehe als Priester im Dienst der Kathedrale des St. George."

Diese Bemerkung löste ein Raunen aus.

Er wartete, bis wieder Ruhe herrschte, und berichtete mit fester Stimme, wie es dazu gekommen war, dass man ihn und Nodrim aus der Sackgasse vor dem „Candy"-Laden retten musste. Zum Schluss präsentierte er das schwarze Stück Stoff.

„Wenn einer von euch schon mal von einem Priester abgeführt worden ist, wird er dies sofort als Fälschung erkennen. Ich kann euch versichern, dass ich niemals einen Talar aus einem solch billigen Material tragen musste."

Er übergab den Fetzen an Bogdan. Dieser ließ ihn mit gespitzten Lippen durch seine Hand gleiten. „Das klingt in der Tat nach einer heroischen Geschichte. Und dieses Stück Stoff könnte deine Darstellung sogar untermauern. Aber stammt es tatsächlich vom Ärmel eines gefälschten Priestertalars? Gibt es nichts und niemanden, der diese Version der Ereignisse bestätigen könnte, außer einem Fetzen aus schwarzem Kunstgewebe?" Bogdan reichte das Beweismittel weiter an die Frau neben ihm.

Ein Ruf aus den Reihen von Iskariots Anhängern wurde laut: „Wo waren denn unsere Kundschafter? Hat von denen keiner was gesehen?"

Bogdans betroffener Ausdruck wirkte ein wenig gekünstelt. „Eine mehr als berechtigte Frage, wie ich finde. Ich rufe den wachhabenden Offizier dieses Abschnitts auf. Commander Oke, tritt vor. Können deine Späher die Aussagen des Priesters Sorofraugh bestätigen?"

Aus den Rängen löste sich ein drahtiger Mann mit ausgemergeltem Gesicht und drei Ringen in der Unterlippe. Über seinem geflickten Overall trug er eine improvisierte Panzerung aus dunklen Metallstiften und Kettenstoff. „Es tut mir leid, Bogdan", sagte er, als er den Halbkreis der Dreizehn erreicht hatte. „Keiner der Aufklärer, die ich draußen postiert hatte, ist bislang zurückgekehrt. Vermutlich wollten sie Nodrim zur Hilfe eilen, als sie merkten, dass er in

Schwierigkeiten war. Zurzeit müssen wir davon ausgehen, dass sie entweder dem Beschuss oder der darauffolgenden Explosion zum Opfer gefallen sind. Wir können auch niemanden bergen, weil es da draußen von Priestern nur so wimmelt."

„Weitere Opfer, die euch hier zur Last gelegt werden könnten", sagte Bogdan zum verzweifelnden Desmond und streckte die Hand mit dem Stoff in die Höhe. „Was könnte es mit diesem schwarzen Fetzen auf sich haben?"

„Zwei Mitglieder des Rettungsteams haben gesehen, wie Sorofraugh einem der Angreifer die Kleidung zerrissen hat. Es ist allerdings nicht auszuschließen, dass es in der Zwischenzeit vielleicht ausgetauscht wurde", antwortete der Commander und neigte kurz ergeben den Kopf, um dann zurück an seinen Platz zu gehen.

Desmond verzog missmutig den Mund. Es war die reinste Farce.

Bogdan verschränkte die Arme.

„Ich rufe unseren neuen Heiler auf. Jamin Maltravers, was kannst du uns berichten?"

Der Heiler trat mit in den Ärmeln verschränkten Händen in die Runde und leckte sich über die Lippen. „Der Einschuss einer Hochenergieladung hat Nodrim den linken oberen Lungenlappen verkocht. Der rechte Lungenflügel ist von gebrochenen Rippen perforiert. Diese Verwundungen könnten so entstanden sein, wie Vater Sorofraugh es erzählt hat. Sie könnten aber auch von Schlägen und einem Pistolenschuss aus nächster Nähe verursacht worden sein."

Bogdan zeigte eine bekümmerte Miene. „Wird Nodrim sich je von diesen Verletzungen erholen?"

Der Heiler fasste sich und sagte: „Ich habe alles für ihn getan, was ich konnte. Mein Talent ist leider zu bescheiden und meine Ausrüstung nicht ausreichend, um solch schweren Verletzungen zu begegnen. Nodrim könnte mit jeder Stunde, die vergeht, einen tödlichen Lungenkollaps erleiden."

Die Menge brüllte wie ein rasendes Tier auf. Auch die restlichen Dreizehn verloren ihre Fassung. Desmond wollte kaum glauben, was er da eben gehört hatte. Sollte Kierans Vater etwa sterben, obwohl Desmond ihm zweimal das Leben gerettet hatte? Bei dem Gedanken an Nodrims Sohn bildete sich ein schwerer Kloß in seinem Hals.

Die Gefolgschaft der Dreizehn brüllte die von Iskariot mit Schuldzuweisungen nieder und die drohte dafür mit den Fäusten zurück. Eine Welle der Wut rauschte durch die Rotunde und die Wachen am oberen Rand wurden unruhig, weil sich der Tumult einfach nicht mehr legen wollte.

Nur zwei Gestalten blieben scheinbar völlig ruhig in dem tobenden Chaos: Bogdan und Iskariot. Doch Desmond wusste es besser. Er bemerkte als Einziger das Zittern von Iskariots Fingern. Der Rebellenführer kochte in der Zwischenzeit wahrscheinlich innerlich, doch er machte immer noch keine Anstalten, etwas zu unternehmen. Desmond beschlich ein sehr seltsames Gefühl.

Bogdan schrie irgendwann nach Leibeskräften gegen den Lärm an: „Und immer noch sehe ich keinen Beweis für die Unschuld dieser beiden Verräter."

Die Anhängerschaft Iskariots begann, ihn lautstark niederzubuhen. Die Anhänger der Dreizehn brüllten Beschimpfungen dagegen.

Nun hatte Iskariot seinen Siedepunkt erreicht. Er fuhr mit geballten Fäusten hoch, warf den Stuhl um und stürmte zu Bogdan. Auch Desmond hielt es jetzt nicht mehr auf dem Platz. Würde Iskariot den Versammlungsführer vor den Augen aller niederschlagen?

„Bist du verrückt geworden, Bogdan? Weißt du, was du da tust? Wenn du auf diese Weise versuchst, mich loszuwerden, wirst du nichts anderes erreichen als den Untergang des Aufstandes in New Bethlehem. Dein Größenwahn wird diese Gemeinschaft spalten. Glaubst du etwa ernsthaft, dass meine Anhänger tatenlos zusehen werden, wie du mich zum Tode verurteilst?"

Bogdan streckte trotzig das Kinn vor. Die Aufmerksamkeit in den Rängen richtete sich wieder auf das Zentrum der Rotunde. Auch wenn noch niemand ganz erfasste, was hier los war – Desmond hatte jedes von Iskariots Worten deutlich vernommen und ihn überkam die schreckliche Erkenntnis, dass es gar nicht um die Aufklärung des Anschlags ging, sondern dass Nodrims Schicksal zu einem Politikum herabgewürdigt werden sollte.

Solche Winkelzüge waren es gewesen, die er an der Arbeit seines Onkels so verabscheute. Immer wieder war Ephraim Sorofraugh gezwungen, menschliche Opfer zu riskieren, um den Obrigkeiten zu genügen, und Desmond blieb meist nichts, als tatenlos danebenzustehen.

Doch heute war es anders. Er stand hier nicht unter der Knute der Kirche. Diesmal konnte er Goliath einen Stein an den Schädel knallen. Er wusste, was er tun musste, auch wenn er dafür alles andere als Dankbarkeit zu erwarten hatte.

Iskariot und Bogdan belauerten sich wie ein wilder Bär und ein alter, heimtückischer Löwe, lieferten sich ein stilles Duell, bei dem einer auf den Zug des anderen wartete. Und alle, die sich in der Rotunde befanden, wurden zu gespannten Zeugen. Bogdan begann nervös zu blinzeln. Wurde ihm langsam klar, dass er sich mit Iskariot übernommen hatte?

Desmond tat einen Schritt zwischen die beiden. „Ich habe den Dreizehn noch etwas Entscheidendes mitzuteilen."

„Ihr hattet eure Chance. Wenn ihr keinen Bruderkrieg riskieren wollt, begebt ihr beide euch sofort zurück auf eure Plätze und beugt das Haupt vor unserem Urteil." Bogdan schien Ärger zu wittern. Der scharfe Tonfall konnte kaum über seine Nervosität hinwegtäuschen.

Die übrigen Versammlungsführer machten indessen aus ihrer Verärgerung über den offenen Bruch der Gepflogenheiten kaum noch einen Hehl. Desmond beachtete sie nicht. Er nahm allen Mut zusammen, legte einen Arm um Iskariot und raunte ihm zu: „Es gibt nur einen Weg, das Ganze hier friedlich zu beenden. Du musst Nodrim heilen."

Iskariot machte Anstalten, sich aus der Umarmung zu reißen. „Nein, das werde ich auf keinen Fall tun." Misstrauisch äugte er zu Bogdan hinüber. „Ich warne dich! Solltest du mein Geheimnis offenbaren, werde ich Nodrim ewige Schmerzen erfahren lassen."

Desmond konnte sich nur schwer zurückhalten, den viel größeren Mann am Kragen zu packen. „Wenn du Nodrim nicht heilst oder ihm irgendein Leid widerfährt, trennen sich unsere Wege hier und jetzt. Ich weiß zwar nicht, was du mit mir vorhattest, aber ich verschwinde, sobald ich kann." Unsicher darüber, was der unberechenbare Iskariot als nächstes tun würde, ließ Desmond von ihm ab.

Auf alle Reaktionen war er gefasst gewesen, aber nicht darauf, dass blanke Furcht die Wut in Iskariots Augen für einen Augenblick zum Erlöschen brachte.

„Mach, was du möchtest."

Desmond musste sich vor Erstaunen räuspern, dann rief er laut: „Ihr nehmt uns in die Pflicht zu beweisen, dass wir Nodrims Tod nicht herbeiführen wollten. Und ich sage euch: Uns liegt sehr viel daran, ihn wieder wohlauf bei den Dreizehn zu sehen. Schon allein, damit er uns entlasten kann."

Bogdan schien zu spüren, wie ihm die Kontrolle über die Situation entglitt. „Worauf willst du hinaus?"

Desmond rief zu den Menschen auf den Rängen: „Iskariot beherrscht die Kraft des Heilens und das besser als jeder Generalobere." Er riss sich das Pflaster ab und darunter konnte man die neue rosa Haut um seine Lippe erkennen. „Er hat meine Wunden behandelt. Aus Furcht vor der Inquisition hat er sein Geheimnis bis jetzt bewahrt. Aber aufgrund der ernsten Lage haben wir beschlossen, dass er alles tun wird, um Nodrim vor dem Tod zu retten."

Für einen Augenblick herrschte Totenstille. Iskariots Wut tobte hinter seinen Pupillen.

Bogdans Wangen wurden blutleer. „Iskariot soll ein Heiler sein?" In den Rängen machte sich Erstaunen breit. „Ich glaube, ich spreche für alle, wenn ich berechtigte Zweifel an dieser Wendung der Begebenheiten äußere."

„Wie erklärt sich dann meine körperliche Unversehrtheit?" Desmond streifte den zweiten Verband ab und deutet auf seine Schulter.

„Du hast uns eine Toter-Mann-Nummer vorgespielt, damit wir dir abnehmen, man wäre auch hinter dir her gewesen", spie Bogdan.

„Oh, nein. Meine Verletzungen waren alle echt. Meine Schulter war gebrochen und mein Gesicht aufgeplatzt. Ruft doch Commander Oke noch mal als Zeugen. Er kann sicher bestätigen, in welchem Zustand ich mich befand, als ihr uns aufgelesen habt."

„Du hast hier keine Befugnisse, Priester. Zurück auf deinen Platz oder ich werde dafür Sorge tragen, dass du nie wieder sitzen kannst." Um Fassung bemüht, winkte Bogdan Wachen herbei. Vier folgten dem stummen Befehl und richteten ihre Brennstoffgewehre auf Desmonds und Iskariots Köpfe, die anderen warfen ein waches Auge auf die Anwesenden. „Ich bitte um Beratung."

Auf Bogdans Ansprache hin erhoben sich die übrigen elf Versammlungsführer, gingen zu ihm und tauschten sich still aus. Schließlich trat er wieder aus der kleinen Gruppe und rief: „Die Dreizehn haben entschieden. Es wird Iskariot erlaubt, sich Nodrim zu nähern, um ihn zu heilen. Sollte Nodrim sterben, aus welchem Grund auch immer, ist das Leben von Priester Desmond Sorofraugh und Iskariot auf der Stelle verwirkt. Wachen, legt die beiden in Zwingrohre und eskortiert sie zu Nodrims Hütte."

Die Ketzer in der Rotunde unterhielten sich laut und aufgeregt. Desmond nahm Verwirrung und unterschwellige Aggression wahr. Keiner konnte sich einen rechten Reim auf dieses unerwartete Ende des Prozesses machen. Aber die ersten von ihnen wollten möglichst früh bei Nodrims Hütte eintreffen und begannen, aus der Rotunde zu klettern.

Desmond und Iskariot wurden von den Wachen in den zusammengestückelten Rüstungen gefesselt und weggezerrt. Obwohl noch einige der Gewehre auf sie gerichtet waren, schüttelte Iskariot die Hände seiner Bewacher ab.

„Du hast mich verraten, Priester! Noch kein Mensch hat mich je dazu gezwungen, etwas gegen meinen Willen zu tun."

„Wenn ich es nicht getan hätte, läge dein kleiner Ameisenhaufen jetzt in Scherben. Nun werden sie dich als Helden feiern. Ich glaube, es täte allen hier gut, weniger Sturheit und dafür mehr Dankbarkeit oder wenigstens Weitsicht an den Tag zu legen."

„Du hast nicht die geringste Ahnung, worauf du dich eingelassen hast, Sorofraugh."

Die Wachen hatten den Rand des Bodenrunds erreicht und Desmond und Iskariot wurden den ersten Absatz hochgeschoben.

***

Iskariot hatte die Ärmel der Robe hochgekrempelt. Seine Hände lagen auf Nodrims nackter, schweißnasser Brust und wie schon bei Desmonds Heilung erzeugte er einen tiefen Brummton im Oberkörper.

Die Atmung des Verletzten war deutlich tiefer geworden und das Rasseln hatte sich in ein leises Pfeifen verwandelt. Trotzdem fiel ihm das Luftholen noch immer sehr schwer. Es erforderte wohl erheblich mehr, Nodrims Wunden zu behandeln als Desmonds. Der ausgemergelte Körper des Versammlungsführers verfügte kaum über Reserven. Auf Iskariots bleicher Stirn bildeten sich immer wieder Falten der Anstrengung.

Im Schlafraum der kleinen Hütte zeigte jeder, wie blank seine Nerven lagen: Die vier Wachen vor der Tür konnten kaum ihre Gewehre gerade halten und Desmond selber suchte in jeder kleinen Regung von Nodrim Anzeichen für eine Besserung. Nur Bogdan, der direkt neben Desmond stand, wirkte unentschlossen. Wünschte er sich insgeheim Iskariots Versagen, um ihn loszuwerden, oder war ihm das Überleben seines Mitverschwörers wichtiger? Desmond betete jedenfalls inständig zur Heiligen Maria, dass hier niemandem ein Fehler unterlief.

An Nodrims Beinen standen drei weitere Personen. Die Beeindruckendste war ein korpulenter Mann, dessen Hautfarbe an die dunkle Maserung von Wengaholz erinnerte. Auch wenn sein Körperbau an einigen Stellen recht ausladend war, schien er vor Muskelkraft nur so zu strotzen.

Durch seine rechte Ohrmuschel waren mehrere kleine silberne Totenköpfe gestochen worden. Bei der Herstellung seines Rüstungswamses waren mindestens drei schwarze Panzerwesten verwendet worden und quer über die Brust hatte er einen breiten Gürtel aus altem Leder gelegt, in dem ein Sammelsurium aus Hack- und Stichwaffen steckte.

Mit seinen prankenartigen Händen drückte der Riese, der sogar Iskariot um eine halbe Kopflänge überragte, Nodrims Sohn Kieran an sich. Immer wieder streichelte er dem Jungen über den Kopf und murmelte unter seinem wohlgestutzten Vollbart beruhigend auf ihn ein.

Kieran hielt das Gesicht hinter den eigenen Händen verborgen und traute sich nur hin und wieder, dort hinzusehen, wo gerade der erbittertste Gegner seines Vaters dessen Leben buchstäblich in den Händen hielt.

Neben diesem ungleichen Paar stand ein Geschöpf, das bei Desmond einen geradezu bizarren Eindruck hinterließ. Es handelte sich um einen alten Mann, dessen dünner, langer Haarkranz sich wie ein weißer Schleier um seinen Nacken legte. Die Haut des dürren Greises war so durchscheinend blass, dass man sie ohne Übertreibung weiß nennen konnte. Bläuliche und grünliche Adern zeichneten sich zusammen mit fahlen Altersflecken an jeder bloßen Hautpartie ab.

Auf seiner Nase ruhte ein dickes Brillengestell aus dunklem Kunststoff, das an zwei Stellen notdürftig repariert worden war und dessen Gläser die trüben Augen des Alten unnatürlich groß erscheinen ließen. Eins davon hatte einen Sprung und das Auge dahinter schielte leicht zu seiner großen Nase. Einen krassen Gegenpol zum farblosen Hautton bildete seine Kleidung. Sie bestand aus wild zusammengenähten Flicken, von denen einige so grell waren, dass es wehtat, sie anzuschauen. Sein stupide wirkender Gesichtsausdruck ließ nur schwer auf wirkliche Gefühlsregungen schließen. In einem unregelmäßigen Rhythmus gab er einmal ein trauriges Wimmern, dann wieder ein geistesschwaches Kichern von sich.

Etwas im Hintergrund, neben einem ausgemusterten Körperscanner, wohnte der Heiler Maltravers, dem Schauspiel bei. Er überwachte ruhelos jedes Muskelzucken seines bewusstlosen Patienten.

Nach einer Ewigkeit des Bangens riss Iskariot die Augen auf. Sowohl aus seinem als auch aus Nodrims Mund entfloh ein Ächzen. Iskariot wirkte eine Sekunde orientierungslos. Doch kaum fand er wieder zu sich, blitzte er Desmond an.

„Mein Wohlwollen hast du verwirkt! Stattdessen stehst du bei mir in der Pflicht, Schwarzrock. Wenn ich eine Verwendung für dich finde, lasse ich nach dir schicken. Bis dahin rate ich dir, mir nicht in die Quere zu kommen." Mit dieser Drohung verschwand Iskariot durch die niedrige Ausgangstür, ohne dass ihn jemand aufhielt.

Kieran jauchzte und stürzte seinem Vater überglücklich in die Arme.

Nachdem Nodrim ihn eine Weile an sich gedrückt hatte, schenkte er seine Aufmerksamkeit Desmond. Das müde Strahlen im Gesicht wurde abgelöst von einer Mischung aus Ekel und Verwunderung. Er krächzte: „Was hast du mit mir gemacht?"

„Ich habe Iskariot dazu gebracht, dich zurück ins Leben zu holen", antwortete Desmond betont sachlich.

„Du hast was ...?" Nodrim sah aus, als wolle er sofort wieder ins Koma fallen.

Maltravers drängelte sich mit einem Gewirr aus Sensoren an den Umstehenden vorbei. Er verteilte die bunten Haftköpfchen mit den kleinen Antennen auf Nodrims nackter Brust und an den Rippen. Dann eilte er zurück zum Körperscanner.

Der Atem des Genesenden war jetzt frei von jedem Nebengeräusch. Aufgeregt überflog Maltravers die Messergebnisse und schüttelte ungläubig den Kopf. „Als wenn ihm eine neue Lunge gewachsen wäre. Ein Wunder."

Beherrscht ergriff Bogdan das Wort. „Es wird vielleicht schwer für dich sein, jetzt schon etwas dazu zu sagen, aber es ist von erheblicher Wichtigkeit. Wilko, was ist auf dem Mitternachtspfad vor der Trümmerhalde geschehen?"

Nodrim berichtete schwach von den Ereignissen auf Ebene drei. Und wenn auch die Sichtweise sich etwas von Desmonds unterschied, so deckten sich die Aussagen in den grundlegenden Fakten doch.

„Ich weiß nur noch, dass ich plötzlich starke Schmerzen im Rücken hatte und nicht mehr stehen konnte. Desmond hat mich aufgefangen und wir stürzten in die Tiefe. Ich dachte, jetzt müsse ich sterben, doch auf einmal hingen wir mitten in der Luft. Es hat so seltsam gesummt und … die Luft schien zu explodieren. Wie auch immer Desmond es angestellt hat, er hat uns beide vor dem sicheren Tod bewahrt."

Bogdan verriet mit keiner Gefühlsregung, was er davon hielt. „Nun gut. Löst Sorofraugh aus dem Rohr. Ich werde deine Gefolgschaft davon in Kenntnis setzen, dass sie keinen neuen Versammlungsführer wählen müssen. Tut gut, dich wiederzusehen." Er klopfte Nodrim sachte auf die Schulter und ging gemessenen Schrittes nach draußen, ohne Desmond noch weiter zu beachten.

Die Wachen öffneten dessen Zwingrohr und verließen die Hütte ebenfalls.

Mit einem breiten Grinsen stellte der schwarze Gigant seine schneeweißen Zähne zur Schau. Er ergriff Nodrims Hand und drückte sie herzlich. „Mensch, Nodrim. Wir hatten echt Schiss, dass du völlig unvorbereitet vor den dunklen Herrscher trittst."

„Wie oft soll ich dir noch sagen, dass der Teufel keine Macht über die Ungläubigen hat, Trimmund?" Kraftlos lächelte Nodrim.

Der blasse Greis befummelte mit dürren Fingern sein Bein durch die Decke und meckerte fröhlich: „Explodierte Luft? Da hast du aber Glück gehabt. Gut dich wiederzusehen. Gutes warmes Fleisch. Gesunde Muskeln an starken Knochen. Guuuut."

Trimmund packte ihn bei den Schultern. „Lassen Sie es gut sein, Professor. Nodrim braucht jetzt seine Ruhe." Er zog den zappeligen Alten Richtung Ausgang, jedoch nicht ohne Desmond vorher misstrauisch zu mustern. Als er den Vorhang am Ausgang zur Seite schlug, hörte man von draußen Bogdans gedämpfte Stimme und frenetischen Jubel.

„Nachdem du mir dieses Monster Iskariot auf den Hals gehetzt hast, weiß ich nicht, was ich mit dir anstellen soll, Sorofraugh."

Desmond lachte zynisch. „Keine Sorge, dein Freund Bogdan hatte alles im Griff."

„Bogdan ist ein Mitstreiter, aber kein Freund. Ich lag hier wehrlos aufgebahrt. Du hast ja keine Ahnung, wozu Iskariot fähig ist. Der Kerl hätte alles Mögliche mit mir anstellen können."

„Immerhin konnte ich das Monster dazu bringen, dich zurück ins Leben zu holen. Und es hat es offensichtlich nicht gewagt, irgendetwas anderes zu tun." Desmond seufzte versonnen und schob nach: „Manchmal kann ich sehr überzeugend ein."

Zweifelnd untersuchte Nodrim mit der freien Hand seinen Körper. „Ich hoffe, mir wächst kein drittes Ohr unterm Fuß oder so was."

Der Jubel draußen wurde so laut, dass man ihn nun deutlich hören konnte.

Irgendwie bezweifelte Desmond, dass Bogdan ihm die Lorbeeren für Nodrims Rettung überlassen würde. Er stellte bekümmert fest, dass er nach zwei aufregenden Tagen immer noch niemanden kannte, der etwas mit ihm zu tun haben wollte. Und das, wo er sich doch eigentlich erhofft hatte, hier unten so etwas wie eine verwandte Seele zu finden. Vielleicht sollte er doch, entgegen seinem Handel mit Iskariot, wieder nach oben gehen und den Kontakt zur Kaverne abbrechen.

„Deine Dankbarkeit ist wahrlich wundersam, Nodrim. Ich gebe es auf. Ich glaub, einer wie ich hat bei euch keine Chance."

Als er sich schon abwenden wollte, packte der Versammlungsführer seinen Arm.

„Nicht so ungeduldig, mein Junge. Das Ketzervolk hat einen dickköpfigen Charakter. Daran muss man sich erst gewöhnen. Wenn man aus einer Welt kommt, in der man üblicherweise selbst den Ton angibt, fällt einem so etwas natürlich schwer." Er stützte sich auf die Ellenbogen. „Aber etwas hat die Sache doch bewegt: Es hat gereicht, um dir Iskariot zum Feind zu machen. Das ist immerhin ein Anfang."

Desmond wusste keine Antwort darauf.

Nodrim zwinkerte ihm zu. „Du hast mir nun dreimal das Leben gerettet. Ich schulde dir eine Menge. Willkommen beim Untergrund von New Bethlehem, Desmond Sorofraugh."

XI

Er rannte, rannte durch die Finsternis.

In der Enge seines Helms waren der eigene Atem und sein Pulsschlag die einzigen Geräusche.

Ausgangssperre. Die Beleuchtung der Mitternachtspfade war ausgeschaltet, alle Fenster verdunkelt und der Mond hatte hier unten, zwischen den dicht gedrängten Wohntürmen, noch weniger eine Chance als tagsüber die Sonne.

Eigentlich hätte in den stockdunklen Abgründen dieser Megalopolis niemand ein solches Tempo halten können, ohne sich ernsthaft zu verletzen. Der Läufer in der Rüstung aber strauchelte nicht einmal. Und obwohl er sich dank des Visierglases selbst in der schwärzesten Nacht auf seine Augen verlassen konnte, fühlte er sich fast blind.

Das letzte Mal, dass seine Wahrnehmung auf fünf Sinne beschränkt gewesen war, lag schon sehr lange zurück. Genauso verhielt es sich mit der Angst, die er in den letzten Tagen immer stärker spürte. Ihm war, als könne er das Adrenalin auf der Zunge schmecken. Ein berauschender Zustand.

Blitzartig erhellte ein rotes Gasplasmageschoss die Häuserschlucht und schlug hinter ihm in die Mauer. Er rettete sich mit einem riskanten Hechtsprung hinter einen liegen gebliebenen Lastencontainer.

Dass ihn die Wärmesensoren der *Crusader*, Ruben Crudes Flaggschiffs, hoch über der Stadt trotz der isolierenden Rüstung entdeckt hatten, überraschte ihn wenig. Es war bereits sein dritter Versuch, aus Nicopolis zu entkommen, die Stadtgrenze war nah und die Templer hatten in den vergangenen Tagen alles aufgeboten, was sie hatten, um seiner habhaft zu werden.

Er nahm den Bogen aus der seitlichen Halterung im Rückensegment, flüsterte „Standard" ins Schultermikro und griff nach hinten. Sirrend beförderte der automatische Köcher einen Titanpfeil in seine Hand. Nachdem er ihn neben sich abgelegt hatte, entfernte er das Temperaturaggregat seiner schwarzen Rüstung, stellte den Regler auf „heiß" und warf es quer über die Kreuzung.

Die Aktion wurde prompt mit gegnerischem Feuer beantwortet.

Ein rasches Blinzeln um die Containerecke und er wusste, was er wissen musste.

Zweimannpatrouille. Gute Schützen. Einer von ihnen hatte das Aggregat noch beim Container in der Luft erwischt. Das erwärmte Plasma aus seinem Inneren war auf dem Straßenbelag verteilt worden und bildete einen idealen Ortungsschatten.

Unsicher darüber, was sie da erwischt hatten, wagte sich einer seiner beiden Gegner aus der Deckung.

In einem einzigen Bewegungsablauf legte er den Pfeil auf, zog die Sehne durch und kam hinter dem großen Staubehälter hervor.

Der Kämpfer mit dem roten Templerkreuz auf der Brustplatte ließ mit einem Röcheln sein Gewehr fallen und griff sich an den Hals.

Sinnlos. Der Pfeil hatte das Kehlkopfmikrofon und seinen Hals glatt durchschlagen. Der Templer ging zu Boden.

Jetzt war auch sein Waffenbruder für den schwarzen Bogenschützen sichtbar. Der zweite Templer hockte noch hinter der Hausecke und griff sich an den Helm, schien seinen Angreifer aber nicht sehen zu können. Das war der Vorteil eines Bogens. Keine sichtbare Geschossbahn, keine Geräusche, keine verräterischen Emissionen.

Und sofort wurde der zweite Pfeil auf den Weg geschickt.

Wenn der Templer an seinem Helm manipuliert hatte, um besser sehen zu können, würde ihm das jetzt nicht mehr helfen. Ein kurzer Aufschrei, dann wand er sich am Boden. Der Pfeil ragte aus dem gesplitterten Visier.

Egal ob die beiden Soldaten Meldung gemacht hatten oder ob ihr ausbleibender Kontrollruf den Wachoffizieren klarmachen würde, dass etwas nicht stimmte: Der schwarze Schütze musste so rasch wie möglich von hier verschwinden.

Zwei Blocks südwestlich befand sich ein schwer bewachtes Tor aus der Stadt. Dort lag sein Ziel.

***

Auf diesem Teil des Weges kam es weniger auf Schnelligkeit als auf Unauffälligkeit an und das kostete Zeit.

Etwas weiter vorn öffnete sich die Straßenschlucht zu einem grün bewachsenen Gelände. Besser gesagt, sie hätte sich zum freien Gelände geöffnet, wenn nicht der neue Grenzwall der Freiheit der Gläubigen von Nicopolis ein Ende gesetzt hätte.

Von der Ecke eines Fundamentstockwerks spähte der schwarze Schütze die Stellung des Feindes aus.

Die zehn Meter hohen Betonelemente des Walls waren eindeutig zu glatt zum Drüberklettern und gleichzeitig undurchdringlich. Zwar hatte man sie in aller Eile ineinandergeschoben, doch würden sie aufgrund ihrer Dicke und des Materials spielend jeder Art von Beschuss standhalten.

Die Straße für Transportgleiter, die frische Lebensmittel von den Plantagen in die Wohnsuiten der Hochprivilegierten schafften, führte nun direkt durch sie hindurch. Um sicherzustellen, dass nur autorisiertes Personal den Transportweg benutzte, war am Wall ein Checkpoint mit einem Stahlfalltor und zwei wuchtigen Türmen eingerichtet worden. Darüber hinaus verriet die Zoomfunktion des Helms, dass die Türme mit schweren Zwillingsgeschützen ausgestattet und durch einen vergitterten Übergang oberhalb des Tores verbunden waren. Überall hatte man Scheinwerfer montiert und in regelmäßigen Abständen befanden sich Kraftfeldgeneratoren auf der Mauer, die jeden Flugverkehr sofort unterbinden konnten.

Auf dem Übergang, hinter schmalen Zinnenschlitzen, auf den Türmen und der Krone des Walls glänzten stählerne Helme. Vor dem Tor befanden sich zwei ganze Züge Soldaten im weißen Kampfrock: alles in allem wohl an die zweihundert Männer unter

Waffen, die zusätzlich von vier gedrungenen Dampffeld-Schwebepanzern unterstützt wurden.

Eins musste er dem Obersten Templergeneral lassen: Er hatte seine Truppen gut vorbereitet. Hier gab es garantiert kein Durchkommen.

Gerade wollte er sich wieder zurückziehen, da hielt ihn ein Schatten am Rand seiner Wahrnehmung zurück. Er schaltete die Vergrößerung mit drei Augenzwinkern auf Maximum.

Mitten unter den Panzerkommandanten in ihren polierten Rüstungen stand eine Gestalt in einem abgenutzten Mantel. Den Mann hatte er noch nie vorher gesehen, aber seine Präsenz konnte er trotz allem bis hier fühlen. Und sie war ihm nur zu vertraut ...

Wenn sich sein Gefühl als richtig erwies, würde die Nacht noch interessanter werden als erwartet. Dann würde sich heute weit mehr entscheiden als nur das erfolgreiche Fortbestehen der Rebellion.

„Jericho", flüsterte er in die Finsternis und griff zweimal nach hinten.

Nachdem er beide Pfeile auf die stärkste der drei Pykatexsehnen gelegt hatte, trat er auf die Straße.

Er nahm Maß und legte sich auf den Rücken.

Während er die Stiefelsohlen neben dem Griff des Bogens einhakte, zog er mit der gesamten Kraft seines Körpers die Sehne nach hinten und gab sie gleich wieder frei.

Die Geschosse verschwanden im Nachthimmel.

Er hakte den Bogen aus den extra dafür gefertigten Rillen seiner Rüstungsstiefel und war sofort wieder auf den Beinen.

Unterdessen war sein Paket angekommen.

Zwei infernalische Explosionen zerrissen die Stille.

Von der Hitze einer sonnengelben Wolke getrieben, flogen die Soldaten wie schwarze Blätter durch die Luft. Sogar die schweren Panzer drückte es ein gutes Stück zur Seite und die Kanoniere an den Geschützen prallten gegen das Kanzelglas.

Aber das Beste in dem angerichteten Chaos war, dass es auch den Kerl in dem zerschlissenen Mantel überrumpelt hatte. Er rappelte sich gerade wieder auf und war, anders als die Kämpfer um ihn herum, weder tot noch verletzt.

Kaum zu glauben. Das sprach für den Verdacht des schwarzen Schützen. Leider blieb keine Zeit mehr, den Sieg zu feiern. Er musste dringend weiter.

***

Der knöchellange Mantel des Mannes wies nun neben einer Staubschicht und abgerissenen Ärmelaufschlägen auch noch Schmauchflecken auf. Doch interessierte ihn das genauso wenig wie das Geschrei der verbrannten Templer auf ihrem Abtransport durch die herbeigeorderten Lazarusgleiter.

Die beiden Männer bei ihm waren nicht ganz so hartgesotten. Sie hatten die Kevlarschleier vor dem kreuzförmigen Nasenschutz entfernt und pressten die Lippen aufeinander. Eigentlich hätten sie sich bemüht, das Durcheinander mit ein paar überflüssigen Befehlen zu ordnen, und so wenigstens die Illusion aufrecht erhalten, dass sie etwas für ihre Männer tun konnten. Doch da das Wort des Agenten Gottes, dessen Äußeres so gar nicht zu seinem Rang passen wollte, dem Wort des Herrn gleichkam und er sie unmissverständlich an seine Seite befohlen hatte, blieb ihnen nichts, als mit beherrschten Gesichtern an seiner Seite auszuharren.

Seine kalten Augen fixierten einen Punkt jenseits der kleinen Feuer, die allerorts noch flackerten. Weil der Funkverkehr wegen der Abhörgefahr von ihm auf die Helmmikros beschränkt worden war, wartete er auf einen Kundschafter, der über die Verfolgung Bericht erstatten sollte.

Seine Ungeduld wuchs mit jeder Sekunde. Nach allem, was bisher geschehen war, traute er dem Verfolgten eine Menge zu. Ganz im Gegensatz zu seinen beiden Begleitern. Die Applikationen des Hammerkreuzes auf ihren Brustplatten wiesen sie als Hauptmann und als Oberen Leutnant aus, doch sie standen nur herum und verließen sich darauf, dass ein einzelner Mann nie und nimmer der mächtigen Templerarmee entkommen konnte. Noch morgen würde er dafür sorgen, dass beide Amt und Würde verloren, wenn nicht gar mehr.

Endlich näherte sich der Kundschafter. Ein junger Kerl, dem das schnelle Laufen in der Rüstung merklich schwerfiel. Abrupt kam er vor dem stoppelhaarigen Agenten zum Stehen, faltete die Hände und beugte das Haupt.

„Ehre sei Gott." Er atmete noch ein paar Mal tief durch bis ihm klar wurde, dass er keine Erwiderung auf den Gruß zu erwarten hatte. Also fing er an zu berichten. „Eine Patrouille hat ihn zwei Blocks nordöstlich von hier gestellt. Beide Soldaten sind tot. Der Flüchtling trägt eine Toledo-Tarnrüstung. Bevor sie mit einer Art Bogen oder Armbrust umgebracht wurden, hat einer der Soldaten ihn erwischt. Leider ist bloß das Temperaturaggregat der Rüstung getroffen worden. Nachdem er erfolglos …" Der Bote holte tief Luft. „… erfolglos versucht hat, hier durchzukommen, hat er sich wieder in die Stadt zurückgezogen. Da die Kühlfähigkeit seiner Rüstung durch den Verlust des Temperaturreglers verloren gegangen ist, konnten die Wärmesensoren der *Crusader* ihn bis in den angrenzenden Industriequadranten verfolgen." Der Bote machte einen spürbar erleichterten Eindruck, weil er seine schlechte Nachricht mit einer aus seiner Sicht guten Meldung beendet hatte.

Wie konnte der Junge nur so selbstzufrieden dreinschauen, obwohl die Ergreifung des schändlichen Aufrührers noch in weiter Ferne lag? Er war aufrichtig bemüht gewesen, alles richtig zu machen, deswegen gönnte der verstaubte Agent ihm einen raschen Tod.

Seine Handkante schnellte an die linke Halsseite des Mannes und enthaupte ihn beinah. Der Helm flog zusammen mit einem Schwall Blut über den leichenübersäten Vorplatz. Doch noch bevor der Soldat zusammensacken konnte, packte der Agent seinen Kopf und blickte in seine toten Augen, als suche er etwas, das niemand sonst mehr dort finden konnte.

Als der letzte Halsmuskel schließlich riss und der Körper in den Staub fiel, rann ein Speichelfaden aus dem irren Grinsen des Agenten. Zufrieden schloss er die Augen. Sein Oberkörper bebte vor Lachen.

Die schreckgeweiteten Augen des Hauptmanns folgten dem Kopf, der nun achtlos von Innozenz' Bevollmächtigtem zwischen die Gefallenen geworfen wurde, während man seinem Waffenbruder, dem Oberen Leutnant, nur zu deutlich ansah, dass er sich am liebsten in der nächsten Ecke übergeben hätte.

Der Agent bellte sie an: „Zieht ein ganzes Bataillon zusammen. Die Hunderotten der Inquisitoren sollen die Witterung an der Stelle aufnehmen, an der seine Rüstung beschädigt wurde. Ich will, dass jedes Gebäude von oben bis unten durchsucht wird."

***

Die Maschinen der Fleischfabrik arbeiteten Tag und Nacht. Hier im fünfzigsten Stock wurden Schweinehälften nach dem Ausweiden gereinigt und an rasselnden Ketten durch eine riesige Halle transportiert.

Er hatte diesen kleinen Umweg in Kauf genommen, um die Tarnfähigkeit seiner Rüstung zu ergänzen. So würde er beim Ablaufen der Kettenschienen, an denen das Fleisch hing, darauf achten, jeden blutigen Kadaver zu streifen, der ihm entgegenkam.

Der schwarze Schütze liebte Orte wie diesen. Sie waren die Krönung menschlicher Verachtung gegenüber den geringeren Kreaturen, Tempel wahrer Grausamkeit. Natürlich wäre es möglich gewesen, Nahrung auf weniger leidvolle Weise zu produzieren, aber die ach so frommen Bewohner des Gelobten Landes zeigten hier ihre wahre Natur: ignorant, bequem und genusssüchtig. Bei dem Gedanken lächelte er hinter seinem Helm und lief los.

Die Halle war spärlich beleuchtet, sehr laut und es gab nur wenige Arbeiter, die ihn entdecken konnten. Geduckt durch einen Vorhang aus Tierleichen eilend strebte er dem gegenüberliegenden Tor entgegen.

***

Drei Stunden hatte er nun in der Tiefkühlhalle ausgeharrt. Das musste reichen.

Auf den schwarzen Segmentplatten des Körperpanzers hatte sich eine dicke Schicht Raureif gebildet. Die Rüstung würde jetzt so kalt sein, dass weder Wärmesensoren am Boden, noch die von Ruben Crudes Flaggschiff ihn würden orten können.

Wenn er die Fleischfabrik nicht bald verließ, würde der Sonnenaufgang den Vorteil der lichtabweisenden Beschichtung zunichtemachen.

Vorsichtig öffnete er die Flügeltüren seiner Kühlkammer, lugte erst durch den Spalt und warf dann eine kleine, fliegende Kamera in den Gang dahinter. Ihr Bild wurde in seinen Helm übertragen.

Niemand links.

Niemand rechts.

Dass er bislang unentdeckt geblieben war, gab ihm mit der ungewöhnlichen Auswahl seines Verstecks recht. Er pflückte die Cam aus der Luft und machte sich federnden Schrittes auf zum Ausgang.

***

Das ungleiche Triumvirat aus zwei Templeroffizieren und dem verwahrlosten Agenten verließ gerade einen verglasten Plantagenturm, dessen Durchsuchung sich als ergebnislos erwiesen hatte. Gleißendes Licht begrüßte sie im äußeren Industriesektor. Die fünfte Stunde nach Mitternacht wurde mit jedem verfügbaren Leuchtkörper in hellen Tag verwandelt, damit ein erfolgreiches Verstecken unmöglich wurde. Selbst für jemanden in einer Toledo-Tarnrüstung.

Der Obere Leutnant der 173. Kompanie erwartete angespannt seine Ablösung. Das Kommando war nur deswegen an ihn gegangen, weil sein Hauptmann der Explosion am Tor zum Opfer gefallen war. Doch tief in seinem Inneren wusste er, dass das Hoffen vergebens war. Kein weiterer Hauptmann würde sich in einer solchen Nacht an der Seite eines Agenten des Papstes wiederfinden wollen.

Seine Müdigkeit oder auch der Unwille über die nächste nutzlose Razzia ließ den Hauptmann der 171. unvorsichtig werden.

„Wir werden noch mehr Männer brauchen. Dieser Kerl ist wirklich gerissen. Wo sonst, wenn nicht in einem Gewächshaus, könnte er sich verstecken, um den Wärmesensoren zu entgehen? Im Stahlofen würden ihn die Hunde der Inquisitoren doch sofort riechen …"

Der Agent fuhr herum und hieß den Kompanieführer mit einer Geste Schweigen. Er hätte diesem nörgeligen Waschlappen mit Vergnügen sofort das Leben genommen, aber seine geistlose Bemerkung hatte ihn auf eine Idee gebracht.

Er klaubte ein Comphone aus den beuteligen Manteltaschen und brach die selbst verhängte Funkstille. „An alle Einheiten. Befehl der ersten Priorität. Umstellt unverzüglich die Fleischfabrik! Die Wölfe der Inquisitoren sollen sofort die Witterung von Schweinekadavern aufnehmen. Führer und Tiere kreisen in einem dichten Band von zwei Kilometern um die Fabrik. Jeder Kontakt wird sofort gemeldet." Sollte der falsche Prophet ruhig mithören. Vielleicht trieb ihn das nach draußen.

Kaum waren die Templersoldaten aus dem gewaltigen Treibhaus abgezogen und marschierten Richtung Fleischfabrik, da drang eine aufgeregte Stimme aus dem Comphone.

„Hier Feldwebel Henner, 234. Kontakt mit Ziel. Ich wiederhole: Kontakt mit Ziel. Er hat immer wieder gebrüllt ‚Friede sei mit euch!' und uns dann mit Säuregas und Rauchgranaten eingedeckt. Jetzt flieht er in nördliche Richtung. Ich wiederhole: Ziel flieht in nördliche Richtung … Beim Heiligen Vater, der Kerl hat vielleicht ein Tempo drauf. Wir nehmen die Verfolgung auf. Amen."

„Der Fluss!", sagte der Agent. Dann war er auch schon unterwegs. Mit einer noch höheren Geschwindigkeit als der schwarze Schütze zuvor ließ er seine Truppe stehen und lief nach Norden.

***

Die Stadtarchitekten hatten dem Volusaniusfluss keine zwei Kilometer gegönnt, dann wurde er vom Häusermeer begraben. Und genau dieser Punkt war dann die vorletzte Etappe auf der Flucht des Bogenschützen. In einer Minute würde er ihn erreichen.

Jetzt, wo er sich frei auf den Straßen der Bodenebene bewegte, regte sich die vertraute Präsenz wieder. Der Mann im abgetragenen Mantel hatte seine Spur aufgenommen. Und weil er spürte, wie die Distanz zwischen ihm und seinem Gegner rasch abnahm, versuchte der Schütze; an Geschwindigkeit zuzulegen.

Schließlich machten die Industrietürme einer verkommenen Uferpromenade Platz. Der Schütze bog vor dem eigentlichen Flussufer ab und erreichte jenes einer großen, gemauerten Grotte ähnelnde Gewölbe, in dem der trübe Strom unter den Bauwerken verschwand.

Da schoss der Agent auch schon aus einer der Straßenschluchten hervor. Seine Augenhöhlen gleißten wie Suchscheinwerfer und auch sein Tempo schien für einen Menschen unmöglich. Wahrscheinlich hatte er seine gewaltigen Kräfte nur deswegen noch nicht gegen den Schützen eingesetzt, weil er seinem Körper schon jetzt viel zu viel zumutete.

Hastig holte der Bogenschütze eine simple Fernbedienung hervor, ging ans betonierte Ufer und drückte ungeduldig die Ruftaste.

Was wäre, wenn es nicht hier war? Wenn selbst Jesper in verraten hatte?

Während der Verfolger immer näher kam, flatterte sein staubiger Mantel wie ein Umhang. Die Entfernung zwischen ihnen schmolz und schmolz. Würde er ihn erreichen, bevor er hier weg konnte? Die Sekunden zogen sich zu Stunden, dabei schien der Agent noch schneller geworden zu sein. Jetzt strahlte das grelle Licht sogar aus Augen und Mund.

Wie lange würde sein Feind das durchhalten?

Endlich wurde die braungrüne Wasseroberfläche von etwas aufgestört, das aussah wie ein abgeflachter Torpedo. Algenreste rutschten von der nachtschwarzen Stahlhülle.

Sein Häscher hatte ihn fast erreicht, wurde aber langsamer. Der Bewegungsablauf der Arme und Beine hatte sich zu einem grotesken Zucken verwandelt.

Von der Panzerung des Einmann-U-Boots perlte Wasser und zwei Türen schoben sich zur Seite.

Auf eine Armlänge war der Agent herangestolpert und versuchte, ihn zu packen, wurde aber schlagartig ein Stück zurückgerissen. Eine unsichtbare Macht hob ihn einen Meter empor und bog seinen Rücken durch. Das Licht brach durch die gespreizten Finger. Während seine Haut die Farbe von Asche annahm, zehrte es sie von innen auf, bis sich schließlich eine breite Lichtsäule in den Nachthimmel bohrte. Vom Körper des Agenten blieb nur Staub, der leise mit dem Wind fortgetragen wurde.

Da war sie wieder.

Die Furcht.

Übermächtig diesmal.

Sie hatte ihn starr und handlungsunfähig werden lassen, sodass er um ein Haar erwischt worden wäre. Und er hatte allen Ernstes geglaubt, seinen Fluchtweg preiszugeben wäre das größte Risiko, das er in dieser Nacht eingehen würde.

Was für ein Ritt. Er atmete tief aus.

Triebwerksgeräusche unterbrachen seine Erleichterung jäh.

Bäuchlings warf er sich ins U-Boot, ergriff die Steuerkontrollen und indem sich die Hülle über ihm schloss, sprang die Innenbeleuchtung an.

Fast fünf Meter Tiefe hatte der Volusanius um diese Jahreszeit. Also ließ er das U-Boot zwei Meter absinken und drückte den Schubregler dann bis zum Anschlag nach vorn.

Hoffentlich sah niemand das Wellenmuster vor dem Bug, denn in seinem Wettlauf mit der Nacht konnte er es nicht riskieren, langsamer zu werden.

Das Sonarbild des begradigten Flusses huschte atemberaubend schnell über den Ortungsschirm. Zum Glück gab es nicht viele Hindernisse.

Nach eineinhalb Kilometern ließ er das Torpedoboot auftauchen und über die Wasseroberfläche hüpfen, damit sich die Geschwindigkeit noch etwas erhöhte. Doch sofort piepte der Kollisionsalarm los und steigerte seine Frequenz stetig. Es war der Grenzübergang, der mit seinen dicht platzierten Haftminen am äußersten Rand des Sonars auftauchte. Die Distanz schrumpfte derart schnell, dass man der herunterzählenden Anzeige kaum folgen konnte.

Doch der Bogenschütze wartete und wartete. Auch wenn es in seinen Fingern kribbelte bis zum Gehtnichtmehr. Erst im allerletzten Moment, als der Kollisionsalarm schon durchgängig schrillte, drückte er den Ausstiegsknopf.

Unter Wasser hätte ihn das Notkatapult nur ein wenig mehr als fünf Körperlängen vom U-Boot weggebracht, aber in der Luft wurden fast hundertfünfzig Meter Höhe daraus.

Das Boot raste ungebremst ins Minenfeld. Nur den Bruchteil einer Sekunde länger und er hätte unter den zusammenstürzenden Trümmern des Grenzwalls sein Leben ausgehaucht.

Ohne seine Stiefel hätte er sicher die Explosionshitze unter den Fußsohlen gespürt. Er ballte die Faust, allerdings nicht vor Freude, sondern um damit zwischen die Brustsegmente der Rüstung zu schlagen. Ein Lenkfallschirm schoss aus dem Rückenteil.

Dann, als er an den sicheren Leinen des Schirms hing und sah, dass sich die Skyline der Stadt immer noch kaum vom dunklen Himmel abhob, brüllte er seine Begeisterung laut heraus.

An der Stelle, an der er eben noch mit dem U-Boot gestartet war, kreisten mehrere Gleiter mit angeschalteten Suchscheinwerfern. Drei von ihnen hielten, angelockt durch die Detonation, direkt auf seine Position zu.

Weil ihn der Schwung des Notkatapults wieder ins Stadtgebiet geworfen hatte, lenkte er den Schirm gegen den Wind von ihnen weg. Er wollte zu den brennenden Trümmern zurück, genauer gesagt zu einem umgestürzten Betonfragment, wo ihm ein Mann im Technikeroverall zuwinkte.

Schnell kam der Boden näher. Für Landungsvorbereitungen blieb nicht viel Zeit.

Beim Aufsetzen rollte er sich ab, war in der nächsten Bewegung wieder auf den Füßen und sprengte die Fangleinen vom Schultersegment. Der Fallschirm wurde von der Hitze der Flammen davongeweht.

Danach hetzte er in die Deckung des verwüsteten Walls.

Unter dem Betonfragment wurde er von dem Mann im Technikeroutfit mit einer kameradschaftlichen Umarmung begrüßt. Der Schütze öffnete seinen Helm.

„Jesper, mein treuer Kampfgefährte! Wir müssen uns beeilen. Die Häscher der Kirche sind mir schon auf den Fersen."

Sein Gegenüber nickte und half ihm beim Ablegen der Rüstung. Die Teile wurden schon warm und rochen nach totem Schwein.

Der Bogenschütze setzte den Helm ab und band sein langes, schwarzes Haar mit einem Lederband zusammen.

Kaum war er vom letzten Rüstungsteil befreit, legte der Mann, den er Jesper genannt hatte, die Rüstung an. Nun war es an dem Verfolgten, seinem Freund beim Anziehen zur Hand zu gehen. Sie hatten den Vorgang mehrere Tage lang trainiert. Jesper konnte innerhalb kürzester Zeit den Helm aufsetzen und hatte so die Gestalt des schwarzen Bogenschützen angenommen.

Über Wind und Flammen hörte man die Düsen sich nähernder Gleiter.

„Du weißt, was du zu tun hast?"

Jesper nickte noch einmal und zeigte auf eine mitgebrachte Gaslaserpistole.

„Pass auf dich auf, Jesper. Gottes Zorn ist uns heute Nacht gewiss."

„Ich bin bereit, mein Leben für dich zu geben, Veneno Fate." Obwohl der Helm den inbrünstigen Ton der Stimme dämpfte, merkte Fate, wie ernst es dem jungen Mann war.

„Wenn du jetzt nicht schnell genug verschwindest, musst du das vielleicht, Jesper."

Fate klopfte ihm feierlich auf die Schulter.

Ohne sich noch einmal umzudrehen, lief Jesper vom Grenzwall zurück in die Stadt. Die Triebwerksgeräusche nahm er mit sich. Er hatte einen langen, ausholenden Schritt, war aber bei weitem nicht so schnell wie Fate.

Dessen weißes Hemd klebte vor Schweiß, aber das machte ihm nichts aus. Abkühlung stand kurz bevor. Er hängte sich Köcher und Bogen um den Oberkörper und schlich durch die Trümmer zum Flussufer. Vor der zusammengestürzten Mauer staute sich das Wasser bereits ein wenig.

Jetzt brauchte Fate sich weder um Wärmesensoren noch um Minen im Fluss zu sorgen. Er glitt ins Wasser und dachte, dass er Jesper vermissen würde. Es war wenig wahrscheinlich, dass der Junge die Nacht überlebte. Vermutlich erwischten ihn die Hunde der Inquisition. Allerdings, sagte Fate sich, würde er die aufwendig konstruierte Rüstung noch mehr vermissen.

Energisch stieß er sich vom Ufer ab. Bis New Bethlehem war es ein weiter Weg und er musste den größten Teil der Strecke tauchen. Doch verglichen mit dem, was hinter ihm lag, war das ein Spaziergang. Letztendlich war alles so verlaufen wie geplant.

Mit kräftigen Zügen schwamm er gegen die Strömung aus Nicopolis hinaus.

***

Mehrere Male war Innozenz XIV. schon eingenickt. Zwar trug er immer noch die schlichte, elegante Amtstracht vom Vortag, aber seine Haltung hatte mittlerweile jeden Ausdruck von Würde eingebüßt.

Zu Beginn der Nicopolis-Krise hatte er bereits gedacht, schlimme Nächte wären über ihn gekommen, doch das war nichts im Vergleich zu dem, was er heute durchmachte.

Am frühen Abend schon hatte ihn der Herr zu sich befohlen, war aber selber gar nicht erschienen. Die rebellische Megastadt verlangte seine Aufmerksamkeit. Seitdem wartete das Oberhaupt der Heiligen Kirche im Inneren Heiligtum auf seine Rückkehr.

Die erste Stunde dort hatte er tatsächlich kniend verbracht, doch als die Glocken zur Abendvesper läuteten, hatten seine Beine dermaßen protestiert, dass er einer bequemeren Haltung den Vorzug gegeben hatte. Er saß auf dem dunklen Naturstein und lehnte sich an das schwere Holzkreuz vor dem Bronzerahmen. Mal glitt der Rosenkranz aus Elfenbein durch seine Finger, dann wieder sinnierte er über die Schlieren in dem kunstvoll gearbeiteten Rahmen.

Hin und wieder, wenn sich gegensätzliche Kräfte im rätselhaften Blau aneinander entluden, schreckten Mikroblitze ihn auf. Doch das unergründliche Energiefeld fühlte sich weiterhin leer an.

Innozenz schätzte es auf vier oder fünf Uhr morgens, da vibrierte der Bronzerahmen leicht, das Energiefeld kräuselte sich und das blaue Licht explodierte.

Völlig überraschend traf den Papst eine heiße Welle der Wut. Noch nie vorher war die Ankunft des Herrn so eindringlich gewesen. Tausend glühende Nadeln stachen ihm von allen Seiten gleichzeitig ins Gehirn. Der Druck auf seine Schläfen wurde so brutal, dass der Heilige Vater befürchtete, die Nähte der Schädelknochen würden aufbrechen.

Eine Hand flehend dem blauen Leuchten entgegenstreckend, rollte er sich von dem Kreuz fort und kroch zum Rahmen, ohne zu wissen, was er da überhaupt wollte.

„Ich habe ihn nicht gespürt!"

Wie eine Gewitterfront donnerte der Satz immer wieder durch Innozenz' Gedanken. Das sich verstärkende Echo brachte seine Magensäure zum Kochen. Ganz offensichtlich hatte der Agent Gottes seinen Zweck nicht hinreichend erfüllt.

„Er ist entkommen und ich habe ihn noch nicht einmal gespürt."

Innozenz brach endgültig zusammen.

Wann würde diese entsetzliche Raserei ein Ende finden?

Der Herrscher des Gelobten Landes lag winselnd auf dem Boden, nicht mehr in der Lage, sich in irgendeiner Weise zu bewegen. Das einzige, was seinen Verstand noch im Hier und Jetzt verankerte, war das kühle Gefühl des Gesteins auf seiner Haut. Die Zeit wurde zu einer langen Straße, die sich am Horizont verlor.

Irgendwann klang der Schmerz ab und der Heilige Vater merkte, dass seine Wange im eigenen, geronnenen Blut ruhte. Seine Nase fühlte sich taub an und war zugeschwollen.

Dem Herrn war nicht entgangen, dass sein erster Diener sich wieder regte.

„Auf die Knie mit dir, wenn ich zu dir spreche!"

Innozenz stemmte die Last seines Oberkörpers empor und begab sich in die devote Haltung, die von ihm gefordert wurde. Seine Nase pochte.

„Vater, womit habe ich deinen Zorn verdient?"

„Als der Agent sich ihm im äußeren Industriesektor näherte, konnte ich diesen Fate so deutlich sehen, wie ich dich jetzt vor mir sehe, aber ich konnte seine Seele nicht wahrnehmen. Wie kann jemand in der körperlichen Welt so stark erscheinen, aber in der spirituellen gar nicht vorhanden sein? So etwas hat es noch nie gegeben, weder bei den Cherubim noch bei den Seraphim, und bei einem Menschen schon gar nicht. Ich vermag die Energie des kleinsten Insekts zu spüren. Mit was für einem Wesen haben wir es hier zu tun?"

Innozenz wusste, dass diese Frage empfindlich an die einzige Angst seines Herrn rührte. Bei der Gründung des Gelobten Landes hatte Gott die Gläubigen mit dem Heiligen Geist gesegnet, damit sie den Heiden aus Babylon Einhalt gebieten konnten. Doch seitdem fürchtete er, die Menschheit könne durch Mutation oder mutwillige Manipulation ein Wesen hervorbringen, das außerhalb seiner Kontrolle stand. War Veneno Fate ein solches Wesen?

„Ich werde noch mehr Männer auf ihn ansetzen. Früher oder später kriegen wir ihn zu fassen, Herr." Innozenz wünschte, er hätte mehr Leidenschaft in seine Worte legen können. Aber wenn es etwas gab, das die Stimme aus der anderen Welt dermaßen mit Sorge erfüllte, dann hatte er als Mensch jeden nur erdenklichen Grund, sich bis ins Mark zu fürchten.

„Veranlasse, was immer dazu vonnöten ist. Stell das Gelobte Land auf den Kopf. Sende die Seraphim hinaus. Sollte das nicht ausreichen, weise die Cherubim an zu erscheinen. Lasst keinen Stein auf dem anderen; wenn es sein muss, ebnet die ganze Stadt dafür ein, aber tötet ihn nicht. Ihr müsst ihn in jedem Fall lebendig zu mir bringen. Ich will wissen, woher er kommt und wie so etwas möglich ist. Und jetzt geh und kehre erst wieder zu mir zurück, wenn Veneno Fate in Ketten liegt."

Augenblicklich war die Wesenheit wieder aus dem Energiefeld verschwunden. Dennoch schob der Papst nach: „Wie du befiehlst, Vater. Deine Worte sind mein Gesetz."

Er musste den Seraphim den Ernst der Lage begreiflich machen, auch wenn der Umgang mit den befremdlichen Gotteskindern kompliziert war. Auf keinen Fall würde er riskieren, die Cherubim zu erwecken. Nach dem Ritual der zweiten Erschaffung wollte er den Erzengeln nicht in hundert Jahren unter die Augen treten. Dass sie von der Bildfläche verschwunden waren, sah er als Segen an.

Innozenz hatte ihre Überheblichkeit seit jeher nicht ausstehen können. Bei ihnen noch viel weniger als bei ihrem Lieblingsdiener, dem ehemaligen Drakon-Exorzisten Matthew Derroc. Doch seit dem Ritual hatte der Papst sich alle zu Feinden gemacht: Uriel, Gabriel, Raphael, selbst Michael den Vermittler und auch die weniger Mächtigen. Am vorteilhaftesten war es, wenn sie blieben, wo sie waren. Die Seraphim würden der Aufgabe schon gewachsen sein.

Unsicher kam Innozenz zum Stehen und schleppte sich mit kleinen Schritten zum Ausgang. Niemand hatte je Hand an ihn gelegt. Er holte sein seidenes Taschentuch hervor und reinigte sich notdürftig das Gesicht. Die Nase war geschwollen und tat jetzt bei jeder Berührung weh.

Unverzüglich musste sein persönlicher Heiler aus dem Bett geworfen werden. Und sollte seine Nase aus irgendeinem Grund schief zusammenwachsen, würde er den Mann im Turm der Wahrheit ans Glühkreuz schlagen lassen.

Der Gedanke daran befreite seinen gepeinigten Kopf, ließ in Pläne im Sekundentakt fassen, Konzepte aufstellen und sie im nächsten Moment wieder verwerfen.

Als sich die Flügel der schweren halbrunden Holztür automatisch öffneten, gaben sie den Weg in den Vorraum frei. Dort auf einem einfachen Pult ruhten seine Datenmappe und sein goldener Armreif, eigentlich ein Comphone, das seinen Besitzer bereits summend und blinkend erwartete. Der Papst nahm sich nicht die Zeit, es anzulegen. Auf der Liste der eingegangenen Rufe stand nur eine Kennung, aber diese mindestens zwanzig Mal.

Innozenz nahm den Ruf entgegen. Leicht verrauscht erschien das Bild des Obersten Templergenerals Ruben Crude auf dem Display. Der nahm prompt Haltung an.

„Verzeiht meine Hartnäckigkeit, Eure Heiligkeit, aber es ist ziemlich dringend."

So war Crude. Zu jeder Zeit schnörkellos.

„Sprich, mein Sohn!"

„Hauptmann Joris und Inquisitor Barquette haben Fate gestellt."

Innozenz' Herz schlug vor Begeisterung bis zum Hals, nur um in der nächsten Sekunde zu Eis zu gefrieren.

„Als ihm klar wurde, dass er den Wölfen nicht mehr entkommen konnte, hat er sich am Grenzwallkilometer 354 mit einem Gaslaser in den Kopf geschossen."

Innozenz' Lippen zitterten.

„Lebt er noch?" Was für eine Frage, dachte er, sobald die Worte seinen Mund verlassen hatten. Jetzt wirkte Ruben Crude sichtlich irritiert.

„Nein, da er einen Helm getragen hat, ist sein Kopf dabei fast vollständig verglüht."

Ohne weitere Anweisungen oder ein Wort des Lobes beendete Innozenz das Gespräch. Sein Körper wurde gefühllos. Die schmerzende Nase und sein verunstaltetes Aussehen waren in die Tiefen der Belanglosigkeit gerutscht. Das Comphone glitt aus seiner Hand und fiel klappernd zu Boden.

Sich umzudrehen und zum Eingang des Inneren Heiligtums zurückzugehen war ein Akt eisernen Willens.

Er musste den Herrn unverzüglich informieren. Wahrscheinlich wusste der bereits Bescheid.

Und wenn nicht ...

Die Spuren des letzten Wutanfalls Gottes standen deutlich im Gesicht des Heiligen Vaters.

Am liebsten hätte Innozenz seinen Shuttle bestiegen und wäre geflogen, so weit der Treibstoff reichte. Aber wo sollte er sich schon verstecken?

Das erste Mal seit beinahe vierhundertfünfzig Jahren hatte er ernsthaft Angst um sein Leben.

XII

Nach fünf Tagen wusste Desmond nicht, was schlimmer war: das morgendliche Auspeitschen oder der Bericht über den Untergrund danach. Onkel Ephraim schien sein Einverständnis zu der Aktion jeden Morgen mehr zu bereuen. Und dass es ihm noch immer nicht gelungen war, Einsicht in die Akte Bate zu erlangen, trug nicht gerade dazu bei, dessen Befürchtungen zu zerstreuen.

Das machte es Desmond umso schwerer, von der rätselhaften Woge aus Hass und Mordlust zu erzählen, durch die seine Träume letzte Nacht in eine Blutorgie verwandelt worden waren. Er hatte Freund und Feind unkontrolliert mit dem Heiligen Geist dahingemetzelt, bis er schließlich schreiend und um sich schlagend aus dem Bett gefallen war.

Natürlich grub diese Geschichte nur weitere Sorgenfalten ins Antlitz seines Onkels. So verabschiedete sich Desmond rasch, suchte Trost in einem nachgeholten Morgengebet und machte sich dann auf zum Unterschlupf.

Nach dem gestrigen Rückerhalt seiner Sachen hatte man ihm auch einen offiziellen Eingang zugeteilt. So meldete er sich heute bei einem Mann namens Çelesi an der Trümmerhalde und betrat das Ganglabyrinth zum Unterschlupf kurze Zeit später durch eine falsche Rückwand in Çelesis Wohnloch.

Das Aufsehen um den Prozess hatte sich noch nicht gelegt. Am unterirdischen See und im Kavernendorf standen überall kleine Grüppchen herum, die aufgeregt miteinander sprachen, aber sofort still wurden, sobald Desmond an ihnen vorbeikam. Er spürte wieder argwöhnische Blicke und vermutete Iskariot-Anhänger in jeder Ecke.

Als er Nodrims Hütte erreicht hatte, fand er Kieran spielend mir der schwarzen Katze vor, die auch bei der Heilung seines Vaters im Raum gewesen war. Der Junge sprang auf und begrüßte Desmond mit einer stürmischen Umarmung. Da schlug Nodrim den Vorhang zurück.

„Kieran, gönn Desmond etwas Luft", pfiff er seinen Sohn zurück. „Ich weiß auch nicht, was in den Jungen gefahren ist. Normalerweise ist er Fremden gegenüber zurückhaltender, vor allem bei Priestern." Er warf Kieran einen vielsagenden Blick zu und der gab das Opfer seiner Zuneigung frei.

„Ist Desmond denn jetzt nicht einer von uns?"

„Ich glaube, wir können ihm trauen, ja. Aber viele von unseren Leuten brauchen noch ein bisschen, um sich daran zu gewöhnen, dass jemand, vor dem sie dauernd weglaufen mussten, nun auf ihrer Seite steht."

„Ich werde mein Kreuz unter dem Overall tragen", meinte Desmond verständnisvoll.

Nodrim legte die Hände auf Kierans Schultern. „Spiel noch ein bisschen, mein Junge. Desmond und ich haben noch etwas zu besprechen, bevor wir gehen."

Kieran widmete sich wieder der Katze, die schon ungeduldig um seine Beine scharwenzelte, und Desmond folgte Nodrims Einladung. Das Hütteninnere war einfach gehalten, der Boden schien aus Lehm zu bestehen. Nachdem sie an einem Regal voller Waffen und Werkzeuge vorbei waren, setzte sich Nodrim auf einen Tisch zwischen zwei Durchgängen. Dahinter erkannte Desmond den Schlafraum, in dem der Versammlungsführer gestern noch mit dem Tod gerungen hatte und eine Koch- und Waschnische.

„Du siehst schlecht aus, Junge. Ist dir die Peitsche heute nicht bekommen?"

„Ich hatte eine unruhige Nacht. Schlechte Träume", überging Desmond den Sarkasmus in Nodrims Frage.

„Da scheinst du etwas mit unserem Freund Iskariot gemeinsam zu haben. Der hat heute Nacht die gesamte Kaverne zusammengebrüllt. Ich hatte schon gehofft, er würde uns allen einen Gefallen tun und sich aus seiner Höhle stürzen." Der Versammlungsführer gluckste. „Ist nicht grad Iskariots Sternstunde im Moment. Als wir beide auf dem Wallway Zielscheibe gespielt haben, soll er auch schon extrem schlechte Nachrichten bekommen haben. Er hat seine Laune dann an den Leibwachen ausgelassen, sagt man sich. Dann kam noch die Sache mit dir ..."

Desmonds Mund verzog sich säuerlich. „Ich würde Iskariot in nächster Zeit gerne aus dem Weg gehen."

„Kann ich mir denken. Hier ist es im Moment ziemlich unruhig. Erst der Prozess, dann die ganzen Neuzugänge aus Nicopolis, die noch nicht wissen, wo's langgeht und ständig im Weg rumstehen. Aber das ist längst nicht unser größtes Problem. Vor einer knappen Stunde hat das Bistum ausgerufen, dass sie Veneno Fate erledigt haben ... Tragische Nachrichten verbreiten sich im Unterschlupf wie die Rattenkrätze."

„Ach, deswegen haben die da alle beieinandergestanden und so geheimnisvoll getan. Das waren Bürgerkriegsflüchtlinge, die den Tod des falschen Propheten beklagten."

„Nenn ihn ja nicht so, wenn jemand von uns in der Nähe ist. Für die meisten ist Fate ein Held. Der Erste, der Innozenz mal kräftig in die Eier getreten hat. Eine Schande, dass sie ihn erwischt haben. Mich hätte ein Bündnis mit ihm gefreut."

Desmond hingegen war erleichtert. Er mochte gar nicht an die Reaktion seines Onkels denken, wenn er ihm hätte gestehen müssen, dass er Umgang mit dem meistgesuchten Verbrecher im Gelobten Land pflegte.

Nodrim machte eine wegwerfende Geste. „Aber das ist jetzt wohl passé. Die Dreizehn werden heute besprechen, wie wir damit umgehen sollen. Ich wollte eigentlich dafür sorgen, dass du ein Dach über den Kopf kriegst, jetzt muss ich dich allein zu unserem Bauteam schicken. Und zwar sofort. Die Sitzung startet in einer Viertelstunde. Lass uns gehen."

Nachdem sie die Hütte verlassen hatten, tauchten sie im Gewühl des Baustellendorfs unter. Kieran folgte ihnen.

„War das vorhin deine Katze?", wollte Desmond von ihm wissen.

„Sie wohnt bei uns und fängt jede Ratte, die unser Essen klauen will."

„Hier unten hat fast jeder eine Katze, nicht wahr? Wo kommen die alle her?"

Kieran wirkte mit einem Mal überraschend reif, fast erwachsen. „Sie sind wie wir. Die Leute oben in der Stadt haben sie vertrieben, weil sie sie nicht mehr haben wollen."

Desmond wurde an seine steinalte Nachbarin erinnert, die sich immerzu damit rühmte, drei schwarze Katzen eigenhändig ertränkt zu haben, da diese angeblich Satan in sich verbargen. Er schüttelte sich.

„Wenn du kein Maulfieber in deinem Trockenfleisch haben willst, solltest du in deinem neuen Haus auch eine haben", riss Kieran ihn aus der Erinnerung.

„Wie kann ich denn eine einfangen und ihr beibringen, auf meine Sachen aufzupassen?"

Kieran verdrehte die Augen.

Nodrim meinte: „So funktioniert das nicht. Du kannst dir eine Katze nicht einfach so aussuchen. Die Katze sucht dich aus. Alles andere ergibt sich von selbst."

Die Inquisitoren hätten Nodrim für diese Bemerkung wohl die Zunge entfernt. Ein Tier, das bei einem blieb, ohne dass man es in einen Käfig sperrte oder geistig an sich band? Diese Vorstellung fand selbst Desmond befremdlich.

Nodrim führte sie an den südwestlichen Rand der Siedlung. Dort lagerten Sand, säckeweise gestohlener Dauermörtel, eine Normpalette voller Stahlträger und die schweren dunklen Quadersteine, die auch bei Nodrims Haus Verwendung gefunden hatten.

Und mittendrin stand eine Gruppe von Arbeitern … und Arbeiterinnen!

Eine Frau in einem Overall, der dem von Desmond ganz ähnlich sah, fiel besonders auf. Aus der Ferne hatte er sie für einen Mann gehalten. Doch nun bemerkte Desmond, dass sich eine deutliche Oberweite bei ihr abzeichnete. Und auch weder die vollen Lippen noch die Rundungen ihres Gesäßes wollten zu einem Mann passen. Er war schockiert.

Offensichtlich hielten sie auch ihn für einen Schinder, einen Mann, der Frauen für schwere Arbeiten ausnutzte.

Nodrim begrüßte die Gruppe zwanglos, stellte Desmond vor und sagte: „Desmond, das ist Calla, die Architektin und Bauleiterin des Kavernendorfs. Bevor sie fliehen musste, hat sie in den Büros der Stadtarchitektur gearbeitet."

Der Händedruck der Frau mit dem raspelkurzen braunen Haar hätte jedem Straßenarbeiter Respekt abgerungen. Sie grinste breit und redete enthusiastisch auf Desmond ein.

„Bei so wenig Platz und Mitteln wird dein Heim sicher kein Palast, aber sofern du nicht zu anspruchsvoll bist, hast du bald ein richtig gemütliches Zuhause."

Desmonds Lächeln wurde immer gequälter. Für einen Moment überlegte er sogar, ob er vielleicht einfach hinnehmen sollte, was die Frauen vorhatten. Doch er entschied sich dagegen. Er zweifelte zwar an manchem, was das Konzil predigte, doch ein paar Grundsätze blieben einfach unumstößlich. Außerdem hatte Nodrim ihm ja erklärt, dass im Untergrund jeder für seine Ideale einstehen durfte, also antwortete er: „Es tut mir leid."

„Warum sollte dir was leidtun?", wollte Nodrim wissen.

Leiser als gewollt erklärte Desmond: „Ich bin wirklich dankbar für jede Hand, aber Frauen für Bauarbeiten zu benutzen, ist gegen meine Überzeugung. Ich hoffe, ihr habt Verständnis dafür."

Auf den umliegenden Baustellen wurde zwar weitergearbeitet, aber auf einmal schien all das Rumpeln, Schlagen und Quietschen unwirklich weit weg.

Callas Wangenknochen traten hervor. Ihr Gesicht lief rot an. „Oh, Mann. Wenn die Intoleranten Toleranz einfordern, wird die Meinungsfreiheit zur Sackgasse", erwiderte sie und wandte sich dann in beherrschtem Ton an Nodrim. „Ich dachte, du hättest jemanden mit etwas Grips über dem Kragen gefunden. Stattdessen schleppst du mir hier einen Schwarzrock an, der um Mitgefühl für seine starren, herablassenden Ansichten bittet. Ich glaube, ihr beiden seid mit dem Verstand in den Zement gefallen." Sie überlegte, ob Desmond ihr noch ein paar Worte wert war, kam aber zu dem Schluss, dass dem nicht so war, und rief laut: „Kommt mit, Freie Frauen von Rauracense. Es gibt hier anständige und offenherzige Menschen, die dringender ein Dach über dem Kopf brauchen. Wir gehen."

Während Desmond sich blumige Beschimpfungen anhören musste, rauschten Calla und die anderen Frauen davon. Die männlichen Helfer traten von einem Fuß auf den anderen, sahen immer wieder zu Nodrim, um schließlich den weiblichen Arbeitern hinterherzutrotten.

Kieran schaute verwirrt und Nodrim schlug sich mehrmals mit der Faust vor die Stirn. „Desmond Sorofraugh! Was war das denn für eine Nummer? Hättest du mich nicht wenigstens vorwarnen können? Das nennst du also, das Kreuz unter dem Overall tragen'? Es tut ihm leid. Ha! Du hast mir zwar mehrfach das Leben gerettet, aber du bist ein kompletter Idiot, wenn es um Einfühlungsvermögen geht. Weißt du, wie ich jetzt bei meiner weiblichen Anhängerschaft dastehe? Nach dieser Vorstellung werden sich mir die neuen Frauen aus Nicopolis wohl kaum anschließen. Die anderen Versammlungsführer werden sich ganz schön ins Fäustchen lachen ..."

Nodrims Frustanfall wollte kein Ende nehmen. Zu allem Überfluss näherte sich jetzt auch noch Iskariot, flankiert von einem finsteren Schlägertrupp. Er wirkte trotz der verzogenen Augenbrauen nahezu fröhlich und seine Helfer hatten Splitterkeulen und Schlagstöcke mitgebracht. Desmond suchte hektisch nach einer Rückzugsmöglichkeit.

Doch dann änderte sich etwas.

Er konnte erst nicht ausmachen, was es war ...

Nodrim schimpfte noch. Iskariot kam unbeirrbar näher.

Und doch schien die Atmosphäre nicht mehr die gleiche zu sein. Desmond wollte es schon auf den Heiligen Geist schieben, der ihm etwas mitteilen wollte. Dann merkte er, dass die Geräusche von den umliegenden Arbeitsplätzen erstorben waren. An ihre Stelle war ein unbestimmtes Raunen und Rufen getreten.

Jetzt hatten es Iskariot und seine Truppe ebenfalls mitbekommen. Die Zufriedenheit in seinem Gesicht verwandelte sich wieder in Verbissenheit und sie blieben stehen.

Aus den Rufen konnte man jetzt vereinzelt das Wort „Fate" heraushören und der Name des falschen Propheten wurde immer öfter zwischen den niedrigen Gebäuden laut.

Ein junger Mann in verschlissener Kleidung, die kaum das Nötigste bedeckte, hetzte um die Ecke und rief völlig außer Atem: „Nodrim, komm schnell zum Fluss. Die Olmfischer haben einen Mann im See auftauchen sehen und die aus Nicopolis schwören, es wäre Veneno Fate."

***

Ketzer schien es nur in großen Rudeln zu geben, dachte Desmond, denn um das Ufer des unterirdischen Sees hatte sich wieder eine beachtliche Ansammlung von ihnen zusammengerottet.

Bevor er und Nodrim den mysteriösen Rebellenführer überhaupt zu Gesicht bekamen, hörten sie eine kräftige Stimme die Jubelrufe übertönen: „Rebellen von New Bethlehem und Nicopolis! Ich kann euch versichern, dass die Berichte um mein Ableben völlig übertrieben sind. Wie ihr seht, habe ich nicht mal einen Kratzer." Weiterer Jubel und Gelächter unterbrachen die Stimme. „Ich würde die Kathedralsdiktatoren allerdings gerne in ihrem Irrglauben belassen, ich wäre tot. So eine Wiederauferstehung will richtig inszeniert sein … ein bisschen mehr, als sich klammheimlich aus einer Grabhöhle zu stehlen, wenn ihr versteht. Mir schwebt da etwas Explosiveres vor. Und ihr wollt den scheinheiligen Pfaffen die Überraschung doch nicht verderben, oder?"

Die Diffamierungen bescherten dem Sprecher noch lauteres Lachen und noch furiosere Beifallsbekundungen. Trotz der gewöhnlichen Straßensprache hatte der Ton etwas Einnehmendes. Desmond schob es auf den südländischen Einschlag, den man hier nur selten hörte.

Nodrim wühlte sich durch den Halbkreis, in dem ein triefend nasser Mann, Bogdan und eine Frau aus dem Rat der Dreizehn standen. Desmond blieb zurück.

Das war also der berühmt berüchtigte Veneno Fate. Der Mann, der Kathedralentürme sprengte und eine ganze Megalopolis in den Bürgerkrieg stürzte. Zweifelsohne strahlte er eine gewisse Verwegenheit aus, Desmond hätte ihn aber niemals für dermaßen gefährlich gehalten.

Mit den feuchten schwarzen Haaren, die auf sein weißes Hemd fielen, und den wohldefinierten Muskeln wirkte er nicht wie ein aggressiver Fanatiker, sondern hatte eher etwas von einem durchtrainierten Tänzer. Fates Gesicht war schmal und ein wenig blass. Seine ausdrucksstarken Augen standen im Kontrast zu den feinen Zügen. Er schien zwar immer auf unbestimmte Art zu lächeln, aber sein Blick funkelte einmal mit leidenschaftlichem Feuer, dann wieder wurde er hart wie Stahl.

Bogdan lud Nodrim an seine und Fates Seite. „Wilko Nodrim, Stimme der Dreizehn, darf ich dir Veneno Fate, den Begründer der Revolution von Nicopolis, vorstellen?"

Nodrim blickte abschätzend. „Veneno Fate, der Stern der Ungläubigen! Freut mich, dich kennenzulernen. Ist dir der Boden in Nicopolis zu heiß geworden oder warum badest du in unserem Fluss?"

Der falsche Prophet lachte.

Auch Desmond konnte sich ein Lächeln nicht verkneifen. Vor keiner Viertelstunde hatte Nodrim noch in anerkennenden Tönen von diesem Mann gesprochen und nun, wo er in aller Öffentlichkeit vor ihm stand, war der ganze Respekt verschwunden.

„Ich fand, dass die Zeit reif war, die Neue Prophezeiung in eine andere Megalopolis zu tragen. Und ich habe gehört, in New Bethlehem gibt es ein paar mutige Freiheitskämpfer, die den Meinen ein neues Heim geschaffen haben. Als Gegenleistung dafür, dachte ich, biete ich euch meine Waffenbrüderschaft an. Vereint sind wir stark genug, um die Paläste der Talarträger zum Erzittern zu bringen." Veneno Fate riss die geballten Fäuste in die Höhe.

Und ob aus Nicopolis oder New Bethlehem, die Masse ahmte die Geste nach und ließ ihren Jubel durch die gesamte Höhle schallen. Bogdan wartete ab, bis man ihn wieder verstehen konnte.

„Wie du vielleicht schon erfahren hast, regiert sich der Untergrund hier selbst. Ihr Sprachrohr ist der Rat der Dreizehn, dem sowohl ich, Eunice Darkwater als auch Wilko Nodrim angehören. Ich spreche wohl im Namen aller Anwesenden, wenn ich dich zu unserer heutigen Versammlung einlade, wo wir dich in aller Form willkommen heißen werden."

Ein Angebot, das Fate kaum ablehnen konnte, dachte Desmond und fragte sich, wann der falsche Prophet wohl Iskariot über den Weg laufen würde. In der Menge konnte er den Mann in der dunklen Kutte und seine Schläger jedenfalls nicht entdecken.

Fate schulterte den seltsamen Bogen, der neben ihm im Kies gelegen hatte und das kleine Grüppchen machte sich bereit, zu gehen. Lautstarke Begeisterung begleitete die vier.

Der falsche Prophet sah sich einem Wald aus sehnsüchtig entgegengestreckten Armen ausgesetzt, denn ein jeder wollte wenigstens ihn oder seine Kleidung berühren, und sei es nur für eine Sekunde.

Aus dem Nichts heraus erschienen Wachen, die mit langen Drängstangen einen Weg für Fate, Bogdan, Nodrim und Eunice Darkwater bahnten.

„Sorofraugh!", brüllte Nodrim über die johlende Menge, „Wir werden die Rotunde diesmal dichtmachen. Außer den Dreizehn darf keiner rein. Schnapp dir Kieran und wartet beim Haus auf mich."

Desmond zeigte an, dass er verstanden hatte. Dann verschwand Nodrim im Gedrängel. Mit Kieran als Führer machte Desmond sich auf den Rückweg.

***

Um sich die Wartezeit zu vertreiben, spielten Desmond und Kieran im dunklen Sand ein Spiel mit Stäbchen und Steinen, ließen sich dabei von der schwarzen Katze beobachten und streichelten sie gelegentlich.

Irgendwann fing der Junge an, von Veneno Fate zu schwärmen. Wenn man ihm zuhörte, dann war der falsche Prophet so etwas wie ein Überwesen. Sogar Fliegen gehörte zu seinen Talenten.

Desmond hätte ihn lieber ein wenig über den Untergrund ausgefragt, aber es gelang ihm nur sporadisch, die Faszination für den ‚Stern der Ungläubigen' zu durchbrechen und ein paar Informationen aus ihm herauszukitzeln. Er erfuhr immerhin, dass die Ketzer wegen der vielen Flüchtlinge kurz vor einer Hungerkatastrophe standen und dass Kierans Vater eine Art Waffenmeister hier unten war. Mit Trimmunds Hilfe verwaltete er sämtliche Gewehre, Schleudern, Pistolen und Sprengmittel der Kaverne.

Die Zeit für das Mittagsgebet kam und ging. Mittlerweile waren die beiden ziemlich hungrig geworden und Kieran bereitete ein Mahl aus Volleibrei und Schwammpilzen zu. Dabei musste er sich der penetrant bettelnden Katze so lange erwehren, bis die sich endlich trollte, um eine Ratte zu fangen.

Nodrim kehrte erst am späten Nachmittag von der Ratssitzung zurück. Desmond war gerade zum zweiten Mal dabei, das Steinschnippen zu gewinnen, da bat Nodrim ihn wieder ins Innere der Hütte.

Diesmal sorgte der Versammlungsführer mittels einer alten Gleiterbatterie, zwei Kabeln und einer Elektroleuchte für Licht. Sie setzten sich auf zwei Staukisten an den Tisch.

„Wie ist er so?", wollte Desmond unumwunden wissen.

Nodrim atmete tief aus. „Schwierig."

„Schwierig?", wiederholte Desmond.

Nodrim fuhr sich mit der Hand durch den Bart. „Nicht Fate, sondern die ganze Situation. Fate selber gibt sich ganz offen und unkompliziert, aber sein Auftauchen macht die Probleme der Dreizehn noch größer als ohnehin schon."

„Dass er noch am Leben ist, ist doch eigentlich gut für euch, oder nicht?"

„Ich für meinen Teil freue mich diebisch darüber, dass er es aus Nicopolis herausgeschafft hat. Auch wenn die Kübelköpfe jetzt noch nichts davon wissen dürfen. Es ist wie ein Tritt in die Magenkuhle für die verdammten Templer. Als Sprecher der Dreizehn sehe ich das Ganze allerdings leider von einer anderen Warte. Das Kräftegleichgewicht wird sich jetzt verschieben."

„Fürchtet ihr, dass Fate euch die Anhänger abspenstig machen könnte?"

„Genau. Nachdem sich so viele Flüchtlinge aus Nicopolis zu uns durchgeschlagen haben, setzte Bogdan alle Hoffnung darauf, sie für uns zu gewinnen, um Iskariot zu begegnen. Jetzt, wo Fate erschienen ist, werden sie wohl eher eine dritte, eigenständige Gruppe um ihn bilden. Wenn sich Nicopolis' Grenzen wieder öffnen, jetzt, nachdem er offiziell als tot gilt, wird die Zahl der Flüchtlinge weiter ansteigen. Fate könnte innerhalb eines Monats die stärkste Fraktion hier stellen."

„Wäre das so schlimm?"

„Schwer zu sagen. Die Dreizehn sind einig darüber, dass sich Fate in Nicopolis übernommen hat. Die Rebellion stand und fiel mit seiner Person und jetzt ist der Aufstand dort ohne Führer. Folglich werden die Templer beim Zerschlagen der letzten Zellen leichtes Spiel haben. Solch einer Katastrophe wollten wir durch die Teilung unserer Macht vorbeugen. Wir fürchten nun, dass Fate unser System aushebelt und die Fäden dann wieder in einer Hand, *seiner* Hand, zusammenlaufen."

„Seid ihr euch überhaupt sicher, dass der Kerl wirklich Fate ist? Womöglich sitzen wir alle einem Doppelgänger auf, der die Gunst der Stunde nutzt."

Nodrim kratzte sich am Kopf. „Keiner von uns hat Fate je persönlich zu Gesicht bekommen, aber die Flüchtlinge aus Nicopolis scheinen sich sehr sicher zu sein. Egal wer er ist, sie werden auf ihn hören." Er starrte auf den Tisch und verfiel in ein versonnenes Schweigen.

Von draußen hörte man, wie Kieran beim Spielen Brumm- und Zischgeräusche von sich gab.

Wenn Desmond über alles nachdachte, begann ihm der Kopf zu schwirren. Er war heilfroh, keine Führungsposition innezuhaben. „Und wie geht es jetzt weiter?", wollte er schließlich wissen.

Nodrim schaute vom Tisch hoch. „Fate hat uns Hilfe angeboten. Die Dreizehn haben sein Angebot angenommen, schon allein, um die Neulinge aus Nicopolis nicht zu verschrecken. Morgen soll er sich jeden Einzelnen von uns vorknöpfen. Es wird behauptet, er hätte die Fähigkeit, Verräter mit einem Blick zu entlarven. Also wird er beweisen können, ob er wirklich der ist, der er zu sein vorgibt."

Desmond wurde hellhörig. „Wo ist Fate jetzt?"

„Er trifft sich gerade mit Iskariot. Unter vier Augen. Das Schicksal allein weiß, was dabei wieder herauskommen wird."

„Ist es möglich, ihn heute noch zu treffen?"

„Stell dich hinten an und du wirst ihn in diesem Jahr nicht mehr sprechen."

„So begehrt ist er? Heiliger Geist, schenke mir Geduld." Der Gedanke, Veneno Fate könnte Talente besitzen, die den seinen ähnlich waren, hatte von Desmond Besitz ergriffen und ließ ihn nicht mehr los. Er brauchte dringend eine Ablenkung. „So wie es aussieht, habe ich vor morgen früh keinerlei Verpflichtungen mehr hier. Ich werde mich auf den Weg zur Oberfläche machen. Mir ist da eine Idee gekommen. Vielleicht kann ich genug Nahrung für euch ranschaffen."

Nodrim stand von seiner Kiste auf. „Nicht so schnell, mein junger Freund. Wie ich sehe, hast du dich schon ein wenig über das Leben im Untergrund informiert. Das ist gut. Aber im Moment gibt es etwas Wichtigeres für dich, als unsere Mägen zu füllen."

Desmond hatte eigentlich damit gerechnet, dass sein Vorschlag auf freudige Überraschung treffen würde. Stattdessen baute Nodrim sich vor ihm auf.

„Ich habe dir nicht von den unstabilen Verhältnissen erzählt, damit du die Lage noch schlimmer machst. Deine erste Mission lautet: Such Calla auf und komm mit ihr ins Reine. Sofort. Calla ist eine Vertraute von mir. Sie soll sich nicht herabgesetzt fühlen. Und ich möchte auch nicht, dass meine Freundschaft zu ihr durch dich belastet wird. Verstanden?"

***

Desmond suchte Callas Hütte mit einem äußerst flauen Gefühl auf. Wenigstens brauchte er dank der ungewöhnlichen Außendekoration nicht lange danach zu suchen.

Hier hatte jemand sehr viel Mühe darauf verwendet, Netze zu knüpfen, in deren bunte Seile Plastikscherben, Glasflaschen, Stahlnieten und sogar ein skelettierter Riesenwelskopf eingedreht waren und bis auf den Eingang jeden Quadratzentimeter der Außenwände damit zu verhängen. Exakt, wie Nodrim es beschrieben hatte.

Außer Desmond war niemand zu sehen. Entweder war die Bewohnerin drinnen oder möglicherweise gar nicht zu Hause. Nur wusste er nicht so recht, was er jetzt tun sollte. Er war es gewohnt, auf Ruftasten zu drücken oder zu klopfen, bevor er einen Raum betrat. Vor Callas Tür hing aber, wie es in der Kaverne üblich war, nur ein einfacher, schwerer Vorhang. Also räusperte er sich und versuchte es mit einem schlichten „Hallo?"

Als niemand auf den Ruf reagierte, probierte er es lauter: „Hallo da drinnen! Ist jemand zu Hause?"

Jetzt hörte man Geräusche. „Einen Augenblick bitte!", erklang eine weibliche Stimme.

Nach kurzer Zeit wurde der Stoff zurückgeschlagen und Desmond blickte in ein freundlich lächelndes Frauengesicht.

Die Frau hatte langes blondes Haar, trug ein schlichtes, aber sauberes Wollkleid und war einen guten Kopf kleiner als er. Bei seinem Anblick machte ihr Lächeln einem reservierten Ausdruck Platz.

„Ach, der Priester", meinte sie kurz angebunden.

„Ich ... ich wollte eigentlich mit Calla sprechen. Wohnt sie nicht hier?"

„Doch, tut sie. Warte!" Sie verschwand wieder. Von drinnen drangen abermals Geräusche und leises Gerede nach draußen.

Desmond wischte sich über die Hosenbeine, ließ seine hektischen Hände aber sofort in den Taschen verschwinden, als sich der Vorhang erneut teilte.

Diesmal war es Calla, die nach draußen trat. Sie hatte noch immer den abgetragenen Overall mit den hochgekrempelten Ärmeln vom Morgen an.

„Du schon wieder, Priester. Was willst du hier? Befürchtet Nodrim, ich könne ihn nicht mehr leiden, weil er sich mit Seiner Scheinheiligkeit abgibt? Du kannst ihm ausrichten, dass sich meine Eifersucht in Grenzen hält. Die Freien Frauen werden sich auch nicht gleich wegen deiner kleinen Respektlosigkeit von ihm abwenden und diesem Fate hinterherhecheln. Aber er muss sich schon etwas einfallen lassen, um unsere Ehre wieder herzustellen." Calla kniff Desmond ein Auge und tat gekünstelt erschrocken. „Oder hast du den weiten Weg gemacht, weil du uns missionieren willst?"

„Du hast recht, ich komme in der Tat gerade von Nodrim. Und ihm ist sehr daran gelegen, dass wir beide miteinander auskommen. In diesem Punkt gab er sich unmissverständlich. Er kann es offensichtlich nur schwer ertragen, wenn Leute, die ihm etwas bedeuten, nicht miteinander klarkommen. Wir haben heute früh einen schlechten Start gehabt. Wäre es möglich, sich noch mal in Ruhe über alles zu unterhalten?"

Calla seufzte. „Der alte Nodrim. Hat er dich einmal ins Herz geschlossen, gibt er keine Ruhe mehr, bevor es dir nicht gut geht. Wenn du mir versprichst, zuzuhören, während ich rede, kannst du meinetwegen reinkommen."

Calla hielt den Vorhang auf. Desmond ergriff den Saum und betrat die Hütte.

Das Innere unterschied sich in den Abmessungen kaum von Nodrims Heim. Selbst die Aufteilung der Räume war in etwa gleich. Aber damit hatten sich die Ähnlichkeiten auch schon erschöpft.

Wo bei Nodrim aufgeräumtes Chaos herrschte, gab hier tadellose Ordnung den Ton an. An den Wänden gab es nur geschlossene Staueinheiten, keine offenen Regale. Die Küche bestand sogar aus einem Standardeinrichtungsblock, Schränken und Gerätschaften, die normalerweise in die Wohnzellen der Stadtbewohner eingebaut wurden.

Die blonde Frau, die Desmond anfangs begrüßt hatte, stand vor dem Nassbecken und kümmerte sich gerade ums Abendessen. Jede andere Oberfläche sah aus wie frisch geputzt. Während Nodrim schmuckloser Zweckmäßigkeit den Vorrang gab, nutzten Calla und ihre Mitbewohnerin jede Möglichkeit, um ihr Heim zu verschönern. An den Wänden hingen Bilder, von der Decke selbst gemachte Mobiles und die Vorhänge vor Fensteröffnungen und Schlafbereich waren in einem blauen Streifenmuster eingefärbt.

In der Mitte des Wohnraums standen ein Tisch und vier Stühle aus hellem Metall. Die wenigen Gaslampen waren so geschickt platziert, dass das Innere wesentlich heller wirkte als der dämmerige Rest der Kaverne.

Calla nahm Platz. Da sie Desmond keinen Stuhl anbot, blieb er stehen. Sie schaute ihn amüsiert an. „Ich sehe, du erkennst mich schon mal als Herrin meiner eigenen vier Wände an. Das ist immerhin ein Anfang, aber jetzt setz dich. Ich mag´s eher ungezwungen."

Desmond hockte sich auf den Stuhl ihr gegenüber.

Calla schlug einen neutralen Ton an. „Ich würde dir ja was zu trinken anbieten, aber ich weiß nicht, ob ich dich vielleicht nach dem ersten Satz gleich wieder rausschmeißen muss. Deswegen spare ich mir das."

Er riskierte einen Blick in die Küche. Die blonde Frau war anscheinend intensiv damit beschäftigt, Heshuablätter zu schneiden, aber er spürte ihre Neugier bis an seinen Platz. So wählte er seine Worte mit doppelter Vorsicht. „Um unsere Differenzen zu beseitigen, sollten wir uns vielleicht besser kennenlernen. Darf ich dir ein paar Fragen stellen?"

„Nur zu, Priester."

„Warum begehren die Frauen hier gegen den Willen Gottes und die Gesetze des Papstes auf? Ihr riskiert bei den schweren Arbeiten euer Leben. Mehr noch das Heil eurer unsterblichen Seele."

Callas Miene verhärtete sich. „Kennst du den Orden der Heiligen Skientia?"

„Es ist eine finstere Legende. Genauso unwahr wie die Erzählungen über die Düsteren Pilger oder die Häretiker, die in einer Rakete den Mond berühren wollten. Ich weiß, dass es verboten ist, den Namen dieser sogenannten Heiligen laut auszusprechen, weil er mit Verdammnis besudelt ist. Oh, es gab einige Zweifler, aber sie waren des Todes, kaum dass sie ihn über die Lippen gebracht hatten."

Calla blieb ungerührt. „Die Heilige Skientia ist einst vor Innozenz getreten und hat ihm einen Disput aufgezwungen. Sie wollte ihn mit den Worten der Heiligen Schrift konfrontieren, dass alle Menschen vor Gott gleich sind. Und dass darum jeder, ob Mann oder Frau, sein Schicksal frei wählen darf. Als sie kurz davor stand, den Disput für sich zu entscheiden, konnte Innozenz die Wahrheit in ihren Worten nicht mehr ertragen. Er hat sie einfach der Ketzerei bezichtigt. Aber bevor die Inquisitoren Hand an Skientia legen konnten, kam ihr Geliebter und wies ihr den Weg in die ewige Freiheit. Diese Schmach kann der Papst bis heute nicht vergessen. Deswegen steht die Verbreitung ihrer Lehren unter Strafe und ihr Name wurde aus der Geschichte des Gelobten Landes gelöscht."

Desmond kannte nur den Namen der Ketzerin und hatte diese Erzählung in ihren Einzelheiten bislang weder gelesen noch gehört. „Was ist schon ehrenwert an einer selbst ernannten Heiligen, die ihre Anhänger im Stich lässt?"

„Sie hatte vorher schon viel für die Menschen des Gelobten Landes getan. Vor den Augen der Erzbischöfe verborgen hat sie Schulen eingerichtet, in denen Mädchen und Jungs gemeinsam dasselbe lernten. Sie gründete Zufluchtsorte für die Verfolgten, so ähnlich wie unseren Unterschlupf. Deswegen nennen sich die Frauen, die man hierher vertrieben hat, Freie Frauen von Rauracense. Unter diesem Namen setzen wir ihr Werk fort. Wo immer die Heilige Skientia gerade ist – das, was wir hier unten tun, wird ihr sicher gefallen."

„Woher soll diese angebliche Heilige denn gekommen sein? Wer hat sie heiliggesprochen? Hast du sie persönlich gekannt?"

Ein Kopfschütteln war die Antwort.

„Hast du jemals mit jemandem gesprochen, der Zeuge ihrer guten Werke war?", fragte Desmond deswegen.

Die Architektin verschränkte die Arme vor den ausgerissenen Brusttaschen. „Nein. Aber das ist auch nicht wichtig. Was zählt, ist der Gedanke der Güte und der Gleichberechtigung hinter ihren Taten. Es fühlt sich einfach richtig an, ihre Lehren zu befolgen."

„Ihr setzt euch der Gefahr aus, ohne Prozess in die Folterkerker der Inquisition geworfen zu werden, aufgrund einer bloßen Idee?"

Jetzt hielt es Calla kaum noch auf dem Stuhl. Sie tippte Desmond mit dem Finger auf die Brust. „So etwas nennt man Glaube. Es ist das gleiche Prinzip, das du und all die anderen Schafe in diesem Land befolgen. Für euch sind die Worte Innozenz´ gleichzusetzen mit den Worten des Allmächtigen. Doch musste der Papst jemals einen Beweis dafür erbringen, dass er wirklich nur den Willen des Herrn im Sinn hat? Dass er da oben in seiner Kammer tatsächlich die Gebote von Gott selbst empfängt? Nein! Da folge ich lieber einer Idee der Freiheit, als an einen Papst zu glauben, der seine Herde führt, als wären sie Lämmer auf dem Weg zur Schlachtbank." Calla musste tief Luft holen. „Deine Zweifel wenden sich gegen die falschen Prinzipien. Wie würde es dir gefallen, dein eigenes System zu hinterfragen? Wie entscheiden die Exorzisten bei der Prüfung von Mädchen, wer in den Orden der Gnädigen Maria muss und wer nicht? Warum will die Kirche verhindern, dass Frauen ihr Leben selbst bestimmen? Was ist daran so falsch?"

Diese Frage stellten die Frauen seiner Gemeinde natürlich auch manchmal. Er antwortete, ohne groß nachzudenken, was er in der Akademie gelernt hatte: „Für einige Sachen sind Frauen von Gott einfach nicht vorgesehen. Sicherlich dürfen sie auch anstrengende Arbeiten erledigen, aber sie dürfen dabei niemals ihre Fruchtbarkeit riskieren. Das Schuften auf einer Baustelle beispielsweise wäre eine viel zu große Gefahr."

In Callas Gesicht zeigten sich hektische Flecken. „Der gleichen Gefahr setzen sich Männer auch aus. Ein Mann könnte theoretisch mehrere Frauen gleichzeitig schwängern. Eine Frau kann ihrerseits nicht gleichzeitig von mehreren Männern empfangen, was den rein praktischen Wert eurer Geschlechtsorgane erhöht. Dann hättet ihr noch sehr viel weniger an einem solch gefährlichen Ort wie einer Baustelle zu suchen."

„Aber Männer halten körperlich mehr aus und sie können nicht schwanger werden. Wenn ihr ein Kind unter dem Herzen tragt, ohne es zu wissen, setzt ihr bei harter körperlicher Arbeit das ungeborene Leben aufs Spiel. So ein Risiko muss unbedingt ausgeschaltet werden."

„Du glaubst doch nicht ernsthaft, dass es Innozenz nur um den Schutz des ungeborenen Lebens oder den unserer Eierstöcke geht! Warum verbietet er dann den Aufstieg von Frauen in Führungspositionen? Die Abteilungsleiterin in einer Backfabrik setzt wohl kaum ihre Gebärfähigkeit aufs Spiel."

Kannte diese Frau nicht die rudimentärsten Lehrsätze der Evafragen? Desmond ermahnte sich zur Ruhe. „Frauen sind leichter zu korrumpieren als Männer. Schon Adams Frau konnte der Versuchung nicht widerstehen. Aber es gibt auch weniger abstrakte Gründe. Wenn eine Frau einen hohen Posten bekleidet und dann acht Jahre ausfällt, um ihr Geburtssoll zu erfüllen, waren lange Jahre der Ausbildung umsonst. Jemand anderes muss auf ihrem Posten angelernt werden. Wenn sie wieder in den Arbeitsprozess zurückkehrt, muss sie auf einer niedrigen Position anfangen, weil es ihr in der Zwischenzeit an Erfahrung mangelt.

All die Mühen lassen sich umgehen, wenn nur Männer solche Stellungen bekleiden." Diese Argumentation erschien ihm lückenlos.

„Weißt du was, Priesterlein? Wir können uns das Geplänkel sparen. Kommen wir doch zum Kern der Sache. Im Grunde geht es um etwas ganz anderes: Kontrolle! Innozenz will mit all seinen Maßnahmen erreichen, dass er die Frauen von der Wiege bis zum Grab unter seiner Fuchtel hat. Sie werden schon als kleine Mädchen dazu konditioniert, möglichst viele Kinder zu kriegen und ja alles zu vermeiden, was diesem Zweck im Wege steht." Die Stimme der geflohenen Architektin bekam einen leicht affektierten Tonfall. „Zieh dir doch das hübsche Kleidchen an. Schau mal, dein Vater! Was für ein starker Mann er ist. Es fehlt uns an nichts. Er versorgt uns mit allen Privilegien. Ich wünschte, dein Zukünftiger wird auch so. Mach dich doch ein wenig zurecht, damit die Männer ein Auge auf dich werfen. Du bist jetzt schon zweiundzwanzig. Deine Geschwister haben alle mindestens das erste Kind und du denkst noch nicht mal ans Heiraten. Ich glaub, wir müssen dich zum Dekan schicken, damit er dir ins Gewissen redet." Sie wurde wieder ernster. „Das ist es, was ich mir all die Jahre über von meinen eigenen Eltern anhören durfte. Sie haben geglaubt, das Richtige zu tun, weil ihre Eltern es ihnen so beigebracht haben. Ich dagegen konnte es weder verstehen noch glauben. Sie haben mich geliebt und wollten mir trotzdem ihre Lebensweise als die einzig richtige aufzwingen."

Desmond hätte gerne Partei für die Familie von Calla ergriffen, da er fand, dass man ihnen keinen Vorwurf machen konnte. Doch irgendetwas an ihrer Ausstrahlung, eine Art versteckter Schmerz im Heiligen Geist, brachte ihn dazu, lieber den Mund zu halten. Deswegen fragte er stattdessen: „Aber was ist denn gegen ein Leben mit Kindern und Familie einzuwenden?"

„Wenn man es aus freien Stücken führen will? Gar nichts. Trotzdem frage ich mich, welchen Sinn die Kirche damit verfolgt. Man kann den Megastädten dabei zusehen, wie sie immer weiter verkommen. Sie sind definitiv kein Ort mehr, um eine Familie gründen. Unsere Häusermeere platzen bald aus allen Nähten und die Kolonien im Süden können all die Abwanderer kaum aufnehmen. Warum behandelt Innozenz trotzdem noch alle Frauen wie Gebärmaschinen, die ihre Produktivität steigern müssen? Stell diese Frage mal deinem Bischof. Ich wette die Privilegien für einen Monat, dass du schneller im Turm der Wahrheit bist, als du einen Rosenkranz durchbeten kannst."

So hatte Desmond das Leben im Gelobten Land nie gesehen. Vielleicht war das die Erklärung dafür, warum es für die Priesterschaft immer schwieriger wurde, die Stadt zu befrieden, warum es Menschen gab, die so verzweifelt waren wie Thomas Bate. Den Zorn auf die Obrigkeit konnte Desmond hingegen bestens nachvollziehen. „Vielleicht kann man zukünftige Generationen anleiten, es besser zu machen."

„Ein schöner Gedanke. Nur wer will den Anfang machen?" Sie atmete schwer aus. „Die Antwort auf deine Frage, warum es hier Frauen gibt, die schwer arbeiten wollen, ist ganz simpel: weil wir es können! Und weil wir uns von niemandem einreden lassen wollen, dass es anders ist. Wir haben es satt, uns angsterfüllt zu ducken und unsere Fähigkeiten zu verstecken. Kannst du das in irgendeiner Weise nachvollziehen, Priester?"

In diesem Moment verstand Desmond, warum Gott ihn zu Calla in den Untergrund geführt hatte. „Ja, das kann ich, Architektin Calla. Das kann ich nur zu gut."

Callas Körperhaltung entspannte sich. „Also dann, Priester Sorofraugh. Schauen wir mal, ob du heute wirklich etwas gelernt hast. Bist du ehrlich und unbefangen dazu bereit, mich deine Hütte bauen zu lassen? Darf ich dafür ein Team zusammenstellen, das dem Willen einer Freien Frau von Rauracense entspricht?"

In Desmond gärten noch viele Fragen. Irgendwie fühlte sich das alles trotzdem verkehrt an, aber er empfand durch das Gespräch mit Calla auch eine seltsame Art der Befreiung. „Du hast mir heute das Gefühl gegeben, ein Fremder in meiner eigenen

Heimat zu sein. Ich muss noch einiges überdenken, aber ich bin gewillt, deine Hilfe anzunehmen."

Calla strahlte zwar Erleichterung aus, doch in ihren Augenwinkeln blitzte es schelmisch. „Du solltest hier unten auf keinen Handel eingehen, bevor du nicht im Besitz aller Fakten bist, Priester Sorofraugh. Sonst wird man dich gnadenlos über den Tisch ziehen."

Sie rief in die Küche: „Isalie!"

Ihre Arbeit abschließend, trat die blonde Frau hinter die Architektin. Calla setzte eine verschwörerische Miene auf und sagte zu Desmond: „Weißt du, es gibt einige Frauen, die in den Untergrund geflohen sind, weil sie keine Kinder kriegen können, andere, weil sie es nicht wollen …"

Isalie legte die Arme auf Callas Schultern und gab ihr einen Kuss, der mit bloßer Freundschaft rein gar nichts zu tun hatte.

Desmond fühlte, wie seine Wangen glühten.

XIII

„Wie viele waren es?"

„Gestern so um die sechzig und heute noch mal dreißig", antwortete Eckart und beobachtete Iskariot dabei, wie er die Kerzen auf seinem kleinen Altar löschte. Seit Kurzem stand in dem Schrein eine verkrümmte Statuette mit Ziegenkopf.

„Jetzt, wo der Stern der Ungläubigen in der Kaverne erschienen ist, müsst ihr so viele der Nicopolisflüchtlinge anwerben wie nur irgend möglich. Und dies, bevor sie auf Fates großspurige Reden reinfallen. Such dir speziell die Leute heraus, die viel durch den Bürgerkrieg verloren haben. Jene, die etwas zu sagen hatten."

Eckart nickte. Iskariot blitzte ihn an. Offensichtlich wollte sein Herr den Vorraum verlassen. Unsicher darüber, wie er ihm am besten Platz machte, ging Eckart ein paar Schritte zurück durch den Eingang. Iskariot schritt auf die Plattform und er schloss sich ihm an.

„Aber ist Fate nicht Euer Verbündeter, Herr?"

„Das heißt nicht, dass er zu mächtig werden darf."

Zusammen gingen sie an die Plattformkante und sahen hinunter aufs Kavernendorf.

„Sind sie sich schon begegnet?", wollte Iskariot wissen.

„Wer, Herr?"

„Fate und der Priester. Sind sie sich schon über den Weg gelaufen?"

„Warum interessiert Euch das?"

„Eine Antwort, Eckart!" Iskariot wurde unwirsch.

„Soweit ich weiß, nicht."

„Gut. Aber es wird geschehen. Behaltet Sorofraugh im Auge."

„Ich kann diesen frömmelnden Waschlappen nicht ausstehen. Weshalb habt Ihr ihn erst zusammen mit Nodrim beseitigen wollen und duldet nun, dass er am Leben bleibt?"

„Das soll dich nicht scheren. Du musst nur wissen, dass es zu dem Zeitpunkt am besten gewesen wäre, wenn er und Nodrim gestorben und Fate gleichzeitig in Gefangenschaft geraten wäre.

Jetzt, wo beide hier und am Leben sind, muss ich erst herausfinden, wie mächtig Fate und der Priester sind, bevor ich gegen sie vorgehe. Bis dahin werden wir uns damit begnügen, die Anhängerschaft zu mehren und heimlich Unfrieden zu stiften."

Eckart wirkte nachdenklich. Eine Seltenheit bei ihm, wie Iskariot verächtlich dachte.

„Ich glaube nicht, dass Sorofraugh jemals tun wird, was Ihr von ihm verlangt. Was immer Ihr mit ihm vorhabt und egal, ob er in Eurer Schuld steht."

„Das ist nicht von Belang. Wichtig wird sein, wie Fate darauf reagiert."

***

Die Grübeleien über das Gespräch mit Calla hatten Desmond die halbe Nacht wachgehalten. Er war so gerädert, dass er Bruder Jonas' Schlägen bei der Flagellation mental kaum begegnen konnte und drei brennende Striemen davontrug. Da heute im großen Versammlungssaal eine Dekanatssynode stattfand und Onkel Ephraim vollauf mit Vorbereitungen dafür beschäftigt war, befanden sich im Beichtstuhl lediglich eine Nachricht und der Tiegel Fibrinsalbe, mit der er sich dann selbst verarzten musste. Als Desmond sein Hemd wieder überstreifte, brannte sein Rücken weit über als vorher.

Anschließend stand ein Besuch bei Daniel an.

Das Gebäude seines Sicherheitsunternehmens SecularSecurity war für die Verhältnisse einer Megalopolis klein. Eher breit als hoch, schmiegte es sich mit seinen fünf Stockwerken in einen dunklen Winkel zwischen drei Gebäudetürmen, die es in ihrem Schatten aus dem Stadtbild Bethlehems fast verschwinden ließen. Sein Dach bildete eine ovale Kuppel blinden Glases mit einer Krone aus Antennen.

Desmond trat durch die automatischen Türen des Eingangsportals in die schlichte elegante Empfangshalle aus Blaumarmor.

„Kyrie eleison, Vater Sorofraugh", begrüßte ihn die Empfangsdame hinter dem Tresen der Vorhalle förmlich. „Wie kann ich Ihnen zu Diensten sein?"

„Kyrie eleison, Judith. Ich möchte Commander Jackdaw sprechen."

Die Frau in der eng anliegenden Uniform wies auf die Fahrstühle hinter ihr. „Er befindet sich auf dem Flugdeck, um die heutige Mission vorzubereiten. Haben Sie einen sicheren Tag, Vater Sorofraugh."

„Der Segen des Herrn sei mit dir", verabschiedete Desmond sich und ging zu den Fahrstühlen unter SecularSecuritys übergroßem Firmensymbol.

Daniels Flughalle war laut, es stank nach Schmierstoffen und überall gaben sich ölige Pfützen und tanzende Funken aus Fusionsschweißgeräten ein gefährliches Stelldichein. Von Auslassöffnungen und Ventilen zischten kleine Kondensgeysire.

Über den Triebwerkslärm und das Gebrüll der Mechaniker gab eine weibliche Lautsprecherstimme monotone Befehle: „Beginn der Mission ‚Schwarzes Schaf' in fünfzehn Minuten."

Eine Horde Piloten, die mit trappelnden Stiefelsohlen an Desmond vorbeirannte, rundeten das Lärmszenario ab. An gedrungenen blauen Gleitern der SecularSecurity Einsatzstaffeln vorbei, hielten sie auf zwei große, schwerfällige Personentransporter zu, um die sich zwölf Einmannschiffe gruppierten.

Dort stand Daniel auf einem Feld auf dem schwarzen Pistenasphalt und erteilte lautstarke Anweisungen. Gerade als sich die Cockpitscheiben der kleineren Maschinen zuschoben, erreichte Desmond ihn ebenfalls und wurde mit einem kräftigen Schlag auf die Schulter begrüßt.

Er verzog das Gesicht.

„Was ist los mit dir, du Warmtäufer? Verträgst du jetzt nicht mal mehr einen freundschaftlichen Männerklaps?"

„Wenn sie dir täglich eins mit der Neuroziemergeißel überbraten würden, gerieten deine Einsteckerqualitäten auch an ihre Grenzen." Desmond berichtete von den Ereignissen am Davidplatz und wie es zu den morgendlichen Sitzungen in der Geißelzelle gekommen war.

Daniel schüttelte den Kopf und pfiff leise durch die Zähne. „Dein Onkel hat wirklich eine seltsame Art, dich zu beschützen. Ich würde ihm eine klare Ansage machen."

„Erspar mir solche Vorschläge. Es gab schon Streit deswegen."

„So, so. Und was willst du dann von mir?"

„Kann ich dir das an einem Ort sagen, an dem wir ungestörter sind?"

Daniel schaute auf den Chronometer im Unterarmpanzer. Er trug heute seine lederne Kampfmontur mit Platten, die aussahen wie abgenutztes Messing, aber jedes Photonengeschoss reflektierenden konnten. „Wenn du dich beeilst. Mein Auftrag beginnt in wenigen Minuten. Lass uns in eine Wartungsbox gehen. Da ist es stiller."

Sie stellten sich im hinteren Teil des Flugdecks in eine Nische, in der ein seiner Panzerung beraubter Gleiter an vier Kranarmen hing.

Argwöhnisch betrachtete Desmond die fleckigen Stellwände. „Das soll sicher sein? Die Dinger reichen ja nicht mal bis zum Boden."

„Jackdawsicher. Meine Abschirmschilde sind so stark, dass wir uns hier nicht mal über Funk unterhalten können. Dann schieß mal los."

Desmond schaute sich noch einmal nervös um und eröffnete dann: „Ich habe mich dem Untergrund angeschlossen."

Die Displays der Werkzeugstation, ihre Signallampen und Tasten beleuchteten Daniels ungläubiges Blinzeln. „Pitchfork! Du hast was?"

„Ich bin Mitglied einer Widerstandsgruppe, die ihr Hauptquartier unter dem Häuserfriedhof hier in New Bethlehem hat. Sie nennen sich Ketzer."

Desmonds Freund lachte laut. „Ich glaub es nicht! Das ist doch wohl nicht dein Ernst? Es geschehen noch Zeichen und Wunder.

Bist du also endlich auf der richtigen Seite gelandet. Ich hatte schon befürchtet, dein Onkel hätte dir so viel Gottesergebenheit eingetrichtert, dass du für den Rest deines Lebens vor Innozenz' Bande buckeln würdest." Er schlug gegen die Gasprojektilwaffe im Oberschenkelholster. „Wenn ich das Haddy erzähle …"

„Hey, ich hab dich eingeweiht, weil du mein bester Freund bist, nicht damit du das gleich an jeden weitertratschst."

„Sachte, sachte. Haddy ist lässig. Absolut vertrauenswürdig. Nach unserem letzten Treffen durfte ich mir ständig anhören, dass die Freundschaft zu dir meinen geschäftlichen Ruf nachhaltig beeinträchtige. Na ja, er hat´s nicht ganz so fein ausgedrückt. Du kannst also ganz beruhigt sein." Er lachte erneut. „Ich weiß über die Ketzer aus dem Trümmerberg natürlich Bescheid. Alles Gauner, aber im Großen und Ganzen in Ordnung, verschwiegen und zahlen gut. Wann wirst du dich da das nächste Mal runterwagen?"

„Wollte ich eigentlich sofort, nachdem ich mit dir gesprochen hatte …"

„Bestens. Ich komme mit."

„Das wird kaum so ohne Weiteres möglich sein."

„Erspar mir die Psalme. Die letzte Lieferung ist sowieso überfällig."

„Lieferung?", konnte Desmond noch fragen, dann wurde er bereits aus der Wartungsbox gezogen. Daniel eilte zu einem der beiden abflugbereiten Transporter zurück und sie stiegen über die nach unten geklappte Außenwand ein. Seine Söldner im Mannschaftsraum grüßend, drängelte sich Daniel an den voll besetzten Hartschalensitzen vorbei ins Cockpit.

Hier saß Stealth Monroe, Daniels rechte Hand, in einem von vier Drehsesseln.

„Ich schicke dir Limes. Mir ist etwas dazwischengekommen."

„Ist okay, Commander." Monroe nickte nur und überprüfte weiter das HUD. Vermutlich war er solche spontanen Planänderungen gewohnt und ging davon aus, dass Limes in alle Einzelheiten eingeweiht war.

„Gib mir mal das Paket."

„Wir sollen mit leeren Händen in der St. George ankommen?" Monroe griff unter seinen Sitz.

„Keine Bange. Ich sorge persönlich für die Auslieferung." Er nahm eine ausgebeulte Tasche entgegen.

„Macht mich stolz", verabschiedete er sich von seinem Stellvertreter und kniff ihm ein Auge.

Sie verließen den Transporter.

„Was ist da drin?", fragte Desmond, als sie durch die warmen Abgasstrahlen der Hecktriebwerke in einen anderen Teil des Flugfeldes wechselten.

Daniel murmelte: „Dekan Aram wird Verständnis haben, wenn Stealth ihn solo in der St. Habakuk Kathedrale abholt. Er hat meistens Verständnis. Vor allem, wenn ich mit dem Preis runtergehe ..."

„Hörst du mir überhaupt zu? Was ist in dieser Tasche?"

„Entschuldige. Ich denke über die Möglichkeiten nach, die sich durch deine neue Situation ergeben. Und du würdest bereuen, zu erfahren was in der Tasche ist."

Sie waren an einem Zweimanngleiter angelangt, dessen mehrfach geknickte Tragflächen zu dick für ein Schiff dieses Typs erschienen. Daneben ragte eine Betankungssäule aus der Piste. An die Säule war nicht nur ein Füllschlauch sondern auch ein Comphone mit einem Kabel angeschlossen. Daniel klinkte das Empfangsteil aus.

„Judith? Besorgen Sie mir eine Ad-hoc-Freigabe für einen Flug zum Salome Distrikt. Nein, nicht die *Blind Guardian,* für den *Blizzard.*" Kurzes Schweigen. „Ist in Ordnung. Ich verlasse mich auf Sie." Er hing das Comphone zurück.

Er hatte noch nicht einmal den Versuch eines Flirts bei seiner Sekretärin gewagt, bemerkte Desmond und fragte: „Kann ich dann wenigstens wissen, worum es in der Sache mit Dekan Aram ging?" Das Cockpitdach des Blizzards schob sich nach hinten.

„Ach, das. Aram will zur Dekanatssynode deines Onkels und traut den eigenen Leuten nicht genug." Sie kletterten über den niedrigen Rumpf in die Sitze. „Halt das mal!"

Die Tasche landete auf Desmonds Schoß. Er wollte hineinsehen, fürchtete sich aber vor einer Falle am Öffnungsmechanismus und ließ es. Stattdessen beobachtete er Daniel bei den Startvorbereitungen. Irgendetwas war anders als sonst, er konnte nur nicht erfassen, was es war.

Das Cockpit schloss sich über ihren Köpfen, durch das Schiff ging ein Ruck und die Landestützen überließen ihre Arbeit den Schwebedüsen. Dann öffneten sich die Torflügel des Hangars und sie folgten Stealth Monroes Flotte in die dunklen Straßenschluchten. Während der Verband auf der Überdachebene nach Norden flog, tauchte Daniels Blizzard in die tückischen Windströmungen zwischen den Gebäuden ein.

„Hier Kommandoebene St. George", funkte sie ein näselnder Kathedralsbeamter an. „Alle Flugparameter wurden bestätigt. Ad-hoc-Freigabe für den Salome Distrikt überprüft und genehmigt. Weichen Sie nicht vom angemeldeten Kurs ab, *Blizzard 262*, sonst erlischt Ihre Flugfreigabe mit sofortiger Wirkung. Amen."

„Hier *Blizzard 262*. Habe Sie klar und deutlich verstanden. Amen und aus." Daniel schaltete auf Automatik. „Dann erzähl mir mal, wie das gelaufen ist mit dir und deinen neuen Freunden. Deinem Onkel ist doch bestimmt das Gesangbuch aus der Tasche gefallen, als er davon gehört hat."

Desmond schilderte in allen Einzelheiten, was seit ihrem letzten Treffen passiert war. Als er geendet hatte, meinte Daniel: „Dass du mit diesem Iskariot aneinandergeraten bist, wundert mich keine Sekunde. Ich erkenne Typen, die Ärger bedeuten, auf fünfzig Meter in der Dunkelheit. Und der Kerl bedeutet hundert Stockwerke voller Ärger. So viel ist sicher."

Statt sich ein weiteres Mal über seine ominöse Schuld bei Iskariot den Kopf zu zerbrechen, wollte Desmond lieber das zweite Thema anschneiden, weswegen er Daniel aufgesucht hatte.

„Dort unten verstecken sich jetzt schon mehr Flüchtlinge, als sie ernähren können. Die Ketzer bekommen bald ein Versorgungsproblem."

„Und dabei behauptet der Papst in seinen Predigten, niemand in Nicopolis, der reiner Seele wäre, hätte etwas von den Templern zu befürchten. Innozenz war schon immer mehr ein König der Heuchler denn ein heiliger Mann."

„Wenn ich Nodrims Sohn glauben will, gehen denen bald die Pilze, Algen und Olme aus. Sobald sie damit anfangen, Nahrungsmittel im großen Maße zu stehlen, wird das unweigerlich auffallen. Dann ist mein Onkel gezwungen, gegen sie vorzugehen. Und das kann nur in einer Katastrophe enden. Aber ich denke, mir ist etwas eingefallen, um das abzuwenden: Wenn man klaut, am besten nur einmal und danach muss man ausgesorgt haben. Wir entwenden also nicht andauernd irgendwo Nahrungsmittel, sondern wir organisieren stattdessen ein paar Pflanzcontainer. Von da an stellen wir uns unser Essen selbst her."

Daniel hatte Mühe, nicht loszuprusten. „Du willst diese Riesendinger mitgehen lassen? Wie soll das denn funktionieren?"

„Ich dachte, da könntest du mir weiterhelfen. Bei unserem letzten Saufgelage hast du dich doch damit gebrüstet, jede Ware besorgen zu können, die es im Gelobten Land gibt."

„Das ist schon ein paar Takte her und außerdem war ich sturzbesoffen. Pflanzcontainer, du liebe Güte! Das ist wirklich sehr speziell. Aber gut, ich werde versuchen, was auszuknobeln. Wenn es mir tatsächlich gelingen sollte, hab ich einen gut bei dir."

„Wenn das so weitergeht, schulde ich bald der ganzen Stadt einen Gefallen."

„So läuft der Handel in unserem heiligen Land nun mal. Auch für Priester. Glaubt dein Onkel eigentlich wirklich, du wärest dort unten, um die Leute zu bekehren? Siehst du selber das etwa genauso?"

„Die Ketzer sind geflohen, weil sie Angst hatten oder unzufrieden waren. Sie könnten den Grundstock zu einer neuen, besseren Gemeinde für New Bethlehem oder gar das ganze Bistum bilden. Sollte sich ihre Lage allerdings weiter verschlechtern, wird es sicherlich zu Ausschreitungen kommen. Deswegen möchte ich alles verhindern, was ihre Lage verschlimmert. Zunächst einmal ist es wichtig, dass es ihnen an nichts Grundlegendem mangelt. Danach sehen wir, ob ich ihnen ihren Glauben wiedergeben kann. Aber als Erstes brauche ich diese Pflanzcontainer."

„Du magst zwar jetzt ein Krimineller sein, aber du bist und bleibst ein Priester. Oh, Mann! Sieh bloß zu, dass du nicht unter die Räder kommst. Nicht alle im Untergrund sind wegen ihrer Ideale geflohen. Einige von ihnen sind schlicht und einfach Verbrecher."

„Keine Sorge", wiegelte Desmond ab. „Vergiss nicht: Ich *bin* immer noch Priester und wenn ich mich mit etwas auskenne, dann mit Sündern."

Sein Freund widmete sich wieder den Anzeigen, doch Desmond brannte noch eine weitere Frage auf der Seele.

„Was weißt du über die Heilige Skientia? Oder über die Freien Frauen von Rauracense?"

„Du willst es aber gleich richtig wissen, was? Langsam habe ich den Verdacht, du möchtest rauskriegen, mit wie viel subversivem Gedankengut ich schon in Berührung gekommen bin, um mir danach eine schicke Buße aufzuerlegen."

„Wenn ich das vorgehabt hätte, lägest du schon in Schandschellen."

„Angeber! Ich kenne diese seltsame Skientia nur vom Namen her. Angeblich hat sie wirklich existiert, obwohl sie natürlich nie offiziell heiliggesprochen wurde. Ganz im Gegenteil. Die Geschichte ist passiert, als ich noch in den Windeln lag, und ihr Wirken beschränkte sich auf ihre Heimatstadt New Nazareth. Die Freien Frauen von Rauracense sehen in ihr so eine Art Gallionsfigur im Kampf gegen die kirchlichen Unterdrücker. Aber das weißt du ja alles schon. Mehr kann ich dir dazu auch nicht verraten. Ich finde Frauen allerdings auch interessanter, wenn sie keine Kinder haben. Da haben wir schon was gemeinsam, die Freien Frauen und ich." Er grinste scheel. „Und sobald mir etwas zu den Pflanzcontainern einfällt, lass ich es dich wissen. Aber jetzt landen wir."

***

„Wie ist der denn hier reingekommen?"

Nodrim stand vor seiner Hütte. Wütend war er nicht, aber wirklich freundlich klang er auch nicht gerade.

„Çelesi kennt mich." Daniel nahm Desmond die Tasche aus dunklem Tuch ab und drückte sie Nodrim in die Arme. „Mit besten Grüßen. Bezahlung auf die übliche Art. Du weißt Bescheid."

„Die Multifunktionszünder? Na endlich! Sind die auch bis zu 1500 Megapascal geeignet?"

Desmonds Wangen wurden blass. „Diese Teufelsdinger habe ich die ganze Zeit mit mir rumgeschleppt? Weißt du, wie empfindlich die sind? Wenn die Tasche hingefallen wäre, hätte selbst die Inquisition kein Einzelteil mehr von mir aufgespürt."

„Nun mach dir nicht in die Tunika", gab Daniel zurück. „Du bist jetzt beim Widerstand, mein Freund. Irgendwer musste die Dinger von der Landezone hierherschaffen und dem Verwandten eines Kathedralsherren wären bei einer Kontrolle weit weniger unangenehme Fragen gestellt worden als mir. Selbst ohne Talar."

Nodrim öffnete die Tasche behutsam und starrte hinein. Seine Miene verwandelte sich in die eines Kindes, dem man das neueste Spielzeug mitgebracht hatte. Zu Desmond sagte er: „Ihr beiden kennt euch? Das hättest du früher erwähnen sollen. Wäre besser für deinen Ruf gewesen."

„Wir nennen uns eigentlich beste Freunde, aber für mich war eure Verbindung auch eine Überraschung."

„So bin ich", feixte Daniel. „Verschwiegen wie ein kaltes Krematorium."

„Die Zünder sind vollzählig und sehen funktionstüchtig aus. Wenn Trimmund und ich den ersten getestet haben, bekommst du, was dir zusteht, Jackdaw. Aber nun müssen wir so schnell wie möglich zu Bogdan." Sein verzückter Ausdruck verschwand. „Sie haben Desmonds Namen schon dreimal ausrufen lassen."

„Bogdan? Was hat der denn schon wieder mit mir zu schaffen?"

„Bogdan selber gar nichts. Veneno Fate ist in seiner Hütte untergekommen und versucht herauszufinden, ob sich hier Judasjünger des Feindes herumtreiben. Schon vergessen?"

„Veneno Fate!" Daniel pfiff erneut durch die Zähne. „Davon weiß ich ja noch gar nichts."

„Auch ein Priester wahrt seine Geheimnisse", merkte Desmond an, und berichtete, wie der gefallene Prophet gestern am See aufgetaucht war.

„Da soll mich doch Ihre Heiligkeit selbst bespringen! Der Stern der Ungläubigen kerngesund und quietschlebendig bei uns in New Bethlehem? Diese Information ist nicht unbedingt veräußerlich, oder? Da wäre ein hübsches Sümmchen drin."

Nodrim hob warnend die Augenbrauen.

„Ja, ja, schon gut. Man wird ja wohl mal hypothetisch werden dürfen."

„Ich will hoffen, dass du in Bezug auf deine Verschwiegenheit nicht übertrieben hast." Nodrim schaute noch ernster als zu Beginn. „Genug gequatscht. Wir sind überfällig. Der gesamte Unterschlupf lauert schon auf Fates Urteil über den höchst umstrittenen Desmond Sorofraugh."

Der murrte: „Langsam stinkt es mir, dass keine vierundzwanzig Stunden vergehen, ohne dass jemand meint, er müsse ein Urteil über mich fällen."

Nodrim verstaute die schwarze Tasche in einem Regal.

„So ist das normale Leben. Gewöhn dich dran. Und jetzt los, Bogdan wohnt nicht weit von hier."

„Ist es nicht ein wenig gefährlich, die Zünder einfach so im Haus herumliegen zu lassen?", gab Daniel zu bedenken. Nodrim schob ihn und Desmond nach draußen.

„Sie werden nicht lange hier bleiben. Mein Kumpel Trimmund holt sie gleich ab."

Auf ihren Weg durch das Gewirr zwischen den Hütten spürte Desmond wieder tausend Augen im Nacken.

„Nervös?", fragte Nodrim ihn.

„Immerhin begegne ich gleich dem meistgesuchten Verbrecher des Gelobten Landes."

Daniel knuffte ihn in die Seite. „Würdest ihn gerne in Schandschellen hier rausschleppen, was?"

„Das nicht, aber ..."

Nodrim in Alarmbereitschaft zu versetzen, schien zu Daniels neuer Lieblingsbeschäftigung zu mutieren.

„Hüte deine Zunge, Jackdaw. Auch Höhlenwände haben Ohren. Und du, Desmond, hast nichts zu befürchten, solange du Fate in Ruhe lässt."

„Angst habe ich eher vor dem Gegenteil, muss jedoch auch gestehen, dass meine Neugier auf den falschen Propheten meine Bedenken bei Weitem übertrifft. Hast du dich seiner Prüfung schon unterzogen, Nodrim?"

„Die Dreizehn waren als Erste dran. Und ich und alle anderen Versammlungsführer sind von Fate zu überzeugten Verfechtern des Aufstandes erklärt worden."

Daniel bemerkte trocken: „Dacht´ ich mir doch. Er ist ein Scharlatan."

Nodrim tat unschuldig. „Mein Gewissen ist rein. Unsere kleinen Gaunereien stehen alle im Dienst der Sache."

Damit gelangten sie an eine Menschenschlange, die sich zwischen den Steinhäuschen in direkter Nachbarschaft zur Rotunde entlangzog.

„Da wären wir", informierte Nodrim.

Ein Mann mit einer heruntergekommenen elektronischen Datenmappe, an die er zusätzlich kleine Zettelchen geheftet hatte, schritt die Reihe der Wartenden ab. Auf seinem kahlen Schädel glänzten Ölflecken und seine Kleidung war behelfsmäßig geflickt. Geschäftig befragte er die Wartenden, gab hin und wieder etwas in die Mappe ein oder machte mit einem Kohlegriffel Notizen. Als er zu Desmond kam, weiteten sich seine Augen. Ein kurzer Blick in die Mappe und er entfernte sich.

„Das scheint interessant zu werden", sagte Nodrim zu Daniel. „Du hast doch bestimmt nichts dagegen, wenn wir noch etwas bleiben, Desmond?"

„Nein, über ein bisschen Rückendeckung wäre ich ganz froh."

Um sie herum spekulierte man aufgeregt über die Befragung. Ähnlich wie Desmond schien keiner der Wartenden sich darüber im Klaren zu sein, was Fate mit ihnen vorhatte. Die hiesigen Anwohner verhielten sich dafür auffällig ruhig. Sie lehnten in ihren Fensteröffnungen und beäugten das Spektakel. Desmond spähte nach vorn.

„Kannst du erkennen, was da passiert, Daniel?"

„Kein Stück. Die stehen in einem solchen Zickzack um ihre Zwergenhütten, da kann ich höchstens raten."

„Bogdan hat seinen bequemsten Stuhl für den Propheten vor die Hütte geschafft", informierte Nodrim. „Während er seinen geistigen Firlefanz veranstaltet, stellst du dich vor ihm auf und wenn du keinen Schimmel hinterm Bett hast, kannst du gleich wieder gehen. Falls aber doch …" Er zog seinen Zeigefinger von einer Seite des Halses zur anderen und grinste dabei. „Aber keine Sorge. Das ist bis jetzt noch nicht vorgekommen."

Fünf Minuten vergingen. Es war nur unwesentlich vorangegangen. Dann bemerkte Desmond, wie der Mappenträger mit zwei Wächtern an seiner Seite wieder auftauchte.

„Desmond Sorofraugh!" Der Kopf des Schreiberlings zuckte wie der einer Taube, die Gefahr witterte. „Folge mir unverzüglich."

Desmond starrte in die Gewehrläufe der Wachen. Wie kam der Kerl nur auf den Gedanken, er müsse bewaffnete Verstärkung mitbringen? Daniel hob die Schultern und sie folgten dem Glatzkopf durchs Gedränge.

Um sich Platz zu verschaffen, benutzen die Wachen ihre Gewehrkolben und brüllten: „Lasst uns gefälligst durch, Leute! Veneno Fate will den Priester sehen."

Das Gemurmel, mit der die Wartenden reagierten, zeugte nicht einmal von Verärgerung. Der Heilige Geist übermittelte Desmond abermals lediglich brennende Neugier. Dennoch fühlte er sich jedes Mal zu einer Entschuldigung genötigt, wenn er jemanden anrempelte. Nodrims Grinsen wurde immer breiter. Für ihn war dies alles ein Riesenspaß.

Bogdans Haus war etwas wuchtiger gebaut als die anderen. Davor erkannte Desmond Eunice Darkwater wieder. Sie, Bogdan und drei weiter Versammlungsführer hatten es sich auf Stühlen gemütlich gemacht. Was immer in den sauber gespülten Gläsern auf dem Tisch vor ihnen gereicht wurde, nach einfachem Wasser sah es nicht aus.

Bis er mit seiner Eskorte eingetroffen war, hatte das Grüppchen angeregt geschwatzt. Jetzt erstarb das Gespräch und alle am Tisch, sowie sämtliche Ketzer zwischen den Hütten, schenkten Desmond ihre volle Aufmerksamkeit.

Veneno Fate hingegen ließ sich nicht im Geringsten stören. Er trug noch die gleichen Sachen wie am Strand, nur dass er seine Haare inzwischen zu einem Pferdeschwanz gebunden hatte. Er schaffte es trotz seiner legeren Körperhaltung, den dunklen Metallstuhl, auf dem er saß, wie einen Bischofsthron wirken zu lassen.

Sein Augenmerk galt einer Frau von Anfang zwanzig in einem senffarbenen Kleid. Sie langte ständig mit ihrer Hand nach einem Zierband, das sie sich um das rechte Ohr geschlungen hatte, und schrumpfte unter dem Blick des falschen Propheten immer mehr in sich zusammen.

Desmond vermochte nicht zu sagen, ob Fate wirklich vorhatte, die Seele der Frau zu ergründen oder ob er sie mit den Augen auszog. Fast drängte sich der Eindruck auf, es wäre ein bisschen von beidem.

Er probierte sofort, den Heiligen Geist auf den Verstand des Mannes mit dem leicht arroganten Gesichtsausdruck auszudehnen. Doch so intensiv er seine geistigen Fühler auch ausstreckte, er spürte nichts von Fates Anwesenheit. Wie stellte der Mann das an, obwohl er keine fünf Meter vor ihm saß?

Mit einem theatralischen Seufzer ließ Fate von der Frau ab. Anstrengung überschattete sein Antlitz für eine Sekunde, danach lächelte er ihr aufmunternd zu und winkte sie heran. Damit er seine Lippen nah genug an ihr Ohr bringen konnte, musste sie sich hinunterbeugen. Was er ihr zutuschelte, bekam niemand mit, doch als sie sich wieder aufrichtete und an Bogdans Runde vorbeitrippelte, waren ihre Wangen gerötet.

Fate erhob sich und verkündete laut: „Daylina Smith ist eine treue Anhängerin. Ich konnte an ihr keine Falschheit erkennen."

Jubelnd schlossen ihre Verwandten die Frau in die Arme.

Die Wachen stießen Desmond nach vorne und ein Flüstern ging durch die Umstehenden.

Der Glatzkopf mit der Mappe rief: „Desmond Sorofraugh, der ..."

„Schon gut, schon gut. Wir wissen alle, wer vor uns steht", scheuchte Fate ihn fort. „Ein Priester hier im Untergrund! Mit einem Versammlungsführer an seiner Seite und einem ... Wer bist du?", wollte er von Daniel wissen.

„Ich bin ... nur neugierig", gab der zurück und Nodrim unterdrückte ein Grinsen.

Veneno Fate lachte offen und fuhr fort: "Einer von Innozenz´ Priestern mit einem Ketzerführer und einer gesunden Portion Humor an seiner Seite. Sehr ungewöhnlich." Jetzt lachten auch die Umstehenden.

Desmond wusste nicht so recht, wie er darauf reagieren sollte. Er blickte sich Hilfe suchend um, bekam von Nodrim und Daniel aber bloß ein Schulterzucken.

Sich vernehmlich räuspernd, nahm Veneno Fate wieder Platz. „Nun denn. Wollen wir doch mal sehen, wie weit wir ‚Ungläubigen' einem Mann der Bibel trauen können." Um seine Einladung zu unterstreichen, breitete er die Arme aus. Desmond tat noch einen Schritt nach vorn und der falsche Prophet schaute ihm tief in die Augen.

Wenn er tatsächlich Desmonds Bewusstsein lesen konnte, so spürte der nichts davon, aber ...

Er verfiel in Trance, konnte den Blick nicht mehr von Fates Augen lösen. Dunkel wie Anthrazitbasalt wollten ihn die Iris verschlucken und dieser Pupillenring aus Bernsteinfeuer legte sich um sein Bewusstsein. Desmond hatte noch nie zuvor solche Augen gesehen. Sie waren wie ein Labyrinth, in dem man sich allzu leicht verlor.

Abrupt endete der Moment. Fates Blick weitete sich. Er schüttelte den Kopf. Als er ihn wieder anhob, bebten seine Lippen.

„Komm mit!", erhob er sich und verschwand in Bogdans Hütte.

Sofort stürzte eine aufgestaute Flut von Fragen, Vermutungen und Verwünschungen durch den Heiligen Geist über Desmond herein. Und selbst wenn er Fate nicht hätte folgen wollen, so wollte er doch so schnell wie möglich vor der erdrückenden Neugier der Ketzer und vor dem Stimmengewirr in seinem Kopf flüchten. Glücklicherweise wurde es hinter dem Vorhang gleich viel ruhiger.

Veneno Fate lehnte sich an eins der mit hellen Tüchern verhängten Regale.

„Du hast es!" Er wiederholte diesen Satz bestimmt dreimal, wobei seine Stimme nicht mehr als ein bewunderndes Flüstern war.

Desmond konnte sich nur zu genau denken, worauf der Rebellenführer hinauswollte, aber er traute ihm nicht über den Weg. „Was soll ich haben?"

Erst schaute Fate ungläubig, dann lächelte er. „Du willst mir doch nicht weismachen, dass du von den eigenen erstaunlichen mentalen Fähigkeiten keine Ahnung hast? Das glaube ich dir keine Sekunde."

„Wenn Sie bei der Formulierung Ihrer Vermutung etwas präziser wären, könnte ich unter Umständen Klarheit schaffen."

„Ich kann dein Misstrauen nur zu gut verstehen. Es fühlt sich erbärmlich an, in ständiger Angst leben zu müssen, nur weil man anders ist. Sein Leben lang gezwungen, die eigenen Talente zu verleugnen, obwohl man tief im Inneren spürt, dass man so viel mehr kann. Geschöpfe wie wir sind äußerst selten auf dieser Welt,

Desmond, denn der Papst und die Mächte hinter ihm halten uns für zu gefährlich."

Desmonds Schweigen blieb weiterhin eisern, aber seine Fassade begann langsam zu bröckeln. Fate ließ sich nicht beirren.

„Als Priester trägst du natürlich jenen Funken in dir, den die Kirche den Heiligen Geist nennt. Aber du kannst wesentlich mehr, als einen Sünder nur zu binden, nicht wahr? Du vermagst es, in den Verstand anderer Menschen einzudringen und ihre Gedanken zu lesen. Oder bist du sogar schon in der Lage, sie dazu zu bringen, Dinge zu tun, die du ihnen eingibst?"

Fate hatte genau die Worte ausgesprochen, die Desmond so sehr hatte hören wollen, doch vor denen er sich auch am meisten gefürchtet hatte.

„Können Sie das auch?" platzte es aus ihm heraus. Die Frage eines staunenden Kindes. Am liebsten hätte er sich geohrfeigt.

„Nein."

Alle Erwartungen Desmonds und seine schnell gefassten Hoffnungen stürzten wieder in sich zusammen.

„Um genauer zu sein: nicht mehr. Die verfluchten Wahrheitsbrecher der Inquisition haben mich vor Monaten einmal aufgegriffen und so gut wie jede übersinnliche Fähigkeit aus mir herausgebrannt. Deswegen beherrsche ich den Heiligen Geist bestenfalls noch in schwachen Ansätzen. Aber das sollte unser kleines Geheimnis bleiben."

Sollte Desmond nun darüber froh sein, dass Fate sich doch als Leidensgenosse herausstellte, oder hatte er nur einen weiteren Grund, die Jünger Uriels zu fürchten? „Wenn die Inquisition den berüchtigten Veneno Fate in ihre Türme geschleppt hätte, wäre die Meldung durchs gesamte Gelobte Land gegangen."

„Immer noch etwas argwöhnisch, Desmond Sorofraugh? Das ist gut so. Wir leben in tückischen Zeiten. Gesunde Wachsamkeit kann nicht schaden. Die Folterknechte wussten nicht, wen sie vor sich hatten, und auch nicht, was sie anrichteten, sonst wäre das mein sicheres Ende gewesen. Sie ahnen es bis heute nicht."

Desmonds Gesichtsausdruck änderte sich nicht.

„Du zweifelst weiterhin? Damals konnte ich noch mein Äußeres ändern. Und bedenke außerdem, dass das gesamte Land zurzeit davon überzeugt ist, dass ich an der Stadtgrenze von Nicopolis den Tod gefunden habe. Trotzdem stehe ich in einem Stück vor dir. Dass ich damals entwischt bin, war reines Glück und Inquisitor Nathan Thorn fragt sich wahrscheinlich immer noch, wie mir das gelungen ist."

„Darüber gibt es Aufzeichnungen."

„Wohl kaum. Ich gelte jetzt als tot. Schon vergessen? Außerdem hat Thorn die Sache unter Garantie vertuscht."

Desmond dachte lange nach, bevor er weitersprach. „Was haben Sie mit Iskariot besprochen?"

„Du forderst einen Beweis meiner Glaubwürdigkeit?" Fate wirkte wieder amüsiert. „Das gefällt mir. Priester sind in der Regel viel zu leichtgläubig. Kaufe niemals die Katze im Sack. Ein hochbetagtes Sprichwort, aber immer noch wahr. Iskariot ist ein alter Waffenbruder von mir. Ich habe ihn dazu angehalten, dich in Ruhe zu lassen und den Frieden in der Kaverne zu bewahren. Du hast ihn also fürs Erste vom Hals." Ein aufforderndes Lächeln blieb zurück.

„Meine Fähigkeit war mir in der Vergangenheit eher hinderlich. Es gab Tage, da kam sie mir wie ein Fluch vor. Was erwarten Sie, das ich tun soll?"

„Zunächst: Ich heiße Veneno. Waffenbrüder nennen sich beim Vornamen." Er trat an Desmond heran und legte eine Hand auf seine Schulter. „Dein gesamtes Potenzial ausschöpfen, das sollst du machen. Nicht mehr und nicht weniger. Es ist alles, was ich im Moment zu hoffen wage. Wenn du möchtest, werde ich dich ausbilden. Sobald wir das wahre Ausmaß deiner Begabung ausgelotet haben, sehen wir weiter. Was sagst du?" Er streckte seine Rechte aus.

Desmond schien am Ziel seiner Träume. Er war nur noch einen Handschlag davon entfernt, seiner Bestimmung zu folgen, dessen war er sich nun sicher. Sollte er sich vorher mit seinem Onkel absprechen? Sollte er Daniel fragen? Konnten sie ihm überhaupt einen brauchbaren Ratschlag geben? Sie steckten nicht in seiner Haut, wussten nicht, wie es war, einen festen Teil seiner Persönlichkeit jahrelang zu verbergen.

Zum Teufel! Es fühlte sich richtig an. Er schlug ein.

„Bravo, mein Freund!" Begeistert schüttelte Fate seine Hand und schlug ihm auf den Rücken, bis die Peitschenstriemen wieder brannten. „Draußen wird man sich mittlerweile fragen, was wir hier drin treiben. Wir sollten den Ketzern deine Entscheidung mitteilen. Danach wird dich keiner von ihnen je wieder für einen Spion halten."

Desmond wurde nach draußen gezogen. Ein bisschen unwohl war ihm nun doch wieder und er fragte sich, wie viel Fate von ihm preisgeben würde.

Vor der Hütte erstarb jedes Gespräch. Bogdan und seine Freunde stellten die Gläser ab. Selbst Nodrim trat ruhelos von einem Bein auf das andere und Daniel blickte so ernst wie sonst nur selten.

Fate erhob die Stimme: „Desmond Sorofraugh ist ohne den geringsten Zweifel einer von uns. Mehr noch: Vom heutigen Tag an betrachte ich ihn als persönlichen Freund und Waffenbruder. Ich bin davon überzeugt, dass wir gemeinsam viel erreichen werden. Die Prüfungen sind für heute vorüber. Wir setzen sie morgen nach dem ersten Mahl fort." Zu Bogdan sagte er: „Ich würde mich noch gerne zusammen mit Desmond und den Dreizehn beraten."

Kaum dass seine Worte verklungen waren, ging ein turbulentes Durcheinanderrufen los. Ungeachtet des Umstandes, dass keiner mehr hierbleiben musste, hatte niemand Interesse daran, zu gehen.

Fate geleitete Desmond an Bogdans Tisch, Nodrim gesellte sich schnellstens dazu und Daniel verschwand im Gewühl.

***

Bei dieser Sitzung blieben die Ränge der Rotunde bis auf ein wenig Unrat in den Ecken leer.

Desmond saß wieder auf dem Metallstuhl, über ihm glomm das diffuse Kabelspinnenlicht und vor ihm saßen die Dreizehn. Es fühlte sich beinah so an wie am Tag der Gerichtssitzung, nur stand diesmal Veneno Fate anstelle von Iskariot an seiner Seite.

Der falsche Prophet leitete seine Worte mit einer galanten Verbeugung ein. „Hoch geachtete Versammlungsführer. Ich möchte euch noch einmal versichern, dass ich alles in meinen Kräften Stehende für die Ketzergemeinde leisten werde." Während seine Stimme durch den Trichter des Amphitheaters schallte, nickte Bogdan wohlgefällig. „Ich habe heute eine sehr bedeutsame Entdeckung gemacht." Schwungvoll deutete er auf Desmond. „Dieser junge Priester besitzt Kräfte, von denen er selbst kaum etwas ahnt. Unter meiner Anleitung könnte er zum mächtigsten Verbündeten im gesamten Gelobten Land werden. Vielleicht werden irgendwann seine Fähigkeiten die meinen sogar bei Weitem übertreffen. Dann braucht ihr euch weder vor Priestern, noch vor der Inquisition oder gar vor Engeln zu fürchten."

Ein Raunen war die Antwort. Nodrims Nebenmann, Lyonel Grazon aus Bogdans engstem Kreis, beugte sich zu ihm hinüber und redete leise auf ihn ein. Als der Mann in der lila Tunika sich wieder aufsetzte, sprach er Fate an.

„Das sind ja wieder überwältigende Enthüllungen über Sorofraugh." Er legte die Hände in den Schoß. „Du musst verzeihen, Fate, aber sein Leumund ist noch nicht völlig verifiziert. Ebenso wenig möchten die Dreizehn dem großen Anführer unserer Nachbarstadt zu nahe treten, aber auch du bist erst gestern zu uns gestoßen. Und euer Vorhaben ist für uns schwer einzuschätzen. Sollte es eine Gefahr für die Ordnung der Kaverne darstellen, werden wir es ablehnen, auch wenn es verheißungsvoll erscheinen mag. Nichtsdestotrotz sind wir gerne gewillt, dich weiter anzuhören."

Das offene Misstrauen hinter den verschnörkelten Worten schien Fate nicht zu berühren. Er setzte die Gruppe von seiner Absprache mit Desmond in Kenntnis. „Wenn er so stark wird, wie ich hoffe, könnte die Kaverne schon bald mehr sein als nur ein Ort, an dem sich die Ausgestoßenen vor der Kirche verstecken."

Nodrim schaltete sich ein. „Das Letzte, das wir hier wollen, ist ein zweites Nicopolis."

„Die Fehler der Vergangenheit werden sich nicht wiederholen. Auch werdet ihr schon bald erkennen, dass Nicopolis nicht so verloren ist, wie es scheint. Der Wille des Widerstands ist noch immer ungebrochen und meine Krieger folgen mir über meinen Tod hinaus. Erlaubt mir einfach, Desmond zu unterrichten, ohne uns irgendwelche Steine in den Weg zu legen. Ihr werdet es nicht bereuen. Den Aufstand im Gelobten Land anzuführen, kann eine ruhmvolle Aufgabe sein."

Ebenso wie Nodrim stutzte auch Desmond bei der letzten Bemerkung.

Bogdan jedoch bekam glänzende Augen. Er war es dann auch, der das Treffen abschloss. „Wir werden das Für und Wider deines Vorschlages genau erörtern, da kannst du dir sicher sein, Veneno."

Nodrim wollte zum Sprechen ansetzen, doch Bogdan brachte ihn mit einer Geste zum Schweigen.

„In der Zwischenzeit fallen natürlich noch eine Menge anderer Probleme an, die nicht ganz so dramatischer Natur sind. Wir ziehen uns nun zur Beratung zurück und werden euch über unsere Entscheidung zum geeigneten Zeitpunkt informieren."

Mit diesen Worten waren Desmond und Veneno Fate entlassen.

***

„Bogdan und Grazon haben die Dreizehn überzeugt. Veneno Fate hat freie Hand bei deiner Ausbildung. Aber aus meinem Kopf halte dich bitte fern. So etwas wie vor Iskariots Höhle möchte ich nicht noch einmal erleben."

Desmond saß an Nodrims Tisch und kraulte der schwarzen Katze das Köpfchen.

Er hatte zunächst einen Besuch auf seiner Baustelle gemacht und ein wenig mit angepackt. Calla plante Großes mit seiner Hütte. Sie wollte ihren ersten Entwurf für ein Wasseraufbereitungssystem umsetzen. Aber im Grunde genommen würde Desmonds Haus am Schluss aussehen wie alle anderen auch.

Irgendwann war Kieran aufgetaucht und hatte ihn zum Essen eingeladen. Die schrumpfenden Vorräte machten sich langsam auch in Nodrims Haushalt bemerkbar und das Abendessen fiel diesmal karger aus als zuvor. Nach ein Paar Partien des Kartenspiels „Flammen und Märtyrer" war Nodrim schließlich zurückgekehrt.

„Hast du mir die kleine List immer noch nicht verziehen? Nun denn ... Ich verspreche, deinen Verstand in keiner Weise ohne deine Erlaubnis zu manipulieren." Desmond hob zwei Finger zur Brust. „Allerdings möchte ich im Gegenzug die Versicherung von dir, dass du mit diesen Zündern keine Unschuldigen verletzt. Ich möchte nämlich auf keinen Fall ein ähnliches Desaster wie am Davidplatz durchmachen."

„Ich habe am Davidplatz überhaupt nichts in die Luft gejagt", verteidigte Nodrim sich. „Das waren die Flüchtlinge aus Nicopolis. Die haben die Tunnelbahn mit Sprengstoff vollgestopft."

„Von der Bahn rede ich nicht. Ich meine den Schweber. Du hast von dem Gebäude, aus dem du mit Kieran geflohen bist, die Libelle vom Himmel geholt. So war es doch, oder?"

Nodrim schaute wieder so finster wie an jenem Tag, als die beiden sich im Schein von Desmonds Lampe zum ersten Mal in die Augen geblickt hatten. „Sie hatten es verdient. Sie hätten mit ihren Geschützbatterien ein noch größeres Blutbad unter den unschuldigen Flüchtlingen angerichtet. Ich habe schon erlebt, wie sie bei Suchaktionen eingesetzt werden. Wie ganze Wohnblöcke tagelang ängstlich den Himmel nach Anzeichen von Libellen absuchen und alle panisch in den Wohntürmen verschwinden, wenn sie durch die Straßenschluchten patrouillieren. Die Kanoniere an Bord nehmen keine Rücksicht auf Unschuldige, wenn sie einen Sünder stellen wollen."

Desmond war nicht überzeugt. Die Bilder jenes Tages waren ihm noch zu frisch im Gedächtnis. „Wäre mir dieser Gedanke damals schon gekommen, hätte ich euch wahrscheinlich nicht gerettet."

„Du hättest geduldet, dass dieser Scheißkerl auf Kieran schießt?"

„Nein, vermutlich nicht. Dennoch möchte ich durch meinen Kurierdienst nicht Schuld am Tod von Unbeteiligten haben. Sonst werde ich dich glauben lassen, eins von den Dingern zu essen, wäre eine gute Idee."

„Typisch Schwarzrock. Aber wenn du drauf bestehst, werde ich vorsichtig sein."

„Warum sind eigentlich damals alle Flüchtlinge wie von Furien gehetzt über den Platz gelaufen? Wäre es nicht sehr viel cleverer gewesen, sich von vornherein in den vielen Nebenstraßen zu verteilen?" Dieser Gedanke beschäftigte Desmond schon eine ganze Weile.

„Das war eine Anweisung von Fate. Er wollte, dass sich die Taktik des Propagandaführers Morgenstern gegen die Kirche wendet."

„Wie das?"

„Das Bistum hat erst alle zur Arbeit geschickt und dann eine Ausgangssperre verhängt. Sie sollten sich alle schön die Nasen an den Fenstern platt drücken, während ihr einen glorreichen, wenn auch brutalen Sieg über die Flüchtlinge erringt. Diese Geschichte hätten sie dann weiterverbreitet und keiner hätte es mehr gewagt, zu fliehen oder einem Flüchtling zu helfen. Fate dachte, es wäre ein besserer Einfall, wenn die Flüchtlinge stattdessen vor den Augen eines wirksamen Publikums die Stellungen der Sicherheit überrennen. Dass das Gebäude mit all den Unschuldigen darin zusammenstürzen würde, damit hat wohl keiner gerechnet."

Desmond seufzte. Pläne! Jedes Mal, wenn ein neuer ersonnen wurde, gingen Menschen drauf. Egal, welche Absicht dahinter steckte.

„Wie ist es dem Stern der Ungläubigen denn gelungen, die Dreizehn für sich einzunehmen? Sie waren sich seiner doch so unsicher?"

„Fate hat Iskariot mundtot gemacht. Das hat ihm eine Menge Sympathie bei den Dreizehn eingebracht. Außerdem hat er eine gute Menschenkenntnis, der schlaue Hund. Obwohl er ihn erst zwei Tage kennt, hat er sofort gewusst, welche Knöpfe man bei Bogdan drücken muss. Der gute Deik war Feuer und Flamme für die Idee, ihr beide könntet ihn zum landesweiten Führer des Aufstandes machen."

„Ich kann noch gar nicht sagen, wie weit ich mich auf Venenos Spiel einlasse. Mir ist vor allem daran gelegen, zu lernen. Morgen soll ich die Überprüfungen für ihn fortsetzen. Hoffentlich lassen die Leute sich darauf ein."

„Fate hat seine Anhänger aus Nicopolis gut im Griff. Die vertrauen ihm so sehr, dass du sie auf seine Anweisung hin auf links drehen könntest."

„Wie das wohl gemeint war: ‚Meine Krieger folgen mir über den Tod hinaus'? Ist es nicht irgendwie unheimlich, dass ihm seine Gefolgsleute so hörig sind? Ob er plant, uns auch in solche Marionetten zu verwandeln?"

„Keine Sorge, ich werde gut auf uns aufpassen. Wir sind nicht vor der einen Sekte geflohen, um dann in den Fängen einer anderen zu landen."

Irgendwann wurde Kieran ins Bett geschickt und Nodrim zauberte eine Flasche Schwarzgebrannten aus den übervollen Regalen hervor. Sie tranken zusammen und Desmonds Einsichten in das System der Dreizehn, ihre Aktivitäten und die allgemeinen Probleme des Untergrundes wurden vertieft.

Desmond erzählte Nodrim von seinem Plan mit den Pflanzcontainern und der quittierte die Idee mit ehrlicher Anerkennung. Er versprach, bei den Dreizehn dafür um Unterstützung zu werben.

Bis ihnen die Einfälle ausgingen, schwadronierten Desmond und Nodrim davon, was sie mit Innozenz und dem ganzen Bischofspack gerne machen würden. Zu fortgeschrittener Stunde begab sich Desmond zurück an die Oberfläche. Froh darüber, einfach zu betrunken zu sein, um sich noch weiter Sorgen zu machen, wankte er ins Bett.

XIV

Die Assistentin seines Onkels weckte Desmond per Comphone und ließ ihn wissen, er möge wegen des Konzils erst nachmittags zur Flagellation erscheinen. Zwar in Zivil, doch seine Dienstkleidung sollte er trotzdem mitbringen. So schlief er bis zum Mittag, gönnte sich ein reichhaltiges Frühstück und setzte sich mit dem Talar über dem Arm in die nächste Tunnelbahn zur St. George.

Wegen der zusätzlichen Sicherheitsmaßnahmen während der Dekanssynode stand fast kein Angel's Wing mehr in der großen Flughalle. Jonas hatte eine Doppelschicht unterbrechen müssen, damit er Desmond ein letztes Mal die Peitsche spüren lassen konnte. Aber nach fast sechsunddreißig Stunden Dienst war es ihm nicht mehr möglich, seinem ausgeruhten Opfer noch Schaden zuzufügen.

Nachdem man ihn vom Büßerkreuz geschnallt hatte, spuckte Desmond den Lederknoten in die Ecke, wischte sich mit einem Handtuch das Salzwasser von der Haut und zog sich an, seine Miene eine stille Herausforderung an Jonas.

Später am Beichtstuhl ließ Ephraim Sorofraugh seinem Neffen die übliche Behandlung angedeihen, dann legte er ihm den Talar in die Hände.

„Du hast es durchgestanden, mein Junge. Ich bin stolz auf dich. Zieh dich bitte gleich um. Nach den Sonderschichten brauche ich heute Abend jeden ausgeruhten Mann draußen in den Straßen. Willkommen zurück in der Bruderschaft von Gottes Schild!" Bei den Worten zeigte er wieder jenes familiäre Lächeln, das Desmond so mochte.

Das war's also, genau wie sein Onkel es vorgehabt hatte. Aufrappeln und weitermachen. Vom Sünder, zum Büßer, zur Reue ... Aber gab es wirklich etwas zu bereuen für Desmond? Wohl nicht. Außerdem hatte er fest damit gerechnet, den Rest des Tages noch für sich zu haben. Onkel Ephraim deutete seine Miene direkt richtig.

„Wenn du etwas auf dem Herzen hast, musst du schnell heraus damit. Das Konzil hat die Organisationsarbeit einer ganzen Woche verschlungen. Joachim wartet bestimmt schon ganz ungeduldig in der Kommandoebene auf mich."

Vikar Joachim Jacobus, der Stellvertreter seines Onkels, hatte schon so manche weit hergeholte Befehlsinterpretation von Desmond gedeckt. Er mochte den Mann.

„Ich habe jemanden gefunden, der wie ich ist", platzte er heraus.

Wie so oft, wenn er nervös wurde, kratzte sein Onkel sofort über das Muttermal an seinem Hinterkopf. „Ist er ein Priester? Wie hat er den Heiligen Geist empfangen?"

„Du musst mir beim Heil deiner Seele schwören, dass du nichts gegen diesen Mann unternimmst, solange ich nicht einwillige."

„Ich dachte, wir würden ohne Schwüre auskommen. Für wie vertrauenswürdig erachtest du diesen Mann denn?"

„Genau das ist der Punkt. Er hat mich gleich bei unserer ersten Begegnung Waffenbruder genannt und will mir morgen eine Lektion im Gedankenlesen geben. Leider habe ich noch keine Ahnung, wie weit ich ihm glauben kann, andererseits lasse ich diese Möglichkeit auf keinen Fall ungenutzt. Aber keine Angst. Sollte mir irgendwas auch nur seltsam vorkommen, beende ich die Sache sofort."

„Bislang hatte ich schon so manchen Einwand, der nicht über meine Lippen kam." Desmonds Onkel atmete tief ein. „Seit dieser Sache mit der Nachricht habe ich mich darauf verlassen, dass du weißt, was du tust."

„Wir müssen bei diesem Spiel weitaus mehr riskieren, als ich zunächst angenommen hatte, aber ich glaube, wir kriegen das hin. Ich habe dir versprochen, zu dir zu kommen, sobald sich die Dinge verkomplizieren. Das ist jetzt geschehen. Trotzdem brauche ich diese zusätzliche Versicherung."

Desmond hätte nur allzu gerne gewusst, was hinter Onkel Ephraims Stirn vor sich ging, aber er hatte es sich zum Prinzip gemacht, niemandes Verstand zu ergründen, der ihm nahe stand. Schließlich ergriff der Dekan die Hand seines Neffen und nickte. „Amen."

„Der Mann, der mich im Heiligen Geist unterweisen will, ist Veneno Fate."

Durch die Brille wirkten die geweiteten Pupillen des Dekans noch größer. „Das ist nicht möglich!"

„Ich weiß. Die Kirche hat ihn für tot erklärt, aber offensichtlich haben sie am Grenzwall nur einen Doppelgänger erwischt."

„Die Meldung kam vom Stab des Papstes. Was macht dich so sicher, dass du keinem Hochstapler zum Opfer gefallen bist?"

„Seine Identität steht außer Zweifel. Die Flüchtlinge aus Nicopolis haben ihn erkannt. Aber was noch viel wichtiger ist: Er verfügt über die Gabe, sein Bewusstsein zu verbergen. Für den Heiligen Geist ist er praktisch nicht existent."

Ephraim Sorofraugh musste sich auf eine der Kirchenbänke setzen. Seinem Gesicht war alle Farbe entwichen. „Wenn irgendjemand, ein Priester, ein Seher oder auch nur ein unbescholtener Gläubiger, ihn in unserem Dekanat entdeckt, haben wir alles auf dem Hals, was New Jericho zu bieten hat."

„Deswegen ist es wichtig, dass niemand aus dem Klerus davon erfährt. Als Gegenleistung für dein Versprechen schwöre ich dir Folgendes: Sollte sich Fate als eine ernsthafte Gefahr für uns herausstellen, entbinde ich dich von deinem Eid und wir bringen ihn gemeinsam zur Strecke."

„Du kannst diesen Mann nicht kontrollieren, das schaffen ja nicht einmal die mächtigsten Instanzen unseres Landes."

„Auch das ist mir bewusst. Aber wenn du ihn jetzt festsetzen willst, kannst du nur mit Gewalt vorgehen. In der Kaverne ist er in Sicherheit. Dort sind einfach zu viele seiner Gefolgsleute. Sie würden ihr Leben für ihn geben, wenn es darauf ankommt. Das gäbe genau das Gemetzel, das wir der Ketzergemeinde ersparen wollten. Wir müssen ihn vorher rauslocken"

Desmonds Onkel rieb sich mit den Händen durchs Gesicht.

„Das ist alles ein bisschen mehr, als nur den Doppelagenten zu mimen. Ist es dir das wirklich wert?", fragte er mit rauer Stimme. „Es könnte unser beider Leben kosten, deswegen will ich eine klare Antwort von dir, Desmond. Ist es dir das wirklich wert?"

„Ja, ich glaube fest daran, dass es da unten sehr viel gibt, dass sich zu schützen lohnt. Ist dir die Heilige Skientia ein Begriff?"

War das Gesicht seines Onkels noch bleicher geworden?

„Diesen Namen darfst du nie wieder laut aussprechen!"

„Dasselbe hat Daniel auch gesagt. Aber in der Kaverne gibt es eine Gruppe von Frauen, die damit wenig Schwierigkeiten haben. Sie nennen sich ‚Freie Frauen von Rauracense' und sehen sich als Jünger dieser Heiligen. Ihr Ansinnen ist es, das Werk von Skientia fortzusetzen. Ich hab mit einer von ihnen gesprochen. Die Art, wie sie lebt, ist, sagen wir mal, ungewöhnlich. Und obwohl sie sehr merkwürdige Ansichten vertritt, konnte ich nichts Falsches an ihr entdecken. Im Gegenteil, ich habe eine Menge Gemeinsamkeiten festgestellt. Auf keinen Fall werde ich zulassen, dass diesen Frauen etwas geschieht."

Durch Ephraim Sorofraugh ging ein deutlicher Ruck, als er sich erhob und beide Hände um die Oberarme seines Neffen legte. „Hör mir zu, Desmond. Du bist für mich der wertvollste Mensch auf Gottes Erde. Jedes Mal, wenn ich dich mit ‚mein Sohn' anspreche, hat es für mich eine ganz besondere Bedeutung. Ich weiß, ich werde dich auf dem Weg, den du einschlägst, nicht aufhalten können. Sollte ich dir verbieten, deine Arbeit im Untergrund fortzusetzen, wirst du dich wahrscheinlich irgendwann von mir abwenden. Lasse ich dich einfach so ins Unglück rennen, wirst du mit Sicherheit in den Türmen der Wahrheit und Tugend landen. Folglich bleibt mir nichts anderes übrig, als dich zu unterstützen, soweit es in meiner Macht steht. Natürlich stelle ich dir auch meinen Rat zur Verfügung. Das Wichtigste ist jetzt, dass ich weiß, was ihr tut, damit ich entsprechend reagieren kann. Lass mich nicht aus falscher Loyalität im Dunkeln, sonst enden wir alle vorm Erzinquisitor."

„Ich verspreche, dich über alles auf dem Laufenden zu halten, Onkel", willigte der perplexe Desmond ein, bevor sein Vormund es sich noch einmal anders überlegte.

Durch den Mittelgang der St. George bewegte sich eine Gruppe von Gläubigen in stiller Andacht zum Altarraum.

„Ich muss jetzt gehen. Joachim wartet", erklärte der Dekan.

Desmond nickte. „Ich danke dir, Onkel Ephraim. Du ahnst nicht, wie sehr."

***

Ephraim Sorofraugh bewegte sich eiligen Schrittes in den Rapidlift zum linken Turm. Eigentlich sollte er im Geiste schon die Einsätze der nächsten 96 Stunden planen, aber seine Gedanken blieben bei Desmond. All die Jahre hatte er nun den Willen seiner Mutter befolgt. Trotzdem hatte die Ahnung von dem, was kommen könnte, Ephraim die ganze Zeit begleitet wie eine Wolkenfront. Doch nun erfolgte das Gewitter.

Als sein Neffe vor Wochen mit dieser ominösen Nachricht angekommen war, hatte ihm schon nichts Gutes geschwant. Dass es ihnen nicht gelungen war, mehr über den merkwürdigen Bate herauszufinden, alarmierte den Dekan immer noch. Dergleichen deutete auf eine Intervention von ganz oben hin. Dann, nach der Katastrophe am Davidplatz, hatte er nochmals versucht, das Unvermeidliche abzuwenden.

Aber Desmond war trotz allem in den Untergrund gegangen. Und selbst da hatte Ephraim es noch nicht ganz wahrhaben wollen, hatte sich eingebildet, wenn sein Neffe merken würde, dass er auch dort nur ein Fremder unter Fremden war, würde er sein altes Leben wieder aufnehmen. Spätestens seit heute war sich Ephraim Sorofraugh ganz sicher: Er und seine Verbündeten hätten es anders angehen sollen. Schon damals.

Diesem Schicksal folgten nun Desmond und er. Das Versteckspiel würde endlich ein Ende finden.

***

Talar, Erlöser und Kragen. Zwar war er diese Insignien für bloß eine knappe Woche los gewesen, sie wieder an sich zu haben, kam ihm aber dennoch seltsam vor. Durfte er jetzt, nachdem er praktisch einer von ihnen war, eigentlich noch Sünder greifen, ohne sich der Heuchelei schuldig zu machen? Dazu kam noch ein schlechtes Gewissen, weil er sich nicht im Untergrund gemeldet hatte. Veneno Fate erwartete ihn.

So warf er, entgegen seiner Prinzipien, statt nach der Schicht zu schlafen ein paar Upper ein, übertrug das Kennsignal seines Kragens an sein heimisches Comphone, damit es in der Kathedrale den Eindruck erweckte, er verbrächte den Tag in seiner Wohneinheit und begab sich in den frühen Morgenstunden zur Trümmerhalde.

Nachdem ein anfangs geschockter Çelesi einem Priester im schwarzen Kapuzenumhang geöffnet hatte und auch einige Wachen ihn um ein Haar über den Haufen geschossen hätten, lief Desmond, verfolgt von noch indiskreteren Blicken als den üblichen, durch die erwachende Kaverne. Zwei um einen Fischrest streitende Katzen stoben vor seinen Stiefeln auseinander. Der Professor war auch schon auf den Beinen.

Er jagte ein paar Motten hinterher, winkte ihm und rief vergnügt: „Amen, Bruder. Amen!" Bei jedem Ausruf schaffte es der bunt gekleidete Alte, eine neue Form des Bekreuzigens zu ersinnen. Einmal endete die Segensgeste sogar auf Schritthöhe. Desmond wusste nicht, ob er peinlich berührt sein oder loslachen sollte.

Bevor er den falschen Propheten traf, wollte er bei Nodrim vorbei. Allerdings waren alle Vorhänge seiner Hütte noch geschlossen, und zu Desmonds großer Überraschung erwartete Fate ihn dort bereits. Während sich die Ketzer verschlafen vor den Hütten reckten, sah man ihm kein bisschen Müdigkeit an.

„Nette Aufmachung. Meinst du nicht, dass das etwas provokant wirkt?" Er wies auf das Kreuz am Tunikateil des Talars.

„Seit gestern stehe ich wieder im aktiven Dienst des Herrn. Jeder weiß, dass ich Priester bin. Warum sollte ich das verstecken? Wolltest du nicht, dass ich aufhören muss, zu verbergen, wer ich bin?"

„Verstehe. Deswegen bist du zur ersten Lektion nicht aufgetaucht. Kein Wunder, dass du im Untergrund gelandet bist. Du scheinst ja deinen eigenen Kopf zu haben. Aber lass uns nicht weiter warten." Fate wollte gehen.

„Sind um diese Stunde schon Freiwillige für die Prüfung wach?"

„Eine Handvoll meiner Getreuen steht vor Bogdans Hütte parat. Ich habe sie vor einer Stunde geweckt und sie warten nur noch auf dich." Wieder setzte sich Veneno Fate in Bewegung, aber Desmond blieb weiterhin stehen.

„Halt. Nicht so schnell. Ich möchte nicht, dass mein Unterricht zum allgemeinen Spektakel wird. Mein Talent ist zeitweise etwas launisch. Ohne eine entspannte Atmosphäre werde ich in niemandes Verstand eindringen können. Ist Bogdan schon wach?"

Fate verdrehte ergeben die Augen.

„Da, wo ich herkomme, gibt der Lehrmeister die Anweisungen und der Schüler ist derjenige, der sie befolgt." Dann grinste er. „Aber gut. Ein wenig Abgeschiedenheit kann am Anfang nicht schaden. Bogdan schläft bei einem Verwandten. Wir können also in aller Ruhe drinnen arbeiten."

Jetzt folgte Desmond ohne weitere Einwände.

***

Im Innern der Hütte roch alles nach Bogdan. Ganz besonders die beiden durchaus bequemen, aber abgeschabten Sessel, in denen Desmond und die erste Testkandidatin sich gegenübersaßen.

Es handelte sich um die Frau in dem senffarbenen Kleid, die vorgestern schon geprüft worden war. Sie rutschte auf der Sitzfläche ihres Sessels hin und her und blickte ständig in Veneno Fates Richtung. Der hockte auf einem zur Seite gerückten Tisch.

„Dein Name ist Daylina, nicht wahr?", fragte Desmond und wollte mit einem beruhigenden Tonfall ihr Bewusstsein einlullen.

Die Frau nagte an ihrer Unterlippe.

„Du fragst dich sicherlich, warum du heute noch mal geprüft werden sollst, nicht wahr?"

Ein Nicken, zusammen mit einem weiteren unsicheren Seitenblick auf Fate. Daylinas Bewusstsein war ein Vogel, der ängstlich in seinem Käfig flatterte.

„Schau mich bitte an, Daylina."

Ihr Blick wanderte zum Lanzenkreuz auf seiner Brust. Nachdem er es unter dem Talar verstaut hatte, gelang es ihr endlich, ihn direkt anzusehen, auch wenn sie dabei noch immer mit der Zierkordel hinter ihrem Ohr spielte.

„Die Antwort auf deine Frage ist: Training. Es soll eine Übung für mich sein. Ähnlich wie der Verkünder der Neuen Prophezeiung kann auch ich in deinen Gedanken lesen. Nur noch nicht so gut. Deswegen soll ich es heute mit dir üben."

Die Frau schaute schon wieder Veneno Fate an. Desmond setzte ein gewinnendes Lächeln auf.

„Daylina, bitte konzentrier dich für einen Moment ausschließlich auf mich."

Ihre unsteten Pupillen taten ihr Bestes, aber es fiel ihnen nicht leicht.

„Wie du unschwer erkennst, bin ich ein Priester. Das bedeutet, ich gehöre zu den Leuten, die dich aus deiner Heimatstadt vertrieben haben. Ich habe mich zwar nicht von der Kirche losgesagt, kann dir aber versichern, dass ich ganz auf eurer Seite stehe. Nicht alle Priester heißen gut, was die Kirche im Namen des Papstes tut." Er räusperte sich. „Es gibt zunächst nur eine Frage, die du mir beantworten sollst: Vertraust du mir so weit, dass ich deine Seele lesen darf?"

Die junge Frau wand sich in ihrem Sessel, schwieg aber immer noch.

„Es ist egal, was du sagst, du hast in keinem Fall etwas zu befürchten."

„Nein, das möchte ich eigentlich nicht." Sie biss sich auf die Lippen, kaum dass sie die Worte herausgebracht hatte.

Von Fate erklang ein leises Aufstöhnen. Daylinas Augen zuckten prompt wieder in seine Richtung, aber Desmond versuchte, ihre Aufmerksamkeit wieder an sich zu binden.

„Das ist in Ordnung. Ich würde auch niemanden in meinem Verstand herumspuken lassen, den ich nicht richtig kenne. Du kannst gehen, Daylina. Wenn du es dir anders überlegt hast, würde ich mich freuen, wenn du zurückkämest."

Daylinas Abschied war eher als Flucht zu bezeichnen. Beim Verlassen des Raumes stolperte sie und wäre vor dem Ausgang fast noch hingefallen. Desmond konnte Fates Stimmung nicht auffangen, denn sein Geist war für ihn weiterhin nur ein blinder Fleck. Aber der letzte Blick, den Daylina in seine Richtung geworfen hatte, hatte Bände gesprochen.

„Was sollte das denn?"

„Mein Stand hier unten ist noch sehr unsicher. Ich werde die Situation nicht noch schwieriger machen, indem ich das Vertrauen, das die Leute in dich setzen, wahllos für mich ausnutze. Niemals werde ich die Seele eines Menschen gegen seinen Willen lesen, solange ich mich nicht durch eine unmittelbare Gefahr oder einen schwerwiegenden Verdacht dazu gezwungen sehe."

Fate stand vom Tisch auf. „Deine Gegner werden sich dir auch nicht freiwillig öffnen. Das hier ist genauso eine Prüfung für dich wie für die Leute da draußen. Solange ich nicht weiß, wie gut du deine Fähigkeiten beherrschst, werde ich dich gar nichts lehren."

Natürlich wartete Desmond begierig auf die Dinge, die sein neuer Waffenbruder ihm beibringen konnte, aber er würde sich nicht zum willenlosen Befehlsempfänger degradieren lassen. Das hatten Bischöfe und Domherrn zur Genüge versucht.

„Ich musste schon Leute gegen ihren Willen lesen. Auch hier unten. Daraus habe ich gelernt, dass man sich keine Freunde damit macht."

Eine Bewegung am Fenstervorhang ließ beide herumfahren. Daylina!

Fate hatte es wohl auch gespürt.

Die Frau, die gerade eben noch verschüchtert in ihrem Sessel gekauert hatte, verfügte offensichtlich über wesentlich mehr Neugier als Angst und hatte gelauscht.

Fate wollte nach draußen. Desmond hielt ihn zurück.

„Lass sie laufen. Wenn sie das, was sie eben gehört hat, herumerzählt, ist das nur in meinem ... unserem Sinne." Für einen Herzschlag erwartete er, der Rebellenführer würde seine Hand einfach abschütteln, doch er hielt tatsächlich inne.

„Wenn du dich nur auf die Freiwilligkeit der Menschen verlässt, wird das hier nicht viel Nutzen bringen. Ich verstehe, was du vorhast, und unter anderen Umständen würde ich deine Taktik sogar gutheißen. Doch so muss ich dich warnen: Wir haben nicht ewig Zeit."

Unzufrieden, aber deutlich langsamer ging Veneno Fate vor den Eingang, um den nächsten Kandidaten hereinzubitten.

Und er sollte recht behalten. Keiner der Leute wollte sich freiwillig vor einem Priester öffnen. Alle verweigerten sich Desmond, die Männer meist schneller als die Frauen.

Fate stand wie angewurzelt mit erstarrtem Antlitz herum und verabschiedete Desmond nach dem letzten Kandidaten sichtlich frustriert.

***

Auf dem Weg zu Nodrim fragte Desmond sich, warum der falsche Prophet ihn wohl so drängte, doch in der nächsten Sekunde lenkte ihn der Geruch von Gebratenem aus einer der Fensteröffnungen ab. Der Nachtdienst und die Nebenwirkungen der Upper hatten ein Loch in seinen Magen gerissen. Auch wenn er wegen der Nahrungsmittelknappheit ein schlechtes Gewissen bekam, fand er, dass ein kleiner Schwatz an Nodrims altem Tisch jetzt genau das Richtige wäre. Aus der Hütte des Versammlungsführers hörte man, wie Nodrim und Kieran in der Küche alberten. Desmond trat ein und konnte durch den Vorraum einen gedeckten Tisch erkennen.

„Einen gesegneten Morgen wünsche ich euch beiden. Habt ihr noch Platz für einen müden Pilger?"

Nodrim wollte gerade ansetzen, Desmonds Grußformel zu verspotten, da weiteten sich Kierans Augen. Tränen schimmerten und wie der Blitz war er in seinem Alkoven verschwunden. Sogar den Vorhang riss er zu.

Nodrim wirkte wie versteinert. Desmond wurde unwohl. Er wollte etwas sagen, doch seine Zunge mochte sich nicht rühren. Jetzt kamen ihm Kreuz und Talar überhaupt nicht mehr wie eine gute Idee vor.

„Ich wollte nicht …"

Nodrim winkte sofort ab. „Ein alter Schmerz. Du kannst nichts dafür. Ich hätte selbst nicht gedacht, dass er so reagieren würde. Eigentlich mag er dich sehr gern."

Desmond wollte zum Vorhang gehen. „Wenn ich irgendetwas tun kann …"

Nodrim schüttelte den Kopf. Sein stechender Blick hatte alle Schärfe verloren. „Ich kümmer mich darum. Für dich gibt's hier nichts, was du machen könntest. Geh einfach nach Hause. Komm morgen wieder. Dann sehen wir weiter."

„Bis morgen dann", verabschiedete Desmond sich leise und ging zurück zur Wohneinheit.

***

Volle drei Stunden dauerte die Mitraweihe vor der St. Secundus Kathedrale schon an. Der neue Herrscher von Nicopolis, Bischof Kain Bathseba, stand auf dem mittleren Treppenabsatz vor einem Meer aus Köpfen und wusste die Menge mit einer Predigt über Hoffnung und Zusammenhalt zu fesseln. Reden konnte der Mann, das musste er neidvoll anerkennen. Von dem kostbar polierten Holzpult aus ließ er jeden Anwesenden vergessen, dass die Türme der Großkathedrale immer noch in Trümmern lagen.

Das Wichtigste jedoch war: Bathseba, angetan mit den waldgrünen Farben seines Herkunftsordens, war von jedem seiner Worte selbst überzeugt. Er war einer von jener Sorte, die noch wirklich Kraft aus ihrem Glauben bezog. Innozenz XIV. saß auf einer exakten Nachbildung des Heiligen Stuhls hinter dem Rednerpult und überlegte, ob er Bathseba nicht viel besser in seinem eigenen Stab hätte gebrauchen können. Mit solchen und ähnlichen Gedankenkonstrukten kämpfte er gegen seine Langeweile an. Die schiere Anzahl dieser Veranstaltungen in seinem Leben hatte den Papst gegen jede erhabene Stimmung abgestumpft. Solange er nicht selbst im Mittelpunkt stand, waren ihm solche Rituale verhasst. Andererseits hatte er nicht fernbleiben können. Die Gemeinde von Nicopolis brauchte eine Stärkung ihres Glaubens, sonst würde sie die schweren Wochen des Aufbaus nicht ohne weitere Fluchttendenzen durchstehen.

Bathseba nicht in New Jericho ins Amt einzusetzen, wie üblich, sondern in seiner eigenen Kathedrale, war ein wichtiges Signal für seine Konkurrenten. Die sonst so opportunen Scharmützel um Machtpositionen würde Innozenz damit im Keim ersticken. In Nicopolis mussten die Kräfte der Katholischen Kirche zurzeit fokussiert und nicht gestreut werden. Also blieb ihm nicht anderes übrig, als im Kreis seiner Garde auszuharren.

Der Papst bekam immer noch schlecht Luft. Zum Glück war von der verletzen Nase nichts weiter als eine leichte Blaufärbung zurückgeblieben, um die sich sein Maskenmeister vortrefflich gekümmert hatte. Und auch wenn er wegen der Schwellung nun durch den Mund atmen musste, verpassten die Techniker an den Mischpulten seiner Stimme den alten Klang. Niemand in der Gemeinde würde etwas bemerken.

Endlich schloss Bischof Bathseba mit einem flammenden Glaubensbekenntnis ab. Er übergab das Wort an den Heiligen Vater. Innozenz zog die Schleppe seines roten Gewandes wie einen Strom von Blut hinter sich her, als er ans Pult trat. Nun empfing er die Fürbitten der Dekane und war schon beinahe dankbar dafür, sich endlich aus seinem Thron bewegen zu können. Das Hinterteil und sein rechtes Bein waren ihm eingeschlafen. Glücklicherweise kaschierte das ausladende Festgewand seine ungelenken Bewegungen hinreichend.

Mit einer Bitte seiner Gemeinde auf den Lippen kniete sich nun jeder Dekan von Nicopolis vor den Papst, der versprach, für sie zu beten. Nachdem er auch diesen höchst lästigen Teil hinter sich gebracht hatte, schritt er gemessen an seinen Platz zurück, die Schleppe von zwei Messdienern wieder ansehnlich drapiert.

Einer von ihnen besaß noch weiche, knabenhafte Züge, wie sie unschuldiger kaum aussehen konnten. Über den Rest des Körpers konnte der Führer des Gelobten Landes nur fantasieren. Messdienergewänder waren leider sehr weit geschnitten. Er sollte seiner Garde auftragen, sich das Gesicht des Jungen einzuprägen. Wenn Innozenz in einer der kommenden Nächte der Sinn danach stand, etwas Unberührtes zu beflecken, würde er vielleicht auf den Knaben zurückkommen. Schleichend aber dringlich regte sich etwas in der Lendengegend des Heiligen Vaters.

Als er aus seinen Tagträumereien hochschreckte, war Bathseba gerade dabei, Brot und Wein in den Leib Christi zu „verwandeln". Sehr zu seinem Wohlwollen spendete Innozenz die anschließende Kommunion lediglich dem neu eingesetzten Bischof und überließ das Ritual danach ihm. Er konnte weiterhin an der rechten Seite des bühnenartigen Treppenabsatzes thronen, um Ruben Crude und seine ranghöchsten Generäle zu beobachten. Der Papst hatte nämlich angeordnet, dass an ihren Positionen keine Stühle platziert werden durften, damit sie als Buße für ihre Inkompetenz die gesamte Zeit stehen mussten.

Nach zwei Stunden sah er zufrieden in so manch bleiches Gesicht, als die betagten Herren der Templerabordnung mit knarzenden Rüstungen zur Heiligen Kommunion traten.

Innozenz' Anerkennung gegenüber Crude und seiner Kommandoriege hatte sich in Ärger verwandelt. Schon ein paar Mal hatte er heute mit dem Gedanken gespielt, dem Templerurgestein die Verfügungsgewalt über Nicopolis wieder zu nehmen und jemand Jüngeren von der Wilden Grenze abzukommandieren, aber bis jetzt war ihm noch niemand eingefallen, der dieser Aufgabe gewachsen wäre.

Bis zum Dankgebet ließ der Papst den Gottesdienst über sich ergehen. Danach begab er sich noch einmal nach vorn, um die Gemeinde zu segnen.

Die Claqueure heizten die Anwesenden zu donnerndem Beifall und Jubelrufen an. Zufrieden winkte Innozenz seinen Schäfchen und zog sich unter dem Schutz der Garde des Schwurs in die Kathedrale zurück.

***

Das Büro des Bischofs war bis jetzt nicht von den persönlichen Besitztümern seines Vorgängers befreit worden. An den Wänden hingen wertvolle Repliken alter Schriftrollen hinter Glas und auf dem vergoldeten Schreibtisch stand noch ein Videorahmen mit einer privaten Aufzeichnung.

Innozenz starrte in das aufgequollene Gesicht eines jungen Mannes, der voller Stolz mit einem antiken ballistischen Gewehr auf Tauben schoss. Wahrscheinlich handelte es sich bei dem verzogenen Bastard um Bischof Vessaras Sohn.

Der Heilige Vater schüttelte sich. Fettleibigkeit ekelte ihn an. Wie konnten einige Menschen sich nur so gehen lassen? Er würde Grenoir damit beauftragen, herauszukriegen, wo sich diese schwammige Hautverschwendung zurzeit aufhielt, um sicher zu gehen, ob er oder ob er nicht den Heiligen Geist durch seinen Vater empfangen hatte. So etwas wie den wollte er in seiner Priesterschaft auf gar keinen Fall haben.

Trotz des klimatisierten Raumes schwitzte Innozenz in seinem Festgewand wie ein Containerschwein und die pochende Nase sägte an seinem Geduldsfaden. Er wünschte sich zurück in seinen Shuttle.

Zeit, das Terminal im Schreibtisch zum Leben zu erwecken. Der kitschig umrahmte Bildschirm fuhr hoch und flammte auf. Sobald der Papst sein goldenes Kreuz in den dafür vorgesehenen Sockel gesteckt hatte, bekam er Zugriff auf den Zentralrechner der Kathedrale St. Secundus.

Die Akte Fate erinnerte ihn schmerzlich an den Wutanfall seines Herrn, der bisweilen wahrlich ein zorniger Gott sein konnte. Aber als er die Eintragungen der letzten vierundzwanzig Stunden durchsah, bekam auch sein Grimm neue Nahrung.

In dem Augenblick meldete seine persönliche Adjutantin ihr Eintreten durch die Sprechanlage an. Und als Nonne Rebekka dann den geschmacklos ausgestatteten Büroraum betrat, beglückwünschte der Papst sich innerlich, den Schwestern der Magdalena neue Gewänder verpasst zu haben. Sie betonten ihre Linien so herrlich keusch unkeusch, dass es ihre hervorragenden Zuchteigenschaften ansprechend in Szene setzte.

„Bischof Bathseba von Nicopolis und der Oberste Templergeneral Crude bitten um eine Audienz."

Es kam einer Lüge gleich, was Rebekka da mit ihrer angenehm rauchigen Stimme von sich gab. In Wirklichkeit hatte Innozenz die beiden herbeordert, doch er liebte es, wenn sich seine Vasallen durch das Verdrehen der Wahrheit selbst erniedrigten.

Die beiden Angekündigten traten ein. Crude in voller Rüstung.

Der Mann ging in dem Ding wahrscheinlich auch in den Ausscheidungsentsorger, dachte Innozenz.

Bathseba hingegen hatte das Festornat gegen einen grünen Seidentalar eingetauscht. Auf dem Kopf trug er eine schlichte Kappe in der gleichen Farbe.

Als sich die Schiebetür hinter ihr schloss, warf Innozenz einen letzten Blick auf das Hinterteil der drallen Rebekka, dann nahm er den Ringkuss von Bathseba und Crude entgegen. Obwohl die beiden die gesamte Messe im Stehen zugebracht hatten, bot Innozenz ihnen keinen der sechs freien Drehsessel an.

Bathseba, noch verhältnismäßig jung und kräftig, wusste, worauf er sich mit seiner Ernennung eingelassen hatte. Ihm waren weder Schwäche noch Missmut anzumerken.

Und Crude? Der Mann konnte einen in den Wahnsinn treiben. Innozenz wusste nicht, wie viel der Kreislauf des alten Haudegens noch wegstecken konnte, aber er war offenbar immer noch nicht an die Grenzen seiner Gelassenheit gelangt. Er nahm die bequemen Sitzmöglichkeiten überhaupt nicht wahr. Ähnlich abgeklärt hätte er wahrscheinlich das Verkochen seiner Lunge durch ein Gasprojektil hingenommen.

„Meine Söhne", eröffnete der Heilige Vater seine Ansprache gereizt. „Damit sich keine Missverständnisse einschleichen, bringe ich meinen Willen gleich zu Beginn deutlich zum Ausdruck."

Mit einem Ruck riss er die Aufzeichnungseinheit des Tisches aus dem Inputschlitz und warf sie in Crudes Richtung. Noch bevor der Templer reagieren konnte, hatte Bathseba das Gerät aus der Luft geschnappt. Er brauchte keine zehn Sekunden, um die Informationen zu verarbeiten.

„Wir sollten das Versammlungsverbot schon heute Nachmittag wieder in Kraft setzen und die Patrouillenfrequenz erhöhen. Für weiterreichende Maßnahmen brauche ich noch etwas Zeit."

Innozenz wurde ungehalten. „Wir haben keine Zeit. Der Wille des Herrn ist unverzüglich umzusetzen. Wir wollen ein Ende der Rebellion, bevor sich die Sünde des Ungehorsams im gesamten Land ausbreitet."

„Sobald ich diesen Sündenpfuhl von einer Kommandoebene ausgemistet habe, setze ich Lockvögel aus. Aber Vessaras Filz aus der Verwaltung zu kämmen wird nun mal ein wenig dauern. Vorher würde ich alle Maßnahmen nur ungenügend planen können. Für solch halbherzige Aktionen übernehme ich nicht die Verantwortung." Bathseba war durch die Gnade des Heiligen Vaters gerade eben erst in sein Amt berufen worden und jetzt widersprach er ihm schon! Offensichtlich war hier der richtige Mann an die richtige Stelle geraten.

„Dein Vorgänger fühlte sich mindestens genauso im Recht wie du, mein Sohn."

„Wenn ihr mich in dieser Sekunde zum Herrn schicken wollt, weil ich meinen Verstand einsetze, um ihm zu dienen, ist mir das allemal lieber, als in einem Monat für eine Unfähigkeit zu büßen, an der ich keine Schuld trage." Bathseba hatte wirklich Schneid. Und er war mit allen Wassern getauft. Nach dem Abschluss an der Akademie war er das jüngste Mitglied, das je für die Geheime Bruderschaft der Unschuld, Innozenz' Geheimdienst, gearbeitet hatte. Genau solche Leute brauchte die aufrührerische Megalopolis jetzt.

Also lächelte der Papst versöhnlich. „So sei es. Strukturiere die Stadt nach deinen Vorstellungen, mein Sohn. Errichte deine Herrschaft auf einem gesunden Fundament des Glaubens. Aber nach der vierten Sonntagsmesse muss es vollbracht sein. Dann übergebe ich dir die volle Verfügungsgewalt."

Eigentlich hätte diese Bemerkung Crude aufschrecken sollen. Seine Machtbefugnisse würden dann wieder enorm beschnitten. Schlimmer noch: Ruben Crude musste klar sein, dass Innozenz ihn mit Schimpf und Schande nach Noth versetzen würde, wenn er innerhalb der angesprochenen vier Wochen keine Besserungen der Verhältnisse vorzuweisen hatte.

Aber statt in Panik zu verfallen, langte Crude nach dem Aufzeichnungsgerät. Jetzt las auch er den Bericht über die Gegenveranstaltung der Anhänger Veneno Fates. Sie hatten die Unverfrorenheit besessen, zur Stunde der Mitraweihe in der Öffentlichkeit eine Trauerfeier für den falschen Propheten abzuhalten. Weder den Templern noch den Priestern von Nicopolis war es gelungen, die Demonstration wirkungsvoll zu zerschlagen.

„Ich werde härter durchgreifen müssen", war alles, was der Oberste Templergeneral dazu zu sagen hatte. Innozenz wusste allerdings um das Gewicht dieser wenigen Worte.

Jetzt hatten beide ihre Aufgabe. Die Priesterschaft war der Amboss und die Templer der Hammer, zwischen denen der Papst Nicopolis zu schmieden gedachte.

„Amen, meine Söhne. Enttäuscht mich nicht." Beiden war klar, dass ein Scheitern keine Option darstellte.

XV

Im Schein seiner Schreibtischlampe brütete Ephraim Sorofraugh über alten Aufzeichnungen und die Sorge um Desmond machte die Arbeit schwerer als sonst. Eine ganze Woche hatte er kaum von ihm gehört, obwohl er neugierig auf die ersten Informationen über Veneno Fate wartete.

Aber Vorsicht war das höchste Gebot, beschwichtigte er sich. Erst heute hatte Desmonds zwielichtiger Freund Daniel Jackdaw bei einer Philisterprobe zwei kleine Lauschspitzen zwischen den Buchrücken des Dekans entdeckt. Daniel hatte die Batterien gegen leere ausgetauscht und eine kleine Kamera installiert. Sobald die Abhörgeräte mit frischer Energie versorgt wurden, würde sich rasch zeigen, wer der Verräter war, der sie dem Dekan untergeschoben hatte. Der Alltag eines Kathedralsherren.

Das Glockenspiel der Kathedrale St. Leander in New Nazareth riss den Dekan aus seinen Erinnerungen. Er ging zur Tür und ließ eine dunkle, vermummte Gestalt hinein. Hinter dem schwarzen Gesichtstuch kamen ein faltiges Antlitz und eine prägnante Hakennase zum Vorschein: Abraham Henoch.

Die beiden Männer umarmten sich kameradschaftlich. Ephraim Sorofraugh lotste seinen Gast an den Tisch ins Wohnzimmer, entkorkte geräuschvoll eine Flache Rotwein und schenkte zwei bauchige Gläser ein.

„Was ist Anlass dieser ungewöhnlichen Einladung?", wollte Henoch wissen.

Sorofraugh erhob das Glas, dann ließ er den erdigen Geschmack des Weines für einen Moment mit geschlossenen Augen auf der Zunge kreisen.

Abraham Henoch tat es ihm nach und wartete ab. Der Mann, den er seit seiner Dekansweihe kannte, forderte zeitweise genauso viel Geduld ein, wie er selbst an den Tag legte. Schließlich schlug er die Augen auf.

„Nicopolis will sich einfach nicht beruhigen. Letzte Woche ist ein Kerl aufgetaucht, der behauptete, er wäre der wiedergeborene Fate. Als sie ihn geschnappt haben, stellte sich heraus, dass er ein einfacher Bauarbeiter war. Charles A. Tan nannte er sich. Unglaublich. Am folgenden Tag hat sich gleich noch jemand als falscher Prophet ausgegeben. Er besaß die Dreistigkeit, den Obersten Templergeneral Crude in der Öffentlichkeit zu lästern und sogar persönlich herauszufordern. Es gab einen riesigen Auflauf. Als die Priester eintrafen, war er bereits geflohen. Die Templer durchkämmen zur Stunde immer noch die Stadt."

Henoch hielt sein Glas gegen den gewundenen Deckenfluter. „Davon habe ich gehört. Innozenz macht Ruben Crude deswegen die Hölle heiß. Ich wette, er lässt seine Soldaten suchen, bis sie vor Erschöpfung aus den Rüstungen kippen." Für einen Moment schaute er abwesend auf die Ikonensammlung an der Wand. „Das erwartet denjenigen, der im Gelobten Land zu hoch hinaus will. Crude hat sich an Nicopolis verschluckt. Auch eiserne Hände kann man sich offensichtlich verbrennen."

Sorofraugh nahm einen zweiten Schluck Rotwein. „Er riskiert den Verlust seiner so hoch geschätzten Templerehre. Die Gerüchte meiner Seher besagen, der Papst habe ihm damit gedroht, die Haut seines Sohnes vom Turm der Allmächtigkeitskathedrale werfen zu lassen und den zuckenden Körper hinterher. Armer Crude. Die einzigen beiden Dinge, die ihm wirklich wichtig sind, sind morgen womöglich dahin."

„Besser er als wir. Wer weiß, wohin der Blick des Heiligen Vaters als Nächstes fällt? Genießen wir das, was wir haben, solange es unser ist."

Sorofraugh stellte sein Glas ab und verschränkte die Hände. „Und dies ist exakt die Einstellung, der ich entgegenwirken will."

„Den Jahrhunderte alten Traditionen, der vom Papst persönlich subventionierten Hackordnung? Wie willst du das denn anstellen?"

„Lass dich überraschen", lächelte Ephraim Sorofraugh versonnen.

***

Beim gemeinsamen Abendessen merkte man Kieran die Angstattacke kaum noch an. Nur dann und wann starrte der Junge noch verstohlen auf das schwarze Priestergewand mit dem Kreuz, während er sich über Desmonds mitgebrachte Kartoffeln hermachte.

Nodrim sagte: „Dass sich noch niemand gemeldet hat, damit du in seinem Verstand kramen kannst, wundert mich nicht. Dafür braucht es schon etwas mehr, als nur nach den Schichten vorbeizuschneien, dich kurz auf deiner Baustelle sehen zu lassen und ansonsten im Talar durch das Dorf zu schreiten wie ein König."

„Ich weiß. Fate wird auch immer ungeduldiger, aber ich glaube trotzdem, dass es keine Lösung ist, wenn du mir Kandidaten aus deiner Anhängerschaft schickst. Sobald ich die vollautomatischen Aufzuchtcontainer hierhergeschafft habe, werden die Ketzer von ganz allein …"

Der Eingangsvorhang wurde zur Seite geschlagen. Wie aus dem Nichts stand der Professor im Raum und die aus dem Schlaf gerissene schwarze Katze rettete sich in eins der Regale. „Der Hunger treibt´s hinein und auch wieder hinaus. Kommt schnell zum Fluss, ihr Krummredner. Für Liebhaber von roher Gewalt und rohem Fisch gibt es Spaß am Wasser!" Die Augen hinter seiner dicken Brille glänzten und er spuckte beim Reden wie ein Wasserfall.

Nodrim schaute zu Desmond. „Das ist bestimmt eine Nachricht von Trimmund. Wir sollten sofort runter zum See."

Sie ließen das Essen stehen und folgten dem bleichen Alten Richtung Aufzug. Während der Fahrt nach unten fuchtelte der Professor mit seinen sehnigen Armen in der Luft herum, murmelte und zischte Unverständliches. Der alte Mann schien in seinem kindlichen Gemütszustand glücklich, trotzdem tat er Desmond leid.

„Ihr solltet ihn nicht Professor nennen."

Nodrim hatte die Hände in die Falten seines Gewandes gesteckt. „Warum nicht? Er heißt nun mal so."

„Ihr verspottet ihn damit und was noch mehr wiegt: Ihr bringt ihn in Gefahr. Der Titel Professor ist den Fachgebietsleitern in den

Trakten der Weisheit vorbehalten. Wenn ihr ihn draußen so ansprecht, landet ihr wegen Amtsanmaßung vor dem Pult des Rechts."

Nodrim verdrehte die Augen. „Der Professor lebte schon im Untergrund, lange bevor einer von uns einen Fuß in die Kaverne gesetzt hat. Und er geht nie an die Oberfläche. Stimmt doch, Professor, oder?" Er klopfte ihm so kräftig auf die Schulter, dass Staub aus den bunten Lumpen des Alten rieselte.

„Ja, mein Sohn. In der Erde wohn ich wie ein Wurm, doch früher saß ich auf dem höchsten Turm", gackerte er. Seine langen Barthaare wehten wie Spinnenfäden im Wind.

„Nennt er sich selber so oder habt ihr ihm den Spitznamen verpasst?"

„Da bin ich wirklich überfragt. Wende dich an Trimmund. Die beiden sind zusammen hier aufgetaucht. Soweit ich weiß, hat er den Alten nie anders angesprochen."

Desmond beobachtete, wie der Professor unsichtbare Buchstaben in die Luft zeichnete, als wolle er eine Gleichung lösen.

„Ich werde ihn bei Gelegenheit fragen. Allerdings habe ich mit Trimmund noch nie wirklich geredet."

„Ja, das ist seltsam. Seit er weiß, dass du Priester bist, lässt er sich bei mir nur noch blicken, wenn du nicht da bist. Vielleicht sollte ich erstmal mit ihm sprechen. Er ist manchmal etwas empfindlich."

Das Klappern des haltenden Aufzugs beendete ihr Gespräch.

Am Strand herrschte ein ähnlicher Auflauf wie an dem Tag, als Fate aufgetaucht war. Doch diesmal schallten wütendes Gebrüll und Wasserplatschen über das Ufer, als Nodrim und Desmond sich durch die Menschenansammlung drückten.

Zwei Boote dümpelten kieloben im Wasser. Dazwischen prügelten sich zwei Männer, umringt von anfeuernden Zuschauern. Der Schlagabtausch wurde teilweise von einem Fischernetz gebremst, in das sich die Streitenden immer weiter verhedderten.

Einer der beiden konnte sich schließlich nicht mehr gegen die Schläge seines wesentlich korpulenteren Kontrahenten wehren. Er ging in die Knie und drohte zu ertrinken. Soweit die Maschen des Netzes es ermöglichten, prügelte der Dicke trotzdem weiter auf ihn ein.

Nodrim sprang ins Wasser. „Auseinander, ihr zwei!"

In seiner Hand blitzte mit einem Mal ein Messer. Der vermeintliche Sieger nahm sofort die Hände in die Höhe. Nodrim versuchte, dem Unterlegenen hochzuhelfen, aber das unentwirrbare Netz störte, also befreite er den Mann mit einem schnellen Schnitt.

Der wollte sich sofort wieder prustend auf seinen Gegner stürzen. Der Dicke hatte sich ebenfalls aus dem Netz gewunden und erwartet den Angriff mit erhobenen Fäusten.

Nodrim riss den Befreiten nach hinten und setzte ihm das Messer an die Kehle.

„Wenn ich sage ‚Auseinander', dann hältst du dich gefälligst daran, oder ich werfe dich mit aufgeschlitztem Wanst gleich wieder in den See."

Die Wut des Mannes verflog im Nu. Immer noch hustend wich er vor Nodrim zurück. Aus dessen Bart tropfte Wasser, seine Klamotten hingen nass und schwer herunter und seine Haltung hatte etwas von einem tollwütigen Hund.

„Eckart! Was war hier los?"

Der dickliche Mann war also derjenige, der ihm einen so unliebsamen Empfang bereitet hatte, dachte Desmond.

Eckarts fleischige Unterlippe bebte und er strich sich gereizt das Wasser von den Schlupflidern.

„Der vertriebene Hund wollte unbedingt an der gleichen Stelle nach Grottenolmen fischen wie ich. Ich hab ihm gesagt, er soll sich verpissen. Aber der wollte nicht hören. Da hab ich ihm halt gezeigt, dass wir hier nicht in Schickimicki Nicopolis sind." Er trat einen drohenden Schritt nach vorn.

Nodrim streckte den Arm aus, als wolle er Eckart mit der Macht seines Willens an Ort und Stelle halten. In der anderen Hand hielt er immer noch das Messer.

„Und wie sieht deine Version aus? Wie immer du auch heißen magst."

Der Flüchtling aus Nicopolis war noch völlig außer Puste. Er stand im Wasser und zitterte. „Mein Name ist Finley Len, ehrwürdiger Herr. Ich bin mit einem der Boote auf den See raus, um für mich und meine Familie etwas zu fangen. Weil wir uns hier noch nicht so gut auskennen, ging ich am Anfang leer aus. Wir hatten schon seit drei Tagen nichts Richtiges mehr im Magen. Da dachte ich, ich hänge mich an einen von euch. Als der da", er zeigte auf Eckart, „mich gesehen hat, beschimpfte er mich wüst. Und gedroht hat er mir auch. Ich wollte doch nur einen Olm, aber er hat mein Netz gegriffen. Als ich es nicht loslassen wollte, hat er mich mit seinem Kahn hergeschleppt, mich aus dem Boot gezogen und auf mich eingeschlagen."

Nodrim knurrte: „Oh Mann! Ihr solltet es doch echt besser wissen. Alle beide. Reicht es euch nicht, dass die Kirche euren Kopf will? Müsst ihr euch unbedingt noch gegenseitig die Schädel einschlagen?"

Eckart wollte etwas erwidern, aber Nodrim brachte ihn mit drohendem Blick zum Schweigen. „Ihr bekommt zusätzlichen Reparaturdienst bei den Booten aufgebrummt. Zwei Wochen lang werdet ihr jeden Tag für zwei Stunden hier am Ufer zusammenarbeiten. Ihr besorgt euch jetzt sofort trockene Klamotten und dann fangt ihr mit diesem Netz hier an. Es muss geflickt werden. Trimmund weiß, wie so was geht. Lasst es euch von ihm zeigen."

Der Mann aus Nicopolis guckte mit jedem Wort finsterer unter seiner turbanartigen Kopfbedeckung hervor.

Eckart verzog die Hängebacken und sah aus, als würde er gleich explodieren.

„Und wehe, ich höre irgendwelche Klagen", setzte Nodrim nach. „Kommt gefälligst miteinander klar! Wenn nicht ...", er ließ die Drohung einen Moment in der Luft stehen, „... dann werde ich eure Ärsche aneinanderfesseln und euch nackt über den Davidplatz jagen." Damit drehte er sich um und stapfte aus dem Wasser.

Irgendjemand reichte ihm eine Decke, mit der er sich abtrocknete. Während sie sich vom See entfernten, entdeckte Desmond Iskariot, der leise auf Eckart einredete. Eckart antwortete mit wilden Gesten und zeigte immer wieder in Nodrims Richtung.

Dessen Laune sank weiter.

„Das war nicht das erste Mal, dass so was passiert. Heute Morgen haben sich zwei Frauen wegen ein paar unreifer Schildpilze in den Nährhöhlen fast die Augen ausgekratzt. Langsam wird es knapp. Wie weit, sagtest du, bist du mit diesen Pflanzcontainern? Bevor die Leute sich gegenseitig fressen, müssen wir unsere Beschaffungstouren unbedingt ausdehnen."

Desmond gefiel diese Idee gar nicht. „Haltet euch noch etwas zurück. Ich werde mich noch heute mit Daniel treffen und ihm klar machen, wie dringlich die Situation ist."

***

„Er hat einen verdammten Märtyrer aus sich gemacht!"

Innozenz XIV. schmetterte die ledergebundene Datamappe offen auf den Tisch. Das Display bekam einen gezackten Riss und erlosch.

Grenoir würde das kunstvoll gefertigte Einzelstück mit den grünen Steinen kaum ersetzen können. Es war die 97., die der Heilige Vater während der Amtszeit des Obersten Kurienkardinals aus purer Absicht beschädigt hatte. Grenoir konnte nur hoffen, dass der Memorykern nicht zerstört war, und ließ den Zorn seines Herrschers weiter über sich ergehen.

Die Glocken hatten gerade neun geschlagen und der Heilige Vater trug bereits einen elegant geschnittenen Anzug mit passendem Hemd und einer sehr dünnen Krawatte, wie sie zur Zeit in Agrigent modern waren.

„Dieser Brut in Nicopolis ist nicht beizukommen. Crude hat verspielt. Ich will noch heute Nacht die Seraphim in der Stadt wissen. Schick nach Tajomanel und lass die *Shrine Two* startklar machen."

Das aggressive Wesen des Papstes resultierte oft in Vergeudung. Grenoir verabscheute so etwas zutiefst. Es wäre ihm allerdings wesentlich lieber gewesen, Innozenz weiterhin dabei zuzuschauen, wie er sein Büro demolierte, als seiner Order Folge zu leisten. Widerwillig trat er den Weg zum Turm des Vaters an.

***

Bis auf ein paar Wolkenfetzen war die Nacht sternenklar und über die luxuriöse Dachterrasse pfiff der Wind noch unangenehmer als am Morgen über den Davidplatz. Verwunderlich, dachte Daniel, dass er während eines solchen Auftrags überhaupt noch Zeit für eine spezielle Besorgung zwischen den Trümmern gehabt hatte. Neuerdings bewegte sich einfach zu viel in seinem Leben und seine Aufmerksamkeit driftete immer wieder zu ...

Zeichnete sich auf der anderen Seite ein Umriss im Fenster ab? Aber nein. Es gab im Umkreis von zwei Blöcken keinen einzigen Grund, nervös zu werden. Natürlich hatte er alles, was an Isaak Stoltz' Fertigungsanlagen grenzte, von seinen Männern überprüfen lassen. Jede Tür eines jeden Raumes mit einem Fenster zu dieser Seite war versiegelt worden. Seit sechsunddreißig Stunden beschäftigte sich sein Team mit nichts anderem als dieser Mission. Langsam spielte ihm die Müdigkeit wohl Streiche. Er blinzelte hinter dem Restlichtverstärker des Helms. Hinzu kam das ständige Gemaule von Stoltz' persönlichem Sicherheitsoffizier, der ihm samt Mannschaft für den heutigen Abend unterstellt war. Auch wenn er für das Verhalten des Mannes in gewissem Maße Verständnis aufbrachte, kam irgendwann der Punkt, an dem er sich etwas mehr Professionalität gewünscht hätte.

Alldem zum Trotz lief momentan alles wie am Schnürchen. SecularSecurity und die Sicherheitstruppe des Industriebarons stellten ihre Präsenz deutlich zur Schau und schreckten etwaige Attentäter von vornherein ab. Wenn nicht, so wurde wenigstens ihre Aufmerksamkeit gebunden, damit sie Daniels dezent platzierten Abwehrmethoden zum Opfer fallen konnten.

Der ganze Aufstand nur für eine Wiegenfestfeier! Wenn die Gefahr durch aufstrebende Konkurrenten nicht so real wäre und Stoltz nicht einen dermaßen großen Batzen an Privilegien hingelegt hätte, hätte Daniel laut gelacht. Aber so wachte er mit Argusaugen über die Gebäudetürme auf der anderen Seite, während Partylärm zu ihm herüberdrang. Zwischendurch wurde er von einem Kreischen unterbrochen, das sich auf einem dreihundertfünfzig Stockwerke langen Weg in die Tiefe verlor.

Daniel vernahm plötzlich Schritte, machte sich aber nicht die Mühe, seinen Blick von den gegenüberliegenden Fassaden zu nehmen.

„Sie sollten es auch mal versuchen, Jackdaw. Man erzählt sich, Sie wären ganz gut. Aber so, wie ich das sehe, steckt mein Ältester Sie locker in die Tasche."

Daniel musterte den Mann neben sich.

Isaak Stoltz hatte mehr getrunken, als gut für ihn war. Zwar lallte er noch nicht, stand aber kurz davor. Eigentlich hätte er vor Kälte schlottern müssen, denn er hatte die Krawatte geöffnet und das Hemd halb aufgeknöpft. Doch im Gegenteil: Er lehnte sich bemüht lässig über das Geländer. Dabei wäre seinen dicken Fingern beinahe das Glas Strutwhiskey entglitten. Er fing sich im allerletzten Moment und ließ es so aussehen, als ob die Eskapade Absicht gewesen wäre.

„Nun, was sagen Sie dazu?", stichelte der Industrielle weiter.

Daniel nahm seinen Job sehr ernst. Jeder Hochprivilegierte in New Bethlehem würde das bestätigen. Doch jetzt stand er einen Schritt davor, mit diesem Codex zu brechen.

„Seien Sie sich da nicht so sicher, Stoltz. Haben die Jungs bis jetzt auch nur eine der Trophäen ergattern können?"

„Noch nicht. Aber David hat mir geschworen, er hätte eine von ihnen am Kopf berührt. Die anderen Pfeifen haben das noch nicht hingekriegt."

Dieser verächtliche Tonfall schrie förmlich nach einem Dämpfer. Daniel bot dem Industriebaron die Hand. „Wie Sie wollen. Ich behaupte, dass ich bei einem einzigen durchgeführten Sprung schneller mit einer Trophäe wieder oben bin als Ihr Ältester."

Stoltz stierte ihn aus glasigen Augen an. Daniel fürchtete schon, er würde ohne ein weiteres Wort nach hinten kippen. Doch dann verunzierte ein selbstsicheres Grinsen das gerötete Gesicht und er ergriff seine Hand.

„Ich halte dagegen. Wenn Sie verlieren, bekomme ich das heutige Sicherheitspaket umsonst, sollten Sie es tatsächlich schaffen, lege ich das Doppelte hin."

Daniel schlug ein.

Während Stoltz um die großen Biosphären-Kübel mit Holmfarn zwischen ihnen und den Feiernden schwankte, funkte er rasch die Gruppenführer an, um sicherzugehen, dass sich keine unmittelbare Krise anbahnte.

Die jugendliche Partymeute stand im Schatten eines turmgroßen Blitzableiters, lachte, schwatzte und blickte in die Tiefe. Einer von ihnen, ein beleibtes Exemplar von Hochprivilegiertensohn, zog sich gerade über den Rand einer stegartigen Konstruktion, die fünf Meter über die Dachbegrenzung ragte.

Stoltz warf die Arme in die Luft und sein Glas flog in eine eingefasste Fläche voller Holmfarn.

„David, mein Stolz. Komm her."

Jede Verhöhnung über die Bemühungen des dicken Kletterers, sein Jackett nicht zu zerreißen, erstarb und derjenige, der am lautesten gelacht hatte, trat vor. Ohne seinen überheblichen Ausdruck zu verlieren, ergab er sich der alkoholisierten Umarmung seines Vaters.

„Daniel Jackdaw, seines Zeichens Beschützer der Betuchten, möchte deine Verwegenheit auf die Probe stellen, David. Er wettet, er wäre schneller mit einer Trophäe wieder oben als du. Obendrein braucht er dafür nur einen einzigen Sprung."

Aufgeregtes Tuscheln machte sich unter der Jungschar breit. Da, wo Stoltz' Frau mit den geladenen Geschäftspartnern stand, steckte man die Köpfe zusammen.

David verzog verächtlich den Mund.

Da Stoltz' Sohn zu Daniels Geschäft gehörte, hatte er sich zwangsläufig mit ihm befassen müssen. Fazit: mehr Schein als Sein. Und dieser Eindruck änderte sich auch nicht, als er ihm das erste Mal näher als zehn Meter kam.

Er schätzte, dass allein Davids Garderobe so viele Privilegien verschlungen hatte, dass man den heutigen Einsatz damit locker hätte entgelten können. Dem Anlass entsprechend hatten seine Gewandungsberater ihn sportlich ausstaffiert. Die in dezentem Blau gehaltenen Stoffe gehörten zu den leistungsfähigsten Materialien, die Daniel kannte.

Die schwarzen Haare standen durch die vorangegangenen Sprünge in jede Richtung ab und allein die angelegte Visierbrille erstickte jeden Eindruck einer Frisur im Keim.

„Wie oft haben Sie einen vollen Leveldive denn schon durchgezogen, Jackdaw?", fragte David und machte keinen Hehl daraus, was er von einem gesellschaftlich unter ihm Stehenden hielt.

Daniel entgegnete: „Von einem Dach? So um die zehn Mal." Er verschwieg, dass er bereits zig Mal von Brücken, Wallways und sogar von schwebenden Gleitern gesprungen war.

Sein Gegenüber konnte sich nur schwer zurückhalten, nicht laut loszuprusten. „Seien Sie ehrlich! Wie oft hat es Sie dabei geklatscht?"

„Gegen eine Fassade noch nie. Auf den Boden: neun Mal. Ohne blaue Flecken, versteht sich."

Äußerlich ließ Stoltz' Sohn sich nicht anmerken, ob er ihm glaubte oder nicht. Aber die Bemerkung, dass Daniel seine Sprünge so genau berechnen konnte, dass er den Boden berührte, ohne sich zu verletzen, brachte ihn auf jeden Fall zum Schweigen.

Isaak Stoltz selber hatte mittlerweile Halt bei seiner Gattin gefunden. Ohne diese Stütze wäre er sicherlich in die anderen Gäste oder in das Gestell mit Synthetikgebinde vor dem Sprungsteg gefallen.

David Stoltz warf seinen Eltern einen selbstsicheren Blick zu, griff in das Gestell und wand sich in sein Sprunggeschirr. Den kleinen Aluminiumkasten daran befestigte er mit einer Schlaufe an seinem Knöchel.

Daniel verfuhr genauso.

Dann begab sich Stoltz junior festen Schrittes zum äußeren Ende des Stegs und hakte sich da, wo sein Kumpan gerade noch ächzend wieder aufs Dach gekrabbelt war, mit einem Schnappschlosshaken ein. Der kleine Kasten verband den Knöchel des jungen Mannes nun über eine beige, bandähnliche Substanz mit dem Geländer. Daniel machte bloß einen einzigen Schritt auf den Steg und hakte sich dort ein.

Gute achthundertachtzig Meter trennten den Gittersteg vom Erdboden.

David Stoltz grinste hämisch. „Ganz schön hoch, nicht wahr? Muffensausen?"

„Weniger. Wie tief kann einer wie ich denn schon fallen?" Daniel griff an seinen Knöchel und drehte die Viskositätseinstellung am Kasten auf achthundertsechzig Meter. Auch sein Gegner werkelte an dem Stellrädchen herum. Daniel wusste nicht, wie oft David Stoltz diesen Sprung gemacht hatte, aber er hatte nie und nimmer den gleichen Wert eingegeben. Bei dieser Höhe bedeuteten achthundertsechzig Meter in der Anzeige normalerweise den sicheren Tod.

Sie setzten ihre Brillen auf, Daniel stand nur wesentlich näher an der steil abfallenden Wand als David.

„Fertig! Los!", brüllte er unvermittelt und sprang.

Daniels Gehör funktionierte tadellos und seine Reflexe sogar noch besser. Trotzdem setzte er einen Sekundenbruchteil später als sein Gegner über das Geländer. Bei der hohen Geschwindigkeit ihres Falls bedeutete dies einen entscheidenden Vorteil für David. Trotzdem machte Daniel sich wegen seines unfairen Verhaltens keinerlei Sorgen. In Wahrheit hatte er mit nichts anderem gerechnet.

Wie eine Stahlfeder schoss er durch die Luft zum Abgrund. Die Substanz zwischen dem Kasten und dem Haken am Steg dehnte sich zur Unendlichkeit. Die Beine fest geschlossen und die Arme angelegt, hielt Daniel nach seinem Kontrahenten Ausschau.

Keine fünfzehn Meter unter ihm fiel er in der gleichen Haltung in die Tiefe. Daniel orientierte sich bereits Richtung Fundamentstockwerk der Waffenfertigungsanlage. Nach seinen Berechnungen würde er genau über einer der neun goldenen Figuren aufkommen, die es zu greifen galt. Er musste nur aufpassen, dass er nicht vor die Wand prallte, die keinen halben Meter vor seiner Brust vorbeiwischte.

Ein Knopfdruck und die Schulterklappen seiner Rüstung sprangen auf. Die darunter versteckten Steuerdüsen trugen mittels Mikrozündungen Sorge dafür, dass immer genug Abstand zwischen ihm und der Fassade blieb. Gleichzeitig justierte Daniel seinen Fall so, dass der Wind ihn in die richtige Position trieb.

Ein Brummen riss ihn aus den Kalkulierungen zur verbleibenden Zeit bis zum Aufschlag. Sein persönlicher Rufer.

„Wer zum Teufel ...?"

Er riskierte einen kurzen Blick auf den Knopf an seinem Uniformkragen.

Das Ding blinkte grün.

Desmond.

Sein Freund würde sich einen Moment gedulden müssen.

Der Reglerkasten von Stoltz' Sohn schickte jetzt elektrische Impulse durch die bandartige Masse an seinem Knöchel, die sich *Funis infini* nannte. Dadurch verfestigte sich die Substanz, blieb zwar dehnbar, bremste Davids Fall aber bereits deutlich.

Da Daniel eine größere Distanz eingestellt hatte, fiel er an seinem Gegner vorbei, bevor sein Regler das braune Band verfestigte. Für jeden normal ausgerüsteten Springer wäre das zu spät gewesen. Aber sobald Daniel neun goldene Punkte auf dem Bodenlevel ausmachte, korrigierte er seinen Fall einen wenig nach links, richtete die Schulterdüsen nach unten und zündete auf stärkster Kraft.

Keine fünfzehn Zentimeter vor dem Boden kam er zu stehen. Zielgenau schnappte er sich eine der Figuren.

Die Schulterdüsen hielten ihn für einen letzten Moment in der Luft, schließlich war ihr Treibstoff erschöpft. Zitternd übernahm die elektroreaktive und mittlerweile völlig verfestigte Kautschukverbindung Daniels Körpergewicht.

Drei Meter über ihm schaukelte Isaak Stoltz' Ältester unkontrolliert und fluchend.

Daniel konnte sich ein Lächeln nicht verkneifen. Innerlich höchst zufrieden mit sich, schlug er seinen Stiefelabsatz gegen den Kontrollkasten und löste damit die Rückholfunktion des Apparats aus. Der Weg nach oben würde einige Zeit in Anspruch nehmen.

David Stoltz konnte durchaus noch an eine der Statuetten auf dem Boden kommen. Er würde es nun aber nicht mehr schaffen, vor Daniel wieder oben auf dem Dach zu landen.

Während er langsam an der Fensterfront wieder nach oben gezogen wurde, summte Daniel ein Lied und ging im Kopf den Gewinn dieses anstrengenden Tages durch. Leider würde er seinen Triumph nicht lange auskosten können. Er drückte auf eine Verzierung am Aufschlag seiner Jacke, um in Erfahrung zu bringen, in welcher Klemme sein schwarzröckiger Freund wohl stecken mochte.

***

„Nun geh endlich ran", flüsterte Desmond. Er befand sich im geschlossenen Vergnügungspark des Salome Distrikts, eine der wenigen freien Flächen der Bodenebene dort, und der persönliche Rufsender, den ihm sein Freund am Abend in der Kaverne zugesteckt hatte, blinkte in sturem Rot.

Genauer gesagt, hockte er hinter einer Hallenecke, deren verblasster Anstrich das Mondlicht in eine bleiche, rissige Haut verwandelte, während sein Wing keine zwanzig Meter hinter ihm ruhte. Das Knacken seiner abkühlenden Triebwerke war das Einzige, das man neben dem Wind vernahm, der durch die aufgegebenen Schaustellerbuden fuhr.

Dann knackte, etwas leiser, die Audioeinheit in seinem Kragen ebenfalls.

„Bruder Sorofraugh?"

Vor Desmonds Auge tauchte die Kennnummer von Bruder Gad in der Displayklappe auf und er fragte sich, was sein Bruder vor Gott ausgerechnet jetzt von ihm wollte.

„Bruder Sorofraugh, beim Stab des Mose, antworte! Hat dich der Heilige Geist völlig verlassen? Erzähl mir nicht, du seist mitten im Park gelandet."

Desmond schwante nichts Gutes. Bruder Gads Worte legten die Vermutung nahe, dass er sich in unmittelbarer Nähe zum Park befand. Die Aussicht auf eine Vergoldung seiner Silberflügel durch einen vielversprechenden Einsatz musste ihn hergelockt haben. Und das, obwohl Onkel Ephraim explizit Desmond allein die Mission Marlo Tenges zugeteilt hatte. Gad hatte hier überhaupt nichts zu suchen. Wenn er schon ohne direkte Order auftauchte, fiel der Status eines Einsatzleiters automatisch an Desmond. Es wäre also eher an ihm, Bruder Gad zurechtzuweisen, als umgekehrt.

Doch als er gerade dazu ansetzen wollte, fuhr Gad fort: „So wirst du die Gottlosen noch vertreiben."

Nun, vielleicht nicht vertreiben, aber doch wenigstens in eine dunkle Ecke scheuchen, dachte Desmond. Das würde er Gad natürlich niemals sagen.

„Hier Sorofraugh", meldete er sich in das kleine Mikrofon am Priesterkragen. „Ich konnte aus der Luft erkennen, wie sich die Ziele zwischen den Gebäuden herumdrückten und wollte ihnen keine Zeit geben, ihren Vorsprung weiter auszubauen. Deswegen bin ich im Park runtergegangen. Augenblicklich befinde ich mich im Südosten an der ehemaligen Lawinenbahn."

Würde der andere Priester diese blasse Verschleierung seines Sabotageversuchs schlucken? Um Gad keine Gelegenheit für einen klaren Gedanken zu lassen, schlug er einen härteren Ton an. „Soweit mit bekannt ist, hast du keine Freigabe für diesen Sündengriff, Bruder Gad! Klär mich also lieber sofort über deine Position auf. Sonst grille ich dir noch aus Versehen den Hintern."

„Bei den Zwölf Geboten, Sorofraugh. Nur die Ruhe. Wir kommen gerade durch das Südtor ..." Der Rest des Funkspruchs wurde durch statisches Rauschen verstümmelt.

Wen im Himmel meinte Gad mit ‚wir'? Hatte er etwa noch ein paar Brüder mehr angeschleppt?

Endlich leuchtete Daniels Rufsender grün. Desmond deaktivierte die Verbindung zu Gad und als er sich den Ohrclip des Senders in den Gehörgang gesteckt hatte, betete er, dass die Frequenz besser verschlüsselt als abgeschirmt war.

„Was willst du von mir?", murrte Daniel. „Es ist doch noch keine zehn Stunden her, dass ich dir den Notrufer gegeben hab. Ich hoffe, du steckst in ernsten Schwierigkeiten."

„Ja, ja. Hör mir zu. Ich bin gerade hinter einem Privilegienfälscher namens Marlo Tenges her. Leider hat er sich, kaum dass er aus dem Trakt der Reue entlassen war, mit Nicopolisflüchtlingen eingelassen. Als ich sie stellen wollte, sind sie zusammen in den Vergnügungspark im Salome Distrikt geflohen …"

„Na, dann wünsch ich dir mal eine erfolgreiche Jagd. Ich habe selber gerade einem delikaten Auftrag auszuführen. Gute Nacht!"

Desmond drehte den Lautstärkeregler des Rufers herunter.

„Leider hat sich die Lage verkompliziert", zischte er leise. „Ein paar meiner Mitbrüder sind uneingeladen hier aufgetaucht. Ich möchte diesen Tenges nur ungern den anderen Priestern überlassen. Seine Fähigkeiten werden für uns und den Unterschlupf in nächster Zukunft sehr wichtig."

„Uneingeladen aufgetaucht?" Daniel klang beinahe empört. „Dein Onkel sollte seinen lockeren Führungsstil ernsthaft überdenken. Na ja, sei's drum. Er wird sie schon anständig behandeln, wenn ihr sie abliefert."

Von Zeit zu Zeit, wenn Daniel nicht richtig bei der Sache war, zeichnete er sich durch eine himmelschreiende Begriffsstutzigkeit aus, dachte Desmond müde und gereizt.

„Bist du wahnsinnig? Alle Dekane sind angewiesen, Flüchtlinge aus dem Bürgerkriegsgebiet unverzüglich an die Inquisition auszuliefern. Und das ohne jedwede Verhandlung."

„Dann sorg doch dafür, dass die armen Schweine entkommen."

„Gratulation zur Erleuchtung. Exakt das ist der Plan. Allerdings brauche ich dafür jemanden, der sie hier ganz diskret rausschafft."

Ein Schnaufen in Desmonds rechtem Ohr. „Das soll dann wohl ich sein." Es gab eine kurze Pause, in der es aus dem Stöpsel knisterte. Dann hörte man gar nichts mehr und es dauerte etwas, bevor Daniel das Gespräch fortführte. „Okay. Ich habe wieder festen Boden unter den Füßen. Mir ist auch schon etwas eingefallen. Beschreib mir doch genauer, wo du dich gerade aufhältst. Ich muss mich hier so elegant wie möglich loseisen, dann können wir in etwa zwanzig Minuten bei dir sein."

Desmond umriss die Situation so knapp wie möglich. Als er schloss, bat er die Heilige Mutter stumm, dass in zwanzig Minuten nicht schon alles zu spät war. Hatte er da etwa schon wieder ein ‚wir' verstanden? Mit einem mehr als unguten Gefühl schaltete er den Rufsender auf Stand-by und die Verbindung zu Gad wieder ein.

Was hatte er während des Gesprächs womöglich verpasst? Er schloss die Augen und griff mit geistigen Fühlern hinaus, um sich ein Update über die Situation zu verschaffen.

Alle Eindrücke waren verwischt. Ob es an der Entfernung zwischen ihm und den Verdächtigen lag oder an dem kräfteraubenden Nachmittag in der Kaverne, konnte er nicht sagen. Ein schwaches, verängstigtes Säuseln war alles, was sich ausmachen ließ. Und selbst das stellte mehr eine Ahnung als eine Gewissheit dar. Wenigstens hatte er jetzt eine ungefähre Richtung: Osten! Höchste Zeit, sich auf den Weg zu machen.

***

Die einstmals bunten Buden und Fahrattraktionen waren ihrer Pracht durch Verfall längst beraubt. Von einigen stand nichts weiter als Skelette, zwischen denen Melancholie wie eine längst vergessene Melodie mitschwang. Desmond konnte sich dem nur unter großen Schwierigkeiten entziehen und es gelang ihm kaum, an der Spur Tenges' und der Flüchtlinge dranzubleiben.

„Hey! Keine fünfzig Meter von mir rennt jemand durch die Dunkelheit."

Verdammt! Das Zurückpfeifen von Gad hatte Desmond schlichtweg vergessen.

„Aktuelle Position, Bruder Gad?"

„Bin mittlerweile südöstlich von dir, bei der Wasserrutsche. Wir können sie auf dich zutreiben." Er klang ziemlich außer Atem.

Desmond checkte die aktualisierten Missionsparameter im Monokeldisplay. Neben dem guten Gad tauchten vier weitere Priester auf, die bei der Jagd auf die Abtrünnigen mitmischten. Wie sollte er die nur alle davon abhalten, ihm dazwischenzufunken?

„Wisst ihr schon, wo sich die anderen Sünder aufhalten?"

„Noch nicht. Aber wenn wir genug Lärm veranstalten, scheuchen wir die garantiert auf", schnaufte Gad aus dem Kragen.

Desmonds schlimmste Befürchtungen erwiesen sich zunächst als unbegründet. Im Gegensatz zu ihm hatten seine Brüder noch keine Ahnung, wohin sie sich wenden sollten.

„Haltet euch gefälligst zurück! Besetzt die Ausgänge! Und wählt Standorte, von denen ihr auch umliegende Schlupfwinkel im Blick habt. Wenn die Flüchtigen mitbekommen, dass wir ihre Spur tatsächlich aufgenommen haben, könnten sie sich trennen. Auf keinen Fall darf auch nur einer von ihnen entwischen. Amen!"

„Verstanden. Zurückziehen und Ausgänge besetzen. Amen." Trotz seiner knappen Wortwahl klang Gad enttäuscht, aber er fügte sich.

Fünfzehn weitere Minuten musste er seine übereifrigen Brüder irgendwie hinhalten. Das war alles. Solange Desmond die Flüchtlinge allerdings selbst nicht finden konnte, würde er nicht wissen, wie. Also schritt er mit gezückter Waffe durch Gassen und über kleine Plätze und nahm die geistige Witterung wieder auf. Er konnte spüren, dass er seinem Ziel näher rückte, denn das seidene Flüstern in seinem Kopf gewann an Stärke und wurde differenzierter. Es kam aus der Mitte des Parks.

Jede Deckung ausnutzend, hieß es, den vor ihm liegenden Weg trotzdem genau zu beobachten, denn er wollte keine unangenehmen Überraschungen erleben, nur weil der Heilige Geist ihn mehr in Anspruch nahm, als ihm lieb war.

Irgendwann ragte das Herzstück des Vergnügungsparks vor ihm auf: die Hölle!

Eine weitverzweigte Tunnelbahn, in der die verschiedenen Bereiche der Verdammnis nachgestellt worden waren. Bei einer Fahrt durch die Finsternis hatte jedem Gläubigen ein drastischer Eindruck davon vermittelt werden sollen, was das Jenseits für den bereithielt, der kein gottesfürchtiges Leben führte. In den besseren Tagen des Parks jedenfalls. Damals war ein Besuch, unabhängig vom Alter, Pflicht für jeden Erstbesucher gewesen. Desmonds eigene Erinnerungen daran waren erfüllt von Blut, Feuer, Rauch und schrecklichen Schreien. Obwohl inszeniert, war es für einen Jungen von zehn Jahren doch schwer zu verkraften gewesen.

Und ausgerechnet diese Halle hatten Tenges und die Flüchtlinge zu ihrem Versteck auserkoren. Der Heilige Geist wies Desmond jedenfalls exakt dort hin.

Als er die heruntergekommene Halle durch eine der Türen betreten wollte, bemerkte er etwas Eigenartiges am nächtlichen Himmel, am Rande seines Sichtfeldes. Zwischen den letzten Wolkenfetzen und weitab von den freigegebenen Flugkorridoren zog ein ungewöhnlicher Stern seine Bahn. Schickte Babylon wieder eins seiner Himmelsaugen? Doch dafür schien der Kurs zu unruhig. Was immer sich da so auffallend schnell auf ihn zu bewegte, die St. George hatte keine Kenntnis davon, sonst hätte man ihn informiert. Verunsichert schlüpfte Desmond durch die Tür, um sich dem rätselhaften Objekt so schnell wie möglich zu entziehen.

Drinnen knackte und raschelte es aus jeder düsteren Ecke. Sogar das Pfeifen des Windes wirkte intensiver als im Freien. Ein Blick nach oben verriet, dass das Dach voller gezackte Löcher war, durch die man das Firmament erkannte. Das mysteriöse fliegende Ding ließ sich jedoch nirgends mehr entdecken.

Soweit Desmond es durch den Nachtlichtverstärker erkennen konnte, war der Boden eine heimtückische Ansammlung von Stolperfallen. Er nahm das Monokeldisplay vom Auge und gab seiner neuen Lampe den Vorzug. Der Eindruck der Flüchtenden hatte sich weiter verdichtet, aber den Kontakt aufrechtzuerhalten zauberte bereits einen pelzigen Geschmack auf seine Zunge. Ein Vorbote der Übelkeit.

Er kannte die genaue Richtung, also gab er den Heiligen Geist auf und marschierte los. Im Schein seiner Stablampe tanzten Staubflöckchen und Schatten zwischen verbogenen Metallträgern und eingestürzten Wänden, aber das Ende dieses langen schmalen Ganges war nicht zu erkennen. So zog er den Kopf ein oder drückte sich durch Lücken, um weiterzukommen.

Zwischen den Trümmern tauchte ein erhobener Arm auf.

Desmond warf sich hinter ein Wandfragment, rollte sich in der nächsten Sekunde wieder hinter seiner Deckung hervor und fixierte mit Erlöser im Anschlag sein Ziel im Lichtstrahl.

Der vermeintliche Angreifer entpuppte sich als die zerfledderte Schaumstoffattrappe eines Dämons, dessen erloschene Glupschaugen definitiv schon bessere Tage gesehen hatten. Allem Anschein nach war Desmond in einen Wartungstunnel geraten. Nach weiteren umständlichen fünfzig Metern endete der Gang schließlich vor einer zweiten Tür. Ein Druck auf ihren Öffnungssensor bewirkte nichts. Jeder Versuch, sie manuell zu öffnen, scheiterte. Erst nachdem Desmond den Hirtenstab in den Türspalt gebracht und sein gesamtes Körpergewicht eingesetzt hatte, gab sie so weit nach, dass er sich durchquetschen konnte.

Er landete in dem Raum, der sich dem Eingangsbereich anschloss. Früher hatten sich hier mehr als hundert Besucher gleichzeitig aufgehalten, um die Kabinenwagen zu besteigen. Doch heute stapelte sich bloß Schutt auf den vier Gleisen. Überall lagen umgestürzte Wagen und blockierten den Weg. Die zahlreichen Treppen waren so zusammengefallen, dass es auch über sie kein Weiterkommen gab.

Ungeduldig suchte Desmond nach einer Möglichkeit, das Chaos in dem großen Raum zu überwinden. Dabei streifte sein Blick die hohe Kuppel der Hallendecke und er ließ den Erlöser in Schussposition schnellen.

Der seltsame Stern war wieder aufgetaucht. Lautlos schob sich eine stumpfe Metallkugel mit zahlreichen eckigen Auswuchtungen durch eins der Löcher. Die drei Sensorleuchten an seiner Vorderseite erinnerten Desmond an eine Spürdrohne, nur hatte er ein so kleines Modell noch nie zu Gesicht bekommen.

War es bereits zu spät, um das Ding aus der Luft zu pusten? So nah, wie er den Flüchtlingen jetzt bereits war, sollte man es besser nicht darauf ankommen lassen, dachte er. Doch als ob das Auftauchen der Suchdrohne nicht schon genug Ärger bedeutete, tönte es aus seinem Kragen: „Da ist einer von diesen Schweinepriestern. Hat´s ganz schön eilig. Er läuft Richtung Parkzentrum. Kannst du ihn sehen, Gad?"

„Hier Gad. Ja. Ist keine zweihundert Meter von mir entfernt. Den schnappe ich mir."

Eine dritte Stimme schaltete sich zu. „Andreas hier. Wo, im Namen des Grals, seid ihr nur?"

„Hier Gad. Bin auf dem …"

Was sollte er nun tun? Zuerst die anderen Priester aufhalten oder die Drohne beseitigen? Eine weitere Frequenzstörung aus Daniels Rufsender nahm ihm die Entscheidung ab.

„Hey, hey, hey, Waffe runter, Partner! Du willst doch nicht etwa meinen Aufklärer beschädigen?"

„Dann hast du mir also dieses Ding auf den Hals gehetzt? Wofür? Du kannst dem Schöpfer danken, dass ich es nicht zu Schrapnellen verarbeitet habe."

Daniel lachte. „Wir nähern uns durch die Kanäle. Wie du dir denken kannst, ist die Aussicht hier unten nicht die beste. Trotzdem bleibe ich gern auf dem Laufenden. Niedlich, nicht wahr? Seine Lackierung macht es für die meisten Ortungssensoren unsichtbar. Selber verfügt es aber über die gesamte Bandbreite an Spürfrequenzen. Ich habe die Ausweichautomatik selbst programmiert. Den hättest du nie erwischt. Und jetzt sei so gut und nimm die Lampe runter, ja? Die Nachtsichtsensorik ist etwas empfindlich."

Desmond senkte Waffe und Lampe. Er wollte das Mikro im Kragen bedecken, doch Daniels Stimme sagte: „Nicht nötig. Deine missratenen Brüder können dich nicht empfangen, solange ich auf Sendung bin. Wo treibt sich unsere kleine Reisegruppe rum?"

„In nördlicher Richtung, würde ich sagen."

„Hmm", brummte Daniel, während die Drohne den Raum scannte. „Du solltest dir den Umweg über die Außenseite des Gebäudes ersparen und die oberen Wartungsstege benutzen. Da vorn. Den Schuttberg musst du hoch."

Am Gipfel einer Halde aus Schrott und Trümmern wartete Daniels Drohne, summte und leuchtete Desmonds Kletterpartie mit dem Suchscheinwerfer aus.

Als er sein Ziel erreicht hatte, wies Desmonds Talar zwar drei lange Risse auf, aber er selbst war unverletzt geblieben.

Die Stegkonstruktion war mittels zwei Meter langer Stahlholme an die Decke genietet worden und sah alles andere als vertrauenerweckend aus. Behutsam belastete Desmond mit einem Fuß das erste der zahllosen metallenen Wegsegmente. Die Struktur wackelte und knarzte vernehmlich, doch sie hielt.

Er tastete die Umgebung mit dem Heiligen Geist ab und konnte jetzt bestimmen, dass es sich bei den Flüchtenden um mindestens vier Personen handelte. So wie es aussah, versteckten sie sich beim sogenannten Meer aus Blut, einer der Hauptattraktionen der Reise durch die Hölle.

Doch was war das? In hohem Tempo näherten sich fünf weitere Menschen. Hatten Bruder Gad, Bruder Andreas und die drei anderen Priester ihre Posten verlassen? Ihm wollte einfach keine unverfängliche Erklärung mehr einfallen, mit der er sie fernhalten konnte. Jetzt war er gezwungen alles daran zu setzen, vor ihnen beim Meer des Blutes anzukommen. Glücklicherweise musste man hier oben lediglich den Kabeln ausweichen, die aus der Decke baumelten oder über das Geländer hingen. Ein wesentlich leichterer Weg als über den Boden.

Trotzdem sollte er auf diesem klapprigen Untergrund vorsichtig bleiben. Sonst würde er Tenges unfreiwillig warnen. Und das Risiko einer kopflosen Fortsetzung ihrer Flucht, bei der sie Bruder Gad in die Arme liefen, wäre dann einfach zu groß.

Daniels menschenkopfgroße Spürdrohne glitt gemächlich neben ihm her. Bis beide endlich im richtigen Raum angelangt waren, schien eine Ewigkeit vergangen. Desmond holte das Televid aus dem Gürtel und suchte per Nachtsicht nach Tenges und den Flüchtlingen.

Einst hatte man die Halle mit rotem Wasser gefüllt. Doch das war schon vor langer Zeit versickert oder verdunstet und hatte ein heilloses Durcheinander aus Deckenteilen und kaputten Puppen von ertrinkenden Sündern zurückgelassen. Gute drei Meter darüber verlief ein Schienenstrang, zu dessen Seiten die Nachbauten zweier alter Segelschiffe den Wirrwarr überragten. An Bord quälten ihre ungetümen Mannschaften die Schuldigen oder warfen sie über die Reling.

Über dem Modell diesseits der Schienen war ein riesiges Stück Decke weggebrochen. So hatte die Witterung von ihm nur noch kümmerliche Reste zwischen seinen grätenartigen Verstrebungen gelassen. Sogar der mächtige Hauptmast war zu einem mickrigen Stumpf abgeknickt.

Sein Pendant auf der anderen Seite war dagegen noch erstaunlich gut erhalten. Es wunderte Desmond daher kaum, dass er dort mehrere Personen beieinander hocken sah. Offenkundig wähnten sie sich sicher, denn man hörte Teile ihrer Unterhaltung bis hinauf zu den Wartungsstegen. Unvermittelt stieß eine weitere Gestalt zu ihnen und gestikulierte aufgeregt mit den Armen.

„Unsere Schützlinge befinden sich in dem Schiff auf der gegenüberliegenden Seite", informierte Desmond. „Kann dein Wunderapparat sie ausmachen?"

„Ja ... Hab sie auf dem Schirm. Moment, wer kommt denn da?"

Für den Bruchteil einer Sekunde hegte Desmond die Hoffnung, Daniel meine damit den Neuzugang bei den Flüchtlingen. Doch das grobkörnige Bild seines Televids zeigte, dass Bruder Gad und die vier Priester, einer nach dem anderen, zum Bootsskelett auf Desmonds Seite schlichen. Und man erkannte schussbereite Erlöser in ihren Händen. Wussten sie, wo er sich befand? Anhand des Signalgebers in seinen Handschuhen konnten sie ihn theoretisch orten.

An Daniels Spürer erloschen die Leuchtdioden und das Gerät schwebte zur Deckung der Priester.

„Perfekt", tönte es aus Desmonds Ohrstöpsel.

Wenige Augenblicke später verrutschten ein paar Bruchstücke hinter dem großen Bootsskelett und aus einer Klappe im Rücken von Gad und seinen Mitbrüdern kam Daniel geklettert. Er schlich lautlos um sie herum und heftete irgendetwas an die hinteren beiden der vier Hauptstützen des Gestänges. Die Priester hockten derweil seelenruhig in dessen Mitte und besprachen sich.

An den Stützen begann es zu blinken.

Sprengsätze! Hastig packte Desmond Erlöser und Televid und begann zu rennen.

Leider waren die Stege hier voller Kabel. Daniels Werk war bereits vollbracht, bevor Desmond auch nur dreißig Meter zurückgelegt hatte. Auch die Besprechung von Gad und den Priestern fand ein Ende und sie machten Anstalten, auszuschwärmen.

Selbst wenn Desmond noch so schnell lief, würde er es nicht schaffen. Sollte er Gad über den Kragen warnen? Aber was würde dann aus Tenges werden? Seine Überlegungen zerflossen zu instinktiven Handlungen. Die Kabelansammlung hinter sich und den freien Steg vor sich, konnte er an Tempo zulegen. Das Metall schepperte. Der Steg warf sich bei jedem Schritt hin und her.

Mit einem ohrenzerreißenden Quietschen brach das Wegsegment direkt hinter Desmond weg. Es riss etliche Kabel mit sich und auch das Teilstück unter seinen Füßen drohte aus den Verankerungen zu rutschen.

War es Vorsehung, Schicksal oder bloßer Zufall? Um ein Haar wäre er mitten im Lauf doch noch über eine armdicke Leitung gestürzt, aber er zog die Beine an und verwandelte den drohenden Sturz in einen mächtigen Satz über den Handlauf.

Genau in dieser Sekunde gaben die Halterungen an der Decke nach und die gesamte Länge des Stegs brach hinter ihm ab. Unter ihm zehn Meter gähnende Tiefe.

Statt seinen Fall zu bremsen, katapultierte er sich mit dem Heiligen Geist nach vorn und ergriff eins der herabhängenden Kabel. Es war ein Gefühl, als würden ihm die Arme aus den Schultern gerissen, doch seine Finger gaben nicht nach. Das Kabel musste wohl das Schiff auf der anderen Seite mit Strom versorgt haben, denn es verlor sich unter dem Schienenstrang im Abfall. In einer schnellen Bewegung hakte Desmond den Hirtenstab daran. Sich mit beiden Händen festklammernd, rutschte er nach unten.

Da zündeten Daniels Sprengsätze.

Das Gerüst des Schiffes brach in sich zusammen.

Gad und die Brüder hatten sich, auf der Suche nach dem infernalischen Krach über ihren Köpfen, bereits herumgedreht. Jetzt mussten sie entdecken, dass nicht nur riesige Metallteile von der Decke auf sie herabregneten, sondern die gesamte Konstruktion um sie herum zusammenbrach. Vor Schreck gelähmt, rührte sich keiner von ihnen von der Stelle.

Desmonds Rutschpartie würde ihn in einer weit geschwungenen Abwärtskurve direkt durch das zusammenstürzende Schiffsskelett führen und deswegen wäre er genauso des Todes wie seine Brüder.

Er betete den Heiligen Geist herbei, löste eine Hand vom Stab und die kinetisch manifestierte Energie explodierte an seinen Fingerspitzen. Während er durch den Trümmerregen raste, räumte sie den Weg frei, hob sogar seine fünf Mitbrüder vom Boden und warf sie zusammen mit Stangen, Brocken und Splittern über den Schienenstrang auf die gegenüberliegende Seite. Dort prallten sie dumpf gegen das zweite Boot und blieben bewegungslos im Müll liegen.

Desmond drohte gegen den Schrott unter dem Schienenstrang zu prallen. Er streckte die Beine, stählte sich mit dem Heiligen

Geist und brach in vollem Schwung durch. Während über seinem Kopf der gesamte Rest der Stegkonstruktion von der Decke krachte, rollte er sich auf dem Boden ab und kam genau zwischen seinen bewusstlosen Brüdern zu liegen. Überall schlugen Metallteile auf.

In Todesangst verlor er die Kontrolle über den Heiligen Geist. Er staute sich plötzlich so immens auf, dass Desmond sich unter dieser Macht zusammenkrümmte, nur um im nächsten Moment wieder wie eine Stahlfeder hochzuschnellen.

Mit Wucht setzte sich eine Detonation nach oben frei, die ihn fast zu zerreißen drohte. Alle zusammengebrochenen Wegsegmente, die ihn noch vor einer Sekunde hatten zermalmen wollen, blieben zitternd mitten in der Luft hängen, krümmten sich wie in Zeitlupe ...

Dann trieb es sie mit einem Tosen in alle Richtungen fort.

Desmond wankte. Als das letzte Scheppern verklungen war, rief er: „Im Namen der Ketzer von New Bethlehem! Habt keine Furcht! Ihr seid in Sicherheit!"

Ein bleiches und sehr verdutztes Gesicht lugte über die abgebrochene Reling des imitierten Schiffsrumpfs.

Es war für einige Zeit das Letzte, was Desmond sah. Hastig warf er sich in die nächste dunkle Ecke, um sich zu übergeben.

***

Er war wieder einmal über seine Grenzen gegangen. Weiter als je zuvor. Jetzt wusste er, warum der falsche Prophet es so eilig hatte. Desmond benötigte Hilfe ... Fates Hilfe.

Er spürte eine Hand an der Schulter. Daniel. Sein Helm baumelte locker am Gürtel.

„Das war vielleicht ein Ding. Oh Mann. Ich wusste gar nicht, dass du so was drauf hast." Als er Desmonds Gesicht sah, änderte sich sein Ton. „Bei den Neideschen des dunklen Bruders, kannst du stehen? Du siehst ganz schön beschissen aus. Hier, mach dich erst mal richtig sauber." Er reichte ihm ein Tuch.

Dankbar wischte Desmond sich Mund und Kinn ab. Den gallenbitteren Geschmack bekam er leider nicht von der Zunge. Wenigstens hatte sich der Schwindel gelegt. Als er aufblickte, nahm Daniel das Tuch zurück, warf es zur Seite und wuschelte Desmond freundschaftlich durchs weiße Haar.

„Willkommen unter den Lebenden … Obwohl du eher wie ein wandelnder Untoter aussiehst."

Desmond zog sich an einem verbogenen Träger hoch. Vor seinen Augen tanzten Sterne.

„Treib keine Scherze über die unheilig Wiederbelebten", krächzte er. „So etwas kann einen das Seelenheil kosten."

„Mein Platz im Himmelreich ist sowieso bestenfalls Verhandlungssache. Komm mit und lern unsere neuen Freunde kennen."

Widerstandslos ließ Desmond sich aus seiner Ecke ziehen.

„Wie lange war ich weggetreten?"

„Keine fünf Minuten."

Die weiche Masse in seinen Knien verfestigte sich Schritt für Schritt. „Warum sind die nicht abgehauen?"

„Meine Männer haben sich von hinten an sie herangeschlichen und sie festgesetzt", antwortete Daniel und führte ihn über eine improvisierte Rampe am Heck des Schiffsimitats in den Rumpf.

„St. George wird schon ungeduldig auf eine Meldung von mir warten. Wie geht es Gad?"

„Deinem neuen Lehrer alle Ehre, du hast ihn und seine Bande richtig gut bedient." Daniel schickte seiner Bemerkung einen anerkennenden Pfiff hinterher.

„Und du hättest sie fast umgebracht."

„Ein paar Kratzer hier, ein paar Schrammen dort. Das ist alles, was sie abbekommen haben. Was hätte ich auch machen sollen? Die Zeit für ausgefeilte Pläne blieb uns ja nicht mehr. Wäre es dir lieber, du würdest dir morgen mit uns allen eine Zelle in den Türmen der Inquisition teilen?"

Desmonds Blick hätte anklagender kaum sein können.

Daniel stemmte die Hände in die Hüften. „Gerade du müsstest wissen, dass man Schwarzröcken nicht halbärschig kommen darf. Das Gerüst bestand aus Hohlrohren. Wenn du nicht das halbe Dach runtergeholt hättest, wäre denen nichts passiert, was ein Heiler nicht wieder hinkriegt."

Desmond verkniff sich eine Erwiderung, denn sie stießen nun zu Tenges und den Flüchtlingen: insgesamt fünf Männer und eine Frau. Sie trugen zerschlissene, von Ascheflecken übersäte Kleidung und die Frau hatte eine hässliche Brandwunde am Kopf.

„Die Augen ... Ich schwöre, in ihren Augen hat der Tod gewohnt. Keine Gnade ... kein Mitleid ..." Wie wild rollte sie mit ihren eigenen Augen und zog sich an den Haaren. „Dieses Flüstern in meinem Kopf. Ich bin ein schlechter Mensch. Schlechte Menschen dürfen nie wieder schlafen, haben sie gesagt. Immer und immer wieder. Bis ich es glauben musste. Und meine Kinder ... Alle meine Kinder haben sie geholt." Sie schluchzte in einem fort. Dabei ließ sie nach einiger Zeit von ihren Haaren ab und klammerte sich dafür umso verzweifelter an einen ihrer männlichen Begleiter. Der redete zärtlich auf sie ein, strich ihr über den Kopf und achtete sorgsam darauf, die Verletzung dabei nicht zu berühren.

Betroffen schaute Desmond zur Seite.

Die beiden übrigen Nicopolaner unterhielten sich mit Marlo Tenges. Der löste sich furchtsam von ihnen, strich die ungewaschenen Haare glatt und sprach Desmond an.

„Ihr seid der Straßenpriester, der mich vor einem Monat hochgenommen hat, nicht wahr?"

„Richtig. Ich bin Vater Sorofraugh. Deine gefälschten Privilegienzertifikate haben unseren Dokumentenmeister dermaßen um seine Fassung gebracht, dass ich dachte, es wäre besser, dich im Auge zu behalten."

Mit trotzigem Blick streckte Tenges seine Arme vor. „Das bedeutet dann wohl Tiefkerker für mich. Nur zu! Greift mich, Vater. Diesmal bereue ich nichts."

„Nimm die Arme runter."

Tenges stutzte.

„Da du nur Brüdern und Schwestern in Not helfen wolltest, fällt das für mich unter praktizierte Nächstenliebe. Dafür gibt es keine Schandschellen. Im Gegenteil: Wir schaffen euch in ein neues, sicheres Zuhause, einen Ort, an dem eure Gefährtin die Hilfe eines Heilers erhalten wird."

„Und das ist nicht im Inneren einer Kathedrale oder eines Asyls?"

„Nein. Weitab vom Zugriff der Kirche, unter der Erde."

„Tut mir leid, aber das kann ich nicht glauben ..."

„Ob du es glaubst oder nicht, mein Sohn, ihr kommt trotzdem alle mit. Als Zeichen des Vertrauens gebe ich euch zunächst einmal das hier."

Er nestelte sein persönliches Heilerpack aus dem Ausrüstungsgürtel. Tenges nahm es staunend und reichte es an die Flüchtlinge weiter. Einer versorgte die Frau, ein anderer ging zu Desmond und Tenges.

„Ein Sündengreifer, der tatsächlich mal einem Gläubigen aus der Patsche hilft, anstatt ihn zu bestrafen. Dass ich das noch erleben darf." Er schüttelte den Kopf. „Ich möchte euch danken, Sorofraugh." Ihm ging die standesübliche Anrede „Vater" ab. „Ihr seid seit unzähligen Wochen der erste Lichtblick. Wir wähnten uns eigentlich schon in Sicherheit, als wir heil in New Bethlehem ankamen und mein Neffe Marlo uns sofort Papiere herstellen wollte. Als wir merkten, dass uns schon wieder Priester auf den Fersen waren, hatten wir mit dem Leben abgeschlossen. Spätestens, als die Decke zusammenbrach, machte sich keiner mehr Illusionen." Sein Blick fand beim Sprechen immer wieder das Lanzenkreuz an Desmonds Brust.

Der wiegelte ab: „Euer Dank beschämt mich. Ich will lediglich den Schaden begrenzen, den mein Herr Innozenz im Namen Gottes anrichtet."

Die Schultern des Mannes sackten ein Stück ab und er meinte leise: „Ich fürchte, es ist weit mehr als nur die Willkür des Papstes, unter der wir leiden. Da Fates Neue Prophezeiung nicht schweigen wollte, hat der Herr selbst wohl die Geduld mit unserer Stadt verloren, denn er hat seine Engel gesandt, um über Nicopolis Gericht zu halten. Es waren die Seraphim, die Dianes Familie aufgegriffen haben."

Desmond schluckte hart. „Engel? Ihr wollt allen Ernstes behaupten, Engel wären für den Zustand dieser armen Frau verantwortlich?"

„Das zu begreifen fällt schwer, nicht wahr?" Verbitterung machte sich auf der Miene des Flüchtlings breit. „Auch wir haben immer geglaubt, die Himmelsboten würden den Menschen in ihren Nöten beistehen. Ich kann Ihnen versichern, dass in Nicopolis das Gegenteil der Fall ist. Die Seraphim haben alles nur noch schlimmer gemacht."

Desmond zeigte auf die Frau, die noch leise wimmerte. „Dies soll der Wille Gottes sein?"

Daniel schaltete sich ein.

„Es wäre nicht das erste Übel, das aus New Jericho über uns kommt."

„Von da kommen doch nur die Befehle des Papstes. Vielleicht sind ihm die Seraphim untertan?"

Daniel prustete. „Ohne dass unser allwissender Herrscher im Himmel davon etwas mitbekommt? Das soll wohl ein Witz sein!"

Desmond nahm seinen Freund auf die Seite und raunte ihm ins Ohr: „Die Wahrheit ist: Ich habe eigentlich noch nie einen Engel zu Gesicht bekommen."

„Ich dachte, ihr macht alle diese komische ‚Pilgerfahrt der Zwölf Kathedralen'? Was denkst du denn, was das für Wesen sind, die um den Turm des Vaters kreisen?"

„Das Siegel für die Allmächtigkeitskathedrale hat Onkel Ephraim für mich besorgen lassen. Er meinte, es wäre nicht nötig, dass ich dafür den langen Weg in die Hauptstadt mache."

„Ein Priester, der noch keinen Seraphim gesehen hat! Also wirklich!" Daniel schüttelte den Kopf und wandte sich wieder den abgerissenen Leuten aus Nicopolis zu. „Wie Priester Sorofraugh schon sagte, werde ich euch an einen Ort bringen, der sich *der Unterschlupf* nennt. Dort lebt die Untergrundgemeinde der Ketzer, Verfolgte wie ihr es seid." Er riskierte einen Seitenblick. „Und wir sollten uns beeilen, sonst wird noch einer von den richtigen Priestern wach."

Nachdem er mit seinen Männern und den Flüchtlingen zwischen den Schuttbergen verschwunden war, gab Desmond ihm fünf Minuten Vorsprung. Dann wusste er, dass nun der wirklich unangenehme Teil begann. Der Verstoß gegen das 10. Gebot: Lügen.

Nach einem intensiven Stoßgebet zur Mutter Maria, sie möge auf die Gründe für sein Verhalten schauen und ihm verzeihen, setzte er das Kragendisplay wieder vors Auge. Ins Mikro meldete er: „Kommandohalle St. George. Hier Sorofraugh 037. Ich beantrage eine Gemeindefahndung. Schicken Sie sofort alle verfügbaren Einheiten zum Salome Distrikt, alter Vergnügungspark und Umgebung. Marlo Tenges und die anderen Verdächtigen sind entkommen. Fünf Brüder sind verletzt. Wir benötigen einen Lazarusgleiter. Ich wiederhole, Tenges ist entwischt …"

XVI

Mürrisch betrachtete Moses Vocola diesen durcheinandergewürfelten Haufen von einem Unterschlupf. Er hasste es, sich unter der Erde zu verstecken. Auch wenn die Höhle noch so groß war.

In Nicopolis war ein Fingerwink genug gewesen und jeder hatte gekuscht. Und da Dekan Maternus bei „Papa" Moses Vocola mit zu vielen Gefälligkeiten in der Schuld stand, wäre es auch keinem Priester je eingefallen, ihn anzurühren.

Doch dann hatten die Templer sein komfortables Leben einfach so weggefegt. Im Unterschlupf war er nur noch einer von vielen und musste sich sogar die Bruchbude, in der er hauste, mit vier anderen Leuten teilen.

Auf Fate gab er keinen Rattenarsch. Diese komische Prophezeiung hatte ihnen die ganze Scheiße überhaupt erst eingebrockt und auch sein Eintreffen im Unterschlupf hatte die Situation um keinen Deut verbessert.

Vocolas Bauch grummelte. Das Mittagessen war ein schäbiger Witz gewesen. Gerne hätte er sich in einer der umliegenden Hütten noch einmal bedient, doch man wusste nie, wo die bewaffneten Wachen sich herumtrieben. Diese selbst ernannten dreizehn Anführer nahmen ihre Regeln nervtötend ernst. Sonst konnte man nicht viel von ihnen erwarten. Sie redeten und redeten in diesem seltsamen Loch in der Mitte der Höhle. Aber es tat sich nie etwas. Und solche Leute nannten sich Ketzer!? Wofür ein Dasein in Sünde, wenn es noch nicht einmal Spaß machte?

Dieses elende Drecksloch ... Schon allein die vielen Menschen. Ihr permanentes Gemurmel und Rufen aus allen Ecken konnte einen in den Wahnsinn treiben. Aber es war nicht nur Jubelgeschrei. In einigen Stimmen schwang eindeutig Frust mit. Vielleicht sollte er sich die Unzufriedenen zunutze machen.

„Hey, du! Freund!"

Unwillkürlich zuckte Vocola zusammen. Die barschen Worte, die ihm auf der Zunge lagen, hielt er allerdings zurück. Der Kerl, der da mit drei seiner Schlagetots hinter ihm stand, war niemand anders als Iskariot und es wurde gemunkelt, mit dem wäre ganz und gar nicht zu spaßen.

„Wer bist du? Was willst du von mir?"

Iskariot lächelte auf eine unangenehme Art. „Ich weiß, dass du schon von mir gehört hast."

„Na und?"

„Du bist Moses Vocola. In Nicopolis warst du in gewissen Kreisen unter dem Namen Papa Vocola bekannt. Ich weiß auch, dass du der Typ Mensch bist, der sich normalerweise nimmt, was er haben will."

„Und wenn das so wäre?"

Iskariots Lächeln wurde eine Spur breiter und gleichsam leidenschaftsloser. „Wenn du nicht weiter Kohldampf schieben möchtest oder unter der Fuchtel der Dreizehn versauern willst, dann triff mich morgen früh an der Nordwand der Kaverne. Bring Lampen mit. Und solltest du Männer oder Frauen kennen, die genauso denken wie du, dann bring die auch gleich mit."

Konnte dieser Iskariot etwa Gedanken lesen? Obwohl es Vocola schwerfiel, unter diesen seltsamen Augen gelassen zu bleiben, nickte er lediglich knapp.

Iskariot wirkte für einen Moment, als prüfe er intensiv die nähere Umgebung, dann verschwand er mit seinen Leuten wieder im Gedränge.

Morgen früh an der Nordwand. Das könnte interessant werden.

***

„Wie schaffst du es nur, achtzehn Lastengleiter an den Augen der Flugkontrolle vorbeizuschmuggeln?", wollte Desmond wissen.

Daniel schaute stur geradeaus. Die plumpen Transporter, die er sich für die Aktion geliehen hatte, verfügten über keine Autopilotfunktion und der dichte Verkehr hier in den unteren Ebenen verlangte seine gesamte Aufmerksamkeit.

„Schmuggeln kann man das wohl kaum nennen. Dank meines Organisationstalents für Papier und Blankosiegelchips und deines Meisterfälschers Marlo Tenges haben wir einen offiziellen Lieferauftrag von Dekan Elkana."

„Wir haben gefälschte Bestellungen von der St. Nonius über 150 Pflanzcontainer, 100 Eiweißsynthetisierer und 3000 Liter Zuchtlaich. Das ist alles." Desmonds Brauen wölbten sich. „Es sei denn ..."

Daniel grinste breit. „Es sei denn, da hat sich jemand in den Zentralrechner der St. Nonius Kathedrale gestohlen."

„Ich glaube es nicht ..."

„Wart´s ab. Es wird noch besser. Aber alles zu seiner Zeit. Wir sind gleich am Ziel."

„Am Ziel? Wir brauchen noch mindestens zwei Stunden bis zum Häuserfriedhof."

Daniel verringerte Geschwindigkeit und Flughöhe. Es wurde düsterer und er schaltete die Scheinwerfer an. Der Ortungsschirm zeigte, dass ihnen der Rest ihres Konvois folgte.

„Du glaubst doch nicht, dass wir so mir nichts, dir nichts, mit den Containern im Dekanat deines Onkels landen können?"

„So hatte ich mir das auch nicht vorgestellt, aber wie kriegen wir die Dinger sonst den ganzen Weg nach St. George? Willst du sie tragen?"

„Schau zu und lerne."

Sie wurden vom Verteilerlager des Dekanats Ramati angefunkt und Daniel meldete ihre Fracht an. Derweil beobachtete Desmond die erleuchteten Fenster der Wohneinheiten und den vorbeijagenden Flugverkehr.

Sie näherten sich den unteren drei Ebenen eines Gebäudeturms, die von einem kleinen Binnendepot eingenommen wurden. Seine mit Rost angelaufenen Lamellentore standen weit offen und Daniel ließ sich von den Leuchtfeuern ins Innere leiten.

Doch kaum waren sie fünfzig Meter weit drin, versperrten die flirrenden Schwebeturbinen eines großen Lastengleiters ihre

Flugbahn. Die Ursache für den frühzeitigen Stopp war ein Trupp Lagerarbeiter, der jede Containerkennung vor dem eigentlichen Zugangsschott scannte und in die Bestandslisten aufnahm.

Genau wie Desmond, der sein helles Haar darunter versteckte, zog Daniel seine Kapuze jetzt über den Kopf. Er machte Anstalten, den Sitzplatz zu tauschen.

„Könnte sein, dass sich die Belegschaft an mich erinnert, da ich die Sicherheitseinrichtungen geplant und installiert habe. Bis die Container registriert sind, solltest du besser den Chef spielen."

Umständlich quetschten sie sich aneinander vorbei.

Desmond übernahm die Steuerung und fragte: „Was muss ich tun?"

„Nicht viel. Lenk den Gleiter bis zum Kontrollpunkt, öffne alle Ladeluken und reich die Papiere raus. Vielleicht braucht´s noch ein bisschen Small Talk, aber das war´s dann auch schon. Ach ja: Sollte sich jemand zu genau für uns interessieren, beug dich vor, um mein Gesicht zu verdecken."

Aber weil er wegen der großen Anzahl von Daniels Schiffen draußen in den engen Straßenschluchten einen Stau fürchtete, gab sich der Vorarbeiter am Checkpoint wortlos zufrieden. Er orderte via Aerophon zehn Männer mit schaufelförmigen Handscannern und ließ die Fracht von ihnen registrieren. Keine fünf Minuten später durfte Desmond die Luken wieder schließen. Ihre Papiere klemmten zusammen mit einer Transportbeglaubigung an ihrem alten Platz an der Steuerkonsole. Von nun an waren sie wieder sich selbst überlassen.

Daniel flog ihr Gefährt mithilfe eines Leitsignals über ein Meer von Frachtgutbehältern zu den zugewiesenen Landeparzellen und nachdem sie rumpelnd aufgesetzt hatten, zeigte seine Mannschaft, dass sie es in puncto Geschwindigkeit locker mit der hiesigen Schichtbesetzung aufnehmen konnten. Sie schafften die Ladung aus den Lastengleitern und stapelten sie rasch und effizient auf den Lagerparzellen.

„Ich hoffe, dieser Tenges hat es auch drauf", nahm Daniel das Gespräch wieder auf.

„Keine Angst. Seine Empfehlungen kommen direkt aus dem Trakt der Reue in der St. George. Unser Dokumentenmeister wusste nicht, ob er entzückt oder entsetzt über seine Kunstfertigkeit sein sollte."

„Nach einem Monat wieder auf freiem Fuß. Ganz schön milde Buße für jemanden, der Privilegien fälscht, wenn du mich fragst."

„St. George hat die niedrigste Büßerrate in ganz New Bethlehem. Auch wenn die Methoden meines Onkels nicht immer Anklang beim Bischof finden, hat ihm der Erfolg bislang recht gegeben."

Daniel brummte unbestimmt.

Desmond behielt lieber das Ausladen im Auge. Er wusste genau, dass Daniel irgendeinen linken Trick abzog. So heiße Ware würde niemand einfach in einem amtlichen Verteillager zurücklassen. Doch nach einer kurzen Weile schlossen die verkleideten Mitarbeiter der SecularSecurity den Löschvorgang ab und schwangen sich zurück in ihre Pilotenkanzeln. So sehr Desmond auch nach Unregelmäßigkeiten suchte, alles wies darauf hin, dass die Fracht zwischen den grell blitzenden Markierungsleuchten verbleiben sollte.

Daniel stellte den Kontakt zur Lagerkontrolle her. „Hier TheobaldTransports. Wir haben den Transfer abgeschlossen und erbitten Starterlaubnis."

„Hier Lagerkontrolle Ramati. Starterlaubnis gewährt, TheobaldTransports. Der Abflug läuft über das Osttor. Guten Heimflug. Amen."

„Verstanden. Danke. Amen." Daniel warf die Schwebeturbinen an. „Die Jungs hier sind mal angenehm unkompliziert. Schade, dass wir sie so hinters Licht führen müssen."

Alle Gleiter mit dem TheobaldTransports-Symbol erhoben sich synchron von ihren Landeplätzen und flogen in einer Reihe Richtung Osttor.

Alle, bis auf den Lastengleiter an der Spitze.

Gleiter Zwei und Drei krachten ihm in die Seite. Ihre Schwebeturbinen verhakten sich ineinander und das Schiff wurde ein Stück nach vorn gedrängt. Das Aneinanderscheppern leerer

Laderäume folgte und die fünfzehn nachfolgenden Transporter schoben sich ineinander.

Als Daniel ihr Gefährt über den linken Stummelflügel zirkelte und einen guten Meter absacken ließ, wurde Desmond gegen die Seitenscheibe gedrückt. Aber nur so gelang es ihnen, dem hoffnungslos verkeilten Stahlobjekt über den Güterparzellen auszuweichen.

Das Heulen einer Warnsirene setzte ein und die Markierungsleuchten wechselten von Gelb auf Rot. Das Funkgerät erwachte wieder zum Leben.

„TheobaldTransports, was ist denn das für ein Radau bei Ihnen? Benötigen Sie Unterstützung?"

Daniel hielt einen Augenblick die Luft an. Seine Antwort wirkte kurzatmig und nervös. „Negativ. Das kriegen wir schon wieder hin. Aber wir danken für das großzügige Angebot. Amen."

„Sind Sie ganz sicher? Überlegen Sie sich das gut. Für jede Viertelstunde erheben wir eine Verzögerungsgebühr von zehn Privilegien. Amen."

„Wir sind sofort wieder in Bewegung. Amen."

Seine Piloten probierten offensichtlich alles, ihre Lastengleiter wieder freizubekommen. Allerdings resultierten diese Versuche nur darin, dass die Schiffe in noch unmöglicheren Winkeln aus dem metallenen Wirrwarr herausragten.

Daniel versetzte das Heck seines Gleiters um ein paar Grad nach links. Dabei summte er zufrieden. Dann schaltete er den Außenlautsprecher an und brüllte mit verzerrter Stimme: „So, Jungs, jetzt macht mal ein bisschen voran, sonst brumme ich euch ´ne Extraschicht ohne Ausgleich auf!"

Alle Türen der Copiloten öffneten sich. Dubioserweise war keine davon durch die Zusammenstöße blockiert. Mit bloßen Händen stiegen Männer in Overalls der TheobaldTransports an den zusammengewürfelten Gleitern über die Container bis auf den Boden hinab.

„Felsaffen!", entfuhr es Desmond. „Jetzt weiß ich, was du vor der Mission bei Nodrim wolltest. Ihr habt nicht das Abholen der

Pflanzcontainer besprochen, du hast deine Mannschaften mit den Wandkletterern aufgestockt."

„Brillant geschlussfolgert, Vater Sorofraugh."

Desmond beobachtete, wie die Kavernenbewohner sich an den gerade abgelieferten Pflanzcontainern zu schaffen machten. Dafür mussten sie teilweise die Stapel wieder erklimmen. Sie montierten deren Kennschilder ab und tauschten sie mit denen des Frachtguts der Nachbarparzelle.

„Wofür soll das denn gut sein?", wunderte Desmond sich.

„Die Container neben unseren sind von meiner Firma dort abgestellt worden. Ich habe sie als Lagerüberschuss deklariert. Offiziell gelten sie als leer. Morgen läuft die Mietspanne der Parzellen ab. Ich klinke mich heute Abend noch in das System des Lagers und tausche die Parzellendeklarierung aus. Morgen hole ich dann die Pflanzcontainer unter der Kennung meiner leeren Container ab."

„Und was geschieht mit den richtigen leeren Containern?"

„Keine Ahnung. Irgendwann werden sie sie öffnen, feststellen, dass nichts darin ist und die Siegel aufgebrochen wurden. Vielleicht wird der Lagervorstand, wenn er merkt, dass keine Firma mit dem Namen TheobaldTransports existiert, versuchen, die Sache unter den Teppich zu kehren. Doch auch wenn nicht: Wenn jemand tatsächlich den Mut aufbringt, es der St. Nonius zu melden, hat das nur zur Folge, dass Dekan Elkana den Mantel des Schweigens darüber breiten wird. Der Verlust von 150 dieser teuren Apparaturen könnte ihn Amt und Leben kosten."

So kehrte man die Angst vor dem System gegen das System. Das musste Desmond sich merken.

Mittlerweile saßen die Felsaffen schon fast alle wieder in den Transportern.

„Gibt es auf diesem Gelände keine Überwachungskameras?"

Wieder grinste sein Freund selbstzufrieden. „Oh doch. Habe ich alle eigenhändig und gewissenhaft installiert. Allerdings verhindert unsere etwas eigenwillige Schwebeformation, dass sie momentan irgendeine illegale Aktion aufzeichnen können." Dabei setzte er eine gespielt bedauernde Miene auf.

Von vorn ertönte ein kräftiges Signalhorn. Mit einem Mal ordnete sich das Kuddelmuddel aus Transporterrümpfen neu und sie verließen das Verteillager in einer ordentlichen Linie.

***

Sie warteten.

Warteten in einem Ring aus Licht und Feuer.

Um sie herum Dunkelheit und die feuchte Kälte an der Nordwand, die einem direkt in die Knochen fuhr.

In weiter Entfernung sah man den Schein des Kavernendorfes. Der einladende Anblick machte einen glatt vergessen, wie sehr es dort stank.

Wo steckte Eddy nur? Kurz vor ihrem Aufbruch war er nirgends zu entdecken gewesen, obwohl Vocola befohlen hatte, er solle sie zu diesem Treffen begleiten. Eddy war zwar der Jüngste, mit dem er aus dem Bürgerkrieg geflohen war, und hatte noch eine Menge Flausen im Kopf, aber das entschuldigte sein Verschwinden in keiner Weise. Was bildete der Kerl sich nur ein?

Vocola schaute sich um. Unter den zwanzig Leuten hier befand sich nur eine einzige Frau. Allerdings strahlte sie eine solche Verschlagenheit aus, dass sie auch gleichzeitig die Einzige war, die er an einem dunklen Ort nicht in seinem Rücken wissen wollte.

„Langsam frag ich mich, was wir hier überhaupt wollen. Ich steh mir schon fast eine halbe Stunde die Beine in den Bauch und dieser komische Kerl mit dem Rauschebart ist nicht aufgetaucht. Wir sollten zurück ins Dorf. Fate kennt mich persönlich. Ich werd noch mal mit ihm sprechen. Er sorgt schon dafür, dass wir endlich volle Teller kriegen."

Aufgeblasener Fatzke. Kein Wunder, dass der Typ sich als Erster beschwerte. Unter seinem ehemals schicken einteiligen Anzug wölbte sich ein stattlicher Wohlstandsbauch. Der Typ war es wahrscheinlich weder gewohnt zu frieren, noch hatte er in Nicopolis Bequemlichkeit lange entbehren müssen. Die Sorte, die anderen schnell auf die Nerven ging. Wo um alles in der Welt war Eddy nur abgeblieben? Vocola drückte Konstantin seine Lampe in die Hand und knöpfte sich den mäkeligen Angeber vor.

„Fate?! Den kannst du doch wohl vergessen. Was hatten wir schon von seiner verdammten Prophezeiung?"

Der Mann im Einteiler versteifte sich. Ein Anflug von Rückgrat?

„Der Stern der Ungläubigen hat immerhin die Türme einer Kathedrale zum Einsturz gebracht. So etwas hat vor ihm noch niemand vollbracht."

„Was für eine Großtat. Dich hat das vielleicht beeindruckt, Innozenz kein bisschen. Und hat irgendwer in den Gemeinden von Nicopolis einen Vorteil aus der ruinierten Kathedrale gezogen?"

Schweigen vom Angeber. Finstere Gesichter bei den anderen.

Zufrieden fuhr Vocola fort: „Das Gegenteil ist der Fall. Die Templer kamen und wir haben alles verloren. Volle Bäuche? Ist das alles, was ihr noch im Sinn habt? Ich weiß nicht, wie's um euch stand, aber ich war jemand in Nicopolis. Mein Name wurde respektiert. Sogar die Schwarzröcke haben mich in Ruhe gelassen. Auf keinen Fall werde ich in diesem feuchten Keller hier versauern. Dieser falsche Prophet kann mich mal." Eine Spur Anzüglichkeit umspielte seine Lippen. „Und diese dreizehn Spinner, die denken, sie hätten was zu sagen, die können mich sogar kreuzweise. Zeit, die Sache wieder selbst in die Hand zu nehmen, wenn ihr mich fragt."

Plötzlich konnte man das Säuseln von Wind vernehmen. Doch seltsamerweise flackerten die Fackeln nicht. Alle schauten sie sich um.

Sohlen knirschten.

Schritte.

Dann löste sich Iskariot aus der Finsternis. Er nickte Moses Vocola wohlwollend zu.

„Hört auf euren Freund. Er spricht mir aus der Seele. Und genau das ist der Grund, weshalb ich euch zusammengerufen habe." Dem Mäkler näherte er sich, als wolle er ihn gleich anfallen. „Was erwartest du von eurem Heilsverkünder? Sollte man nicht annehmen, dass ihm euer Schicksal am Herzen liegt? Nachdem ihr ihm alles geopfert habt?"

Erschrocken wich der Mann ein paar Schritte zurück, doch hinter ihm befand sich nur der kalte Fels. Blitzschnell drehte Iskariot sich von ihm weg.

„Ich werde euch sagen, was es ihn kümmert: Nichts!" In seinen fanatischen Augen spiegelte sich der Schein der mitgebrachten Gaslampen. „Er ist geflohen und verschwendet keinen Blick zurück. Fate schert sich einen Dreck um die Verhältnisse in Nicopolis. Stattdessen verkriecht er sich unter der Erde und denkt, der Untergrund von New Bethlehem hätte nur auf ihn gewartet. Und das Leid seiner Gefolgschaft ignoriert er einfach. Ihm steht eher der Sinn danach, mit dem Priester anzubändeln oder großspurige Expeditionen in die Höhlen zu unternehmen. In seiner grenzenlosen Arroganz erwartet er zu allem Überfluss, dass ihr ihm auch noch dabei helft. Natürlich ohne Fragen zu stellen. Verdient ein solches Verhalten Loyalität? Ich denke nicht."

Die Kampfrede gegen Fate ging noch eine Weile weiter, aber Vocola hörte nicht mehr zu. Weitere Überzeugungsarbeit musste an ihm nicht geleistet werden. Ob Eddy vielleicht in diesem Moment an Fates dubiosen Höhlenforschungen teilnahm? Er war noch ein halbes Kind und begeisterungsfähig. Mit dem berüchtigten Fate die finsteren Gänge hier unten zu erkunden beeindruckte ihn mit Sicherheit ungemein.

Aus heiterem Himmel erklang von jenseits des Lampenkreises Streit.

„Lasst mich gefälligst los! Ich habe eine Einladung."

Zwei von Iskariots zerlumpten Gefolgsleuten erschienen. Moses Vocola verdrehte die Augen. Zwischen ihnen wand sich der schlaksige Eddy und wurde vor Iskariot gezerrt. Beim Anblick des Hünen beruhigte er sich – nach außen jedenfalls. Seine furchterfüllten Augen suchten jedoch nach Papa Vocola.

Iskariot packte ihn am Kinn. „Was fällt dir ein? Dachtest du, deine neugierigen Ohren würden etwas aufschnappen, das dir Vergünstigungen einbringt?" Mit Zeigefinger und Daumen umspielte er die Ohrmuschel des Jungen beinah zärtlich. Die Sehnen an Eddys Hals traten vor. Er wollte den Kopf wegdrehen, aber Iskariots Griff war eisern.

Das war ernst. Bevor der Irre Eddy noch das Ohr abriss, trat Vocola vor. „Er gehört zu mir. Der Junge ist einfach nur spät dran." Er zuckte mit den Schultern. „Eine dumme Angewohnheit, die ich ihm noch nicht austreiben konnte."

Iskariot brummte: „Ist das so?" Nachdenklich zog er die buschigen Augenbrauen zusammen. Dann stieß er Eddys Kopf rücksichtslos beiseite. „Gut. Lasst ihn frei."

Iskariots Spießgesellen schubsten Eddy in Papa Vocolas Richtung.

Als Erstes verpasste er dem Jungen einen Schlag auf den Hinterkopf. „Wo hast du dich rumgetrieben, du Hohlziegel? Du solltest mit uns zusammen aufbrechen."

Eddy war noch nicht einmal zusammengezuckt, meinte nur: „Ich war am Strand."

„Am Strand? Du hast meine Befehle missachtet und etwas Besseres fällt dir dazu nicht ein?"

„Ich war am Strand", wiederholte Eddy. „Der Priester ist im See aufgetaucht und hat Essen für alle mitgebracht."

Einen Moment lang war er versucht, ihm eine noch härtere Kopfnuss zu verpassen. Dann erst wurde Vocola klar, was Eddy da gerade gesagt hatte. Endlich etwas Anständiges zum Essen? Wollte der Gipskopf etwa nur seinen Hals aus der Schlinge ziehen? Aber seine Jungs hatten ihn noch nie angelogen. Sie wussten genau: Wer ihn bescheißen wollte, lebte nicht lange genug, um sich ein schlechtes Gewissen darüber zu machen.

Zeit für rationelles Denken.

Gut. Der Verlauf der Dinge stank ihm gewaltig. Doch man musste seine Prioritäten setzen. Sollten die anderen nur weiter ihre heimlichen Pläne schmieden. Wenn der Priester tatsächlich

Nahrung für über tausend Menschen rangeschafft hatte, mussten sie das Zeug ja irgendwo lagern. Und an ein solches Lager kam man bestimmt irgendwie ran.

„Komm mit, Eddy. Ich werde der Sache mal auf den Grund gehen." Er schaute sich nicht um, spürte aber genau, wie sich Iskariots glühender Blick in seinen Nacken bohrte.

Keine zwanzig Schritte weit waren sie gekommen, da hörte er, wie andere ihnen folgten.

***

Was für ein Mummenschanz!

Desmond hielt den ganzen Einfall für ziemlich bescheuert. Er wäre lieber zu Fuß zurück in den Unterschlupf gegangen, um dort auf die Pflanzcontainer zu warten. Stattdessen stand er auf der Oberseite eines dieser Dinger und musste höllisch aufpassen, dass er nicht hinunterfiel.

Der Anführer der Felsaffen, der seinen Overall gegen eine Haihaut getauscht hatte, kletterte zu ihm und schlug in seine Hand. „Hab gehört, die Idee zu dieser Mission würde von dir stammen. Meinen Respekt, Priester."

Desmond nickte. Eigentlich hätte er froh und glücklich über diese erste Anerkennung sein müssen, andererseits war die Sache moralisch äußerst bedenklich. Daniel und Nodrim verlangten von ihm, dass er sich dafür wieder gegen das Zehnte Gebot versündigte. Sie hatten eine Geschichte unter den Felsaffen verbreitet, die an die Speisung der 5000 gemahnte, der Grundstein für eine Art Legendenbildung um seine Person. Er sollte sie weiter nähren.

„Sich richtig in Szene setzen", hatte Daniel es genannt und Desmond bereute es jetzt schon. Der letzte Teil des Plans war so dick aufgetragen, dass es peinlich war.

Bedächtig bewegte er sich zum Containerrand und spähte über die Kante. Das Fundament der SecularSecurity bildete eine einzige immense Halle, durch deren Boden Daniel einen Zugang zur Kanalisation hatte brechen lassen. Ein massives Schiebetor über dem Durchbruch gewährte Aussicht auf New Bethlehems Abwässer.

Von einem knirschenden Kranungetüm wurde Desmonds Pflanzcontainer mittels dicker, rostiger Ketten in die Tiefe gelassen. Es schwankte bedenklich und Desmond wankte schnellstens wieder zu einer der Ketten, um sich festzuhalten.

Ein unbeschreiblich widerlicher Gestank, der jeden Meter stärker wurde, raubte ihm fast die Sinne. In dem braunen Strom unter ihm waren Jonasschwimmer verankert und auf jedem dieser Schwimmer hatte bereits ein Pflanzcontainer seinen Platz gefunden. Wenn Desmond sich vorstellte, dass die Schwimmer eingesetzt wurden, weil sie über eine Tauchfunktion verfügten, würde ihm speiübel.

Sein Container war der letzte, der abgeladen wurde, aber somit auch der erste, der sich gleich in Bewegung setzen würde. Kurz vor dem Aufsetzen wurde das Schwanken so heftig, dass Desmond sich an seine Kette krallen musste.

Der dunkelhäutige Felsaffe neben ihm hatte das nicht nötig. Dank seiner unglaublichen Körperbeherrschung klebte er förmlich auf dem Container. Er schenkte Desmond ein Lächeln und zeigte auf seine zerschrammten Kunststoffstiefel.

„Magnetsohlen", rief er lachend.

Desmond lächelte gezwungen zurück. Dann bewahrte ihn wieder nur ein Griff nach der algenbewachsenen Kette vor einem verfrühten Schlammbad.

Kurz darauf griffen die Klammerstrahlen der Schwimmer und der Untergrund hielt endlich still. Desmond atmete auf. Langsam schwebte der Container in die vier Arretierungsgreifer an den Ecken der Jonasschwimmer. Die Greifer schlossen sich und der Container war verankert.

Sogleich machte Desmonds Begleiter sich daran, die Kette aus ihren Halterungen zu lösen und Desmond half. Von nun an waren sie der automatischen Steuerung ausgeliefert. Daniel hatte ihm versichert, dass seine Programmierung absolut verlässlich sei. Aber Desmond legte sich an der Bugkante auf den Bauch und betete, dass die amphibischen Transportplattformen sich bloß nicht an einem Hindernis im Kanal verhaken würden.

Er umklammerte mit beiden Händen die vorderen Befestigungsösen, dann schaute er nach dem Felsaffen. Der schob sich das Mundstück des Atemgeräts in den Mund, lächelte erneut und wies mit dem Daumen nach oben.

Jetzt zog der Schwimmer den Container langsam unter Wasser. Desmond setzte den Odemsspender ein und betete, dass der eingeschränkte Sauerstoffvorrat für die Tauchintervalle reichen würde.

Während die Jonasschwimmer langsam an Fahrt aufnahmen, rückte die bräunliche Wasseroberfläche an die vordere Kante. Die Fusionsantriebe arbeiteten blubbernd und zischend gegen die dickflüssige Strömung an und das Licht wurde langsam schwächer. So ließ der kleine Trek aus schwimmenden Containern Daniels geheimes Dock zügig hinter sich.

Nach einiger Zeit wurde es völlig finster und Desmond hörte nur noch das Rauschen der Kloake. „So weit ist es mit mir gekommen", sagte er sich. „Ich schwimme bis zum Hals in der Scheiße."

Die unterirdische Kreuzfahrt dauerte eine Ewigkeit. Immer wenn der Wasserstand im Kanal zu hoch wurde, tauchten die Jonasschwimmer mit den Containern unter und die warme Brühe schwappte gegen Desmonds Gesicht.

Krampfhaft presste er seine Lippen um den Odemsspender und kniff die Augen zu. Keinen Milliliter dieser widerwärtigen Flüssigkeit wollte er in sich haben. Trotz dieser Bemühungen brannten seine Augenwinkel.

Als die Schwimmer ihre Fracht nach dem ersten Tauchgang wieder über die Wasseroberfläche drückten, schnappte Desmond wie ein Besessener nach Luft. Ein Fehler, wie er feststellen musste. Zu intensives Einatmen zog unappetitliche Würgeanfälle nach sich und er wurde beinahe sein Mittagessen los. Von da an hielt er seine Atmung flach.

Er verfluchte, dass er sich von Daniel und Nodrim zu dieser unpassenden Kleidung hatte überreden lassen. Der Talar zog immer schwerer an ihm und seine Handgelenke begannen wehzutun. Eine Haihaut wäre wesentlich praktischer gewesen. Kein Wunder, dass der Felsaffe so gut drauf war. Er glitt wie ein Fisch daher und frieren würde er auf dieser abartigen Reise auch nicht.

Nach einer langen, langen Weile bog der Zug schließlich in die Einmündung des Flusses zum Unterschlupf. Von nun an spülte wenigstens frisches Flusswasser seine Sachen durch. Dennoch dauerte es nahezu eine ganze Stunde, bis sie schließlich an ihr Ziel gelangten.

Als die Container die Oberfläche des unterirdischen Stausees durchbrachen, wurden die Fischerboote in der Nähe ordentlich durchgeschaukelt. Den Besatzungen blieben die Münder offen stehen. Direkt vor ihren Augen dümpelten achtzehn große Quader wie Riesenkorken im dunklen Wasser.

Desmond wollte aufstehen, musste seinem unterkühlten Körper jedoch erst eine Pause gönnen. Also verstaute er den Odemsspender mit steifen Fingern im Gürtel, während der Container von der Strömung ans seichte Ufer getrieben wurde. Dann half ihm der Felsaffe auf.

Da stand er nun triefend nass und schaute auf die zusammenlaufenden Ketzer. Vermutlich gab er einen jämmerlichen Anblick ab.

„Setz es richtig in Szene! Trag ruhig etwas dicker auf! Das muss mindestens so gut werden wie Fates Auftritt!", rief er sich noch einmal Daniels Worte in den Sinn und zog die Schultern hoch.

Hätte er doch bloß nie eingewilligt. Zweifelnd spürte er mit dem Heiligen Geist über den Strand. Doch es war nur die vertraute Neugier, die die Kavernenbewohner erfüllte. Er räusperte sich leise.

„Freie Frauen und Männer von New Bethlehem! Man hat mir gesagt, das Knurren eurer Mägen wäre so laut, dass selbst der Papst im Turm des Vaters es nicht mehr überhören könnte. Da dachte ich: Bring doch auf dem Weg mal was zum Essen mit."

Mit dem Fuß deaktivierte er die Riegelmechanik des stumpfblauen Containers unter sich und die Vorderwand krachte in den Kies.

Ein bewegtes Innenleben offenbarte sich. An der Decke war eine Batterie UV-Strahler befestigt, der sich ein Meer filigraner Stängel und Blätter entgegenstreckte. Die Entwicklungsstadien der automatisch herangezogenen Pflanzen reichten vom keimenden Samen über kleine Setzlinge bis hin zu fast reifen Getreidehalmen.

Unablässig schichteten fragil wirkende Metallarme die Nährbehälter sirrend und surrend um. Der Wachstumsberechner der Einheit wollte den Pflanzen jederzeit einen optimalen Platz verschaffen.

Die verblüffte Menschentraube verdichtete sich. Kinder zeigten aufgeregt in die komplizierte Apparatur, während ihre Eltern versuchten, aus dem schlau zu werden, was sie dort zu sehen bekamen.

Mitten im dicksten Gedränge steckten Nodrim und Kieran. Gleich neben ihnen ragte der dunkelhäutige Trimmund auf, der wie so oft den Professor an seiner Seite hatte. Und direkt vor der aufgeklappten Wand drängelte sich mit einem Mal auch Calla durch die Menge. Bei dem Versuch, eine bessere Sicht zu ergattern, handelte sie sich so manchen verärgerten Blick ein. Selbst Fate war inzwischen angekommen. Er stand mit verschränkten Armen etwas abseits, verfolgte das Geschehen aber mit regem Interesse.

Nachdem Desmond das Gefühl hatte, die Ketzergemeinde hätte den Pflanzcontainer zur Genüge bestaunt, erhob er nochmals die Stimme.

"Bewohner des Unterschlupfs! Viele von euch wurden in den letzten Wochen durch die Templer ihrer Heimat beraubt. Die anderen sind von der Priesterschaft über die Jahre in den Untergrund gejagt geworden."

Bei diesen Worten ging ein Tuscheln durch die Menge. Desmonds Nervosität wuchs. Wesentlich lauter versuchte er, sich wieder Gehör zu verschaffen.

„Egal wo wir herkommen, eins eint uns alle: die Bedrohung durch Folter und Tod. Die Gläubigen in den Gemeinden spucken aus, wenn sie das Wort Ketzer in den Mund nehmen. Sollten sie jemals erfahren, dass wir uns hier verbergen, werden sie sich niemals fragen, warum wir das tun. Die meisten von ihnen würden uns ohne nachzudenken an die Inquisition verraten." Die Stimmen wurden lauter, Desmond ebenso. „Die Kirche, der ich diene, lässt viel Unheil und Ungerechtigkeit geschehen. Aber ich sage: Das muss sich ändern! Und diese Veränderung beginnt hier und jetzt! Aus diesem Grund habe ich mich euch angeschlossen. Innozenz hatte die Macht, euch Heimat und Status zu nehmen, aber er konnte euch weder den Stolz noch die Würde nehmen. Stattdessen habt ihr dem Granit unter seinen Füßen eine neue Heimat abgetrotzt." Er schaute in die vielen verhärmten Gesichter und ihm wurde klar, dass langsam immer weniger vorgeschobene Theatralik aus ihm sprach. „Von nun an seid ihr nicht mehr davon abhängig, was sich die Gemeinde oben aus den Taschen stehlen lässt. Ihr habt es nicht mehr nötig, von den Krumen zu leben, die ihnen aus den Händen fallen. Ab jetzt schafft ihr es, aus eigener Kraft für euch zu sorgen." Er reckte eine Faust in die Höhe. „So lasst uns diese finsteren Höhlen ... für alle Freien Frauen und Männer aus Rauracense ... zu einem Ort des Lichts und der Hoffnung machen!"

Es folgte ein Augenblick, in dem niemand etwas sagen wollte.

Desmond wurde kalt. Seine innere Überzeugung hatte die Bewohner des Unterschlupfs nicht erreicht. Waren es die falschen Worte aus dem falschen Mund gewesen? Wahrscheinlich hielten sie ihn für den König der Heuchler. Nun hatte er sich doch noch vor aller Augen zum Idioten gemacht ...

Mit Nodrim und Kieran fing es an.

Sie imitierten Desmonds Geste, streckten die geballte Rechte in die Höhe und begannen begeistert zu johlen.

Dann fielen alle anderen mit ein. Ihre Arme fuhren nach oben und es gab kaum noch ein Halten. Desmond fühlte sich benommen.

Seine eigenen Arme sanken, unendlich schwer, nach unten. Glücklich und müde genoss er die Stimmung der Menge.

Die Bezeichnung der Ketzer als Freie war ihm spontan in den Sinn gekommen, ebenso wie das Einbeziehen der Männer in Callas Bezeichnung. Hatte er die Architektin damit verärgert? Er suchte nach ihrem Gesicht. Zu seiner Beruhigung schaute sie hoch und schenkte ihm ein strahlendes Lächeln. Für einen kleinen Moment bereute Desmond es, dass er ein Priester und sie eine so ganz „besondere" Frau war.

Einzig und allein Trimmund stand da wie eine Statue.

Neben ihm hüpfte der Professor auf und ab. Es glückte ihm trotz des geringen Platzes, so etwas wie einen Tanz aufzuführen. Doch mittendrin packte Trimmund ihn am Kragen und zog ihn zurück zum Aufzug.

XVII

Der Sonnenuntergang färbte die Laken des Papstes tief orange. Voller Genugtuung überflog er die neuesten Berichte über einen Aufstand, der längst keiner mehr war.

Tajomanel, seine Seraphim und die Templer krempelten in Nicopolis das Unterste nach oben. Seitdem hatte sich keiner dieser Möchtegern-Fates mehr blicken lassen. Sehr bald würde Bischof Bathseba die Regierungsgeschäfte übernehmen und Innozenz XIV. konnte seine Aufmerksamkeit wieder der Wilden Grenze im Süden zuwenden.

Statt auf dem Nachttisch zu landen, fiel seine neue Datenmappe auf den Teppich, aber ihr Inhalt war bereits irrelevant geworden.

Befriedigt genoss der Papst New Jerichos purpurfarbene Skyline aus über einem Kilometer Höhe. Das war seine Stadt, nach seinem Willen errichtet und geformt. Er schaute auch nach Andrew Crudes Leiche, die gehäutet an einer der großen Bannerstangen in der Dämmerung baumelte. Was für ein Schauspiel. Am liebsten hätte er, einem großen, fetten Kater gleich, geschnurrt.

Irgendwann war der purpurfarbene Feuerball hinter den Gebäudetürmen verschwunden und er sah zum Spiegel über dem Bett.

Die Bettdecke zwischen seinen Beinen bewegte sich wild auf und ab. Auch Schwester Rebecca leistete heute ganze Arbeit. Das Leben war wieder wunderbar. Der Heilige Vater schloss seine Augen und ließ sich vom seligen Gefühl in seinen Lenden hinforttragen.

***

Beim Installieren der Pflanzcontainer brachte ein großer Teil der Ketzer Desmond Wohlwollen, wenn nicht gar Begeisterung entgegen. Etwas, das er bei seinen Brüdern immer schmerzhaft vermisst hatte. Sicherlich, gute Leistungen wurden in den

Kathedralen ebenfalls belohnt, aber bei Weihen und Auszeichnungen wurden Freude und Stolz immer in ein Korsett aus Förmlichkeiten gezwängt. Der spontane Eifer der Ketzer hätte bei seinen Vorgesetzten und sogar bei seinem Onkel allenfalls für Naserümpfen gesorgt. Und bis vor Kurzem hätte Desmond die gleiche Arroganz an den Tag gelegt. Wie dankbar war er der Mutter Maria, dass sie ihn unter die Erde geführt und eines Besseren belehrt hatte.

Als Erstes wurden die Jonasschwimmer über den Strand gefahren und längs der Felswand abgeladen. Danach nieteten Nodrims Anhänger mit Hämmern, Schweiß und Muskelkraft aus komplizierten mechanischen Einzelteilen Kräne zusammen, während Calla sich mit ein paar Männern besprach, die vor dem Bürgerkrieg in Plantagentürmen gearbeitet hatten.

Desmond stand zwar mitten im Getümmel, kam sich aber irgendwie fehl am Platze vor. Da Nodrim gerade lautstark die Kräne herumkommandierte, gesellte er sich zu Daniel.

„So rasch, wie die sich hier mit der Arbeit arrangiert haben, brauchen uns die Ketzer doch eigentlich gar nicht mehr. Ist mir ein wenig peinlich, mit den Händen in den Taschen herumzustehen, während mich alle anstarren."

Daniel legte einen Arm um ihn. „Du wirst jetzt auf keinen Fall einen Abgang machen! Schließlich musst du dich noch ein wenig präsentieren und den einen oder anderen Schulterklopfer einstecken. So etwas motiviert die Leute. Denk daran, dass du ihr Vertrauen gewinnen willst."

Halbherzig versuchte Desmond, sich seinem Griff zu entwinden. „Aber die kamen vorher auch ohne mich gut klar ..."

Daniel zog seinen Arm zurück, denn einer der Untergründler näherte sich. Er hatte seine zerfledderte Kopfbedeckung abgenommen und wirkte, als wüsste er nicht recht, ob er sich verbeugen oder bekreuzigen sollte.

„Entschuldigt, Priester Sorofraugh. Versammlungsführer Nodrim schickt mich. Ich soll nachfragen, wie hoch wir die Container stapeln sollen."

Konnte Nodrim diese Dinge nicht selbst entscheiden? Desmond hatte keine Ahnung. Er stand kurz davor, mit den Schultern zu zucken, da stieß Daniel ihn dezent in die Seite.

„Versau es bloß nicht auf den letzten Metern!", flüsterte er. „Du willst doch deine Ausbildung bei Fate beginnen, oder nicht? Wir haben die Jungs hier schon so gut wie im Sack. Jetzt musst du ihnen nur noch beweisen, dass du weißt, was du tust."

Desmond seufzte in sich hinein. Sorgfältig nahm er die Größenverhältnisse am Strand, die Höhe der Container und die Neigung der Felswände in Augenschein. Das Ernten sollte nicht zur lebensgefährlichen Kletterpartie mutieren.

„Fünf Reihen aufeinander. Nicht mehr."

Der Mann nickte stumm, setzte die labberige Entschuldigung für eine Mütze wieder auf und verschwand.

Daniels Lippen kräuselten sich. „Siehst du, das war doch gar nicht so schwer. Da entwickelt sich schon so etwas wie Führungsqualität."

„Keine Rolle, die mir behagt, wenn ich an den Davidplatz und die Konsequenzen denke."

„Apropos Konsequenzen. Vergiss nicht: Du und deine Ketzer, ihr schuldet mir einen Gefallen."

Nun stand Desmond schon bei zwei Gaunern in der Kreide: Iskariot und Daniel, beide auf ihre Art skrupellos.

***

Vor dem nächsten Unterricht bei Veneno Fate standen zunächst ein zermürbender Nachtdienst und eine tüchtige Portion Schlaf. So fand sich Desmond trotz seiner brennenden Neugier auf die verbotenen Praktiken im Heiligen Geist erst am späten Nachmittag des folgenden Tages wieder unter dem Häuserfriedhof ein.

Die Erste, die ihm über den Weg lief, war Calla. Er wusste zwar immer noch nicht so recht, was er von einer Frau halten sollte, die mit einer anderen Frau in schwerer Sünde lebte, dennoch begrüßten sie einander freudig.

„Du bist bestimmt auf dem Weg zu Nodrim, nicht wahr? Bevor du Trimmund wieder von seinem besten Freund abhältst, möchte ich dir gerne dein neues Zuhause zeigen", verkündete sie voller Stolz.

„Ihr seid schon fertig?"

„Du wirst staunen. Komm mit!"

Auf dem Weg zum südlichen Rand der Kavernensiedlung zeichnete sie Desmond ein detailliertes Bild aller Schwierigkeiten, die es beim Bau gegeben hatte. Leider fehlte ihm jeder Bezug dazu. Deswegen nickte er zwischendurch und erweckte den Anschein, folgen zu können, bis sie an ihr Ziel gelangt waren.

Auf den ersten Blick sah der gedrungene Neubau aus wie all die anderen. Auf den zweiten auch. Bei aller Aufmerksamkeit vermochte Desmond keinen Anlass für Callas Begeisterung zu entdecken. Die grobporigen Wände waren sehr dick, die Fenster offen. Mehr gab es für ihn nicht zu sehen. Er wollte hineingehen, doch so einfach war das nicht:

Unbeeindruckt davon, dass Werkzeuge und Mörtelwannen noch nicht weggeräumt waren, hatten sich sechs zersauste Katzen vor dem Eingang niedergelassen. Sie schlugen gereizt mit den Schwänzen und belauerten sie sich gegenseitig, hatten aber bislang nicht gewagt, eine Pfote über die Schwelle zu setzen.

„Und? Wie gefällt es dir?", fragte Calla.

Desmond wusste nicht so recht, was sie jetzt hören wollte.

„Wegen des Zeitdrucks und unserer begrenzten Mittel sind die Möglichkeiten für architektonische Besonderheiten natürlich nicht groß", kommentierte sie sein Zögern. „Aber drinnen wirst du einige Annehmlichkeiten entdecken, die es sonst hier nicht gibt." Sie schob ihn an den Katzen vorbei durch den Eingang.

Vereinzelte Möbelstücke hatten ihren Platz in den vier engen Räumen schon gefunden. Die Küchenausstattung erweckte einen etwas moderneren Eindruck als bei Nodrim, doch entgegen Callas Ankündigung hoben sich weder die Größe der Räume noch ihre Aufteilung von den Hütten ab, die Desmond bislang kannte.

In der Mitte des Wohnraums fläzte sich ein Kater auf einem durchgesessenen Sessel. Das Tier hatte eine braunschwarz melierte Fellzeichnung und dass es sich bei ihm um ein männliches Exemplar seiner Gattung handelte, machte er unmissverständlich klar, indem er sich exakt an der Stelle leckte, die ihn als Kater auswies. Wie auf ein stummes Signal hin stellte er die Hygienemaßnahmen jedoch ein. Aber nicht, um den beiden Menschen Beachtung zu schenken, sondern um sein weißes Schnäuzchen zu einem Fauchen zu verziehen. Wie der Blitz flitzte eine der abgerissenen Katzen von draußen zum Eingang hinaus. Nach dieser Zurschaustellung seines Revieranspruchs streckte er sich, sprang anmutig zu Boden und strich, den Schwanz erhoben, um Desmonds Beine. Dabei gab er ein deutliches Schnurren von sich.

Calla lachte. „Ganz offensichtlich hat dich auch der Herr des Hauses akzeptiert. Herzlichen Glückwunsch!"

Wie Kieran es ihm beigebracht hatte, kraulte Desmond den kurzfelligen Streuner hinter den Ohren. Das Schnurren wurde kehliger und gewann an Lautstärke.

„Ein bisschen dürr, aber durchaus hübsch. Wie ist sein Name?"

Calla zuckte mit den Schultern. „Er hat keinen. Du kannst dir ja einen ausdenken. Ich glaube nicht, dass ihm das wichtig ist." Mit einem Glitzern in den Augen schlug sie den Vorhang zur Toilettennische zurück. „Und hier siehst du die neueste Errungenschaft im Kavernendorf."

Desmond ließ von seinem neuen Freund ab. Bei dem, was sich hinter dem Vorhang eröffnete, wollten ihm die Gesichtszüge gefrieren und wie um seine Entrüstung zu unterstreichen, fauchte die Katzenbande draußen vernehmlich. Auf was war Calla wohl stolzer? Die blaue Fäkalwanne mit Sitzranddeckel, aber ohne Abfluss, oder das Massivkunststoffklo, das aussah, als hätte es jemand mit einem bernsteinbraunen Tarnmuster versehen?

Ungerührt sprach sie weiter: „Das wird die erste Toilette mit Wasserspülung im ganzen Unterschlupf. Nicht so komfortabel wie die Exkrementdehydrierer in den Bischofsresidenzen, aber immerhin ... Schau nicht so verdattert, Sorofraugh!" Calla klopfte ihm auf den Arm. „Die Wanne ist nur eine Übergangslösung. Wir schließen die Toilette an, sobald wir Abflussrohre zum Fluss gelegt haben und ..." Sie grinste anstößig. „Als ganzer Mann kannst du doch mindestens fünfzig Prozent deiner Geschäfte im Stehen abwickeln."

„Ihr wollt die Abwässer in den Fluss leiten? Nodrim hat dort gerade frischen Zuchtlaich aussetzen lassen. Binnen eines Monats werdet ihr nichts mehr außer Urinmuscheln aus dem See –"

„Klärwerkmodule. Was ihr braucht, sind Klärwerkmodule." Wie aus dem Boden gewachsen stand Veneno Fate in Desmonds neuem Wohnzimmer. Die Augen des Katers weiteten sich und raketengleich flüchtete er durch eine Fensteröffnung.

„Ein guter Einfall, Fate", erwiderte Calla mit abgekühltem Eifer. „Ich werde die Sammelfahnder im Trümmerberg danach suchen lassen. Vielleicht stecken noch welche in den alten Fundamenten."

„Wie geht es mit der Höhlenforschung voran?", begrüßte Desmond den Neuankömmling.

Fate verschränkte die Arme hinter dem Rücken. Die Ärmel des weiten weißen Hemdes waren hochgekrempelt. Darüber trug er eine schwarze Weste und sein offenes Haar.

„Es ist wirklich erstaunlich, was im Dunkel der Gänge alles verborgen ist. Bei passender Gelegenheit werde ich dich mal mitnehmen, Desmond. Aber wie du dir sicherlich denken kannst, ist das nicht der Grund, aus dem ich dich aufsuche. Ich habe dir einen Gast mitgebracht."

Fate deutete auf den Eingang. Dort stand, schüchtern von einem Fuß auf den anderen tretend, Daylina Smith.

„Ihr habt ... Sie haben für Essen gesorgt und gesagt, dass sich etwas ändern wird ... also ... ich bin jetzt bereit für das Seelenlesen, Desmond Sorofraugh."

Desmond strahlte und Veneno Fate winkte die beiden sofort zu sich.

„Dann lasst uns beginnen, bevor es sich einer der Anwesenden vielleicht wieder anders überlegt." Ein säuerlicher Ausdruck umspielte seine Mundwinkel.

Calla legte eine Hand auf Desmonds Arm. „Ihr seid offensichtlich beschäftigt, und ich habe heute auch noch einiges vor der Brust. Machs gut."

Desmond schüttelte ihre Hand. „Ich würde mich gerne noch irgendwie erkenntlich zeigen. Wenn du möchtest, kannst du ruhig noch eine Weile bleiben …"

„Schon in Ordnung. Wirklich. Du hast genug getan. Bei jedem Bissen, den ich mir von heute an in den Mund stecke, werde ich mich daran erinnern. Falls du noch etwas brauchst, weißt du ja, wo du mich finden kannst. Und jetzt: viel Erfolg." Calla deutete ein Lächeln an und drückte sich an Daylina vorbei ins Freie.

***

In der Zwischenzeit hatte man Daylina etwas Angemesseneres zum Anziehen verpasst. Ihr stumpfes Arbeitskleid war zwar sauberer und bestimmt bequemer als das senffarbene Outfit, doch dafür ging ihm jeder Schick ab. Auch steckten ihre Füße nun in klobigen Stiefeln, bei denen die Schnürbänder fehlten, ihr vormals kunstvoll zusammengestecktes Haar war hinten am Kopf zusammengebunden und das Zierband verschwunden.

Mit gegeneinandergedrückten Oberschenkeln hockte sie vor ihm und trommelte auf die Sessellehne. Desmond selbst saß auf einer Metallkiste und war mindestens so angespannt wie Daylina, denn alles, was ihn noch von einer Ausbildung durch Veneno Fate trennte, war der Inhalt ihres Kopfes.

Er murmelte eine leise Gebetsformel. Seine Pupillen suchten die ihren und er schlich sich bedächtig hinter ihre Stirn. Die anfängliche Panik hatte sich zwar verloren, doch Daylinas Bewusstsein glich nach wie vor dem Taumelflug einer Schluchtschwalbe.

Wenigstens hielt sie nun seinem Blick stand, ohne sich ablenken zu lassen. Nach einiger Zeit wurden ihre Augen glasig und die Finger stellten das Trommeln ein. Bloß ein Muskelstrang am Hals zuckte noch sporadisch.

Es konnte losgehen. Nach ein paar tiefen Atemzügen gelang es ihm, den unsteten Geist der jungen Frau zu packen. Sein Öffnen ohne mentale Gewalt entwickelte sich dagegen zur echten Hürde. Aus den Millionen von Gedanken in Daylinas Gehirn einen zu enttarnen, der womöglich Verrat in sich trug, erschien ihm schlichtweg unmöglich. Das war einfach zu schwammig. Zu unpräzise.

Genau das sagte er auch Fate, als er dessen ungeduldiges Auf- und Abgehen mitbekam.

„Taste das Gewissen, die Wertvorstellungen ab, um dich auf ihre moralischen Muster einzupendeln", riet sein neuer Mentor. „Danach durchkämmst du alle unangenehmen Gefühle in den jüngsten Erinnerungen."

Wie sollte Desmond so etwas Kompliziertes herausfiltern, wenn es ihm noch nicht einmal gelang, einen beliebigen Gedanken festzuhalten? Wenn das wenigstens an Daylinas Nervosität liegen würde. Aber nein: Er selbst driftete dauernd davon.

Mit zunehmender Anstrengung stieg wieder Schwindel auf und seine Wahrnehmung zerstreute sich. In einem Moment spürte er Daylinas Geruch nach synthetischem Lilienwasser in der Nase, im nächsten wurde er von einem Gefühl des Behütetseins in warmer Dunkelheit fortgerissen. Mal rieb der grobe Kleiderstoff über seine Haut, dann dämmerte er wie unter einem beruhigenden Herzschlag dahin. Zwischendurch wähnte er sich sogar in Daylinas Bauch und nicht in ihrem Kopf.

Das brachte Desmond zum Lächeln, denn auf einmal wurde ihm klar, was zu tun war. Jetzt gab selbst der Muskel an Daylinas Hals Ruhe und er konnte die schnörkellosen Pfade ihrer Persönlichkeit unbehindert beschreiten.

Auf Verrat oder Abtrünnigkeit stieß er nicht. Aber es offenbarten sich starke Gefühle für einen aschblonden Jungen, mit dem die junge Frau aus Nicopolis geflohen war. Sein Bild beherrschte den größten Teil ihres Denkvermögens. Fast alles. Bis auf ...

Desmond blinzelte, dann schlug er die Augen auf. Klumpschwere Übelkeit begrüßte ihn im Diesseits.

Fate fixierte ihn angespannt.

Daylina tat einen Seufzer. „Das war ... anders!?"

Obwohl er mit dem letzten Abendessen kämpfen musste, hoben sich Desmonds Mundwinkel. „Wie schon Meister Fate vor mir konnte ich keinen Schandfleck an deiner Aufrichtigkeit ausmachen. Allerdings bin ich mir ziemlich sicher, dass du schwanger bist."

Daylina wurde puterrot und sagte mit einer überraschend reif klingenden Stimme: „Ja, ich bin wohl in frohen Erwartungen, weiß es aber noch nicht lange."

Er half ihr auf. „Weiß dieser Timo denn, dass er bald Vater wird?"

In der nächsten Sekunde wieder ganz die Alte, gluckste sie albern und nickte.

Desmond kratze sich am Nacken. „Dann wünsche ich euch dreien viel Glück. Es wird ein Junge, wenn mich nicht alles täuscht."

Sie drückte ihm einen flüchtigen Kuss auf die Wange und hauchte ein „Danke" in sein Ohr.

Noch bevor Desmond „Wofür?" fragen konnte, war sie zum Eingang hinaus.

Fates Lippen bildeten ein dreieckiges Grinsen. „Zufrieden?"

„Ich wollte Daylina auf keinen Fall dazu bringen, mich zu küssen ..."

Fate lachte. „Ich will wissen, ob du nun zufrieden bist. Du hattest recht. Sie ist tatsächlich von selber gekommen. Ich habe mich getäuscht." Es klang keineswegs gekränkt.

Desmond erwiderte ernst: „Jetzt bin ich bereit zu lernen."

Fate ging auf ihn zu. „Heute werden noch einige Ketzer

folgen. Bei jedem wird es anders sein als beim Vorherigen. Warum hattest du bei Daylina solche Schwierigkeiten? Ihr Wille ist nicht besonders stark."

„Anfangs war es mir nicht möglich, zwischen ihr und dem Ungeborenen zu unterscheiden. So richtig funktioniert hat das Ganze erst, als mir ihr Zustand bewusst wurde."

„Du kannst dich noch nicht besonders gut abschirmen", brummte Fate. „Daran müssen wir dringend arbeiten. Wenn du etwas aufstöbern willst, was dein Gegenüber um jeden Preis vor dir verbergen will, musst du dir eine klare Gangart angewöhnen. Aber jetzt machen wir erst mal weiter. Je mehr Routine du bekommst, desto leichter wird es. Schildere mir nach jedem Kandidaten, wie du vorgegangen bist. Nur so kann ich mir ein genaues Bild von deinem Stil und deinem Potenzial machen." Er erhob den Zeigefinger. „Aber Vorsicht! Offenbare niemandem sonst das wahre Ausmaß deiner Fähigkeiten. Ich möchte dich nicht aus dem Turm der Wahrheit befreien müssen, nur weil du dich überschätzt hast. Verstanden?"

„Nur zu gut", antwortete Desmond und war jetzt schon gespannt darauf, wie sein Onkel reagieren würde, wenn er erfuhr, wie viel er und Veneno Fate, der Stern der Ungläubigen, gemeinsam hatten. Allerdings war ihm auch immer noch ein bisschen schlecht, deswegen fügte er hinzu: „Ich weiß noch nicht, wie ich das durchstehe. Daylina war schon sehr kräfteraubend."

Fate reagierte mit einer wegwerfenden Geste. „Übung macht den Meister. Wir werden sehen, wie weit wir heute kommen …"

***

Daniel und Nodrim hatten beide recht behalten. Desmonds Aktion am Seeufer hatte ihm das Vertrauen der Ketzer eingebracht. Veneno Fate mochte als Prophet gefallen sein, aber seine Einschätzung, die nächsten Stunden betreffend, erwies sich als ebenso absolut richtig.

Es folgten noch viele Daylinas Beispiele. Jetzt wollten alle Untergründler so schnell wie möglich ihre Vertrauenswürdigkeit bestätigt wissen und es dauerte gar nicht lange, da spielte sich vor Desmonds neuem Haus dasselbe Theater ab wie vor Kurzem bei Bogdan. Sogar der Glatzkopf mit der Mappe hatte sich wieder eingefunden.

Zwar bereitete Desmond das oberflächliche Abtasten eines Bewusstseins nunmehr weniger Mühe, aber das zielgerichtete Suchen nach verräterischen Umtrieben fiel ihm von Person zu Person schwerer. Johannis Allessio war bestimmt schon der dreißigste Ketzer, dessen Gehirn er unter die Lupe nahm.

„Es ist wie eine Wand. Ich komme einfach nicht durch", keuchte er.

Die Wände des Wohnraums drehten sich schon.

Fate gab sich blind gegenüber solchen Schwierigkeiten. „Streng dich an. Es gibt zahlreiche Wege, Mauern zu überwinden: Rohe Gewalt oder Drüberklettern sind nur zwei davon. Vielleicht wartet irgendwo eine Tür darauf, geöffnet zu werden."

Desmond klammerte sich an den Rand der Kiste, auf der er saß und brachte nur noch ein besseres Nuscheln zustande. „Ich habe das noch nie so oft hintereinander gemacht. Ich bin am Ende meiner Kräfte."

Johannis Allessios Augenlider flatterten und sein Blick klärte sich. Desmond blieb keine Wahl. Er musste den Ketzer freigeben.

„Was war das? Alles in Ordnung mit mir?" Allessio schaute sich um, dann wurde ihm klar, wo er sich befand. „Traut ihr mir nun?"

Veneno Fate klatschte in die Hände. „Ja. Tun wir. Du bist ein treuer Diener der Sache. Und jetzt raus mit dir. Wir haben etwas zu besprechen. Allein!"

Einerseits konsterniert darüber, so unwirsch hinauskomplimentiert zu werden, aber auch froh über seinen unbefleckten Ruf, trollte Allessio sich.

Durch den Eingang hörte man noch: „Seht ihr? Ich hab´s euch ja gesagt. Es gab nichts zu beichten. Alles in Ordnung mit mir."

Desmonds Kehle fühlte sich an wie Feuer. Er hustete und würgte. Velbert hätte keine Sekunde länger bleiben dürfen. Das offenbar gewordene Elend bewegte Fate endlich zum Einlenken. Er hievte Desmond von der Vorratskiste in den Sessel.

„Also gut. Zu mehr bist du im Moment vermutlich wirklich nicht imstande. Ruh dich erst mal aus. Nach Essen wird dir der Sinn wohl kaum stehen. Kann ich sonst irgendetwas für dich tun?"

„Durst", krächzte Desmond und schloss die Augen. Der Raum rotierte, nahm Fahrt auf ...

Für einen kurzen Moment musste Desmond weggetreten sein. Dass sein Mentor gegangen oder wie er zurückgekehrt war, hatte er nicht mitbekommen, aber auf einmal legte sich eine Hand in seinen Nacken und jemand flößte ihm, Schluck für Schluck, Wasser aus einer verbeulten Metallkelle ein. Zwanzig Minuten mussten vergehen, bis Desmond wieder aufnahmefähig war.

„Das bisschen Seelenlesen hat dich ja ganz schön mitgenommen. Deine Fähigkeiten sind nicht so weit entwickelt, wie ich gehofft hatte."

„Vielleicht sollten wir morgen weitermachen."

Der Prophet schaute aus einer der Fensteröffnungen zu den vielen Wartenden. „Ja. Morgen. Es kostet dich einfach viel zu viel Kraft, den Geist einzusetzen. Darüber hinaus hast du große Schwierigkeiten mit mentalen Mauern, kannst dich selbst aber nicht genug abschirmen." Er schüttelte den Kopf. „Es liegt noch ein mächtiges Stück Arbeit vor uns."

Die Worte hörten sich ernüchternd an, klangen aber keineswegs resigniert. Das war alles, was Desmond im Moment wissen musste. Als er auf seinen Chronometer schaute, wurde ihm jäh klar, dass keine halbe Stunde später seine nächste Schicht begann.

XVIII

Das war er also, der neue Held des Untergrundes. Griesgrämig beobachtete Papa Vocola den Priester dabei, wie er mit einer Kiste unter dem Arm durch die Gassen der Kavernensiedlung zog.

Irgendwie hatte Sorofraugh überhaupt nichts Heroisches an sich. Dem stand eher das Wort ‚Warmtäufer' auf der Stirn. Passte gut zu Fate und seiner affektierten Art. Doch beim „Fußvolk", wie Vocola die meisten Idioten hier bezeichnete, stand der Weißschopf hoch im Kurs. Seine Nummer unten am See und die Rettung von Flüchtlingen im eigenen Dekanat waren in aller Munde.

Für Vocola hatte sich dadurch nichts zum Besseren gewendet. Im Gegenteil. Er hockte immer noch in einem Verschlag mit sechs anderen Schmierköpfen und stritt sich mit ihnen um die gräuliche Kotze, die man hier als Essen ansah. Auch wenn er, dank der Jungs, wenigstens seine Mitbewohner im Griff hatte, musste sich schnellstens etwas ändern.

Die Dreizehn hatten die Ketzergemeinde um Geduld gebeten. Geduld. Pah! Die sollten sich lieber um die wirklich wichtigen Dinge kümmern. Ständig nur um ihn und seine Jungs zu scharwenzeln, um sie für ihre Gefolgschaften anzuwerben, machte niemanden anständig satt.

Bis jetzt durfte sich keiner an den Pflanzcontainern vergreifen. Auch die neue Fischzucht im See war tabu. Wenn er wenigstens irgendetwas in seinem Besitz gehabt hätte, um die Wachen zu bestechen. Doch ihm gehörten ja, wenn man es ganz genau nahm, noch nicht einmal die Sachen am Leib. So war der sonst so rührige Vocola zur Tatenlosigkeit verdammt, etwas, das er gar nicht leiden konnte.

Außerdem stand ihm der Sinn danach, endlich einmal eins von diesen Ludern zu striegeln, die in dem lichtlosen Dreckloch hier so aufreizend herumliefen. Aber jedes Mal, wenn er sich einer der Ketzerfrauen näherte, hatte sie die Frechheit, sich zu verweigern. Was waren das nur für Weiber? In seinem alten Bezirk in Nicopolis wäre so etwas undenkbar gewesen.

Ein ganz spezieller Dorn im Auge war ihm Architektin Calla. Großes Maul, aber niedlicher Arsch und ein ordentlicher Vorbau. Er mochte sich gar nicht ausmalen, wie sie ohne diesen geschmacklosen Overall aussah. Doch sich selbst vor Augen zu führen, dass es etwas gab, das er nicht haben konnte, regte ihn nur noch mehr auf.

Wo zum Teufel war eigentlich dieser Wischlappen von Kreuzbuckler jetzt hin?

Vocola stand vor seiner Übergangsheimat und klaubte einen Stein vom Boden. Sein Frühstücksteller stand noch in der Fensteröffnung. Mit einem gut gezielten Wurf ließ er den Aluminiumteller ins Hausinnere scheppern. Dann grinste er.

Im nächsten Moment stampfte einer seiner Jungs, in fleckiger Schürze und mit langem Messer in der Hand, zum Eingang hinaus. Als er Vocola erblickte, beruhigte er sich sofort wieder und nahm das Messer herunter.

„Was ist geschehen, Papa?", fragte Konstantin ehrerbietig.

Vocola verschränkte die Arme und scharrte mit einem Fuß im Dreck. „Nichts. Nichts und wieder nichts. Genau das ist unser Problem. Mir reicht es endgültig. Mach diesen Dicken ausfindig. Diesen Eckart. Sag ihm, ich will mit Iskariot sprechen. Und das so schnell wie irgend möglich."

Ohne ein weiteres Wort nickte der junge Mann und machte sich auf die Suche.

Er war gerade außer Sichtweite, da legte sich eine Hand auf Vocolas Schulter.

***

„Heute ist deine Ausdauer dran", hatte Fate gemeint, als er in aller Herrgottsfrühe in Desmonds neuer Hütte aufgetaucht war. Aber was folgte, brachte Desmond zum Verzweifeln. Eigentlich hatte er bei seinem Mentor Eindruck schinden, mit seinen Kräften haushalten wollen, war aber nur umso rascher an den Punkt gekommen, an dem er mit einem unterdrückten Stöhnen in sich zusammensackte. Dieser Moses Vocola war ein echt harter Brocken. Voller Wut. Sein ichbezogener Starrsinn umgab ihn wie eine sicheldrahtumwickelte Betonmauer. Kein Wunder, dass er sich an ihm die Zähne ausgebissen hatte. Vocolas Blick verlor den glasigen Schimmer.

„Verdammt, Priester! Hast du mir mit der Granithacke eins übergezogen? Solche Kopfschmerzen kriege ich sonst nur vom Saufen."

„Das Seelenlesen wirkt auf jeden Menschen etwas anders", krächzte Desmond. Er musste sich zusammenreißen, um wenigstens so zu tun, als könne er noch aufrecht sitzen. Vocola kämpfte glücklicherweise noch gegen die eigene Benommenheit. So konnte Fate in die Bresche springen, bevor er etwas merkte.

„Mit dir sind wir noch nicht fertig, mein widerspenstiger Freund. Für heute kannst du gehen, aber wir sprechen uns auf jeden Fall wieder. Den anderen kannst du ausrichten, sie sollen sich wieder ihrer Arbeit widmen!"

Vocola musste sich sammeln, bevor er aus dem Sessel ruckte. „Nichts da! Das reicht. Wenn ihr mir jetzt immer noch nicht traut, ist das euer Problem. Schmeißt mich ruhig raus. Ich komme schon irgendwo anders unter. Und wahrscheinlich besser als hier ..."

Beim Verlassen der Hütte erging er sich in ärgerlichem Murmeln.

Desmond rutschte von der Kiste in den Staub. Innerlich leer und ausgetrocknet, verblieb ihm kaum Kraft zum Reden oder um sich an die Kiste zu lehnen. Seine Enttäuschung war groß. Er konnte weder Fates noch seinen eigenen Ansprüchen gerecht werden. Wahrscheinlich würde sein Mentor ihn nun wegschicken. „Ich habe mich angestrengt, aber mehr ist nicht drin. Tut mir leid. Bislang war die Fesslungskinese das Einzige, das ich so häufig benutzt habe ..."

„Steh auf!" Fates Tonfall war herrischer als der eines Kampfausbilders an der Akademie. „Hör auf zu jammern. Ich brauche kein greinendes Kind an meiner Seite. Eins solltest du verinnerlichen: Du kannst deine Ziele nur verwirklichen, wenn der Wille, etwas zu tun, größer ist als der Wunsch, etwas zu erreichen. Und jetzt hoch mit dir!"

Desmond wollte seinen Ohren nicht trauen. Kein Wunder, dass sein Kater floh, sobald Fate in der Nähe war. Der falsche Prophet hatte bislang keinen Finger dafür gerührt, Desmond zu helfen, und jetzt so eine Predigt. Mit diesen Methoden brachte man Bischöfe zum Zittern? Mit Einschüchterungen und weisen Sprüchen? Was für eine Art Unterricht sollte das sein?

Der Wille, etwas zu tun …

Desmonds Verzweiflung verwandelte sich in Wut. Wut über Fates Ignoranz und die eigene Unfähigkeit. Er schnellte hoch. Jetzt würde er Fate zeigen, was …

„Geht doch", bemerkte der beiläufig.

Bis gerade eben hätte Desmond noch auf sein Seelenheil schwören können, dass er in der nächsten halben Stunde nicht mehr vom Boden hoch kommen würde. Und nun?

Innerlich gewappnet, jeden Moment sein Innerstes nach außen zu stülpen, stand er, schwankend aber aufrecht.

„Und jetzt sieh mich an und sag mir, was in Vocolas Verstand vor sich geht!"

Desmond drückte sein Kreuz durch und begann zu reden: „Bei dem müssen wir aufpassen. Er hat irgendwas mit Iskariot am Laufen, aber ich konnte nicht rauskriegen, was. Entweder steckt es erst in den Anfängen oder ich war einfach zu schwach." Der Mund war ihm trocken wie die Wüste Juda, doch er hatte tatsächlich zusammenhängende Sätze herausgebracht.

Als könne er doch noch Gedanken lesen, tauchte in Veneno Fates Hand auf einmal eine Wasserflasche auf. Sein Tonfall wurde versöhnlicher. „Du bist nicht schwach. Du kannst weitaus mehr, als du dir zutraust. Hier!" Er reichte Desmond die Gürtelflasche. „Iskariot! Der schwarze Regen von Noth möge ihn verschlingen. Und ich hatte ihn angewiesen, dass er sich zurücknimmt, solange deine Ausbildung andauert. Wohin es mich auch zieht, immer werden die Dinge kompliziert." Entnervt fuhr er sich mit der Hand durchs Haar.

Desmond setzte die Flasche ab. „Was läuft da zwischen dir und Iskariot, Fate?"

„Nenn mich Veneno. Wir sind Waffenbrüder. Auch wenn ich jetzt noch dein Lehrer bin, so werden deine Kräfte den meinen, wie sie einst waren, schon bald überlegen sein." In einer Geste, die ihn sehr viel älter erscheinen ließ, als er aussah, gab er Desmond einen Klaps. „Meine gemeinsame Vergangenheit mit Iskariot wäre eine verdammt lange Geschichte. Dafür haben wir jetzt keine Zeit."

„Der Kerl ist bemerkenswert. Er scheint einiges über mich zu wissen. Eigentlich hat er mich hier runtergeholt. Der Grund dafür ist mir allerdings immer noch schleierhaft. Kaum war ich in der Kaverne angekommen, da hatten wir uns auch schon überworfen. Und obwohl er mir danach alles andere als gewogen war, hatte er dennoch große Angst, ich könne den Untergrund verlassen. Er hat mich sogar mit einem Handel an sich gebunden. Doch seitdem will er nichts mehr mit mir zu schaffen haben. Im Heiligen Geist kann ich ihn auch nicht lesen, trotzdem strahlt er manchmal so viel Zorn und Gewalt aus. Andererseits hat er das Talent des Heilens und ist dabei so sanft wie eine Novizin."

„Heilen?", wiederholte Fate.

„Ja. Es ist unglaublich. Der Kerl steckt voller Widersprüche. Man weiß nie, womit man in der nächsten Sekunde zu rechnen hat. Und genau das ist es, was mir Angst macht."

„Worum geht es in eurem Handel?"

„Iskariot hat Nodrim das Leben gerettet, dafür stehe ich bei ihm in der Schuld. Allerdings ließ er offen, was er von mir verlangen wird."

Fate überlegte, bevor er etwas erwiderte. „Hmm. Iskariot begegnete mir ebenfalls immer als ein Mann der Gegensätze und seine Talente waren dabei so eigentümlich wie sein Verhalten. Aber ich habe mich auf ihn verlassen können. Hoffen wir, dass sich das nicht geändert hat. Gut, dass du mir von eurer Abmachung erzählt hast. Doch nun setzen wir erst einmal deine Übungen fort."

***

Zwei Gestalten standen im grellen Tageslicht New Bethlehems auf einem der zahlreichen Wohntürme. Ihre Gesichter unter Kapuzen verborgen, zerrte der Herbstwind an ihren löcherigen Umhängen.

Desmond betrachtete den Flugverkehr rund um die alles überragenden Drachentürme der St. George und konnte kaum glauben, was sie hier taten. Er hatte seinem Onkel versprochen, Fate nicht an die Oberfläche zu lassen, aber dieses Versprechen hatte keine zwei Wochen gehalten. Eigentlich war er schon froh, dass sie hier angekommen waren, ohne einer Priesterstreife in die Arme zu laufen. Wusste er doch aus erster Hand, dass Personen mit verhüllten Gesichtern eine Einladung für jeden Bruder von Gottes Schild darstellten.

Auch wenn sich die Gläubigen in ihren arbeitsfreien Stunden oft auf die Dächer zurückzogen, waren Fate und er um diese Tages- und Jahreszeit fast allein. Nur ein paar Arbeiter waren gute hundert Meter von ihnen damit beschäftigt, ineinandergreifende Dachplatten auszutauschen. Während Desmond ihnen zusah, war Fate bis zur Kante des Gebäudes gegangen. Dort schloss er die Augen und streckte beide Arme zum Himmel.

„Tageslicht und frische Luft! Dinge, die man erst richtig schätzen lernt, wenn man sich in einem dunklen Loch verstecken muss." Er drehte sich langsam um die eigene Achse. „Herrlich. Solche Ausflüge sollten wir öfter unternehmen."

„Dann landen wir ganz schnell in einem noch viel dunkleren Loch."

Fate drehte den Kopf. Auch wenn er raten musste, war Desmond sich sicher, dass der gefallene Prophet unter dem zerfledderten Gesichtstuch lächelte.

„Warum nimmst du alles so ernst im Leben, Desmond? Sicher, es sind keine fröhlichen Zeiten, aber wenn man sich nicht ab und zu eine Annehmlichkeit gönnt, vergisst man, wofür man eigentlich kämpft."

Desmond zog die Brauen zusammen. Der Stoff seines eigenen Tuches roch nach Staub und kitzelte an der Nase.

„Leichtsinn kann in dieser Stadt tödlich enden. Und seit wann kämpfen wir für irgendetwas?"

„Solche Worte? Von einem Priester?" Fates Augen blitzten amüsiert. „Was ist denn mit dem Verteidigen der Zwölf Gebote und dem Schutz der Gläubigen vor den Sündern?"

„Das ist ein Dienst und kein Kampf."

„So siehst du das also? Aber was ist mit deinem persönlichen Konflikt? Dem, der da drin vor sich geht." Er tippte mit den Fingerspitzen auf Desmonds Brust.

Der blickte nur fragend.

Fate fuhr fort: „Was ist das nur, das dir einflüstert, deine Kraft würde nicht reichen, um in diesem Land zu bestehen? Damit unterdrückt es deine wahre Natur, den Teil, der zu Großem fähig ist. Du könntest dir Flügel wachsen lassen, wenn du nur wolltest. Doch dieses Flüstern scheint so mächtig, dass du das Große in dir nicht einmal bemerkst. Es ruht auf dem Grund deiner Seele wie ein grauer, unscheinbarer Stein." Er ballte die Faust. „Aber nun werden wir dem ein Ende setzen und lassen Licht an den Ort scheinen, an den du noch nicht geblickt hast. Heute brüllen wir das Flüstern nieder und wir werden dir Flügel verleihen, die dich weitaus höher tragen als die aufgestickten neben deinem Kreuz."

Wusste dieser Fremde, dass Desmond sich in jedem seiner Worte wiederfand? Wahrscheinlich. Wie sagte sein Onkel? Nichts geschah ohne Grund im Gelobten Land.

Veneno Fate packte ihn und schob ihn zur Dachbegrenzung, wo er ihm befahl: „Öffne dein Bewusstsein und erforsche die Stadt. Lausch dem Chor der Seelen, wate durch den Strom des Lebendigen!"

„Das habe ich schon hinter mir", erwiderte Desmond missmutig. „Und weitaus mehr als ein Mal. Entweder verliere ich mich dabei im Chaos oder bekomme tierische Kopfschmerzen. Meistens beides"

Fate schüttelte den Kopf. „Immer so ein Pessimist." Dann schrie er: „Hör endlich mit der Maulerei auf und tu, was ich dir sage!"

Trotzig verschränkte Desmond die Arme und blickte über die Landschaft der Bauwerke unter ihm: einige mit verspielt organischen Formen, andere mit streng geometrischen Linien, aber alle zusammen düster. Wider besseren Wissens schloss er die Augen, ließ den kalten Wind über sein Gesicht streichen und versuchte, den Heiligen Geist herbeizubeten.

Für eine lange Weile tat sich gar nichts. Dann, es waren schon mindestens zehn Minuten vergangen, glomm ein winziger Funke auf und plötzlich ging alles ganz schnell. Er konnte über das Rauschen des Windes fühlen, wie ein Pärchen in dem Gebäude auf der anderen Seite miteinander stritt. Bösartige Funken aus der Ferne, aber präzise auszumachen.

Rasch kamen weitere Bewusstseinssplitter dazu. Ein Fensterputzer, der lieber mit schlechtem Gewissen sein Vesperbrot aß, anstatt zu arbeiten, ein Kind, das bitterlich weinte und von seiner Mutter angeschrien wurde. Eine Kurierbotin, die mit sich haderte, ob sie dieses Semester noch im Dienst bleiben oder lieber zum dritten Mal schwanger werden sollte, obwohl ihr Mann den nächsten Nachwuchs noch gar nicht wollte. Ein übergewichtiger Gläubiger, der ...

Wie winzige, scharfe Splitter bohrten sich immer mehr fremde Gedanken in Desmonds Hirn, bis er meinte, sein Kopf müsse bersten. Er schwankte.

Fate stützte ihn. „Was spürst du?"

„Wie angekündigt: Kopfschmerzen", murmelte Desmond.

„Das wird doch wohl nicht alles sein. Komm schon. Reiß dich zusammen! Erzähl mir was!"

„In New Bethlehem steckt eine gigantische Menge Hass und Verzweiflung. Es zerreibt mir den Verstand." Desmond wollte sich dem Griff entwinden. „Damit hast du mir nichts Neues gezeigt. Wenn ich nicht sofort einhalte, bekomme ich Nasenbluten", ächzte er, der Heilige Geist erstarb und er taumelte von der Kante weg.

Als er die Augen wieder öffnete, machte Fate ein paar Schritte von ihm fort. Spätestens jetzt rechnete Desmond mit einem Wutausbruch. Stattdessen gab sein Meister sich nachdenklich.

„Fragst du dich nicht auch manchmal, wie ihr so leben könnt?"
Verlegen stammelte Desmond: „Aber es ist doch nicht ununterbrochen so ..."
„Nicht?" Fate legte die Hand ans Kinn. Wieder schlich sich der leicht spöttische Ausdruck auf seine Züge. „Vergib mir. Eigentlich war das eine rein rhetorische Frage. Mir ist bewusst, dass du keine Antwort auf sie weißt." Er führte Desmond Richtung Dachmitte. „Wir kommen jetzt zum zweiten Teil deiner Unterweisung. Lies mich!"

„Das habe ich ebenfalls schon versucht, aber dein Bewusstsein scheint für mich im Heiligen Geist nicht vorhanden." Er stockte. „Willst du mir heute vor Augen führen, was ich alles nicht kann? Ich dachte, du willst meine Fähigkeiten erweitern und nicht mein Selbstbewusstsein beschneiden."

„Ich möchte nicht, dass du an dir zweifelst, sondern an der Art und Weise, wie du die Dinge bisher angepackt hast. Hierbei geht es um reine Intuition. Probier es noch mal. Schalte dein bewusstes Selbst aus und lass dich einfach fallen."

Da es sich bislang nicht gelohnt hatte, zu widersprechen, ging Desmond kommentarlos auf Augenkontakt.

Niemals zuvor war es so schwer gewesen, den Heiligen Geist zu erwecken, wie jetzt. Desmond stand kurz davor, aufzugeben. Allein Fates unnachgiebiger Blick ließ es ihn immer und immer wieder probieren.

Zu guter Letzt glückte es. Mit Anstrengung. Dermaßen viel Anstrengung, dass sie eine fiebrige Hitze in ihm aufsteigen ließ. Mit jedem Herzschlag wurde die telepathische Energie rasender, gleichzeitig glühender. Er hob die Arme und sah, wie seine Haut zu dunklem Pergament wurde, unter dem sich Adern aus Feuer abzeichneten. Während sein Mentor direkt vor ihm stand und auf der geistigen Ebene unsichtbar blieb, flirrte vor Desmonds Augen mittlerweile alles. Er glaubte, er würde den Heiligen Geist für immer aus sich herausbrennen. Seine Zähne schlugen aufeinander, weil er anfing zu zittern, obwohl sein Körper sich anfühlte, als würde er kochen. Er wurde vom Glühen der eigenen Augen geblendet, dann überfiel ihn Schmerz.

Bekam er einen epileptischen Anfall? Oder einen Gehirnschlag? Als sein Hals sich langsam zuschnürte, geriet er in Panik. Würde Fate seine Schwierigkeiten bemerken?

Er röchelte und japste. Rang um jeden kleinen Atemzug. Er musste den beengenden Umhang loswerden, doch er konnte keinen Finger rühren.

Diese unglaubliche Hitze. Viel fehlte nicht mehr und er würde in Flammen aufgehen. Todesangst packte ihn, aber er konnte nicht mehr vom Heiligen Geist ablassen.

Um des Himmels Willen, er erstickte!

„Herr, in deine Hände befehle ich meinen Geist …" War dies sein letzter Gedanke? Befand er sich an der Schwelle des Todes?

Nach Myriaden von Momenten berührte Fate seine Stirn.

***

Desmond war abermals auf dem Boden gelandet. Er lag jedoch nicht im Dreck, sondern lehnte mit dem Rücken an einer Wand. Irgendjemand hatte ihn aufrecht hingesetzt.

Ihm gegenüber hockte Fate und sah so aus, wie er sich fühlte. Doch auch das entsprach nicht der Wahrheit. Desmond fühlte sich ausgezeichnet. Fate hingegen hatte dunkle Ringe unter den Augen und blinzelte müde.

Desmond musste sich räuspern. „Ein Aussetzer mit Ankündigung. So schlimm wie heute war es allerdings noch nie. Seltsam. Gerade dachte ich noch, ich würde zum Herrn gerufen, und jetzt ist mir noch nicht mal übel." Er zog kühlen Wind in seine Lungen. „Heilige Mutter Gottes. Mir geht's fantastisch!"

Fate versuchte ein minimalistisches Nicken. Desmond konnte sich beim Aufstehen gerade noch zurückhalten, ihm aufzuhelfen.

„Jetzt hast du es endlich verstanden." Die Stimme seines Mentors klang belegt. „Gratuliere. Du hast gerade das schwierigste

Hindernis überwunden: die Grenzen in deinem Kopf. Das nennt man über sich selbst hinauswachsen. Ein bedeutender Moment im Leben." Er klopfte Desmond auf den Oberarm. „Du wähntest dich am Ende deiner Kräfte, sogar deines Lebens, trotzdem bist du einen Schritt weiter gegangen, hast einen Sprung durch den Ring aus Feuer gewagt.

„Klingt für mich eher nach Torheit … oder Wahnsinn …"

„Schmälere deine Leistung nicht gleich wieder. Du lebst noch, bist putzmunter und hier, auf der anderen Seite, weißt du nun, dass du zu weitaus mehr imstande bist, als du dir je zugetraut hast."

Sollte er es wirklich geschafft haben? Hatten sich alle Anstrengungen, die durch die seltsame Nachricht von Thomas Bate auf ihn zugekommen waren, schließlich bezahlt gemacht? Er sah an seinem unversehrten Körper hinab und stellte verblüfft fest, dass trotz der enormen Hitze, die er gefühlt hatte, noch nicht einmal der Umhang angebrannt war.

„Aber es war mir immer noch nicht möglich, dich zu lesen. Ich meine … Was ist da mit mir geschehen? Woher hast du das gewusst?"

„Erfahrung, mein Junge. Erfahrung. Und zwar aus erster Hand. Obwohl deine Reaktion etwas anders ausfiel, als ich mir das ursprünglich ausgerechnet hatte." Fate atmete tief ein. „Durch diese Erfahrungen trennen wir uns von den Normalsterblichen."

Desmond musste an Innozenz und die Seraphim denken. Die waren auch keine Normalsterblichen.

„Auf ein Neues!", überrumpelte Fate ihn.

„Die Lektion ist noch nicht vorüber?"

„Natürlich nicht. Du musst das eben Gelernte doch auch anwenden. Durchquere noch einmal die seelischen Abgründe von New Bethlehem."

„Soll ich etwa wieder mein Bewusstsein im Heiligen Geist öffnen?"

„Ganz genau."

Aufgrund seiner formidablen Verfassung stellte Desmond sich diesmal ohne zu zögern an den windigen Abgrund und tastete in die Weiten des Häusermeeres. Erneut fühlte er Bitterkeit. Erst da und dort, wie kleine Flammen, aber rasch verwandelten sie sich in einen Flächenbrand. Allerdings vermochte der ihn jetzt nicht mehr zu verschlingen, sondern Desmond schwebte ruhig und unberührt darüber. Störende oder heftige Emotionen ließ er einfach von sich abprallen. Nichts zerrte an ihm. Er konnte sich in Ruhe aussuchen, welchem Signal er lauschen wollte. Der Rest der emotionalen Palette wuchs an, ließ sich aber ganz leicht verdrängen.

Irgendwann flossen der Ärger, die Wut und die Verzweiflung tatsächlich zu den Stimmen eines Chores zusammen, wie Fate es anfangs beschrieben hatte. Und dieser Gesang verwandelte sich zu einem einzigen Ton. Lautstark, einem missgestimmten Instrument gleichend. Aber so unangenehm und penetrant dieser Ton auch war, er zerstörte Desmonds Konzentration nicht mehr.

Und er nahm noch etwas anderes wahr. Einen Eindruck, den man bestenfalls als warmes Hintergrundbrummen bezeichnen konnte. Ein genaueres Wort dafür gab es in der diesseitigen Welt nicht. Dieses weiche Brummen fing den dissonanten Chor ab und dämpfte ihn auf ein zu ertragendes Maß. Dabei klang es so behaglich, dass Desmond sich ihm völlig hingeben wollte. Es umgab ihn wie eine warme Decke. Kindheitserinnerungen wurden wach. Wie Desmond an kalten Dezembertagen vor der Wärmeturbine gelegen und sein Onkel ihm aus einem seiner vielen Bücher vorgelesen hatte ...

Unvermittelt rüttelte ihn jemand kräftig durch.

„Warum ...?", brachte er schläfrig heraus.

„Beim ersten Mal nicht gleich übertreiben, Junge. Ich glaube zwar, dass du deine Kräfte jetzt besser im Griff hast, trotzdem bekam ich bei deinem seligen Grinsen Angst, dass du für immer wegbleiben wolltest."

„Oh, das war sehr viel besser als vorher." Desmonds Grinsen wurde breiter. Nicht länger war er der Spielball einer Macht, die er nicht richtig verstand, sondern Meister über den Heiligen Geist.

Er schilderte seine Wahrnehmungen bis ins Detail und berichtete begeistert von dem angenehmen Brummen.

„Das war er." Fates Brauen zogen sich zusammen.

„Er? Wen meinst du?"

„Das Wesen, das du Gott nennst, macht das."

„Was tut Gott da?"

„Dieses Brummen, wie du es nennst, ist Hoffnung. Er gibt den Menschen Hoffnung."

Das erschien Desmond wiederum sehr sinnvoll. „Der Herr verleiht den Menschen Zuversicht in ihren dunklen Stunden. Sie beten zu ihm und er gibt ihnen Hoffnung. Das ist doch gut. Umso weniger kann ich verstehen, warum du dich von ihm abgewandt hast."

Fate klang langsam wieder energischer. „Gut soll das sein? Ha! Und mich schimpft man den falschen Propheten. Ganz so simpel läuft das nicht. Erst stopft er euch in diese engen Städte. Dann lässt er euch von Tyrannen knechten, schickt seine Heerscharen, um euch zu maßregeln, wenn ihr nicht spurt, und schließlich schenkt er seiner Gemeinde gnädigerweise Hoffnung. Gerade mal so viel, dass ihr eure unsägliche Existenz aushaltet."

Desmond wollte etwas einwerfen, doch Fate hatte sich regelrecht in Rage geredet.

„Und bilde dir ja nicht ein, er würde auch nur ein Gebet erhören. Der Wunsch eines Einzelnen interessiert ihn nämlich überhaupt nicht. Ich frage mich, was daran gut sein soll!"

„Es sind wohl eher Menschen wie Innozenz und seine Bischöfe, die den Gläubigen das Leben zur Hölle machen. Wofür sollte das sonst …"

Fate streckte ihm den erhobenen Zeigefinger entgegen. „Wofür das alles gut sein soll? Welcher Zweck damit erfüllt wird, fragst du dich? Dieses Mysterium, mein junger Schüler, ist schon so alt wie die Menschheit selbst. Aber im Gegensatz zu allen anderen hast du gerade einen Blick hinter die Kulissen wagen können. Wir werden noch öfter darüber reden. Ende der Lektion."

Desmond musste an die verzweifelten Seelen aus Nicopolis denken und an die Engel, die den Grund für ihre Verzweiflung darstellten.

„Aber welche Rolle spielen die Seraphim in diesem Spiel? Hat Gott sie jetzt erschaffen, um den Menschen in der Not beizustehen und ihnen Hoffnung zu geben oder um sie zu bestrafen?"

„Da fragst du den Richtigen, Kirchenmann." Fate öffnete die Tür des schmalen Treppenstiegs hinter ihnen. „Wir klären das auf dem Weg zurück in den Unterschlupf. Ich muss von diesem zugigen Dach runter. Mir wird kalt."

***

„… und wenn sie ihr Opfer erwischen, dann entweiden sie seine Seele wie einen aufgeschlitzten Fischbauch. Jede Finesse ist ihnen fremd. Sie zerren aus deinem Verstand, was sie brauchen, und es interessiert sie nicht im Geringsten, ob sie dabei einzelne Erinnerungen zerstören oder gleich das ganze Bewusstsein. Für die Seraphim zählt nur eins: der Wunsch ihres Herrn. Alles andere ist unwichtig. Wenn du in nächster Zeit einem begegnen solltest, dann lauf! Lauf, so schnell dich die Füße tragen." Fates Unterlippe war zu einem feinen Strich geworden. „Diese Engel sind der Hauptgrund, warum wir so schnell wie möglich dafür sorgen müssen, dass du lernst, deinen Verstand besser abzuschotten. Mit deinem jetzigen Können wärest du ihnen schutzlos ausgeliefert und sie würden dich in einen sabbernden Säugling verwandeln. Ohne die geringste Mühe."

Desmonds Vorstellungen von gütigen Himmelsboten wurden gründlich über den Haufen geworfen. Im Nachhinein betrachtet, hatte auch sein Onkel dieses Thema über die Jahre immer ausweichend behandelt. War das der Grund dafür?

Während Fate sich in dem abgenutzten Sessel von Desmonds Wohnbereich flegelte, tigerte er selbst vor ihm auf und ab.

„Aber ist denn nicht möglich, dass die Seraphim gar keine Geschöpfe Gottes sind?"

„Du willst es einfach nicht einsehen, was? Der Gott, dem du bedingungslose Treue geschworen hast, ist in Wirklichkeit ein sehr mitleidloses Geschöpf. Was sollten die Seraphim deiner Meinung nach sonst sein, wenn nicht Engel?"

„Ich denke, sie sind Innozenz' Schöpfungen. Er hat sie irgendwie heraufbeschworen, um seine Machtposition zu festigen. Hast du nicht selbst gesagt, sie wären erst wieder aufgetaucht, nachdem das Gelobte Land gegründet wurde? Wer weiß, wie lange der Papst dem Willen Gottes schon nicht mehr folgt, sondern nur noch seinem eigenen."

Fate schüttelte vehement den Kopf.

„Da machst du es dir wirklich ein wenig einfach. Wenn du die Existenz der Engel infrage stellst, was ist dann bitteschön mit ihren Gegenspielern, den Dämonen? Jagen die Exorzisten etwa seit Jahrhunderten bloßen Hirngespinsten hinterher?"

„Ich stelle nicht die Engel an sich infrage, sondern den Ursprung der Seraphim. Die Cherubim sind für mich nach wie vor die Boten des Herrn. Allerdings halte ich sie, wie auch Jesus, eher auf einer höheren Ebene für existent. Sie beseelen die guten Menschen. Jedenfalls sind mir Cherubim bislang genauso oft begegnet wie Dämonen. Nämlich noch nie."

Fate lächelte verstohlen. „Kein Wunder. Selbst wenn dir schon einer begegnet wäre, hättest du ihn vermutlich nicht erkannt. Ein Dämon offenbart sich, wann und wem er will. Das Demaskieren der Finsteren Diener ist ein Talent, über das eben nur ein Exorzist verfügt." Er hob die Beine von der Armlehne des Sessels. „Nur weil man etwas noch nie zu Gesicht bekommen hat, heißt das noch lange nicht, dass es in dieser Welt nicht existiert. Gerade ein Priester vom Schild Gottes sollte das wissen. Oder ist dir dein Gott schon mal über den Weg gelaufen?"

Desmond stieß resigniert Luft aus und Fate stemmte sich vom Sessel hoch.

„Du brauchst dich nicht zu rechtfertigen. Am Anfang eines Weges erscheint noch vieles ohne Sinn. Aber du beginnst, die richtigen Fragen zu stellen." Er strich sich eine schwarze Strähne aus dem Gesicht. „Jetzt sind wir am Ende meiner Weisheiten für diesen Tag. Du hast dich heute tapfer geschlagen. Wer hart an sich arbeitet, braucht auch Erholung. Komm mit!"

„Wohin?", fragte Desmond vorsichtig.

„Runter zum See."

„Versteh mich nicht falsch, aber eigentlich hatte ich vor, mit Nodrim und Calla einen zu heben, und da dachte ich ..."

„Vertraust du mir?", unterbrach Fate ihn.

Desmond zögerte. Nur ganz kurz. Dann nickte er schnell. Wenn Fate sich an Desmonds Verhalten stieß, so ließ er sich nichts anmerken.

„Dann komm einfach mit."

XIX

„Sind wir deswegen auf dem Rückweg von den Dächern nicht am Seeufer entlang?" fragte Desmond, als sie mit dem alten Fahrstuhl abwärtsfuhren.

Veneno Fate erwiderte süffisant: „Eine kleine Überraschung deiner Weggefährten."

„Klein?"

Der größte Teil des Kiesstrandes wurde von zusammengeflickten Planen über klapperigen Metallgestellen eingenommen. Darüber prangte ein großes grünes Banner, das an die Erntedankflaggen der Kathedralen angelehnt war. Dem Motiv fehlte allerdings das Kreuz und anstelle von Fischen und Brot zierten ein stilisierter Spaltenwels und ein rechteckiger Flicken, wohl ein Pflanzcontainer, die Vorderseite.

In der Zeltstadt roch es von überall köstlich und Desmond entdeckte beim Umherschlendern die gesamte Palette an Gerätschaften, die man im Gelobten Land für die Nahrungszubereitung nutzte. Vom einfachen offenen Feuer bis zum modernen Molekularerhitzer war wirklich alles vorhanden.

Darunter befanden sich auch Eigenkreationen, die aus Teilen bestanden, die ursprünglich nie etwas mit Kochen zu tun gehabt hatten. Beispielsweise wurde ein großer, mit Metallplatten geflickter Braukessel zum Zubereiten von Bohnensuppe verwendet. Etwas, das aussah wie eine gelöcherte Waschtrommel, diente dabei als Rührgerät. Die Trommel wiederum war mittels mehrerer drehbarer Achsen an einem mannshohen Laufrad befestigt und zwei zerlumpte Jungs auf nackten Füßen sorgten dafür, dass die Bohnensuppe über dem riesigen Feuer nicht anbrannte.

Ungefähr in der Mitte der Zelte war ein übervoller Versammlungsplatz, auf dem Desmond Nodrim, Kieran, Calla und Nelson Toffler entdeckte. Sobald man mitbekam, wer sich da näherte, erhoben sich die Arme und Jubel wurde laut.

„Desmond!" Nodrim winkte ihm mit einem Trinkbecher aus fleckigem Kunststoff. „Komm zu uns, mein Freund!"

So bahnten sich Desmond und Fate einen Weg durch die Menschen und ließen einen Hagel aus Schulterklopfern über sich ergehen. Allenthalben brüllte jemand: „Der Stern der Ungläubigen!", und es wurde geklatscht.

Sobald sie Nodrim erreicht hatten, drückte der Mann mit den wilden Augen und dem noch wilderen Bart Desmond an seine Brust. Danach fiel ihm Kieran um den Hals.

„Gestern war die erste Fuhre aus den Containern reif", erklärte Nodrim heiter und wies auf das Riesenbanner. „Da dachten Fate, Nelson und ich, dass wir das Erntedankfest ein bisschen vorverlegen"

Desmond bekam wegen der Lästerung eines ehrwürdigen katholischen Feiertages schwere Gewissensbisse, deswegen fragte er: „An diesem Tag werden Dankesmessen dafür abgehalten, dass der Papst und unser Heiliger Vater im Himmel über uns wachen und die Gemeinde nähren. Wem wollt ihr denn hier danken?"

Nodrim starrte ihn mit großen Augen an. „Na dir, du Bohrniete. Was hast du denn gedacht? Komm mit."

Desmond spürte, wie ihm das Blut durch die Ohren rauschte. „Das kann nur ein Traum sein", dachte er, als er weiter nach vorne geschoben wurde. Während Fate sich noch feiern ließ, folgten Calla, Toffler und Kieran Desmond durchs Gedränge.

Sie erreichten ein grob zusammengeschustertes Podest, auf dem sich eine fünfköpfige Band an seltsam ausschauenden Instrumenten zu schaffen machte.

Nodrim kletterte zu ihnen und zog Desmond mit einem Arm an seine Seite. Calla und der Rest blieben vor der alles andere als vertrauenserweckenden Konstruktion stehen. Auf Nodrims Zeichen spielte die Band einen quäkenden Tusch und das Gejohle der Feiernden verebbte.

„Freunde, Gefährten, Waffenbrüder!", rief der Versammlungsführer über den Strand. „Ich weiß ja nicht, wie's euch geht, aber ich fühle mich die meiste Zeit über hier unten wie ein Käfer im Abfall." Gelächter. „Aber ab heute kann ich mich endlich wie die Made im Speck fühlen. In nicht mal fünf Minuten werde ich mir eine übergroße Portion Krontomatenpüree genehmigen. Und so was Gutes gibt es sonst nur auf den Tellern der feisten Ehrendomherren. Ich sende dem scheinheiligen Pack hiermit meine besten Empfehlungen! Aus unserem bescheidenen Kellergeschoss in ihre protzigen Kirchtürme!"

Damit erhob er seinen Becher so schnell, dass der arme Nelson Toffler einen Schwall des braungelben Inhalts aufs kahle Haupt bekam. Jeder mit einem Trinkgefäß erwiderte den Toast und alle brüllten dem grünen Banner entgegen.

Nodrim fuhr fort: „Und wem verdanken wir unseren vollen Magen an diesem, dem morgigen und an all den Tagen drauf? Desmond ..."

„Sorofraugh!", antwortete die Menge so laut, als wolle sie die Fledermäuse zwischen den Tropfsteinen aus dem Schlaf reißen und der Eindruck, der Desmond im Heiligen Geist dabei entgegenströmte, ließ seinen Verstand kreiseln. Es reichte, winkend an Nodrims Seite zu stehen, und der Freudensturm wurde noch frenetischer. Ihm lief ein Schauer über den Rücken.

Nodrim nahm einen weiteren tiefen Schluck, packte Desmond und wandte sich an die Band. „So, Jungs. Legt euch tüchtig ins Zeug. Bringt die Höhle zum Beben."

Sofort stimmte das Ensemble in der unbeschreiblichen Aufmachung eine wilde, hitzige Melodie an. Dies war eine ganz andere Kategorie Musik als die behäbigen Orgelkantaten in den Kathedralen. Unwillkürlich wippte Desmonds Fuß.

Doch trotz der mitreißenden Musik zog es die meisten Anwesenden zu den Zelten. Jeder wollte sich nach der langen Zeit des Darbens den Bauch vollschlagen.

So auch Nodrim. Er leerte seinen Becher, wischte sich durch den tropfnassen Bart, hakte das Trinkgefäß mit dem Henkel an eine Schlaufe seines Gürteltuchs und kletterte wieder von der Bühne. Schnurstracks begab er sich zu einem roten Zelt aus rissiger Abdeckplane, Desmond, Calla, Kieran und Toffler im Windschatten.

In dem Zelt verteilte eine üppig proportionierte Frau Eintopf. Trotz des großen Andrangs bekam Nodrim seine Portion sofort. Aber er reichte das ausgehöhlte Brot, in dem der Eintopf daherkam, an Kieran, erhielt ein neues und gab auch das weiter. So ging das, bis Nodrims Freunde alle versorgt waren. Erst dann nahm er sich selbst etwas und zwinkerte der Frau mit dem dunkelgemusterten Kopftuch und der lockigen Mähne zu.

Zu Desmond raunte er: „Das ist Caprizia, unsere Nachbarin. Nett, nicht wahr? Von ihr war auch die Gewürzpaste, die du an deinem ersten Tag oben bei Iskariot verspachtelt hast. Kochen ist nicht alles, was sie gut kann, sagt man sich."

Desmond nickte mit vollem Mund. Dabei lief ihm etwas von der Brotfüllung über die Finger. „S hier mek och ser."

Nodrim grinste. „Wie bitte?"

Bevor er noch einmal zum Sprechen ansetzte, schluckte Desmond alles hinunter. „Ich sagte: Das hier schmeckt noch besser."

„Ganz meine Meinung."

Nach den ersten Bissen gesellte sich rote Soße zu dem Bier in Nodrims Bart. Es schien ihn nicht zu stören.

Kieran, der seinen Eintopf samt Brot als Erster verputzt hatte, verschwand, noch bevor sein Vater ihm wegen des Schlingens Vorhaltungen machen konnte, mit einer Bande verschmutzter Kinder. Calla entschuldigte sich ebenfalls, weil sie Isalie suchen wollte. Und schließlich begab sich auch Nelson Toffler zu seiner Gefolgschaft.

So bewegten Nodrim und Desmond sich zu einer zusammengezimmerten Bank am Rande des Tanzplatzes und aßen in Ruhe zu Ende.

„Wie konntet ihr schon so früh Erträge aus den Containern gewinnen?", wollte Desmond wissen.

Nodrim kaute an einem Stück trockener Brotkruste herum. „Die erste Ernte ist bei den Dingern zur Auslieferung immer schon so gut wie fertig und für den Rest … Dein Freund Daniel hatte im Keller noch ein paar überschüssige Kanister Wachstumsbeschleuniger stehen."

Wissen konnte im Gelobten Land den Unterschied zwischen Leben und Tod bedeuten. Dennoch gab es ein paar Dinge, über die Desmond keine genaue Kenntnis haben wollte. Der Gebrauch von Wachstumsbeschleuniger war normalerweise ausschließlich den Heilern zum Ansetzen von Pilzkulturen erlaubt. Bei solchen Organismen erwies sich die Substanz als unschädlich. Bei anderen Lebewesen ...

Still bat Desmond die Heilige Mutter darum, dass er morgen sowohl sein Augenlicht als auch seine motorische Koordination noch besaß.

Nach dem Essen zogen sie von Zelt zu Zelt, um ihre Becher erst zu füllen und dann mit den übrigen Feiernden gleich wieder zu leeren.

Die vollen Mägen und der Alkohol versetzten die Ketzergemeinde in Hochstimmung. Sie stießen mit Desmond an und tranken auf sein Wohl. Selbst Marlo Tenges hatte seine anfängliche Zurückhaltung abgelegt und unterhielt sich prächtig mit ihnen.

Einige der Frauen küssten Desmond sogar auf die Wangen und jedes Mal, wenn eine von ihnen bemerkte, wie rot er dabei wurde, zog sie sich giggelnd in den Kreis ihrer Freunde zurück. Nodrim kriegte sich vor Lachen kaum ein, doch Desmond fand das irgendwie gar nicht witzig.

Zurück auf ihrer Bank fragte er: „Woher stammt dieses wirklich köstliche Bier? Es schmeckt nach keiner Sorte, die ich kenne."

„Da musst du Tofflers Truppe fragen. Die Jungs nehmen es nicht so genau mit den exklusiven Braurechten der Kathedralen und stellen das Zeugs einfach nach eigenem Rezept her. Bislang haben sie sich aus den Plantagentürmen ‚bedient'. Mit dem Getreide aus den Pflanzcontainern hast du die richtig glücklich gemacht."

Desmond beobachtete den Trubel, hörte die laute Musik und das Gelächter. Überall sprang man zum Rhythmus der Musik auf und ab und warf die Arme in die Höhe. Auch er spürte mittlerweile die beschwingende Wirkung des Alkohols, doch trunken machte ihn etwas ganz anderes.

„Irgendwie kann ich gar nicht fassen, dass das alles mir gelten soll."

Nodrim stierte enttäuscht in seinen leeren Becher. „Dafür musst du dich bei Fate bedanken. Er war der Meinung, dass du heute was zu feiern hättest. Ich war von der Idee natürlich sofort begeistert. Toffler genauso. Der gute Nelson lässt keinen Vorwand für ein Fest aus. Also haben wir alles vorbereiten lassen." Brüderlich legte er einen Arm um Desmond. „Gemeinsam trinken schafft Zusammenhalt. Wenn du einmal richtig mit ihnen durchgesoffen hast, merken unsere Leute, dass du gar nicht so anders bist als sie."

Desmond plante nicht, sich vor den Ketzern noch eine Blöße zu geben, also wechselte er das Thema. „Wie konnte Fate so genau wissen, dass ich heute einen Grund zum Feiern haben würde? Bin ich so berechenbar?"

„Tja, der Kerl ist mit allen Wassern getauft. Den müssen wir unter Kontrolle halten. Was meinst du denn, warum die Dreizehn erlaubt haben, dass du sein Schüler werden durftest ...?"

Desmond starrte Nodrim ungläubig an. Nichts geschieht ohne Grund im Gelobten Land.

Nodrim löste seinen Arm von Desmond und räusperte sich. „Ich geh mir noch ein Bier holen. Und danach wage ich vielleicht ein kleines Tänzchen. Hoffentlich hat dieses Gebräu meine Hüften genauso locker werden lassen wie meine Zunge."

Unsicheren aber raschen Ganges zog Nodrim sich zum nächsten Ausschank zurück. Obgleich Desmond sich gerade noch mit mindestens zwei Dutzend Ketzern verbrüdert hatte und um ihn herum ein ganzes Fest zu seinen Ehren gehalten wurde, kam er sich von einer Sekunde auf die nächste wieder fehl am Platze vor.

Er lief ein wenig herum und entdeckte dabei den Professor, der wie ein Derwisch in seiner bunten Kleidung am Rande des Tanzplatzes auf- und absprang. Damit unterhielt er eine Kinderbande und machte seine Sache sehr gut. Während er mit rollenden Augen und meckerndem Gelächter um sie herumhopste, hielten die Kleinen sich die Bäuchlein vor Lachen. Von Trimmund war keine Spur zu sehen.

Im Zentrum des Platzes stieß Desmond auf Calla. Verblüffenderweise lieferte sie sich gerade eine leidenschaftliche Tanzdarbietung mit Veneno Fate. Und obwohl sie sich dabei nicht einmal berührten, wirkten sie sehr vertraut miteinander.

Fates eindringliches Gebalze mochte so gar nicht zu dem Eindruck passen, den Desmond von Calla gewonnen hatte. Seine Arme waren überall um sie herum und schließlich legte er sogar zärtlich eine Hand an ihre Brust.

Das brach den Bann.

Wütend fixierte Calla den frivol grinsenden Fate, drehte sich auf dem Absatz herum und ging. Ihr suchender Blick fand den von Desmond und sie schlüpfte durch die Tanzenden auf ihn zu.

Zu den Anhängerschaften von Fate, Nodrim und Toffler gesellten sich jetzt immer mehr von den anderen Kavernenbewohnern. Unversehens stellte sich Joseph Vocola Calla in den Weg. Worum es im nachfolgenden Gespräch ging, vermochte Desmond nicht auszumachen. Dafür hallte die Musik zu laut durch die Grotte am Seeufer. Nach allem, was er jedoch mitbekam, war der Wortwechsel überaus heftig und gipfelte darin, dass Vocola Calla mit der flachen Hand am Gesäß berührte. Danach schüttelte sich sein Oberkörper in einem heftigen Lachanfall. Dieser erstarb allerdings sofort, als Calla ihn ihrerseits mit der flachen Hand berührte.

Sein Kopf wurde von einer so kräftigen Ohrfeige zurückgerissen, dass er gegen seine beiden vierschrötigen Begleiter taumelte.

Sofort bildete sich ein Kreis um die Streitenden.

Vielleicht hätte es Vocolas aufbrausendes Temperament etwas gebremst, wenn er bemerkt hätte, welch feindselige Blicke ihm die beim Tanz gestörten Ketzer schenkten. Aber stattdessen holte er mit der Faust aus. Desmond wollte sich schon erheben, um Calla nötigenfalls mit Fesslungskinese zur Hilfe zu eilen. Doch der zudringliche Vocola wurde von ihr mit einem gezielten Fußtritt zu

Boden geschickt. Danach ließ sie, das Gelächter der Umstehenden als Begleiter, den Gedemütigten einfach im Staub zurück.

Aber kaum, dass ihm seine jungen Schläger wieder aufgeholfen hatten, hetzte Vocola sie hinter Calla her.

Eckart erschien. Was immer er ihnen hinterherrief, es hämmerte genug Vernunft in ihre eckigen Schädel, dass sie nicht noch mehr Ärger riskierten.

Callas Atem ging wieder ruhig, als sie Desmond erreichte. Ihr Gesicht hingegen war noch puterrot und die vollen Lippen bebten. Desmond stand auf und streckte ihr seinen Arm entgegen.

„Diesen Freier hast du aber elegant abblitzen lassen. Ich erbiete dir meinen untertänigsten Respekt."

Sie rang sich ein Lächeln ab. „Ich weiß das zu schätzen, aber es wäre mir lieber, du würdest mir eins von Tofflers Bieren erbieten."

„Auch das lässt sich arrangieren."

Calla schreckte vor dem dargebotenen Arm zurück, als würden sich darauf Beißflöhe ein Stelldichein geben.

Desmond zwinkerte versöhnlich. „Von mir haben Sie nichts zu befürchten, geschätzte Architektin. Ich bin Priester."

„Gerade die sind die Schlimmsten."

Irgendwie schien es ihr mit der Bemerkung ernster, als es den Anschein machte, dennoch hakte sie sich bei Desmond unter.

Nachdem beide in der nächsten Bretterbude eine schaumgekrönte Becherfüllung erhalten hatten, nahmen sie sich zwanglos zwischen zwei Flickenzelten Platz. In der Zwischenzeit hatte Callas Gesichtsfarbe wieder zum normalen Höhlenbleich gewechselt. Desmond hob sein Trinkgefäß.

„Auf die Freien Frauen und Männer von Rauracense!"

Sie ließ ihren einfachen Tonbecher an den seinen knallen.

„Einige Männer hier nehmen sich eindeutig zu viel Freiheit heraus." Trotzig leerte sie ihr Bier in einem Zug. „Dieser Fate ist wirklich unmöglich. Ich weiß nicht, wie er das macht, aber er hat eine Art, mich anzublicken, dass ich alles um mich herum vergesse." Sie senkte den Kopf. „Selbst Isalie."

„Ich rede mit ihm. Er wird damit aufhören." Im Heiligen Geist fing Desmond Zweifel auf.

„Und du bist der Meinung, dass er auf dich hören wird?"

„Klar. Schließlich habe ich mir sogar den mächtigen Iskariot vom Hals schaffen können. Na ja, vorerst jedenfalls." Dann wollte er etwas wissen, das ihm schon lange keine Ruhe ließ. „Weißt du, Calla, ich kann dich gut leiden. Ich sehe an dir nichts Hinterlistiges oder Heuchlerisches. Kurz gesagt, du hast so gar nichts von den Sündern, die ich täglich zur Reue bekehren muss. Da frage ich mich: Warum hast du dich von Gott abgewandt?"

„Wie meinst du das?"

„Wie konntest du dich so versündigen? Wann und wieso hast du dich dafür entschieden, so zu leben? Mit Isalie, meine ich. Du bist doch eine rechtschaffene Frau gewesen."

„Oh, Sorofraugh. Du Einfaltspinsel. Ich dachte, du hättest ein wenig von mir gelernt. Ich hatte nie die Möglichkeit einer Entscheidung. Ich bin einfach so. Warum, weiß ich auch nicht. Vielleicht Schicksal? Wahrscheinlich bin ich einfach so geboren. Es ist nichts, was man mit Absicht tun oder lassen könnte."

Die Professoren der Akademie lehrten, dass Callas Lebensstil eine Perversion darstellte. Die Sorte, vor der man die Betroffenen schnellstmöglich erretten musste. Warum brachte man das der Bevölkerung des Gelobten Landes bei, wenn Gott Leute wie Calla von Geburt an so geschaffen hatte?

„Aber gerade mit Fate, da hast du doch ..."

„Der Tanz mit Fate war nicht meine freie Entscheidung. Und exakt das ist es, was mich so ärgert. In den Gefühlen, die er in mir wachruft, liegen weder Zuneigung noch Freundschaft. Im Gegenteil: Er jagt mir Angst ein. Es ist gegen meine Natur und ich frage mich, wie er es, im Namen des Teufels, schafft, mich so zu verdrehen."

Wieder waren es der Klang von Callas Stimme und die unruhige Aura, die sie dabei umgab, die Desmonds inneren Moralapostel schweigen ließ.

„Ich versichere dir, dass es nie wieder geschieht. Soll ich mich auch um Vocola kümmern?"

„Wer ...?"

„Der Typ, der dir gerade Schwierigkeiten gemacht hat."

„Ach, der. Nicht nötig. Mit dem werde ich schon alleine fertig."

„Das habe ich gesehen. Ich dachte da eher an einen längerfristigen Frieden."

„Mach dir keine Sorgen. Wenn dieser Typ sich nicht zurückhält, landet er beim nächsten Versuch schneller auf dem Grund des Sees, als seine Schläger begreifen können, was mit ihm geschehen ist."

Beinah hätte Desmond sich am Bier verschluckt. „Du würdest ihn umbringen? Ohne Chance auf Reue? Wegen so einer geringen Versuchung?"

„Nein, das müsste ich überhaupt nicht. Die Regeln der Dreizehn sind bei diesen Versuchungen, wie du sie nennst, sehr streng. Da viele von uns vor genau dem Leid hierhergeflohen sind, wie Vocola es über mich bringen wollte, dulden wir Verhalten wie seins hier unten nicht. Ihm würde auf die Schnelle ein offizieller Prozess in der Rotunde gemacht und dann ..." Sie imitierte ein Kreuzzeichen in der Luft.

Das erklärte die feindseligen Blicke der Menge. Desmond schmeckte sein Bier nicht mehr so richtig und er schwieg eine Zeit lang.

Dann sagte er: „Ihr seid doch vor Innozenz' strengem Arm in den Untergrund geflohen. Wie kommt es, dass eure Urteilssprechung ähnlich gnadenlos ist wie die der Katholischen Kirche?"

„Du bist ein bemerkenswerter Mann, Desmond Sorofraugh. Die Tatsache, dass wir beide mitten in einem Fest zu deinen Ehren sitzen und ich mich mit dir über ein solches Thema unterhalte, ist ziemlich irreal." Sie klang nun heiser und Desmond ahnte nicht im Geringsten, worauf sie hinaus wollte. „Ihr seid es gewesen. Die Kirche. Ihr wart es. Die Übergriffe der Priester haben uns so hart gemacht. Das war es, wovor die meisten der ersten Kavernenbewohner sich schützen wollten. Die Würdenträger der Kirche sind zu weitaus schlimmeren Dingen fähig als zu dem, was Vocola gerade von mir wollte."

„Ich weiß, was du meinst. Vor den Häschern der Inquisition hat sogar mein Onkel Angst."

„Nein. Die Inquisition ist menschenverachtend und grausam. Aber sie ist nicht für alles Schlechte in diesem Land verantwortlich. Ich meine die sogenannte Bruderschaft von Gottes Schild."

Ihm lagen sofort mehrere Argumente auf den Lippen, warum das nicht möglich sein konnte, aber er entdeckte wieder den bekannten Schmerz in ihrem Gesicht. Und diesmal wurde er von einem Gefühl begleitet, das ihn zutiefst erschreckte.

Tonlos formten seine Lippen die Worte: ‚Du etwa auch?'

Ihre Augen glitzerten, aber sie schüttelte langsam den Kopf.

„Mein Schicksal war zum Glück ein anderes. Angenehm war es nicht, aber weitaus besser als das von so manch anderem Ketzer."

„Willst du es mir erzählen?"

Einen Augenblick wirkte sie unentschlossen. Dann fuhr sie fort: „Im Leben vor der Kaverne arbeitete ich in der Hocharchitektur von New Bethlehem. Und ich war gut. Richtig gut. Nach unserer letzten Unterhaltung kannst du dir gewiss vorstellen, wie das ist, als Frau in den oberen Etagen der Baumeister. Meine heimlich gemachten Entwürfe wurden entweder abgelehnt oder die männlichen Mitglieder des Archtiktenstabes haben sich mit ihnen geschmückt. Egal, wie ich es auch anstellte, mir wurde nie mehr als der Status einer Assistentin ermöglicht. Eines Tages bekam ich mit, dass der Sohn des Hocharchitekten ein Auge auf mich geworfen hatte. Es verging keine Woche, da sprach sein Vater schon mit meinen Eltern. Die fanden, dass meine Zeit zum Heiraten schon längst überfällig war, und so willigten sie begeistert ein." Sie holte tief Luft. „Nun, damals waren Isalie und ich im Stillen schon ein Paar. Als ich von den Plänen meiner Eltern erfuhr, habe ich mich selbstverständlich mit Händen und Füßen gewehrt. Durch Isalie hatte ich schon erste Kontakte mit dem Untergrund geknüpft und in meiner Wut drohte ich ihnen damit, wegzulaufen. Ein schwerwiegender Fehler. Verärgert wandte mein Vater sich an den zuständigen Dekan der St. Christophorus Kathedrale und der verhängte bis zu meiner Vermählung den Bann des Auges über mich. Rund um die Uhr unterlag ich von da an der Überwachung durch die Kirche. Ich dachte, das wäre mein Ende. Da schaltete Nodrim sich ein. Es war schwierig, aber er schaffte es trotz aller Widrigkeiten, mit mir Kontakt aufzunehmen. Er schickte mir Brieftauben auf die Dachterrasse meines Arbeitsplatzes. Gemeinsam planten wir so meine Flucht. Als der Tag gekommen war und ich fliehen wollte, standen Nodrim und seine Frau Adeleine bereit. Ich konnte meinen Bewachern wie vorgesehen entkommen, doch noch bevor wir den Unterschlupf erreichten, hatten sie Nodrims Frau gegriffen. Sie wurde umgehend in die Türme der Inquisition geschafft. Nodrim hat getobt. Er wollte natürlich sofort los und sie befreien. Nötigenfalls allein. Aber zum Glück gab es ja da noch Kieran, um den er sich kümmern musste. Also konnten wir ihn davon abbringen. Ein paar Tage später hieß es, Adeleine wäre aus dem Turm der Wahrheit entwischt und suche nach ihrem Mann. Das stellte sich natürlich als Falle heraus. Niemand entkommt den Folterzellen der Inquisitoren. Das weiß jedes Kind. Nodrim ist trotzdem hin. Er spähte den angeblichen Treffpunkt Stunden vorher aus. Dabei musste er aus sicherer Entfernung mit ansehen, wie seine Frau halb nackt, aus zig Peitschenwunden blutend über einen Hinterhof wankte. Sie schrie wie am Spieß. Immer wieder warnte Adeleine ihn davor, dem Hof zu nahe zu kommen. Nach einem halben Tag waren sich die Inquisitoren dann sicher, dass Nodrim doch nicht so dumm sei wie sie dachten, und sie verbrannten Adeleine in dem Hof bei lebendigem Leib."

Desmond verabscheute den Hohen Orden des Uriel zutiefst, aber was ihn wirklich mitnahm, war die Tatsache, dass die Inquisitoren ihre widerwärtigen Rituale auch außerhalb ihrer

Türme durchführen durften, ohne dass Dekane oder Priesterschaft ihnen Einhalt gebieten konnten.

„Ich weiß nicht, was ich dazu sagen soll ..."

Auch Calla brauchte ein paar Minuten, um sich wieder zu fangen. Sie blinzelte ein paar Tränen fort, dann stand sie auf.

„Auf geht's, Sorofraugh. Das wird mir alles zu ernst. Schließlich sollen wir dich doch hochleben lassen."

Desmond ließ sich schwerfällig auf die Beine ziehen. Calla blickte mit gespielter Griesgrämigkeit in ihren leeren Becher. „Hilf mir bitte beim Auffüllen von dem Ding. Und dann lass uns Isalie suchen. Ich möchte nicht, dass sie noch länger allein herumläuft. Wer weiß, wer von den Neulingen meint, er müsse genauso ‚mutig' wie dieser Vocola sein."

Mit düsterem Herzen ließ Desmond sich von Calla durch die Zeltstadt führen. Auch wenn er mehrere Male dazu eingeladen wurde, stand ihm nicht mehr der Sinn nach Essen. Sie trafen zum Glück recht schnell auf die fröhlich herumtanzende Isalie. Calla schloss sich ihr kurzerhand an und sie amüsierten sich prächtig.

Desmond stand daneben. Er würde erst ein Weilchen brauchen, bevor er wieder in der Stimmung wäre, etwas zu trinken. Eigentlich wollte er seine Ruhe.

Nach einiger Zeit stießen auch Nodrim und Toffler wieder zu ihnen. Im Gegensatz zu ihm waren die beiden schon ziemlich betrunken und sahen es als ihre persönliche Mission an, Desmonds Laune wieder aufzuhellen.

Obwohl ihm Callas Geschichte nicht aus dem Kopf gehen wollte, ließ er sich auf ein weiteres Bier ein. Dann auf noch eins. Und auf noch eins. Und ... auf noch eins. Ehe er sichs versah, begann er unbeholfen mit dem Tanzen.

Die Feier neigte sich irgendwann dem Ende zu und Desmond wusste nicht mehr, wie viel Bier er getrunken oder wie viele Tänze er getanzt, vielmehr gewankt, hatte. Aber er erinnerte sich noch, dass er sich mit Nelson Toffler verbrüdert hatte, dass er ihm und Nodrim gestanden hatte, wer sein Onkel wirklich war und dass die ihm dies erst gar nicht hatten glauben wollen. Und er glaubte sich daran zu erinnern, dass es Kieran gewesen war, der ihm den Weg nach Hause zeigen musste.

XX

Ein Raum voll blutiger, verzweifelter Finsternis und Desmond befand sich mitten darin. Man hatte seinen Körper mit groben Lederriemen an einem Stuhl festgezurrt, sodass er keinen Finger mehr rühren konnte und sogar das Atmen schwerfiel. War dies eine der berüchtigten Folterzellen im Turm der Wahrheit? Wann hatte man ihn hergebracht? Und warum?

„Weil du etwas vor uns verbirgst", zischte es aus der Dunkelheit.

Desmond zerrte an den Lederriemen, aber ein Entkommen schien unmöglich. Von den Haarspitzen bis zur Fußsohle hüllte ihn schwarze Hoffnungslosigkeit ein. Sie legte sich auf seine Augen und drang ölig mit jedem Atemzug in Mund, Körper und Seele.

Vor ihm musste sich irgendwo eine Tür befinden. Sehen konnte er sie nicht. Er wusste es einfach.

„Gib auf!", wisperte es wieder.

Aber tatenlos sitzen bleiben war keine Option. Das war ihm genauso bewusst wie die Tür in der Schwärze vor ihm. Mit einem Mal zeichnete gleißendes Licht einen rechteckigen Umriss in die grenzenlose Nacht. Desmond blinzelte.

Seraphim! Hinter der Tür lauerte ein Seraphim. Er war der Flüsterer in Desmonds Geist.

„Du bist ein Kind der Sünde. Ein Spross verderbter Eltern." Dann folgten boshafte, bedrohliche Worte in einer fremden Sprache.

Sobald die Tür sich öffnete, würde dieses Wesen Desmond alle Geheimnisse entreißen und seine Seele restlos auslöschen.

Man würde Onkel Ephraim jagen, dann Daniel und danach die Kaverne entdecken. Bei der Mutter Gottes, alles wäre verloren.

Das musste um jeden Preis verhindert werden. Aber wie entrinnen? Vielleicht ließen sich Desmonds Mittelhandknochen so weit zusammenstauchen, dass sie brachen. Dann wäre er frei.

Er zerrte und scheuerte wie ein Besessener an den Riemen, an seinen Armen. Die Schmerzen an den Handgelenken waren kaum auszuhalten. Doch es wollte einfach nichts nutzen.

„Du kannst deinem Schicksal nicht entrinnen", fauchte es jetzt direkt neben seinem Ohr.

Das Gleißen durchschnitt die Schwärze. Es nahm ihm das Augenlicht. Die Stimme hatte recht. Er würde es nicht schaffen. Niemals.

Was war da für ein Geräusch? Wo war das blendende Licht geblieben? Irgendetwas stimmte hier nicht. Der Gedanke spülte Desmonds Bewusstsein an jene verschwommene Grenze zwischen Schlummern und Wachen.

Nachdem er die Augen halbwegs aufgebracht hatte, war ihm weder klar, ob er noch auf der Flucht vor dem gesichtslosen Seraphim war, noch, wo er sich gerade befand. Dann rief der Geschmack von schalem Bier die Erinnerung an das gestrige Gelage wach. Ohne das aufwendige Ritual des Talarablegens war er in die Schlafnische seiner Hütte gefallen und weggedämmert.

Urplötzlich tauchten ein paar eulengroße Augen vor ihm auf. Im ersten Moment fürchtete er, der Seraphim hätte ihn doch noch erwischt. Aber zu den Augen gehörte ein bleiches, faltiges Gesicht mit einer übergroßen Nase und einer kaputten Brille: Es war der verrückte Professor, der sich heimlich an die Drahtpritsche geschlichen haben musste. Sein sonst schiefes, wässriges Auge blickte klar am Sprung im Brillenglas vorbei.

Was konnte der komische Kauz zu dieser frühen Stunde von ihm wollen?

Neben seinem weißen Gesicht erschien jetzt auch eine knochige Rechte, so als wolle er Desmond anlangen.

„Ich kenne deine Augen." Die Stimme des Greises hatte den kratzigen Unterton verloren. „Ich kenne deine Nase." Mit spindeldürrem Finger zeichnete er Desmonds Gesichtskonturen nach. Seine Mimik wirkte entrückt, aber nicht so stumpf wie sonst. So als würde er sich gerade an einen sehr weit entfernten Schmerz entsinnen. Dann fuhr er Desmond stürmisch durch die Frisur und krächzte vergnügt: „Nur deine komischen Haare, die kenne ich nicht. Ha!" Aus heiterem Himmel war der scheele Blick wieder zurückgekehrt.

Desmond schreckte ein zweites Mal zusammen. „Was willst du, alter Mann? Es ist mitten in der Nacht. Lass mich schlafen."

„Da war Wind, wo keiner sein konnte. Und da waren Schreie. Schreie in der Nacht." Die bläulichen Adern des Professors pochten an seinen Schläfen.

„Was denn für Schreie? Ist jemandem etwas passiert?"

„Der König ist wütend. Ja, ja! Er hat getobt und geschimpft."

„Bleib mir mit deinen wirren Geschichten weg. Mein Kopf ist voller Blei. Sieh zu, dass du rauskommst." Desmond drehte sich aus dem Licht der Gaslampe.

Doch so leicht ließ der Professor sich nicht vertreiben. „Heute Nacht, da war`s. Da hat der König seinen General beschimpft. Du sollst den Prinzen schützen, nicht deine Truppen sammeln. Das hat er gesagt. Gekrochen ist er. Gekrochen vor Angst, der General. Er hat doch jeden Befehl befolgt. Alles ist so geschehen, wie es des Königs Wille war. Das hat er gewinselt. Aber weißt du was, Priesterlein?" Der Professor rüttelte Desmond an der Schulter.

„Nein", nuschelte der in sein zerfleddertes Kissen. „Und es interessiert mich auch nicht besonders."

Der Professor schüttelte so lange an ihm, bis er sich genervt herumdrehte. Aus dem Mund des Greises wehte ein käsiger Atem. „Ich glaub dem General kein Wort! Er ist ein elender Lügner. Hat keine Ehre, der Kerl. Ha! Ja! Nur damit du`s weißt." Dann legte er den dürren Finger an die gerundeten Lippen, löschte sein Licht und verschwand in der Dunkelheit, aus der er gekommen war.

Desmond spürte noch nicht einmal die Berührung des Kissens an seiner Wange, so rasch schlief er wieder ein.

***

Erleichtert stellte er fest, dass der Wassertank des Küchenblocks befüllt worden war. So konnte er gleich nach dem Aufstehen etwas gegen seinen Durst und seine Kopfschmerzen tun. Nur die Übelkeit wollte nicht weichen, als er sah, dass der braune Kater seiner

Rolle als Rattentod gerecht geworden war. Das Tier saß auf dem Boden und genoss ein blutiges Frühstück.

Desmond schlug den Vorhang vor dem Küchenfenster zurück und fragte sich, ob der Besuch des Professors bloß ein Überbleibsel seines Albtraums gewesen war. Er nahm sich vor, Nodrim später zu befragen, ob so etwas zu den nächtlichen Gewohnheiten des Professors zählte. Doch jetzt galt es erst einmal, ein versäumte Laudes nachzuholen, denn, wie der Chronometer verriet, der Vormittag war so gut wie vorüber.

Verwunderlich, wo Veneno Fate abblieb. Sicher wartete er schon begierig darauf, die verbesserten Talente seines Schülers endlich auf die Ketzerhirne loszulassen. Und so sehr Desmond diese Ungeduld auch teilte, so drängte es ihn doch mehr nach einem klärenden Gespräch mit seinem Onkel. Also verließ er die Ketzergemeinde und sendete von seiner Wohneinheit aus eine Anfrage ins Dekansbüro, die so formuliert war, dass sie nicht im Sündenfilter der Kommunikationsüberwachung auffallen würde.

Kaum hatte er das Sendefeld betätigt, wanderten seine Gedanken zurück zur Ketzerfeier. Die Erinnerung an die sich in fortwährender Bewegung befindliche Menschenmasse schürte Erregung in ihm. Die wilde Art, mit der die Kavernenbewohner sich beim Tanz aneinander schmiegten, hatte eine so anziehende und aufgeladene Dynamik ausgestrahlt – wie gern würde er ihnen jetzt noch einmal zuschauen. Mit dem Heiligen Geist nach den erhitzten Gemütern tasten und sich in ihrer Energie verlieren …

Was war das für eine absonderliche Sehnsucht? Wurde er etwa wieder vom Verlangen nach einer Frau getrieben? Aber nein, die körperlichen Anzeichen dafür waren ihm bekannt und lagen im Moment, Gott sei Dank, nicht vor. Was fehlte ihm also?

Die undefinierbare Sehnsucht wuchs und wuchs und er wusste nicht, wie er ihr nachgeben sollte. Er wollte es auch gar nicht. Mit der Macht des Heiligen Geistes kämpfte er das aufbrodelnde Gefühl nieder, es verflog und er blieb aufgekratzt und gleichzeitig ausgelaugt auf dem Gelenkstuhl vor seinem Hausrechner zurück.

***

Kurz bevor Desmond wieder unter der Trümmerhalde verschwand, bestätigte Onkel Ephraims Assistentin ihr Treffen für die Stunde vor der Nachtpatrouille. Desmond bedankte sich bei Rachel, nahm sich fest vor, nicht zu spät zu kommen, und schaltete seine Kragenkennung wieder auf sein Comphone um, wie Daniel es ihm gezeigt hatte.

Als seine Hütte in Sichtweite kam, musste er feststellen, dass Veneno Fate an diesem Tag keineswegs untätig gewesen war. Neben ihm, dem glatzköpfigen Listenführer und einem Trupp Wachen erwarteten ihn noch mindestens hundert weitere lärmende Ketzer.

„Es ist alles vorbereitet", begrüßte er Desmond. „Den Sammelfahndern habe ich einen neuen Stuhl für dich aus dem Kreuz geleiert und du brauchst praktisch nur noch Platz zu nehmen."

Aus lauter Neugier vergaß Desmond, diese Invasion seiner Privatsphäre anzumahnen und machte sich ans Werk. Fate stand ihm bei jeder Sitzung mit guten Ratschlägen zur Seite, doch das meiste musste er selber herausfinden. Anfangs zögerlich, gab es nach dem zehnten Kandidaten ohne Übelkeit kein Halten mehr und es gelang ihm immer leichter, all jene Gedanken herauszufiltern, die nach Unwahrheit rochen.

Auf ernsthaften Verrat stieß er dabei nicht. Die meisten Flüchtlinge waren schlicht erleichtert darüber, dass sie in der Kaverne eine sichere Zuflucht gefunden hatten. Und bei ihren Gaunereien ging es schlimmstenfalls darum, wie der Nachbar beim Angeln übervorteilt werden sollte oder auf welche Art man gestohlene Dinge unbemerkt an den Wachen vorbeischmuggelte.

Aus der neu gewonnenen Sicherheit heraus wollte Desmond die Ketzer nicht nur durchleuchten, er wollte sie auch verstehen lernen, ihnen nötigenfalls helfen, wenn er konnte.

Der Mann vor ihm wirkte nach außen nett und zuvorkommend, seine Ausstrahlung zurückhaltend, aber im Heiligen Geist offenbarte er eine tonlose Melancholie, deren Ursache Desmond unbedingt auf den Grund gehen wollte.

Während er das Gefühl von zu kleinen Schuhen an den Füßen bekam, wurde das Gesicht seines Gegenübers ausdruckslos. Sachte bewegte Desmond sich durch eine Welt stiller Traurigkeit. Schlechte Hintergedanken oder Heucheleien waren nirgendwo auszumachen. Trotzdem verbarg der Mann irgendetwas vor ihm. Als er noch ein wenig tiefer eintauchte, stieß er unversehens auf dermaßen undurchdringlichen Widerstand, dass sich die Schutzmauern Vocolas dagegen wie marode Balkongeländer ausmachten.

„Bei dem hier komme ich nicht weiter", informierte Desmond Fate und beschrieb ihm die Situation.

„Ein solcher Wall entsteht bei keinem normalen Menschen über Nacht. Entweder sitzt vor uns kein normaler Mensch oder diese extreme Abwehr ist in jahrelanger Arbeit erlernt worden. Erforsche seine Persönlichkeitsstruktur genauer. Vielleicht lässt sich etwas finden, das du dagegen verwenden kannst."

Desmond nickte konzentriert.

Kein normaler Mensch? Was könnte der Kerl denn sonst sein? Einen Seraphim hätte Fate doch sicherlich sofort erkannt oder etwa nicht? Ein Dämon vielleicht? Doch würde sich ein Dämon willfährig im Verstand herumkramen lassen? Wohl kaum.

Was hatte Fate ihm beigebracht? Es gab viele Wege, eine Mauer zu überwinden. Und es kam auf eine klare Gangart an. Da er in dem moralischen Gerüst des Mannes in erster Linie Rechtschaffenheit vorfand, suggerierte er ihm, dass es eine Sache von hoher Rechtschaffenheit wäre, Desmond hinter seiner Abwehr zu dulden.

Das erwies sich als krasse Fehleinschätzung. Die Augen des Ketzers mit den zu kleinen Schuhen weiteten sich und seine Abwehr verstärkte sich um ein Vielfaches. Er rutschte gegen die Armlehne, gab einen kläglichen Seufzer von sich und Desmond drohte, den geistigen Kontakt einzubüßen.

Rasch lullte er den Mann mit gnädigem Mitgefühl ein. Nachdem er ihn von seiner freundschaftlichen Gesinnung wieder ganz und gar überzeugt hatte, spürte Desmond eine leichte Schwäche im geistigen Bollwerk. Also strahlte er noch mehr Mitgefühl in die andere Seele. Ein Gefühl gegenseitigen Angenommenseins entstand und wurde stärker. Das ging so weit, dass der Ketzer den Eindruck gewann, Desmond wäre eine verwandte Seele und würde nichts als reinstes Verständnis für ihn haben.

Und dies war der Zeitpunkt, an dem die emotionalen Mauern die ersten Risse zeigten. Dann fielen kleine Stücke ab und letztendlich stürzten die Barrieren ganz ein. Dahinter befand sich … Erleichterung. Erleichterung über die Offenbarung einer Lebensgeschichte, die Desmond frappierend an Calla erinnerte. Nur erschien sie hier im Licht der männlichen Seite.

Desmond wurde Zeuge, wie ein kleiner Junge ausgelassen mit anderen Jungen spielte. Wie er diese Spiele mit zunehmendem Alter als immer angenehmer empfand und wie der Heranwachsende mehr und mehr den Kontakt zum eigenen Geschlecht suchte. Doch irgendwann sprachen die Eltern seiner Jugendfreunde einen unheiligen Verdacht aus. Der Gemeindevorstand trat auf den Plan. Mutter und Vater reagierten verständnislos, enttäuscht, wollten vom eigenen Sohn nichts mehr wissen. Ausschluss aus der Gemeinde und Folter drohten.

Ein Herz, das in Scherben liegt. Angst vor Tod und Einsamkeit.

Es folgte ein Heranwachsen voller Leid und Selbsttäuschung. Die Heirat mit einer Frau, für die aufrichtige Freundschaft alles war, was er bis heute aufbringen konnte. Eine kinderlose Ehe, die für beide im Laufe der Zeit immer hoffnungsloser wurde. Schließlich eine neue Heimat: die Ketzergemeinde. Hier wurden die engen Regeln der Kathedralen über Bord geworfen. Eine Freiheit, die so nah erschien und die ihm doch für immer verwehrt blieb, aus Pflichtgefühl und der Angst, einen geliebten Menschen zu verletzen.

Desmond forschte nach der Ursache für das Elend, einen Punkt, bei dem er ansetzen konnte. Aber, wie Calla beim Fest schon gesagt hatte, es gab keinen Moment der Entscheidung, nichts, das für seine fatale Neigung verantwortlich gemacht werden konnte.

Die Köpfe der Katholischen Kirche bezogen ihre Weisheit aus der Bibel. Sie war das Wort Gottes. Warum ächtete die Bibel Leute, die sich zum eigenen Geschlecht hingezogen fühlten? Dem Allwissenden musste doch klar sein, dass sie daran keine Schuld traf. Ging es wirklich nur um die Erfüllung des Vierkindersolls? Rätsel über Rätsel.

Desmond zog seine geistigen Fühler wieder zurück, blinzelte kurz, dann war er wieder ganz er selbst. Das war`s. Keine Übelkeit mehr. Kein Anzeichen von Schwäche.

Der Mann vor ihm schaute für einen Augenblick verwirrt und hielt sich die Schläfen. „Mein Kopf schmerzt."

„Das vergeht schnell wieder", beschwichtigte Desmond ihn. „Du bist in Ordnung. Es gibt nichts Falsches an dir. Wo befindet sich deine Frau?"

Der Mann erwiderte argwöhnisch: „Sie ist draußen bei ihren Eltern. Wieso fragt Ihr nach ihr, Vater? Wir sind zusammen aus Nicopolis geflohen. Sie ist genauso wenig eine Verräterin wie ich es bin."

„Das glaube ich dir, mein Freund. Ganz im Ernst. Schick sie bitte als nächstes zu mir. Und fürchte dich nicht mehr. Es gibt hier unten nichts, wovor du Angst haben müsstest." Der Mann schaute befremdlich drein, stand aber aus dem Sessel auf und ging nach draußen.

„Was soll das denn werden?", verlangte Fate zu wissen.

Desmond lächelte nur. Er erklärte Fate, was er hinter der Verteidigung gefunden hatte und schloss mit den Worten: „Etwas Geduld. Ich glaube, ich kann für die Ketzergemeinde noch weitaus mehr tun, als nur Verräter enttarnen."

„Ich ahne, was du vorhast, und rate dir: Sei vorsichtig! Dein Husarenstück mit den Pflanzcontainern in allen Ehren, aber pfusch den Leuten jetzt nicht mit deinen fromm naiven Wertvorstellungen im Leben herum!"

Desmond behielt sein Lächeln bei. „Ist das eine direkte Weisung von meinem Tutor?"

„Nein, ein guter Tipp, der dir die Sympathien der Bewohner hier erhalten soll."

Desmonds Lächeln wurde verstohlen. „Wir werden sehen."

In wohlbekannter Ergebenheit warf Fate die Arme in die Höhe, verdrehte die Augen und lehnte sich so lässig wie möglich an die Wand hinter Desmonds Sitz.

Mittlerweile war eine junge Frau hereingekommen. Sie hatte ihr braunes Haar in einem kunstvollen Zopf um den Kopf geschlungen und da sie ihr viel zu groß waren, warfen sowohl die abgenutzte Tunika als auch die Hose, die sie trug, weite Falten.

„Ich bin Riana", war alles, was sie sagte, während Fate sie zum Sessel winkte. Ihr Gesicht drückte Anspannung aus, ihre Körperhaltung hingegen war gebeugt und müde.

Desmond leckte über seine trockenen Lippen. „Ich bin der Priester Desmond Sorofraugh und will beweisen, dass du keinen Verrat gegen den Unterschlupf planst."

Riana legte die Hände in die Falten ihrer Tunika. „Ich weiß", sagte sie leise.

„Entspann dich so gut du kannst. Es wird nicht wehtun. Eigentlich wirst du gar nichts davon mitbekommen. Hinterher kann es allerdings sein, dass du dich etwas benommen fühlst oder einen leichten Druck an den Schläfen verspürst."

Sie nickte stumm.

Desmond öffnete sich dem Heiligen Geist, bannte ihren Blick mit dem seinen und spürte, wie das lose Gummi von Rianas Hose selbst beim Sitzen unangenehm herunterrutschte. Es war dringend nötig, dass jemand passende Sachen für diese Familie fand.

Da er sich sehr sicher wahr, dass die Frau wirklich nichts weiter als ein harmloser Flüchtling war, harkte Desmond nur oberflächlich nach dunklen Absichten durch ihren Verstand. Danach versuchte er, genauso beruhigend auf Riana einzuwirken wie auf ihren Mann und stellte die für ihn entscheidende Frage: „Liebst du deinen Gatten?"

Hinter ihm saugte Fate hörbar Luft in seine Lungen. Die Frau aus Nicopolis fuhr leicht zusammen.

„Macht es schon die Runde?", fragte sie mit einem dezenten Lallen. „Ich mag ihn wirklich, aber wir machen gerade eine schwere Zeit durch und Vater ..." Ihre Stirn kräuselte sich. „Warum spreche ich mit einem Priester darüber?"

„Ich möchte dir etwas zeigen", erwiderte Desmond besänftigend und probierte eine neue Technik: Er nahm die Erfahrungen und Bilder aus dem Verstand ihres Mannes, vermengte sie mit den Wahrnehmungen, die er aus Callas Gesprächen gewonnen hatte, und vermittelte der Frau dazu noch einen intensiven Eindruck von seinem eigenen, durch das verbotene Talent im Heiligen Geist aufgezwungene Versteckspiel.

Zwei dünne Tränen liefen Riana die fleckverschmierten Wangen hinab. Sie zitterte und Desmond merkte, wie die Verbindung zu ihrem Bewusstsein abrupt abbrach.

Die Tunika schabte über den kaputten Sesselbezug, als sie ohne ein weiteres Wort von der Sitzfläche rutschte und mit festgehaltenem Hosenbund nach draußen lief.

Fates Mundwinkel zuckten. „Was immer du da angestellt hast, ich denke, du hättest es lieber gelassen."

Desmond erläuterte ihm, wie er gerade mit Riana verfahren war.

„Ich bin nicht beeindruckt. So schnell wollte noch keiner von denen hier wieder raus."

Wenn Desmond ehrlich war, war er von dieser Reaktion ebenfalls enttäuscht. Er hätte mit mehr Einsicht gerechnet, aber wahrscheinlich war das blauäugig gewesen. Andererseits musste man Riana und ihrem Mann vielleicht auch nur etwas Zeit geben. Er erinnerte sich an Daylina und nahm sich vor, dem Beispiel seines Onkels zu folgen, der in einem solchen Fall sicherlich zur Tugend der Geduld geraten hätte.

***

Desmond schaffte noch ganze sechsunddreißig Sitzungen. Sowohl er selbst als auch Fate zeigten sich mit dieser Leistung hochzufrieden. Bevor er zur Unterredung mit seinem Onkel in die Kathedrale zurückkehrte, nahm er seinen Mentor zur Seite.

„Ich möchte dich um etwas bitten."

Fate schloss den Vorhang hinter dem letzten Ketzer. „Nur zu. Da du dich so gut machst, bin ich in großzügiger Stimmung. Was kann ich für dich tun?"

„Du hast mir vorhin bei Riana und ihrem Mann geraten, sie in Ruhe zu lassen. Auch wenn ich in dem Fall nicht auf dich gehört habe, so würde ich mir doch wünschen, dass du dir den gleichen Ratschlag von mir bezüglich Calla annimmst."

Fate zupfte an seinen Ärmeln. „Meine Güte, selbst für einen Priester kannst du bisweilen wirklich prüde sein. Ich bin ein Mann wie jeder andere auch und ich ergebe mich der Anziehungskraft der Frauen, wie es von mir erwartet wird. Gerade jemand, der Fruchtbarkeit von der Kanzel predigt, sollte dafür Verständnis haben. Denk an das Zwölfte Gebot."

„Du willst wohl kaum das Sakrament der Ehe mit ihr vollziehen."

„Nein, das nicht gerade. Die Zeiten, in denen ich mich an eine Gefährtin gebunden habe, liegen hinter mir."

„Ich weiß nicht, wie du es anstellst, dass du ihr den Kopf so verdrehst, aber du solltest wissen: Calla ist nicht an Männern interessiert."

„Das war mir klar. Und gerade deswegen stellt sie ja eine solch große Herausforderung dar …"

„Sie fühlt sich nicht gut dabei, sie ist meine Freundin und ich will nicht, dass du ihr Schwierigkeiten bereitest. Der Rest der Kaverne denkt da ähnlich." In der für Fate üblichen Ironie schob er hinterher: „Das ist ein guter Tipp, der dir die Sympathien der Bewohner hier erhalten soll." Danach verlor sich der Sarkasmus jedoch wieder. „Ich weiß, du bist in der Lage, so ziemlich jede Tragödie zu handhaben, aber so ein Vorfall würde für immer zwischen uns stehen, Waffenbruder."

Nach einer angespannten Sekunde gab Fate nach. „Schon gut, schon gut. Wenn dir so viel daran liegt. Allerdings möchte ich festhalten, dass es mir verflucht schwerfallen wird, Frau Architektin aus meinem Beuteschema zu streichen. Und wir können beide von Glück reden, dass es genug andere wohlgeformte Frauen hier gibt."

Desmond wollte ihm zum Abschied noch ein ‚Danke' hinterherschicken, aber da war Fate schon, in ein nörgelndes Selbstgespräch vertieft, durch den Ausgang und schickte die verbliebenen Ketzer weg.

Desmond klopfte sich den Staub von den Ärmeln und richtete flüchtig seinen Talar, dann marschierte er ohne Zwischenstopp zur St. George Kathedrale. Innerlich wappnete er sich für eine Zurechtweisung wegen des Vorfalls im Vergnügungspark. Die war längst überfällig.

XXI

Desmond stand im kargen Vorraum von Onkel Ephraims Wohnzelle und erstattete umfassend Bericht. Dabei wurde ihm von Satz zu Satz flauer. Er hatte sich weder für den Vorfall im Salome-Distrikt rechtfertigen müssen, noch reagierte der Dekan in irgendeiner Weise auf den Diebstahl der Pflanzcontainer oder auf die Tatsache, dass er Fate an New Bethlehems Oberfläche gelassen hatte. Im Gegenteil, er schien sogar erfreut, als er von seinem sprunghaften Fortschritt über den Dächern der Stadt erfuhr.

So schloss Desmond mit der Frage: „Wie können die Seraphim so grausam sein? Von Engeln hatte ich bisher weitaus gütigere Vorstellungen." Er verschränkte die Arme vor der Brust. „Na ja, die Erwartungen in meine Mitbrüder haben sich am Davidplatz auch als Fehleinschätzung erwiesen."

Sein Onkel nahm die Brille ab und rieb über seine Nasenwurzel. „Dass die Geschicke des Gelobten Landes zuletzt in den Händen der Seraphim ruhten, liegt bereits so weit zurück, dass es schon nicht mehr wahr ist. Normalerweise stehen sie unseren Kämpfern an der Wilden Grenze bei. Doch die Berichte meiner Seher bestätigen das, was du sagst. Beim Herrn! Ist Innozenz` Geduldsfaden dieser Tage so dünn geworden, dass er Templer und Engel über unsere Städte herfallen lässt?" Er stockte. „Wo sind nur die Cherubim, wenn wir ihrer bedürfen?"

„Was hat es mit diesen Engeln und Erzengeln wirklich auf sich, Onkel?"

„Viel weiß ich nicht über sie. Da müsstest du einen Exorzisten oder einen Inquisitor fragen. Mir sind die Seraphim bislang nur bei einer Gelegenheit begegnet. Keine zwei Monate nach deiner Geburt, zu diesen Zeiten war deine Mutter bereits heimlich vermählt, hatte mich der Papst nach New Jericho in den Turm des Vaters beordert. Diese Erfahrung zählt nicht gerade zu den angenehmsten meines Lebens. Denn fürwahr, die Seraphim gehen nicht sorgsam mit einem um, wenn sie etwas in Erfahrung bringen wollen. Damals erwachte zum ersten Mal die Vermutung in mir, dass mit diesen sogenannten Engeln irgendetwas nicht stimmte. Es gab so gar nichts Göttliches an ihnen. Aber wer widerspricht schon dem Heiligen Vater?" Er setzte seine Brille wieder auf. „Durch Nicopolis sehe ich mich in meinem Verdacht bestärkt: Diese Geschöpfe sind nicht dem Willen des Herrn, sondern dem unheiligen Ehrgeiz unseres Papstes entsprungen."

Desmond stockte der Atem. Unheiliger Ehrgeiz? Sein Onkel übte unverblümt Kritik an Innozenz XIV.?

„Mein Sohn, dein kleiner Ausflug in New Bethlehems Unterwelt manövriert uns immer näher ins Spiel der großen Täuschung."

„Was hat mein Abtauchen in den Untergrund mit dem Ränkespiel der Bischöfe und Dekane zu tun?"

„In diesem Wettkampf der Intrigen wird gewissenlos der nächste Mitbruder geopfert, nur um die Aufmerksamkeit des Heiligen Vaters zu erlangen. Sollte dein Wirken in der Kaverne auffliegen, landen wir mit Sicherheit unter irgendjemandes Absatz. So geschickt kann keine Vertuschung sein."

„Aber die Ketzer tun niemandem etwas zuleide. Und durch die Pflanzcontainer müssen sie ihre Nahrung nicht mehr stehlen. Die wenigsten von ihnen lassen sich überhaupt noch an der Oberfläche blicken."

„Das kannst du sehen, wie du willst: Sie bewegen sich außerhalb der Zwölf Gebote. Und selbst wenn ganz New Bethlehem unterkellert wäre, eine dermaßen große Gemeinschaft lässt sich nie und nimmer auf Dauer verbergen. Was hast du überhaupt mit all den Verlorenen vor, jetzt, wo du ihr Vertrauen erlangt hast?"

„Ich will die Augen der Gläubigen für ihr Elend öffnen und ihnen zurück in die Gemeinde helfen." Während seiner Worte fuhr er mit zittrigen Fingern über den Scrambler in seiner Tasche, um sicherzustellen, dass das Gerät wirklich aktiviert war.

Sein Onkel strahlte stolz. „Ein hohes Ansinnen, aber ein steiniger Weg, mein Sohn. Ohne Zweifel."

„Der Anfang ist schon gemacht. Ich zeige den Ketzern gerade, dass das Vertrauen in Gott den Menschen mehr zu bieten hat als den Terror von Innozenz XIV. Wenn dieser Samen in den Köpfen der Kaverne irgendwann aufgeht, dann werde ich beweisen können, dass sich gute Gläubige auch ohne Unterdrückung führen lassen."

„Dir sollte klar sein, dass du dich zwischen Bischofsthron und Kniebank begibst und dass Bequemlichkeit und Angst genauso deine Gegner sein werden wie Machtverliebtheit und Gier. Das kann für uns beide außerordentlich gefährlich werden."

„Ich weiß", sagte Desmond leise. „'Das Wort meines ersten Dieners ist mein Wort', das dritte Gebot. Indem wir uns gegen den Papst wenden, machen wir uns der Todsünde der Ketzerei schuldig."

„Das ist längst nicht alles. Für die Freien Frauen von Rauracense müsstest du eine Reformation der Zwölf Gebote erwirken, der Grundsätze, auf denen Innozenz dieses Land gegründet hat."

„Innozenz? Ich glaubte immer, die Zwölf Gebote gehörten zum Wort Gottes."

„In der Bibel gibt es nur zehn Gebote", erinnerte Onkel Ephraim.

„Aber ich dachte ..."

„Ich weiß. Immer wenn der Papst geistigen Beistand braucht, geht er in den Turm des Vaters, um dort Gottes Wort zu empfangen. Aus sicherer Quelle weiß ich aber, dass dem nicht so ist. Er mag dort vielleicht beten und eine persönliche Erleuchtung erfahren, aber mehr geschieht dort nicht."

„Aus sicherer Quelle?"

„Frag nicht. Ich müsste mich der Lüge schuldig machen."

„Dann fußt die gesamte katholische Gesellschaft auf einer Lüge?", entfuhr es Desmond entsetzt.

„Zum Glück für uns, sonst wäre das Vorhaben von vornherein unsinnig. Aber wie dem auch sei, um dein Ziel zu erreichen, musst du das schaffen, was noch niemandem vor dir gelungen ist: Du musst so mächtig werden, dass die Erzbischöfe dir offiziell den Status eines Heiligen Propheten verleihen. Nur dann wird dein Wort vor Innozenz Gewicht haben. Scheiterst du, exkommuniziert der Papst dich und wir landen alle auf dem Scheiterhaufen."

„Welche Chance habe ich gegen den Stellvertreter Gottes? Eine Stellung, die Innozenz XIV. seit Jahrhunderten innehat … Schon allein das ist Legitimation genug. Gibt es keine Alternative? Ich habe weder das Zeug zum Propheten noch möchte ich eine Revolution anzetteln. Ich will lediglich die Lage der Ketzer verbessern."

Der Dekan atmete tief ein. „Es wird dich verwirren, das zu erfahren, aber …" Er räusperte sich. „Es gibt im gesamten Gelobten Land nur zwei Menschen, die Innozenz noch beeindrucken können, und du bist einer davon. Wenn also jemand zu all dem in der Lage ist, dann du."

Desmond vergaß auf einen Schlag, sich über die umstürzlerischen Tendenzen seines Onkels zu wundern. „Ich? Wie kann ich …?"

„Dein ungewöhnliches Talent, mein Sohn. Wenn der Papst erfährt, über wie viel Kraft du im Heiligen Geist verfügst, wird ihn das mehr als nur beeindrucken, glaub mir. Allerdings würde er dich, solange du noch relativ schwach bist und allein dastehst, ohne Weiteres töten lassen. Deswegen muss dein Training unbedingt fortgesetzt werden, bis du dich ausreichend wehren kannst. Doch sei gewarnt! Im Augenblick darf niemand in der Katholischen Kirche erfahren, wozu du fähig bist."

„Wie stellst du dir das vor? Fate hat nichts als seine ominöse Prophezeiung im Kopf. Der will zwar Prophet sein, aber nur, um Gott herauszufordern und nicht, um an seine Seite zu finden. Glaub mir, dem sind die Freiheiten Einzelner völlig egal."

„Dennoch geht ihr beide ein Stück in die gleiche Richtung. Sobald sich eure Wege trennen müssen, fällt mir schon etwas ein."

Desmond formte die Worte still mit seinen Lippen, bevor er sie aussprach. „Fate benutzen? Meinst du nicht, dass ihm das auffallen könnte? Du betonst selber dauernd, wie gefährlich er ist."

Sein Onkel strich ihm sanft über die Schulter. „Im Gelobten Land geschieht nichts ohne Grund, so heißt es. Sie alle, die Kirche, die Dreizehn und Iskariot, lassen nichts unversucht, um dich zu manipulieren. Das ist dir doch wohl bewusst, oder etwa nicht?"

Desmond erinnerte sich an Nodrims unbedachte Worte auf dem Ketzerfest und nickte.

Sein Onkel fuhr fort: „Und sicherlich steckt hinter Fates Ausbildung mehr, als er dir sagt, irgendeine finstere Absicht, von der du bislang nur nichts ahnst." Jetzt hatte er beinah etwas Beschwörendes. „Du sollst ja nichts anderes tun als das, was du bisher gemacht hast. Halte aber stets die Augen offen und sei auf unliebsame Überraschungen gefasst."

Desmond umklammerte den Rosenkranz in seiner Tasche, da er sonst kaum wusste, woran er noch glauben sollte.

„Jetzt beginnt sogar mein eigener Onkel, von dem ich immer dachte, er wäre ein Beispiel der Gnade und Rechtschaffenheit, sich in Intrigen zu verstricken. Das darf doch alles nicht wahr sein."

Onkel Ephraim wirkte auf einmal sehr alt und müde. „Es ist meine Schuld. Verzeih mir, Desmond. Ich habe immer versucht, dir die vollständige Wahrheit über das tägliche Brot eines Dekans vorzuenthalten. Ich wollte nie, dass du damit in Berührung kommst." Er umfasste Desmonds Oberarme. „Tage der absoluten Wahrheit wirst du nie erleben. Menschen sind nun mal Menschen. Dass wir trotzdem zum Herrn finden, dafür ist Christus einst gestorben. Wenn du einen Zustand herbeiführen willst, der Aufrichtigkeit so nah kommt, wie es im Diesseits möglich ist, dann hör auf meinen Rat."

„So wie bisher? Wie viele unbequeme Wahrheiten versteckst du noch vor mir, damit ich deinen Willen befolge?"

„Meine Absicht ist, dir einen Weg aufzuzeigen, nicht, dich zu manipulieren. Wir beide sind alles an Familie, was man uns zugestanden hat. Lass mich dir bitte helfen, das ist alles, was ich möchte."

„Familie", wiederholte Desmond und hielt die Münze seines Rosenkranzes in der Hand. „Ich möchte dir glauben, Onkel Ephraim. Aber es ist alles so verwirrend geworden. Was fangen wir jetzt nur an?"

„Wir verschaffen dir zwei Dinge: Wissen und Verbündete. Dadurch erlangst du Macht und kannst deine Forderungen nach mehr Menschlichkeit im Gelobten Land mit der nötigen Vehemenz geltend machen."

„Wissen und Verbündete? Die Macht der Ketzer reicht nur in die unteren Stockwerke. Das wird kaum ausreichen."

„Noch mag das richtig sein", stimmte Onkel Ephraim zu. „Innozenz ist es gewohnt, dass – wenn überhaupt – nur wenig seiner Kontrolle entgeht. Wenn Nicopolis eins gezeigt hat, dann, dass auch die Gläubigen die Herrschaft des Heiligen Vaters abwerfen wollen. Ihr müsst euch seiner Autorität nur so lange wie möglich entziehen. Je mehr Zuspruch ihr hinter vorgehaltener Hand bekommt, desto größer wird euer Einfluss werden. Irgendwann seid ihr im ganzen Land präsent und dann ... Nun ja, Innozenz kann ja schlecht seine gesamte Gemeinde abschlachten."

Und Desmond konnte nicht mehr viel mulmiger werden.

Onkel Ephraim senkte die Hände, schaute ihm weiter fest in die Augen. „Dieser Pfad wird ein steiniger. Er wird Opfer verlangen. Zum ersten Mal in deinem Leben wirst du eine gewaltige Verantwortung übernehmen müssen. Sei dir dessen gewiss. Allerdings habe ich bereits Vorbereitungen getroffen, damit unser Vorhaben auf die richtige Bahn gebracht wird." Er machte eine kurze Pause. „Mein Sohn. Heute musst du dich fragen, ob du diesen Weg mit mir bis zum Ende beschreiten willst. Solltest du die Herde des Gelobten Landes wirklich wieder auf eine grüne Aue führen wollen, dann bleibt dir nichts anderes übrig."

Zweifel plagten Desmond. Die Worte seines Onkels besaßen viel zu viel Ähnlichkeit mit denen des Sterns der Ungläubigen, Veneno Fate. War es überhaupt möglich, jetzt noch einen Rückzieher zu machen? Niemals könnte er in sein altes Leben zurückkehren und sich wieder hinter dem Kreuz verstecken. Aber sollte die Ketzergemeinde jemals auffliegen und Onkel Ephraim gegen sie vorgehen müssen, auf wessen Seite sollte Desmond sich dann schlagen?

Willigte er hingegen in dessen visionäres Vorhaben ein, stand er zwischen seinem Onkel, Veneno Fate, den Interessen der Dreizehn, Iskariot, seinem Glauben und dem System, dem er bedingungslose Treue geschworen hatte. Außerdem lockte die Verheißung, seine Gottestalente irgendwann vollends zu meistern. Er würde sie endlich nicht mehr verbergen müssen, würde die Gläubigen im Gelobten Land ins Licht zurückführen und die Ketzer gleich mit. Vielleicht würde der Chor aus Hass, den er im Heiligen Geist vernommen hatte, dann verstummen. Vielleicht konnte er Fate zeigen, dass Gott, sobald er die richtige Gefolgschaft an seiner Seite hatte, ein gerechter Herrscher sein konnte.

Oder er würde versagen ...

Wieder wähnte Desmond sich am Ende seiner Fähigkeiten. Er kannte sich nicht im Ansatz mit diesem Spiel der großen Täuschung aus und rechnete sich auch nicht aus, all das zustande zu bringen, was sein Onkel ihm gerade geschildert hatte. War es an der Zeit, anzuwenden, was er auf dem Dach gelernt hatte? War Desmond an dem Punkt, noch einen Schritt weiter zu gehen?

Er klaubte seinen Rosenkranz aus dem Talar und schaute auf das gütige Antlitz der Heiligen Mutter Maria. Dabei dachte er an Thomas Bate, an die Heilige Skientia, an die Freien Frauen von Rauracense, an den Mann von Riana und schließlich dachte er an Nodrims Frau.

Seine Wangen glühten, aber sein Herz fühlte sich kalt und hart an.

„Ich folge dir." Es waren so einfache Worte und doch wogen sie schwer. „Eins würde ich vorher aber gerne noch erfahren: Was hätte meine Mutter von all dem gehalten?"

Onkel Ephraims Miene weichte auf. Das war wieder der Ephraim Sorofraugh, wie Desmond ihn kannte, achtete und liebte.

„Deine Mutter hätte klare Vorstellungen von deiner Zukunft gehabt, da bin ich mir ziemlich sicher. Leider hat sie vor ihrem Tod keine Zeit gefunden, um mir alle ihre Wünsche mitzuteilen. Deswegen folgen wir jetzt schon seit Jahren einem Weg, von dem ich bisher annahm, dass er am ehesten in ihrem Sinne wäre. Doch in den letzten Wochen sind wir an Grenzen geraten, die sie nicht vorausahnen konnte oder wollte. Also scheint es langsam an der Zeit, dass wir unser Geschick in die eigenen Hände nehmen. Ich kann nur inständig darum beten, sie möge, wo immer sie sich jetzt auch befindet, mit Gnade auf unser Tun herabblicken." Hatten Dekan Sorofraughs Augen in den letzten Minuten geglüht, so wirkte seine Haltung jetzt mit jedem Wort kraftloser. „Irgendwann werde ich dir mehr über deine Vergangenheit erzählen, aber solange sogar Fate der Meinung ist, du könntest dich noch nicht ausreichend gegen einen Seraphim verteidigen, ist das zu riskant. In deinem Kopf sind ohnehin schon viel zu viele gefährliche Ideen." Hastig griff Onkel Ephraim einen der Umhänge, die wie große Fledermausflügel in seinem antiken Mantelstock hingen. „Heute Abend werden wir uns dein frisch gebändigtes Talent zunutze machen. Du bist vom Dienst freigestellt, damit du mich auf eine inoffizielle diplomatische Mission begleiten kannst. Seine Mattigkeit abschüttelnd und den Umhang anlegend, eilte er Richtung Ausgang. Desmond hatte Mühe, Schritt zu halten. Als sich die Holztüren mit einem satten Rollgeräusch in die Wände schoben, stand dort mit einem Mal Daniel.

„Was treibst du denn hier?", wollte Desmond wissen.

„Ich bringe euch mit der *Blind Guardian* zur St. Habakuk. Hat dein Onkel noch nicht mit dir darüber gesprochen?"

***

An Bord hockten sich beide in die Mannschaftssitze und Desmond quetschte alles über das Gespräch mit Dekan Henoch und ihre Pläne für die Stille Bruderschaft aus seinem Onkel heraus.

„Ich hege arge Zweifel daran, dass es uns gelingen wird, eine Verschwörung dieses Ausmaßes zu organisieren, ohne dass die Kurie davon erfährt", gab er zu bedenken.

Onkel Ephraim schlug seine Datenmappe zu. „Du wirst dich wundern, wie viele unzufriedene Würdenträger selbst in den höchsten Türmen wohnen. Wir verstecken uns mitten im System. Da, wo du dich schon dein Leben lang verbirgst."

„Bei einem einzelnen Mann mag das gelingen, aber bei einer landesweiten Organisation … Wie willst du Verrat aus den eigenen Reihen verhindern?"

„Ich habe zwar schon sehr genaue Vorstellungen, bei wem meine Ideen auf fruchtbaren Boden fallen werden, trotzdem will ich auf Nummer sicher gehen. Und dafür wirst du zuständig sein, mein Sohn. Du wirst jeden Anwärter vor den Verhandlungen mit dem Heiligen Geist auf Arglist überprüfen."

Mit diesem Satz war Desmonds Fassungsvermögen an Überraschungen erreicht. Welche Konsequenz würde es haben, wenn sich einer von Onkel Ephraims Kandidaten als Fehlgriff herausstellte? Aufgewühlt rutschte er auf seinem Sitzplatz hin und her und reagierte auf alle weiteren Darlegungen, wenn überhaupt, nur mit einem Nicken, bis der Dekan schwieg.

Dann begann es hinter seiner Stirn zu brodeln. Er war also einer der wenigen, die Innozenz Achtung abringen konnten? Oh, Heilige Mutter Gottes! Kein Wunder, dass er sich die ganze Zeit über verstecken musste.

Er würde alles zu seiner Zeit erfahren. Diese Antwort hörte er von seinem Onkel schon seit Jahren. Die notdürftigen Bröckchen über seine Eltern, die er ihm dennoch hatte abringen können, waren kaum der Rede wert. Das Wissen um seine Mutter musste Gefahren bergen. Es gab keinerlei Aufzeichnungen über sie und allem Anschein nach war es Dekan Sorofraugh verboten, offen über sie zu sprechen. Vermutlich war sie auch der Anlass gewesen, aus dem man seinen Onkel vor die Seraphim zitiert hatte. Sonst hätte er sie in dem Zusammenhang wohl kaum erwähnt.

Sie musste in der Vergangenheit viel Schande über den Namen Sorofraugh gebracht haben. So viel, dass man über sie die gravierendste Strafmaßnahme des Klerus verhängt hatte: Sie war offiziell aus den Aufzeichnungen des Gelobten Landes getilgt worden. Folgende Generationen sollten sich kein Beispiel an ihrem frevelhaften oder gottlosen Verhalten nehmen. Desmond fragte sich, welche große Sünde seiner Eltern dafür verantwortlich war.

Heimliche Vermählungen von Priestern waren ein offenes Geheimnis. Die meisten Menschen mit dem Heiligen Geist waren Kinder von Priestern und mussten – trotz des Zölibatgelübdes – ja irgendwo herkommen. Allerdings bedurften diese Verbindungen eines noch strengeren Prüfverfahrens durch einen Exorzisten als bei Normalgläubigen. Etwas, das sich für Desmond ausschloss ... Also war sein vater ein Mann der Kirche gewesen und ein offensichtlich wichtiger. Deswegen hatte man ihn nur verbannt, statt ihn ebenfalls hinzurichten.

War sein Vater dann womöglich dieser andere Mensch, vor dem Innozenz einen solchen Respekt hatte? Desmond war kein Heiler oder Inquisitor. Die Lehre der Vererbung entzog sich seiner Kenntnis, aber ...

„Wir sind da", informierte Daniel über den Lautsprecher. „Ich habe das Gästeflugdeck der St. Habakuk auf der Hauptkommunikationsfrequenz." Durch die Bullaugen der *Blind Guardian*, konnte Desmond bereits die schwarzen, ungewöhnlich schmalen und spitzen Türme der Kathedrale erkennen: Habakuks Messer begrüßte sie mit schwachem Leuchtfeuer.

***

Das Licht einer einzelnen Lampe brach sich in der Lasurbeschichtung des Bambus, mit dem Dekan Arams gesamtes Büro ausgekleidet war. Desmond sah den Luxus, den andere Dekane sich leisteten, und die Bewunderung für seinen Onkel bekam neue Nahrung.

„Wer ist das?" Jedes Mal, wenn er zwinkerte, was er oft tat, zog Dekan Aram die strichdünnen Brauen zusammen.

Desmonds Onkel antwortete in ernstem, ruhigem Ton: „Einer von uns."

„Warum trägt er dann Kapuze und Maskentuch?"

„Joel, wir kennen uns seit vielen Jahren, aber Vertrauen ist eins der kostbarsten Güter in diesen doch sehr unsicheren Zeiten."

Desmond wusste, dass seine Ruhe vorgetäuscht war, denn er kratzte sich, wie auch auf dem Flug hierher, an am Muttermal in seinem Nacken.

„Deine Nachricht an mich war überaus nebulös formuliert, Bruder Ephraim. Ich weiß nicht, was ich davon halten soll."

Desmonds Griff an den aktivierten Scrambler war schon zum Reflex mutiert.

„Ich will eine Stille Bruderschaft begründen", leitete Onkel Ephraim seinen Vortrag ein. Danach erläuterte er Aram seine Pläne. Einen großen Teil von dem, was er Desmond oder Henoch erzählt hatte, ließ er allerdings aus. Abschließend sagte er: „Innerhalb weniger Wochen wärest du den ständigen Ärger durch Dekan Elkana los."

Dekan Arams schmale Lippen zuckten in einem fort. Wachsam tastete Desmond nach seiner Aura und versuchte, jede Regung in dem verkniffenen Gesicht zu interpretieren. Einen Ruhepunkt suchend, lenkte der Dekan seine Aufmerksamkeit auf den Wein vor sich. Im Gegensatz zum Glas seines Gastes perlte an diesem das Kondenswasser ohne die Störung eines Fingerabdrucks hinab. Nun wollte seine Hand das Glas greifen, machte aber auf halbem Weg Halt.

„Wenn das danebengeht, sind wir beide tot", presste er schließlich hervor.

„Wahrscheinlich mehr als das. Und was sagst du?"

Aram nahm sein Glas und leerte es auf einen Zug. „Was muss ich tun?"

Eine Woge der Erleichterung ging von Onkel Ephraim aus. Er langte in die Falten seines schwarzen Gewandes, holte ein durchsichtiges Röhrchen mit einer klaren Flüssigkeit hervor und reichte es Dekan Aram. „Nimm es!"

„Eine Wahrheitsdroge."

Eine Feststellung, keine Frage. Die letzte Hürde.

Aram nahm das Röhrchen entgegen und entkorkte es mit dem Daumen.

„Selbst den Trankmischern der Exorzisten ist es bis jetzt noch nicht gelungen, einen effektiven Wirkstoff dafür herzustellen, aber ich denke, das weißt du?"

„Keine Angst, ich sehe nicht den geringsten Anlass, dich zu vergiften, mein Freund. Sieh es als Aufnahmeritual an."

Der Dekan legte den Kopf mit den schwarzen glatten Haaren in den Nacken und trank den Inhalt des Röhrchens. „Das schmeckt ja wie Wasser?!"

Desmond trat hinter dem Stuhl seines Onkels hervor. Er schaute in Arams verwunderte Augen und hatte seinen Willen in der nächsten Sekunde ausgeschaltet. Das Glasröhrchen fiel zusammen mit der erschlafften Rechten in seinen Schoß.

Das Bewusstsein eines Kathedralherrn war doch sehr viel komplizierter als das der teilweise recht einfach gestrickten Gesetzlosen. Desmond musste langsam und bedacht vorgehen. Erst nach einer Viertelstunde konnte er mit Gewissheit sagen: „Dekan Aram ist sauber. Das Bedenklichste, was man ihm vorwerfen könnte, ist verschwenderischer Umgang mit Luxusrohstoffen." Er beeilte sich hinter den Stuhl, bevor Aram wieder ganz zu sich kam.

Dessen mandelförmige Augen glänzten hektisch. Er hielt sich die Schläfen. „Was immer das für ein Zeug war, es bringt einem das Gehirn ganz schön zum Brummen."

Freundschaftlich reichte Dekan Sorofraugh ihm über den Tisch die Hand. „Dafür bist du jetzt unser Waffenbruder und ein Gründungsmitglied der Stillen Bruderschaft New Bethlehems."

„Gründungsmitglied? Wer, außer deinem stummen Freund hier, gehört denn sonst noch dazu?"

„Bis jetzt nur Abraham Henoch."

„Ein weiterer Dekan! Sonst niemand?"

„Beruhige dich, Joel. Mit irgendwem musste ich ja den Anfang machen. Und von all den Brüdern, die nach Henoch übrigblieben, vertraue ich dir am meisten. Auf weitere aussichtsreiche Kandidaten habe ich allerdings bereits ein Auge geworfen."

„Ein Auge geworfen!", echote Aram ungläubig. „In welche Venusfliegenfalle hast du mich da nur hineingelockt?"

„Keine Sorge." Desmonds Onkel schlug einen Plauderton an. „Ich garantiere dir, unsere Zahl wird sich schon bald vergrößern. Und du wirst der Erste sein, der Nutzen aus unserer Vereinigung ziehen wird."

Aram wollte wieder nach seinem Glas greifen, bemerkte aber, dass nichts mehr darin war. So fanden seine bebenden Hände zurück auf die Knie. „Hast du wenigstens konkrete Vorstellungen davon, wie wir beginnen?"

„Wir schaffen in unseren Dekanaten Operationsbasen für Seher und Judasjünger, die dann in den Stadtbezirken unserer Gegner aktiv werden. Ich unterhalte bereits Kontakte zu einer Organisation, deren Rekrutierpotenzial praktisch unerschöpflich ist …"

Von welcher Organisation redete er da? Wollte Onkel Ephraim etwa die Ketzer für sich einspannen?

Den Rest der Nacht verbrachte Desmond damit, den beiden Dekanen dabei zuzuhören, wie sie Ränke schmiedeten. So sah also das Spiel der großen Täuschung aus. Bei Gott, Desmond hatte ja keine Ahnung gehabt!

Seine Laune sank zusehends, denn sein Verdacht bezüglich der Rolle der Ketzer entwickelte sich immer mehr zur Gewissheit. Und er wusste bereits jetzt, dass es an ihm hängen bleiben würde, den Unterschlupf davon zu überzeugen, bei der Stillen Bruderschaft mitzuwirken. Nodrim würde toben.

Nur Daniel, der würde einen Heidenspaß haben, wenn er von all dem erfuhr.

XXII

Manja spürte, wie ihre Socke kalt und feucht wurde. Im Schein der bauchigen Henkellampe offenbarte sich eine durchgelaufene Stelle in ihrer Sohle, darunter Reflexionen einer Pfütze. Dieses schmierige Kleid war ja schon der reinste Sack und nun gingen obendrein noch ihre Schuhe kaputt!

„Na wunderbar!", sagte sie und ärgerte sich im nächsten Moment über die unbedachte Äußerung. Manchmal konnte das Echo in den dunklen Höhlen kilometerweit schallen. Wenn sie nicht lernte, ihr vorschnelles Wesen besser in den Griff zu bekommen, wäre dieser schwer zu erreichende Nebengang der Kaverne bald kein Geheimnis mehr. Sie klemmte ihren Korbteller wieder unter den Arm, nahm die Lampe hoch und setzte ihren Weg durch die tröpfelnde Dunkelheit fort.

Wenn sich Manja auf eine Sache etwas einbilden konnte, dann waren das ihre Kochkünste. Leider war der Meister immer nur so gut wie sein Werkstoff und seit sie hier unten gelandet waren, wurde es von Tag zu Tag schwieriger, ihrer Familie eine vernünftige Mahlzeit anzubieten. Die Speisesubstanzen aus den Pflanzcontainern waren nahrhaft, ganz ohne Frage, aber der fade Geschmack ließ einem die Zunge einschlafen. Und da Gewürze hier unten einen Luxus darstellten, war es ein wahrer Segen, dass sie über diesen Spalt mit wild wachsenden Schwammpilzen gestolpert war.

Zwar machte es unter den Frauen der Kaverne die Runde, dass in so manchem dunklen Gang Dämonen und Geister ihr Unwesen trieben, doch hielt Manja das für Unfug. Sie betrachtete die Pilze als wohlverdiente Belohnung für ihren Mut. Niemand sonst traute sich so weit in die Gänge neben der Kaverne – außer Fates Suchern natürlich.

An einer mit bunten Krustenflechten überwucherten Stelle machte der Weg im Fels einen Knick. Jetzt war es nicht mehr weit.

Wenn sie das Messer ganz vorsichtig führte und von den Pilzen nicht zu viel abschnitt, würden ein paar von ihnen vielleicht sogar wieder nachtreiben, sagte sie sich.

Hinter ihr klackerte es.

Ein Stein? Oder war sie doch nicht so allein, wie sie dachte? War ihr die aufdringliche Ximena wieder gefolgt?

Manja drehte die Lampe nach hinten.

Nichts. Vielleicht hatte ihre Fantasie ihr einen Streich gespielt. Auf keinen Fall würde sie jetzt so dämlich sein und in die Dunkelheit fragen: „Wer ist da?"

Sie ging weiter.

Vermutlich hatte sich nur irgendwo Geröll gelöst. Vielleicht sogar viel entfernter, als es sich angehört hatte.

Trotz aller Bemühungen, sich selbst zu beruhigen, lauschte sie jetzt aufmerksamer auf das Knirschen ihrer Schritte.

Da! Waren da nicht mehr Füße als bloß die ihren unterwegs?

Sie hielt erneut an und versuchte, ganz ruhig zu atmen.

Stille.

Das kam davon, wenn man sich monatelang ohne Sonnenlicht unter der Erde versteckte. Langsam schnappte sie wohl über. Oder war es vielleicht doch ein Fehler gewesen, das Wissen um die Pilze mit niemandem zu teilen?

Eigentlich hätte sie sich lieber leise und vorsichtig durch den tückischen Gang bewegt, wenn ihre Füße ihr eine Wahl gelassen hätten. So beförderten sie Manja mit immer zügigeren Schritten Richtung Felsspalt. Am allerliebsten wäre sie umgedreht, um der Dunkelheit zu entfliehen. Aber wenn wirklich jemand hinter ihr her war, würde sie dem Verfolger dann nicht direkt in die Arme laufen? Wüsste sie doch nur, wohin diese Höhlen letztendlich führten. Doch weiter als bis zum Spalt mit den Pilzen war sie leider nie gewesen.

Ihre Beine hatten es eiliger und eiliger. Nur nicht anhalten.

Nach ein paar Sekunden hörte sie nichts mehr außer ihren Sohlen auf dem Steinboden und ihrem Herzschlag. Beide Geräusche waren beinah gleich laut.

Sie spürte einen leichten Luftzug. Der Pilzspalt musste direkt vor ihr sein.

Deutlich klangen von den Wänden Atemgeräusche wider. Ihre eigenen?

Manja nahm allen Mut zusammen, blieb wieder stehen und schwenkte die Lampe nach hinten. „Ximena, wenn du das bist, kannst du was erleben!"

Ein bleiches Gesicht schoss aus der Dunkelheit.

Etwas stickig Weiches legte sich auf ihre Lippen.

Vor Überraschung konnte sie nicht einmal schreien.

Die Lampe fiel zu Boden, der Korbteller rollte darüber.

Finsternis.

***

„Was für eine Sklavenarbeit!" Die knabenhafte Stimme des Mannes übertönte einen Klingklang von Spitzhacken. Seine mit Ziernähten versehene Lederweste war voller Flecken und als er sich über die Stirn fuhr, verwischte er Staub und Schweiß.

Vocola drückte den Rücken durch und ließ die Arbeit ebenfalls ruhen. „Du sprichst mir aus der Seele."

Seine beiden Jungs und der Rest der Gruppe hackten indes beflissen weiter. Schließlich sollte die Abflussrinne innerhalb der nächsten Woche aus dem Kavernendorf hinaus in eins der neu aufgestellten Klärwerkmodule führen.

„Hätte mir auch nicht träumen lassen, dass meine Flucht aus dem templerverseuchten Nicopolis in einem verdammten Arbeitslager enden würde", murrte Vocola weiter.

Der Mann in der Lederweste hustete und spuckte lehmigen Speichel auf den Boden. „Ich frage mich, warum wir nicht mehr Baugeräte von oben mitgehen lassen. Selbst die Knechte der Straßenwartung müssen sich den Buckel nicht so krumm schuften wie wir."

Eckart hatte recht behalten. Dass Vocola sich zu dieser entwürdigenden Plackerei hatte einteilen lassen, erwies sich für Iskariots Rekrutierungsvorhaben tatsächlich als günstig.

„Vielversprechender Einfall. Meine Unterstützung hättest du. Komm! Wir holen uns etwas Wasser, sonst läuft mir bald nur noch Sand durch die Adern." Der Mann kratzte sich am Ohr und sie warfen ihre Hacken in den Gesteinsschutt.

Vocola, versessen darauf, den Unmut seines Gesprächspartners weiter anzustacheln, meinte: „Wenn du mich fragst, läuft hier einiges ganz schön schief. Diese Dreizehn haben völlig falsche Vorstellungen davon, wie sie mit uns umgehen können."

„Genau. Die meinen, sie könnten die Leute hier alle gleich behandeln. Ich weiß ja nicht, wie's mit dir steht, aber mein Wort hatte Gewicht im Viertel von Siddim."

Volltreffer! Vocola rieb sich innerlich die Hände. Er hatte den Typen in der geschmacklosen Weste genau richtig eingeschätzt. Nur weiter so.

„Kann dich bestens verstehen. Auch ich habe in Nicopolis weitaus mehr als nur meine Heimat verloren."

Während ihrer Unterhaltung spazierten sie gemütlich am Rand des breiten Grabens entlang, den sie innerhalb der letzten Tage in den steinernen Boden getrieben hatten. Nicht ein Mitglied des Arbeitstrupps blickte auf.

Ganz am Ende hatten Nodrims Männer aus Tonnen mit einer darübergelegten Tür, von der in breiten Spänen Lacksplitter abstanden, eine Theke gebaut. Einen improvisierten Ausschank für Wasser. Dahinter hockte dieser vertrocknete Methusalem, der sonst neben dem schwarzen Riesen herumhopste, und faselte wirres Zeug in halbierte Kunststoffflaschen.

Wie zufällig lungerte Eckart in Hörweite herum.

Als Vocola und die Lederweste sich vor dem bleichen Greis aufbauten, sahen sie, wie dieser völlig gebannt mit den Fingerkuppen die Schnittkanten seiner „Gläser" umspielte.

Vocola starrte ihm durch die dreiviertelvollen Behelfsbecher ins verzerrte Geistergesicht. Der große schwarze Beschützer war nirgends zu erblicken und Vocola kein Mann des langen Wartens.

„Hör mal zu, du Witzfigur, entweder du gibst uns jetzt freiwillig was von dem Wasser, anstatt damit rumzuspielen, oder ich nehm`s mir einfach!"

„Hast du das Aerophon gehört?", krächzte der Professor, ohne den Blick von den Bechern abzuwenden.

„Er meint bestimmt unser Pausensignal", warf die Lederweste als überflüssige Erklärung ein. Vocola legte eine Hand an den Becher vor ihm.

„Wir haben jetzt Durst und nicht erst in zehn Minuten".

„Kein Pfiff, keine Pause, kein Wasser, keine Widerrede!", knurrte der Alte, fuhr vom Stuhl hoch und besaß die Frechheit, den Becher festzuhalten, wobei er mit seinem dreckigen Daumen in das frische Wasser griff.

Eckart kam dazu. „Hey, Professor. Hast du was zu trinken für mich?"

Argwöhnisch spähte der verrückte Alte durch seine kaputte Brille von Vocola zu Eckart. Den Becher gab er nicht frei.

„Ein herrlicher Tag, der Herr, nicht wahr? Keine Arbeit zu tun bei diesem schönen Wetter?" Der Professor wackelte mit dem Kopf.

Der Angesprochene stellte sich an Vocolas Seite. „Ich bin gerade mit meiner Wache fertig und auf dem Weg nach Hause. Wie sieht`s aus? Ich könnte ein bisschen was Kühles vertragen."

Der Professor gab ihm den Becher, in dessen Wasser sein Daumen bereits eine gräuliche Schliere hinterlassen hatte.

„Hast du noch zwei Becher für meine Freunde? Die sind vom vielen Wacheschieben auch ganz durstig."

Jetzt geriet der Professor ins Überlegen. „Wachwechsel? Zu dieser hellen Stunde? Welche Sippschaft hat dich denn verstoßen?"

„Iskariot. Ich gehöre zu Iskariots Leuten."

„So, so, der ungewaschene Iskariot ist also dein Chef. Der sollte sich mal den Bart stutzen lassen. Das wirkt bei den Damen, habe ich mir sagen lassen. Hi, hi. Seltsam …" Der Professor kratzte sich über den Kopf. „Den hab ich noch nie mit einer Frau gesehen. Und von den Dreizehn ist der auch nicht." Nach dem Kratzen inspizierte er gefesselt eine borkige Hautschuppe unter seinem Fingernagel. „Aber er ist ganz schön stark und hat ein brausiges Talent. Ich glaub, da ließe sich vielleicht eine Ausnahme machen. Und der Herr deiner Freunde? Wer ist das?"

Eckart sah in Vocolas Richtung. Der lehnte sich über die Tür und sagte: „Iskariot natürlich", und gab Eckarts Blick weiter an den Lackaffen in der Weste.

Nach einer peinlichen Sekunde ließ auch der verlauten: „Iskariot … natürlich." Und grinste dämlich.

Der Professor antwortete mit einem abgehackten Gackern. Vocola brauchte einige Sekunden, bis er begriff, dass das ein Lachen sein sollte.

„Na, dann holt euch doch beim mächtigen Isi was zum Trinken. Ich habe gehört, bei dem kann man Tropfsteine von der Decke melken." Das Gegackere glitt ins Hysterische.

Vocola war klar: Wenn sie jetzt nicht einschritten, würde Lederweste die Geschichte in der ganzen Ketzergemeinde herumtratschen und eh man sichs versah, lief in nächster Zeit niemand mehr zu Iskariot über. Mit Vergnügen würde er dem Professor jetzt genau das verabreichen, was er bei diesem Miststück Calla verpasst hatte. Deshalb ballte er die Rechte und holte aus.

Des Professors Gackern verwandelte sich sofort in ein heiseres Wimmern. Hastig hob er seine dürren Arme vors Gesicht.

Vocola durchbrach die Deckung mühelos und erwischte ihn unter dem Auge. Sein Opfer schrie auf. Durch den Schlag wurde die angeknackste Brille von der großen Nase des Alten in den Dreck befördert, aber seine Arme ruckten schnell wieder in die alte Position.

Vocola grinste diabolisch. Den krummen Zinken würde er ihm brechen. Sollte der stinkige Bastard an seinem Gekrächze ersticken. Er ließ die Linke nach vorn schnellen.

Doch statt eines satten Knackens nahm Vocola nur wahr, wie die beiden Becher auf dem Tisch nach hinten gerissen wurden und er mit ihnen zusammen im schwarzen Kies landete.

***

Desmond streckte die Arme, packte Vocola mit dem Heiligen Geist und schleuderte ihn nach hinten. Zusammen mit zwei Wasserbechern klatschte er rücklings auf den Kavernenboden.

Eckart stampfte auf ihn zu.

„Das haben wir gerne. Willst den Gebotshüter spielen, was, Sorofraugh?"

Die Ketzer in der Nähe legten ihr Werkzeug beiseite und kamen näher. Einem unterhaltsamen Streit war hier niemand abgeneigt. Vor allem, wenn er versprach, handgreiflich zu werden.

„Die Dreizehn sorgen gut genug für Recht und Ordnung. Ich glaube nicht, dass sie dabei meine Hilfe brauchen. Aber wenn ihr euch unbedingt mit irgendwem anlegen wollt, dann sucht euch das nächste Mal jemanden in eurem Alter."

„Wenn das wirklich deine Meinung ist, Pfaffe, dann hättest du dich nicht einmischen sollen", knurrte Vocola, während er sich umständlich erhob.

Eckart rempelte Desmond herausfordernd an. Der stieß ihn weg, vollführte die Geste des Fesselns und band ihn mit dem Heiligen Geist, wie er es schon hundert Mal mit New Bethlehems Sündern getan hatte.

Unvermittelt wollte Vocola ihm einen Hieb in die Nieren versetzen, aber Desmond kam ihm zuvor. Er nahm eine Hand aus Eckarts Fesslung und drehte Vocola die Arme telekinetisch auf den Rücken. Ein empörter Schmerzensschrei war das Resultat.

Eckart giftete: „Es ist doch immer das Gleiche mit euch Weihwasserpinklern. Zu feige für einen fairen Faustkampf."

Zwei Gegner gleichzeitig in der Fesslung trieben Schweißperlen auf Desmonds Stirn. Vor allem, weil der fette Eckart sich mit aller Kraft gegen den unsichtbaren Widerstand stemmte.

„Verflucht sollst du sein, Kreuzbuckler."

Die Vorboten der Übelkeit stiegen in ihm hoch. Aber wie konnte das sein? Hatte er den Heiligen Geist nicht über den Dächern New Bethlehems gemeistert?

Vocola leistete zum Glück kaum Widerstand, doch Eckart konnte schon beinah wieder eine Hand bewegen.

Da kam der Professor angeflitzt, mit einer rötlichen Schwellung unter dem Auge. Er führte einen Springtanz auf, unterlegt mit einem hämischen Abzählreim. Desmond stöhnte innerlich auf. Als wenn das alles nicht auch ohne das nervtötende Gemecker schon schwirig genug war.

Woher kam diese erneute Schwäche überhaupt? Beschränkte sich seine Herrschaft über den Heiligen Geist vielleicht nur aufs Seelenlesen? Mit letzter Kraft drehte er Eckarts Gesicht so, dass der ihm direkt in die Augen sehen musste.

„Desmond! Hör auf! Sofort!"

Für einen Augenblick dachte er, die Stimme gehöre Fate. Doch es war Nodrim, der sich mit vier bewaffneten Wachen von hinten näherte. Er gab Eckart und Vocola frei und die Wachen nahmen sie sofort in ihre Mitte.

„Du darfst deine Fähigkeiten ohne unsere Einwilligung nie gegen andere Ketzer einsetzen, sonst ist dein frisch gewonnenes Vertrauen gleich wieder dahin", raunte Nodrim. Laut fragte er: „Was ist hier schon wieder los? Am Hunger kann es doch nicht mehr liegen."

„Dein Priesterfreund dachte, er könne uns eine Reue aufzwingen."

Eckart konnte sein Schandmaul noch nicht einmal beim Anblick eines Gewehrlaufs halten, dachte Desmond, beugte sich vornüber und hatte alle Mühe, auf den quirligen Professor zu zeigen. „Wende dich an ihn. Er erzählt dir die ganze Geschichte."

„Der Dorftrottel weiß doch nicht mal seinen eigenen Namen", fuhr Vocola dazwischen.

Nodrim sah das Veilchen des Professors und sein Blick sprühte Funken. „Schnauze, Vocola. Unser Professor hat weitaus mehr Schmalz in der Rübe als du, du Steinhirte. Und ich befrage, wen ich will." Er nahm den Professor auf die Seite. „Professor! Würden Sie mir bitte erzählen, was Desmond mit Ihnen, Eckart und Vocola angestellt hat? Und warum."

Der Professor sah ihn mit dem verbliebenen Auge deprimiert an. Dann zeigten seine knotigen Finger auf Vocola und Eckart. „Der da und der da. Die gehören zu Iskariot. Und ihre Schädel sind auch genauso dick wie der vom alten Rauschebart." Er lachte wieder wie ein Turmrabe. „Sie wollten was trinken, obwohl sie noch gar nicht mit ihrer Köttelrutsche fertig waren. Und es ist ihnen völlig schnurz, ob wir nächsten Monat bis zum Kinn in der Scheiße stehen oder nicht. Ach ja, und Pause war auch noch nicht. Dann wollten sie mich mit ihrer schlagfertigen Art für sich einnehmen. Schließlich kam das Licht."

Nodrim stutzte. „Das Licht?"

„Der da! Der Weißkopf." Jetzt wies der Professor auf Desmond, der bereits wieder ohne zu schwanken stehen konnte.

„So, so", sagte Nodrim und knöpfte sich Eckart und Vocola vor. „Da ihr beiden weder Respekt vor unserem Professor, noch vor einem Versammlungsführer oder unseren Entsorgungsanlagen habt, dürft ihr euch heute Abend zum beliebten Latrinenwaschen bei Trimmund melden. Der Extradienst dauert so lange, wie das Team hier braucht, um unsere Abwasserleitung fertigzustellen. Du kennst ja den Weg, Eckart. Kannst unseren Neuzugang gleich mitnehmen. Schafft sie weg von hier." Die letzten Worte galten den Wachen.

Eckart erstickte beinah an der Erwiderung auf seinen Lippen, doch hütete er sich vor einem weiteren Verweis.

Nodrim gab Desmond einen brüderlichen Klaps. „Na, du Held. Du scheinst ein wenig zittrig auf den Beinen. Alles in Ordnung mit dir?"

„Keine Sorge. Mir geht's gut."

„Hast du nicht gestern damit geprahlt, deine Zaubertricks dank Fate jetzt völlig im Griff zu haben?"

„Nur eine vorübergehende Schwäche", sagte er. Allerdings war die unruhige Sehnsucht wieder aufgeflammt. Was im Namen der Mutter Maria war nur los mit ihm? Um sich und auch Nodrim auf andere Gedanken zu bringen, schob er nach: „Sollte sich Maltravers nicht mal das Auge des Professors ansehen?"

„Gute Idee." Nodrim schaute sich um. „Warum höre ich hier niemanden arbeiten? Auf geht's, Leute. Ihr habt den Professor doch gehört. Oder wollt ihr morgen in euren eigenen Fäkalien ertrinken? Du, da drüben! Ja, du da mit der fettigen Lockenpracht." Er zeigte erst auf den Angesprochenen und wies dann mit dem Daumen auf den verwaisten Ausschank. „Übernimm den Wasserstand! Der Professor muss mal 'ne kurze Pause einlegen."

Der junge Mann nickte und hastete mit geschultertem Werkzeug hinter den Tresen. Die anderen Arbeiter bewegten sich zurück an ihre Plätze und der Klingklang der Spitzhacken nahm wieder Fahrt auf.

Der Professor hatte seine Brille aufgelesen und zog unter dem nun völlig verbogenen Gestell eine Schnute wie ein kleiner Junge.

„Den Quacksalber lass ich nicht dran an mein himmelblaues Auge. Der schmiert nur eine von seinen Stinksalben rein und das gibt dann 'ne Entzündung."

„Ihre Sache, Professor, legen Sie sich meinetwegen einen kalten Fisch drauf, aber in jedem Fall haben Sie den Rest des Tages frei."

Desmond fiel die Episode der letzten Nacht ein. „Was halten Sie davon, wenn ich Sie zu Trimmund bringe, Professor? Der kann dann Ihre Brille richten."

Das hellte das Antlitz des Greises auf. „Prächtiger Einfall, mein Junge", krächzte er. „Je weißer das Haar, desto heller der Geist." Dabei strich er sich über die eigenen fadenscheinigen Strähnen.

„Von wegen", schränkte Nodrim ein. „Wenn du dich Trimmund mit dem Professor näherst, während der ein frisches blaues Auge hat, gibt es Tote. Kein Zweifel."

„Hmm. Ich hätte noch einige Fragen an Trimmund. Wie wäre es, wenn du mitkommst? Er beruhigt sich bestimmt schnell, wenn du ihm erklärst, dass ich den Professor gerettet und nicht verletzt habe."

Der Professor nickte begierig. Sein Blick glich dem eines ungeduldigen Hundes.

„Das funktioniert im Leben nicht. Aber wenn du darauf bestehst. Ich werde allerdings hinterher nicht derjenige sein, der deinem Onkel erklärt, warum deine Leiche nicht mehr an einem Stück ist."

„Ich hab schon ganz andere Goliaths in die Knie gezwungen", entgegnete Desmond und war schon hinter dem Professor her, der auf seinen schlabberigen Sandalen Richtung Waffenkammer lief.

***

„Was treiben die nur so lange da drinnen?" Desmond wurde des Wartens müde. Der Professor war nunmehr bereits seit einer Viertelstunde hinter der wuchtigen Metalltür im Boden verschwunden.

„Was willst du eigentlich so Wichtiges von Trimmund, wenn ich fragen darf?" Nodrim hatte die Arme auf dem Rücken verschränkt und kaute auf einer Flechte herum, die angeblich Mundgeruch beseitigte.

„Nach dem Fest am Strand hat mich der Professor mitten in der Nacht in meinem Alkoven aus dem Schlaf geschreckt. Er faselte dauernd was von Schreien in der Nacht, einem König, einem General und von einem Prinzen. Weißt du vielleicht, was er damit gemeint haben könnte?"

Nodrim spuckte die Hälfte der Flechte weg, dann meinte er: „Keinen Schimmer. Hörte es sich denn wichtig an?"

„Weiß ich nicht. Ich hab ja noch halb geschlafen. Aber es schien ihm wichtig genug, dass er mich dafür extra geweckt hat. Da ich durchaus weiß, dass er Leute belästigt, wenn ihm danach ist, dachte ich, es wäre am besten, wenn ich mich in der Sache an Trimmund wende. Du sagtest ja, er kenne den Professor so gut wie niemand sonst hier unten."

„Den lieben langen Tag über treibt der Professor eine Menge seltsames Zeugs, aber dass er nachts durchs Dorf schleicht und die Leute aus dem Schlaf reißt, das wäre mir neu."

Als die Tür der unterirdischen Waffenkammer quietschte, verengten sich Nodrims Augen. Eine riesige dunkle Gestalt polterte den rampenartigen Weg aus der Kammer nach oben. Dabei schlugen Ketten und Schlüssel klimpernd an die Hack- und Stichwaffen an ihrem Brustgürtel, die sie über einem Körperpanzer aus Schildwesten trug. Vor Desmond zum Stehen gekommen, bleckte Trimmund die schneeweißen Zähne. Er überragte ihn um fast zwei Köpfe und fühlte sich im Heiligen Geist so heiß an, dass Desmonds Poren sich reflektorisch weit stellten.

„Bevor du die falschen Schlüsse ziehst, Waffenbruder, solltest du wissen, dass Desmond den Professor nur beschützt hat", versuchte Nodrim zu vermitteln. „Er hat ihm nichts zuleide getan."

„Der Professor hat mir alles erzählt, was ich wissen muss. Und ich rate dir, Priester, komm ihm nicht wieder zu nahe, wenn du Arme und Beine behalten willst." Er zückte ein kantiges Beil, dessen Schneide mehrere rostrote Flecken aufwies.

Desmond rüstet sich mit dem Heiligen Geist zur Verteidigung, doch Nodrim hielt ihn abermals zurück.

Trimmund quittierte es mit einem verächtlichen Gesichtsausdruck. „Und dir, Nodrim, empfehle ich: Wenn du mein Freund bleiben willst, dann überleg dir beim nächsten Besuch genauer, mit wem du hier erscheinst. Möge der dunkle Herrscher unsere Feinde verderben." Mit klimpernden Ketten machte er auf dem Absatz kehrt.

„Aber ich ...", versuchte Desmond es.

„Lass es gut sein!", schnitt Nodrim ihm das Wort ab.

Trimmund schenkte den beiden einen zornigen Blick, erhob das Beil zu einer letzten Warnung und verschwand wieder im Kellerloch der Waffenkammer.

Desmond schwieg.

„Ich weiß auch nicht, was er hat", meinte Nodrim in entschuldigendem Tonfall. „So geht das schon, seitdem er erfahren hat, dass du Priester bist. Und entgegen seiner sonst so redseligen Art will er ums Verrecken nicht mit mir darüber sprechen. Da wir uns so nah stehen, ist es für ihn besonders schwer, sonst hätte er dich wahrscheinlich schon verjagt. Du wirst ihm wohl oder übel aus dem Weg gehen müssen, wenn der Frieden zwischen uns dreien gewahrt bleiben soll."

Nodrim zuliebe würde Desmond die Sache vorerst auf sich beruhen lassen. Aber irgendwann würde er Trimmunds vollständigen Namen herauskriegen. Und den würde er durch das Zentralnetz des Bistums jagen. Vielleicht ließe sich so mehr in Erfahrung bringen.

***

„Hervorragend." Fate freute sich wie ein Bettler beim Erntedankmahl im Zehrsaal der St. George. „Das waren fünf mehr als gestern in der gleichen Zeit, und das, obwohl du heute sogar vier von ihnen mit deinen Ratschlägen auf die Nerven gefallen bist."

Desmond saß in dem durchgesessenen Sessel, den Fate für ihn besorgt hatte, und verzog unwillig das Gesicht.

„War das ein Lob?"

„Nun sei nicht gleich so ein Zuckschwamm. Ich sehe sogar ein, dass ich dich unterschätzt habe, du handhabst deine Rolle als Kummertante der Ketzer recht geschickt. Eines Tages wird uns das zum Vorteil gereichen."

„Es liegt nicht in meiner Absicht, irgendwelche Vorteile rauszuschlagen. Ich will die Lage der Ketzergemeinde bessern. Wir können ja nicht bis ans Ende unserer Tage im Dunkeln herumkriechen."

„Exakt meine Meinung, glaub mir. Mir liegt auch nicht daran, den öden Gängen hier unten ihre noch öderen ‚Geheimnisse' zu entlocken. Wir sollten unsere Aktivitäten, so schnell und dezent es geht, an die Oberfläche verlegen. Aber mir scheint, dir verdunkelt noch etwas anderes das Gemüt. So richtig glücklich siehst du im Angesicht der Fortschritte jedenfalls nicht aus."

„Verzeih. Ich will nicht undankbar erscheinen. Mit dem Lesen klappt es jetzt dank dir von Tag zu Tag besser." Er zögerte. „Aber manchmal überfällt mich ein sehr eigenartiges Gefühl." Obwohl Desmond das Ganze vor Fate irgendwie peinlich war, berichtete er ihm über den unklaren Zustand zwischen Aufgewühltheit und Mattigkeit, der seinen Geist in letzter Zeit befiel. „Und da ist noch etwas anderes: Heute Nachmittag wollte ich zwei Störenfriede fesseln, aber dabei erwies sich meine Verbindung zum Heiligen Geist wieder als genauso schwach wie vor der Lektion auf dem Dach."

Fate setzte sich auf den zweiten Sessel in Desmonds Wohnbereich, stützte den Kopf auf und überlegte. „Wie war das denn früher? Wie schwer fiel dir das gleichzeitige Binden zweier Gegner, bevor wir uns kennenlernten?"

„Mein Onkel mag so etwas als Dekan mit Leichtigkeit hinkriegen, doch einfache Straßenpriester haben damit Probleme. Selbst die Goldflügel. Bis heute stellte ich da keine Ausnahme dar. Ich dachte nur …"

„… dass du den Heiligen Geist jetzt schon vollständig beherrschst? Weit gefehlt, mein junger Schüler. Dein Seelenlesen hat sich schon sehr gut entwickelt, aber das Bewegen von Gegenständen lässt noch einiges zu wünschen übrig. Es werden noch viele Lektionen folgen müssen, bis du darin zum Meister wirst."

„Kann ich denn nicht wenigstens all das besser, was mir vorher schon möglich war?"

„Jede Disziplin des Geistes erfordert ein spezielles Training. Sie alle zu beherrschen, gelingt kaum jemanden, aber das Potenzial hast du. Alles, was du jetzt noch brauchst, ist Durchhalte-vermögen. Was dieses seltsame neue Gefühl anbelangt, darüber bin ich mir auch nicht ganz im Klaren. Ich habe eine Theorie, aber ich brauche noch mehr Informationen. Ist das Gefühl in diesem Augenblick in dir?"

Desmond schüttelte den Kopf. „Kurz nachdem ich mit dem Vertrauenszeugnis von diesem Reandro fertig war, überkam es mich wieder. Zum Glück lässt es sich mit dem Heiligen Geist niederringen - zumindest bis heute. Es wird allerdings immer schwieriger."

„Das würde für meinen Verdacht sprechen. Wir müssen unbedingt deine Abschirmung trainieren. Unter Umständen bekommst du dann auch dieses Problem in den Griff. Fürs Erste gilt: Beobachte dich genau. Sobald sich dein Zustand verschlimmert, will ich das wissen. Erinnere dich an die Abwehrmechanismen von Vocola und Rianas Mann. Unter Umständen kannst du sie imitieren. Versuch es."

„Das werde ich", versprach Desmond und akzeptierte erneut, keine befriedigende Antwort auf etwas zu erhalten, das ihn tief bewegte. „Wenn du mich jetzt entschuldigst. Ich hau mich noch ein Stündchen aufs Ohr. Unsere Konkurrenz benötigt in der heutigen Nacht noch meine Dienste."

XXIII

Die Wochen flogen dahin. Onkel Ephraim erfreute sich mindestens im gleichen Maß an Desmonds stetem Vorankommen, wie es Veneno Fate tat. Dank seines Neffen sammelte er in New Bethlehem einen Dekan nach dem anderen für seine Stille Bruderschaft.

Desmond selbst hatte hingegen das Gefühl, auf der Stelle zu treten. Allen kleinen Erfolgen zum Trotz machte sich dieses schwer zu fassende Ungleichgewicht seiner Seele immer öfter bemerkbar. Gerade an Tagen, an denen sein Onkel und sein Mentor ihm besonders viel aufhalsten. Doch wollte er weder den Dekan noch die Ketzer enttäuschen. Viele nahmen seinen Beistand während des Vertrauenszeugnisses begeistert an und seine Beliebtheit wuchs von Tag zu Tag.

Aber als ihm Nodrim eines Morgens berichtete, dass einige der Ketzerfrauen spurlos verschwunden waren, schwante ihm, dass die Wolken am Horizont noch dunkler waren, als er geahnt hatte. Deswegen legte er nach der nächsten Schicht einen Zwischenstopp in der südlichen Empfangshalle der St. George ein.

„Keine der von Ihnen Angegebenen ist im Trakt der Reue mit einem Büßerstatus eingetragen, Vater Sorofraugh. Auch nicht in den umliegenden Dekanaten oder in sonst einer Kathedrale von New Bethlehem." Der Stabsdiener hinter der massigen Schalterinsel zog ein ratloses Gesicht. „Soll ich eine offizielle Anfrage ans Bistum oder nach Malleopolis rausschicken?"

„Danke für die Mühe, mein Sohn, aber nein. Das ist nicht notwendig." Die Aufmerksamkeit des Erzbischofs oder gar der Inquisition auf die Angelegenheit zu lenken, hätte Desmond gerade noch gefehlt. „Gott segne dich", sagte er deswegen, drehte sich um und ließ einen der vielen Bittsteller an den Terminal treten.

Er selber schritt an den metallgerahmten Panzerglassperren vorbei, verließ die Empfangshalle durchs Südportal und war so verwirrt wie zuvor. Später im Unterschlupf, als der Professor sich vor ihm in den Aufzug neben dem Wasserfall quetschte, verschlimmerte sich dieser Zustand noch.

„Der Prinz ist vermählt, der Prinz ist vermählt", schnatterte der quirlige Greis und fummelte an seinen bleichen Lippen herum. „Sag`s nicht weiter, Licht. Sag`s nicht weiter. Der Prinz ist vermählt."

„Keine Sorge, Professor. Ich erzähle niemandem etwas. Aber bestellen Sie dem Prinzen zum Heiligen Bund alles Gute von mir."

Der Professor bekam große Augen. „Ich geh jetzt nicht zum Prinzen, Jungchen. Würde ich nie mehr machen." Erst bekreuzigte er sich, dann verabreichte er jeder seiner Hände einen Klaps mit der jeweils anderen und schließlich stach er mit einem einzigen verkrümmten Finger vor Desmonds Gesicht in die Luft. „Viel zu gefährlich. Da darf man sich nicht blicken lassen …" Sich die Spritzer des Wasserfalls vom kahlen Haupt wischend, schob er nach: „Vielleicht sollten wir zusammen hingehen. Das Licht und ich. Zwei helle Köpfe. Ja, das könnte funktionieren."

Kaum war der Fahrstuhl oben angekommen, zerrte er Desmond am Ärmel, stieß die Tür auf und wollte losrennen.

Desmond gab nur widerwillig nach. „Wo wohnt der Prinz denn?"

Aber statt eine Antwort zu bekommen, kollidierte er mit Trimmunds Schildweste.

Der Professor schrie vor Schreck auf und gab seinen Ärmel frei.

Wütend bleckte der dunkelhäutige Trimmund die Zähne. „Ich habe dir doch verboten, den Professor zu belästigen, Priester!

„Das war nicht meine Idee. Der Professor ist zu mir gekommen. Er wollte mir gerade etwas zeigen. Vielleicht sollten wir zusammen …"

„Stimmt das, Professor?", fuhr Trimmund dazwischen.

Der Professor spielte verlegen mit den verbliebenen Haarsträhnen. „Vielleicht ja, vielleicht nein."

Indem er einen Finger unter den Stichwaffengurt vor seiner Brust hakte, knurrte Trimmund verächtlich: „Möge der dunkle

Herrscher dich verderben, Knierutscher." Dann drehte er sich auf dem Absatz herum. „Komm, Professor! Wir gehen!" Er stapfte davon.

„Aber der Prinz. Er ist jetzt vermählt", brach der Professor kleinlaut sein eigenes Siegel der Verschwiegenheit und schlurfte hinterher.

Desmond seufzte. Irgendwie mochte er den Professor und konnte noch nicht einmal sagen, dass er Trimmund grundsätzlich unsympathisch fand, aber die beiden blieben ihm ein Rätsel. Vielleicht sollte er heimlich den Heiligen Geist für eine Lösung bemühen, dachte er, während er den Durchgang zur Kaverne mit großem Abstand zu Trimmunds Rücken passierte.

Im fünften Bauabschnitt stand ein Haufen Untergründler mit Hacken, Schippen und Fusionshämmern herum und vernachlässigte seine Arbeit. Über die Köpfe hinweg hörte man einen Mann im staubigen Schein der Gaslampen eine wortgewaltige Rede schwingen: Iskariot.

Nicht weit entfernt entdecke Desmond Fate, der sich in seinem sauberen Hemd und mit den zusammengebundenen langen Haaren deutlich von den Bauarbeitern abhob. Eine dunkelhaarige Schönheit schmiegte sich in seinen Arm. Desmond gesellte sich dazu. Als er zu einer leisen Begrüßung ansetzte, legte Fate einen Finger an die Lippen und wies auf den Redner.

„In den letzten Tagen sind vier Frauen und Mädchen verschwunden und keiner weiß, wohin. Ich frage euch, was unternehmen die Dreizehn? Noch mehr Wachen auf Patrouille zu schicken hat sie jedenfalls nicht zurückgebracht." Mit ausgestreckten Armen stand Iskariot auf einem Stapel Dauermörtelsäcke.

Das Tuscheln der Anwesenden brachte ein selbstgefälliges Grinsen in Eckarts Hängebacken. Er bildete zusammen mit einem finster dreinblickenden Vocola und ein paar von Iskariots Anhängern einen Ring um ihren Anführer. Der ballte jetzt die Fäuste.

„Die Versammlungsführer sind beim Aufrechterhalten der Ordnung einfach zu nachlässig geworden. Oder hat ihr Lieblingspriester doch kein so feines Gespür für Verräter, wie er behauptet?

Wer weiß, wer die Nächste ist? Vielleicht jemand, den ihr kennt? Eure Frau, Tochter oder eure eigene Mutter!"

Beunruhigte Blicke, das Tuscheln wurde lauter. Die Frau an seiner Seite wurde so unruhig, dass Fate sie an sich zog und ihr besänftigend den Arm streichelte.

„Was willst du denn dagegen ausrichten, Iskariot?", schrie jemand.

Der Rebellenführer quittierte den Zwischenruf mit einem Blick, der eine Fledermaus tot von der Höhlendecke hätte fallen lassen. „Von meinen Leuten ist noch keiner verloren gegangen und keiner von ihnen hat Angst. Sie passen gut aufeinander auf und ich beschütze sie alle. Deswegen fordere ich hiermit noch einmal einen vierzehnten Sitz bei den Versammlungsführern für mich. Und ich schwöre euch: Wenn meine Männer uneingeschränktes Waffenrecht hätten, würde sich niemand trauen, unsere Frauen auch nur anzufassen." Diesmal schaute er provokant in Veneno Fates Richtung.

Desmond stellte angewidert fest, dass er selber dem beschwörenden Ton in Iskariots Stimme gerne geglaubt hätte, doch dann erinnerte er sich an Vocolas plumpen Annäherungsversuch bei Calla.

Und auch die Menge war gegenüber solchen Forderungen geteilter Meinung. Alle Gefolgsleute eines Anführers gleichzeitig bewaffnet – das hatte es in der Kaverne noch nie gegeben. Unter viel Kopfschütteln und Hände-in-die-Höhe-werfen wurde debattiert.

Sobald wieder Ruhe einkehrte, fuhr Iskariot fort, über die Dreizehn herzuziehen.

Desmond hatte genug gehört. Er wollte gehen. Ungeduldig gab er Fate ein Zeichen und sagte: „Dass sich die Leute diesen Blödsinn überhaupt anhören, ist eine Schande."

Fate flüsterte der Frau etwas zu, sie hauchte ihm einen Kuss auf die Wange, verschwand im Gedränge und er drehte sich um. „Iskariot hat eben eine sehr einnehmende Art. Außerdem haben die Leute hier Angst. Ein Volk in Furcht lässt sich viel leichter führen als eins, das nicht um seine Existenz bangen muss. Je größer die Angst, desto mehr lassen Menschen sich gefallen. Wenn du ihnen dann noch versprichst, sie vor dem Übel zu beschützen, welches du selbst so dramatisch in Szene gesetzt hast, kannst du mit ihnen praktisch machen, was du willst. Iskariot weiß das und nutzt es schamlos aus. Darin sind er und dein Papst sich sehr ähnlich."

„Ich hoffe, dass der Heilige Vater irgendwann einmal seinen Standpunkt überdenkt", dachte Desmond laut.

Fates Grinsen blieb ironisch wie immer.

Als sie gemächlich an der leeren Rotunde vorbeispazierten, meinte er: „Langsam wird die Lage ernst. Iskariot bringt zu viel Unruhe in den Unterschlupf. Ich weiß nicht, ob wir ihm noch länger trauen können."

„Das Gleiche behaupten die Dreizehn von dir. Sie werden nervös. Viele Flüchtlinge aus Nicopolis bekennen sich zu dir anstatt zu einer ihrer Anhängerschaften. Und eine zweite Splittergruppe ist mehr, als der Unterschlupf vertragen kann, meint Nodrim."

„Das kränkt mich. Ich dachte, hier würde Meinungsfreiheit herrschen! Soll ich die Leute wegschicken, die mir folgen wollen? Außerdem bin ich nicht wie Iskariot. Ich laufe nicht durch die Kaverne und versprühe Gift."

„Ich weiß. Das Verschwinden der Frauen macht die Ketzer mit jedem Tag, an dem sie nicht wieder auftauchen, verrückter."

„Die Verschwundenen befinden sich nicht zufällig in eurem Reuetrakt?"

„Nein. Gleich nachdem Nodrim mir davon berichtet hatte, habe ich ihre Namen durchs Sündenregister gejagt. Nichts. Vermutlich sind sie einfach weggelaufen."

„Wohl kaum. Diese Manja hat eine ganze Familie zurückgelassen. Und die Frau, die danach verschwand, einen Mann und ihren Vater, um den sie sich gekümmert hat. Klingt nicht nach Leuten, die einfach so davonlaufen."

„Ich nehme die Männer aus Nicopolis bei den heutigen Vertrauenszeugnissen besonders sorgsam unter die Lupe. Vielleicht kann einer von ihnen den Versuchungen des Fleisches genauso wenig widerstehen wie Vocola."

„Es wäre auch möglich, dass Iskariot die Situation, aus der er jetzt Kapital schlägt, selbst herbeigeführt hat."

„Wenn du das Vertrauen zu jemandem verlierst, dann aber gleich gründlich."

„Umstände ändern sich. Menschen manchmal noch mehr."

***

Nachdem er die letzten Ketzer nach Hause geschickt hatte, setzte Fate sich zur Abschlussbesprechung an Desmonds Tisch.

„Irgendeinen Hinweis entdeckt?"

„Nein. Bis ich eine aussagekräftige Menge untersucht habe, wird bestimmt noch etwas Zeit vergehen. Im Augenblick können wir nur beten."

„Du weißt, dass das nicht helfen wird."

„Dir nicht."

„Und den Frauen auch nicht. Dein Gott hört dir nicht zu."

„Ich kenne deinen Standpunkt und du meinen. Kannst du mich nicht einfach in Ruhe lassen?"

„Bei mir ist das mehr als ein Standpunkt. Für einen Priester sind deine Argumente überraschend schnell aufgebraucht."

„Ich brauche keine Argumente für Dinge, die geschrieben stehen. Und du lässt dich sowieso nicht überzeugen. Die Diskussion ist also beendet."

„Arrogant und naiv in einem, aber eigentlich möchte ich nicht streiten. Du hast dir heute meinen Respekt verdient. Bei dem Mann von dieser Riana hast du ganze Arbeit geleistet. Ich hätte nicht gedacht, dass du den so schnell wiedersehen würdest."

Desmond war froh, dass Fate das Thema wechselte. Während ihrer Auseinandersetzung war die dunkle Sehnsucht nach etwas

Lebendigem wieder aufgeflammt. So lächelte er matt bei dem Gedanken daran, wie temperamentvoll sich Rianas ehemaliger Gatte bei ihm bedankt hatte.

„Er hat das Sakrament der Ehe entweiht. Aber meiner Ansicht nach hätte er es gar nicht erfahren dürfen. Wenigstens ist ihm die Entscheidung, seine Frau zu verlassen, nicht leichtgefallen."

Fate starrte in die gefüllten Regale. „Es war das Beste so. Glaub mir, ich kenne die Menschen. Dich als Priester von Gottes Schild mag das Prinzip der gleichgeschlechtlichen Zuneigung verstören, dennoch hast du richtig gehandelt. Ich bewundere Menschen, die über ihren eigenen Schatten springen können. Und dieser Mann, dessen Namen du noch nicht einmal kennst, wird dir von nun an und für den Rest seines Lebens dankbar sein." Mit einem Mal bohrte sich Fates anthrazitfarbener Blick wieder bis in Desmonds Seele. „So richtig zufrieden bist du immer noch nicht, oder? Eigentlich solltest du das. Ich für meinen Teil bin auf jeden Fall sehr stolz auf dich. Du wirst von Sitzung zu Sitzung schneller. Und nicht nur, dass du die verborgenen Gefühle der Menschen immer präziser zu interpretieren weißt, du hast auch eine natürliche Begabung dafür, die Ursachen ihrer Probleme aufzudecken. Einige von denen musste ich schon abwimmeln, weil sie bloß schlaue Ratschläge wollten. Wenn du so weitermachst, hast du in Kürze deine eigene Gemeinde." Er holte Luft. „Mit all dem hast du meine Erwartungen bei Weitem übertroffen."

In Desmond brandete Stolz auf, aber auch ein anderes Verlangen. „Ich weiß dein Lob zu schätzen. In letzter Zeit fällt es mir schwer, neben meinen Diensten an Gott Energie für die Arbeit hier aufzubringen, und mein Onkel bemerkt es nicht mal. Dazu breitet sich diese Lust auf etwas Lebendiges in meiner Seele wie eine Krankheit aus. Gerade in diesem Moment ..." Gegen Ende war seine Stimme nur mehr ein Ächzen und seine Hände zitterten. Er beschwor den Heiligen Geist. Erst wollte gar nichts geschehen, doch dann spürte er wohlige Wärme in sich aufsteigen und die Sehnsucht verflog.

Fate hatte hilflos danebengestanden. „Geht es wieder?"

„Ich konnte es mit der Macht Gottes niederringen. Doch das wird immer schwieriger. Was können wir tun? Muss ich härter an mir arbeiten, damit ich stark genug bleibe, um diesem Gefühl Paroli zu bieten?"

„Ich habe die Dringlichkeit der Situation offensichtlich unterschätzt. Auch wenn ich froh bin, dass deine Motivation ungebrochen ist, dürfen wir dich nicht noch mehr fordern. Was immer es ist, es könnte sonst mächtiger oder unkontrollierbar werden. Wir müssen dein Training ändern." Er stand auf. „Warte hier! Ich bin gleich zurück."

***

Unsanft wurde Desmond gerüttelt. Fate. Neben ihm stand ein junger Mann mit großer, schmaler Nase und scharfen Gesichtszügen. „Kaum bin ich eine Viertelstunde weg, da schnarchst du so laut, dass die Katzen flüchten. Darf ich dir Fennek vorstellen?"

Der Junge konnte sich noch nicht lange in der Kaverne aufhalten, dachte Desmond, denn seine Haut wies einen dunklen Bronzeton auf. Die fleckige, helle Kleidung war in vielen Schichten um seinen Körper gewickelt. Darüber trug er eine Art großes Tuch, das in der Taille von einem Gürtel zusammengehalten wurde.

„Ich grüße Sie, Priester Sorofraugh. Hab schon viel von Ihnen gehört." Seine Stimme klang für Desmonds Ohren etwas zu kehlig.

„Priester Sorofraugh wird nichts dagegen haben, wenn du ihn Desmond nennst. Schließlich sind wir alle Waffenbrüder."

Beim Lächeln zeigte Fennek große Zähne, die leicht schief standen. Sogar sein Kopf war verhüllt, sodass nur das Gesicht und ein Ansatz nachtschwarzen Haares hervorlugte.

Desmond lächelte gezwungen zurück. Als Fate sich zu ihm runterbeugte, zischte er leise: „So? Hab ich nichts dagegen? Wo hast du denn den aufgelesen?"

„Fennek wurde einst von seinem Vater in Obhut gegeben und ist einer meiner treuesten Verbündeten. Ich war heilfroh, ihn wohlbehalten in der Kaverne anzutreffen. Doch im Moment ist der Grund seines Hierseins für dich viel wichtiger als seine Herkunft." Fate wies Fennek an Desmonds Tisch. Wie der falsche Prophet hatte auch der junge Fremde eine raubtierhafte Art, sich zu bewegen. „Auf dem Weg hierher habe ich Fennek zwei Wörter genannt. Durchforsche sein Bewusstsein und finde sie!"

„Schon wieder Seelenlesen? Ich dachte, wir wollten das Training verändern?"

„Diesmal ist es anders. Such die zwei Wörter und der Unterschied wird dir auffallen."

Desmond fixierte Fenneks Pupillen. Sein Blick wurde glasig.

„Hast du schon was entdeckt?", wollte Fate wissen.

„Ich habe doch gerade erst begonnen."

„Es ist ja auch noch nicht lange her, dass Fennek sich die Wörter eingeprägt hat."

An Desmonds Ohren kratzte etwas. Fenneks Kopfwickel. „Ich bin drin."

„Wir haben den unterirdischen Flusslauf oberhalb der Fälle verfolgt. Möchtest du morgen einmal mitkommen in die Nebengänge? Es ist der reinste Irrgarten, aber ich glaube, es könnte dir gefallen", sagte Fate.

Fenneks Blick klärte sich. Schon war es um Desmonds Kontrolle geschehen. Wie sollte er genug Aufmerksamkeit für das Lesen erübrigen, wenn Fate dazwischenquasselte?

„Konzentrier dich!", wies der ihn sogleich zurecht.

Also zwang Desmond sich wieder in Fenneks Blick.

„Wir werden den Fluss weiter oben noch mal aufstauen, um ein Wasserkraftwerk zu bauen. Dann haben wir endlich Strom hier unten. Und das Doppelte an Platz für die Fischzucht."

Fenneks Haltung versteifte sich. Desmond war wieder draußen.

„So funktioniert das nicht, Veneno", beschwerte er sich. „Deine Berichte aus der Höhlenwelt stören meine Konzentration."

„Mein Bericht soll weder interessant noch unterhaltsam sein. Im Gegenteil. Egal was ich erzähle, du sollst es aushalten, an dir vorbeigleiten lassen, es aus deinem Bewusstsein verbannen." Er atmete tief aus. „*Das* ist deine Übung. Und jetzt such die beiden Wörter."

Desmond kniff die Augen zusammen und machte sich erneut auf die Reise hinter Fenneks Stirn.

Fate fing wieder an zu schwadronieren. „Wir haben dann natürlich vorübergehend etwas weniger Wasser im Stillen See. Aber ich glaube, das wäre es wert."

Desmond versuchte, das Geschwafel auszublenden, so gut es ging. Einige Bereiche in Fenneks Verstand blieben dunkel wie die Eingeweide einer Kellerschnecke. Die Wörter, die er suchen sollte, lauteten ironischerweise ‚Geheimes Wissen'.

Es dauerte eine geschlagene Stunde, bis er sie genervt aus Fenneks Geist grub.

Nachdem er seinen Helfer weggeschickt hatte, fragte Fate: „Was hältst du von ihm?"

„Von diesem Fennek? Er ist mir irgendwie nicht geheuer." Desmond erzählte von den blinden Flecken im Verstand des jungen Mannes.

Fate lachte. „Genau aus diesem Grund habe ich ihn für die Übung ausgewählt. Aber er hat auch noch andere Qualitäten, die du schon bald zu schätzen lernen wirst. Beispielsweise ist er ein sehr aufmerksamer Beobachter. Letztens hat er mir etwas berichtet, das mir wieder ins Gedächtnis kam, als wir uns heute über die verschwundenen Frauen unterhalten haben. Zusammen mit meinen Beobachtungen bei Iskariots Rede bringt mich das alles auf einen äußerst unschönen Verdacht."

„Ich höre."

„Noch ist es zu früh. Dafür muss ich mich der Angelegenheit selber widmen. Aber du darfst mir gerne helfen. Für morgen bekommst du eine Aufgabe. Sobald du sie erledigt hast, sehen wir weiter."

***

Kain Bathseba, der neue Bischof von Nicopolis, zog ein ernstes Gesicht. Auf dem Hinflug hatte der Kommunikationsoffizier drei Mal für ihn in der Allmächtigkeitskathedrale um eine Audienz gebeten. Jedes Mal war sein Ersuchen abgelehnt worden.

Jetzt beobachtete er, wie seine sieben Gefangenen von der Priesterschaft zu New Jericho abgeführt wurden.

Bathsebas Großshuttle trug die weiße Taube, das Symbol des Heiligen Geistes, über den Doppeltragflächen und wies ihn somit als Mitglied der Bischofskaste aus. Trotzdem stand er auf der untersten statt der obersten der sechs gewaltigen Flugebenen, die das Dach von Innozenz' Regierungshauptsitz beherbergte, und der Empfang war alles andere als pompös gewesen. Seine Fähre war einfach wie eine der hundert anderen auf dem Flugfeld abgefertigt worden. Bathseba hatte mit seinem persönlichen Wickelsiegel die Überführung bestätigen müssen, damit war alles an offiziellem Ritual erledigt. Ihn selbst störte dieser offene Bruch der Etikette wenig, aber dass Innozenz XIV. sogar den Gefangenen von Nicopolis keine besondere Bedeutung beizumessen schien, irritierte ihn zutiefst.

Keine zusätzlichen Sicherheitsmaßnahmen waren veranlasst worden, kein Inquisitor erschienen. Man führte die Aufrührer einfach nach und nach zu einer Handeisenplattform, wo sie mit einem metallenen Kopfbügel fixiert wurden. Danach knallten die Käfigtüren in die Schwellensicherungen.

Der Bischof schüttelte den Kopf. Trotz der vielen blauen Flecke und Schwellungen konnte er noch Starrsinn in den Gesichtern der Büßer ausmachen. Er würde ihnen schnell vergehen. Der Pilot im Führerstand erhob die Gefangenenplattform auf ihre Schwebedüsen und schließlich glitten die Verräter durch die Betriebsamkeit des Flugdecks davon.

Bathseba hatte Wert darauf gelegt, sich persönlich seiner Verantwortung vor dem Heiligen Stuhl zu stellen. Das verlangte der Glaube von ihm. Trotz aller Anstrengungen fand der Aufstand in Nicopolis kein Ende. Er hatte es selbst kaum fassen können, aber die sieben Büßer waren der – noch – lebende Beweis dafür. Obwohl die Templer und Bathsebas Priester Tag und Nacht Streife in Nicopolis liefen, er Versammlungsverbote und Ausgangssperren verhängt und erfolgreich durchgesetzt hatte, waren gleich nach dem Verschwinden der Seraphim erneut Verkünder der falschen Prophezeiung aufgetaucht. Versteckter diesmal, subtiler als ihre Vorgänger. Dennoch waren fünfzehn von ihnen in den letzten Wochen enttarnt worden. Fünfzehn! Bei Gott. Und nur sieben davon hatte er lebend erwischt und vor den Heiligen Vater zerren können.

Was für eine Prüfung hatte Gott ihm da nur auferlegt? Und war es Zorn oder Vertrauen, was der Papst jetzt mit der Nichtbeachtung Bathsebas zum Ausdruck bringen wollte? Der Bischof wollte keine Prognose wagen. Alles, was er tun konnte, war, noch gewissenhafter zu planen als bisher. Seine Priesterschaft weiter antreiben und darauf warten, dass Innozenz reagierte. Womöglich würde er bald genauso tot sein wie Crudes Sohn.

Der Trubel um ihn herum, die vielen Menschen, wie sie Schiffe bestiegen oder Rampen hinabgingen, Transporter, die gerade ankamen oder abflogen: Das alles war ihm plötzlich zu viel. Er gab dem Captain neben sich ein Zeichen und zog sich in sein Schiff zurück.

***

Die Zusatzflügel am Cockpit von Bathsebas Großshuttle erinnerten Innozenz an den Kopf eines jener Hammerhaie, die er von Zeit zu Zeit in den Weitwasseraquarien seiner Sommerresidenz erlegte. Erst nachdem der groß gewachsene Mann wieder in seinem Flugschiff verschwunden war, nahm er den Blick vom Bildschirm des hellen Marmortisches. Überaus unentschlossen und unzufrieden hatte Bathseba gewirkt. Der Papst schlug mit der Faust auf die vergoldete Tischkante.

Hervorragend, dachte er. Sollte Bathseba ruhig alle Zweifel und den Missmut mit ihm teilen. Schließlich trug der Mann jetzt die volle Verantwortung für Nicopolis.

Die Aufmerksamkeit Gottes galt im Augenblick zum Glück ganz der Wilden Grenze. Dort hatten die Templer in der letzten Woche schwere Rückschläge hinnehmen müssen. Doch sobald ihr Vormarsch wieder ins Rollen gebracht war, würde der Herr zurückkehren und Bathsebas Gefangene sicherlich befragen wollen. Es wäre besser für alle Beteiligten, wenn Innozenz dann schon mit einigen Antworten würde aufwarten können.

Er drehte sein goldenes Kreuz im Schnittstellensockel um fünfundvierzig Grad, ein weiterer Bildschirm klappte aus der Oberfläche und Bathsebas haarspalterischer Bericht flackerte auf. Ein paarmal schon hatte er ihn durchgesehen. Trotzdem las er die wichtigsten Fakten nochmals quer.

So präzise diese Informationen auch sein mochten, sie warfen mehr Fragen auf, als sie beantworteten. Warum lebte diese falsche Prophezeiung immer wieder auf? Wieso hatten sich Gläubige, wie sie unterschiedlicher kaum sein konnten, alle demselben Zweck verschrieben? Wie konnte es sein, dass sich trotz der grausamen Bestrafung ihrer Vorgänger immer noch welche fanden, die sich für den wiedergeborenen Veneno Fate ausgaben? Wer war dieser Fate überhaupt gewesen und wo war er hergekommen? Irgendein Unbekannter musste da an Fäden ziehen, die Innozenz noch nicht sah.

Jeder Bewohner des Gelobten Landes wusste: Jenen, die jenseits des Glaubens starben, drohten ewige Höllenqualen. Trotzdem waren von fünfzehn überführten Sündern nur sieben in Gewahrsam! Was ging nur in diesen verwirrten Köpfen vor sich? Rätsel über Rätsel.

Das Akkusationsverfahren war nur noch Formsache. Innozenz hatte bereits drei Souveräninquisitoren mit den dazugehörigen Zeremonienmeistern in die Allmächtigkeitskathedrale bestellt. Sie würden sich der sieben Kinder des Aussatzes, den man Verrat nannte, schon sehr bald annehmen. Und dann würde man weitersehen. Unter Umständen versteckte sich Satan, der Herr der Lügen, ja doch irgendwo hinter den Kulissen. Oder einer seiner Vasallen.

Vielleicht sollte Innozenz das Ganze zunächst auch vor seinem Herrn vertuschen. Nur so lange, bis er alle Fakten kannte. Es wäre nicht das erste Mal, dass er mit so etwas durchkäme.

Er verlagerte das Gewicht auf den unbequem gewordenen Polstern seines Drehsessels. Es bedurfte einer sofortigen Ablenkung oder er würde vor lauter Fragen und Entscheidungsmöglichkeiten bald nicht mehr klar denken können. War es noch zu früh, den Orden der Magdalena in sein Schlafgemach zu bestellen? In den Kathedralen war noch nicht einmal die Sext gelesen worden. Oder sollte er sich stattdessen lieber von den Aromen seines Gartens besänftigen lassen?

Zum Teufel! Die Staatsgeschäfte des Gelobten Landes würden ihn früh genug wieder einholen. Er wies den Majordomus via Sprechanlage an, die Matratzenheizung seines Lieblingsbetts anzuwerfen.

XXIV

Bevor Desmond am folgenden Tag in einem der wenigen Eingänge oberhalb der Kaverne verschwand, schaltete er die Kragenortung um und verbarg sich im Schatten eines schiefen Mauerrestes.

Der letzte prüfende Blick über die Trümmerhalde verriet bloß, dass sie noch nass vom kalten Regen war und er heilfroh sein konnte, heute einen gefütterten Talar unter dem Umhang zu tragen. Die Adventszeit näherte sich mit Riesenschritten und bald, so wusste er, würde über New Bethlehem der erste Schnee fallen.

Ein Gebet später machte er sich daran, Fates Aufgabe zu erfüllen: Er streckte die Fühler des Heiligen Geistes über das Ruinenfeld. Seine Stirn lag in Falten vor Anstrengung, kalter Schweiß und die ersten Anzeichen von Schwindel stellten sich ein und obwohl er nun wusste, wonach er suchen musste, und seine Fortschritte beim Seelenlesen ihn weit nach vorn gebracht hatten, geschah nichts. Wieso, beim Herrn, konnte er die Seelen der Kavernenbewohner von hier aus nicht aufspüren?

Er durchforschte das Areal noch sorgfältiger, noch langsamer, doch es fühlte sich so leer an wie die Totenhalle der St. George. Gerade dieser Eindruck von verlorener Einsamkeit ließ in Desmond wieder das dunkle Sehnen nach seelischen Energien auflodern. Erschrocken gab er auf und setzte seinen Weg zum Einstieg fort.

Am Stillen See angekommen, änderten sich seine Wahrnehmungen unvermittelt. Dort trommelten tausend mächtige Herzschläge aus Lebensfreude durch seinen Kopf. Er stand kaum im Aufzug, da öffnete er seinen Geist und ließ die ungebändigten Energien um ihn herum in das Loch seiner Seele strömen. Das dunkle Verlangen zeigte sich das erste Mal in gewisser Weise befriedigt.

Als der rostige Käfig dann oben am Durchgang zum Dorf anhielt, konnte Desmond gar nicht davon ablassen. Nur einen kurzen Moment wollte er noch das Gefühl der Zufriedenheit in sich genießen, das er so vermisst hatte, noch eine Sekunde die Kraft der Ketzer spüren …

Er blinzelte. Plötzlich stand eine Gruppe Olmfischer in überkniehohen Kautschukstiefeln vor ihm. Äußerst widerwillig kappte er die geistige Verbindung und verließ den Fahrstuhl. Lediglich ein paar Augenblicke länger, so war er überzeugt, und er hätte endgültigen Frieden gefunden. Doch nun fühlte er sich fast wieder so leer und verbraucht wie vorher. Wie sollte er nur …?

Er blinzelte noch einmal. Die Arbeiter der halb fertigen Hütten in der Nähe starrten ihn an. Ohne es zu merken, war er mit erhobenen Armen stehen geblieben. Peinlich berührt senkte er seine Arme wieder, stopfte der murrenden Bestie in seinem Inneren mit dem Heiligen Geist den Rachen und setzte seinen Weg fort.

Auf dem Weg zu seinem Steinhäuschen wurde er immer wieder zur Seite gescheucht, angerempelt und beinahe von einem rutschenden Steinstapel erschlagen. Dabei schluckte er so viel Staub aus der trüben Luft, dass er in einem fort husten musste. Desmond staunte darüber, wie rapide das unterirdische Dorf gewachsen war. Mittlerweile hatte Calla mehrere Bautrupps unter ihrem Kommando, und da der Kavernenboden fast vollständig verbaut war, fingen sie an, auf den bestehenden Hütten ein zweites Stockwerk zu errichten.

Indem er seinen Umhang neben den Eingang der Hütte hängte, vertrieb er den braunen Kater von einem Stapel Decken, die eigentlich dazu dienten, seine abgewetzten Möbel zu verhüllen. Der kleine Kerl streckte sich ausgiebig, schnurrte leise und scharwenzelte um Desmonds Beine. *Fandango* hatte er das Tier getauft. Nachdem Fate ihn und den Kater beim Spielen beobachtet hatte und meinte, es sähe aus wie eben jener verbotene Tanz aus Babylon, fand Desmond das ganz passend.

Er schnalzte mit der Zunge, woraufhin Fandango die Ohren aufstellte. Einer spontanen Eingebung folgend, versuchte

Desmond, in das Bewusstsein des Tieres einzudringen. Und tatsächlich: Als es in seinem Rachen nach Fisch zu schmecken begann, steckte er plötzlich mitten in einem farbenfrohen Flickenteppich aus rohen Emotionen. Was eigentlich aus reiner Neugier geboren war, entwickelte sich nach wenigen Augenblicken zu einer höchst intensiven Erfahrung. Ein so hohes Maß an Persönlichkeit hätte Desmond einem Tier niemals zugetraut. Auch war Fandangos Blick lange nicht so verklärt wie der eines Menschen. Im Gegenteil, ihm schien durchaus bewusst, was geschah, und doch ließ er seinen Freund vertrauensvoll gewähren. Als er spürte, wie viel Zuneigung der Kater ihm entgegenbrachte, sandte er ihm dasselbe Maß an Liebe ins Bewusstsein.

Mit einem kläglichen Miauen erklomm Fandango seine Schulter und rieb laut schnurrend den Kopf an seiner Wange.

Desmond war gleichermaßen gerührt wie erschrocken. Was hatte er getan? Tiere zu beeinflussen war eigentlich ein exklusives Talent der Inquisitoren.

„Ich störe euch beide ja nur ungern, aber ich glaube, du hattest einen Auftrag auszuführen."

Unangemeldet und ohne ein „Hallo" stand Veneno Fate im Wohnbereich.

Fandangos Pupillen weiteten sich. Mit einem Sprung von Desmonds Schulter in die nächste Fensteröffnung war er verschwunden.

„Ihr beiden werdet in diesem Leben wohl keine Freunde mehr", bemerkte Desmond trocken. „Und ich wollte eigentlich erst etwas mit Nodrim besprechen, bevor wir mit den Vertrauenszeugnissen fortfahren."

„Heute verlangen wichtigere Dinge unsere Aufmerksamkeit. Was hast du an der Oberfläche herausgefunden?"

„Ich habe nach dem Unterschlupf gesucht, bis ich beinahe bewusstlos geworden bin, aber nichts ... Fehlanzeige! Die Ketzergemeinde war erst wahrnehmbar, als ich mich unter der Erde und in ihrer Nähe befand."

„Obwohl ich es mir anders wünschen würde, überrascht mich das keine Sekunde. Komm mit!" Fate drehte sich zum Ausgang und ging.

„Warum überrascht dich das nicht? Und wo zum Teufel willst du hin?" Desmond hetzte hinter Fate her, der es auf einmal ziemlich eilig hatte.

***

Auf ihrem Weg zurück durchs Dorf trafen Desmond und Fate auf Fennek. Der schien sie abgepasst zu haben, um sie zu begleiten, und Desmond hätte gern gewusst warum. Doch Fate gab sich dermaßen geheimniskrämerisch, dass bis zum Aufzugschacht kaum ein Wort gewechselt wurde.

Fennek und Fate erklommen dort eine Leiter, die neuerdings den Zugang zu einem Stollen ermöglichte, der sich neben der Spalte, aus der das Wasser den Aufzugschacht hinunterstürzte, befand. Und Desmond kletterte hinterher.

Im Stollen hieß es zunächst einmal robben, während sich das Rauschen des Wasserfalls hinter ihnen verlor, später dann krabbeln. Desmond hätte gern mehr erkannt, aber wenn er an Fates Hosenboden vorbeischaute, machte er bloß einen unsteten gelblichen Lichtschein aus. Fennek musste eine der kleinen, blasenförmigen Gaslampen mitgebracht haben, die bei den Bautrupps so beliebt waren.

Davon abgesehen zeichnete diesen Teil der Strecke nicht viel mehr als das eigene Schnaufen und das Schaben der Kleidung über den rauen Boden aus. Zwischen Desmonds Zähnen knirschte bitterer Gesteinsstaub.

Als sie endlich wieder aufrecht gehen konnten, informierte Fate: „In diesen verschlungenen Gängen treibe ich mich rum, wenn ich dich nicht gerade mit dem Heiligen Geist quäle, Desmond."

„Mir wäre das auf die Dauer zu eng und zu dunkel. Erfahre ich jetzt, was wir hier machen?"

„Erklär es ihm, Fennek."

„Als ich im Auftrag des Propheten die Gänge weiter hinten abgeschritten und kartografiert habe, wehte mir auf einmal ein bestialischer Geruch um die Nase. Ich rechnete damit, einen Verunglückten zu finden oder ein verendetes Tier, aber ich konnte die Quelle des Gestanks nirgends entdecken. Als ich am Tag darauf zurückkehrte, roch es wieder ganz normal, also habe ich mir nichts weiter dabei gedacht."

„Irgendwann hat er mir nebenbei davon erzählt", ergänzte Fate. „Und ich fand das in dem Moment auch nicht besonders bemerkenswert. Aber gestern, nachdem diese unschöne Vermutung in mir aufgeblüht ist, habe ich genauer nachgehakt. Beschreib deinen Eindruck doch noch mal ganz genau, Fennek."

„Es stank eindeutig nach Verwesung und irgendwie seifig."

„Und was soll daran so besonders sein?", wollte Desmond wissen.

Doch als Antwort bekam er ein Zischen von Fate. „Hörst du das?"

Desmond bemerkte ein dumpfes Klopfen. „Dieses Geräusch? Ja. Es scheint aus den Wänden zu kommen."

„Das sind die Bewohner der Wand, wie sie ihre Wohnhöhlen ins Gestein schlagen."

Dafür, dass Fennek erst vor Kurzem hier eingetroffen war, kannte er sich schon gut aus, dachte Desmond.

„Still! Wir reden gleich weiter", sagte Fate, band sein Haar mit dem Lederknoten im Nacken zusammen und legte einen Schritt zu.

Das Klopfen wurde klarer und lauter. Und es erklang nicht mehr allein aus den Wänden, sondern auch eindeutig von vorne. Keine Minute verstrich und ihr Gang traf auf eine breite, geräumige Höhle, die ein unterirdischer Flusslauf teilte. Das Gewässer floss so leise durch die Höhle, dass es über das nun laute Hämmern und Schlagen kaum zu hören war.

Wegen der großen Gaslaternen auf dieser Seite des Flusses hätte Fennek seine mitgebrachte Lampe eigentlich löschen können. Da er es nicht tat, vermutete Desmond, dass sie noch nicht an ihrem Ziel angelangt waren. Er schaute sich um: Ein bunt zusammengewürfelter Haufen Kavernenbewohner stand mit hochgekrempelten Hosen im kalten Wasser. Geräuschvoll werkelten sie an so etwas wie einer Mauer herum, die ihnen bis zu den Knien reichte und quer im Flussbett stand.

„Ihr errichtet ja tatsächlich einem Staudamm", stellte er fest.

„Ja", erwiderte Fate knapp. „Nach seiner Fertigstellung brauchen wir nur noch ein Kraftwerksmodul, dann können wir sogar unsere eigene Energie herstellen."

Im Geiste machte Desmond sich einen Vermerk: Er würde Daniel darauf ansetzen.

Nach dem Fluss ging es ein Stück bergan und kurz darauf stoppte Fennek vor einer Wand mit einer weiteren Leiter. Sie führte zur nächsten Öffnung: einem mannshohen Riss, von dem ein Rinnsal Wasser eine grüne Algenspur hinunterzeichnete.

„Hier wehte der Gestank raus", erklärte Fennek und bestieg die knarzende Leiter.

Oben gelangten sie in eine enorm breite, aber niedrige Kammer, von deren Decke Tropfen auf Fenneks Lampenkuppel zischten. Sein Licht wurde zwar vom Boden grün schillernd reflektiert, trotzdem reichte die Sicht kaum drei Meter weit und jeder unbedachte Schritt geriet zur Rutschpartie.

„Wir müssen uns vorsehen. Ich habe die halbe Nacht damit zugebracht, den Weg zu finden. Bleibt hinter mir." Mit diesen Worten übernahm Fate Fenneks Lampe und die Führung.

Es verging eine zähe halbe Stunde, in der Desmond nichts weiter tat, als hinter seinen Begleitern herzuschleichen, jeden Schritt zweimal zu prüfen und tunlichst darum bemüht zu sein, sich nicht die Knöchel zu brechen.

„Wir müssen noch ein kleines Stück weiter", hallte Fates Stimme irgendwann durch das feuchte Halbdunkel.

Weiter hinten konnte man vage eine Wand mit mehreren Öffnungen erkennen. Sie hielten sich rechts. Schließlich stoppten sie vor einem Durchbruch, der bemerkenswerterweise mit dickem, grobem Tuch verhängt war.

Fate trat durch den Vorhang, Fennek und Desmond hinterher. Der klamme Stoff rückte nur steif zur Seite, fühlte sich aber überraschend warm an. Auch im Rest der etwa wohnzellengroßen Kammer war es alles andere als kühl. Wenn nicht dieser üble Fäulnisgestank mit einem seifigen Unterton in der Luft gelegen hätte, wäre die Atmosphäre richtig angenehm gewesen.

„Hat einer von euch den Südwind befreit oder was beleidigt hier meine Nase?", witzelte Desmond, stockte aber sogleich. Noch weitaus erstaunlicher als die Raumtemperatur und die schlechte Luft war das, was an der Decke des Höhlenraums hing.

„Was bei der Mutter Gottes …", entfuhr es ihm.

Er konnte nicht sagen, ob es sich um ein Tier, eine Pflanze oder nur eine exotische Gesteinsformation handelte. Das Gebilde war einen Meter achtzig lang, vielleicht auch etwas kürzer. An der breitesten Stelle hatte es ungefähr Desmonds Schultermaß. Seine Gestalt schien leicht verkrümmt, tiefbraun und über und über mit warzigen Auswüchsen bedeckt. Diese reichten von kleinen runden Knubbeln über kraterartige Geschwüre bis hin zu knotigen Tropfsteingebilden.

„So etwas hast du noch nie gesehen, nicht wahr?", stellte Fate fest.

Desmond schüttelte den Kopf.

„Das ist eine Magnadolie. Das seltenste Gewächs des Gelobten Landes."

Desmond zog die Stirn kraus. In der Ecke der Kammer fiel ihm ein primitives Heizelement auf.

„Wieso wächst sie ausgerechnet hier?"

Fate setzte einen wissenden Blick auf. „Nun, gewachsen ist sie hier nicht. Ich vermute, dass Iskariot sie hergebracht hat."

„Warum sollte er so etwas tun? Wie ein Botaniker kam er mir bislang nicht vor."

Fate wies Fennek an, die braunen Knoten des Gewächses noch etwas genauer zu beleuchten. Ihre bizarren Furunkel glänzten feucht.

„Das liegt wahrscheinlich an den psychoreaktiven Eigenschaften der Magnadolie. Sie schottet Gedanken und Auren nach außen hin ab. Damit hält Iskariot uns die Seraphim und jeden anderen, der da draußen mit dem Geist nach uns forschen könnte, vom Leib."

„Deswegen konnte ich den Unterschlupf von der Oberfläche aus nicht entdecken", schloss Desmond.

Fate nickte. „Sehr richtig."

„Beruhigend zu wissen, dass Iskariot so gute Vorkehrungen für uns alle getroffen hat, aber woher hat er dieses Ding?"

„Viel wichtiger als das ist die Frage, wie es überhaupt in seinen Besitz gelangen konnte. Diese Pflanze ist deswegen so selten, weil ihr Ursprung schwarzmagisch ist."

„Du denkst, dass Iskariot Hexerei beherrscht?", stotterte Desmond. Allein bei dem Gedanken, dass solche Praktiken im Dekanat seines Onkels stattfanden, wurde ihm ganz anders. „Wieso bist du dir überhaupt so sicher, dass er es war?"

„Wie ich schon sagte, stand am Anfang nur ein Verdacht … bis ich diese Höhle entdeckte und das da." Fate wies mit der Lampe in eine dunkle Wandnische. Desmond blieb der Mund offen stehen. Dort stand jene Statuette, die er an seinem ersten Tag hier in Iskariots Vorraum gesehen hatte.

„Oh … mein … Gott."

Fate wandte sich an ihren jungen Begleiter. „Fennek! Du hältst draußen Wache. Sobald du mitbekommst, dass sich jemand nähert, klopfst du gegen die Decke. Dann müssen wir das Licht löschen und uns schnellstens an der Wand entlang hier wegtasten."

„In dieser stockfinsteren Dunkelheit?", warf Desmond ein.

Fate schnaubte: „Willst du dich lieber mit Iskariot auseinandersetzen? Wenn er wirklich, und das vermute ich mittlerweile stark, die dunklen Künste beherrscht, dann hat er die verschwundenen Frauen geopfert, um sich ihrer Seelen zu bemächtigen. Ich möchte gar nicht wissen, wie stark ihn das gemacht hat."

Iskariot war jemand, der den mächtigen Fate ängstigen konnte? Desmond schwieg betroffen. Fennek schlug die Decke vor dem Eingang zurück und ging.

Als Desmond seine Stimme wiedergefunden hatte, fragte er: „Und nun?"

„Nun machen wir das Beste aus einer schlimmen Situation. Vielleicht kannst du etwas von der Magnadolie lernen. Lies sie!"

„Eine schwarzmagische Pflanze? Ich habe zwar schon einen Abstecher in die Psyche meines Katers hinter mir, aber diese Abartigkeit ... Das will ich nicht. Im besten Fall hat dieses Ding überhaupt kein Bewusstsein. Aber was, wenn doch? Vielleicht wehrt es sich."

„Sei nicht so ein Angsthase. So dramatisch wird es nicht werden. Außerdem bin ich ja bei dir. Also vertrau mir einfach und lass dich drauf ein." Fate klopfte Desmond kameradschaftlich gegen den Oberarm und stellte sich danach erwartungsvoll an die von Kalkablagerungen geglättete Wand.

Desmond starrte die eigentümliche Magnadolie an. Noch nie hatte er von einem solchen Teufelswerk gehört. Mit dem Heiligen Geist und einer großen Portion Respekt tastete er sie ab, löste damit aber nur ein leichtes Zittern bei den tropfsteinartigen Gebilden aus. Etwas, das auch nur rudimentär einem Bewusstsein ähnelte, ließ sich nicht entdecken.

Während er unverrichteter Dinge dastand, erwischte er sich dabei, wie er nervös nach einem Klopfen an der Decke lauschte und betete, dass Iskariot nicht schon auf dem Weg zu seinem unheiligen Gewächs war. Dann rief er sich zur Ordnung und versuchte es ein zweites Mal. Noch sorgfältiger, noch intensiver. Das Ergebnis blieb allerdings dasselbe wie vorher. Beim dritten Versuch bildete sich vor lauter Anstrengung über Desmonds Nase eine schmerzhafte Falte, doch er hätte genauso gut einen Stein lesen können. Es gab nicht den kleinsten Funken von spirituell wahrnehmbarem Leben an diesem obskuren Gewächs.

„Tut mir leid. Nichts zu machen. Und ich bin absolut überzeugt davon, dass es mir in diesem Fall weder an Willen noch an Stärke fehlt. Diese Pflanze, dieses Wesen, oder was immer es auch sein mag, ist im Heiligen Geist nicht vorhanden."

Es folgte keine Belehrung. Fate war auch nicht enttäuscht. Im Gegenteil. Sah Desmond da Erleichterung in den Augen des falschen Propheten aufblitzen?

„Ausgesprochen schade. Aber den Versuch war es wert. Wenn es dir gelungen wäre, herauszufinden, wie diese Pflanze ihre starke Abwehr erzeugt, hättest du es vielleicht nachmachen können. Jetzt müssen wir uns etwas anderes überlegen."

„War das dann alles?", fragte Desmond gereizt. „Wenn Iskariot wirklich so gefährlich ist, wie du denkst, sollten wir uns lieber zurückziehen, bevor er oder einer seiner Männer hier auftaucht."

„Das war längst nicht alles, aber wir können jetzt gehen." Bevor Fate die Decke zurückschlug, sagte er in gedämpftem Ton: „Die Angelegenheit hier bleibt unter uns. Selbst Nodrim und Jackdaw sollten davon noch nichts erfahren. Verstanden?"

„Ich soll Geheimnisse vor Nodrim haben, von denen Gedeih und Verderb der Ketzer abhängen? Auf gar keinen Fall."

„Nur, bis wir wissen, was es mit Iskariot wirklich auf sich hat und wo die Frauen abgeblieben sind."

„Wie lange soll das dauern?"

„Nicht lange."

„Um dir so weit zu vertrauen, muss ich es schon etwas genauer wissen."

Fate schüttelte missmutig den Kopf. „So lange, wie ich brauche, um in Iskariots Höhle einzubrechen. Und das wird bei der nächsten sich bietenden Gelegenheit stattfinden."

„Du willst was?"

„Ich sehe keine andere Möglichkeit."

„Das ist viel zu riskant."

„Deine Angst um mich rührt mich, aber sie ist grundlos. Ich werde nämlich Hilfe haben. Und zwar von dir."

XXV

Eine der wenigen Nächte, in denen Desmond weder Dienst leisten musste noch von seinem Onkel in die Belange der Stillen Bruderschaft eingespannt wurde, und er hatte nichts Besseres zu tun, als für Veneno Fate Observationsarbeit zu leisten. Der Chronometer verriet: Es war weit nach Mitternacht.

Seit über einer Stunde beobachtete Desmond jetzt Iskariots Behausung von der gegenüberliegenden Kavernenwand aus, doch im Televid tat sich nichts. Der Kies der halb fertigen Wohnhöhle, wo er unter einer schwarzen Plane lag, begann an den Ellenbogen durch den Talar zu piksen und in seiner Nase juckte der omnipräsente Staub. Das war alles. Die meisten Ketzer hatten sich zur Ruhe gelegt. Nur die Wachen der Dreizehn patrouillierten noch zwischen den Hütten umher, immer auf der Suche nach dem mysteriösen Entführer.

„Wenn die wüssten", dachte Desmond und checkte Iskariots Höhle ein weiteres Mal. Seine Lampen waren zwar gelöscht und die Entfernung so groß, dass sich die Fledermäuse zwischen den Stalaktiten lediglich als helle Punkte abzeichneten, aber da die oberste Reihe der Wohnhöhlen mittlerweile fast auf derselben Höhe lag wie die Behausung des mysteriösen Rebellenführers, hatte Desmond einen recht guten Blickwinkel. Allerdings gab es weder auf der Gitterplattform noch im Kavernendorf eine Spur von Iskariot. Selbst der Stille See machte seinem Namen momentan alle Ehre. Desmond hatte ein Gottesauge zwischen die Pflanzcontainer geklemmt. Sobald es jemanden ortete, würde es seine Ansicht ins Televid übertragen, doch auch von dort kam bis jetzt kein Signal.

Wenn man Nodrim Glauben schenkte, war Iskariot wieder draußen im Dekanat von Desmonds Onkel unterwegs. Trotz des Verbots. Aber Desmond und Fate waren sowieso nicht davon ausgegangen, dass Iskariot sich an die Reglementierung der Oberflächenbesuche durch die Dreizehn halten würde. Und diesmal dankte Desmond dem Herrn dafür.

Eckart stand mit Vocola vor seiner Hütte. Sie hatten zusammen mit anderen wichtigen Mitgliedern aus Iskariots Gefolgschaft getrunken und die Nachbarn angepöbelt. Jetzt verabschiedeten sie sich und jeder ging seiner Wege. Die Wahrscheinlichkeit, dass Iskariot sich wirklich nicht in der Kaverne aufhielt, tendierte gegen hundert Prozent. Es sei denn, Nodrim hatte sich geirrt und er weilte in seiner Höhle. Aber das würden sie wohl bald herausfinden.

Desmond sprach in einen kleinen Fernempfänger, dessen einziges Gegenstück Veneno Fate besaß.

„Iskariot scheint ausgeflogen. Der Unterschlupf schläft. Solange du nicht so dumm bist, dich von den Wachen aufgreifen zu lassen, kannst du jetzt die Leiter hoch."

„Ich benutze doch nicht diese alte, quietschende Leiter", kam es amüsiert zurück. „Dann kann ich mir den Weg auch gleich mit einem Scheinwerfer ausleuchten lassen."

„Was hast du vor?"

„Schau zur Nordwand."

Desmond schwenkte das Televid in die angegebene Richtung und sah Fate im Schatten einer der zerklüfteten Nischen stehen. Für jeden anderen musste er in der Dunkelheit unsichtbar sein, doch in der Nachtsicht war er klar zu erkennen. Er winkte Desmond fröhlich zu.

„Du nimmst auch gar nichts ernst, was?"

„Ernst werden die Dinge von ganz allein."

„Wie willst du denn jetzt da hochkommen? Du hast ja nicht mal ein Seil dabei."

„Klettern", kam als lapidare Antwort und Desmond konnte beobachten, wie der hellgrüne Umriss, den Fate in der gekörnten Nachtsicht darstellte, anfing, die Wand emporzusteigen. Und dies ohne Krallenstiefel oder Wandanker. Desmond wurde ganz anders. Fate war flinker als jeder Felsaffe und schneller außerhalb der Höhe, in der man ihn mit bloßem Auge noch hätte erkennen können. Dabei hörte man noch nicht einmal Atemgeräusche aus dem Empfänger.

Der Aufstieg wurde schwieriger. Desmond hing wie gebannt an der vierbeinigen grünen Spinne in seinem Televid, die jetzt doch langsamer wurde. Um seiner Wächterrolle gerecht zu werden, riss er sich von dem Anblick los und überflog den Unterschlupf vom Durchgang zur Nordwand, von der Rotunde zu den Kavernenwänden: nichts, kein Iskariot in Sicht. Auch im Gottesauge nicht.

Da erklang ein Aufschrei aus dem Empfänger.

Fate!

Desmond hätte fast das Televid über die Felskante fallen lassen. Als er die Gestalt an der Wand wieder im Blickfeld hatte und auf Maximalvergrößerung schaltete, sah er, wie Fate sich noch gerade so mit einer Hand festhalten konnte. Er schrie immer noch …

Aber, nein. Er lachte!

Während Desmond gleichzeitig heiß und kalt geworden war, lachte Veneno Fate aus vollem Halse.

„Was tust du da?", wollte Desmond wissen.

Die Antwort kam erst, nachdem sich das Gelächter zu einem Glucksen beruhigt hatte. „Mich hängen lassen."

„Bist du noch bei Sinnen? Ich habe mir hier vor Schreck in den Talar gemacht."

„So etwas solltest du auch mal probieren. Mit dem eigenen Tod vor Augen schmeckt man das Leben am intensivsten." Entweder war es Anstrengung oder Begeisterung, die den falschen Propheten zum Schnaufen brachte. Wenigstens verschaffte er sich dabei mit der anderen Hand wieder Halt.

„Könntest du dir das Philosophieren für den Moment verkneifen und wieder anfangen mit dem Klettern? Iskariot wird nicht ewig wegbleiben."

„Bin schon wieder auf dem Weg, Vater Sorofraugh. Amen."

Desmond schluckte eine bissige Erwiderung runter, stellte das Televid wieder auf Panoramasicht und schaute zum Fuß der Leiter. Aber dort schien alles still: gedimmte Gaslampen, die die verwaisten Gassen am Dorfrand beschienen.

In der Zwischenzeit hatte Veneno Fate die Metallplattform erreicht, schneller als Desmond es je über die Leiter geschafft hätte, und betrat ihre verräterisch lauten Gittersegmente betont vorsichtig.

„Ich nehme mir jetzt den Vorraum und die Tür vor. Beobachte die gesamte Kaverne von nun an sehr gewissenhaft. Wenn ich erstmal drin bin, muss ich sofort wissen, wenn Iskariot sich nähert. Er darf mich auf keinen Fall erwischen oder auch nur bemerken, dass ich überhaupt hier war."

„Auf mich kannst du dich verlassen. Beeil dich lieber." Als Desmond sich vor Augen führte, wie viel Angst Fate tatsächlich vor Iskariot zu haben schien, steigerte sich seine Beklemmung noch. „Wer hat dir eigentlich einen Schlüssel gegeben?"

„Ein Freund von dir."

„Marlo Tenges?"

„Exactement. Und für den Rest hat mein Vater gesorgt, indem er ein so kräftiges Kerlchen aus mir gemacht hat."

Noch war Desmonds Mentor ein undeutlicher Schemen im Vorraum. Es klackte im Funk, dann schabte etwas Schweres über den Boden und er verschwand ganz.

Jetzt galt es. Desmonds Augen versuchten, überall gleichzeitig zu sein. Iskariot ließ sich aber immer noch nicht blicken. Das Gottesauge übertrug das Bild einer am See vorbeiziehenden Wachpatrouille. Im Ketzerdorf waren eine Reihe weiterer Fensteröffnungen dunkel geworden.

„Hier drin sieht es ... beeindruckend aus. Iskariot hat ..."

Rauschen.

„Iskariot hat was?"

Desmond drehte am Empfänger, aber die Verbindung ließ sich nicht mehr aufbauen. War Fate schon zu tief im Gestein oder befanden sich Geräte in Iskariots Höhle, die den Empfang störten? Und ...

Da hatte sich etwas bewegt - an einer Stelle, wo sich nichts hätte bewegen dürfen. Desmonds Aufmerksamkeit war zu schnell hin- und hergewandert. Er verfluchte sich für den Anfängerfehler und suchte noch einmal in Ruhe alles ab.

An der Höhlendecke! Seine Muskulatur verkrampfte sich vom Hals bis zum Rücken.

Dort in der Luft hing eine übergroße Gestalt zwischen zwei noch viel mächtigeren schwarzen Lederschwingen. Desmond sah, dass die Schwingen in hässlichen Krallen ausliefen und dass die Gestalt jetzt auf Iskariots Höhle zuglitt.

„Veneno! Du musst da raus. Sofort!" Hatte er geschrien? Desmond wusste es nicht.

Fate meldete sich unverzüglich. Das war mehr, als er gehofft hatte. „Moment ... ich ... der ... nicht ..."

„Keine Diskussion. Mach, dass du da rauskommst, oder du bist tot!"

Desmond zoomte mit dem Televid auf den monströsen Neuankömmling. Der hielt in gerader Linie auf die Plattform unter der Kavernendecke zu. Wenn er tatsächlich dort landen sollte, würde Fate nie im Leben ungesehen aus der Höhle entwischen. Desmond musste ihm irgendwie Zeit verschaffen.

Ein Stoßgebet zum Heiligen Geist, die größte Ansammlung Fledermäuse auf dem Weg der Gestalt angepeilt – und Desmond schickte den präzisesten und gebündeltsten telekinetischen Energieschub aus seinen Fingern, dessen er fähig war. Und auch wenn eine Menge seiner so abrupt heraufbeschworenen Energie zwischen den Tropfsteinen verpuffte, erreichte er seinen Zweck.

Dutzende der von der Höhlendecke hängenden Tiere wurden aufgeschreckt und flatterten verwirrt quietschend in die Flugbahn des Unheimlichen.

Er kam zu einem plötzlichen Halt, dann pflügten kräftige Arme und Schwingen durch den schwarzen Schwarm, bis der sich in alle Richtungen davonmachte.

„Bin draußen", klang es in Desmonds erleichterten Ohren. „Ach du heilige Scheiße!"

Fates Augen mussten wesentlich besser sein als Desmonds, denn er erkannte auch ohne Televid, was für ein Wesen da in der Luft stand. Ein schrecklicher Kopf zuckte auf der Suche nach dem

Grund für das ungewöhnliche Verhalten der Fledermäuse mal in diese, mal in jene Richtung. Fate nutzte die Ablenkung, glitt aus Iskariots Höhle und kletterte über die Wand unter die Plattform.

Desmond fragte sich, ob das reichen würde, um unentdeckt zu bleiben. Allerdings hatte er genug Sorge um sich selbst. Er konnte nur beten, dass die schwarze Plane und sein Talar ihn in der Dunkelheit unsichtbar genug machten. Das Televid zeigte mit grausamer Deutlichkeit, wie ein paar feuergelbe Augen ihn genau ins Visier nahmen. Erregt zuckten dazu kleine Tentakelauswüchse in der unteren Hälfte der Fratze um zwei Reihen spitzer Zähne. Sah ihn das Wesen? Zur Sicherheit zog er seine geistige Abwehr hoch, so schwach sie auch sein mochte.

Ein Augenblick ängstlicher Ewigkeit zog vorüber, dann drehte sich der dämonische Kopf und die Gestalt flog auf Iskariots Plattform. Kaum hatten die klauenbewehrten Füße die Gitter umkrallt, faltete sie ihre Schwingen zusammen. Aber bei dieser einen Änderung blieb es nicht. Die gesamte Gestalt verwandelte sich. Sie schrumpfte, aus ihrem Kopf wuchsen buschige schwarze Haare, die aufgeworfene Haut glättete sich und die Klauen waren auf einmal große Hände und Füße. Am Ende wirbelten die Schwingen um den Körper und machten einer braunen Kutte Platz. Es war niemand anders als Iskariot, der sich da ein letztes Mal prüfend umblickte, bevor er genau über Fates Kopf den Vorraum seiner Höhle betrat.

***

Desmond wäre am liebsten sofort in die St. George gerannt, um seinen Onkel zu konsultieren, aber er hatte Fate versprochen, hier in seiner Hütte auf ihn zu warten. So lief er aufgeregt im Wohnbereich hin und her, bis der falsche Prophet eintraf.

„Was ist das, was da unter der Höhlendecke haust?", begrüßte er ihn.

„Wonach hat es denn ausgesehen?"

„Ehrlich gesagt, liegt mir das Wort Dämon auf der Zunge."

„Wenn du es schon weißt, warum fragst du dann?"

„Wie bitte?"

„Ja, in der Tat. Ein Dämon versteckt sich im Unterschlupf. Nicht auszudenken, ich kenne diesen Kerl schon seit einer Ewigkeit und habe nicht das Geringste bemerkt."

„Hast du in seiner Höhle irgendwelche Spuren der Frauen finden können?"

„Nein. Da drin befand sich allerlei recht finsteres Zeug, aber nichts, das auf die Verschwundenen hinwies. Doch ich glaube jetzt mehr denn je, dass ihm die Frauen zum Opfer gefallen sind. So oder so. Nur eben nicht in der Höhle."

„Bei der Mutter Gottes, und ich habe den Kerl sogar mal für einen Heiligen gehalten und dazu gebracht jemanden zu heilen. Allein bei der Erinnerung daran gefriert mir das Blut zu Eis. Er hatte Nodrims Leben in seinen Händen. Wie leicht hätte er ihm die Seele entreißen können? ‚Noch kein Mensch hat mich je dazu gezwungen, etwas gegen meinen Willen zu tun.' Jetzt wird mir manches klar."

„Beruhig dich wieder. Wir können von Glück reden, dass wir ihn in flagranti erwischt haben. Sagte ich dir nicht, dass sich ein Dämon nie gegen den eigenen Willen offenbart? Dass du direkt neben ihm stehen könntest, ohne es zu merken? Hölle, du hast direkt neben einem gestanden und hast es nicht gemerkt."

„Ich habe ihn berührt. Ihn im Arm gehalten!"

Desmond wurde fahl, doch Fates Grinsen hätte nicht breiter sein können.

„Ich weiß nicht, wie du so etwas noch lustig finden kannst. Was, im Namen der sieben Himmel, wollen wir denn nun machen?"

„Normalerweise würde ich sagen: Wir finden raus, was er will und schließen dann einen Pakt mit ihm."

„Einen Pakt mit einem Dämon? Du bist ja nicht bei Sinnen. Ich gebe den Dreizehn, Daniel und meinem Onkel Bescheid. Gemeinsam wird uns etwas einfallen."

„Das lässt du schön bleiben. Dein Onkel würde womöglich einen Mordsaufstand anzetteln und den Laden hier unten mit Weihwasser fluten. Sollten gar die Inquisitoren oder der Papst davon erfahren, dann kannst du mich, den Unterschlupf und die Ketzerflüchtlinge gleich auf die Abschussliste setzen. Dann landen wir alle in den schwarzen Türmen. Und dein Onkel gleich dazu."

„Aber ich kann eine solch unheilige Abscheulichkeit im Dekanat St. George nicht dulden. Vielleicht sollte mein Onkel heimlich einen Exorzisten hinzuziehen. Er hat gute Beziehungen zur Basilika. Der Exorzist könnte Iskariot auflauern und ihn dezent erledigen, sobald er sich wieder an die Oberfläche traut."

„Wir sollten unser kleines ‚Problem' nicht gleich überall herumtratschen", warnte Fate. „Außerdem gibt es da eine weitere entscheidende Schwierigkeit: Wir wissen nicht, wie mächtig dieser Dämon wirklich ist. Und ein toter Exorzist würde uns genau die Aufmerksamkeit einbringen, die wir so dringend vermeiden wollen."

Desmond bekreuzigte sich. „Herr, erlöse uns vom Bösen. Aber wir müssen doch irgendetwas tun."

„Da ich mich mit dergleichen besser auskenne, als du wissen willst, werde ich Iskariot beobachten und versuchen, so viel herauszukriegen, wie möglich ist, damit wir die Gefahr besser einschätzen können."

Desmond spürte ein Flackern im Heiligen Geist. „Still! Da kommt jemand!"

„Wer sollte um diese Zeit … ?" Fate drehte sich zum Eingang und durch den Vorhang trat Daniel, den Helm unter dem Arm.

„Jackdaw! Bei der blutigen Seele, du siehst beschissen aus."

Desmond musste Fate recht geben. Daniels Haar war zersaust, seine Augen waren von dunklen Ringen verunziert.

„Du mich auch, Fate", gab er zurück. „Was ist denn hier los?"

Fate erwiderte: „Nichts, was dich interessieren würde", und schenkte Desmond dabei einen warnenden Blick. „Ich wollte gerade gehen. Und, Desmond …" Er drehte sich noch einmal um. „Mir wird zu dem Thema, das wir besprochen haben, etwas einfallen. Ganz bestimmt." Damit salutierte er vor Daniel mit einer Hand und marschierte ab.

Daniel schaute Desmond fragend an.

Der zuckte mit den Schultern und wies auf die Sessel beim niedrigen Klapptisch. „Mach es dir bequem. Was führt dich her?"

Während Daniel seinen Helm auf der Armlehne ablegte und in die fadenscheinigen Kissen sackte, erklärte er: „Weil ich wusste, dass du heute keinen Nachtdienst hast, habe ich versucht, dich im Horeb Sektor zu erreichen. Als das nicht geklappt hat, dachte ich eigentlich, dass ich dich hier tief und fest schlafend vorfinden würde."

„So fertig, wie du aussiehst, frage ich mich, warum du nicht im Bett liegst", unterbrach Desmond seinen Freund.

„Das sagt der Richtige. Du wirkst ausgezehrt, richtig blass und hager im Gesicht. Aber das ist wahrscheinlich auch so lange nicht meine Sache, bis Fate dir die Erlaubnis gibt, mit mir darüber zu sprechen."

„Jetzt sei doch nicht gleich beleidigt. Ich weihe dich schon früh genug in die Geschehnisse der heutigen Nacht ein. Glaub mir."

„Ja ja, schon gut. Behaltet eure Geheimnisse … Hast du vielleicht was zu trinken da?"

Obwohl Daniel den Eindruck erweckte, er habe der Wirkung von Alkohol nicht mehr viel entgegenzusetzen, holte Desmond aus den Staueinheiten im Küchenblock eine Flasche Schwarzdestillierten, das Geschenk einer begeisterten Ketzerin nach dem Vertrauenszeugnis. Dazu stellte er zwei dickwandige kleine Gläser, in die das Zeug garantiert keine Löcher schmelzen würde.

„Sei mein Gast!"

Desmond schenkte ein. Sich selbst sehr viel weniger als Daniel, der sein Glas auf einen Zug hinunterstürzte und sogleich nachgoss. Dann lupfte er den Kragen seiner ledernen Uniform und aktivierte den Scrambler darunter.

„Bei der Jungfrau Maria! Wir sind hier im Untergrund", warf Desmond ein.

„Genau deswegen." Daniel exte das zweite Glas und setzte ein bedeutungsvolles Gesicht auf. „Tut mir leid, dass ich dich mitten in der Nacht belästige, aber ich habe Probleme. Genauer gesagt, es ist nur ein Problem. Dafür schwerwiegend."

Wenn Daniel so klare Worte wählte, war seine Paranoia vielleicht doch nicht so unberechtigt. Desmond schloss die Augen und sondierte die nähere Umgebung mit dem Heiligen Geist. Danach sagte er: „Auch wenn du einen äußerst ungünstigen Zeitpunkt gewählt hast: Jetzt ist alles klar, wir können reden."

Daniel setzte an, zögerte dann aber.

Desmond schwante nichts Gutes. „Hast du dich etwa an einem von deinen krummen Geschäften verhoben?"

Sein Freund schüttelte den Kopf, goss ein drittes Mal nach und nahm auch dieses Glas in einen Zug. „Schlimmer."

„Hast du die Inquisition am Hals?"

„So etwas in der Art."

„In welcher Art?"

„Ich habe mich verliebt. Und zum ersten Mal so richtig ernst."

Desmond lachte kurz und laut auf. „Bist du bei Sinnen? Deswegen kreuzt du hier in stockfinsterer Nacht auf? Mir schlägt das Herz bis zum Hals und ich habe den Opferstock voller wirklicher Probleme. Wer ist denn die Glückliche?"

Daniel machte einen ganz und gar nicht erleichterten Eindruck. Er stürzte das vierte Glas die Kehle runter. „Ihr Name ist Tabea. Schwester Maria Tabea vom Orden des Lazarus."

Desmond wurde übel. In seinem Glockenturm nistete sich der schrecklichste Dämon der Welt ein und Daniel, dieser seelensedierte Dummorfel, hatte nichts Besseres zu tun, als sich in eine Ordensschwester zu verlieben?!

***

„Das darf doch wohl nicht ... Ich meine, wie ist das denn passiert?"

„Na, wie soll das schon passiert sein? Verlieben ist Verlieben, das geschieht einfach."

„Jetzt stell dich geistig nicht ungelenker, als du bist. Ordensschwestern leben in Konventen unter strengen Auflagen. Wie konntet ihr da zueinanderfinden?"

Der Gesichtsausdruck seines besten Freundes wechselte vom deprimiert zu verträumt. „Ist schon ein bisschen her. Bei einem Einsatz für Stoltz bin ich mit waffenfähigem Kampfgas in Berührung gekommen und wurde ins St. Luca geschafft. Während ich die Vergiftung auskuriert habe, leistete Tabea Dienst auf meiner Station. Irgendwann habe ich sie angesprochen. Anfangs waren das nur unverfängliche Plaudereien, aber im Laufe der Zeit sind wir uns immer näher gekommen. Selbstverständlich nur so nah, wie die Überwachungskameras es zuließen. Bis ich eines Tages ... " Jetzt hatte Daniels Stimme definitiv einen schwärmerischen Unterton.

„Bis was?", wollte Desmond ungeduldig wissen.

„Bis ich einen von meinen Leuten darum bat, einen Looper in meine Genesungszelle zu schmuggeln."

„Bitte sag mir nicht, dass du sie in ihrem eigenen Spital befleckt hast."

„Während die Kamera weiterhin ein Bild übertrug, auf dem sie still und züchtig neben meinem Bett sitzt, haben wir uns das erste Mal geküsst. Und ich schwöre dir: So habe ich im Leben noch keine Frau geküsst."

„Und ich schwöre dir, dass du völlig den Verstand verloren hast. Daniel Jackdaw und seine extravaganten Eroberungen. Dir muss doch klar gewesen sein, was passiert wäre, wenn man euch erwischt hätte."

„Da haben wir es wieder", verteidigte Daniel sich. „Du hast nie echte Leidenschaft empfunden, Sorofraugh."

„Na, da bin ich aber froh. So muss ich wenigstens nicht meinen besten Freund mit Dingen belasten, die der im Augenblick gar nicht gebrauchen kann."

„Ich vertraue dir meine intimsten Gefühle an und alles, was ich von dir zu hören kriege, sind Vorwürfe. Irgendwas tickt da bei dir nicht richtig. Du bist der einzige Priester, den ich kenne, der derart allergisch auf Frauen reagiert."

„Was soll denn das schon wieder heißen? Ich bin Priester. Wir müssen alle Menschen vor Gott gleich behandeln. Der Zölibatseid untersagt, dass wir uns auf irgendwelche Frauengeschichten einlassen."

Daniel lachte zynisch. „Klar. Das ist das, was dein Onkel dir beigebracht hat. Aber um dich herum werden eine Menge deiner Brüder heimlich vermählt und zeugen Kinder. Mit dem Segen der Kirche."

„Wechsel jetzt nicht das Thema. Wir beide wissen genau, was passieren würde, wenn die Exorzisten mich für eine Vermählung prüfen würden."

„Ach, ihr Kirchenmänner biegt euch die Zwölf Gebote auch immer zurecht, wie es euch passt ... " Misslaunig knibbelte Daniel für eine Weile am Rand seines Glases, dann blickte er auf. „Willst du mich jetzt verurteilen oder mir helfen?"

„Ich werde dich auf keinen Fall dabei unterstützen, die Unschuld einer Ordensschwester zu besudeln."

„Beflecken und besudeln? Du hast mir offenbar nicht richtig zugehört. Tabea ist keine bloße Eroberung für mich. Ich will mein Leben mit ihr verbringen. Und du sollst mir helfen, sie da rauszuhauen. Vergiss nicht: Du schuldest mir noch einen Gefallen."

Die Entwendung der Pflanzcontainer! Musste das ausgerechnet jetzt auf ihn zurückfallen? Natürlich hätte er seinem besten Freund auch ohne diese Erinnerung jederzeit Beistand geleistet, aber im Augenblick hing ihm ein Teufel im Nacken, über den er noch nicht einmal sprechen durfte. Vielleicht konnte er Daniel hinhalten.

„Na schön. Wie du meinst. Erzähl mir erst mal, was geschah, nachdem du aus dem St. Luca raus bist."

„Als die Heiler meine Lunge wiederhergestellt und das Gift aus meinem Körper vertrieben hatten, ließ ich meine Beziehungen spielen. Ich angelte mir einen Zulieferervertrag für das St.

Luca und versorgte das Spital fortan mit äußerst exklusiven und empfindlichen Medikamenten."

„Und aus den kurzen Kontakten bei der Übergabe habt ihr beide die Erkenntnis gewonnen, füreinander bestimmt zu sein?"

„Lass mich doch erklären. Tabea steht dem Obersten Trankmischer des St. Luca zur Seite und hat mich persönlich zu den Pharmamanufakturen begleitet. Sie sollte sich direkt vor Ort von der Qualität der erworbenen Wirkstoffe überzeugen."

Desmond konnte sich lebhaft vorstellen, was dabei an Bord der *Blind Guardian* vorgefallen war.

„Und jetzt bekommst du langsam kalte Füße?"

Daniel rollte sein Glas zwischen den Händen hin und her. Am Schnaps schien er jedes Interesse verloren zu haben. „Ein halbes Jahr geht das jetzt so. Der Generalobere des St. Luca hat schon einige unangenehme Andeutungen in Tabeas Anwesenheit fallen lassen. Sie fürchtet, dass man uns auf die Schliche gekommen ist, und will dort so schnell wie möglich weg."

„Sie will aus dem Orden austreten? Unmöglich!"

„Verzeiht mir. Ich hatte es dann doch nicht so eilig nach Hause, wie ich anfangs dachte, und kam nicht umhin, einen entscheidenden Teil eures Gesprächs mitzubekommen."

Desmond und Daniel fuhren herum.

Fate war wieder da! Da er dem Heiligen Geist verschlossen blieb, hatte Desmond ihn nicht wahrnehmen können.

„Mir schwant, hier eröffnen sich Möglichkeiten. Wir könnten uns gegenseitig helfen."

„Pitchfork! Ich dachte, im Unterschlupf gäbe es keine Judasjünger", begrüßte Daniel ihn zum zweiten Mal.

„Darf ich davon ausgehen, deine Worte bedeuten, dass du meinen Vorschlag ablehnst, ohne ihn zu kennen?"

Daniel knallte sein Glas auf den Tisch. „Wie soll man jemandem vertrauen, der seine eigenen Freunde belauscht, Fate?"

„Oh, da überschätzt du deine eigene Position ein wenig. Niemand hat je behauptet, dass wir beide Freunde sind."

„Das sehe ich ganz ähnlich. Und so war das auch nicht gemeint."

„Falls du damit auf Desmond anspielst, der wird sogar erleichtert über mein Verhalten sein, hat es doch dazu geführt, dass mir der Ausweg aus einem äußerst prekären Dilemma eingefallen ist." Fates Blick sprach Bände.

Daniel schaute misstrauisch. „Okay. Was soll das Theater? Raus mit der Sprache!"

„Klär ihn auf, Desmond."

Desmond wurde spontan heiß unter dem Kragen. „Wir haben ein Problem …"

Während er ihm berichtete, was es mit Iskariot auf sich hatte, wäre Daniel beinah das Glas aus der Hand gefallen.

„Ich hätte nie gedacht, dass ich mal einem waschechten Dämon über den Weg laufen würde, und wenn mir das jemand anders aufgetischt hätte, hätte ich ihn lauthals ausgelacht. Bleibt die Frage: Was habe ich oder Tabea damit zu tun?"

„Das ist ganz einfach", schaltete Fate sich wieder ein." Wir brauchen mächtige Hilfsmittel, um unsere Schwierigkeiten loszuwerden, und du brauchst unsere Unterstützung bei deinem Problem. Besorg uns die Hilfsmittel und du bekommst unsere Unterstützung."

„Mit den Hilfsmitteln sind dann wohl Waffen gemeint, oder? Da muss ich passen. Ich wüsste von keiner Waffe gegen Dämonen, die ich besorgen könnte."

„Um die Waffe, die mir vorschwebt, wird Desmond sich kümmern müssen. Du bist für die Ausrüstung zuständig."

„Ich fasse das mal kurz zusammen, nur damit klar ist, dass ich das richtig mitbekommen habe: Ich komme mitten in der Nacht und in größter Not zu meinem besten Freund und ihr verweigert mir eure Hilfe, beziehungsweise ihr macht sie zum Bestandteil eines Handels? Desmond, sag mir, dass das nicht wahr ist."

„Ich …", setzte Desmond an und schaute zu Veneno Fate. Der nickte. „… fürchte, wir haben alle drei gar keine andere Wahl. Solange wir diesem Dämon nicht die Stirn bieten oder ihn zumindest aus dem Weg räumen können, ohne dass gleich ganz New Bethlehem davon erfährt, kannst du ein Zusammensein mit Tabea vergessen."

„Du stellst dich auf seine Seite?"

Fates Tonfall verlor an Ironie und Gewieftheit. „Die große Liebe in Gefahr. Freunde, die wie Verräter erscheinen. Ich kann dich besser verstehen, als du denkst, glaub mir."

„Ach wirklich?"

„Aber durchdenke die Angelegenheit für eine Sekunde sachlich. Wo willst du deine Gefährtin unterbringen, nachdem sie aus dem Orden raus ist? Mir fällt dazu nur die Ketzergemeinde ein. Doch solange Iskariot am Leben ist, schwebt dieser Ort in ständiger Gefahr. Sei es durch den Dämon selber oder durch die Klerikalen, die ihn irgendwann jagen kommen. Mein Plan ist folgender: Du, Desmond, lässt dir von deinem Onkel Sanktuariumssilber organisieren. Keine große Menge. Nur so viel, dass man eine Pfeilspitze daraus formen kann. Und der berühmt-berüchtigte Daniel Jackdaw besorgt das hier." Er klappte den Deckel der Ledertasche hoch, die an seiner rechten Hüfte hing, entnahm ihr einen handtellergroßen Datenchip und warf ihn mit einer lässigen Bewegung auf den Tisch. „Sobald sich diese Dinge im Unterschlupf befinden, machen Desmond und ich uns daran, einen Plan zu Tabeas Befreiung zu ersinnen."

Desmond schwirrte der Kopf. „Wie soll ich meinen Onkel dazu kriegen, mir Sanktuariumssilber zu besorgen?"

„Du hast gesagt, er habe gute Kontakte zu den Exorzisten. Dann dürfte das nicht so schwer sein. Wenn ihr alles habt, weiß Desmond ja, wo ihr mich finden könnt." Der Vorhang fiel herab, Schritte knirschten und Fates Auftritt war zu Ende.

So wie Daniel sich über den Chip beugte, sah er aus, als hätte er innerhalb von Sekunden wieder alle Energie verloren.

„Es tut mir leid", entschuldigte Desmond sich.

„Nicht leid genug. Wenn er euren Teil der Abmachung wenigstens wie ein Angebot formuliert hätte, aber so klingt das verflucht nach Erpressung. Auf solche Hilfe kann ich verzichten."

„Aber auf meine nicht. Immerhin geht es dabei gegen Geistliche."

„Ich will nicht glauben, dass du dieses Spielchen mitspielst, und dann auch noch in Fates Team."

„Weil er recht hat. Aber ich stehe nicht auf seiner Seite, sondern auf unserer. Was immer er haben will, ich werde dir helfen, es zu bekommen."

„Das ist ja wohl auch das Mindeste."

„Wieso hat Veneno dich als ‚berühmt-berüchtigt' bezeichnet? Berühmt wofür?"

Diesmal blieb Daniel die Antwort schuldig, schlich mit dem Helm zur Fensteröffnung und blickte mit der Nachtsichtoptristik hindurch. „Jetzt ist die Luft wirklich rein. Gut. Wollen doch mal sehen, wie hoch der Preis eines falschen Propheten ist." Er ging zurück zum Tisch. Ein Griff in die Schenkeltasche seiner braunen Lederuniform brachte eine Datenmappe zum Vorschein, die nur etwas größer als der schwarz glänzende Chip auf dem Tisch war. Er verband beides via Eingangsport. Unter einem Konzert aus leisen Sirr- und Piepgeräuschen zog er vier kleine Teleskopbeine aus der Mappe. Im Nu wurde eine Flut von Risszeichnungen und Tabellenkalkulationen auf die grün verwaschene Oberfläche des Tisches projiziert.

Auch wenn es für Desmonds Wahrnehmungsfähigkeit ein wenig zu rasant ablief, erkannte er, worum es ging. „Im Namen des Heiligen Georg, das ist eine Toledo-Tarnrüstung aus den Fertigungsfabriken Babylons! Nun ist mir auch klar, wofür Fate das Sanktuariumssilber braucht. Als Fate im Unterschlupf ankam, hatte er so einen schwarzen Bogen dabei, der sich der „stille Tod" nennt und vom Feind für genau diese Rüstungen gebaut wird. Ich wette, dafür will er diese Pfeilspitze formen. Doch ohne die Rüstung kann er den Bogen nicht bedienen."

Daniel lehnte sich wieder zurück.

„Und diese Rüstung, mein Freund, ist der Grund, warum Fate mich berühmt genannt hat. In gewissen Kreisen kennt man mich nämlich als den einzigen, sagen wir mal, *Beschaffer* von Gütern in ganz Rauracense, der so etwas organisieren kann."

XXVI

„Gibt es Neuigkeiten aus dem Untergrund? Wie geht dein Training voran, mein Sohn?" Dekan Sorofraugh schloss die großen Vorhänge seines Wohnbereichs. Er hatte Desmond einen Platz angeboten, aber der war zum Sitzen viel zu aufgewühlt, also ignorierte er seine bequemen Sessel ebenfalls.

„Fate hat jetzt einen Leibwächter, einen seltsam gewandeten jungen Mann namens Fennek. Er trainiert meine geistige Abwehr. Was soll ich sagen? Meine Fortschritte sind dürftig, wenn überhaupt vorhanden."

„Es tut mir leid, das zu hören." Der Dekan stellte sich zu seinem Neffen und verschränkte die Hände vor dem Bauchwickel.

„Irgendetwas ist komisch an diesem Fennek. In seinem Bewusstsein gibt es Bereiche, die wie blinde Flecke sind. Orte, an denen er Erinnerungen scheinbar nach Belieben verbergen kann. Und das obwohl er laut Fate nicht über den Heiligen Geist verfügt." Knapp erklärte er seinem Onkel die Wortsuchübung. Er berichtete, wie Fate ihn mit immer ausgefalleneren Ideen ablenkte, wie er ihn einmal mit kaltem Wasser besprengt und ihm zu einer anderen Gelegenheit sogar grässlich quietschende Melodien auf einer verzogenen Geige vorgespielt hatte. „Ich schaffe es zwar bei jedem Versuch, aber es dauert extrem lang. Wenn ich nur herausbekäme, wie Fennek das zustande bringt, wäre ich schon einen großen Schritt weiter. Veneno will es mir einfach nicht erklären, spricht wie immer in Rätseln und meint, wenn ich gegen die Seraphim bestehen will, müsse ich das schon selbst in Erfahrung bringen."

„Wie viel weiß dieser Fate eigentlich über die Seraphim? Und woher?"

„Keine Ahnung. Wenn man ihn darüber reden hört, tut er immer weiß Gott wie erfahren. Sobald man ihn aber fragt, weicht er aus. Es ist frustrierend."

„Wir müssen uns in Geduld üben, mein Sohn. Hör deinem Mentor aufmerksam zu. Achte besonders auf die Themen, denen er ausweicht. Irgendwann setzt sich das Bild des gefallenen Propheten ganz von selbst zusammen und dann wissen wir alles, was wir wissen müssen."

„Mit Geduld ist uns im Moment nicht geholfen, fürchte ich. Kannst du mir irgendetwas zu dieser Frau sagen?" Desmond holte aus seinem Gürtel eine zusammengelegte Folie, entfaltete sie und hielt sie seinem Onkel unter die Nase.

„Das Gesicht habe ich noch nie gesehen. Tut mir leid."

„Die Frau heißt Manja. Ihre Familie hat diese Suchbotschaft zusammengestellt und verteilt sie im Unterschlupf, seit sie und vier andere Frauen auf rätselhafte Weise verschwunden sind. Die Ketzergemeinde befindet sich in Aufruhr deswegen. Einige wollten schon an die Oberfläche, um nach ihnen –"

„Unser Sünderregister …"

„… beinhaltet keinen Eintrag über sie. Meine letzte Hoffnung war, dass der Hohe Orden Uriels sie vielleicht aufgegriffen hat."

„Nein. Auch wenn die Inquisition dafür keine Erlaubnis von mir bräuchte, hätte ich davon sicher erfahren. Aber warum hältst du diese Möglichkeit für eine Hoffnung?"

„Weil sie andernfalls wahrscheinlich tot ist. Einem Dämon geopfert oder von ihm für seine abnormen Zwecke ermordet worden."

„Ein Dämon?" Der Zweifel in Onkel Ephraims Stimme war nicht zu überhören. „Dergleichen behauptet man weder aus Spaß noch voreilig. Wie kommst du nur auf solch ungeheuerlichen Humbug?"

„Humbug? Ich wünschte, dem wäre so. Die Schlussfolgerung stammt von Fate, aber der Beweis dazu von mir. Hier. Sieh selbst." Während er die Suchbotschaft wieder in den Gürteltaschen verstaute, übergab er seinem Onkel das Televid. „Spiel die letzte Aufzeichnung ab."

Desmonds Onkel nahm das Gerät an die Augen, starrte hinein und betätigte ein paar Knöpfe auf seiner Oberseite. Als er die letzten Sekunden von Iskariots Verwandlung sah, verzog er den Mund, senkte das Televid und bekreuzigte sich.

„Und die Ketzer verstecken dieses Ding? In meinem Dekanat? Beim Herrn, das wird uns alle die Seele kosten. Ich muss das sofort der Basilika von New Bethlehem melden."

„Weil er genau wusste, dass du so reagieren würdest, wollte Fate nicht, dass du davon erfährst. Aber das war für mich keine Option. Wenn du Iskariot meldest, bedeutet dies unseren Untergang."

Onkel Ephraim war um Fassung bemüht. „Um Himmels willen. Das lässt sich nicht vermeiden. Wir sprechen hier von einem Dämon. Das ist kein ..."

„Fate behauptet, wenn du ihm etwas Sanktuariumssilber besorgst und Daniel die nötige Ausrüstung, dann bekommt er das Problem in den Griff."

„In den Griff? Das Letzte, was ich möchte, ist, mich der Findigkeit des falschen Propheten Veneno Fate auszuliefern. Vertraust du ihm etwa auf einmal?"

„Nein. Das nicht. Aber ich traue ihm einiges zu. Außerdem hat er genau wie wir wenig Interesse daran, dass diese Ausgeburt Satans im Ketzerversteck weiter ihr Unwesen treibt. Und daran, dass die Exorzisten anrücken, um die Kaverne auszuräuchern, liegt ihm noch viel weniger. Wir sollten es auf einen Versuch ankommen lassen. Gelingt es ihm nicht, den Dämon zu bezwingen, kannst du die Exorzisten immer noch rufen."

Onkel Ephraim stieß schwer die Luft aus. „Mein Wissen über Dämonen ist beschränkt, aber zwei Dinge weiß ich ganz genau: Meide ihren Blick sonst gerätst du in ihren Bann und was immer sie dir erzählen oder zeigen, du darfst ihnen niemals Glauben schenken. Niemals!"

Desmond nickte. Auch ihm war alles andere als wohl.

„Sanktuariumssilber?", fragte sein Onkel schließlich.

„Genug, um eine Pfeilspitze daraus zu formen."

„Nun gut. So sei es. Aber ich will eine Kopie der Televid-Aufnahme. Wenn dir etwas geschieht, werde ich in der Trümmerhalde jeden Stein umdrehen, um Iskariot, oder wer auch immer er sein mag, in die Finger zu bekommen. Das Wohl deiner Ketzer ist mir dann einerlei. Ist das klar?" Der milde Glanz war aus den Augen des Dekans verschwunden.

Desmond schluckte, antwortete: „So sei es, Onkel", und wusste nicht, ob es richtig oder falsch gewesen war, zu verschweigen, dass sich das dunkle Sehnen wieder in ihm regte. Stärker als sonst.

***

Drei bange Wochen lang, in denen noch zwei Frauen verschwanden, Iskariot die Angst in der Kaverne weiter schürte und Desmond auf ein Zeichen von Daniel oder seinem Onkel wartete, passierte nichts, was seine Bemühungen weiterbrachte. Da auf einmal jeder entweder beweisen wollte, dass er mit den Geschehnissen um die Entführten nichts zu tun hatte oder einen weisen Rat gegen seine Angst von Priester Sorofraugh brauchte, wurden die Ketzerschlangen vor seiner Hütte immer länger und er zunehmend nervöser. Auch das Training lief nicht gut. Seine Ausdauer ging wieder zurück, das dunkle Verlangen nach etwas Lebendigem ließ sich immer schlechter bezähmen. Als Fate ihn irgendwann dabei erwischte, wie er sich an einem Ketzer während des Vertrauenszeugnisses eher berauschte, als ihn zu überprüfen, gab der Mentor seinem Schüler bis auf Weiteres frei. Das war das erste Mal, dass Desmond an Fate ein Anflug von aufrechter Sorge auffiel.

Eigentlich hätte er froh sein müssen, endlich zur Ruhe zu kommen, denn die Aktivitäten der Stillen Bruderschaft ruhten wegen des jüngsten Anliegens an seinen Onkel ebenfalls. Aber das Warten machte ihn wahnsinnig. Selbst der Straßenpriesterdienst verschaffte keine große Ablenkung.

Dementsprechend erleichtert war er, als Onkel Ephraim ihm endlich ein Säckchen des gesegneten Exorzistensilbers brachte und Daniel am nächsten Tag erklärte, ihre „Reisevorbereitungen" seien so gut wie abgeschlossen. Desmond solle dem Dekan nun nur noch so viele Patrouillenpläne, wie es ging, abschwatzen und sich am gleichen Abend noch bei Marlo Tenges einfinden.

„Du musst dich bei den Flugfreigaben akkurat an meine Vorgaben halten", wies Daniel gerade den Fälscher an, als Desmond dessen Hütte betrat. „Wenn die Strecken nicht mit dem übereinstimmen, was ich in die Routenkennung der Bistümer hacke, fliegen wir nicht nach Ramoth-Gilead, sondern auf."

Der Fälscher hockte vornübergebeugt über einer Werkbank, die mehr Halterungen, Fixierärmchen und Mikrowerkzeuge hatte als ein Oktopus Arme und hob die Hände schützend vor seine Arbeit.

„Ich bin ein Künstler, Jackdaw. Und Kunst, weißt du, die braucht ihre Zeit", grinste er und sah mit der Vergrößerungsbrille noch skurriler aus als der Professor.

Der entnervte Daniel deutete eine plötzliche Kopfnuss an. Tenges zuckte zusammen und der kleine Ätzkolben aus seiner Rechten fiel scheppernd aus dem grellen Licht der Werkbank ins Chaos einer Werkzeugkiste auf dem Boden.

Marlo Tenges fluchte. „Wenn du mich weiter so nervst, Jackdaw, dann wird das ganz fix ein Flug ohne Wiederkehr für euch werden." Danach murmelte er etwas von dreitausend Meilen bis zur Orkanküste, dem Überqueren zweier Bistumsgrenzen und wiederholte das Wort „Sperrgebiete" mindestens fünfmal. Schließlich wühlte er sich durch die Werkzeugkiste. Den wiedergefundenen Ätzkolben führte er sofort behutsam an einen kompliziert aussehenden Verplombungsschaltkreis, an dem er gerade arbeitete.

Da Desmond ihr Aufenthalt hier langsam unangenehm wurde, raunte er Daniel zu: „Frag ihn, ob er noch mehr von dem Papier oder ein paar Blankoplatinen braucht, und dann lass uns gehen."

„Mitbekommen, Tenges?", fragte Daniel unwirsch. „Wie sieht's aus? Brauchst du noch Papier? Vielleicht irgendwas mit einem bestimmten Wasserzeichen?"

„Habt ihr die Patrouillenpläne von Rauracense?"

„Ich habe einen Speicherstift mit allem, was ich kriegen konnte, da vorn auf den Tisch gelegt", erwiderte Desmond.

„Dann bin ich versorgt. Meine Ruhe. Das ist alles, was ich noch brauche. Sonst wird der ganze Kram bis morgen nie fertig." Er widmete sich wieder dem Ätzkolben auf der Platine.

Desmond zog Daniel nach draußen.

„Was muss der Kerl auch für jedes Stadtgebiet ein eigenes Streckenvisum einrichten", beschwerte der sich, als sie die muffige Hütte hinter sich ließen. „Kein Wunder, dass er da so lange dran sitzt."

„Die Wickelsiegel der Erzbischöfe sind nun mal fälschungssicher."

„Wir haben dem Kerl das Leben gerettet. Er könnte wirklich etwas unterwürfiger oder wenigstens dankbarer sein."

Desmond hielt an. „Komm mal wieder runter. Hier geht`s nicht um ein paar Pflanzcontainer, sondern um die Streckenplanung bis zur Westlichen Grenze. Tenges gibt sich alle Mühe, dass dabei nicht die Spur eines Fluchtverdachts aufkommt. Gerade dir müsste das doch klar sein."

„Eigentlich schon", hörte man aus Daniels Murren gerade so heraus.

„Warum benimmst du dich dann wie ein Stinkstiefel?"

„Ach, schlechte Nachrichten. Jemand aus Tabeas Konvent hat sie gestern angeschwärzt. Nicht mehr lange und sie werden wohl den Bann des Auges über sie verhängen. Wenn das geschieht, ist es aus mit unseren heimlichen Rendezvous. Dann kann sie sich nur noch blind darauf verlassen, dass wir sie da irgendwann raushauen."

„Oh", entgegnete Desmond. „Der Bann des Auges ... Das ist ernst." Er musste an Nodrims Frau denken.

Daniel ballte eine Faust. „Wenn`s ganz dicke kommt, stecken sie sie womöglich in einen von diesen Hochkeuschheitskonventen in Dyerhatch."

„Wir kriegen das schon irgendwie hin." Desmond probierte ein aufmunterndes Lächeln. „Fate ist gerissen wie niemand sonst, ich gebiete über den Heiligen Geist und sobald du dich wieder eingekriegt hast, sind wir ein unschlagbares Team."

„Wahrscheinlich hast du recht, Seelsorger. Noch gibt es keinen richtigen Grund, Trübsal zu blasen."

Daniel begleitete Desmond bis in die Nähe seines kleinen schwarzen Hauses. Dort gab er ihm eine winzige Papierrolle. „Dein Onkel hat bei mir ein paar Rufer für die Stille Bruderschaft in Auftrag gegeben. Von der Liste kann er die Schattennetznummern der jeweiligen Dekane ablesen."

Interessiert betrachtete Desmond die Namen. Sein Rufer hatte die Null-Null-Zwei, Daniels die Nummer Null-Null-Drei und der von Onkel Ephraim Null-Null-Eins. Wenn führende Köpfe rollen sollten, brauchte der Papst sie wenigstens nicht mehr durchzunummerieren.

***

Babylon!

Desmonds schlimmste Befürchtungen hatten sich als wahr erwiesen. Er, der bisher kaum aus dem eigenen Dekanat herausgekommen war, würde schon bald das Gelobte Land verlassen. Eine Bürde, die sonst nur Frontsoldaten auferlegt wurde, und die viele von ihnen mit dem Leben bezahlten.

Daniel unterhielt also tatsächlich Kontakte zum gottlosen Feind! Die Art und Weise, wie sie die mächtige Abwehrmauer an Ramoth-Gileads Küste und die um sie herum stationierten Templerkontingente überwinden würden, behielt er strikt für sich. Desmond wusste nur, dass sie kein Atmosphärenschiff dafür benutzen und es schnell gehen würde – was man von ihrer Anreise nicht behaupten konnte.

Durch Tenges umständliche Zerstücklung ihrer Reiseroute dauerte der Flug der *Blind Guardian* zur Orkanküste volle vierundzwanzig Stunden. Er und Daniel teilten die Strecke in Vierstundenschichten, in denen jeweils einer von ihnen den Autopiloten überwachte und die Zwischenbetankungen regelte und der andere auf den Sitzen im Mannschafts- und Frachtraum schnarchte.

Endlich in Ramoth-Gilead angelangt, musste Desmond feststellen, wie heruntergekommen andere Dekanate im Vergleich zu St.

George waren. Der Dekan der St. Zeno schien es nämlich lediglich als nötig zu erachten, klerikale Gebäude instand zu halten. Den Rest überließ er dem Verfall.

Zunächst checkten sie unter falschen Namen in einer der Wallfahrerherbergen ein, würden dort allerdings nicht lange bleiben, da sie sich bereits eine halbe Stunde später in Ramoth-Gileads unteren Ebenen, in der Halbwelt der illegalen Wollustklubs und verbotenen Trägheitsdrogen, mit Daniels Kontaktmann treffen sollten.

Wer Beziehungen zu Babylon unterhielt, stand mit einem Bein in der Hölle. Folglich verstand insbesondere der Schmugglerring, mit dem sie diese Transaktion abwickelten, überhaupt keinen Spaß. Während Desmond angewiesen war, ihnen mit dem Heiligen Geist den Rücken frei zu halten, warf Daniel sich wieder in seine Rüstung, in der er so viele Waffen verbarg, dass man sie kaum alle aufspüren konnte. Für Desmond reichten dunkle, unauffällige Kleidung und eine Kapuze, die er sich ins Gesicht zog, um die auffälligen Haare zu verbergen.

Als sie dann vor einem schmierigen Hehler standen, dessen Kleidung im deutlichen Gegensatz zu den protzigen Ringen an seinen Fingern stand, hätte er sich als Straßenpriester eigentlich ganz in seinem Element fühlen müssen. Doch die anstrengende Reise steckte ihm noch in den Knochen und die finstere Sehnsucht in seinem Inneren loderte wieder. So war er froh, dass Daniel die Verhandlungen übernahm und er sich im Hintergrund halten konnte.

Drei weitere Sünder brauchte es, einer zwielichtiger als der nächste, bis sie in einem spärlich beleuchteten Raum vor einem klapprigen Schreibtisch standen. Hinter dem geordneten Chaos aus obskuren Gegenständen thronte der erste Mann, von dem Desmond Wellen echter Autorität empfing.

„Waffen ablegen!", blaffte er sie an und Daniel übergab seinen Gasblaster an einen hinzugekommenen Handlanger.

Der Anführer mit dem langen schwarzen Schnurrbart schien nicht zufrieden. Er knurrte: „Alle!"

Daniel schnaubte. Dann legte er dem Schläger, der seine Pistole genommen hatte, ein Sammelsurium an Messern, Sprengkapseln und Gegenständen in die Arme, die Desmond nie zuvor gesehen hatte. Ein zweiter Leibwächter tauchte aus einer dunklen Ecke auf, tastete ihn selbst ab und schüttelte dann den Kopf.

Nachdem die Wächter seine Waffen in einem Spind an der Wand verstaut hatten, baute Daniel sich selbstsicher vor der krummbeinigen Entschuldigung für einen Schreibtisch auf. „Wann?", fragte er.

Hier wurden nicht viele Worte gemacht, dachte Desmond und verschränkte seine nervösen Finger hinter dem Rücken.

„Zeigt erst, was ihr zu bieten habt!"

Die Haltung der beiden Schläger hinter dem Mann spannte sich. Desmond spürte, wie sich ihre anfangs latente Aggression an die Oberfläche schmolz und machte sich bereit, den Heiligen Geist anzurufen.

Daniel war das ganze Prozedere offenbar nicht fremd. Er blieb völlig gelassen, nahm beide Hände in die Höhe und wartete ab.

Die Falten in den Mundwinkeln des Schmugglerführers wurden noch eine Spur strenger. Sein Nicken war als solches kaum erkennbar.

Behutsam öffnete Daniel den Reißverschluss seiner Kampfmontur, holte einen transparenten Zylinder heraus und hielt ihn unter die verbogene Schreibtischlampe. Zäh schwappte eine silberne Flüssigkeit gegen den Deckel.

„Wenn es nicht das kann, was du behauptest, bist du ein toter Mann, egal wo du dich versteckst." Der Schmuggler reichte Daniel eine glanzlose, dreieckige Kupferscheibe.

Der nahm die Scheibe und steckte sie zusammen mit dem Behälter in seine Jacke. „Seit wann braucht es eine Drohung, damit ich meinen Handel halte?"

Der Kerl hinter dem Schreibtisch strich sich erst den Schnurrbart, dann seine dunkle Tuchweste glatt. „Die Dinge ändern sich. Leute ändern sich."

„Im Gelobten Land ändert sich nichts. Können wir endlich zur Sache kommen?"

Der Schmuggler langte unter die Tischfläche. Desmond wollte schon eine stille Gebetsformel durch die Lippen pressen, doch es verrutschten lediglich ein paar Gegenstände und ein Knacken ertönte.

Der Mann erhob sich und seine beiden Wächter traten zur Seite. Aus der Wand kam ein Rumpeln. Als dann noch Staub von der Decke rieselte, hielt nur noch Daniels lockere Haltung Desmond davon ab, einzugreifen. Ein dunkler Strich erschien. Der Beton verschob sich nach links und rechts in die Wände und dahinter wurde ein schräg abfallender Tunnel sichtbar, von dem die Dunkelheit nur verriet, dass es abwärts ging.

An der Decke des Raums, in dem die Schmuggler ihre Geschäfte tätigten, verliefen drei dicke Metallrohre. Desmond hatte eigentlich damit gerechnet, dass sie sich im Tunnel fortsetzen würden, allerdings endeten sie direkt hinter dem Eingang. Ob sie die Geheimtür mit Druckluft versorgten?

„Na los. Auf geht`s", riss Daniel den verdatterten Desmond aus seiner Erstarrung. Er trat um den Tisch herum und führte ihn durch die Öffnung zur rechten Wand des Tunnels. Dort legte er einen Hebel um, der unregelmäßig verteilte Lampen, die an Kabeln hingen, zu flackerndem Leben erweckte. Jetzt erkannte Desmond, dass die Rohre in drei Auslassöffnungen über dem Eingang endeten.

Während die Schmuggler ihnen wortlos von der Tür hinterherblickten, machten sich Daniel und Desmond an den Abstieg. Das Gefälle des Tunnels lief irgendwann in eine Horizontale aus. Nicht lange danach erreichten sie einen flachen Absatz, hinter dem sich ein Schienenstrang in einem weiteren, offensichtlich sehr langen, finsteren Tunnel verlor. Auf dem Strang ruhte ein Schienenwagen: zwei voneinander abgewandte Kunststoffsitze auf Rädern, deren fast waagerechte Rückenlehnen sich zwischen zwei halbrund gebogene Metallflächen schmiegten. Nach vorn spitz zulaufend, wirkten diese Flächen wie langgezogene Flügel.

Daniel trat an eine komplex aussehende Apparatur auf dem Podest, die aus einem trommelförmigen Gitter bestand, von dem in alle Richtungen verstaubte Kabel, Röhren und Metallstäbe abgingen.

„Steig ein", verlangte er und zeigte auf den hinteren Sitz.

Desmond legte sich mehr, als dass er sich setzte, entgegen der Fahrtrichtung in den Wagen. In die Sitze waren Löcher gestanzt, deren Ränder unangenehm in den Schulterblättern drückten und zwischen seinen Beinen ragte ein Hebel in die Höhe. Sonst konnte er keinerlei Steuerelemente erkennen.

„Schnall dich an!", lautete Daniels nächste Anweisung. Dem rechten der beiden Zurrgurte fehlte der Schnapphaken, so knotete Desmond die beiden Gurtenden lediglich stramm vor seiner Brust fest.

„Womit wird diese Kiste angetrieben?"

„Mit gar nichts", brüllte Daniel zurück. Er hatte damit begonnen, kräftig auf die Apparatur vor sich einzutreten, und das Scheppern hallte überlaut durch den Tunnel.

In dem trommelartigen Gitter begann etwas zu leuchten. Dünner Rauch kräuselte sich daraus hervor. Schließlich gaben die Eingeweide der Maschine ein Knirschen von sich, gefolgt von einem ohrenzerreißenden Heulen und Daniel sprang in den vorderen Sitz.

„Mit gar nichts?", echote Desmond.

Die „Tragflächen" schlossen sich über ihren Köpfen und formten den Schienenwagen zu einem raketenartigen Geschoss.

Daniel schnallte sich in Windeseile an. „Das ist eine Magnetschleuder." Mittlerweile musste er nicht nur das anschwellende Heulen vom Podest, sondern auch ein schlimmer werdendes Klappern und Schrammen des Schienenwagens selbst übertönen.

Desmond wollte gerade noch etwas fragen, da hatten sich die gegensätzlichen Polaritäten aufgeladen und gaben den Schienenwagen frei.

Das Ausmaß der Beschleunigung war im wahrsten Sinne des Wortes atemberaubend. Desmonds Eingeweide wurden in seine

Beine gedrückt und der Wagen klapperte und bockte, als wollte er in tausend Einzelteile zerfallen. Eigentlich sollte eine winzige Cockpitscheibe vor dem irren Fahrtwind schützen, doch auf Daniels Seite erinnerten nur noch ein paar dreieckige Scherben an ihre Existenz. Zum Schutz gegen die Kälte steckte er einfach seine Stiefelspitze durch das Loch und setzte seine Visierbrille auf.

Gerade als Desmond das Gefühl bekam, er würde vom Hin- und Hergeworfenwerden das Bewusstsein verlieren, zog Daniel am Hebel zwischen seinen Beinen. Zum Klappern gesellten sich jetzt ein schmerzhaftes Kreischen und Funkenflug. Desmond schlugen die Zähne aufeinander, bis er Kopfschmerzen bekam, dann gab es ein Krachen und die gelochte Rückenlehne presste ihm das letzte bisschen Luft zwischen den Rippen weg. Der Schienenwagen stand.

Seine Seitenwände fielen in ihre alte Position und alles, was man noch hörte, war erwärmtes Metall, das knirschend in seine ursprüngliche Form schrumpfte.

Daniel war schon aus dem Sitz, da fummelte Desmond noch am Knoten in seinem Gurtzeug herum. Als er frei war, schleppte er sich hinter seinem Freund her. Jeder Knochen schmerzte, ihm war übel und die schwarze Sehnsucht brüllte in seiner Brust. Wackelig stand er auf dem Podest der zweiten Station. Es roch verbrannt.

„Alles noch dran?", wollte Daniel wissen.

„Wird schon gehen. Woher wusstest du, wann du bremsen musstest?"

„Gutes Zeitgefühl."

Desmond schwankte, stützte sich an der Felswand ab. Als Daniel ihm helfen wollte, wich er aus. Unwilliger, als er es eigentlich beabsichtigt hatte.

„Okay, okay! Ich sehe schon: Du kommst zurecht."

„Tut mir leid. Ich weiß nicht so recht, was los ist. Nur noch einen Moment, dann können wir weiter."

Der ätzende Geruch verzog sich. Die Luft war kühl, wenn auch abgestanden. Als Desmond wieder alleine gehen konnte, blieb eine Menge des dunklen Gefühls in ihm zurück und ließ sich diesmal auch nicht so einfach mit dem Heiligen Geist wegsperren. Um eine straffe Körperhaltung bemüht, gesellte er sich an Daniels Seite. Der war bereits wieder von dem Podest runter und stand vor einem runden Drucktor, das von zwei stämmigen Hydraulikkolben gesichert wurde.

„Wieder auf dem Damm?", brummte Daniel.

„Ich bin in Ordnung."

„Wirklich? Hör mir gut zu. Das hier ist keiner deiner üblichen kleinen Sündengriffe. Hinter diesem Durchgang lauern gefährliche Männer. Fünf an der Zahl. Alle bewaffnet. Wenn ich mich nicht hundertprozentig auf dich verlassen kann, sollten wir gar nicht durchgehen. Wie schlimm ist es?"

Desmond versuchte, sein unstillbares, unerklärliches Verlangen in Worte zu kleiden, die sein bester Freund verstehen würde, schaffte es aber mehr schlecht als recht. Nachdem er geendet hatte, verschränkte Daniel die Arme.

„Dieser Heilige Geist ist eine Sache, die so einem kleinen Straßenbengel wie mir immer fremd bleiben wird. Ich muss nur eins wissen: Bist du dieser Situation gewachsen?"

In Desmonds Brust knurrte eine Bestie. Er stopfte ihr mit dem Heiligen Geist das Maul, dann antwortete er mit fester Stimme: „Ja, bin ich."

Indem er auf etwas drückte, das wie ein dicker Schraubenkopf aussah, beschloss Daniel: „Gut. Dann warten wir."

***

Seit bestimmt zwanzig Minuten saß Desmond auf seinem Allerwertesten und ruhte sich aus. Wesentlich besser ging es ihm dadurch nicht. Daniel vertrieb sich die Zeit, indem er entweder mit dem Fuß auf den sandigen, nassen Boden tippte oder gereizt vor der runden Metalltür auf und ab tigerte.

Desmond betrachtete fasziniert die dunkelgrünen Wände, die sie umgaben, und fragte: „Wo sind wir hier eigentlich?"

„Unter dem Ozean."

Das passte. Er roch salzige, feuchte Luft. Das Wasser im Meer sollte so salzig sein, dass man es noch nicht einmal trinken konnte, hatte Onkel Ephraim erzählt. Wie viel von diesem Wasser mochte wohl über ihren Köpfen dahinfließen? Was würde passieren, wenn es durch die Wände bräche? Gab es dann eine realistische Chance auf Flucht? Oder würden sie qualvoll ertrinken? Desmond erschrak.

Ohne Vorwarnung schob sich über Daniel eine quadratische Platte aus angelaufenem Metall aus dem Gestein. Ihre Unterseite gleißte auf und tauchte Daniel in eine Lichtsäule. Sofort holte er die dreieckige Kupferscheibe hervor, die ihm der Schmuggleranführer ausgehändigt hatte, woraufhin die Plattenunterseite ihre Farbe von weiß auf grün änderte.

Daniel schloss die Augen und hielt sich das kupferne Dreieck vor die Brust. Die Lichtsäule erlosch und wurde von Dutzenden grünen Laserstrahlen ersetzt, die Daniel nun mit merkwürdigen Symbolen überzogen. Ein Klirren ertönte. Dann noch eins und noch eins und noch eins.

Abrupt herrschte Stille.

Die Lasersymbole verschwanden.

Sirrend glitt die Platte über Daniels Kopf in die Wand zurück.

Er steckte das Kupferdreieck wieder ein, tat drei rasche Schritte rückwärts und stellte sich an Desmonds Seite.

Kaum war der Scanner wieder verschwunden, wuchteten die großen Druckkolben das dicke Metallschott in die Waagerechte. Dem Schott folgte noch ein Gang, aber diesmal heller, sehr viel kürzer und mit glanzlosem Metall ausgekleidet. Am Ende ließen die hier einwandfrei funktionierenden, aber kalten Lichtleisten eine breite Treppe nach unten erkennen.

Daniel setzte sich langsam in Bewegung und Desmond blieb einen Schritt hinter ihm. Vom oberen Absatz sah man einen weiteren Raum am Fuß der halbrunden Stufen. Er hatte einen glatten, mit

Erosionsflecken gesprenkelten Boden und endete exakt mit dem gleichen Schott, das sie gerade hinter sich hatten. Davor warteten acht fremdartig aussehende Männer.

Das waren also die verhassten Babylonier. In ihrer Mitte stand eine mannshohe Kiste mit geriffelten Aluminiumwänden. Darin, vermutete Desmond, musste die Tarnrüstung sein. Genau wissen konnte das jedoch niemand. Babylonier waren Heiden, die letzten Menschen, denen man trauen konnte.

Während er hinter Daniel Schritt um Schritt die Stufen hinunterstieg, ließ er seinen Blick von einem zum anderen wandern. Desmond traute sich kaum zu atmen. Nur keine schnellen Bewegungen mit den Händen, hatte sein Freund ihm eingebläut. Desmonds mulmiges Gefühl beruhte nicht auf der eigenartigen Erscheinung der Fremden mit ihren etwas zu eng beieinanderstehenden Augen und den bleichen, dünnen Lippen. Es rührte auch nicht von den glänzenden, so eng wie eine zweite Haut anliegenden Anzügen. Zwar wechselte das Material so oft die Farbe, dass es schon in den Augen schmerzte, doch weder das noch die unproportionierten, massigen Gewehre, die die Männer auf sie richteten, konnten ihn wirklich beunruhigen. Und doch lief hier etwas grundverkehrt.

Daniels Misstrauen war wie eine Warnleuchte. „Irgendwie kommen mir langsam Zweifel an der Aktion", flüsterte er. „Meine Schmugglerfreunde wollten nicht mal deinen Namen wissen. Sei auf alles gefasst!"

Desmond nickte und schaute sich um. Auch die Anzahl der Männer passte nicht zu Daniels Prognose. Statt der erwarteten fünf, standen hier acht, genau so viele, dass sie sich mit Schusswaffen nicht gegenseitig behindern würden.

„Habt ihr es?" Die Stimme des Mannes in der Mitte war die Vatersprache des Gelobten Landes nicht gewohnt.

„Selbstverständlich", erwiderte Daniel, als sie am Treppenfuß angelangt waren. „Sogar doppelt so viel wie abgemacht." Er machte einen weiteren Schritt nach vorne. Statt des einen

Zylinders mit silberner Flüssigkeit streckte er dem Sprecher zwei entgegen.

Desmond sah dem Fremden unverhohlen in die blassen Augen und der Heilige Geist lauerte direkt hinter seinen eigenen. Auch wenn die Bestie in ihm wieder aufbegehrte, sie würde ihn nicht behindern. Im Gegenteil. Sie drängte ihn sogar dazu, das Bewusstsein des Mannes zu erobern. Er schüttelte sich und kalt verbreitete sich die Gier in seinem Gedärm.

„Für unsere Zwecke ist eine Dequille mehr als genug", holperte die Zunge des Sprechers der Babylonier und er nahm Daniel einen der kleinen Behälter ab.

Es entstand eine Pause, in der er die Flüssigkeit gegen die Lichtleisten hielt. Keiner machte Anstalten, die Kiste zu bewegen oder gar zu öffnen.

Desmonds Hände verkrampften sich am Hosenstoff. An seinem Herzen leckten eisige Flammen empor und trockneten es aus. Die krampfartige Qual in seinem Bauch wollte ihn zusammenkrümmen.

„Weißt du was?", sagte der Babylonier. „Vielleicht gewinnen wir diesen Krieg dank deines Ortungsblockers, aber das geht viel schneller, wenn ihr nicht über unsere Technologie verfügt." Die Waffen der Fremden gaben ein elektronisches Sirren von sich.

Sofort fiel Daniel in die Hocke und Desmond mit ihm. Er riss die Kiste kraft des Heiligen Geistes zwischen sich, Daniel und ihre Gegner.

Armlange Verbrennungsstöße und Laserblitze fauchten aus den Waffen der Fremden, trafen entweder die Treppe oder schlugen pfeifend in die Kiste ein.

Mit einer raschen Handbewegung ließ Daniel den Deckel von seinem Behälter schnellen, hielt eine Hand vor den oberen Rand und aktivierte die Steuerdüse im Handschuh seiner Rüstung. Dann schwenkte er den satten Flammenschweif, in den sich die Gase aus dem Behälter verwandelt hatten, vor sich her. Der Raum glich schlagartig einem Meer aus Feuer.

Sobald die Schussgeräusche vollständig von Geschrei abgelöst wurden, ließ er die Feuersbrunst wieder ersterben. Desmond stieß die Kiste zurück nach vorne, direkt gegen die acht Gegner. Drei von ihnen wurden wie brennende Gelenkpuppen gegen die Wände geschmettert. Sie würden ihre gottlose Heimat nicht mehr wiedersehen.

Der unverletzte Anführer hatte seine Überraschung ziemlich schnell abgeworfen. Das Gewehr im Anschlag, zielte er bereits wieder auf Daniel. Doch bevor sein Finger den Abzug betätigte, ließ Desmond die Kiste mit einer scharfen Kante voran gegen seine Arme krachen. Es knackte und ein unmenschliches Brüllen ertönte. Die drei Männer rechts von ihm wurden gleich mit umgemäht. Einer wurde enthauptet und sein Kopf prallte von den Druckkolben ab.

Die gesamte untere Kammer war nun erfüllt von Hitze, Gestank, Rauch und Schreien in einer unverständlichen Sprache. Als Desmond die Kiste mit den Armen wieder zu sich befahl, schmierte sie eine rostrote Spur über den Ascheboden. Sie bekam so viel Schwung, dass er zur Seite springen musste, als sie an ihm vorbeischlitterte und gegen die unterste Treppenstufe donnerte. Die fünf Verschlusskrallen rissen, der Deckel wurde abgeworfen.

In der Zwischenzeit schmiss Daniel einem der zwei Babylonier, die noch standen, den brennenden Zylinder zu und zielte mit der Steuerdüse erneut darauf. Die nachfolgende Explosion war nicht ganz so spektakulär, das Geschrei schon.

Desmond beugte sich über die Kiste. Zwischen einer Menge Dämm- und Verpackungsmaterial verbarg sich eine zweite Kiste, die wesentlich flacher und mit Haltegriffen versehen war. Hastig riss er sie aus ihrer Umverpackung.

Eine Kiste in einer Kiste, dachte er. Auf so etwas konnten auch nur die verschwenderischen Babylonier kommen.

Plötzlich fühlte er sich so leer ... wollte sich einfach irgendwo hinlegen und schlafen ... Nur ein bisschen. Schwäche überrumpelte seine Knie und um ein Haar wäre er nach hinten gekippt, doch Daniel fing ihn geistesgegenwärtig auf.

An einem Arm zerrte sein bester Freund ihn die Treppe hoch, während er mit dem anderen die Kiste hielt.

„Komm schon! Nicht schlappmachen, Desmond. Wir müssen hier wieder raus." Oben im Gang angekommen, konnte Desmond, wenn auch mit Mühe, wieder alleine laufen.

Das Geschrei hinter ihnen war verklungen. Aber ein anderes Geräusch ließ ihm das Blut in den Adern gefrieren. Mit einem überlauten Rumms klappte die Drucktür direkt vor ihrer Nase herunter.

Nein! Das durfte einfach nicht sein. Irgendwer hatte das Flammenchaos überlebt. Irgendwer hatte sie festgesetzt. Und irgendwer sollte zurückgehen und sie alle umbringen. Egal, wie viel unwertes Leben noch in den Babyloniern war, man sollte es ihnen aus den Leibern reißen. Gegenüber Desmonds blanker Wut und seiner unstillbaren Gier, Leben zu nehmen, schien alles andere unwichtig.

Und doch ... Eine Umkehr konnten sie nicht riskieren. Vielleicht warteten dort unten in der Zwischenzeit noch mehr ruchlose Feinde, mehr als sie bekämpfen konnten. Aber es gab noch einen anderen Weg. Einen Weg, der Daniels Augen groß werden ließ.

Woher Desmond noch die Kraft nahm, war ihm selbst schleierhaft. Die dunkle Unersättlichkeit schrie nach Befriedigung und zerrte ihn deswegen erbarmungslos wieder auf die Füße. Also riss er sich aus Daniels Griff, stellte sich vor die Tür und unter einer peitschengleichen Geste schnellte die geballte Macht des Heiligen Geistes aus seiner Hand.

Die massive Stahlscheibe bog sich nach außen, die Druckkolben brachen und sie vollführte einen kreischenden Schwung nach oben.

Für einen Augenblick hatte Desmond das Gefühl, sie würde gleich aus den Scharnieren krachen, doch obwohl eine Menge Steine von der Decke bröckelten, blieb das verbogene Objekt, wo es war. Der Weg zur Schienenwagenstation war frei.

Aber die dunkle Sucht in seinem Inneren mutierte zur Gier, war kaum noch zu bezähmen. Desmond brauchte dringend neue

Kraft. Gab es hier nichts Lebendiges mehr? Doch, natürlich: Daniel Jackdaw! Immer so vital, so stark, so voller Energie ... Nein, ihm durfte nichts geschehen! Irgendwer musste sie wieder zur Oberfläche lotsen.

Aber dann ...

Woher kamen diese unheiligen Gedanken? Desmond sank auf die Knie. Sein Körper war wie Blei. Er würde nicht mehr aufstehen.

Doch Daniel war sofort über ihm, riss mit erneuter Unbarmherzigkeit an seinem Arm. Konnte er ihn nicht einfach hier hocken lassen?

Wie eine willenlose Puppe wurde er in den Schienenwagen verfrachtet. Dann folgte die Kiste und wurde mit dem beschädigten Gurt so fest es ging an den freien Sitz gebunden.

Desmond war nicht bewusstlos, aber auch nicht richtig wach. Am Rande bekam er mit, wie sein Freund wieder auf das Gerät am Schienenstrang eintrat. Plötzlich lastete zusätzliches Gewicht auf seinem Oberkörper und Daniel lag auf ihm. Es folgte wieder dieser schauderhafte Lärm, das Gewicht wurde noch schwerer und ihr Höllenritt unter dem Meer begann erneut.

Was für eine Qual, dachte Desmond. Wenn doch nur dieses elende Gewackel aufhören würde.

Für zwei Personen mit Gepäck war der Schienenwagen nicht ausgelegt. Er wurde noch schlimmer hin- und hergeworfen als auf dem Hinweg. Die rechte Wand konnte mit der linken nicht glatt abschließen und fing Fahrtwind, weil Daniel der Hydraulik im Weg war. So würden sie bestimmt irgendwann vom Schienenstrang geschleudert. Und richtig: Nach zwei Dritteln der Strecke gesellte sich zum gewohnten Gerumpel und Schlagen ein Geräusch von reißendem Metall.

Desmond zog sich zusammen. So gut er noch konnte, stählte er seine Muskeln mit dem Heiligen Geist für einen äußerst üblen Aufprall. Doch es war nur die überstehende Wand gewesen, die der Fahrtwind abgerissen hatte. Weit hinter ihnen schepperte sie durch den Tunnel.

Schneidende Kälte folgte. Desmond ertrug sie stoisch. Daniel hingegen schlotterte noch stärker als der Schienenwagen.

Als er dann über Desmond hinweg den Griff der Bremse fassen wollte, griff er erst daneben. Doch beim zweiten Versuch bekam er ihn zu packen und zog ihn mit aller Kraft nach hinten. Die Bremsen schrillten ohrenbetäubend.

Für einen Augenblick versank alles um Desmond herum in Schwärze. Als er die Augen wieder aufschlug, stand der Schienenwagen bereits still. Die linke Seitenwand klappte gerade weg, während das Scharnier der verlorenen Wand nur noch ein ohnmächtiges Kratzen von sich gab.

Daniel erhob sich zitternd. Nachdem er sich mit den Armen einigermaßen warmgerieben hatte, zog er Desmond und die Kiste von den Sitzen. Zehn Minuten gönnte er ihnen, dann musste es weitergehen.

Desmond schleppte sich durch den Tunnel Richtung Schmugglernest, ohne einen Ton herauszubringen und Daniel wuchtete die Kiste neben ihm den düsteren Gang hinauf. Mittendrin stöhnte er gequält auf.

Desmond lief vor eine Wand aus Raubeton …

Die Schmuggler hielten ihren Eingang fest verschlossen und würden ihn wohl nicht mehr freigeben.

***

Der Anführer der Schmuggler fluchte. Aufgrund des schwachen Lichts produzierte die Kamera auf der anderen Seite der Geheimtür zwar bloß ein schlechtes und kontrastarmes Bild auf seinem Display, doch eins erkannte er ganz genau: Die beiden Gestalten, die den Annäherungsalarm ausgelöst hatten, waren keine Babylonier.

Es waren Jackdaw und sein Kompagnon.

Also war ihnen die Flucht gelungen. In den Eingeweiden des Hades sollten diese arroganten Affen schmoren!

Sie hatten ihnen doch alle Waffen abgenommen und der versteckte Detektor hatte auch nichts registriert. Der Schmuggler verstand die Welt nicht mehr.

Eine Weile hatten Jackdaws außergewöhnliche Erfindungen ein recht nützliches Handelsgut dargestellt, doch mittlerweile war er gierig geworden und die Zeit abzutreten für ihn damit gekommen. Die Instruktionen ihrer Geschäftspartner waren eindeutig gewesen. Die Schmuggler hatten von Jackdaw einen speziellen Lack haben wollen, der ihre Atmosphärenschiffe für jedes Radar nur schwer erfassbar machen sollte. Die im Gegenzug dazu geforderte Kampfausrüstung wollten sie allerdings nicht rausrücken. Sie wollten Jackdaw das extrem wertvolle Stück lediglich zeigen und ihm dann den Garaus machen. Doch da stand dieser Schweinepriester, zog seine Kiste hinter sich her und war dem Engel des Todes von der Sense gehüpft.

Die Babylonier konnten sich garantiert nicht so glücklich schätzen. Ein Fehler, der die Handelsbeziehungen zur anderen Seite des Ozeans nachhaltig stören würde und wahrscheinlich das Aus für den Hehlerring von Ramoth-Gilead bedeutete. Aber vielleicht ließen sich die Fischmenschen, wie die Schmuggler ihre Geschäftspartner heimlich nannten, mit Jackdaws Leiche wieder besänftigen.

Was machte dieser schwachbrüstige Hering neben ihm da bloß? Dem Aussehen nach gehörte der wohl eher auf die Kühlbahre einer Totenhalle als mitten in einen geplatzten Schwarzhandel. Stattdessen gestikulierte er wie blöd mit den Armen vor der Tür. War das etwa ein verdeckt arbeitender Priester?

„Lasst das Gas rein!", fuhr er seine Untergebenen an.

Aber keiner der inzwischen vier unrasierten Männer kam mehr an den Ventilhebel für die Rohre an der Decke. Die Wand erbebte unter einem dumpfen Schlag.

Verunsichert schauten die Schmuggler ihren Anführer an. Es rumpelte noch einmal und ein zweiter, noch gewaltigerer Schlag ließ einen gezackten Riss im Beton entstehen.

Der Anführer griff nach seiner Waffe auf dem Tisch und wollte seinen Männern mit einem barschen Befehl Beine machen. Doch noch bevor ein Wort seinen Mund verlassen konnte, zerbarst die Wand in tausend Steingeschosse, die allem Leben im Raum ein Ende setzten.

***

Während Desmond sich selbst kaum aufrecht halten konnte, stählte die dunkle Gier sein Kreuz. Und als der gröbste Dreck sich gelegt hatte, ließ sie ihn hinter seinem Freund herstolpern.

„Pitchfork, Desmond! Wenn du etwas machst, dann aber richtig." Auch wenn Daniel noch so mit dem Arm wedelte, die Staubwolken ließen sich nicht vertreiben. Also schleifte er die Kiste einfach halb blind über die Gesteinsbrocken, bis er den Spind mit seinen Waffen entdeckt hatte, und Desmond orientierte sich an seinem Gehuste.

Seine Augen brannten. Alle Wahrnehmungen drangen wie durch einen milchigen Schleier an ihn. Ragte da eine Hand aus den Trümmern? Hastig stolperte er darauf zu, ließ sich auf die Knie fallen und räumte wie im Wahn die Steine beiseite. Tatsächlich: eine menschliche Hand! Nach wenigen Griffen hatte er den zerschlagenen Körper des Schmugglerführers im Arm, das lange dunkle Haar von Schmutz und Blut verklebt.

Daniel packte ihn von hinten. „Was ist denn los mit dir? Für den kannst du nichts mehr tun. Der ist tot."

Die Worte klärten Desmonds Schleier. Schockiert ließ er den Toten sinken und sich auf die Beine zerren. Der viele Staub ließ ihn würgen.

„Komm schon, komm schon. Wir müssen weg!" Trotz des Zusatzgewichts hatte Daniel es sehr eilig.

Desmond folgte dem schrammenden Geräusch der Kiste wie in Trance.

Zwei lange düstere Stiegen, und sie waren in dem Fundament, aus dem sie gekommen waren. Nach ein paar weiteren Türen standen sie wieder an der frischen Luft. Aufgehalten hatte sie niemand. Offensichtlich waren alle Schmuggler dort unten gestorben. Und Desmond war dafür verantwortlich. Er wusste nicht, was er denken sollte.

Draußen war es dunkel. Dunkler als sonst auf der Bodenebene, denn die Sonne war bereits untergegangen. In der recht engen Gasse, in der sie gelandet waren, drückte sich ein einzelner Mann eilig und gesenkten Blickes an ihnen vorbei. Anderswo schienen dringlichere Angelegenheiten als zwei Staubgespenster im bleichen Laternenlicht auf ihn zu warten.

Nachdem er verschwunden war, lehnte Daniel die Kiste an die Gebäudewand und atmete tief durch. „Du siehst erbärmlich aus."

„Mag sein." Desmond fühlte sich auch genau so. Die dunkle Gier verlieh ihm Kraft, brachte seine Knie aber gleichzeitig zum Zittern.

„Deine Augen bluten."

Er wollte an seine Lider langen, aber Daniel hielt ihn zurück. „Nicht dran reiben. In irgendeiner geschützteren Ecke, wo wir uns vernünftig sauber machen können, sehe ich mir das genauer an." Mit diesen Worten schulterte er die Kiste und führte Desmond aus der Gasse.

Sobald sporadisch auftauchende Passanten wieder ihrer Wege gingen, lotste Daniel sich und Desmond schwerfällig von Schattenfleck zu Schattenfleck. Hinter einem beschädigten Müllcontainer legten sie den ersten längeren Halt ein. Daniel klemmte den Deckel als Blickschutz zwischen Container und Gebäudewand und verstaute die Kiste darunter. Anschließend wollte er sich und Desmond von der Staubschicht freiklopfen, doch alles Klopfen half nichts. Ihre Kleidung und ihr Haare blieben stumpf und grau.

„So wird das nichts. Setz dich hin. Wir müssen wenigstens deine Augen sauberkriegen." Nachdem er Desmonds Gesicht notdürftig mit dem Wasser aus seiner Gürtelflasche gereinigt hatte, meinte er: „Die Blutung hat aufgehört. Was immer mit deinen Augen los war, es scheint vorüber. Wie geht`s dir?"

„Zerschlagen. Unendlich schlapp. Trotzdem rast dieses Verlangen in mir ... Es frisst mich innerlich auf und ich habe ein Gefühl, als könnte ich im nächsten Moment jemanden umbringen."

„Behalt den Talarrock an. Solange wir nicht zufälligerweise einer Grenzstreife der Templer in die Arme laufen, solltest du heute niemanden mehr zum Herrn befördern."

Desmond sackte gegen die rostgefleckte Containerwand, griff sich unter die Kapuze in die Haare und stierte zu Boden. „Ich weiß nicht. Diese unglaubliche Macht in mir ... Sie hatten nicht die geringste Chance. "

„Hey, hey, spar dir die Gewissensbisse für jemanden, der es wert ist."

„Verstehst du denn nicht? Ich hatte mich nicht unter Kontrolle. Nicht im Geringsten. Ich dachte, ich hätte es im Griff, aber ich habe uns beide enttäuscht."

Sein Freund brummte ungläubig. „Wohl kaum. Wer seinen Gegnern so heftig ..."

„Hörst du mir überhaupt zu? Wir könnten jetzt beide tot sein. Spätestens als wir wieder vor der ersten Drucktür standen, war ich nicht mehr Herr des Heiligen Geistes. Was ich da getan habe ..." Er stockte. „Das *geschah* einfach alles. Ich konnte kaum eingreifen, wie eine Marionette. Und jetzt fühle ich mich so ... ausgebrannt. Ich bin mir nicht sicher, ob ich diese Kräfte jemals wieder einsetzen kann oder ob ich das überhaupt noch will."

Daniel legte seinen Arm um ihn. „Desmond, Desmond, Desmond. Hör mir zu! Zunächst einmal: Diese verräterischen Krähen wollten uns kaltmachen. Wenn du ihnen nicht so fulminant eingeheizt hättest, wären wir jetzt Fischfutter. Zugegeben: Zwischendurch hatte ich ein bisschen Schiss, aber wenn so Kontrollverlust bei dir aussieht, dann mache ich mir um Tabeas Befreiung keine Sorgen mehr."

Desmond setzte zu einer Erwiderung an, aber Daniel legte seinen Finger auf die verkrusteten Lippen.

„Silentium! Ich will nichts mehr hören. Wir werden jetzt die Rüstung auspacken und uns danach mit den Einzelteilen unterm Arm so unauffällig wie möglich aus dem Staub machen. Bis zu unserer ausgewiesenen Abflugzeit gönnst du dir in der Pilgerunterkunft eine tüchtige Portion Schlaf. Ich werde in der Zwischenzeit ein wachsames Auge auf uns haben. Sobald wir wieder im Unterschlupf sind, bekommt Fate von mir Feuer unterm Hintern gemacht, dass er dieses Heilige-Geist-Ding für dich auf die Reihe bringt. Und jetzt Abmarsch. Aber fix."

Bei Daniel klang alles so einfach.

„Amen, Bruder!", antwortete Desmond, dann half er beim Auspacken der Rüstung.

***

Einige verschmierte Folien aus dem Müll und ein paar Meter Klebeband verwandelten die Einzelteile der Toledo-Tarnrüstung in zwei relativ handliche Pakete. Daniel trug Körperpanzer und Helm, Desmond die Stiefel, Arm- und Beinschalen.

Er hatte sich zwar wieder etwas gefangen, dennoch schwankte er nach den ersten Schritten auf Ramoth-Gileads nachtbeleuchteter Bodenebene bedenklich.

„Bist du wieder fit genug?", wollte Daniel wissen. „Oder willst du hier warten, bis ich von der Wallfahrerherberge wieder zurück bin?"

„Nicht nötig. Lass uns einfach zwischendurch Pausen einlegen, dann kriege ich das hin."

„Geht klar. Ich werde uns ein paar kuschelig dunkle Ecken suchen."

Sie gingen los und es fiel ihm schwerer, als Desmond gedacht hatte. Er gab sich alle Mühe, Schritt zu halten, doch eine Sekunde der Unachtsamkeit führte dazu, dass er zurückfiel. Eilig warf er sich mit seinem Paket um die Ecke des nächsten massigen Fundaments und rannte prompt in den stehen gebliebenen Daniel.

„Schau dir die beiden an, Thompson!", schnitt eine elektronisch verzerrte Stimme durchs Zwielicht. „Was schleppt ihr Weihwasserpanscher denn da mit euch rum?"

Das war`s, schoss es Desmond durch den Kopf. Zwei Templer in voller Rüstung! Und er hatte nicht einmal mehr genügend Heiligen Geist in sich, um einen Rauchfaden wegzupusten, geschweige denn, um zwei Soldaten zu begegnen, deren Augen durch die grüngrelle Beleuchtung ihrer Visierschlitze geschützt wurden.

„Hat euch der Herr mit Taubheit geschlagen, oder was? Mein Bruder will sehen, was ihr da in euren Drecksgriffeln habt."

Verborgen hinter seinem Paket öffnete Daniel die Deckelschlaufe einer Gürteltasche.

Die Geduld des zweiten Templers hatte sich schnell erschöpft. Er hielt ihnen den kurzen Lauf eines Kampfgewehrs vom Typ „Befrieder" entgegen. „Pakete fallen lassen und auseinandergehen!"

Während sie taten wie befohlen schielte Desmond auf die Hammerkreuzapplikationen über dem roten Templerkreuz. Nur einer der sogenannten Striemen war unter die Legionskennzeichen in die Brustplatte gekerbt. Die beiden standen also in der katholischen Hierarchie ganz unten. Vielleicht konnte er etwas Zeit schinden.

„Wir haben das Recht, vor den lokalen Dekan gebracht zu werden."

„Du bist wohl nicht aus der Gegend, mein Sohn. Ramoth-Gilead ist Grenzgebiet. Hier gilt das Recht des Ordens von Gottes Speer. Und jetzt her mit deinem Zeug!" Der Templer griff in Desmonds Richtung.

Desmond drehte sich weg, aber nur um mit den Armen auszuholen und dem verdutzt aufgrunzenden Templer sein Paket vor den Helm, genau zwischen Nasenschutz und Kevlarschleier zu knallen. Von der Fundamentwand abprallend, krachte der Helm auf die Straße, um sich dort noch einmal schwungvoll zu drehen, bevor er liegen blieb.

Währenddessen warf Daniel dem Templer, der zuerst gesprochen hatte, eine kleine Scheibe entgegen. Sie krallte sich mit ihrem

Hakenrand automatisch zwischen die Lamellenschuppen des Bauchschutzes, klappte sechs Greifärmchen aus und schickte ein rötliches Blitzgewitter über die gesamte Templerrüstung. Aus dem Sprachfeld des Helms erklang ein Stöhnen und der Mann ging zu Boden.

Bevor sein helmloser Waffenbruder den Befrieder einsetzen konnte, bannte Desmond dessen Blick. Die Augen des Mannes weiteten sich panisch und Desmond überkam das warme Gefühl des Triumphes. Endlich. Er wusste nicht warum, aber die schwarze Gier wirkte zufrieden.

Thompson. Thompson Woodgate, das war der Name des Templers, und in seinem Verstand erwartete Desmond ein Sturm aus Zorn. Lange erbarmungslose Ausbildungsjahre hatten Thompson zu einer Kampfmaschine gedrillt. Doch die Grenzstadt bot seinen Aggressionen lange keinen so guten Spielplatz wie die Wilde Grenze. Und welche Verfehlung auch immer dafür verantwortlich war, dass man den jungen Templer direkt von der Rekrutenburg in Akkad hierher versetzt hatte, sie war der Grund dafür, dass Woodgate nun ruhelos durch Ramoth-Gilead strich. Frustration und Wut stachelten seine Triebe soweit an, bis er sie beim Zusammenschlagen irgendeines vermeintlichen Sünders befriedigen konnte. Was für ein Menschenmüll.

Seine rotglühende Seele bestand aus jenem psychischen Feuer, wie Desmond es die ganze Zeit über gesucht hatte. Hatte er sonst nur einen Blick darauf werfen können, hier lag es offen vor ihm. Er brauchte nur noch zuzulangen. Der Zweck, aus dem er sich ursprünglich in Woodgates Bewusstsein gewagt hatte, wurde von einer Sekunde zur nächsten null und nichtig. Durch sein Innerstes brandete ein verderbter Flammensturm, riss die Barrieren nieder und brannte alle Hemmungen hinfort. Als sich auch die Schleusen in Desmonds Bewusstsein öffneten und ein Strom heißer, unverfälschter Lebenskraft zu ihm herüberflutete, verschwand endlich die schreckliche Leere. Erst jetzt, mit Thompson Woodgates pulsierender Kraft in sich, wurde ihm bewusst, in welchem Maße das schwarze Verlangen ihn bereits ausgezehrt hatte.

Und er konnte nicht ablassen, Woodgates Lebensfeuer in dieses unbarmherzige Loch zu saugen. Mit jeder Sekunde erstarkte er mehr, wurde wieder Stück für Stück er selbst. Die Zeit der Schwäche war vergessen.

Da unterbrach ein Schrei das Hochgefühl. Desmonds innerer Blick klärte sich. Bestürzt nahm er wahr, dass der Fluss aus Woodgates Seele versiegt war. Wo vorher ein Meer aus Lava gewogt hatte, befand sich nur noch kalte Einöde. Ein starrer, verlassener Körper lag vor ihm. Der Schrei musste Thompson Woodgates Todesschrei gewesen sein, der jetzt in einem letzten Wimmern verstummte.

Eine schallende Ohrfeige katapultierte Desmond wieder ganz in die Wirklichkeit.

Daniel schrie: „Was hast du getan?"

„Bei der Mutter Gottes!", entfuhr es Desmond. Er fühlte sich so gut wie lange nicht mehr, doch beim Anblick, der sich ihm bot, packte ihn das Grauen.

Bleich und verrenkt lag Thompson Woodgates Leiche auf dem dreckigen Asphalt, jeder Funke im Blick erloschen. Daniel schluckte, rückte einen Schritt von Desmond ab und griff sich das Gewehr des Toten.

Ein Gurgeln ließ diesem ersten Schrecken sogleich den zweiten folgen. Der Templer, den Daniel betäubt hatte, wollte sich erheben. Steif griff er nach seiner Waffe.

Daniel schoss ihm reflexartig durchs Visier. Wie gefällt kippte der Oberkörper des Templersoldaten wieder nach hinten. Seine Hand zuckte einmal kurz. Dann lag auch er still.

In einer entsetzlich gefühllosen Routine packten sich Desmond und Daniel ihr Schmuggelgut, zerstörten die Aufzeichnungseinheiten in den Templerhelmen und verschwanden in der Nacht.

XXVII

Endlich hatte Moses Vocola eine standesgemäße Behausung bekommen – jedenfalls etwas, das man hier als standesgemäß erachten konnte. Und kaum war ihm dieses Loch zugeteilt worden, hatte die Verschwörergruppe um Iskariot beschlossen, ihre konspirativen Treffen von nun an bei ihm abzuhalten. Weil Vocolas neues Zuhause so geräumig und nah bei der Stelle lag, an der sie das erste Mal mit Iskariot zusammengetroffen waren, hatte Sissanda Moultrew gemeint, das wäre ganz passend. Diese Schlange! Wenn Vocola auf die Frau, die ihren dünnlippigen Mund in einem so hässlichen Winkel verziehen konnte, nicht gut aufpasste, würde er eines schönen Morgens mit Dagonstahl im Herzen aufwachen. Und das trotz seiner Jungs.

Vocola gab Eddy, seinem jüngsten Handlanger, einen Wink. Zwar war Iskariot immer noch nicht eingetroffen, aber er brauchte jetzt ein Glas in der Hand. Während es ihm gebracht wurde, sah er missmutig in die Runde. Von den Möchtegernverschwörern von vor ein paar Wochen erkannte er nur drei. Tja, alle, die bei Iskariot etwas zu sagen haben wollten, mussten eben über dicke Eier verfügen. So dicke Eier wie Sissanda Moultrew oder dieser Grundfinger, ein Kerl mit einer metallenen Schädelkappe, und dessen verschlagener Kumpel. Zwei weitere Typen waren erst in der letzten Woche zu ihnen gestoßen und drei der Gäste waren schon an Iskariots Seite gewesen, als Moses Vocola noch gemütlich in Nicopolis gehockt und keine Ahnung gehabt hatte, wie gut es ihm gegangen war.

Ungeachtet der internen Hackordnung thronte er nun auf seinem zweitbesten Sessel, hielt die Unterhaltung auf unverfänglichem Niveau und koordinierte das Verteilen der Getränke nach einer selbst festgelegten Rangfolge.

Die drei Altgedienten erhielten von seinem aus der Oberstadt eingeschmuggelten Wein natürlich zuerst. Gleich nach Eckart war er dann selbst an der Reihe, und erst danach Sissanda. Ihren blitzenden Augen konnte er entnehmen, dass sie den Wink verstanden hatte.

Vocolas Kopf ruckte herum. Völlig unangekündigt von den Wachen duckte sich der übergroße Iskariot im Eingang, eilte durch den Wohnbereich und ließ sich in den besten Sessel fallen.

Die Gespräche verstummten.

Ihr Anführer lächelte. Fast jedenfalls. Das war ein gutes Zeichen.

„Unsere Zahl steigt stetig", erfüllte die Stimme des Mannes in der weiten Kutte sofort den Raum. „Die Angst wegen der verschwundenen Frauen verbreitet sich wie eine Seuche. Wenn wir weiterhin Stärke und Geschlossenheit zeigen, können wir den Dreizehn bald das Heft aus der Hand nehmen."

Einer von Vocolas Jungs reichte ihm einen gesplitterten und wieder geklebten Pokal mit Wein. Während Iskariot einen tiefen Schluck nahm, konnte man das kollektive Aufatmen seiner Gefolgschaft beinahe hören. Selbst Sissandas schiefer Mund wirkte nicht mehr ganz so hässlich.

Was für Schlappschwänze, dachte Vocola.

Iskariot genoss seinen Auftritt, leerte den Pokal und stellte ihn auf dem kleinen Tisch neben sich ab.

„Der Tag, an dem wir die Macht an uns reißen, ist nicht mehr fern. Aber dies gelingt nur, wenn wir gut vorbereitet sind, wenn wir alles gut durchdacht haben. Wir wollen die Dreizehn beseitigen, dann müssen wir als Erstes Waffen besorgen, und die wird man uns kaum freiwillig geben. Hat jemand eine Idee, wie wir in diese unterirdische Waffenkammer kommen?"

Lange brauchte Vocola da nicht zu überlegen. Er wusste, wie man so etwas anstellte. Nicht umsonst war er in seinem Viertel sogar von den Schwarzröcken respektiert worden. „Nodrim und Trimmund sind die Waffenmeister. Sie haben als Einzige Zugang. Wobei Nodrim in letzter Zeit viel beschäftigt ist. Der hängt dauernd mit diesem Priester rum und heckt was aus. Wir sollten warten, bis er dadurch abgelenkt und vielleicht sogar aus der Kaverne raus ist, und dann haben wir es nur noch mit Trimmund zu tun."

„Nur noch mit Trimmund?", brach es aus einem der Neuen hervor. Der Kerl hatte Haare wie Rost und hockte auf einem alten Ölfass. „Trimmund ist groß wie ein Baum und sieht mit seinen Hackebeilen aus, als würde er kleine Kinder zum Frühstück fressen. Und wie sollen wir wissen, wann Nodrim sich für längere Zeit aus dem Unterschlupf verabschiedet? Das klingt doch alles ziemlich unausgegoren."

Vocola wollte zu einer Antwort ansetzen, doch die Moultrew fuhr ihm dazwischen.

„Um Nodrim kümmere ich mich bereits. Meine Schwestern halten ihn und den Schwarzrock unter enger Überwachung, wobei sie sich ständig abwechseln, damit es nicht auffällt. Gerade eben erst ist dieser Priesterbengel von seinem Schmugglerfreund hier abgeliefert worden und sah aus wie der Tod auf Socken. Nodrim wird bestimmt bald bei ihm auftauchen. Vielleicht ergibt sich aus diesen Problemen eine Gelegenheit."

Iskariot nickte wohlwollend und Vocola schaltete sich wieder ein.

„Und wenn wir bei Trimmund die richtigen Knöpfe zur richtigen Zeit drücken, werden wir auch mit dem fertig."

„Und welche Knöpfe sollten das sein?", wollte der Rotschopf wissen.

„Manchmal darf man solche Dinge nicht auf dem direkten Weg angehen. Jeder hat einen wunden Punkt. Selbst der Mächtigste. Bei Trimmund ist das der Professor. Bei dem sollten wir ansetzen."

Auch das erntete Iskariots stumme Zustimmung.

Aber nun fand Eckart den Mut, sich an der Diskussion zu beteiligen. „Vergessen wir hier nicht etwas ganz Entscheidendes? Weder Fate noch seine Anhänger werden tatenlos zusehen, wenn jemand die Herrschaft über die Kaverne an sich reißen will."

„Dann muss Fate eben auch sterben", gab der Rotschopf zurück.

Schlagartig besaß er Iskariots ungeteilte Aufmerksamkeit und in Vocolas Hütte schien es ein wenig dunkler zu werden.

„Niemand rührt Fate an! Kein Aushorchen, keine Beschattung, nicht einmal üble Nachrede. Solltet ihr euch in seiner Nähe aufhalten, dann nur, weil ihr dort zufälligerweise etwas zu erledigen habt und aus keinem anderen Grund. Habe ich mich deutlich ausgedrückt?"

Er sah seine Unterführer eindringlich an und selbst Vocola erwischte sich dabei, dass er erschrocken „Ja, natürlich" murmelte.

„Gut. Dennoch warne ich euch noch mal: Fate ist gefährlich. Wenn überhaupt, dann gibt es nur einen, der es im Unterschlupf mit ihm aufnehmen kann, und der ... bin nicht ich. Noch nicht. Deswegen bleibt Fate ausschließlich meine Sache und der Tag, an dem wir zuschlagen können, mein Geheimnis." Einige Augenblicke herrschte Schweigen. Iskariot wollte etwas aus seinem Pokal trinken, bemerkte, dass er leer war, und winkte einen von Vocolas Jungs herbei. Schließlich sagte er: „Eckart! Du informierst jetzt erstmal diesen Priester, dass er sofort bei mir erscheinen soll. Und ihr anderen ... Ihr wisst, was ihr zu tun habt. Beim nächsten Treffen will ich Pläne hören, wie wir am Tag X an die nötigen Waffen rankommen, ohne dass Nodrim oder Trimmund im Weg stehen." Mit diesen Worten leerte er auch seinen zweiten Pokal, ließ ihn zu Boden fallen und rauschte davon.

Ihr Treffen war beendet. Vocola bemerkte, mit welchem Blick ihn die schiefmäulige Moultrew bedachte. Und mit der sollte er zusammenarbeiten? Er musste dieses Weib und ihre „Schwestern" wirklich besser im Auge behalten.

Das würde er auch seinen Jungs sagen.

***

Immer wieder mit den Händen über die Schläfen reibend, kauerte Desmond in seiner Hütte. Er konnte nur beten, dass dieses qualvolle Chaos ein Ende hatte, ehe es seinen Kopf zum Explodieren brachte. Aber verdiente er das überhaupt? Ob er die Augen schloss oder sie offen hielt, Thompson Woodgates Erinnerungen waren ständig bei ihm. Tief in seinem Verstand.

An Schlaf war seit den schrecklichen Ereignissen in Ramoth-Gilead gar nicht mehr zu denken. Beim Träumen, so hatte Desmond auf der Rückreise feststellen müssen, konnte er sich gegen diese fremden, alles überlagernden Flashbacks am wenigsten wehren. Nachdem man ihn, vor Höhenangst fast gelähmt, zum dritten Mal vom höchsten Turm der Rekrutenburg in das vierzig Meter tiefer eingelassene Templertaufbecken gestoßen hatte, war er lieber wachgeblieben, anstatt den Aufnahmeritus zu Akkad wieder und wieder zu durchleben.

Was immer von diesem Templer in Desmond war, körperlich hatte es ihn zwar wieder in Bestform gebracht, aber psychisch ruiniert. Selbst im wachen Zustand fiel er den Erinnerungssplittern zum Opfer, nahm plötzlich einen fremden Körpergeruch an sich wahr oder sprach mit Personen, die nicht anwesend waren. Also ließ er seine Finger weiter durch seine Haare kreisen, um sich so im Hier und Jetzt zu verankern.

Fandango strich kehlig schnurrend um seine Beine, sprang anmutig auf die Sessellehne und rieb das Köpfchen an seinem Arm. Doch selbst das war momentan kein richtiger Trost. Er schob ihn mit dem Ellenbogen zur Seite, aber der Kater ließ nicht locker. Mit einem Mal schnurrte es in Desmonds Bewusstsein. Hatte das Tier da etwa gerade von sich aus geistigen Kontakt aufgenommen? Im Schlepptau dieser neuen Erfahrung kamen leider auch sofort wieder Gedanken von Thompson Woodgate hoch. Und Desmond musste seine gesamte Konzentration dafür aufwenden, die eindrucksvolle Tracht Prügel, die der Templer als kleiner Junge einmal von seinem Vater bekommen hatte, zu verdrängen.

Fandango sah schließlich ein, dass all seine Bemühungen ins Leere liefen, rollte sich auf Desmonds Schoß zusammen und schloss die Augen.

Erstaunlicherweise beruhigte ihn das Bild des dösenden Katers. Er nahm die Hände vom Kopf und blickte unversehens auf ein Paar ausgetretener Sandalen. Die zerschlissenen Socken darin hatten es schon lange aufgegeben, die zehn gelblich hornigen

Zehennägel zu verstecken und ein zahnlos grinsender Greis stand vor ihm.

„Oh nein, Professor. Mir steht jetzt weder der Sinn nach Rätseln noch nach seltsamen Späßen."

„König und General halten regelmäßig Disput ab. Davon solltest du wissen, mein Junge. Die beiden sind sich offenbar einig, dass sie sich uneins sein sollten, aber der Prinz ist erst mal sicher. Trotzdem hat des Königs Regentschaft irgendwann ein Ende, wenn du mich fragst." Der Greis hüpfte wie üblich von einem seiner dürren, haarigen Beine auf das andere.

Sollte Desmond den Kater vom Schoß und den Professor unwirsch aus seiner Hütte werfen? Irgendwie brachte er beides nicht übers Herz.

„Professor, bitte! Lass mich einfach in Frieden. Komm meinetwegen heute Nacht wieder."

Der Professor legte sich auf den Boden und zog sich an der Kante von Desmonds Tisch hoch, sodass man nur noch seine rollenden Augen und die altersgefleckte Glatze sehen konnte. „Warum? Wo doch jetzt so ein schöner heller Tag ist. Die anderen gottlosen Kameraden und Kameradinnen kommen doch auch dauernd, um mit dem Licht zu sprechen."

Desmond rang traurige Bilder an die Beerdigung von Thompson Woodgates Mutter nieder. „Nenn mich nicht immer Licht. Das ist ja lächerlich. Und jetzt geh bitte. Ich kann dir nicht erklären, warum, aber ich kann gerade keine Märchen über Könige und Prinzen vertragen."

Der Professor stand auf. Die bunt geflickte Kleidung hing wie ein freudloser Sack an ihm. „Der Prinz in der Dunkelheit kann dir helfen, aber schlag seine Hilfe lieber aus. Der Preis dafür wäre zu hoch. Du würdest es bereuen, glaub mir."

Konnte der Professor nicht endlich mit seinem verworrenen Gerede aufhören?

Doch, konnte er, dachte Desmond erleichtert. Just in dem Augenblick, als er den letzten Satz ausgesprochen hatte, wendete er sich zum Ausgang. Bevor er jedoch wirklich lostakste, drehte er noch einmal den Kopf und Desmond erkannte, dass sein Schielen wieder verschwunden war.

„Du bist das Licht. Ich weiß es, denn ich habe es in deinen Augen gesehen, und das erzähle ich auch überall. Warum lässt ein Straßenpriester sich nur von jedem hier rumschubsen? Härter, ja, das musst du werden, Desmond." Dann verkrümmte sich seine Haltung wieder und er hüpfte hinaus. „Rum schubsen. Das könnt' ich auch mal wieder machen. Die Kehle runter! Ha!" Sein Kieksen verlor sich.

Wie sollte Desmond aus diesem Kerl schlau werden? Was hatte Fate einmal gesagt? Egal wohin man kommt, kompliziert werden die Dinge ganz von allein. Da war etwas Wahres dran.

Plötzlich hielt es ihn nicht mehr im Sessel. Fandango sprang maulend hoch, um sich gleich wieder auf der angewärmten Sitzfläche zusammenzukringeln.

Desmond musste sich jetzt unbedingt rasieren. Es war schon lange nach dem Laudes und der Gruppenführer würde bestimmt einen Riesenärger machen, wenn er ihm so über den Weg lief.

Verlegen schaute Desmond in den dunkel gesprenkelten Spiegel seiner Waschnische. *Gruppenführer?* Was tat er hier bloß? Das war doch nicht sein Einfall gewesen. Oh, Mutter Gottes! Wie weit würde das gehen?

„Desmond?"

Er zuckte zusammen.

„Ich bin's, Nodrim. Steckst du da drin?"

„Ja, ich stecke. Ich stecke inmitten von übergroßen Schwierigkeiten. Komm rein. Sei mein Gast."

Nodrim blieb bei den Regalen im Eingangsbereich stehen und wirkte außer Atem. „Was haben du und Jackdaw bloß getrieben, verdammt noch eins? Der ganze Dreck … Du siehst aus, als hätten sie über deinem Schädel einen Wohnturm abgerissen."

„Erzähl ich dir später. Was willst du?"

„Daniel hat die gesamte Kaverne auf der Suche nach Fate

zusammengebrüllt. Was gibt es so Dringendes, dass es die beiden verbrüdert?"

Desmond seufzte. Jetzt, wo der tote Thompson Woodgate hinter der nächsten Gehirnwindung lauerte, wollte er sich nicht auf irgendwelche langatmigen Frage-und-Antwort-Spiele einlassen.

„Hat Daniel ihn denn gefunden?", wich er mit einer Gegenfrage aus. „Ich warte hier drin schon eine Ewigkeit."

„Hat er. Deswegen habe ich mich auch so beeilt. Ich wollte unbedingt vor den beiden hier ankommen."

„Noch mehr Intrigen?"

„Könnte man sagen." Nodrim schaute hastig Richtung Ausgang. „Du weißt doch bestimmt noch, dass die Dreizehn nur deswegen zugestimmt haben, Fate zu deinem Lehrer zu machen, damit wir indirekten Einfluss auf ihn ausüben können?"

„Erinner mich bloß nicht daran."

„Unsere Strategie ist wohl dick in die Hose gegangen."

„So, so. Und?"

„Daniel konnte Fate deswegen nicht sofort finden, weil der sich in einer geschlossenen Sitzung der Rotunde in die Dreizehn hat wählen lassen."

„Wie war das denn möglich?"

Nodrim fuhr sich durch den Bart. „Ich weiß nicht, was er ihm dafür versprochen hat, aber Bogdan hat im Einvernehmen mit seiner Anhängerschaft Fate seinen eigenen Platz überlassen. Das Gesuch wurde mit nur zwei Gegenstimmen angenommen."

„Wer waren denn die beiden Gegenstimmen?"

„Na, zwei Mal darfst du raten."

„Du und ...?"

„Toffler. Nelson hat zwar nicht das beste Durchsetzungsvermögen, ist aber auch nicht blöde." Er legte einen Finger an die Lippen. „Da kommt jemand."

Daniels aufgeregte Stimme tönte durch die weinroten Vorhänge herein. „... und ich sage dir, egal ob wir auf unseren Handel gespuckt haben oder nicht. Wenn du Desmond nicht zurück auf die Spur bringst, werden unruhige Zeiten für deinen Prophetenarsch anbrechen."

„Immer mit der Ruhe, Jackdaw. Kein Grund, sich im Ton zu vergreifen. Ich weiß, du bist Desmonds bester Freund, aber glaub mir, ich habe mindestens ein genauso großes Interesse an seinem Wohlergehen wie du." Fate klang tatsächlich besorgter als Daniel. Vor allem, wenn man in Rechnung zog, dass er normalerweise auf Beleidigungen oder Drohungen recht unwirsch reagierte.

Als die beiden eintraten, verzog sich Fandango wie der Blitz in Desmonds Alkoven.

Mit dem Blick auf Nodrim meinte Fate: „Ich sehe schon, die neuesten Nachrichten sind bereits ausgetauscht worden."

„Versammlungsführer stehen nun mal in der Öffentlichkeit", erwiderte Nodrim leicht gereizt. „Das dürfte dir doch nicht neu sein"

„Bewahren wir die politischen Scharmützel für die Rotunde auf, Nodrim. Es geht uns allen hier drin wohl um ein weitaus wichtigeres Anliegen, möchte ich meinen."

Nun lag auf Daniels Gesicht ein Ausdruck deutlicher Sorge, in dem von Nodrim zeigten sich ungestellte Fragen.

Fate hockte sich vor Desmonds Sessel. „Wie geht es dir?"

„Die dunkle Gier ist befriedigt. Aber es gab gewisse …", Desmonds Stirn furchte sich, „… Konsequenzen."

„Daniel hat mir von eurem kleinen Ausflug erzählt. Allerdings aus seinem etwas eingeschränkten Blickwinkel heraus. Ich möchte, dass du mir alles ganz genau berichtest. Doch vorher sollten wir die anderen vielleicht besser rausschicken."

Desmond schüttelte energisch den Kopf. Warum auch immer, es war ihm sehr viel wohler dabei, wenn seine Freunde ihn jetzt nicht allein mit Fate ließen. „Nein. Die beiden bleiben. Sie sind meine Vertrauten und Waffenbrüder. Ich habe nichts vor ihnen zu verbergen."

Fate schaute von Daniel zu Nodrim. Beide bewegten sich nicht von der Stelle. Sie blinzelten nicht einmal. Seine schwarz glänzenden Brauen wölbten sich.

„So sei es. Ich höre."

Desmond schilderte die Ereignisse in Ramoth-Gilead und alles, was sich auf dem Rückweg abgespielt hatte. Während der Erzählung gingen Nodrim fast die Augen über. Fate spielte indes in einem fort mit den Kordeln seiner Weste, hörte aber umso aufmerksamer zu. Seine Miene wurde von Minute zu Minute bedenklicher. Besonders in dem Augenblick, als Desmond seine blutenden Augen erwähnte.

Nachdem er schließlich geendet hatte, murmelte er ernst: „Du hättest niemals mitgehen sollen. Jackdaw hätte seinen Teil des Handels auch ohne deine Hilfe erfüllt." Für einen Augenblick sah es so aus, als wolle Daniel etwas erwidern, doch da er schwieg, fuhr Desmonds Mentor fort: „Ich denke, du ahnst schon ziemlich genau, was mit diesem Templersoldaten passiert ist, oder nicht?"

„Ich habe seine Seele ausgelöscht, um meine eigene an ihr zu nähren." Unter der Monströsität dieser These hätte Desmond sich am liebsten zusammengerollt, bis er nicht mehr da war.

Nodrim erweckte den Anschein, als müsse er sehr viel Beherrschung aufbringen, um die Hütte nicht schreiend zu verlassen, und selbst Daniels Hände wurden unruhig. Nun bereuten beide offenbar, dass sie geblieben waren.

„Es kann sein", begann Fate ungewohnt vorsichtig, „dass wir die sprunghafte Verbesserung deiner Fähigkeiten mit etwas erkauft haben, dass sich Seelenhunger nennt."

Diese Formulierung hörte sich für Desmond gar nicht gut an. „Seelenhunger? Davon habe ich noch nie gehört. Was bedeutet das?"

„So etwas kommt bei Wesen wie uns nur höchst selten vor. Die Anstrengung, übersinnliche Macht zu nutzen, resultiert dann darin, dass man die Lebensenergie eines anderen Menschen braucht, um sie dem Heiligen Geist zu opfern."

„Willst du damit etwa sagen, dass ich von jetzt an eine andere Seele auslöschen muss, damit ich weiterhin über den Heiligen Geist gebieten kann?" So viel Ekel vor sich selbst wie in diesem

Moment hatte er noch nie empfunden. „Das ist ... gottlos. Unheilig. Wenn das der Fall ist, werde ich meine Talente nie wieder einsetzen. Ich bin kein Dämon."

„Ich verstehe deine Skrupel, bitte dich aber darum, dass wir die Angelegenheit mit nüchternem Verstand angehen. Hattest Du dieses Gefühl jemals vorher?"

„Niemals", beteuerte Desmond.

„Gut. Ein Mensch braucht diese Art der Energiezufuhr auch nicht zwingend. Nun wird es dringender denn je, deine Abwehrtechniken zu verbessern. Du musst dieses Verlangen dauerhaft abschotten können. Nur so wirst du dem Seelenhunger auf lange Sicht widerstehen. Das Abwehrtraining muss jetzt unsere einzige Priorität sein. Bevor ich noch irgendetwas anderes ..."

„Sorofraugh?" Wieder eine Stimme von draußen. „Komm raus, Priesterlein. Iskariot will dich sehen!"

Nodrim linste durch den Vorhang. „Das ist Eckart. Soll ich ihn wegschicken?" Dabei war er schon auf halbem Weg zum Ausgang.

Veneno Fate nickte und Nodrim verschwand mit geballten Fäusten nach draußen.

Sekunden später hörte man vor der Hütte eine laute Diskussion entbrennen.

„Halt die Füße still, Eckart! Desmond ist mit Fate da drin. Er hat jetzt keine Zeit für Iskariot."

„Das ist mir egal. Iskariot hat gesagt, Sorofraugh soll seinen Hintern sofort hoch in seine Höhle schwingen. ‚Sofort' hat er gesagt. Du weißt ja, Iskariot ist nicht gerade der Geduldigste."

Nodrim lachte humorlos. „Im Namen von zwei Versammlungsführern sag ich es dir jetzt ganz offiziell: Verpiss dich! Und meine respektvollste Anerkennung für Iskariot. Er soll sich gefälligst selbst herbemühen, wenn er was will."

„Ich werd`s ihm wortgetreu ausrichten, Nodrim. Das wird Iskariot bestimmt nicht gefallen. Garantiert. Der Hostienfresser hat noch eine offene Rechnung mit ihm. Das müsstest du doch am besten wissen."

Eckarts Stampfen und seine unsanfte Stimme entfernten sich.

„Ja, ja. Schieb ab, du Arschwisch", fluchte Nodrim hinter ihm her. Als er durch den Eingang zurückkam, schimpfte er weiter. „Ich habe diesen Kerl so was von satt. Bildet sich mittlerweile wer-weiß-was ein." Dann schnaubte er. „Ihr habt es ja mitgekriegt. Iskariot wird in spätestens fünf Minuten hier anrücken. Was sollen wir tun?"

Fate wandte sich an Daniel. „Ich fürchte, ich muss dich noch um einen weiteren Gefallen bitten, Jackdaw."

Daniel lächelte grimmig, aber zufrieden. Nichts war ihm in seiner Lage lieber, als dass der falsche Prophet Veneno Fate bei ihm in der Kreide stand. „Spuck's aus. Worum geht's?"

„Desmond und ich müssen verschwinden, bevor Iskariot hier auftaucht. Die Lage ist jetzt noch viel, viel ernster geworden, als ihr euch vorstellen könnt. Wenn das hier nicht alles übel enden soll, muss ich ihn unbemerkt nach Nicopolis schaffen. Sofort."

Daniel nahm den verstaubten Helm ab und kratzte sich an der Stirn. „Ich soll Desmond in diesem Zustand mit dir nach Nicopolis lassen?"

„Es ist der einzige Ausweg."

„Du verlangst eine Menge, Fate. Junge, Junge." Für einen Moment wirkte Daniel zwiegespalten. Dann setzte er den Helm wieder auf. „Nodrim? Ich brauche eine Funkverbindung."

Desmond fühlte sich wie im Hintern des Teufels, und zwar an der engsten Stelle. Noch eine weitere Stunde in dieser verkrümmten Haltung und sein Körper würde von oben bis unten aus Krämpfen bestehen. Außerdem war es viel zu warm, zu düster und stank wie die Pest. Wenn ihn noch einmal dieses warmglitschige Etwas am Handgelenk berührte, würde er sich wahrscheinlich übergeben müssen. Wenigstens hatten die unangenehmen Reiseumstände seine Aufmerksamkeit gegen Thompson Woodgates Erinnerungen gerüstet.

Plötzlich rumpelte die Kiste. Wenn auch nur sehr gedämpft, erklangen da eindeutig Geräusche. Und die Kiste hatte ohne jeden Zweifel ihre Lage geändert. Desmond seufzte in den dünnen, ekeligen Schlauch, durch den man so schlecht Luft bekam. Wurde die Fracht des Transporters nun endlich abgeladen?

Reiß dich gefälligst zusammen, du Puddingrührer! Und so was wie du will Templer werden? Eine Schande für das ganze Kontingent! Deine Mutter hätte lieber die Beine für ...

Woodgate war zurück. Bevor Desmonds Ohren von dessen Ausbilder zum Glühen gebracht werden konnten, blendete er die bellende Stimme aus.

Jetzt gewann das Rumpeln an Deutlichkeit.

Öffnete da jemand seine Kiste? Wahrscheinlich. Hoffentlich waren Daniels Kontakte nach Nicopolis verlässlicher als die nach Babylon. Fate hatte den Klappboden seiner eigenen Kiste eigenhändig verriegelt und kalt verkleben lassen. Darauf hätte Desmond auch bestehen sollen. Er wollte genauso wenig mit der Fracht in einer Köpfmaschine oder den Verwertungsanlagen landen wie der falsche Prophet. Sei es nun aus Zufall oder aus hinterhältiger Absicht.

Ein schmaler Streifen Licht tauchte auf, zwang ihn zu schmerzhaftem Blinzeln und wurde rasch größer. Das Nächste, das er mit viel Fantasie ausmachen konnte, war die Klinge eines Messers. Warum dauerte etwas extra lange, sobald man darauf wartete? Endlich konnte Desmond den widerlichen Schlauch ausspucken. Er rollte sich sofort aus der Öffnung, die ihm das Messer gebahnt hatte und klatschte, in dicker, blutverschmierter Folie eingewickelt, auf den Boden.

Ein überraschter Aufschrei war seine Begrüßung.

Nachdem er sich aus der Folie gewickelt und an der gelb gekachelten Wand hochgestemmt hatte, blickte er in das Gesicht eines Mannes um die sechzig, der die gleiche weiße Uniform wie er selbst trug. Nur seine Schürze war blutiger und er trug dazu ein Haarnetz über den ergrauten Stoppeln.

„Schmuggelt Jackdaw jetzt sogar schon ganze Menschen zu uns?", versuchte er erstaunt das Hintergrundzischen von Reinigungsdüsen zu übertönen.

Desmond musste erst zu Atem kommen, dann antwortete er: „Belaste dich nicht mit Wahrheiten, die dein Gewissen übersteigen, mein Sohn." Er warf dem Mann ein Bündel in die Arme.

Der öffnete es, erblickte einen ganzen Batzen an Privilegien und bekam glänzende Augen.

Desmond ließ ein kurzes Dankgebet für die haarlose, tote Kuh folgen, die in der Containerkiste alle viere von sich streckte. Dann wollte er wissen: „Wo ist denn hier der Ausgang?"

Der Arbeiter zeigte mit seinem Riesenmesser die Säuberungsboxen entlang, auf ein doppelflügeliges Schwenkschott. Die großen, halb blinden Scheiben ließen nicht erahnen, was dahinter lag, doch das würde Desmond schon bald erfahren.

Eine Box weiter kämpfte sich Fate gerade eben aus seiner eigenen kadaverösen Reisegelegenheit. Der dortige Fleischverarbeiter war ähnlich verblüfft.

Als Fate ihn fragte: „Warum werden die Viecher auf dem Weg in die Stadt nicht kontrolliert?", zuckte er nur mit den Schultern und antwortete: „Wären nicht die ersten Schlachtrinder, die auf dem Weg hierher verendet sind. Sie kommen irgendwie mit den engen Transportställen nicht zurecht. Und ihr glaubt doch nicht etwa, die Templer würden sich mit so etwas die Finger schmutzig machen?" Er schüttelte den Kopf und lachte heiser. „Keiner, der noch richtig bei Verstand ist, will in diese Stadt rein. Normale Leute wollen unter allen Umständen weg."

Desmond und sein Waffenbruder hatten genug gehört. Sie gingen. Fate schnappte sich eine Datenmappe, die an die Wand geheftet war, und tat beschäftigt. Sich eine Staukiste unter den Arm klemmend, lief Desmond ihm hinterher.

Offenbar kannte sein Mentor sich hier gut aus. Eilig, aber um Diskretion bemüht, bewegte er sich durch den verschachtelten Gebäudekomplex, bis sie ihn letztlich durch einen Seitenausgang auf der Bodenebene verließen.

***

Als Nächstes fand sich Desmond im Fundament eines äußerst verkommenen Wohnturms wieder: ein Schlupfwinkel Fates, den die Templer noch nicht hochgenommen hatten. Hier tauschten sie ihre Fleischeruniformen gegen die ockergelben Overalls der Stadtsanierung und Fate verbarg seine linke Gesichtshälfte zusätzlich unter einem grobmaschigen Verband. Die rechte beschmierte er mit Dreck.

„Angst vor alten Bekannten?", wollte Desmond wissen, während er die übergroße Overallkapuze aufsetzte.

„Exactement. Und du solltest dich genauso vor irgendwelchen neuen Freunden hüten. Hier! Das wird nicht so leicht vom Kopf geweht."

Fate warf ihm einen verbeulten Schweißerhelm zu. Nach dem Aufsetzen verdeckte der Nackenschutz Desmonds auffälliges Haar und das Klappvisier seine Augenpartie.

Indes stopfte sein Mentor eine beachtliche Ansammlung kleiner Waffen und heimtückischer Überraschungen in seine Taschen und die knöchelhohen Stiefel.

„Krieg ich wenigstens ein Messer oder dergleichen?", fragte Desmond.

„Du hast den Heiligen Geist wieder an deiner Seite. Das muss reichen. Bei einer Kontrolle sollen sie dich als Ersten durchsuchen. Solltest du uns nicht auf übersinnliche Weise aus der Klemme helfen können, habe ich genug Zeit, um zu reagieren."

„Und wenn Woodgates Energie aufgebraucht ist? Dann setzt der Seelenhunger wieder ein und …"

„Keine Angst. Solange du dich auf subtile geistige Beeinflussungen beschränkst, können wir uns wochenlang durch Nicopolis schleichen, ohne dass gleich wieder jemand dran glauben muss."

Zuletzt steckte Fate sich einige rote Handzettel ein, bei denen es sich eindeutig um Propaganda für seine verloren geglaubte Prophezeiung handelte.

Desmond wandte ein: „Ist das nicht ein bisschen riskant?"

„Die ganze Aktion ist riskant. Und nicht nur ein bisschen. Aber glaub mir: Richtig eingesetzt können uns die Dinger das Leben retten."

Vom Schlupfwinkel aus ging es dann per Tunnelbahn in das Zentraldekanat von Nicopolis. Der Anschein, den die Megalopolis erweckte, war ein trostloser. Die Umgebung stellte sich als noch heruntergekommener heraus als in New Bethlehem und die Gläubigen hinterließen im Heiligen Geist einen Eindruck von ständiger Resignation. So mussten Desmond und Fate das letzte Stück zur Ankunftsstation zu Fuß erklimmen, weil die oberste Eskalatortreppe nichts mehr als ein mechanisches Wimmern von sich gab.

Als sie die Station auf der Bodenebene verlassen wollten, stockte Desmond der Atem. Einige der umgebenden Blöcke waren so zerstört, dass sie an die Trümmerhalde gemahnten und graues Tageslicht auf den Platz vor der Station fallen ließen. Bei anderen gewährten die weggesprengten Fassaden Einblick in die Wohneinheiten dahinter. Schwarzer Ruß so weit das Auge reichte.

„Bei Gott! Ist es in der gesamten Stadt so?"

„Nein. Weiter weg vom Zentrum sieht es besser aus. Hier tobten die heftigsten Kämpfe. Wir befinden uns zwei Blocks von dem Ort entfernt, an dem sich einst die stattlichen Türme der Großkathedrale erhoben." Versonnen legte Fate einen Zeigefinger an die Wange. „Was ein bisschen Betonfeuer an der richtigen Stelle doch alles ausrichten kann."

Desmond schnaubte. „Hervorragende Leistung. Und wir sind jetzt geliefert. Schau dir die vielen Brüder von Gottes Schild an. Ohne eine Kontrolle kommen wir da nie durch."

Rot leuchtende Absperrungen blockierten eine Vielzahl der Zufahrten und durch die Menschenströme drum herum streiften Zweimannpatrouillen in schwarzen Talaren. Nach Gutdünken wurden die Gläubigen kontrolliert und im regen Gleiterverkehr machte Desmond fünf Angel´s Wings im Spähmodus aus.

„Näss dir nicht gleich die Beine runter. Ich kümmere mich darum." Fate drehte sich um und sprach Leute, die aus der Tunnelstation kamen, in demütigem Tonfall an.

„Verzeiht mir, Bürger. Wir sind aus St. Damasus und sollen uns schleunigst im Bet-Guvrin-Sektor melden. Sie haben nicht zufälligerweise den gleichen Weg und könnten uns dort hinführen?"

„Ihr seid doch bei der Stadtverwaltung. Haben die euch keinen Auftragsnavigator gegeben?", war die erste Antwort und es folgten noch einige von ähnlichem Wortlaut. Erst beim achten Versuch, bei einem älteren Ehepaar, hatte Fate Glück.

„Ich bin dir bestimmt nicht schnell genug, mein Junge, aber ich kann dir den Weg auch zeigen." Während der Mann gestikulierte, immer wieder nach Nordosten zeigte und ihm seine Frau dauernd ins Wort fiel, steckte Fate unauffällig den Stapel Handzettel in seinen offenen Lederbeutel. Dabei war er geschickter und schneller als jeder Taschendieb, den Desmond je gegriffen hatte. Am Schluss bedankte er sich überschwänglich bei dem Paar und machte sich mit Desmond auf einen Weg, denn er eigentlich schon hätte kennen müssen.

„Was soll das werden?", wollte Desmond wissen. Er ließ seinen Blick nervös durch die Menge gleiten. Auch Fate wirkte hoch konzentriert.

„Erkläre ich dir, wenn es soweit ist. Jetzt müssen wir uns erstmal an den Schwarzröcken vorbeischleichen."

Immer wenn Fate Straßenpriester auf ihrem Weg ausmachte, änderte er die Laufrichtung. Dabei hatte er es so eilig, dass er wiederholt Umstehende anrempelte. Doch kaum hatten sie die eine Streife umgangen, nahm die nächste schon unwillkürlich Kurs auf sie.

„Wir sind zu auffällig", zischte Desmond. „Die Piloten in den Wings sind nicht blind und sie stehen in Kontakt zu ihren Brüdern am Boden …"

Von denen hielten auch direkt wieder zwei geradewegs auf sie zu. Fate zerrte Desmond erneut in eine andere Richtung, immer bemüht, die Straßenschlucht, die im Nordosten vom Platz wegführte, nicht aus den Augen zu verlieren.

„Sind die beiden Alten irgendwo hinter uns?"

Bei so vielen Gesichtern, die vor Desmond auftauchten, wurde ihm ganz schwindelig. „Ich kann sie nirgends entdecken."

„Verfluchte Inzucht! Muss ich denn alles selber machen?" Er schaute sich um. „Ah, gut. Da vorne gehen sie."

„Wir sind schon beinahe runter von dem Platz. Sollten wir nicht lieber die Brüder ..."

„He, ihr zwei!", schallte eine strenge Stimme über die zahllosen Köpfe. „Im Namen des Herrn, stehen bleiben oder ihr werdet büßen! Wo wollt ihr hin?"

Vor Schreck biss Desmond sich in die Innenseite seiner Wange. Zwei Straßenpriester am Rande des Platzes winkten sie herrisch mit den Hirtenstäben heran.

Fate raunte: „Bleib an meiner Seite, halt dich an den Plan und alles wird gut."

„Das, was uns Tenges auf die Schnelle in die Hand gedrückt hat, hält nur einer oberflächlichen Kontrolle stand. Sollte man unsere IDs scannen, stecken wir ernsthaft in der Scheiße."

Doch sie waren schon bei den Priestern mit den Kupferflügeln neben ihren Kreuzen angelangt.

„Name und Auftrag", brüllte der größere von beiden durch den Lärm eines abladenden Stahlelefanten. Der Räumer lud Schutt auf das riesige Mahlwerkband eines Betonrecyclers in ihrem Rücken.

Desmond nannte die abgesprochenen Tarnidentitäten und ihre angeblichen Aufgaben im Bet-Guvrin-Sektor. Dann starrte er auf die dicken Wolken aus Gesteinsstaub.

„Ermächtigungen und Identitätszeugnisse!"

Desmond brachte keinen Ton hervor, starrte bloß den turmhohen Recycler an. Fate ergriff das Wort, aber Desmond nahm kaum wahr, was er sagte.

„Und das sollen wir glauben, ihr Asselschaben?", schrie irgendwer.

Unter das Rumpeln des Mahlwerks mischte sich ein trockenes Knallen. Es klang wie ... Gewehrfeuer.

Um einen Mauervorsprung spähend, sah er die gegnerische Gruppe aus einer fensterlosen Ruine stürzen. Sogleich deckte er sie mit blauen Leuchtspursalven aus der Übungsmunition ein ... Was war das?

Woodgate! Die Erinnerung an ein Häuserkampfmanöver war in Desmonds Bewusstsein eingefallen. Eine Hand in seinem Nacken holte ihn in die Wirklichkeit zurück.

„Bei Gott, Vater! Sehen Sie doch!" Fates Stimme.

Das Nächste, was Desmond mitbekam, war, wie jemand seinen Arm hochriss, er mit einem Mal auf den alten Herrn von der Tunnelstation zeigte und ohne sein Zutun telekinetische Energie gegen dessen Beutel und Hand schoss. Indem der Arm des Alten ebenfalls hochgerissen wurde, segelten rote Blätter über die Menge.

Fate ließ Desmond wieder los.

„Was bei den Erzengeln ..."

Der große Kupferflügel stieß die beiden auf die Seite.

Die ersten Leute hatten bereits Zettel aus der Luft gepflückt. Ihre Mienen reichten, um die beiden Priester auf den alten Mann zustampfen zu lassen. Der stand wie vom Donner gerührt in der Menge und als die Brüder sich näherten, wichen die Umstehenden von ihm zurück. Einer der Wings ging runter. Die Priester griffen sich einen Zettel und sahen sich erbost an.

Dann sackte der grauhaarige Mann unter Schlägen von Hirtenstäben in seinen Magen zusammen.

Die Frau zeterte: „Habt ein Einsehen, ehrwürdige Väter. Mein Ehemann hat nicht gesündigt. Wir haben fünf Kinder. Im Namen des Allmächtigen ..."

Mehr bekam Desmond nicht mit, denn Fate trieb ihn schon um die nächste Fundamentecke.

„Du hast unsere Freiheit erkauft, indem du einen Unschuldigen geopfert hast ..."

„Dem wird schon nicht viel passieren. Wie sagte die Frau doch gleich? Sie haben nicht gesündigt und sogar das Vierkindersoll übertroffen."

„Und du hast meine Fähigkeiten missbraucht."

„Weil du schlagartig nicht mehr ansprechbar warst."

„Ich war ... ich meine, es war Woodgate. Aber du hättest mich wenigstens vorher einweihen können."

„Wärest du denn mit meinem Plan einverstanden gewesen?"

„Mutter Maria, nein!"

„Siehst du. Darum habe ich nichts gesagt."

„Ich sollte ..."

„Du solltest mir zu meiner Leistung gratulieren. Das war nämlich ein ziemlich vertrackter Schuss."

„Es war nicht richtig", beharrte Desmond.

„Wer immer nur nach den Regeln spielt, wird nie etwas ändern. Aber komm jetzt! Wir müssen von hier verschwinden."

Desmond schwieg, doch seine Wut über Fates Verhalten hatte sich auch dann noch nicht verflüchtigt, als sie aus dem Bezirk der gefallenen Erzkathedrale raus waren. Sein Gerechtigkeitsempfinden hatte einen schweren Schlag erlitten und Fate konnte offenbar nach Belieben seine Kräfte steuern. Beides Dinge, die er nicht auf Dauer hinnehmen würde.

Nach vier Blocks ragten die Bauwerke dichter in den Himmel, und nach fünf weiteren trugen die Mitternachtspfade ihren Namen wieder zu Recht.

Dann schlichen die beiden durch einen versteckten Eingang in einen Gebäudeturm aus braunem Pressgestein. Nach zwei Treppen abwärts stand Desmond schon wieder in einem Keller und erneut endete der Weg vor einem verschlossenen Schott. Diesmal hing sogar ein Warnschild davor.

***

Irgendwo knackte es.

„Könnt ihr nicht lesen?", drang eine kratzige Stimme aus der rechten Wand. „Dieses Gebäude unterliegt der Verfügungsgewalt durch die Seuchenkontrolle. Arbeiter der Stadtsanierung haben hier nichts verloren. Wenn ihr euch nicht die Schwärenpest einfangen wollt, verdrückt euch lieber ganz schnell wieder."

Fate rief gegen die Wand: „Dann bestellt Violet einen schönen Gruß von mir. Und dass sie die Kreuze schnellstens wieder aufrecht hängen soll, denn in spätestens einer Stunde kommen wir mit einer Hundertschaft von Dekan Abels Priestern wieder her."

Noch bevor er seinen Kopf zurückziehen konnte, schnellte das erodierte Schott nach oben und ein Unterarm, stark wie ein Baumstamm, packte ihn am Kragen. „Du willst uns drohen, du Kotkäfer?" Der gebräunte, muskelbepackte Kerl, zu dem der Unterarm gehörte, zog Fate auf Gesichtshöhe, sodass seine Fußspitzen gerade noch den Boden berührten.

Auf Desmond ging ein kahlrasierter Kerl von gleicher Statur und mit ähnlich lächerlichen Hosenträgern über der nackten Brust los. Er setzte zur Fesslungskinese an, doch Fate winkte ab. So wurde ihm der Helm mit einem Schlag vom Kopf befördert und der Arm brutal auf den Rücken gedreht. Kein Augenkontakt mehr. Ihre letzte Chance auf eine Abwehr war dahin.

Fate probierte noch einmal in ruhigem Tonfall, Vernunft zwischen die übergroßen, mit abstrus henkelartigen Gehängen verzierten Ohren seines Gegners zu reden. „Ich sag es dir im Guten, mein von geistiger Dunkelheit gesegneter Freund: Du und dein Kumpel hier, ihr schafft uns jetzt ganz schnell zu Violet, oder ihr werdet euch schon in der nächsten Stunde mit gebrochenen Nasen nach einem neuen Job umsehen müssen. Chulf nie tsi Eman Snatas! Und das meine ich keineswegs im übertragenen Sinne."

„Wie war das?" Der Blick des Muskelbullen schaltete von einfältig stechend auf einfältig entgeistert um.

„Du hast mich verstanden, Stupido. Und jetzt kommt in die Hufe, bevor ich wirklich die Geduld verliere."

Wären nicht die unterschiedlichen Metallringe um ihren Hals gewesen, hätte man das Gefühl haben können, die beiden Wächter würden ratlos in einen Spiegel starren, anstatt sich gegenseitig ins Gesicht. Desmonds Kontrahent fiel schließlich als Erster aus seiner Starre. Er zuckte mit den Schultern und weiterer Schmerz schoss Desmonds Arm hoch.

Zumindest wurde Fate wieder auf den Boden gestellt.

Bewacher Nummer zwei sprach in einen pralinenförmigen Gegenstand am Hosenträger, den Desmond bis dahin für eine geschmacklose Verzierung gehalten hatte. „Gebt Violet Bescheid. Hier will ein Flohfurz in Klamotten der Stadtsanierung mit ihr sprechen."

Wahrscheinlich trug er einen Empfänger im Ohr oder gar eins dieser verbotenen Implantate. Jedenfalls verengten Zornesfalten seinen Blick, ohne dass Desmond eine Antwort gehört hätte.

„Was weiß denn ich? Der Kerl sieht aus, als hätten sie ihn gerade erst aus den Trümmern des Kathedralenvorhofs gezogen, benutzt aber die Sprache der alten Metallmusik."

Abermals gab es eine kurze Pause angestrengten Zuhörens. Mit einem Mal zuckte auch Wächter eins mit den Schultern, dann verschwand er durch das Schott. Sein Kollege gab Desmond frei und folgte ihm kurzerhand.

„Und nun?" wollte Desmond wissen. Er rieb sich über die Schulter.

Fate nickte knapp Richtung Schott. „Nun sind wir drin", sagte er und betrat mit Desmond im Rücken den Gang, der sich dem Schott anschloss.

Hier erinnerte alles frappierend an den Trakt der Reue – es war genauso dunkel, genauso muffig, genauso verliesartig und mit echten Kerzen versehen.

Ein paar Windungen später endete der Korridor vor einem weiteren verschlossenen Schott. Übersät von Flecken und mit seinen angelaufenen Hammerschlagnieten, sah es so aus, als würde es schon eine Ewigkeit vor sich hinrosten. Doch ganz so unbeachtet konnte dieser Zugang nicht sein. Immerhin hingen hier gleich vier Überwachungskameras.

Und richtig. Irgendwer musste mitbekommen haben, dass sie warteten, denn das Tor schob sich ächzend und quietschend nach oben.

Dahinter führten ihre Bewacher sie auf den untersten Absatz einer Art Treppenhaus. Auf dieser Ebene und allen Treppenabsätzen darüber, die man einsehen konnte, drängten sich auffällig gekleidete Frauen und Männer und schwatzten ausgelassen miteinander.

Unwirsch bahnten sich die beiden halb nackten Wächter ihren Weg durch die Reihe auf dem untersten Absatz. Desmond kam aus dem Staunen nicht mehr heraus. Das, was diese Leute trugen, war keine Bekleidung im biblischen Sinne. Es waren vielmehr Kostüme, dazu angefertigt, den Körper ihrer Besitzer so unkeusch wie nur irgend möglich in Szene zu setzen. Das Ensemble eines Mannes erinnerte Desmond an die farblich verzerrte Robe eines Inquisitors, nur dass es ähnlich stramm saß wie die Hosen der Wächter und er dazu einen Kopfschmuck trug, der vermuten ließ, er hätte gerade das Sakrament der Gasmaskenfolter erhalten. Seine Begleiterin, eine Frau mit lackroten Lippen, hatte ihr üppiges Dekolleté mit Hochglanzleder nur sehr notdürftig gebändigt. Dabei ergoss sich die blonde Mähne bis hin zu ihrem drallen Gesäß. Die Schamlosigkeit aller folgenden Sünder brachte sogar Woodgate zum Schweigen.

Mit autoritärem Griff drehte Fate Desmonds Kopf wieder in Laufrichtung. „Mund zu, sonst verdorrt noch deine Zunge", zischte er und verpasste seinem Schüler einen Klaps auf den Hinterkopf. „Und reiß dich gefälligst ein bisschen zusammen. Du lässt uns ja aussehen wie jungfräuliche Landeier"

An der Menschenreihe vorbei bewegten sie sich auf eine doppelflügelige Tür zu, durch die ein dumpfer Rhythmus wummerte. Davor hatten sich zwei ähnlich imposante Männer postiert, wie Desmond und Fate sie als Eskorte hatten. Jedes Mal, wenn sich die Tür öffnete, vernahm man eindringlich laute Musik. Betrieb hier jemand einen verbotenen Tanzkeller, in dem sich Unverheiratete näher kamen, als gut für sie war? Ein paar von diesen unmoralischen Etablissements hatte er in New Bethlehem selbst schon hochgenommen. Nein. Wahrscheinlich war es noch schlimmer. Wenn man den eigenwilligen Bekleidungsstil der Gäste in Betracht zog, konnte man davon ausgehen, dass jenseits des Schwenkschotts wahrscheinlich wesentlich mehr vor sich ging als der Genuss illegaler Musik. Dies war einer von diesen Untergrundklubs, in deren Schutz besonders verirrte Schäfchen die Erzsünde der Wollust trieben. Sollte es Desmond gelingen, den Standort der Einrichtung exakt zu lokalisieren, würde sein Onkel die Information sicherlich für die Stille Bruderschaft nutzen können.

Weiter vorne am Eingang tat sich etwas. Nach nicht nachvollziehbaren Kriterien sortierten die Männer die Vergnügungssüchtigen in solche, denen sie Einlass gewährten, und solche, die draußen bleiben mussten.

Desmonds und Fates Bewacher hatten sich ihren Weg schließlich an vier enttäuschten Sündern, die den Rückweg ins Treppenhaus antraten, vorbeigerempelt und bauten sich vor ihren Kollegen auf.

Die machten mit einer unterwürfigen Geste Platz, ließen die Türflügel zur Seite schwingen und der Weg in die unheiligen Hallen der Wollust stand offen.

Von der folgenden breiten Freitreppe aus hatte man einen Überblick auf das gesamte Kellergewölbe. Desmond war beeindruckt. Brauchte es doch mit seinen gewundenen Säulen und in puncto Größe den Vergleich mit einem Kathedralenmessraum nicht zu scheuen. Ein Mischmasch aus elektronischen Schlaginstrumenten, Synthesizern und einem exotisch jaulenden Blasinstrument brachte seinen Magen zum Brummen. Dazu verwandelten die in allen Winkeln montierten Scheinwerfer den riesigen Raum in ein wahres Lichtgewitter. Desmond zog seine Kapuze über den Kopf. Trotzdem brauchte er eine Weile, bis er zwischen den lila Flecken in seinem Blickfeld etwas von den zahllosen Tanzenden erkennen konnte.

Dem Mob schien es in dem lärmenden Chaos gut zu gehen. Die Energie, die die Sünder im Heiligen Geist abstrahlten, haute Desmond regelrecht um. Dennoch konnte er sich beim besten Willen nicht vorstellen, dass diese Art von Amüsement für gottesfürchtige Seelen gesund sein konnte. Ihm schwante nun allerdings, woher Fate den Tanzstil kannte, dem Calla so überraschend erlegen war.

Überall verteilt standen Tische und Stühle. An den Wänden gab es kleine Separees für diejenigen, die es etwas zurückgezogener mochten. Dort wurde getrunken, gelacht und der Wollust gefrönt. Und Letzteres auf so unverhohlene Art und Weise, dass Desmonds Wangen eine tiefrote Färbung bekamen. Am liebsten hätte er sie alle in den Trakt der Reue gezerrt.

Doch eine noch viel schlimmere Blasphemie als das orgiastische Treiben hielt die Wand vor Kopf für ihn bereit. Direkt über einer Empore prangte dort ein riesiges Kreuz aus uraltem Holz. Übergroß und dunkel, von Kaltlichtröhren eingefasst und auf den Kopf gedreht. Er befand sich mitten unter Satanisten!

Um ein Haar wäre er in ein Pärchen gestolpert, deren Zungen gerade in glühender Leidenschaft über ihre lederbekleideten Körper wanderten. Fate zog ihn in letzter Sekunde wieder hinter die breitschulterigen Führer. Die Vierergruppe bewegte sich nun in gerader Linie auf die Empore unter dem Shaitanskreuz zu. Mit jedem Schritt schwitzte Desmond stärker.

„Das hier sind die besten Plätze im ganzen Laden", brüllte Fate in sein Ohr, als sie die Treppe hinauf nahmen. Sein Lachen wurde zwar von der Musik übertönt, aber so wie seine Schultern bebten, musste es ein ausgiebiges sein.

Von oben beobachtete sie eine Frau mit grelllilafarbenem Pagenschnitt und einer eleganten Nase. Die Arme vor der Brust verschränkt, blies sie den Rauch eines überlangen Zigarillos in die ohnehin schon vernebelte Luft. Ihr grünschwarzes Korsett und das enge Lackkostüm ließ wenig Platz für Fantasie.

Das wäre dann wohl Violet, dachte Desmond. Als er vor ihr stand, fühlte er sich dem abfälligen Blick aus der schwarzen Schminke gegenüber irgendwie nackt. Genauso hatte ihn der Alligator in New Bethlehems Wildtierpanoptikum auch angestarrt. Ob sie das Grün ihrer Pupillen mit Haftlinsen fälschte? Und ob sie auch noch so gucken würde, wenn Desmond Violet vor ihren Gästen einen Kindertanz aufführen ließ? Bei der Idee musste er grinsen.

Violet drückte ihren Zigarillo auf der Hand eines skelettschlanken Mannes aus ihrem Gefolge aus. Daraufhin zog der sich, ohne einen Gesichtsmuskel zu verziehen, in den Hintergrund zurück, und seine Herrin hauchte: „Gottverdammt, Fate! Wer ist die Frohnatur?" Sie wies auf Desmond.

Die Empore lag wohl hinter einem akustischen Dämmfeld, denn hier verstand man plötzlich jedes Wort.

Statt zu antworten, machte Fate mit einer besitzergreifenden Umarmung und einem nicht weniger hingebungsvollen Kuss klar, dass er und Violet weit mehr waren als gemeinsame Verschwörer. Die Frau wand sich unter seinen Händen wie eine Schlange. Für einen bangen Moment erwartete Desmond, dass sie und Fate sich auf einen der pompös geschwungenen Zweisitzer werfen würden, um es den Gästen unten im Hauptraum gleichzutun. Doch zu guter Letzt ließen ihre Lippen wieder voneinander ab und Fate meinte: „Sei nett zu ihm, Violet. Das ist Desmond, der nächste meiner Waffenbrüder."

„Dein nächster Waffenbruder? Was ist denn aus dem süßen Jesper geworden?"

Fate sah aus, als wäre er drauf und dran, mit den Schultern zu zucken. Dann sagte er: „Hat mir unter vollem Körpereinsatz bei der Flucht geholfen."

In Violets Blick schimmerte eine Spur Bedauern, während sich ihre Hand durch Fates Overallverschluss auf seine Brust schmuggelte. „Ich habe nie geglaubt, dass Crude dich erwischen könnte." Ein weiterer lasziver Kuss auf Fates Mund folgte, den sie damit abschloss, dass sie ihre Zungenspitze über seine Nase fahren ließ. Dann wendete sie sich Desmond zu: „Pass auf dich auf, kleiner Desmond. In Veneno Fates Gegenwart stirbt es sich unheimlich schnell." Ein silbernes Lachen, das so gar nicht zu ihrem Tonfall passen wollte, erklang. Diese Frau war schwer zu begreifen.

Fate wurde ernst. „Wo ist er?"

„Oben." Violet schlängelte sich aus der Umarmung.

Fates Brauen wölbten sich. „Oben? Du hast ihn oben gelassen?"

„Ich habe ihn zum Wächter dieses Hauses gemacht."

„Du solltest ein Auge auf ihn haben, Violet. Nicht umgekehrt."

In ihren grünen Augen zeigte sich keine Reue. „Was hast du erwartet? Ich werde diesen Kerl nie und nimmer in meine privaten Rückzugsbereiche lassen. Und hier unten würde er nur die Atmosphäre versauen. Da, wo er jetzt hockt, hält er mir wenigstens ungebetene Gäste vom Leib."

„Und was, wenn die Priester auf ihn aufmerksam geworden wären?" Fates Ton wurde bedrohlich. „Oder die Seraphim?"

Violet winkte ab. „Mach dich nicht lächerlich. Die Priester hätten ihn höchstens zum Ausnüchtern in den Reuetrakt gesteckt, irgendwann gemerkt, dass es dafür längst zu spät ist, und ihn mir dann wieder vor die Tür gelegt. Abel und seine Bande haben mehr als genug mit sich selbst zu tun, weil ihnen der neue Bischof, dieser Bathseba, im Nacken hängt. Und ich glaube, wir wissen beide, wer dafür die Verantwortung trägt." Sie tat so, als würde sie an den überlangen, makellos manikürten Fingernägeln kauen. Diesmal galt der entkleidende Blick, mit dem die Geste einherging, ausschließlich Fate. „Und die Seraphim? Ich denke, in seinem Zustand können sogar die Bestien Gottes nichts aus ihm herausholen."

„Bring uns hoch. Ich will, dass Desmond ihn sieht!"

„Nur Desmond? Dann hast du doch etwas Zeit … Vielleicht könnten wir beide ein paar private Angelegenheiten regeln, während dein nächster Waffenbruder sich oben mit ihm beschäftigt?" Violets Tonfall troff vor vorgetäuschter Unschuld, doch ihre gefährlich aussehenden Nägel fuhren jetzt über Fates Schritt. Der blieb gelassen.

„Vielleicht später, Violet. Jetzt werden wir erst mal nach Sevarin schauen."

„Schade, wirklich schade, Veneno." Die Enttäuschung in ihrem bleichen Gesicht war diesmal nicht so gekünstelt, wie sie wirken sollte.

***

Violet lotste Fate und Desmond am Kopf ihres kleinen bunten Hofstaats zurück durch die Menge. Kurz vor der großen Freitreppe zum Eingang wechselte sie mit einem aufreizenden Hüftschwung die Richtung und hielt auf einen verhältnismäßig dezent ausgeleuchteten Tresen zu, hinter dem vier Frauen in körperbetonten Outfits bedienten. Schließlich stellte sich jedoch der schmale Lift daneben als ihr eigentliches Ziel heraus. Vor seinen grünen, halbrunden Türen angekommen, lehnte sich Fate zu Violet und flüsterte ihr etwas ins Ohr. Ihre Erwiderung bestand aus jenem markant silbernen Lachen.

Dann ließ er mit aller Wucht seine Knöchel ins Gesicht des Wächters krachen, der ihn am Zugang so rüde behandelt hatte. Der Getroffene wankte. Blut schoss aus seiner Nase.

„Ich hatte dich gewarnt", kommentierte Fate. „Sei froh, dass du dir keinen neuen Job suchen musst." Er deutete einen weiteren Schlag in Richtung des zweiten Muskelberges an und auf dessen Zusammenzucken hin konnte sich Violet vor Lachen kaum noch halten.

Desmond war heilfroh, die schrille Frau hinter den sich schließenden Lifttüren zurückzulassen. Ihrer Ausstrahlung haftete etwas Krankes an.

„War das notwendig?", fragte er.

Fate wischte sich die Knöchel am schmutzigen Overall ab. „Eines Tages wirst du lernen, dass man seine Untergebenen besser mit einer harten Hand führt. Das erspart dir so manch unliebsame Überraschung."

Desmond schnaufte und wechselte das Thema. „Erstaunlich, dass eine einzelne Frau eine so große Unternehmung unter sich hat."

„Bei den Anhängern des Dunklen Herrschers ist das nichts Ungewöhnliches. Falls es dir entgangen sein sollte: Wir haben nichts gegen das weibliche Geschlecht. Unterwerfung und Gehorsam verlangen wir allein von den Schwachen oder denen, die sich dazu machen lassen. Deswegen musste ich den Wächter bestrafen."

„Wir? Bist du etwa auch einer von denen? Diesen Satanisten?"

„Das ist die Bezeichnung, die dir die Katholische Kirche beigebracht hat. In unseren Augen ist das eine Beleidigung. Wir verehren den Lichtbringer, Luzifer. Aber ja, natürlich gehöre ich dazu. Was hast du denn gedacht? Der Wortlaut meiner Prophezeiung lässt ja wohl kaum einen anderen Schluss zu."

Aufgrund ihrer blumenreichen, aber schwammigen Formulierungen ließen Prophezeiungen meistens alle möglichen Interpretationen zu. Und obwohl sich Desmond bezüglich Fate keinerlei Illusionen hingab, ärgerte ihn sein dreistes Geständnis.

Der Rapidlift ruckte. Die Türen wollten in die Wand gleiten, aber Desmond verschloss sie mit einer Geste seiner Linken sofort wieder und langte an Fates Schulter.

„Was hast du eigentlich vor?"

„Ich will dich vor dem Seelenhunger retten. Schon vergessen?"

„Verkauf mich nicht für dumm, Waffenbruder. Du weißt genau, wovon ich spreche. Dein großer Plan! Was steckt dahinter?"

„Ich will mit dir das erreichen, was mir aus eigener Kraft niemals mehr gelingen wird." Fates Tonfall hatte fast etwas Reumütiges. „Mir wurde eine bedeutende Weissagung zuteil, doch ich habe mich als unwürdig, als zu schwach erwiesen. Jetzt bleibt mir nur eine Chance, meinem Schicksal doch noch gerecht zu werden: Ich will, dass du an meiner Stelle jene Prophezeiung erfüllst, die einst die meine war." In diesem Moment spiegelte sich kein latentes Lächeln oder auch nur die Andeutung von Ironie in seinen Zügen.

Nichtsdestotrotz blieb Desmond unnachgiebig.

„Das wird nicht geschehen! Ich werde niemals einem Satanisten folgen! Ich bin Priester. Ich ehre das erste Gebot mehr als alles andere. Und was immer der Papst oder seine feisten Bischöfe aus den Worten der Bibel gemacht haben, oder was sie uns antun wollen, ich werde ein Bruder von Gottes Schild bleiben."

„Deine Überzeugung ist nur deswegen so felsenfest, weil man dich von der Wiege an mit einer falschen Wahrheit gefüttert hat. Noch bist du nicht im Besitz aller Fakten. Denn wenn du es wärest, würdest du nicht mehr so selbstsicher daherreden."

„Niemals!", wiederholte Desmond wütend. Am liebsten hätte er sein Gegenüber mit dem Heiligen Geist an die Liftwand genagelt, doch das wäre keinen Deut besser als dieser Schlag ins Gesicht des Wächters, also ließ er es.

Fate starrte ihn weiterhin an. „Immerhin hat das Schicksal mich zu dir geführt, ohne dass dein Gott eingegriffen hätte. Warten wir es also ab, vielleicht macht es dich auch zu meinem Auserwählten." Er ließ die Schultergelenke knacken. „Jetzt liegt allerdings weitaus Wichtigeres vor uns als ein Glaubensdisput. Können wir dann?"

Schicksal? Innerlich noch aufgebracht gab Desmond die Türen frei und einer Wand gleich stand plötzlich feuchtwarme Luft in der Kabine.

Sie waren in einer Art Großküche gelandet, in der es aussah, als ob hundert Köche hundert Speisen gleichzeitig zubereiteten. Soweit das Auge reichte, standen Männer in fleckigen Kitteln und weißen Kappen vor dampfenden Töpfen. Dazwischen liefen andere mit gefüllten Schüsseln herum. Bei der Mixtur aus Gerüchen geriet Desmonds Magen ins Knurren.

Erstaunlicherweise nahm niemand wirklich Notiz von ihnen, während sie weitergingen. Die Küchenarbeiter wanden sich ohne anzustoßen an ihnen vorbei, waren mit ihrer Konzentration aber ganz bei der Arbeit. Offenbar kannte man Fate hier.

Desmonds Mentor blieb unter einem grünen Licht an der Wand stehen. Mit der Schulter voran drückte er sich neben einem der Induktionsherde durch die Wand und es sah so aus, als ob ihn der weiße Anstrich einfach verschlucken würde. Das Licht wurde rot. Während der überraschte Desmond noch zögerte, schoss plötzlich eine Hand aus der Wand und zog ihn hindurch.

Auf der anderen Seite spuckte er die bitteren Fransen eines Wandbehangs aus, durch dessen Fasern er in eine Spelunke getreten war, die sich bei Weitem finsterer und ungepflegter ausmachte als Haddy's Place. Und das, obwohl sie vor kostbarem Echtholz nur so strotzte.

Der Essensgeruch war verschwunden. Trotzdem schmeckte man die Luft mehr, als dass man sie roch. Dazu brannte der Rauch verschiedenster sündhafter Substanzen in Desmonds Augen. Hier mochte vielleicht mehr Betrieb herrschen als bei Haddy, die Gäste jedoch wirkten ungleich verwahrloster.

Fate stand immer noch vor dem verborgenen Durchgang und schien nach einem bestimmten Gesicht zu forschen.

An einem der Tische hockte ein Mann zwischen zwei offensichtlich stark angetrunkenen Frauen mit aufgequollenen Gesichtern. Er grölte nach einer neuen Runde und kippte dann nach hinten. Bevor er jedoch zusammen mit seinem Stuhl umfallen konnte, grapschte er nach dem billigen Oberteil einer seiner Begleiterinnen und zog sich daran zurück an den Tisch. Die jetzt halb entblöße Frau lachte krächzend und schlug nach seinen Fingern, dass es klatschte. Schließlich richtete sie ihre Oberbekleidung mehr schlecht als recht, während die zweite Frau nach mehr Alkohol schrie.

Die übrigen Gäste fielen ungefähr in dieselbe Kategorie wie dieses Triumvirat des Vollrausches. Nur der, den sie suchten, übertraf sie alle. Fate zog an Desmonds Ärmel und zeigte auf die jenseitige Wand.

Dort hing jemand regungslos über dem Tisch. Hinter einigen geleerten und umgefallenen Gläsern sah man nichts weiter als einen verklebten dunklen Haarschopf und einen Arm, der in einer Pfütze auf der Tischoberfläche ruhte. Desmond spürte mit dem Heiligen Geist nach dem Mann, konnte ihn jedoch nicht wahrnehmen.

Schräg davor stand ein Pärchen mit bodenlangen Umhängen. Eine der beiden Figuren drehte sich zur Bar und hob den Arm. Dabei erkannte man unter dem Umhang eine Aufmachung, die viel eher zu Violets Unterwelt gepasst hätte als hierher.

Ein kantiger Mann mit rasiertem Strichmuster in den Haaren ließ für einen Augenblick davon ab, die weiblichen Bedienungen zu scheuchen, und winkte dem Paar vom Tresen aus zurück. Dann griff er in das gewundene Labyrinth aus Schläuchen, Glaskolben und Flaschen hinter sich und der geistig abwesende Zecher drehte sich samt seines Tisches in die Wand.

Die beiden Umhangträger stellten sich auf die jetzt leere Stelle, der Rasierte griff ein weiteres Mal hinter sich und sie verschwanden auf die gleiche Weise wie der Betrunkene zuvor. Dafür tauchte der sogleich wieder am alten Platz auf. Die Ignoranz, mit der die übrigen Gäste auf den Vorgang reagierten, sprach dafür, dass auch dies nichts Ungewöhnliches war.

„Und ich habe mich schon gefragt, auf welche Weise Violet dieses Wrack Sevarin dazu gekriegt hat, den Eingang zu ihrem geliebten Klub zu bewachen. Sehr einfallsreich, die Kleine."

Fate führte Desmond an den Tisch und beide setzten sich. Von Sevarin ging ein blubberndes Schnarchen aus. Weil sein Gesicht in der gleichen braunen Flüssigkeit ruhte wie sein Arm, entstanden beim Ausatmen kleine Bläschen, die einen karamellfarbenen Schaumteppich um seine Lippen gebildet hatten.

Fate stieß einige leere Gläser vom Tisch und dem Mann mehrmals unsanft in die Seite. „Hey, du altes Schnapsfass. Wach auf!"

Der Angesprochene regte sich nicht. Nicht einmal die Frequenz seines Schnarchens hatte sich geändert. Selbst als Fate seinen Kopf an den Haaren in die Höhe zog, brachte das die verquollenen Augen nicht auf. Unverständliches Gemurmel blieb die einzige Antwort. Dazu zog sich ein zähflüssiger Faden von den aufgeschwemmten Wangen bis zur Tischfläche. Er riss erst ab, als Fate Sevarins Kopf schnell hin und her schüttelte. Dabei wurde sein dreieckiges Grinsen eine Spur gehässiger.

„Sevarin? Sevarin!", rief er. „Die Inquisition ist hier. Sie werfen dich in den Turm!"

Jetzt drehten sich an den Nebentischen einige träge zu ihnen um, verloren ihre Neugier aber sofort wieder.

Doch Sevarin öffnete endlich die Augen. „Wer ist da?"

Fate stieß Sevarins Kopf grob nach hinten. Auf eine an ein Wunder grenzende Weise verhinderte der Trinker seinen Absturz.

„Wusst ich doch, dass du noch irgendwie erreichbar bist, Sevarin! Meine Güte, du stinkst vielleicht, mein Alter. Körperpflege war ja noch nie dein Ding, aber heute hast du dich selbst übertroffen." Angeekelt wedelte Fate vor seiner Nase herum. Dann stand er auf. „Viel Spaß, ihr zwei!"

„Was soll das denn heißen?", wollte Desmond wissen.

„Jetzt ist er wach. Ich denke, ihr werdet wunderbar miteinander auskommen. Violet wollte noch etwas Dringendes mit mir besprechen. Darum werde ich mich mal kümmern müssen."

„Einen Augenblick mal, was soll ich denn allein mit diesem Kerl anfangen?"

„Lies seine Seele. Du wirst feststellen, dass sein Wille durch all die Gifte, die er durch seinen Körper gejagt hat, weich wie Butter geworden ist. Dafür hat er sich allerdings eine Resistenz gegen geistige Einflussnahme eingehandelt, wie es im gesamten Gelobten Land keine zweite gibt." Mit diesen Worten wollte er wirklich gehen.

„Aber ich kann doch nicht ..."

„Doch, kannst du! Du weißt, was du wissen musst, und bist gut genug, es durchzuziehen." Fate klopfte Desmond auf den Rücken. „Obwohl er kaum weiß, was er selber tut, kann Sevarin dir so einiges beibringen. Nimm dir Zeit, lerne von ihm. Dafür brauchst du mich nicht." Kurzerhand verschwand er wieder Richtung Geheimeingang.

Während des Wortwechsels hatte Sevarin versucht, von jeweils einem der Sprechenden zum anderen zu blicken, war jedoch hoffnungslos hinterhergehinkt.

Desmond schüttelte das verklärte Bild eines Mädchens ab, in das Thompson Woodgate einst verliebt gewesen war, und stieß verdrossen Luft aus. „Das kann doch alles nicht wahr sein." Der Templer war wieder da und nun hockte Desmond auch noch allein vor einer mehr als verlorenen Seele.

Sevarin stützte sich auf die Ellenbogen. Mit Augäpfeln gelb wie Eiter stierte er Desmond oder einen Punkt in tausend Kilometern Entfernung an. Schließlich lächelte er. „Was seid ihr beiden denn für Typen?" Seine Stimme klang auf eine Art heiser, sodass Desmond sich automatisch räuspern wollte. „Hört gefälligst mit dem ständigen Gewackel auf. Mir wird ganz schlecht davon."

„Mein Name tut nichts zur Sache", erwiderte Desmond schroff und hoffte, dass dies die letzten Worte sein würden, die er an diesen übelriechenden Trunkenbold vergeuden musste. Seinen glasigen Blick festzunageln war jedenfalls eine Kindertaufe.

Wie so oft hatte Fate gewusst, wovon er sprach. Mithilfe des Heiligen Geistes gelangte Desmond ganz leicht in den versumpften Verstand. Doch nur in die Außenbereiche. Sehr viel weiter kam er nicht. Irgendein mächtiger und fester Widerstand befand sich in der öligen Flüssigkeit, die der Zecher ein Bewusstsein nannte.

Also strengte Desmond sich noch mehr an. Wieder und wieder, von allen Seiten, doch es half nichts. Eine gigantische schwarze Wand blockte jeden Versuch ab, tiefer einzutauchen. Die Barriere wurde zwar deutlicher und erweckte jetzt das Bild einer riesigen granitenen Kugel, aber sie wirkte undurchdringlich.

Sobald Desmonds geistige Fühler die harte, glatte Wand abtasten wollten, glitten sie ab, noch bevor er auch nur den Ansatz einer Schwäche ausmachen konnte.

Seltsamerweise spürte Desmond Woodgate hier drin wieder deutlicher als noch zuvor in der stofflichen Welt. Aus dem Hintergrund heraus beobachtete er jeden seiner Schritte.

„Was willst du eigentlich von mir?"

Warum, beim Heiligen Nonnosus, konnte Sevarin mit ihm reden, während er sich unter Desmonds Willen befand?

„Kann es sein, dass wir den Bruderkuss getauscht haben? Wenn ja, dann hab ich`s vergessen." Sevarin setze zu einer verunglückten Umarmung an.

Desmond rückte auf dem Stuhl zurück und schwieg beharrlich. Er wollte den telepathischen Kontakt nicht verlieren. Dabei erwies sich Sevarins Gequatsche als weitaus übler als das von Fate beim Training mit Fennek. Aber gut. Damit konnte er ja mittlerweile umgehen. Was er dagegen sehr viel schlechter ertrug, war dieses ständige Belauern durch Woodgate. Der tote Templer hockte in irgendeiner dunklen Ecke seines Verstandes und vergiftete seine Aufmerksamkeit mit spöttischer Gehässigkeit. Dazu wälzte die störende Geräuschkulisse der Spelunke immer drängender heran. Wie sollte er in dem Durcheinander Konzentration aufbauen?

„Wer bist du überhaupt? Müsste ich dich kennen?"

Der alte Schluckspecht konnte den Mund einfach nicht halten.

Desmond biss die Zähne zusammen und sammelte sich mit einer seiner Atemübungen. Dann fischte er erneut durch die trüben Schlieren, aus denen Sevarins spontane und sehr wechselhafte Wünsche bestanden.

„Du willst doch irgendwas von mir, richtig?" Der Trinker lächelte selig. „Warte einen Augenblick. Nur ein kleines Nickerchen und dann holen wir es." Sein Kopf knallte wieder auf den Tisch. Einige der kleinen Gläser rollten auf den Boden und zersplitterten.

Desmond verdrehte die Augen. Woodgate kicherte.

Fate innerlich verwünschend hob Desmond Sevarins Kinn mit einer Hand wieder an.

Die Schlupflider des Säufers öffneten sich. Sein Lächeln hatte er beibehalten. „Hallo, mein Freund", lachte er. „Kennen wir uns? Wie wär`s? Gibst du einen aus?"

Desmond bannte seinen Blick erneut und gab Sevarin die Lust auf einen gemeinsamen Whiskey ein. Nicht, dass der Mann dazu noch eine Motivation von außen gebraucht hätte, doch vielleicht konnte er die Mauer in ihm zum Einsturz bringen, wenn er seinen Bedürfnissen entsprach.

Doch auch dieser Taktik trotzte die massige schwarze Abwehr. Nicht der kleinste Riss war entstanden. Also behielt die seelische Verteidigung ihre Uneinnehmbarkeit, selbst wenn Sevarin abgelenkt wurde. Langsam gingen Desmond die Ideen aus. Wie sollte er etwas beeinflussen, das völlig unabhängig vom Willen einer Person funktionierte?

Was wusste er? Eine schwarze Kugelbastion hüllte Sevarins benebeltes Wesen ein. War der Trinker vielleicht nur eine Fassade? Verbarg sich sein wahrer Charakter womöglich irgendwo im Inneren?

Der Sevarin, wie er sich für Desmond darstellte, befreite sich mit einem Ruck aus dessen Griff und durchforschte die verbliebenen Gläser nach Resten.

Vielleicht sollte Desmond sich bis ans Ende seiner Tage genauso zukippen wie dieser Typ. Dann wäre sein Geist zwar zu nichts mehr nutze, aber Thompson Woodgate hätte er in jedem Fall von der Backe. Und wenn man dieser Violet Glauben schenken durfte, würden vermutlich auch die Seraphim niemals auf ihn aufmerksam werden. War es das, was Fate ihn lehren wollte? Abschirmung durch Wahnsinn?

„Ich glaube, sie spielen mein Lied", lallte Sevarin. „Bin gleich wieder da."

Desmond war wieder draußen. Woodgates Ausbilder schrie ihn zusammen, versuchte, seine Wut anzustacheln.

Sevarin erhob sich stark schwankend, den zerknitterten Mantel voller Flecken.

Verärgert drückte Desmond ihn zurück auf den Stuhl. „Hiergeblieben, mein Freund. Wenn Fate sagt, ich soll was von dir lernen, dann werde ich das auch."

Woodgates Vater wäre stolz auf so viel Autorität bei seinem Sohn gewesen. Der Zorn hatte seine Entschlossenheit gestärkt.

Halbherzig schlug Sevarin Desmonds Arm zur Seite. „Läuft bei dir was rückwärts, mein schmaler Freund? Kann man hier noch nicht einmal pissen gehen? Was willst du überhaupt von mir? Wir sind keine Freunde. Wer bist du? Ich finde, du siehst irgendwie kränklich aus." Dann rülpste er zünftig.

Desmond wurde schlecht. In der toten Kuh hatte es genauso gerochen.

Severin wischte sich über den Mund. „Irgendwas kriege ich hier wohl nicht richtig mit. Du solltest gehen. Ich glaube, die beiden Damen da vorne warten auf dich." Er zeigte mit den spröden Fingernägeln auf eine Matrone in der Nähe der Bar. Ihr Gesäß passte nur mit Mühe auf den Stuhl und mit noch viel mehr Mühe in ihr enges Kleid. Desmond musste einigermaßen pikiert aus der Wäsche geschaut haben, denn Sevarin blinzelte frivol und schob nach: „So was ist doch was ganz Natürliches. Das muss dir nicht peinlich sein."

Woodgate lachte sich halb kaputt.

„Na, wie geht es voran?" Wie aus dem Nichts war Fate wieder aufgetaucht. Was immer er mit Violet getrieben hatte, lange gedauert hatte es nicht.

Desmond atmete schwer gegen die rauchgeschwängerte Luft an. „Es geht überhaupt nicht voran. Der Templer, den ich getötet habe, lässt mir keine Ruhe, ich komme nicht eine Daumenspitze weit in das wahre Wesen dieses Mannes und zu allem Überfluss bringt mich dieser Kerl mit seinem ständigen Gequassel noch um das letzte bisschen eigenen Verstand."

Fate wischte einige kleine Gläser von dem Stuhl neben Sevarin und setzte sich. „Du meinst, der gute Sevarin verbirgt etwas vor dir und du kannst es nicht finden? Wofür haben wir denn die ganze Zeit trainiert? Ich dachte, Seelenlesen wäre jetzt dein Spezialgebiet und Woodgate hättest du im Griff." Seltsamerweise wirkte er überaus zufrieden.

Entmutigt antwortete Desmond: „Wofür haben wir eigentlich den langen und riskanten Weg hierher gemacht? Nur, damit du mich verspottest?"

„Vielleicht fängst du es einfach falsch an. Stell Körperkontakt her. Das könnte helfen."

„Hatte ich schon. Meine Hand war an seinem versifften Kinn. Außer einem Schauer über den Rücken hat es mir nichts eingebracht."

„Das war vielleicht noch nicht nah genug." Fate fletschte die Zähne zu einem wölfischen Grinsen und Woodgates ganze Familie stimmte mit herzlichem Gelächter ein. Woodgate war gerade einundzwanzig geworden und in Desmonds Kopf lief eine kleine Feier zu seinen Ehren ab.

„Da bin ich wieder", fuhr Severin dazwischen. „Hab ich was verpasst? Was wolltet ihr vier komischen Vögel noch mal von mir?"

Jetzt reichte es Desmond endgültig. Er packte den Kopf des Zechers mit beiden Händen, hielt die Luft an und legte blitzschnell seine eigene Stirn an Severins pickelvernarbtes Pendant. In der plötzlichen Vorwärtsbewegung rutschte Desmonds Kapuze nach hinten.

Severins Augen weiteten sich. „Du?!", stieß er hervor. Dann stürzte er nach rechts weg. Oder war es Desmond, der in die entgegengesetzte Richtung fiel? Er wusste es nicht. Auf jeden Fall spürte er noch eine Hand im Nacken.

XXIX

Großinquisitor Nathan Thorn konnte die Verzweiflung, die einen Gläubigen in diesen gottverlassenen Winkel von Ramoth-Gilead treiben musste, praktisch fühlen. Sie rann mit dem Regen aus dem Müll in den Ecken, hing von den abgerissenen Bekanntmachungen an den Wänden herab und tröpfelte aus jedem feuchten Ritz im Mauerwerk. Normalerweise genoss er solche Stimmungen, aber heute ... heute umklammerte Furcht sein Herz.

Eigentlich hatte Meister Thorn gedacht, alle Ängste wären von ihm abgefallen, als seine Schienbeine seinerzeit die geweihten Marknägel des Uriels empfangen hatten. Wie sehr man sich täuschen konnte. Der Initiationsritus vom Hohen Orden des Uriels vermochte einen offenbar doch nicht auf alles vorzubereiten.

Und sein Wolf Mordax teilte die Gefühle durch das Band des Heiligen Geistes. Das sonst so stolze Tier stand durchnässt, mit eingeklemmtem Schwanz am Rande der heruntergekommenen Gasse und winselte leise. Weder geistiges Locken noch strenge Befehle konnten ihn an die Seite seines Meisters beordern. Und auch wenn Mitgefühl unter Inquisitoren verpönt war, konnte Thorn gut nachvollziehen, was in dem Tier vorging. So ließ er es, da niemand seiner Brüder anwesend war, ausnahmsweise gewähren.

Von ihm selbst wurde erwartet, dass er bewegungslos unter einer Kaltlichtlaterne ausharrte, während der Wind immer wieder klamme Schauer in die Gasse klatschte. Die Beleuchtung verwandelte die Regentropfen in glitzernde Diamanten, gleichzeitig schien sie seinem Kapuzenumhang das Purpur und alle Wärme zu entziehen.

Reduziert auf die Rolle eines Beobachters, zeichnete er alle Vorgänge auf. Aber wie sollte er dem Protokoll der Vierzehn Bistümer genügen? Was sollte er heute noch in seine in ausgeblichene Menschenhaut geschlagene Datenmappe tippen, wenn ihm der Blick auf den Tatort verwehrt blieb?

Alles, was er wusste, stand bereits im Protokoll: Drüben im Schatten, zwischen feuchtem Unrat und von den Heilern des ansässigen Spitals bestens konserviert, lagen die Leichen von zwei Templern. Eine davon hatte für Thorns Spürsinn eine Herausforderung dargestellt, an der er leider innerhalb kürzester Zeit gescheitert war.

Der Name des ehemaligen Soldaten lautete Thompson Woodgate. Während sein Kamerad durch einen gewöhnlichen Kopfschuss ein schnelles Ende gefunden hatte, konnten bei Woodgate weder die lokale Priesterschaft noch die hochnäsigen Heiler eine genaue Todesursache feststellen.

Oh, wie gern hätte er diesen dünnblütigen Lazarusjüngern eine Lektion erteilt. Doch zu seinem größten Verdruss hatte selbst er, dem das verbotene Wissen des päpstlichen Geheimbundes zur Verfügung stand, es nicht fertiggebracht, das Ableben des ausgemergelten und seltsam verkrümmten Templers aufzuklären.

Würde die in stumpfweißes Tuch gehüllte Gestalt, die sich da über die toten Körper beugte, mehr herausbekommen? Wahrscheinlich ja. Sie war so gewaltig, dass man sie auf den ersten Blick für einen übergroßen Haufen ungewaschener Schwesterngewänder hätte halten können, der von einer Horde Ratten durchwühlt wurde. Nur die lang gezogenen grauen Schwingen links und rechts von der schleppenartigen Kapuze verrieten, dass Ramoth-Gileads Bodenebene von einem seltenen und höchst bedrohlichen Gast heimgesucht wurde.

Seraphim. Schon allein das Wort jagte Thorn ein Schaudern über den Rücken. Unter dem Urteil eines Himmelsboten hatte niemand Bestand. Nicht einmal Erzinquisitor Grim persönlich. Eigentlich hätte Thorn sich also gar nicht für seine Schwäche schämen müssen. Trotzdem tat er es und versuchte alles, um die Symptome seiner Furcht an Geist und Körper zu verschleiern. Auch wenn man vor den Seraphim angeblich nichts verbergen konnte, waren ihm Mittel und Wege zuteilgeworden.

Was trieb der Himmelsbote da bloß?

Wirbel für Wirbel zeichnete sich das dürre Rückgrat unter dem Gewand ab. Die schmalen Schultern zuckten rastlos, wie die einer übergroßen Taube, hin und her. Und von Zeit zu Zeit hörte man, wie jemand geräuschvoll kalte Abendluft einsaugte.

Plötzlich ruckte der Engel hoch.

Der Großinquisitor zuckte zusammen und seine Wolfsbestie gab ein klägliches Jaulen von sich. Daraufhin drehte der Seraphim sich langsam herum. Thorn war gewiss nicht klein, aber der Engel überragte ihn um einen halben Meter.

„Ich muss mit dem Herrn sprechen", zischte er mehr zu sich selbst und klang dabei wie eine trockene Holztür, die über den Boden schabte. Seine eisblinden Augen wandten sich dem Stück Nachthimmel zu, das die umliegenden Wohntürme weit, weit oben erahnen ließen. Für eine kurze Weile schien seine Haltung eingefroren. Nur die langen, nassen Strähnen seines schwarzen Haares wehten träge im Herbstwind.

Dann, mit einem geräuschvollen Schnappen, entfaltete er seine Schwingen, streckte die Arme und hob aus dem Stand ab. In den Luftverwirbelungen der Flügelspitzen überschlugen sich Regentropfen und das Schlagen seiner Flügel hallte noch zwischen den Gebäudetürmen nach, nachdem Thorn den Seraphim längst aus den Augen verloren hatte. Er verbarg seine Erleichterung hinter einer starren Miene.

Endlich traute auch Mordax sich in die Gasse hinein. Thorn sandte einen strengen Verweis durch den Heiligen Geist. Widerwilliges Schnauben, gepaart mit einem gesunden Maß Aggression, waren die Antwort.

Gut. So gefiel ihm sein einziger Gefährte schon besser, und auch Thorns tiefliegende Augen funkelten wieder in der ihm eigenen Gehässigkeit. Bevor er die Gasse mit dem Wolf an seiner Seite verließ, nahm er die Schultern betont hoch und überprüfte den Sitz von Maske und Kapuze.

Auf dem Rückweg zum Ccelerator merkte man Mordax nichts mehr an. Ein Knurren aus seiner pechschwarzen Schnauze, und schon teilte sich die Menge der Vorbeieilenden vor Großinquisitor Nathan Thorn wie seinerzeit das Rote Meer.

***

Der Herbst war bereits so weit vorangeschritten, dass die Turmmeister des Bistums die Datenmappen mit Dringlichkeitsvermerken wegen der zu planenden Adventsfeierlichkeiten versahen, und Desmond hatte immer noch nichts von sich hören lassen.

Was trieb der Junge da im Untergrund nur?, fragte sich Dekan Sorofraugh, verschränkte die Arme hinter dem Rücken und schaute aus dem Bogenfenster. Die Aussicht vermochte seine finsteren Gedanken nicht zu vertreiben. Schwarzem Laub gleich fegte der Wind Dutzende großer Vögel über den Himmel und lieferte den Beweis, dass die Rabentürme der St. Habakuk ihren Namen wahrlich verdienten.

Henochs spartanisches Büro weckte unschöne Erinnerungen. Zwei Monate war es jetzt her, dass Ephraim Sorofraugh seinen Neffen verurteilt hatte, und doch kam es ihm vor, als wäre dies in einem anderen Leben geschehen. Der ruhige, ja fast schon zurückgezogene Dekan war zum Rädelsführer eines Geheimbundes geworden, der schon die ersten Pläne gegen den gemeinsamen Gegner schmiedete und vielleicht eines Tages Papst und Kurie trotzen würde. Er wusste nicht, ob sie damit nur dem eigenen Willen folgten, oder ob sie tatsächlich Gottes Werk vollbrachten. Er wusste nur, Innozenz XIV. tat das garantiert nicht mehr.

So etwas hätte er bereits vor Jahren in Angriff nehmen sollen; auch gegen den Willen von Sarah, so wie Matthew es gewollt hatte ...

Die Stille Bruderschaft würde Innozenz alle Geheimnisse entreißen! Und wenn er Matthew Derroc dann endlich wieder ins Gesicht sehen konnte, würde das geschehen, was Ephraim Sorofraugh sich so sehnlich wünschte: eine Begegnung zwischen Desmond und seinem alten Kampfgefährten ...

Sarah mit ihrem sanften Wesen wäre über all dies wahrscheinlich entsetzt gewesen. Ob sie in der Zwischenzeit und unter diesen Umständen eingesehen hätte, dass man Innozenz' Schreckensherrschaft nur mit den eigenen Waffen begegnen konnte? Wahrscheinlich nicht. Seine Schwester hatte das Prinzip von Auge um Auge, Zahn um Zahn immer verachtet.

Fallgitter und Eingangsschott fuhren fauchend hoch. Dekan Henoch betrat das Büro aus Braunmarmor und während er zu seinem Schreibtisch ging, vervielfachten sich seine Falten unter einem entschuldigenden Lächeln.

„Tut mit leid, dass du warten musstest, Ephraim. Mein Vikar ist überraschend krank geworden."

Ephraim Sorofraugh hob eine Braue. „Krank?", fragte er, als sie beide am Schreibtisch Platz nahmen.

„Keine Angst. Es ist mitnichten so, wie du vielleicht vermutest. Mein Stellvertreter ist mir treu ergeben."

Diese Worte waren schon zu oft die letzten Worte der Person gewesen, die sie ausgesprochen hatte. Dekan Sorofraugh schaltete seinen Scrambler ein und Henoch verdoppelte die Stärke des Abwehrfeldes mit einem weiteren Gerät der gleichen Sorte.

„Dieses kleine Stück Technologie verstößt dermaßen gegen das Patentgebot der Gilden, dass die Industriebarone dafür töten würden. Wirst du mir verraten, woher es stammt?"

„Commander Daniel Jackdaw versorgt uns damit. Diese Dinger hier sind seine letzte Errungenschaft." Dekan Sorofraugh legte den Grund seines Besuchs auf den glanzlosen Kovarschreibtisch: ein schlichter kleiner Zylinder, etwas größer als ein menschlicher Daumen.

„Sieht wie ein Datenzylinder aus."

„Es ist ein Kommunikator, der außerhalb des Katholischen Verbindungsnetzes arbeitet."

„Erstaunlich. Wie benutzt man ihn?"

„Sobald du am unteren Ende drehst, wird ein Sprechfeld frei. Drehst du am oberen, stellst du Kontakt zu einem anderen

Mitglied der Stillen Bruderschaft her. Deine Rufnummer wird Null-Null-Vier sein. Die anderen Nummern entnimmst du dieser Liste."

Henoch nahm die gleiche Liste entgegen wie Desmond fünf Tage zuvor. „Sobald ich sie auswendig gelernt habe, muss ich sie runterschlucken, richtig?"

„Wenn du nicht unbedingt Verdauungsstörungen heraufbeschwören möchtest, kannst du sie auch auf unspektakulärere Art loswerden." Dekan Sorofraughs Lächeln erstarb. „Auf eine spezielle Funktion muss ich dich noch aufmerksam machen. Drehst du dreimal bis zum Ende durch, hast du einen kleinen Sprengsatz, der nach drei Sekunden zündet. Halte ihn nah am Körper und er erspart dir die Handwerkskunst der Inquisitoren."

Henoch unterdrückte ein Schlucken. „Was bedeutet das Flackern der grünen Leuchtdiode?"

„Normalerweise würde es darauf hinweisen, dass dich jemand aus dem Netzwerk anfunkt. Da bisher aber nur Desmond, Jackdaw und ich über einen verfügen, würde mich brennend interessieren, wer das sein könnte.

Mit einer halben Drehung des Geräts öffnete Henoch den schwarzen Lamellenschutz, unter dem sich das Sprechfeld verbarg. „Wer ist dort? Antworten Sie!"

„Dekan Henoch?"

„Desmond Sorofraugh? Bist du das?"

„Ja, hier spricht Desmond Sorofraugh. Hören Sie mir bitte zu. Wir nähern uns der südlichen Spitze Ihres Dekanats über das Agrarterrain. Könnten Sie dafür sorgen, dass uns jemand die Stadtgrenze von New Bethlehem öffnet?"

„Uns?"

„Ein Waffenbruder begleitet mich. Er ist verletzt. Ist aber nichts Ernstes."

Henoch sah zu Ephraim Sorofraugh. Der nickte wortlos.

„Keine Sorge, mein Sohn. Es wird jemand für euch bereitstehen. Ich nehme doch an, wir sollten die Angelegenheit diskret regeln?"

Nach einem kleinen Moment Stille kam die Antwort: „Die Sache berührt die Belange der Stillen Bruderschaft nur indirekt, aber da wäre noch etwas ..." Eine erneute Pause ließ den Argwohn auf Dekan Sorofraughs Züge zurückkehren und sogar Henoch wurde stutzig. „Ich wäre Ihnen sehr verbunden, wenn mein Onkel von dem Ganzen erst mal nichts erfährt."

Unvermittelt spannten sich bittere kleine Falten um Ephraim Sorofraughs Lippen.

***

„Und? Tut sich da schon irgendetwas?"

„Sieht nicht so aus. Außer den Kräften der Zivilen Sicherheit hat sich noch niemand auf New Bethlehems neuer Stadtmauer blicken lassen." Desmond beobachtete den Grenzwall jetzt schon acht Stunden durch das Televid. Aber weder waren die Abwehrgeneratoren, die mit ihren sensenförmigen Kühlrippen an kantige Käfer erinnerten, abgeschaltet worden, noch hatte sich eins der schwer bewachten Tore für ihn und Fate geöffnet.

Ob man Henoch doch nicht so vertrauen konnte, wie sein Onkel dachte? Hatte er New Jericho verständigt? Beriet die Kurie gerade, wie mit einem abtrünnigen Straßenpriester und seinem verräterischen Onkel zu verfahren sei? Desmond fragte sich, wie Fate nur so ruhig bleiben konnte. Seit ihrem Besuch bei Violet schien ihn nichts mehr zu erschüttern.

Da brach das Brummen der Abwehrgeneratoren unvermittelt ab und ein Personentransporter mit den Rabenkreuzinsignien der St. Habakuk schob sich über die Mauerkrone. In einer langsamen Drehung schwebte er über das Grasland vor der Betonmauer und präsentierte seine sich öffnende Einstiegsluke.

Desmonds Overall dampfte. Nach einem Vier-Tage-Marsch über matschige Großfelder war die Hitze der Schwebedüsen eine willkommene Abwechslung. Schützend riss er einen Arm vors Gesicht, um nach Henochs Mannschaft Ausschau zu halten.

Doch der, der als Erster im Einstieg erschien, war kein Geringerer als sein eigener Onkel. Wurde Desmond so blass, wie er sich fühlte? Auf jeden Fall sackte sein Blut mit einem Mal Richtung Bauch.

Mit einem unheilvollen Gesichtsausdruck zog Ephraim Sorofraugh seinen Neffen in das schlingernde Schiff. Desmond schwieg betreten.

Im Mannschaftsraum musste Fate gleich einen Heiler davon abhalten, seinen verdreckten Verband zu entfernen, während Desmond von seinem Onkel wortlos in die trapezförmige Cockpitsektion gedrängt wurde. Dekan Henoch grüßte verhalten freundlich, bevor er die Startvorbereitungen in die Wege leitete. Onkel Ephraim ließ den Copilotensitz zwar verwaist, brach aber endlich sein Schweigen.

„Wie habt ihr es aus Nicopolis herausgeschafft?"

„Ich habe den Piloten eines Gemüsetransporters davon ‚überzeugen' können, uns mitzunehmen."

„Und wer ist der Verletzte, der sich im Mannschaftsraum so vehement gegen eine Behandlung wehrt?"

Da das Heck des Schiffs beim Abheben hochruckte, mussten Desmond und sein Onkel sich festhalten.

Desmond riskierte einen kurzen Seitenblick auf Henoch und antwortete kaum hörbar: „Das ist Fate."

Henoch hörte es dennoch. Während er den Transporter über die Grenzmauer steuerte, zog er scharf Luft ein.

„Seine Verletzungen sind vorgetäuscht, die Bandagen eine nötige Maskerade", schob Desmond nach und machte sich auf ein Donnerwetter gefasst.

„Wir drehen uns im Kreis", stellte sein Onkel jedoch schlicht fest und achtete darauf, dass das Gesprochene nicht im Funkverkehr und damit in den Ohren der Turmmeister der St. Habakuk landete. „Ich bat dich darum, mich über jeden deiner Schritte zu informieren, und du sichertest mir stets hoch und heilig zu, dies zu tun. Jetzt kriege ich von dir ohne jede Vorwarnung zu hören, dass du in

Schwierigkeiten steckst. So darf es einfach nicht weitergehen." Eine Mischung aus Knurren und Seufzen folgte. „Was war, im Namen von Jesus Christus, unserem Herrn und Erlöser, so wichtig, dass du unbedingt mit dem totgeglaubten falschen Propheten in ein Banngebiet des zweiten Ranges eindringen musstest?"

Nervös klaubte Desmond seinen Rosenkranz aus der Tasche und versuchte, Zeit zu schinden.

„Ich habe den Autopiloten aktiviert und die Mikros abgeschaltet", warf Dekan Henoch ein. Offenbar spürte er die Spannung im Raum. „Habt bitte ein Auge auf Kurs und Funk. Ich kümmere mich um die diplomatische Anonymität unseres zweiten Gastes." Damit erhob er sich und verließ die Kabine.

Desmond nahm den Kopf wieder hoch. „Auslöser war meine schlechte Abwehr im Heiligen Geist. Frag mich nicht weshalb, aber auf einmal ging alles Hals über Kopf. Ich hatte einfach keine Zeit für eine Nachricht an dich. Fate war heilfroh, dass Daniel uns aus New Bethlehem rausgeschafft hat, bevor Iskariot mich am Wickel kriegen konnte." Dann fasste er die Ereignisse der letzten vier Tage zusammen.

Nachdem er geendet hatte, strich Onkel Ephraim mit einer Hand übers kahle Haupt.

„Und das alles hat sich vorher nicht irgendwie angekündigt?"

Desmond ließ die Kugeln seines Rosenkranzes immer schneller durch die Finger gleiten. Bei der Plakette mit der Mutter Gottes hielt er inne. „Sagt dir der Begriff ‚Seelenhunger' irgendetwas?"

„Nein. Davon habe ich noch nie gehört."

Nach einer Erklärung, was es mit Desmonds schwarzem Verlangen auf sich hatte, und einem Bericht über die Geschehnisse in Ramoth-Gilead war es mit Onkel Ephraims Ruhe vorbei. Seine Hände langten so oft an das Muttermal im Nacken, dass Desmond es nicht mehr zählen konnte.

„Verstehst du nun, warum wir zu einem so eiligen Aufbruch gezwungen waren? Ich musste diese Unheiligkeit in den Griff kriegen, sonst hätte ich womöglich noch eine Seele ausgelöscht."

„Oh Gott!", entfuhr es dem Dekan. „In welche Löwengrube habe ich dich nur geschickt?"

„Es gibt keinen Grund mehr zur Sorge, Onkel. Seit Nicopolis ist meine Abwehr ebenso stark wie die von diesem Sevarin."

„Aber wie ist es dazu gekommen?"

„Ich entsinne mich nur noch daran, wie wir Kopf an Kopf von unseren Stühlen gekippt sind. Stunden später kam ich in der Wohnzelle dieser Violet wieder zu mir. Sie hat doch tatsächlich echte Seidenbettwäsche. Behauptet sie jedenfalls." Er schüttelte den Kopf. „Fate hat mir dann beigebracht, wie ich die Seele von Thompson Woodgate und den Seelenhunger wegsperren kann. Jetzt sind sie zwei kleine schwarze Kugeln im Vergessen."

„Der falsche Prophet verlangt mehr von dir, als ich je erwartet hätte, mehr als du opfern solltest."

„Doch eins seiner Geheimnisse hat er preisgegeben und seine Ambitionen sind noch weitaus größer als deine: Er hat mich zu seinem persönlichen Auserwählten erkoren und will, dass ich die Neue Prophezeiung erfülle."

„Hat du vorgegeben, dich seinem Willen zu unterwerfen?"

„Ganz im Gegenteil. Ich habe ihm gesagt, dass das niemals für mich infrage käme."

„Hervorragend. Es ist besser, wenn du so aufrichtig mit ihm bist, wie du kannst. Niemand durchschaut eine Lüge so gut wie ein Lügner und die Unwahrheit lässt sich immer am besten nahe der Wahrheit verbergen."

Desmond wusste nicht, ob er bei diesen Erläuterungen zum Brechen des Zehnten Gebotes lachen oder staunen sollte. „Mir will immer noch nicht ganz in den Kopf, warum Fate es so eilig nach Nicopolis hatte, wo ich doch gerade erst aus Ramoth-Gilead zurück war."

„Hast du ihn nicht gefragt?"

„Als wenn das so simpel wäre. Der falsche Prophet ist nicht nur ein Meister des Heiligen Geistes, er ist ebenso ein Meister der ausweichenden Antworten."

„Manche Fragen muss man nicht offen stellen, mein Sohn. Wenn Fate dich wirklich so mächtig machen will, wie er gesagt hat, werden die Antworten irgendwann ganz von selbst kommen. Doch jetzt sollten wir euch schnellstens zurück zum Häuserfriedhof schaffen. Abraham steckt es bravourös weg, Fate an Bord zu haben. Ich will seine Selbstbeherrschung nicht über die Gebühr strapazieren." Er machte eine winzige Pause. „Und von jetzt an keine großen Unternehmungen ohne mein Wissen. Egal unter welchen Umständen! Verstanden?"

„Eine ‚Unternehmung' wäre da noch, von der du vielleicht wissen solltest."

„Die da wäre?"

„Du hast mich überhaupt nicht gefragt, was wir von den Babyloniern wollten."

„Dann ist mir das wohl entgangen. Raus damit."

Desmond setzte seinen Onkel von dem Handel zwischen Daniel und Fate in Kenntnis und nun verschlug es dem Dekan endgültig die Sprache. Größte Zurückhaltung war vonnöten, damit er nicht wieder in seinen Nacken langte. „Ihr bildet euch doch wohl nicht ein, dass ich euch helfen werde, eine Ordensschwester aus ihrem Konvent zu befreien?"

„Du solltest dir überlegen, ob Daniels Loyalität nicht den Verlust einer unbedeutenden Ordensschwester wert ist."

„Daniels Zugehörigkeit ist uns schon durch eure Freundschaft sicher …"

„Und eben weil er mein Freund ist und weil er deine Stille Bruderschaft mit allen Mitteln und seinem beträchtlichen Wissen unterstützt, hat er es verdient, dass du bei dieser Sache ein Auge zudrückst."

Schicksalsergeben zuckte Desmonds Onkel mit den Schultern. „Am liebsten wäre es mir, ich könnte behaupten, das Prinzip, dass ein Mann für eine Frau Kopf und Kragen riskiert, wäre mir fremd, aber leider ist es mir nur zu gut bekannt. Deswegen werde ich sehen, was sich machen lässt."

„Kopf und Kragen?", hakte Desmond nach. „Stimmt es eigentlich, dass viele meiner Brüder Frauen haben?"

„Ja, das ist wahr. Darüber darf nicht offen gesprochen werden, aber es war wohl nur eine Frage der Zeit, bis du es herausfinden würdest."

„Weswegen hast du dann die Gerüchte darüber vor mir ständig mit irgendwelchen Lügenmärchen zerstreut?"

„Durch äußere Umstände sah ich mich gezwungen, dich so lange wie möglich von dem Thema ‚heimliche Vermählungen' fernzuhalten. Zu deinem Schutz."

Heimliche Vermählungen? Diese Formulierung war schon einmal vorgekommen, als es um seine Mutter gegangen war.

Der Dekan missdeutete sein grüblerisches Schweigen. „Die Liebe, Desmond", begann er noch einmal. „Die Liebe ist die einzige Kraft, der weder Innozenz, noch der Heilige Geist, noch sonst irgendeine Macht in diesem Land etwas entgegensetzen kann. Und wenn aus deiner Liebe zu einer Frau jemals neues Leben entstanden wäre, dann hätte ich mich um noch jemanden sorgen müssen. Noch jemand, den ich hätte verstecken müssen. Das wollte ich unter allen Umständen verhindern. Kannst du das nachvollziehen?"

„Ist denn jedes Kind eines Kirchenmannes mit dem Heiligen Geist gesegnet?"

„So gut wie alle. Aus diesem Grund lässt die Kirche heimliche Eheschließungen ja überhaupt zu. Allerdings überprüft sie vorher die Blutlinien. Würde sich der zu erwartende Nachwuchs abnorm im Heiligen Geist entwickeln, dann bleibt die Verbindung untersagt. So halten Priestersöhne die Bruderschaft Gottes stark und der Heilige Geist mehrt sich im auserwählten Volk des Gelobten Landes. Gleichzeitig bleibt das Elfte Gebot gewahrt."

„Doch zeigen die Gesegneten Kinder ihre Talente nicht erst in der Pubertät?"

„Bei dir, mein Sohn, stellte sich sehr, und ich meine wirklich *sehr* früh, ein immens hohes Potenzial heraus." Auf dem

Armaturenbrett begann eine Signallampe zu blinken. „Genug davon jetzt. Schon sehr bald wirst du mehr von meinen Beweggründen erfahren, doch nun müssen wir dich und deinen Waffenbruder nach Hause schaffen."

Er wollte das Cockpitschott öffnen, aber Desmond hielt ihn zurück. „Also bin ich der Sohn eines Gottesmannes, nicht wahr?"

„Ja, das bist du. Eines sehr mächtigen. Allerdings hat er von dieser Macht in den letzten Jahren nicht mehr viel Gebrauch gemacht, soweit ich weiß." Er betätigte den Schottöffner. „Und nun werde ich mich mit Fate unterhalten."

***

„Geh, Bruder des Lazarus! Wir landen gleich."

„Er will sich nicht behandeln lassen. Wären wir im Spital, hätte ich ihn …"

„Ich weiß", unterbrach der Dekan den Heiler. „Du hast genug getan, mein Sohn. Nun übernehme ich."

Finster unter der weißen Kapuze hervorstarrend, räumte der Heiler seine Utensilien vom kleinen Tisch der Passagierzelle in den Ausrüstungsbeutel und verschwand. Als der Dekan sich am Muttermal im Nacken kratzte, funkelte Fate ihn mit einem Auge belustigt an.

„Mir geht es blendend und ich habe nichts verbrochen. Was wollen Sie also?"

„Wir können uns das Theater sparen. Ich weiß, wer du bist."

„Und ich weiß, wer du bist, Sorofraugh." Fates Ton wurde eine Spur aggressiver.

Ephraim Sorofraugh atmete hörbar aus. „Dann wäre das ja geklärt."

„Bleibt weiterhin die Frage, was du von mir willst, Schwarzrock!"

„Treib deine Unverschämtheiten nicht zu weit, Ketzer. Sonst findest du dich schneller in einer Geißelzelle wieder, als du deine falsche Prophezeiung herunterleiern kannst."

„Daran habe ich starke Zweifel. Wäre das eine Option, stünde ich schon in Schandschellen vor dir."

Dieser Fate war wirklich eine harte Nuss. Der Dekan überlegte, wie offen er vor dem gefallenen Propheten wirklich sein durfte, dann fragte er unumwunden: „Was weißt du über die Seraphim?"

„Du möchtest keine Namen möglicher Kontakte in die Kathedralen von mir? Keine Ortsangaben zu Widerstandsnestern in anderen Dekanaten? Du überraschst mich, Dekan."

„Ich möchte lediglich deine Kenntnisse über die Seraphim. Das ist alles."

„Wozu?"

„Das geht dich nichts an."

„Was bekomme ich dafür?"

„Dein Leben und deine Freiheit. Jedenfalls in gewissem Maße."

„Du bietest nicht viel, Kleriker."

„Ich verlange ja auch nicht viel."

„Der Wert von Wissen liegt im Auge des Betrachters. Mehr als alles andere. Gerade hier."

„Du verschwendest Zeit. Bis zur St. Habakuk ist es nicht mehr weit. Entscheide dich schnell, ob du mit mir zurück nach St. George reisen willst, oder ob Dekan Henoch dich bis zum Sankt Nimmerleinstag in seinem Reuetrakt behalten soll."

„Den Aufstand willst du nicht riskieren."

„Niemand würde je davon erfahren."

Seltsamerweise brachten die letzten Worte Fate wieder zum Grinsen. „Wie du meinst. Die Seraphim. Sie sind die Diener Gottes. Allerdings gibt es sie historisch betrachtet noch nicht besonders lange. Innozenz hat sie in den Ritualen der ersten und zweiten Schaffung ins Leben gerufen. Das erste geschah im Zuge der Shaitanskriege und das zweite hat vor ungefähr dreißig Jahren stattgefunden."

„Innozenz hat sie geschaffen?" Der Dekan verfluchte, dass er seine Aufregung nicht besser im Zaum halten konnte.

„Und versündigte sich damit direkt gegen das fünfte Gebot. Das war es doch, was du hören wolltest, aber ..."

„Kannst du das beweisen?", wandte der Dekan misstrauisch ein.

„Wenn die Umstände es zulassen. Ich müsste einige meiner Kontakte nutzen und es bräuchte seine Zeit."

„So sei es. Solange du Desmond kein Leid zufügst, erhältst du Unterschlupf in meinem Dekanat, darfst dich aber nicht an der Oberfläche blicken lassen. Sobald du über einen Beweis verfügst, der einen direkten Zusammenhang vom Papst zu den Seraphim herstellt, können wir über mehr reden. Solltest du mich oder Desmond hintergehen, melde ich der Kurie, unter welchem Stein du dich verkrochen hast. Und glaub mir: In solchen Fällen gehe ich über meine eigene Leiche."

***

Innozenz XIV. kniete auf den Natursteinstufen im Inneren Heiligtum, neben ihm seine edel gefertigte Datenmappe. In einem äußerst aufwendigen Vorgang war Grenoir die Rettung des Memorykerns aus dem letzten Exemplar gelungen. Doch was dem Erzkardinal als so überaus erwähnenswert erschien, war für den Papst nichts weiter als eine lästige Randnotiz. Die einzige negative Eigenschaft, mit der sein Stellvertreter aufwartete: die dauernden, wenn auch geschickt versteckten, Tadel, was den sorglosen Umgang des Heiligen Vaters mit Mensch und Material anging. Verschmerzbar, wenn man den zu groß geratenen Ehrgeiz seiner Vorgänger in Rechnung zog.

Bevor Innozenz sich vor dem Bronzerahmen verbeugte, betrachtete er kurz die beiden Gegenstände auf den Gestellen zu seinen Seiten. Am Tag ihrer Fertigstellung war selbst der Vater stolz über das Maß an Perfektion gewesen, das Innozenz mit seinen Meisterstücken aus Ritualkunst und Handwerk erreicht hatte. Glückliche Erinnerungen ... Doch die Triumphe der

Vergangenheit konnten die Sorge der Gegenwart nicht aufwiegen. Der Papst hatte lange gebraucht, um sich mit den Nachrichten aus Ramoth-Gilead ins Innere Heiligtum zu trauen. Aber nachdem die Laube seines Gewächshauses drei Tage lang zu seiner Heimat geworden war, hatte auch der beruhigende Duft der Rosensträucher nicht mehr ausgereicht, um seine Seele einzulullen. Also hatte er sich in das Unvermeidliche gefügt und war ungeachtet des Befehls seines Herrn, ihn bei den Tätigkeiten an der Wilden Grenze auf keinen Fall zu stören, hierhergekommen.

Mit der Stirn auf dem groben Basalt vollzog er das Ritual der Fürbitte: „Vater! Dein Erster Diener bittet untertänigst um deine Gunst."

Der Herr würde ihn hören. Egal, wo auf diesem Planeten er sich gerade befand. Dennoch richtete Innozenz sich auf eine lange Wartezeit ein. So rasch würde Gott die Arbeit mit einem seiner so hoch geschätzten Agenten nicht abbrechen. Dennoch erfolgte die Antwort überraschend schnell.

„Du rufst mich von wichtigen Aufgaben fort, mein Sohn. Erkläre dich schleunigst oder leide lang."

Innozenz trocknete der Mund aus. „Vergib mir, Vater, aber vor drei Sonnenumläufen hat der Seraphim Illuminoel Kunde über einen ausgesprochen rätselhaften Todesfall an mein Ohr gebracht." Er kämpfte die Begegnung vor seinem geistigen Auge nieder. Weil er seinen Herrn nicht hatte erreichen können, war der Engel ohne Ankündigung in sein Büro geplatzt, auf dem Antlitz die groteske Parodie eines Lächelns und hinter sich einen Raum voll verstörter Stabsdiener. „Sechs Tage zuvor hat in der Grenzbastion Ramoth-Gilead einer deiner Krieger auf unnatürliche Art sein Leben ausgehaucht. Und niemand konnte die Umstände dieses Todes aufklären, weder der vom Obersten Templergeneral angeforderte Inquisitor noch Illuminoel selbst."

Schweigen. Dass der Fall dermaßen schnell die Befehlskette vom amtierenden Dekan bis zu einem Engel durchlaufen hatte, gab dem Herrn offenbar zu denken.

„Erzähl mir jede Einzelheit, die du über den entseelten Menschen in Erfahrung bringen konntest!" Der Herrscher über alles Leben kannte seinen ersten Diener gut genug, um zu wissen, dass der gründlich auf ein solches Verlangen vorbereitet war.

Innozenz hob die Stirn vom Boden und fuhr mit Fingerspitzen und Siegelring über das Schloss seiner Mappe. Dann las er laut vor: „Woodgate, Thompson. Geboren Anno Salvatio 403. Sohn von Falko und Amalia Woodgate. Geburtsgewicht: 3900 Gramm, Lebenstauglichkeit der Mindestnorm entsprechend, keine Auffälligkeiten im Entwicklungsverlauf ..." Und während er das unbedeutende Leben dieses Thompson Woodgate herunterleierte, stellte der Herr fest, ob die dazugehörige Seele bei ihm weilte.

Von Zeit zu Zeit schaute der Papst in den schlicht verzierten Bronzerahmen, aber egal wie lange er auch las, es wollte sich nichts Außergewöhnliches im glimmenden Blau tun. Irgendwann gingen ihm die Fakten aus und die Vermutungen, mit denen die sogenannten Augen des Herrn, die Überwachungsbeamten, solche Lücken füllten, ebenfalls. Eine geschlagene Stunde hatte er gebraucht, um Woodgates Schicksal in sämtlichen Details bis zur Gasse in Ramoth-Gilead auszubreiten. Keine Reaktion. Ihm schwante Übles.

„Woodgates Lebensessenz hat ihren Weg nicht in meinen Schoß gefunden. Ich spüre sie auch nirgends sonst im Land." So profan, wie diese Sätze auch durch den Schädel des Heiligen Vaters hallten: Es konnte nicht über ihre Folgenschwere hinwegtäuschen.

„Wie ist das möglich? Wie kann der Gehörnte hier wirken, ohne dass wir davon wissen?" Ihm gefiel gar nicht, wie nahe sein Tonfall einem Jammern kam, aber eine abhandengekommene Seele im Gelobten Land war gravierend. Es war wesentlich schlimmer als drei von der Sorte eines Veneno Fate.

„Satan selber kann nicht hier sein. Ich und die Seraphim würden es spüren, sobald mein Widersacher längere Zeit innerhalb des Landes verweilt. Vielleicht hat er einen seiner irdischen Vasallen gesandt."

Innozenz mochte nicht an die Folgen denken. Unter Umständen war die Schwächung der Exorzisten – aufgrund seiner Abneigung gegenüber Derroc – doch ein Fehler gewesen.

„Finde den Verantwortlichen. Ich will ihn an derselben Stelle knien sehen, an der du dich jetzt befindest, mein Sohn." Die Worte drückten noch schmerzhafter gegen Innozenz' Stirn als gerade noch der kalte Stein. Dann war die Präsenz des Herrn wieder verschwunden.

Noch nicht einmal eine Drohung ... Innozenz' Innerstes fühlte sich taub an. Wie sollte er etwas fertigbringen, das noch nicht einmal einem Seraphim gelungen war?

***

„Ihr beide werdet schon sehnsüchtig erwartet." Feierlich öffnete Nodrim Desmond und Fate die rostige Gittertür des Lifts am Wasserfall.

Sobald sie drin waren, betätigte Desmond den Hebel für die Fahrt nach oben. „Worum geht es denn? Wir waren doch nur ein paar Tage weg."

Nodrim wandte sich an Fate. „Seit Iskariot mitgekriegt hat, dass du einen Sitz bei den Dreizehn ergattert hast, vergeht kein Tag, an dem er nicht öffentlich einen vierzehnten Sitz für sich und uneingeschränktes Waffenrecht für seine Männer fordert."

„Und jetzt erhofft sich meine Anhängerschaft meine ordnende Hand", vermutete Fate und Desmond fiel auf, wie schnell er die Formulierung ‚meine Anhängerschaft' in sein Vokabular übernommen hatte.

Nodrim presste missmutig die Lippen aufeinander. „Ich habe mir alle Mühe gegeben, den alten Rauschebart im Zaum zu halten, aber langsam beginnt er, die Gemeinschaft hier ernsthaft zu spalten. Viele fürchten sich vor seiner Macht und dem großen Zuspruch, den er hinter sich vereint."

„War das nicht schon immer so?", warf Fate ein.

„Nicht in dem Ausmaß. Es ist nicht gerade so, als würden Iskariots Männer offen gegen die Regeln der Dreizehn verstoßen, trotzdem hat jeder den Eindruck, sie ständen über allen anderen." Er knurrte verdrossen und fuhr sich durch den wilden Bart. „Der andere Teil läuft zu ihm über, sonnt sich in Iskariots Macht und nutzt seine Position aus, wo er kann. Zum Glück leidet im Augenblick niemand Mangel, sonst hätte der Schweinepriester bestimmt noch mehr Zulauf." Er schenkte Desmond ein anerkennendes Kopfnicken und wartete auf Fates Reaktion.

Dessen Gesichtsausdruck wurde nachdenklich. Bis der Lift stoppte, blieb er still, dann sagte er: „Ich werde mich zunächst mit Bogdan austauschen und dann sehen, was sich in der Sache machen lässt."

„Was hat das denn mit mir zu tun?", wollte Desmond wissen, als sie durch das geschäftige Kavernendorf marschierten. „Es geht doch hoffentlich niemand davon aus, dass ich mich ebenfalls mit dem mächtigen Iskariot anlegen werde?"

Nodrim grinste. „Während ihr euch im heimeligen Nicopolis aufgehalten habt, hat dein Freund Jackdaw euer Abenteuer in Ramoth-Gilead unters Volk gestreut. Er hat es etwas ausgeschmückt, damit die Gerüchteküche die Geschichte schön hochkochen konnte. Jedes Mal, wenn sie von einem Ohr zum anderen geht, hört sich dein Kampf gegen die Babylonier heroischer an. Du machst unserem Superstar Fate langsam Konkurrenz." Damit klopfte er Desmond auf die Schulter.

„Daniel Jackdaw!", zürnte der. „Wenn ich dich erwische, hänge ich dich nackt zur Dezembermesse an die große Glocke. Wir hätten seine Hilfe bitter nötig gehabt. Aber der Kerl hat offensichtlich nichts Besseres zu tun, als mit abgeschaltetem Rufsender durch die Gegend zu laufen und den Leuten Lügenmärchen über mich aufzutischen."

„Oh, nicht doch. Jackdaw ist auf irgendeiner hochgeheimen Mission. Er wollte ums Verrecken nicht damit rausrücken, worum es geht. Geschäftsgeheimnis, meint er." Nodrim zwinkerte verschwörerisch. „Allerdings meinte er auch, du wüsstest schon, worum es sich handelt."

Innerlich stöhnte Desmond auf. Tabea! Daniel war wahrscheinlich gerade dabei, die Lage auszubaldowern. Oder er war deswegen schon auf dem Weg in eine hübsche, stickige Geißelzelle.

„Wir sind da", eröffnete Nodrim.

Desmond wollte seinen Augen nicht trauen. Vor seinem kleinen Häuschen hatte sich eine ansehnliche Menschentraube eingefunden. Und diesmal ohne Fates Zutun.

Bis eben hatten die Leute still auf dem Boden gehockt. Jetzt erhoben sich alle gleichzeitig, veranstalteten einen Riesenradau und streckten ihm die Arme entgegen. Eine der Frauen wurde von Nodrim in letzter Sekunde davon abgehalten, ihm direkt um den Hals zu fallen.

„Mein Name ist Medina Duntrow", versuchte sie den Lärm der anderen zu überbrüllen. „Der zukünftige Mann meiner Tochter ist in Nicopolis zurückgeblieben. Ich wollte das Licht bitten, ihn zu finden."

Ein Mann hinter ihr rief: „So was schafft der Priester des Lichts leicht. Er hat einen ganzen Zug Templer besiegt. Könnt ihr mir beibringen, wie man so kämpft, Vater?" Schnell bildete sich ein ganzer Chor aus Bittgesuchen und es wurde richtig laut.

Das Licht, dachte Desmond und hörte schon nicht mehr richtig hin. Nicht nur Daniel, auch der Professor hatte ganze Arbeit geleistet. Wie sollte er sich gegen den Blödsinn jetzt noch wehren?

Fate drängelte sich an den Ketzern vorbei. „Immer mit der Ruhe, Leute! Wir sind doch gerade erst von unserer letzten Mission aus Nicopolis zurückgekehrt. Aber ich darf euch verraten, dass es dem Widerstand dort gut geht und wir ihm entscheidend helfen konnten." Er winkte Desmond aufmunternd zu.

War das jetzt eine Lüge gewesen oder nur eine Überinterpretation der Fakten?

Nodrim deutete Desmonds Mienenspiel gleich richtig. „Du wirst noch weniger begeistert sein, wenn du erfährst, wer sich als Erster hier zum Warten eingefunden hat."

Wie aufs Stichwort drängelte sich jemand in einem verschmierten Mantel durchs Gewühl.

„Na endlich, Priesterlein", freute der dicke Eckart sich. „Das wurd' aber auch Zeit. Ich hab schon gedacht, deine saubere Bruderschaft hätte dich zu fassen gekriegt." Die abfälligen Bemerkungen, die er von den Umstehenden erntete, störten Eckart kein bisschen. Entschlossen packte er die Overallkapuze und wollte Desmond mitschleifen, doch der schlug seinen Arm weg.

„Loslassen! Iskariot hat jetzt vier Tage auf mich gewartet, da kommt es auf fünf weitere Minuten auch nicht mehr an. Ich werde erst meine Sachen wechseln."

„Mach dich bitte nicht wichtiger als du bist, Eckart", leistete Fate Schützenhilfe. „Desmond braucht noch einen Moment, dann sucht er deinen Herrn auf."

Eckart wich tatsächlich ein Stück von Desmond ab. „Mir ist es ehrlich gesagt ziemlich schnurz, wie lange Iskariot warten muss. Schließlich habe ich mir die ganze Zeit über hier den Hintern plattgesessen und meine Geduld war gestern schon zu Ende. Ich nehme Sorofraugh jetzt sofort mit!" Seine Hand zuckte wieder vor.

Desmond sah ihn drohend an.

Fate ignorierte Eckart. „Schau mich an!", sagte er zu Desmond, nahm dessen Kopf zwischen die Hände und strich mit den Daumen über seine Schläfen.

Desmond spürte einen Schauer auf der Kopfhaut.

„Alles klar?", fragte Fate.

„Ich fühl mich etwas wackelig. Das ist alles."

„Nun gut. Bring die Sache hinter dich. Was immer Iskariot von dir will, so schlimm kann es jetzt nicht mehr werden. Wir besprechen uns danach." Er ließ einen Klaps auf die Schulter folgen.

Finster sah Desmond Eckart an. „Ich kenne den Weg."

***

Auf zittrigen Beinen erklomm Desmond die Plattform vor Iskariots Höhle. Die zahlreichen Lichter hinter ihm zeigten, dass das Kavernendorf seit seinem letzten Besuch beträchtlich an Größe zugelegt hatte. Die Aussicht vor ihm hingegen war düster. Ohne die flackernden Kerzenstummel auf dem Altar im Vorraum hätte Desmond nie und nimmer erkannt, dass er bereits erwartet wurde. Iskariot hockte im Schneidersitz vor seiner verrammelten Tür und drehte ihm den Rücken zu. Bei dem Gedanken, welches Wesen sich wirklich hinter dem hünenhaften Rebellenführer verbarg, wäre Desmond die Leiter am liebsten sofort wieder hinuntergestürzt, aber er durfte sich unter keinen Umständen etwas anmerken lassen. Also riss er sich zusammen, betete, dass Iskariot seine Panik nicht schon spürte, und näherte sich behutsam über die klapperigen Bodenplatten. Dabei streckte er seine geistigen Fühler aus. Kaum verwunderlich: Der Dämon blieb im Heiligen Geist unwahrnehmbar. Er sprach Desmond erst an, als der direkt im Zugang zum Vorraum stand.

„Priester Desmond Sorofraugh. Der, den sie alle das Licht nennen."

„Was willst du?"

„Du hast lange gebraucht, damit dein Glanz in meine bescheidene Höhle fällt. Was hat dich aufgehalten?"

Desmond schluckte, bevor er antwortete: „Fate und ich hatten noch etwas zu erledigen."

„In Nicopolis, nicht wahr? Jedenfalls erzählt man sich das. Und? Hattet ihr Erfolg?"

„Wir sind an einem Stück zurückgekehrt. Für mich ist das Erfolg genug." Er verschränkte die zitternden Hände. „Willst du deine Ehrenschuld eintreiben oder worum geht es?"

In einer einzigen Bewegung, deren Gewandtheit sowohl im Gegensatz zu seinem massigen Körper als auch den beengten Platzverhältnissen stand, erhob sich Iskariot und drehte sich herum.

„Beantworte mir nur einige Fragen. Das wäre zunächst genug." Sein Klang wurde fordernder und gleichzeitig verlockender. Die fanatischen Augen schienen sich durch Desmonds Hirn bohren zu wollen. Er fühlte sich wie eine Ratte, die einer ausgehungerten Katze gegenüberstand.

Schmerz raste plötzlich durch seinen Kopf. Er wollte dem stechenden Blick ausweichen, doch Iskariot hielt sein Gesicht nun so dicht vor das von Desmond, dass er nicht mehr entkommen konnte.

Klang!

Es hörte sich an, als hätte jemand mit einem großen Holzhammer auf Desmonds Stirn eingeschlagen, nur dass es kein bisschen wehgetan hatte. Im Gegenteil, die Kopfschmerzen waren verschwunden.

Iskariot wirkte verwirrt, doch seine Brauen zogen sich sogleich wieder zusammen.

„Bleib ganz ruhig, Priesterlein." Mit der Kraft seines Willens lockte er Desmond noch näher heran.

Der wusste kaum, wie ihm geschah. Die Kopfschmerzen brandeten wieder auf und diesmal verlor er sich im fanatischen Glanz von Iskariots Augen völlig. Sie waren alles, was noch existierte. Er driftete immer weiter ...

Nein! Was immer der Dämon mit ihm vorhatte, er konnte es nicht zulassen. Er tat einen Schritt nach hinten auf die Plattform, weg vom Sog dieses Blickes.

Klang!

Das waren nicht die lockeren Bleche. Das Geräusch hatte wieder in seinem Kopf stattgefunden. Desmonds Blick klärte sich, während sich Iskariots Miene in eine wütende Fratze verwandelte. Als Desmond probierte, ein paar weitere Schritte nach hinten zu weichen, packte Iskariot seine Schultern. Für eine Sekunde hatte er das Gefühl, er würde mit heißen, wahnsinnigen Augen auf sich selbst schauen.

Klang!

Iskariots Pranken gaben ihn frei und beide taumelte ein Stück voneinander weg.

Der Menschdämon bebte. Er stampfte auf, dass die ganze Plattform schepperte. Desmond suchte reflexartig nach einem Halt. Doch weder stürzte die Plattform ein, noch fielen einzelne Stücke davon in die Tiefe. Zwischen schwarzem Bart und weißen Zähnen drang nur ein zorniges Knurren hervor. Dann beruhigte Iskariot sich schlagartig, auch wenn seine Züge weiterhin bedrohlich wirkten.

„Geh mir aus den Augen, Mensch!", zischte er. „Fürs Erste bist du nicht mehr von Nutzen. Wenn ich dich wieder brauche, lasse ich nach dir schicken. Aber dann erscheinst du gefälligst sofort!"

Verstört, wie er war, versäumte Desmond es, irgendeine Antwort zu geben. So rasch die losen Bleche es zuließen, floh er zur Leiter. Und trotz sehr, sehr weicher Knie hätte sein Abstieg jedem Felsaffen zur Ehre gereicht.

***

„Nun wissen wir also, dass Iskariot des Seelenlesens mächtig ist. Denn nichts anderes hat er bei dir versucht", schloss Fate.

„Ist das so verwunderlich? Ich dachte, das könnten alle Dämonen."

Desmond bemerkte, dass neben Bogdans Geruch auch viele der ursprünglichen Einrichtungsgegenstände aus dessen Hütte verschwunden waren. An ihrer Stelle standen nun dürre, menschenähnliche Skulpturen mit verschobenen Proportionen herum.

„Eine Menge von ihnen, doch längst nicht alle. Ihre Fähigkeiten variieren, bei einigen wenigen ändern sie sich sogar im Laufe der Jahrhunderte." Fate ließ den letzten Schnappverschluss zwischen Rückenteil und Brustschale seiner Toledo-Tarnrüstung einrasten und stand jetzt in voller Montur vor Desmond. Warum die Babylonier ein Herz mit einem Schlangensymbol auf die linke Brustplatte geprägt hatten, würde wohl für immer ihr Geheimnis bleiben.

„Woher weißt du so viel darüber?"

„Geschichten und Legenden. Aufgeschrieben und durch die Jahrtausende von Generation zu Generation weitergegeben. Wenn du möchtest, kann ich sie dir irgendwann beibringen."

„Mein Bedarf an Lügenmärchen ist gedeckt."

„Hm. Aus dem Mund eines Mannes, der an die Bibel glaubt, klingt das für mich ein wenig eigenartig. Es täte dir ganz gut, mal deinen Horizont zu erweitern. Seine Feinde sollte man immer besser kennen als seine Freunde. Schon mal gehört?"

„Mein Onkel sagt mir dergleichen ständig."

„Der Dekan ist ein kluger Mann. Und wenn man seinem Feind einmal ins Gesicht gesehen hat, stellt man meistens fest, dass er einem selbst gar nicht so unähnlich ist."

„Hilft uns das Philosophieren dabei, Iskariot zu eliminieren?"

„Vielleicht." Fate setzte sich etwas umständlich. Unter dem Zusatzgewicht der Rüstung ächzte der angeschlagene Sessel vernehmlich. Er justierte die Kniegelenke. „Nun gut. Lass uns überlegen. Der Dämon reist also im Schutz der Magnadolie durchs Gelobte Land. Gewalt und das Säen von Missgunst sind seine beliebtesten Mittel. Wir können nicht genau sagen, welche Talente er beherrscht und welche Ziele er verfolgt. Wir wissen, dass er seine Gestalt wechselt, fliegen kann und seit gerade eben, dass er geistigen Einfluss auf die psychisch Schwachen nehmen kann. Und dass er das bei dir nicht schafft. Wenn wir Glück haben, hält ihn dieser Umstand so lange im Zaum, bis wir einen Plan haben, ihn zu überwältigen."

„Sollte ihm das nicht egal sein, ob er mich lesen kann?"

„Alles, was Dämonen nicht beherrschen können, macht sie unsicher. Solange du für ihn eine Unbekannte in der Gleichung bleibst, wird er seine Pläne, welche auch immer das sein mögen, nicht in die Tat umsetzen. Doch richte dich darauf ein, dass du beobachtet wirst."

„Im Unterschlupf schaut mir doch sowieso jeder hinterher."

„Dann pass umso genauer auf, ob Anhänger von Iskariot darunter sind. Wir müssen überaus vorsichtig sein. Sobald ihr Herr merkt, dass er enttarnt ist, hinterlässt er hier nur noch verbrannte Erde. Achte auf alles. Aber diskret."

„Dazu fällt mir ein: Was hast du eigentlich mit mir angestellt, bevor mich Eckart wegbringen wollte?"

„Damit du nicht mit nacktem Hintern vor dem Dämon aufkreuzen musstest, habe ich die volle Stärke deiner Abwehrbarriere ausgelöst."

„Von außen? So wie auf dem überfüllten Platz in Nicopolis?"

Fate zeigte sein Dreiecksgrinsen. „Ein paar Kniffe habe ich noch drauf."

„Hoffentlich helfen uns die auch bei Iskariot."

Fate beendete seine Justierung und aktivierte die Geräuschdämpfung der Servogelenke. Als er sich wieder aus dem Sessel erhob, klackerten die beweglichen Teile der Rüstung nur noch leise.

„Irgendwann werde ich dir beibringen, wie so etwas geht, aber zunächst musst du lernen, deine geistige Abwehr, die Schattengedanken, wie ich sie nenne, richtig zu beherrschen."

„Ich war der Ansicht, dass mir dies dank Sevarins unschätzbarer Anleitung bereits gelungen sei."

„Du vermagst jetzt andere Gedanken aus den deinen herauszuhalten. Den Seelenhunger hast du auch im Griff. Und du kannst verhindern, dass dich jemand gegen deinen Willen liest, aber genau wie der Dämon wird auch jeder Seraphim sofort erkennen, dass du etwas verbirgst. Und eins ist so sicher wie das Amen nach dem Komplet: Was die Seraphim nicht ergründen können, das holt die Inquisition gewiss aus dir heraus. Dir fehlt noch das Talent, bestimmte Gedanken unsichtbar zu machen, während andere lesbar bleiben."

„Habe ich je irgendwann genug in einer Disziplin des Heiligen Geistes gelernt?"

„Es wird immer einen geben, der es besser kann als du. Was du dir allerdings unbedingt aneignen solltest, wäre ein eleganterer Kampfstil."

Mit diesen Worten ließ er sich zu Boden fallen und holte Desmond mit einem hinterhältigen Fußfeger von den Beinen.

Während er vorgab, auf der Dorfbaustelle auszuhelfen, schielte Papa Vocola wieder dem Schwarzrock Sorofraugh hinterher. Der bewegte sich einmal mit Fate durch den Unterschlupf und dann wieder mit seinem Kumpel Jackdaw zur Oberfläche. Und immer hatten sie einen von Vocolas Jungs im Nacken, meistens ohne es zu merken. So wie auch jetzt.

„Nun? Was hecken unsere ‚Freunde' aus?"

Vocola wäre fast der Geröllspalter aus der Hand gefallen. Wie konnte sich ein Mann von der Größe Iskariots nur immer so an ihn heranschleichen?

„Seit zwei Wochen dasselbe", antwortete er, um Fassung bemüht. „Sie trainieren den Waschlappen. Fate führt endlose Sparringskämpfe mit ihm durch, Nodrim zeigt ihm neue Waffen und Jackdaw übt Leveldiving mit ihm. Und dauernd besorgen sie irgendwelche Sachen. Ich vermute, die planen etwas Großes, und das geht sicherlich sehr bald über die Bühne. Vielleicht schon morgen, aber spätestens in den nächsten sieben Tagen. So lange hat Nodrim sich vom Plan in der Waffenkammer streichen lassen."

„Wo wird es geschehen?"

„Meine Leute haben Jackdaw, Nodrim und Sorofraugh mehrmals im Tofet Sektor in der Nähe des Spitals verloren. Wenn ich nur wüsste, was für einen Sinn das hat, würde ich vermuten, dass sie etwas im oder am St. Luca vorhaben. "

„Gut, das deckt sich mit meinen Beobachtungen. Dann haltet euch bereit. Unsere Vorbereitungen sind so gut wie abgeschlossen."

„Was haben die Moultrew-Schwestern denn rausfinden können?"

„Sissanda ist auf den Professor angesetzt. Mehr brauchst du nicht zu wissen." Damit verschwand Iskariot so schnell, wie er gekommen war.

„Auf den Professor angesetzt?", dachte Vocola und grinste in sich hinein. Die trockenen Zicken hätten es vielleicht mal mit Televids versuchen sollen, so wie seine Jungs.

***

Eine knappe Woche später saß Dekan Sorofraugh in der Mitte seiner abgedunkelten Kommandohalle und betete stumm um alles Glück, das er bekommen konnte. Auch wenn es niemand aus der chronisch unterbesetzten Morgenschicht zu seinen Füßen ahnte, konnte man dies als erste Guerillaaktion der Stillen Bruderschaft bezeichnen. Das Ganze würde zwar nicht auf gegnerischem Territorium, sondern in seinem eigenen Dekanat stattfinden, doch heute arbeiteten Ketzer und Priester zum ersten Mal Hand in Hand, verfolgten gemeinsame Ziele. Daniel würde seine Tabea befreien und Dekan Sorofraugh wurde mit dem Generaloberen Michaelis jemanden los, der neben seiner Systemtreue besorgniserregend viele Kontakte zu Rivalen aus benachbarten Dekanaten pflegte ...

Vorausgesetzt, sie meisterten diese erste gemeinsame Prüfung.

Der Dekan blickte zu den Projektionen im Kuppeldach. In unzähligen Fenstern konnte man alle aktuellen Einsätze seiner Priesterschaft und die dazugehörigen Werteskalen verfolgen. Zwar sortierten die Stabsdiener direkt unter dem Steg, auf dem sein Präfektensitz montiert war, diese Informationen via Monitor vor, dennoch blieb der Datenwust beachtlich. Ephraim Sorofraugh hatte auch nach jahrelanger Erfahrung noch Schwierigkeiten, das Wesentliche zu erfassen. So zog er seine Datenmappe aus der Armlehne und ließ die Bilderflut in ein übersichtlicheres Format übertragen.

Gut. Das einzig Ungewöhnliche am heutigen Tag waren die Diebstähle von sechs privaten Luftfahrzeugen. Bedachte man, wie schwer es war, die privilegienintensiven Gleiter zu benutzen, ohne über die Retinamuster ihrer Besitzer zu verfügen, war das in der Tat bemerkenswert.

Für Dekan Sorofraugh bedeutete es bloß, dass alles nach Plan lief. Ein weiteres Mal bat er den Vater im Himmel und seinen Sohn Jesus darum, dass dies so bliebe.

***

Es war so weit. Desmond hatte seine Ausrüstung unter einem Umhang und einer Schicht warmer Kleidung verborgen. Bei den Temperaturen, die seit zwei Tagen herrschten, würde das nicht auffallen. Seinem Kater sandte er durch den Geist einen Abschiedsgruß, der damit beantwortet wurde, dass Fandango sich durch die nächste Fensteröffnung absetzte. Dann wollte Desmond zur Tür und wäre fast in Iskariot hineingerannt.

„Wohin des Weges, Gottesmann?"

Desmond fühlte sich wie nach einem Schlag in den Magen. Er nahm allen Mut zusammen und gab zurück: „Meine Angelegenheiten gehen dich nichts an, Iskariot. Mach den Weg frei."

Doch der Hüne zeigte einen Gesichtsausdruck, als wüsste er die Antwort auf seine Frage bereits, und wich keinen Schritt. „Betrachte es als Zeichen meines guten Willens, dass ich zu dir gekommen bin, anstatt nach dir schicken zu lassen. Ich glaube, wir sollten noch mal von vorne anfangen. Unser Start hier unten stand unter keinem guten Stern. Mein Temperament und mein Verfolgungswahn stehen mir manchmal im Weg, gerade wenn ich mit Priestern zu tun habe. Allerdings bist du anders, nicht wahr?" Er lächelte tatsächlich.

Worauf wollte der Dämon hinaus? Inständig betete Desmond darum, dass Iskariot zum Punkt kam, denn ihnen lief die Zeit davon.

„Möchtest du heilen können, Sorofraugh?", fuhr er endlich fort. „Oder dir Menschen unterwerfen und sie zu deinen Dienern machen? Und ich rede hier nicht von einzelnen Personen, sondern von vielen Hunderten."

„Das klingt verheißungsvoll", antwortete Desmond vorsichtig.

„Du musst mich nur als deinen neuen Meister akzeptieren und deine Ehrschuld bei mir begleichen. Dann werde ich dir Dinge zeigen, die einem katholischen Priester im Heiligen Geist sonst verborgen bleiben. Viel mächtigere Rituale als dieser Möchtegernprophet, dem du jetzt hinterherläufst."

„Was verlangst du dafür? Wie soll ich meine Schuld bei dir begleichen?"

„Töte Fate!"

Mit allem hatte Desmond gerechnet, aber nicht damit. „Wie bitte? Wie soll ich das anstellen? Ganz abgesehen davon, dass er und ich Waffenbrüder sind, reden wir hier über den mächtigen Veneno Fate. Er bildet mich im Heiligen Geist aus."

„Dein Potenzial ist so viel größer, als du ahnst, und Fate hinterlässt überall nur Chaos und Vernichtung. Du kannst froh sein, wenn du ihn los bist."

Desmond setzte zum Sprechen an, zögerte und wusste dann doch nicht, was er sagen sollte.

„Du hast achtundvierzig Stunden. Entscheide dich richtig. Andernfalls mache ich dir das Leben hier zur Hölle. Und jetzt darfst du gehen." Der Dämon gab den Ausgang frei.

Blitzten da spitze Zähne in seinem Lächeln? Desmond musste sich zusammenreißen, um nicht an Iskariot vorbei nach draußen zu stolpern.

Heilige Mutter Gottes! Auch wenn er den Zeitplan damit wahrscheinlich endgültig zunichtemachte, musste er jetzt sofort zu Veneno Fate.

***

Schwester Maria Tabea aus der Gemeinschaft des Heiligen Lukas, zurzeit ausgeschlossen von der Bruderschaft des Lazarus, hockte in ihrer trostlosen Isolierzelle. Die Fensterscharte zeichnete einen scharfen Strich Morgensonne auf ihr langes braunes Haar. Für heute war ihr das Ritual des Scherens angedroht worden, wenn sie nicht endlich die ihr zur Last gelegten Sünden bekannte.

Aber alles, was sie wollte, war, sich vor ihren Bannaugen, von denen sicherlich einer am Überwachungsmonitor saß und nach altem Schweiß roch, keine Blöße zu geben. Deswegen saß sie mit dem Gesicht zur Wand. Die Tränen, die sie wegen Daniel vergoss, sollten ihr ganz allein gehören und die paar zusätzlichen Flecken fielen auf dem schlichten weißen Büßerkleid ohnehin nicht mehr auf. Genau wie ihrer Trauer ließ sie auch ihrer Wut innerlich freien Lauf. Denn Wut war das Einzige, was hier drin noch verhinderte, dass Tabea der Verzweiflung völlig anheimfiel.

Abermals musste sie an Schwester Ruth denken. An sie und Meisterheiler Baruch. Am Grunde der siebten Hölle sollten die beiden Verräter schmoren. Wenn Ruth wenigstens versucht hätte, Tabea mit eigener Leistung aus ihrer Stellung zu vertreiben. Aber Ruth war schon immer faul gewesen.

Und das war Daniels großes Glück. Hätten Baruch und Ruth Tabea tatsächlich bespitzelt, würde er sich jetzt schon, wahrscheinlich wahnsinnig vor Schmerzen, auf einem Nozizeptorstimulatoren winden. Aber Baruch und Ruth hatten aus den Ungereimtheiten in ihrem Tagesablauf lediglich ein Lügengespinst ersonnen, das den Generaloberen des St. Luca davon überzeugen sollte, Tabea und der Prävalentheiler ihrer Station unterhielten ein Verhältnis. Mit Erfolg. So wurde nicht nur Tabeas Position an der Seite des Obersten Trankmischers frei, gleichzeitig wurde auch die Beförderung von Meisterheiler Baruch möglich.

Verdammt ...

Ja, vor Gott, ihrem Herrn, musste sie es gestehen: In ihren Träumen hatte sie das Keuschheitsgebot mehr als einmal gebrochen. Aber auf keine andere Weise. Deswegen vor ein Investigationskomitee zu treten, einem Haufen alter eingetrockneter Männer ihre intimsten und wunderbarsten Gefühle offenzulegen und sie dann darum anzubetteln, ihr diese „Abnormitäten" auszutreiben ... diese Besudelung ihrer Liebe stünde niemals zur Debatte.

Die Riegelzylinder der Zellentür pfiffen gepresst, als sie in die Türeinfassung fuhren. Noch einmal strich Maria Tabea sich mit den Fingern durchs Haar, für das sie sich schon immer sehr nah an der Sünde der Eitelkeit bewegt hatte. Sie würde es vermissen. Wie so vieles andere auch.

„Erhebe dich, Schwester! Generaloberer Michaelis schickt nach dir."

Der Generalobere? Warum wollte Michaelis sie vorher noch sehen? Das war unüblich. Sie ließ von ihrem Vorhaben, sich zum

Scheren schleppen zu lassen, ab, stemmte sich an der Wand hoch und drehte sich um.

In der Zelle standen ihre beiden verhassten Überwacher mit den Bannaugen auf den weißen Stolen und hielten ihr ein Zwingrohr hin. Bei dem Gedanken, wie das kühle Metall ihre Haut berührte, stellten sich Tabeas Härchen schon im Vorhinein auf, dennoch streckte sie ihnen die Unterarme entgegen.

Ihre Neugier wurde auf keine harte Probe gestellt. Ohne Umwege beförderten die Bannaugen sie ins Büro des Gnädigen Vaters Michaelis und bedachten sie dabei mit Blicken, die ihr dünnes Büßerkleid unsichtbar werden ließ.

Der Generalobere des St. Luca galt als ein fokussierter Mann und die anspruchslos helle Einrichtung seines Büros untermauerte diesen Ruf. Hier lenkte nichts von seinen weitreichenden Aufgaben ab, keine Dekorationen, keine Bilder. Das Bunteste an den Wänden waren einige Bildschirme mit komplizierten anatomischen Studien. Der großflächige Schreibtisch war ebenso farblos wie der Bodenbelag und Michaelis selbst. Das Symbol des Heiligen Lazarus auf seiner Brust stach ins Auge wie ein Blutfleck. Steif thronte er in seinem großen Gelenkstuhl, als wolle er dessen ergonomische Formen ad absurdum führten.

„Nehmt ihr den Zwinger ab", befahl er. Danach schickte er die beiden Bannaugen in den Hintergrund. Alle Falten, die eben noch auf seiner Stirn zu sehen gewesen waren, glätteten sich.

„Trankschwester Maria Tabea. Es tut mir immer im Herzen weh, wenn ich eins meiner Schäfchen so sehen muss." Eine Pause entstand, in der er sie von Kopf bis Fuß taxierte.

Tabea schöpfte neue Hoffnung. Sie war mit vollem Titel angesprochen worden. Ein gutes Zeichen.

Michaelis fuhr fort: „Wir alle geraten dann und wann von Gottes Wegen ab und ich wäre der Letzte, der das nicht versteht. Deswegen lasse ich meinen Schutzbefohlenen bis zuletzt alle Wege offen. Aber Sühne ist in den meisten Fällen unabdingbar und vor der Vergebung steht immer Reue." Er nahm seine goldene

Brille vom Tisch und setzte sie elegant mit einer Hand auf die Nase.

Da Tabea noch nicht dazu aufgefordert worden war, zu sprechen, erging sie sich, wie es von einer schicklichen Ordensschwester erwartet wurde, in Schweigen. Der kalte Boden brachte ihre Beine zum Zittern, doch sie unterdrückte es.

Während er ihre Datei auf dem im Tisch eingelassenen Display überflog, schüttelte Michaelis immer wieder den Kopf. Tabeas kleine Hoffnung siechte langsam wieder dahin.

„In allen Belangen wurde dir entgegengekommen, Schwester. Aber nichts hat dich veranlasst, deine Missetaten zu bekennen." Das alte, aber durchaus freundliche Gesicht wandte sich ihr wieder zu. „Keiner meiner Heiler ist je in den Türmen der Wahrheit und der Tugend gelandet. Das wird auch nie geschehen – jedenfalls nicht, solange ich in diesem Stuhl hier sitze. Aber missverstehe solche Güte nicht als Schwäche, mein Kind. Wenn du bei deiner uneinsichtigen Haltung bleibst, werde ich dich am Ende fortschicken müssen."

Den Namen Dyerhatch musste er nicht erwähnen. Tabea wusste auch so, dass sie sich spätestens in drei Wochen in den Isolierzellen eines der dortigen Hochkeuschheitskonvente befinden würde.

Michaelis nahm den Faden wieder auf. „Da unsere Mittel versagt haben, hörst du vielleicht auf die Stimme der Menschlichkeit und Vernunft, wenn sie aus dem Munde eines guten Freundes spricht, eines Freundes, dem sowohl ich als auch Dekan Sorofraugh sehr vertrauen. Aus diesem Grund möchte ich, dass du Folgendes liest, bevor ich deine Haare heute der Klinge der Scherschwester überantworte!"

Sie wurde nach vorne geschoben und Michaelis händigte ihr ein Papier aus, das zusammengelegt auf seinem Schreibtisch geruht hatte. Weil ihre Finger von der Kälte und dem Zwingrohr steif geworden waren, fiel es Tabea schwer, es zu entfalten. Noch aufgeregter wurde sie, als sie die Schrift erkannte. Eine Nachricht von Daniel! Sogar echtes Papier hatte der Angeber dafür benutzt. Wie sehr musste sie sich bemühen, um nicht in Tränen oder Gelächter auszubrechen.

„Sehr verehrte Schwester Maria Tabea", stand dort geschrieben. „Mit großer Bestürzung habe ich von Ihrem Schicksal erfahren. Da mir an unserer gemeinsamen Arbeit für die Bruderschaft des Lazarus immer viel lag und ich von Ihren beträchtlichen Fachkenntnissen sehr eingenommen war, bleibt mir nichts mehr übrig, als Ihnen alles erdenklich Gute zu wünschen.

Vergessen Sie nie: Gott ist auch Vergebung. In aller Aufrichtigkeit möchte ich Ihnen raten, jede der Ihnen zur Last gelegten Verfehlungen auf dem vorgesehenen Weg einzugestehen und reuevoll in die Gemeinschaft der Katholischen Kirche zurückzukehren. Alles andere wäre eine sträfliche Verschwendung von Talent.

Möge der Herr Ihnen mit seiner Weisheit zur Seite stehen.

Zutiefst davon überzeugt, dass Sie das Richtige tun werden, Commander Daniel Jackdaw."

Tabeas Herz hämmerte wild in der Brust. Das Zittern ihrer Finger konnte sie beim Zurückgeben des Blattes nicht verbergen.

„Ich möchte mit einer Beichtschwester sprechen", sagte sie mit belegter Stimme.

Obwohl er ihr kein Recht zum Reden eingeräumt hatte, überging der Generalobere diesen milden Verstoß gegen das Verhaltensprotokoll, lächelte erleichtert und gewährte Tabea das letzte Recht einer ausgestoßenen Schwester.

***

„Der gesamte fünfundzwanzigste Stock?", fragte Daniel in die Sprechanlage seines Schreibtisches.

Eine verfremdete weibliche Stimme gab zurück: „Genau so hat es Meisterheiler Levi formuliert, Commander Jackdaw. Er verlangt, dass Sie umgehend jemanden schicken."

„Selbstverständlich werde ich mich persönlich darum kümmern. So circa in einer halben Stunde kann ich bei Ihnen sein." Daniel hatte die Beine entspannt zwischen das Chaos aus Maschinenteilen und Datenmappen auf den Tisch gelegt und täuschte Nervosität vor. „Drücken Sie dem gnädigen Vater Levi bitte mein Bedauern über den Vorfall aus! Und Gott zum Gruß."

„Ich werde es weiterleiten. In fünf Minuten verfügen Sie über eine Flugfreigabe. Amen."

Die Verbindung wurde unterbrochen, bevor Daniel sein „Amen" nachschieben konnte.

„Diese Ordensschwestern haben es noch eiliger als jeder Priester", sagte er zu sich und drückte den Knopf fürs Vorzimmer. „Judith?"

„Was kann ich für Sie tun, Daniel?"

„Holen Sie doch bitte so in sieben Minuten eine Flugfreigabe zum St. Luca für mich ein."

„Wie Sie wünschen." Die Sprechanlage verstummte.

Daniel überflog noch einmal die Spielergebnisse der Smiteballspiele vom Wochenende. Startvorbereitungen brauchte er keine zu veranlassen. Wenn er aus den beiden rechteckigen Panoramafenstern in den Hangar der SecularSecurity schaute, sah er seinen Blizzardflitzer mit bereits angewärmten Turbinen auf der Parkplattform stehen.

***

„Der Priester hat Bogdans Hütte gerade verlassen", riss das vor Kurzem entwendete und von den Moultrew-Schwestern modifizierte Comphone jenes Wesen, das sich Iskariot nannte, aus der Meditation.

„Was ist mit Fate?"

„Einen Moment ..."

Während es auf eine Antwort wartete, betrachtete es den aus Magie und Fels geformten Thron. Auf ihm würde es sich wahrscheinlich schon sehr bald unten in der Kaverne von den

Ketzern anbeten lassen. Gerade erst gestern hatte es das Talent für die Manipulation von Stein einem begabten Hexer geraubt und heute schon …

Das Comphone regte sich wieder.

„Der falsche Prophet folgt ihm jetzt gemeinsam mit seinem Leibwächter an die Oberfläche. Er hat diese schwarze Rüstung angezogen und seinen Bogen in der Hand."

„Sehr gut, Eckart. Gebt Sissanda Bescheid. Es fängt an."

Erst begannen seine Augen zu glimmen, dann zu leuchten und schließlich tauchten sie seine gesamte Höhle in feuergelbes Licht. Dazu lachte das Wesen kehlig. Fate würde fliehen und nicht mehr zurückkehren. Da war es sich nun sicher. Jetzt musste es sich nur noch diesen Priester schnappen, dann würde es dessen Meister über kurz oder lang auch irgendwann erwischen und danach, nach einer wahren Ewigkeit, würde der Sieg endlich ihm gehören.

***

Nodrim hakte die Bremse an der Lenkgabel ein und deaktivierte den klotzigen Reinigungsautomaten per Todschalter vollständig. Dieses Ding hatte mehr vermurkste Schaltkreise als eine Kavernenratte Flöhe im Pelz. Als er die schwärzliche Brühe sah, die sich von dem Gerät in den Korridor des kleinen Konvents der Heiligen Fabiola, Schutzheilige der Beichtschwestern von New Bethlehem, ergoss, fluchte er leise. Das Ding machte heute schon zum dritten Mal Mucken. Warum hatte ausgerechnet er diesen Teil der Mission übernehmen müssen? Warum nicht Tenges? Er wäre viel lieber draußen gewesen, wo die Action passierte.

Brummend ging er neben den gummierten Gliedern der vorderen Antriebskette in die Hocke. Seine Hand verschwand bis zum Gelenk zwischen den Wischlippen, schaffte ein schleimiges Knäuel Schlickfäden ans Tageslicht und er warf es in den Depotbehälter für feuchten Unrat. Wie eine direkte Reaktion darauf erklang aus dem Motor ein kräftiges Klopfen. Und obwohl Nodrim praktisch den gesamten Morgen darauf gewartet hatte, erschrak er fast zu Tode. Dies war ausnahmsweise keine Fehlfunktion der Maschine. Er wischte die Hand am blauen Overall sauber, dann schlug er zweimal gegen die Seitenverkleidung.

Danach löschte er mit der Fernsteuerung am Gürtel noch rasch sein Zusammenzucken aus der Aufzeichnung der Überwachungskameras und schaltete die Looper auf Endlosschleife. Die an den Kameras angebrachten Störer würden nun ein Bild liefern, wie Nodrim im Korridor arbeitete, seinen Automaten wartete und dann dienstbeflissen weiterbohrte. Wie viel Zeit Jackdaws Erfindung ihm bringen würde, wusste er nicht genau. Aber eins war klar: Je zügiger sie ihr Ding durchzogen, desto geringer war die Wahrscheinlichkeit, dass es auffiel.

Sofort entfernte er mittels Dynamoschrauber die Abdeckung über dem Frischwassertank und Calla rollte heraus. An ihr Ohr war einer von Jackdaws Rufsendern geklippt.

„Wie geplant wurde Schwester Abatha angefordert. Wir müssen ein Stockwerk hoch. Fünfte Tür links", klärte sie Nodrim auf, indem sie sich kurz in alle Richtungen streckte. „Hey! Hast du dich für den Job etwa rasiert?"

Nodrim fuhr sich über die Stoppeln am Kinn und meinte: „Was man als Profi nicht alles machen muss, um nicht erkannt zu werden."

Sie lachte leise. „Steht dir."

Nodrim brummte ein zweites Mal, klappte das Fach, in dem gerade noch der Feuchtabfall verschwunden war, nach oben und schnappte sich ein zerschrammtes Köfferchen. „Kann losgehen!"

Sie eilten durch das kamerafreie Treppenhaus nach oben. Da wegen der Ausrichtung einer Adventsfeier in der St. George nur noch die Bereitschaftsschwestern anwesend waren, blieb das Risiko einer Entdeckung äußerst gering. Nodrim stellte fest, dass es durchaus von Vorteil war, einen Dekan seinen Verbündeten zu nennen.

Im Gang des nächsten Stockwerks betätigte er einen weiteren Knopf an seiner Gürtelschnalle. Der zweite Satz Looper täuschte den Kameras in Sektion 27 C nun einen leeren Korridor vor. Er und Calla konnten sich in Ruhe links und rechts neben der Tür von Wohnzelle 276 postieren. Hier wohnte Schwester Maria Abatha.

Nodrims Atem ging schwer. Hatten sie es rechtzeitig geschafft? Die zwei Minuten, die die Beichtnonne brauchte, bis sie letztendlich aus ihrer Zelle trat, zogen sich so zäh wie zwei Stunden und er hätte um ein Haar seinen Einsatz verpasst.

Während Callas Arm an den Hals der überraschten Ordensschwester schoss, riss er ihr die schwarz-weiße Kombination aus Schleier und Haube herunter.

Den Mund zu einem lautlosen Schrei geöffnet und mit verdrehten Pupillen fiel Schwester Abatha in seine Arme und ihre schwarze Tasche von ihrer Schulter.

Calla steckte den Druckinjektor, Heiler Maltravers' Beitrag zur Mission, wieder ein. Dann schleppten sie den erschlafften Körper, die Tasche und die typische Kopfbedeckung der Nonne zurück in die karge Wohnzelle. Dort wurde ihr Opfer ausgezogen und während Calla den schwarzen bodenlangen Habit anlegte, klaubte Nodrim Marlo Tenges' Ausrüstungspaket aus dem zerschrammten Köfferchen. Als Erstes kümmerte er sich um die Identifikationskarte.

Da Calla und die Beichtschwester sich, bis auf die strengeren Züge der Nonne, sehr ähnelten, war deren Manipulation der leichtere Teil der Arbeit. Das persönliche Kreuz auf Callas biometrische Daten abzustimmen war hingegen eine kleine programmiertechnische Meisterleistung, die Nodrim nur dank Tenges' Hilfsmittel hinbekam.

In der Zwischenzeit hatte Calla das Nonnengewand vollständig angelegt.

„Halte dich etwas unterwürfiger und nicht rennen! Angemessen schreiten!", spickte Nodrim sie mit guten Ratschlägen, als er ihr das Messingkreuz überreichte. „Nicht vergessen: Beim Sprechen immer so aufgeblasen tun wie eine von diesen heiligen Eulen."

„Ja ja. Desmond hat mit mir in der letzten Woche genug geübt. Sieh lieber zu, dass du fertig wirst."

Vor der weißen Wand der Nasszelle lichtete Nodrim Calla noch schnell ab, dann waren alle nötigen Änderungen der ID fertiggestellt.

„Du schaffst das schon." Er zog die Falten des Nonnengewands glatt, rieb die eine oder andere Staubflocke fort und dann war Calla mit der Tasche über ihrer Schulter verschwunden.

Obwohl Beichtschwester Abatha das Bewusstsein bestimmt nicht vor morgen früh wieder erlangen würde, fesselte Nodrim ihre Arme und Beine und legte sie so bequem wie möglich auf eine der harten Pritschen, die die Frauen hier Betten nannten..

Dann atmete er noch einmal tief durch, drückte sich zur Tür hinaus und begann sogleich damit, die Looper wieder von den Kameras zu pflücken. Er wollte diesem Pinguinverschlag so zügig es ging entkommen.

***

Es hatte den Anschein, als würde Dekan Sorofraughs Aufmerksamkeit ganz und gar zwei Sündengriffen in den Getsemani Hills gelten. In Wahrheit schielte er am Display seiner Datenmappe vorbei. Und während er sich im bunten Licht der Ablaufbestätigungen und Verhaftungen immer wieder über die Lippen strich, achtete er viel mehr auf zwei kleine Textkolumnen am unteren Rand der großen Kuppel.

Das St. Luca hatte bei den Bistumsbeamten eine Flugbewilligung für SecularSecurity eingeholt. Bruder Jonas würde gleich die Beichtschwester Maria Abatha aus dem Dekanat St. Serena eskortieren. Noch lief alles wie am Schnürchen. Noch.

Dekan Sorofraugh spürte die Elfenbeinperlen seines Rosenkranzes in der Hand, konnte sich aber gar nicht daran entsinnen, sie vom Bauchwickel gelöst zu haben.

***

Was für ein Arschwisch!

Während Calla vorbei an gelöschten Frachtern, leeren Lazarusgleitern und Heilerpersonal in Weiß und Taubenblau das Personaldeck überquerte, fluchte sie in sich hinein.

War sie vorher ihrer Rolle schon unsicher gewesen, dieser pustelübersäte Priester hatte sie völlig aus dem Konzept gebracht. Den gesamten Flug über dieses zotige Grinsen. Alles Mögliche hatte sie mit Desmond geübt, jede Umgangsform und jeden relevanten Ritualablauf. Aber wie weit eine Ordensschwester die dreisten Avancen eines Klerikers in die Schranken weisen durfte, das war mit keinem Wort erwähnt worden.

Die Maske der unnahbaren Abatha hatte ihre Wut von Minute zu Minute schlechter überspielen können. Dieser Kerl erfüllte so ziemlich jedes ätzende Klischee eines Priesters, das Calla kannte. „Ehre die Männer Gottes." Ha! Was für eine Lachnummer das Sechste Gebot doch darstellte. Glücklicherweise war Desmond anders. Zum größten Teil jedenfalls.

Calla bewegte sich zur Ankunftshalle, stellte sich zur kürzesten von drei Schlangen vor den Aufnahmeschaltern und nahm den Tragesack von der protestierenden Schulter. Das Ding nervte. Und ständig darauf achtzugeben, dass ihr diese unpraktische Tasche der echten Abatha nicht von der anderen Schulter fiel, ließ ihn doppelt schwer werden. Sie fragte sich, warum die Nonne ihre Habseligkeiten nicht in einer Gürteltasche unterbringen konnte.

Um die Tortur perfekt zu machen, hatte Bruder Aufschneider dann noch diese Machonummer von einem kontrollierten Absturz ausgeführt. Calla war hart im Nehmen, aber bei einem beschädigten Gravitationsausgleich sollte man sich wenigstens um vernünftiges Gurtzeug kümmern. Er wollte sogar auf sie warten, hatte er gesagt, um sie zurückzufliegen. Dieser stumpf geborene Idiot!

Der Mann in dem taubenblauen Overall hinter der Scheibe des Aufnahmeschalters sah sie erwartungsvoll an.

„Grund Ihres Aufenthalts im St. Luca?", fragte er in einem Tonfall, der nahelegte, dass er die Frage bereits zum zweiten Mal stellte.

„Abatha ... Schwester Maria Abatha vom Konvent St. Fabiola. Der Generalobere hat eine Beichtschwester für den Zölibattrakt bestellt." Calla reichte die Siegelbriefe unter der Öffnung in der Scheibe durch. Wenn sie nicht auffliegen wollte, musste sie sich besser konzentrieren.

Der Angestellte in der Schalterkabine in der Wand scannte die ID-Chips, während sich Calla zur Schnittstelle unter der Sichtscheibe beugte. Dort steckte sie ihr kupfernes Schwesternkreuz hinein.

Der Datenabgleich zog sich hin. Sollte man bei der unfreiwilligen Verbeugungshaltung gegen die Wand starren oder den Blick lieber ergeben nach oben richten? Calla wusste es nicht mehr.

Als das Signal zur Freigabe losplärrte, fiel es ihr wieder ein: Sie hätte sich hinknien müssen. Innerlich schlug sie sich kräftig vor die Stirn, aber der Angestellte sagte schlicht: „Alles in Ordnung. Der Lift zum Zölibattrakt befindet sich fünfzig Meter von hier, auf der rechten Seite." Äußerlich ruhig und gefasst nahm Calla die Briefe zurück. „Wir haben heute auf den Ebenen Vierundzwanzig und Fünfundzwanzig einige technische Probleme", wurde sie noch informiert.

„Das wird meine Arbeit hier nicht behindern." Calla schulterte Sack und Umhängetasche und schob hastig nach: „Gottes Segen, mein Sohn!" Dann schritt sie mit all der Würde einer hoch angesehenen Beichtschwester in die angegebene Richtung. Ob ihr fragende Blicke folgten, wollte sie gar nicht wissen. Niemand hielt sie auf. Das war das einzig Wichtige. Und jetzt kam der wirklich schwierige Teil.

***

„Wäre das nicht was für Ihre Sammlung, Professor?" Der junge Mann, der zusammen mit dem Professor zum Kieswegschaufeln eingeteilt war, wies auf ein Hausdach, auf dem sich eine fette Motte niedergelassen hatte.

Fasziniert betrachtete der Professor das übergroße Insekt mit den antennenartigen Fühlern. Es schien zu blinken.

„Ich sammel sie nicht, du Orfel. Ich studiere sie." Ohne ein Wort des Dankes warf er seine Schaufel hin und ging zu der Hütte, auf der die Motte hockte. Kaum war er auf ein paar Meter heran, flog das Tier los und blinkte tatsächlich im raschen Flügeltakt. Eine Lichtmotte! Wie bemerkenswert hübsch. Der Professor hatte hier unten noch nie welche zu Gesicht bekommen. Und schon gar nicht so große. Es hieß, diese seltene Art würde weiter im Süden, in Chur oder Konstantinopel, vorkommen. So lief er der weißgrünen Motte hinterher und Moses Vocolas junger Helfer blickte ihm zufrieden nach.

Die Motte landete zwar zwischendurch immer wieder, entzog sich jedoch rasch jeder Betrachtung, sobald der Professor ihr näher kam. Irgendwann verschwand sie in einer der Spalten an der Ostwand. „Verschwinden" war vielleicht nicht das richtige Wort, denn schließlich konnte der Professor ihr Blinken in der Dunkelheit ja noch sehen. Und nicht nur das. Dort blinkten mit einem Mal drei Lichter in demselben schönen Grün. Hauste dort etwa eine ganze Mottenkolonie? Dem musste er sofort auf den Grund gehen. Er folgte dem Blinken in die Spalte und fand sich ziemlich schnell in einem der Nebenarme der Kaverne wieder. Es wurde kalt.

„Bleibt doch stehen, ihr drei Überflieger", rief er unglücklich. „Ich will euch nichts zuleide tun, nur zugucken." Die Motten hörten nicht zu, flogen bloß immer tiefer in den Felsgang.

Als der Professor gerade umdrehen wollte, ließen sie sich endlich nieder. Er bewegte sich in einer Mischung aus Eilen und absurdem Schleichen auf sie zu. Die Motten blieben, wo sie waren.

Der Professor blinzelte, blinzelte noch einmal, dann ...

Im schwachen Leuchten der Motten tauchten drei Frauengesichter auf. Die dazugehörigen Frauen hatten ziemlich komplizierte Fernsteuerungen in den Händen und die in der Mitte hielt ihm darüber hinaus noch einen Gasblaster vor die Nase, der schwer nach Eigenbau aussah.

„Guten Tage, werte Damen", stammelte der Professor und schielte durch die Brille in den Blasterlauf. „Was kann ich für Sie tun?"

„Schreien", säuselte die Frau mit dem Blaster durch ihren schiefen Mund. „Schrei für uns so laut du kannst, Professor."

***

„Bei allem gebührenden Respekt, Vater: Sie hätten besser zuerst eins Ihrer Wartungsteams eingeschaltet. Die Schwankungen der Energiemodulatoren betreffen nicht nur das Sicherheitssystem, sondern auch sekundäre und tertiäre Regelkreisläufe."

„Technische Details interessieren mich nicht", entgegnete Meisterheiler Levi verdrossen. „Die Ausfälle haben in den Sicherheitssystemen des Pulmo-Kardial-Traktes angefangen und fallen somit in deinen Verantwortungsbereich und niemandes anderen sonst." Dabei wirkte der näselnde Heiler, als habe er Angst, sich in der Überwachungszentrale die Ärmel seines schneeweißen Gewandes zu beschmutzen.

„Schauen Sie her!" Daniel winkte ihn an ein halbrundes Terminal und zeigte auf sein dort eingestöpseltes Analysedisplay.

Levi warf einen achtlosen Blick auf die Zahlwerte, mit denen das Gerät alle Funktionen des Terminals zusätzlich protokollierte, und Daniel erklärte: „Das Ausmaß der Störung nimmt zu. Ich weiß noch nicht, was Sie sich hier eingehandelt haben, aber es greift definitiv um sich."

„Was immer du sagst, mein Sohn. Kannst du es von hier aus wieder zum Funktionieren bringen?"

Daniel tat so, als müsse er kurz überlegen. „Da augenblicklich elektronische Ausstattungen auf zwei Ebenen betroffen sind, wir aber auch schon kleinere Ausfälle auf den Etagen Siebenundzwanzig, Sechsundzwanzig, Dreiundzwanzig und Zweiundzwanzig haben, fürchte ich, dass ich eine höhere Sicherheitsfreigabe für diese Etagen und alle dazwischen bräuchte, um das Problem effektiv einzudämmen."

Er konnte sich lebhaft vorstellen, was hinter der Stirn des Meisterheilers vor sich ging. Levi wollte nur ungern dafür verantwortlich sein, dass ein Zivilist in den Abläufen eines Heilerspitals herumpfuschte. Die Etagen Vierundzwanzig bis Einundzwanzig umfassten die Konventebene der Gnädigen Schwestern. Wie sollte Levi über einen Bereich entscheiden, der nicht einmal seiner Verantwortung unterlag? Andererseits befanden sich die Herz-Lungen-Stationen direkt über dem Zölibattrakt. Nicht auszudenken, was ihm bevorstünde, wenn während der Operation eines wichtigen Würdenträgers die Oxygeneratoren ausfielen.

Hilfe suchend wandte er sich einem Angestellten in blauschwarzer Uniform zu, der Daniel schon eine Weile über die Schulter schaute. Doch der Sicherheitsbeauftragte zuckte bloß mit den mit Rangtuchstreifen verzierten Schultern.

„Wenn einer das Sicherheitssystem wieder ans Laufen bringen kann, dann Jackdaw. Er hat es schließlich installiert. Wäre es nicht ein wenig spät, ihm das Vertrauen jetzt wieder zu entziehen?"

Levi wand sich noch einen Augenblick, dann sagte er: „Nun gut. So sei es. Ich besorge dir die Sicherheitsfreigaben, mein Sohn."

Innerlich jubelte Daniel. Er hatte es geschafft. Levi stellte Kontakt zum Generaloberen her und veranlasste, dass er sich nach Gutdünken im System des St. Luca bewegen konnte.

Natürlich war das Display in seiner Hand weit mehr als ein Analysegerät. Es handelte sich um ein Enterboard, mit dem er sich alle Programme im Spital unterordnen konnte. Und selbstverständlich würde am Schluss herauskommen, dass es sich um keine technische Störung handelte, die hier wütete. Schließlich wollte Daniel seinen Ruf gewahrt wissen.

Er blickte auf den Chronometer. Sowohl Calla als auch Desmond waren bereits im Gebäude und er hatte jetzt dafür zu sorgen, dass niemand ihre Gesichter festhalten konnte.

***

Nach drei weiteren Sicherheitskontrollen stand „Schwester" Calla vor Tabeas Zelle. Die hübsche junge Frau schaute sie neugierig an, wirkte aber nicht im Mindesten so eingeschüchtert, wie zu erwarten gewesen war. Jackdaw bewies einen guten Geschmack bei Frauen, dachte Calla, rief sich aber sogleich die beiden Bannaugen in ihrem Nacken und den drückenden Zeitplan ins Gedächtnis.

„Du hast um Absolution ersucht, Tochter", spulte sie die Floskeln ab, die Desmond ihr beigebracht hatte.

„Der Herr sei mit Euch, Mutter. Ich bitte untertänigst um eine Rückkehr in den Schoß der Gemeinde. So schwer meine Sünden auch wiegen mögen, so aufrichtig sehe ich jeder Sühne entgegen."

Endlich spielte Tabea mit und starrte devot auf die blindgeschrubbten Fliesen der winzigen Zelle. Calla schlug die Datenmappe auf, die sie von den beiden Bannaugen erhalten hatte, und gab sich vertieft. Zwischendurch ließ sie immer wieder ein unbestimmbares „Hm, hm", erklingen, damit die Wächter glaubten, sie könne wirklich etwas mit den Eintragungen anfangen.

„Deine Verfehlungen sind gravierend. Ich bin sehr froh darüber, dass du den Weg zum Herrn suchst. Gemeinsam werden wir Sorge dafür tragen, dass du gut vorbereitet in die Zeit der Reue eintrittst." Callas Stimme hatte einen stahlharten Unterton angenommen, den sie beibehielt, als sie sich herumdrehte. „Ihre Läuterung soll unter freiem Himmel stattfinden."

Die Bannaugen sahen sich fragend an, dann unterbreitete einer von ihnen dem Generaloberen Callas Verlangen, während der andere Tabea schwere Fußeisen anlegte.

Man vernahm Michaelis´ genervtes Seufzen aus dem Priesterkragen des ersten Bannauges. „Im Moment kann ich niemanden ohne Sicherheitsstatus auf die Außenanlagen lassen. Schwester Abatha soll mit dem Hof des Zölibattraktes vorlieb nehmen. Der ist zwar überdacht, aber ungeheizt und überaus reizarm. Er sollte für eine Disziplinierung ausreichend sein. Amen." Das Gespräch wurde unterbrochen.

„Du hast es gehört, Schwester. Der Außenhof ist im Vierundzwanzigsten. Wir geleiten euch hin."

Calla zog die Stirn kraus, dann sagte sie: „So sei es", und reichte ihren Sack Tabea, die das Ding nun zum Außenhof schleppen musste.

Aus irgendeinem Grund hielten die Bannaugen es für nötig, Rapidlifte zu meiden und es tat Calla in der Seele weh, wie die magere Tabea in Fußeisen den schweren Sack drei Stockwerke hinter sich herzog, nur um den Schein zu wahren.

Am Ziel angelangt, spiegelte sich bereits die Mittagssonne in den gläsernen Segmenten der Dachkonstruktion, doch Wärme wollte sie dem Außenhof nicht spenden und durch das omnipräsente Weiß wirkte es hier noch viel kälter. Die wenigen Schwestern, die auf dem überschaubaren Gelände Entspannung suchten, meditierten in dicken Umhängen zwischen den Springbrunnen und Steingärten.

„Ich wäre bei dem Ritual gern ungestört", wandte sich Calla an die Bannaugen. Auch wenn dieses Verlangen ungewöhnlich war, sorgten die beiden widerspruchslos dafür, dass die betenden Ordensschwestern vom Hof verschwanden. Danach bezogen sie am einzigen Zugang Posten.

Calla und Tabea bewegten sich mit klimpernden Fußeisen auf eine Steinbrücke über einem künstlichen Bachlauf in der Mitte des Hofes zu. Als sie dort anhielten, waren sie so nah am vereinbarten Punkt wie irgend möglich. Wenn Jackdaw seinen Job erledigt hatte, würde ihnen jetzt außer den beiden Bannaugen niemand mehr zuschauen können. Unter Callas Haube bildeten sich kalte Schweißtropfen. Wie weit musste sie diese Farce führen?

„Gott gewährt dir sein Ohr und die Aussicht auf Reue, meine Tochter." Sie löste die Schnur, die den oberen Rand des dunkelbraunen Sackes verschlossen hielt.

Tabea bekreuzigte sich unsicher und antwortete: „In tiefer Scham und voller Schuld überlasse ich dir das Wohl meiner sterblichen Hülle, Mutter." Dann streckte sie die Arme seitlich vom Körper ab und schloss die Augen.

Calla langte in den Sack, spürte den mehligen Griff einer kleinen Schaufel, nahm diese mit einer Ladung Asche aus dem Sack und schüttete sie über Tabeas Kopf.

„Die Dreifaltigkeit, die in unseren Herzen wohnt, schenke dir wahre Erkenntnis von Sünde und Barmherzigkeit." Diesen Teil hätte Calla sich gerne gespart, aber Desmonds Zeichen blieb überfällig ...

Mit dumpfem Krachen schlug etwas auf das Dach auf.

Die Wächterpriester zuckten zusammen und Tabea blickte mit Geisteraugen aus dem ascheverschmierten Gesicht nach oben.

Endlich flackerte ein winziger roter Punkt keine fünf Meter von ihnen entfernt über den Boden. Calla warf die Ascheschaufel in den Bach, packte Tabea an den Händen und zog sie von der Brücke weg.

***

„Jackdaw! Im Zölibattrakt sind alle Überwachungskameras ausgefallen. Sogar die außen. Und einen der Rapidlifte scheint es ebenfalls erwischt zu haben." Der Sicherheitsbeauftragte der dritten Ebene bekam hektische Flecken im Gesicht.

„Tut mir leid, aber um den Zölibattrakt kann ich mich nicht kümmern. Ich bemühe mich gerade, Gerätschaften und Ausrüstung im Pulmo-Kardial-Trakt am Laufen zu halten." Daniels Finger flogen über das Display. Alles war vorbereitet. Das Rapidlift-System des St. Luca befand sich unter seiner Kontrolle. Das Einzige was noch fehlte war Desmonds Bestätigung. Seine Augen huschten zwischen der Zeitanzeige des Analyseboards und der Leuchtdiode seines Notrufsenders hin und her. Doch das grüne Lichtlein blieb tot. Was, zum ziegenbeinigen Teufel, trieb Desmond bloß? „Die Energieschwankungen haben erste Versorgungskreisläufe im Zwanzigsten erreicht", rief er in den Raum. „Was ist im Zwanzigsten?"

„Das sind die Kinderstationen", gab einer der Angestellten zurück.

„Oh Gott! Der Pulmo-Kardial-Trakt scheint einigermaßen funktionsstabil. Ich schau mal, was ich im Zwanzigsten ausrichten kann." Die Erregung in Daniels Stimme war geschauspielert. Er würde schon dafür sorgen, dass niemand die Aktion mit dem Leben bezahlen musste, ein unschuldiges Kind schon gar nicht.

Endlich! Die Diode am Notsender hatte geflackert. Nur ganz kurz, aber er hatte es gesehen. „Sagt ‚Auf Wiedersehen' zu euren Aufzügen", dachte Daniel, drückte auf das entsprechende Feld und schloss Tabea in Gedanken bereits in seine Arme.

***

Im schwarzen abgerissenen Gewand und einem ebenso schwarzen Gesichtstuch unter der Kapuze kam Desmond bei den vier Rapidliften im Osttrakt des St. Luca an.

Er verharrte, schloss die Augen.

Gar nicht lange und eine geeignete Kabine näherte sich dem zwanzigsten Stock.

Sein schwarz behandschuhter Finger drückte die Stopptaste.

Als die Lifttüren sich auseinanderschoben, stand ein überraschtes Ehepaar im Fahrstuhl. Der Mann würde sich später lediglich an zwei stechende Augen erinnern.

„Lass uns hier raus. Ich muss noch mal auf die Toilette", sagte er mit glasigem Blick zu seiner Frau, die den Vermummten im löchrigen Umhang umso intensiver musterte. Es war allerdings auch alles, was ihr im Gedächtnis blieb. Ein Umhang voller Flecken, den andere schon längst fortgeworfen hätten.

Desmond ließ das Paar durch und betrat eilig den Lift.

Die Türen schlossen sich.

Ein letzter Blick aufs Chrono sagte ihm, dass er wegen der Verzögerung im Unterschlupf immer noch zwei Minuten hinter dem Plan lag. Gottlob verlief die Fahrt nach oben ohne Zwischenstopp. Offenbar zog Daniel im Hintergrund schon an den Fäden.

Auf der Aussichtsetage stoppte der Lift. Die Türen schabten zur Seite.

Desmond drückte die Ruftaste des Notsenders im Kapuzenrand und sprintete los.

Wie ein dunkler Schatten schnellte er durch den Speisungsraum. Hinter ihm sein wehender Umhang, vor ihm auseinanderstiebende Besucher.

Seine ausgestreckte Hand ließ die Tür zur Aussichtsterrasse aufkrachen. Und während der eiskalte Wind in den warmen Speisungsraum hineinblies, schoss er nach draußen über die Terrasse.

***

Im Sprung über die Balustrade ließ Desmond den Funis-Infini-Haken am Geländer einschnappen. Die Arme wie zum Fliegen ausgestreckt, schien ihm das Labyrinth bodenloser Straßenschluchten entgegenzukippen. Eisiger Fallwind rauschte an seinen Ohren vorbei, wehte ihm die Kapuze vom Kopf und brachte seinen löchrigen Umhang zum Knattern. Die Wetterüberwachung in den Drachentürmen hatte vom kältesten Tag des Jahres gesprochen.

Der Außenhof wurde sehr schnell größer. Mit einem sanften Stoß des Heiligen Geistes brachte Desmond sich in die richtige Position. Er löste zwei Granaten vom Gürtel, zog die Hemmstifte und schickte sie telekinetisch beschleunigt auf das Glasdach unter sich.

Er war tief genug. Ein Druck auf die Taste am Gürtel und das Funis Infini bekam einen derart schweren Stromstoß, dass die Muskeln in seinem rechten Bein kontrahierten. Jetzt hieß es Zähne zusammenbeißen und trotz des Kribbelns Körperspannung beibehalten. Er schaute aus tränenden Augen durch den Schlitz im Kopfwickel und aktivierte den Signalstrahl am Handgelenk.

Die Granaten rissen Sprünge ins bruchsichere Glasdach, aber die Konstruktion blieb stabil. Desmond hielt die Luft an. Er konnte bereits einzelne Stahlstreben ausmachen. Zusammen mit der Atemluft staute er so viel Heiligen Geist an, bis er meinte, sein Brustkorb müsse platzen.

Das Dach! Es kam so rasend schnell näher. War das noch zu schaffen? Warum bremste das Funis Infini seinen Fall noch nicht? Heute war einer der kältesten Tage des Jahres. Hatte Daniel das in seine Berechnungen einfließen lassen? Oder war das Endlosseil bereits gerissen?

Desmonds Fäuste öffneten sich und der Heilige Geist entlud seine ganze Macht. Nur wenige Zentimeter vor seinen Fingerspitzen zerstob das Kompressionsglas zu tausend Splittern.

Mutter Gottes! Er donnerte durch die Dachverglasung, doch bevor er auf dem Boden aufschlug, wurde sein Fall so hart gestoppt, dass es ihm ein Keuchen aus der Lunge trieb. Seine Kapuze rutschte zurück auf den Kopf, ihm wurde schlecht, aber das Funis Infini hatte funktioniert.

***

Calla zerrte Tabea fort. Sie mussten zwischen sich und den roten Punkt mindestens zwanzig Meter Abstand bringen. Als die Bannaugen zusammenfuhren, weil Explosionen den Außenhof zum Beben brachten, sprangen die beiden Frauen auf der anderen Seite des Platzes bereits hinter die Deckung einer Marmorbank. Über die Dachverglasung zog sich jetzt ein Zickzackmuster. Einer der Wächter bemühte sich um eine Funkverbindung, aber so sehr er auch an seinem Empfänger herumstellte und brüllte, niemand bekam es mit.

Dann wurde das Glasdach regelrecht zerschmettert. Einem Kristallnadelregen folgend, fiel ein schwarzer Umriss, einer übergroßen Fledermaus gleich, auf den Boden vor der Brücke, erhob sich sofort wieder und schlug die Scherben von seinem Umhang.

Calla war völlig irritiert. Bei dem vielen Staub sah die Gestalt vor ihr eher nach einem Teufel als nach Desmond aus. Die Bannaugen zeigten sich jedoch weniger beeindruckt. Ihre Erlöser fauchten dem Umriss direkt rote Energiegeschosse entgegen, wobei eins davon ein rauchendes Loch in seinen Umhang fraß.

Pantherartig rollte die dunkle Gestalt aus dem Schussfeld. Calla verfolgte das Geschehen ungläubig. Doch bevor die Querschläger direkt neben ihrem Gesicht Brocken aus der Marmorbank reißen konnten, hatte Tabea sie glücklicherweise wieder hinter die Rückenlehne gezogen.

Der Mann in Schwarz streckte seinen Arm nach seinem Gegner aus. Als würde es sich plötzlich an einer unsichtbaren Leine befinden, ließ das Bannauge den Erlöser fallen und raste marionettengleich auf ihn zu. Er holte in einer fließenden Bewegung aus und hieb dem Kleriker im Flug die Faust gegen das Kinn. Der Mann überschlug sich, prallte auf den Boden und blieb ohne eine Regung liegen.

Der zweite Wächter eröffnete erneut das Feuer.

***

Einer am Boden. Noch einer auf den Beinen.

Doch Desmond schwankte. Vom Heiligen Geist war nicht mehr viel übrig. Vor seinen Pupillen tanzten bereits wieder leuchtende Punkte und prompt flogen ihm heiße Gasgeschosse um die Ohren. Wie Calla und Tabea sprang er hinter eine umgestürzte Steinbank. Dann löste er den Schnapphaken per Fernsteuerung am Gürtelreservoir und rief das Funis Infini zurück.

Die Schussgeräusche setzten aus. Von weit weg ertönte ein Alarm.

Offenbar hatte Daniel den Vorfall nicht lange verbergen können. Über das leise Heulen konnte man Schritte auf dem Kies vernehmen, die sich langsam näherten.

„Im Namen des Herrn! Streck die Hände zum Himmel und ergib dich!", rief das Bannauge. Er schien sich wohl noch nicht sicher, wer ihn hinter der Bank erwartete.

Was nun? Desmond könnte das Gewehr benutzen. Aber nein. Kein Bruder sollte sterben, nur weil er das Pech hatte, zur falschen Schicht eingeteilt zu sein. Vielleicht hatte Calla eine Idee?

Die verkleidete Architektin starrte mit geweiteten Augen zu ihm herüber. Was war los mit ihr? Sie war doch sonst nicht aus der Ruhe zu bringen.

Der Schnapphaken und das Ende des Funis Infini fielen in den Hof und wurden sirrend in den Kasten an Desmonds Gürtel gerollt, doch er betätigte die Haltfunktion. Das Endlosseil stoppte.

Jetzt war der zweite Wächter herangekommen, zum Schuss bereit. Desmond zog den Schnapphaken zu sich und vereinigte den letzten Rest Heiligen Geistes in sich. Übelkeit hin oder her: Dies musste beim ersten Versuch hinhauen.

Er nahm einen Kiesel und warf ihn in einen der Zierteiche.

Das Bannauge fuhr herum. Sein übereilter Schuss zischte auf die Wasseroberfläche.

Desmond schnellte hinter der Bank hervor.

Er warf dem Wächter den Schnapphaken in Kopfhöhe entgegen und sorgte mit einem telekinetischen Winken dafür, dass sich der Rest des Endlosseils um dessen Schläfen wickelte. Sofort schickte er einen Stromimpuls durch das Seil und das Bannauge sackte krampfend in sich zusammen.

Erledigt.

Desmond schaltete den Strom ab. Während das Funis Infini im Vorratsbehälter verschwand, näherte er sich dem leblosen Körper.

Ein sachter Stoß mit dem Fuß, aber der Wächterpriester lag leeren Blickes und mit Schaum vor dem Mund einfach da. Desmond bat die Heilige Mutter Maria darum, dass er den armen Kerl nicht für den Rest seines Lebens ins Koma versetzt hatte.

Indessen war Calla mit Tabea an ihrer Seite zu ihm herübergehumpelt. Tabea war von Kopf bis Fuß verdreckt und trug nichts außer einem fadenscheinigen Bußgewand und Fußeisen.

„Desmond?", vergaß Calla vor lauter Entgeisterung jede Vorsicht. „Das war ... Ich hab gedacht, so was würden nur Dämonen ..."

Er gebot ihr zu schweigen.

Tabea trug das Geschehene mit etwas mehr Fassung. Ihre grünen Augen glänzten bewundernd. „Sie sind Priester, nicht wahr?"

„Auf jeden Fall bin ich kein Dämon", wich Desmond aus.

„Wie wollen Sie uns hier rausbringen? Keine zwei Minuten und wir haben weitere unerfreuliche Begegnungen."

Er drückte Calla einen Judasschlüssel in die Hand. „Für die Fußeisen. Macht schnell!" Dann beeilte er sich zu der Stelle, an der er in den Hof gefallen war.

„Sie sind keine echte Beichtschwester, nicht wahr?", wollte Tabea wissen, während sich Calla an ihren Fesseln zu schaffen machte. Die nickte. „Hat Daniel euch geschickt? Eine falsche Schwester und ein echter Priester. Mein lieber Daniel hat einen wirklich seltsamen Umgang ..."

Den Rest des Gesprächs blendete Desmond aus. Schwindelig war ihm bereits und die Übelkeit würde garantiert nicht lange auf sich warten lassen. Nun brauchte er jedes bisschen Konzentration.

Die Entfernung zu den Außenmauern taxierend, bemühte er noch einmal den Signalgeber an seinem Handgelenk. Er hielt den Lichtpunkt an jede Wand und ging rasch von einer Stelle zur nächsten, bis die richtigen Zahlen in der kleinen Anzeige des Gerätes erschienen.

Immer noch etwas umständlich werkelte Calla an Tabeas Fußeisen herum, da hämmerte etwas gegen das Zugangsschott.

Desmond löste das Gewehr vom Gürtel und klappte den Anschlagschaft aus. Dann zielte er auf den Boden, zog den Abzug durch und drehte sich einmal um sich selbst. Für einen Moment war das Hämmern gegen das Schott unter dem ohrenbetäubenden Mündungsfeuer verschwunden. Als es wieder erklang, erinnerte es jeden daran, dass ihnen die Zeit davonlief, aber in ihrer Panik schenkten Calla und Tabea dem Geschehen am Eingang mehr Beachtung als den Fußschellen.

Desmonds „Gewehr", in Wirklichkeit eine Art Fusionshammer im Taschenformat aus Nodrims Vorrat, hatte einen schwarzen Kreis zwischen Kies und Scherben auf den Boden gezeichnet. Als Nächstes stellte er das Minigewehr auf höchste Kraft und sprengte vier tiefe Löcher in den Kreis. Danach klappte er die Waffe wieder zusammen und tauschte sie gegen vier Sprengrohre aus dem Ausrüstungsgürtel.

Der Krach vom Schott wurde lauter.

Eine Fußfessel war Tabea jetzt los.

Desmond stopfte die Sprengrohre in die Löcher und betätigte die Zünder.

Das Hämmern wurde ein weiteres Mal übertönt. Diesmal von einer Explosion.

Unvermittelt tat sich vor Desmonds Füßen ein beinah exakt rundes Loch auf, durch das der eisige Wind pfiff.

Tabea war endlich aus den Fesseln raus. Noch etwas zögerlich bewegte sie sich gemeinsam mit Calla auf ihn zu. Der Chronometer verriet, dass sie wieder im Plan lagen. Als sich die beiden völlig verstaubten Frauen der neu entstandenen Öffnung bis auf ein paar Meter genähert hatten, blickte Desmond nach unten. Zufrieden sprang er über das Loch hinweg und breitete die Armen aus.

Tabea schreckte argwöhnisch zurück.

„Geschätzte Schwester Tabea", sagte er, während er der verdutzten Exnonne den Arm um die Schulter legte. „Einen schönen Gruß von unserem gemeinsamen Freund Daniel Jackdaw. Dies ist der Weg in dein neues Leben."

Noch bevor Tabea in irgendeiner Weise reagieren konnte, stieß Desmond sie in das windumtoste Loch.

Dann gab der Eingang den lärmenden Bemühungen der Eindringlinge von außen nach.

***

Von der St. George war noch kein Rückrufbefehl gekommen. Wahrscheinlich steckten die Bistumsbeamten in den Turmspitzen die

Köpfe zusammen, taten wichtig und tauschten neueste Verleumdungen aus. Jedoch hatte sich bislang selbst auf der Kommandoebene niemand um Bruder Jonas´ Verbleib gekümmert. Und das war wirklich eigenartig.

Obwohl er eigentlich wusste, dass er nach der Eskorte der Beichtschwester sogleich in seinen Schichtdienst hätte zurückkehren sollen, nutzte Jonas die Unachtsamkeit seiner Vorgesetzten. Er saß auf der kleinen Tragfläche seines Wings, lauschte den Funksprüchen der Brüder im Dienst und hing in Gedanken der reizenden Abatha nach. Mit seinem fliegerischen Können hatte er sie ziemlich beeindruckt. Jonas lachte in sich hinein. Wenn sein Glück ein wenig anhielt, würde er sie tatsächlich wieder zurück nach St. Fabiola fliegen können, doch …

Irgendetwas stimmte hier nicht. Vielleicht ging seine Fantasie mit ihm durch, aber Jonas meinte, gerade eben ein dumpfes Rumpeln verspürt zu haben. Er drehte den Funk leiser. Einige der Arbeiter auf dem Personaldeck sahen sich misstrauisch um.

Durch die Geräuschkulisse der Verlader, Transportplattformen und Ansagen schrillten plötzlich Alarmsirenen und Sem Jonas wäre vor Schreck fast in sein Cockpit gefallen.

Ja, da sollte ihm doch jemand ins Gebetbuch pinkeln! Was konnte das bedeuten? Ein Diebstahl? Ein Angriff vielleicht? Kam er von außen oder von innen? Jonas fuhr über seine Geheimratsecken.

Auf ihren schweren Lagern ächzend, setzten sich die großen Rolltore des Hangars in Bewegung. Er sprang kurzerhand zu Boden und warf sich in den Schalensitz seines Wings. Während Cockpit und Landestützen in Flugstellung glitten, streifte er die Gurte über. Dann zwang er den Triebwerken einen übereilten Kaltstart auf.

„Flugleitung des St. Luca an alle. Bis auf Weiteres tritt ein Startverbot für sämtliche Schiffe in Kraft. Ich wiederhole: sofortiges Startverbot für jedes Flugschiff auf unseren Decks! Der Hangar wird geschlossen."

„Nicht jetzt", dachte Jonas laut. Er stöpselte den Kragen ein. „Ihr könnt mir auf der Folterbank begegnen." Seine Finger flogen über die Navigationskonsole. Mit einem harten Schub der Schwebedüsen hob der Wing ab. Dann stieß er den Beschleunigungshebel nach vorne und betete, dass die Turbinenummantelung nicht riss.

Viel Luft war nicht mehr zwischen beiden Hälften des Hangartores. Jonas kippte den Wing auf die Seite, um die Tragflächen nicht zu verlieren, dann war er draußen.

Vor dem Spital wäre er um ein Haar in einen übergroßen Lastenkahn gerast, konnte das Unheil aber gerade eben mit einem gewagten Bremsmanöver abwenden.

„Hier Wing 645. Ich befinde mich im Tofet Sektor am St. Luca Spital. Erbitte dringend Verstärkung", vergaß er vor Aufregung jedes Protokoll.

„Gottes Segen, Wing 645. Hier Kommandohalle St. George. Um welche Art von Vorkommnis handelt es sich?"

Das war eine gute Frage. Jonas wusste es nicht. Verzweifelt suchend flog er die Fassade hoch.

Plötzlich überholten ihn sechs zivile Gleiter.

Er schickte ihre Kennmuster an den Zentralrechner und seine Lippen verzogen sich zu einem triumphalen Grinsen. Sie waren nicht nur jenseits ihrer vorgeschriebenen Verkehrskorridore, der Computer meldete auch alle sechs als gestohlen.

***

Der Sicherheitsbeauftragte schrie: „Was ist da passiert?"

„Ich habe nicht die geringste Ahnung", rechtfertigte Daniel sich ärgerlich. „Was immer es war, es hat zwar im Zölibattrakt stattgefunden, aber mit den technischen Störungen hat es garantiert nichts zu tun gehabt."

Dafür erntete er einen Blick, der eindeutig verriet, dass ihm nicht geglaubt wurde.

Er hatte selber Zweifel an sich. Wenn auch aus ganz anderen Gründen als der Beamte der Zivilen Sicherheit. Was hatte er übersehen? Wieso konnte jemand, trotz der Tatsache, dass in der Konventebene nur noch das Nötigste funktionierte, einen Alarm auslösen? Bei den drei Teufeln der Feuerinseln! Hoffentlich waren Desmond und Tabea schon jenseits des Zölibattraktes.

Daniels Rolle als Maulwurf hatte jedenfalls ein Ende. Jetzt begann das Wechselspiel aus Verschleierung und Aufklärung. Würde er versagen, waren sie alle fällig. Seine Männer. Calla. Desmond. Desmonds Onkel. Letztendlich auch Tabea.

Das würde Daniel mit allen Mitteln verhindern. Und wenn es das Letzte war, was er in dieser seelenfressenden Stadt tat.

Zuerst überprüfte er, ob Desmond Spuren hinterlassen hatte …

***

„Hier Wing 645. Ich befinde mich im Tofet Sektor am St. Luca Spital. Erbitte dringend Verstärkung."

Dekan Sorofraugh gefror das Blut in den Adern. Bruder Jonas! Seine Hände umklammerten die Armlehnen des Präfektensitzes. Warum, beim Willen des Herrn, war der Kerl nicht längst wieder auf Patrouille im Luther's Demise? Der Dekan kontrollierte Jonas' Auftragsstatus und musste feststellen, dass er ihn schlichtweg übersehen hatte. Bis gerade eben. Die Bistumsbeauftragten wollten natürlich sofort wissen, was geschehen war.

„Es hat so etwas wie eine Explosion im Spital gegeben und die sechs zivilen Luftgleiter, die heute Nacht entwendet wurden, sind offenbar in den Vorfall verwickelt. Ich verfolge sie gerade."

Jetzt erschienen die Daten von Jonas` Wing und Bilder verschiedener Überwachungskameras in der Mitte der Kommandokuppel. Die Mitarbeiter in der Grube der Erkenntnis erwarteten ihre Anweisungen. Alle Aufzeichnungsgeräte liefen.

Was tun? Desmonds Leben durfte auf keinen Fall gefährdet werden. Würde man dem Dekan andererseits eine Beteiligung an der Entführung nachweisen, wären sowohl die Ketzer, als auch die Stille Bruderschaft dem Untergang geweiht. Es blieb keine

Wahl. Er musste die Jagd auf seinen Neffen und dessen Mitstreiter eröffnen und gleichzeitig verhindern, dass sie gefasst wurden.

„Stellt fest, wer im Tofet Sektor Dienst tut. Alle verfügbaren Einheiten in der Nähe sollen zum St. Luca. Die Einsatzleitung hat Bruder Sem Jonas."

Ephraim Sorofraughs Rosenkranzperlen rasten durch seine Finger.

***

Calla war just in dem Loch im Außenhof verschwunden, da stürzten die Flügel des Zugangsschotts nach innen. Ihren rosettenverzierten Metallrahmen rissen sie gleich mit sich. Und in der Sekunde, in der die ersten Priester in den Hof stürmten, sprang Desmond. Sein kurzer Fall endete in einem schnittigen Himmelsrenner der Shark-Klasse. Normalerweise saßen nur die hochprivilegiertesten Bewohner New Bethlehems hinter den Kontrollen eines solchen Luxusgefährts, hier war es der grinsende Veneno Fate in seiner Rüstung.

„Was machst du denn hier?", stieß Desmond hinter dem Gesichtstuch hervor.

„Ich werde doch nicht den ganzen Spaß versäumen. Festhalten! Das wird ein stürmischer Ritt. Wir werden verfolgt." Während sich das Verdeck protestierend gegen den Fahrtwind schloss, ließ Fate den Flitzer waghalsig im dichten Verkehrsstrom abtauchen. Desmond hielt seine Kapuze fest.

„Verfolgt? Eigentlich sollten wir fürs Absetzen alle Zeit der Welt haben."

„Da ist wohl was schiefgegangen."

In grellroten Symbolen bestätigte die Ortung Fates Worte. Sie hatten einen Wing der Katholischen Kirche im Nacken.

Desmond wurde flau. „Wo sind die anderen?"

„Wir sind in Staffelpaare eingeteilt", antwortete Fate und blickte starr geradeaus. „Unser Flügelmann fliegt direkt neben, der Rest unmittelbar vor uns. Wenn wir Glück haben, hängen wir den Schwarzrock ab, bevor seine Verstärkung eintrifft."

Jetzt erkannte Desmond die restlichen Zweiergruppen ihres Flugverbandes grün hervorgehoben auf der Cockpitscheibe: vier stromlinienförmige Flitzer mit einer großen vertikalen Hecksteuerfläche. Dazu quäkte der Kollisionsalarm in einem fort, doch der schwarz glänzende Wing hinter ihnen folgte jedem von Fates Manövern. So leicht ließ sich der Kerl nicht abschütteln.

„Können wir mit den anderen Gleitern Kontakt aufnehmen?", fragte Desmond.

Fate ließ den Flitzer so stark absacken, dass man einen üblen Druck im Magen spürte, und antwortete dann: „Auf die Schnelle konnten Daniels Männer nur ein schwaches Schattennetz aufbauen. Wir dürfen uns nicht weit voneinander entfernen, aber es ist lauschresistent."

„Gut. Weis die anderen an, sich in verschiedene Richtungen zu verdrücken."

„Aber der Plan sieht vor, dass wir zusammenbleiben."

„Seit wann hältst du dich an Abmachungen? Wir müssen uns aufteilen, bevor die Verstärkung des Priesters eintrifft. Nur so können wenigstens einige von uns entkommen. Und sag ihnen, sie sollen tief fliegen. Sehr tief. Dann sind sie schlechter zu orten."

Fate nickte, zog einen Mikrofonstab von dem kleinen Knopf in seinem Ohr vor den Mund und gab die Anweisung weiter.

Zum Glück scherten die fünf anderen Sharks unmittelbar aus und verschwanden bei der nächsten Möglichkeit im Getümmel von Lufttaxis, Transportern und privaten Dampffeldgleitern. Keinen Moment zu früh. Während sich der Verfolger an Desmond und Fate hängte, piepte das Annäherungssignal und die aktualisierte Darstellung des Ortungsdisplays stellte vier weitere Wings dar.

Fate setzte zum Sturzflug an, riss den Shark hin und her. In Desmonds Ohren knackte es vernehmlich. Als die Dämmerung der dritten Ebene sie umfing, fiel einer der Priester für einen winzigen

Augenblick zurück, schloss sich seinen Mitstreitern aber schnellstens wieder an.

Fate war verdammt gut. Jetzt wand er den Gleiter mit ausgeschalteten Positionslichtern in engen Kurven um die immer zahlreicher werdenden Lastengleiter, doch leider setzen ihnen die wendigen Wings relativ unbeeindruckt nach.

Im Funkempfänger der Mittelkonsole rauschte es. Jemand hatte ihre Frequenz gefunden.

„Hier Angel´s Wing 645. Ihr beide fliegt hier ohne gültige Identifikationsnummer herum. Im Namen des Herrn, ich befehle euch, sofort auf dem Wallway zu landen und euch zu ergeben, sonst werdet ihr es büßen." Die Order wurde ständig wiederholt.

Bei der Mutter Gottes und ihrem heiligen Sohn Jesus, Bruder Jonas persönlich hing ihnen da am Heck. Plötzlich blinkte der Rufsender in Desmonds Kapuze grün. Er hob die Hand, als könne er Jonas auf diese Weise zum Schweigen bringen.

„Nicht antworten. Ausschalten!", befahl er und aktivierte den Sender. Zuerst drang aus dem Empfangsteil nichts als Knistern. Doch schließlich konnte man leise Gesprochenes wahrnehmen. Der Lärm der Turbinen machte das Zuhören schwierig, also erhöhte Desmond die Lautstärke.

„Wie ist ihre Position, W 645?", dröhnte eine Stimme aus dem Kapuzenkragen, die er kannte. Sein Onkel saß in der Kommandoebene der St. George und teilte ihm so gerade mit, was gegen ihn und Fate geplant wurde.

„Veneno, übertrag mir die Kontrolle." Er wies auf den Sender an der Kapuze. „Ich glaube, uns hat sich gerade ein Pfad eröffnet, auf dem wir hier an einem Stück herauskommen."

***

„Ich erbitte dringend Abschusserlaubnis, Vater. Die anderen Gleiter sind so gut wie entwischt und dieser hier macht weder Anstalten zu landen, noch reagiert er auf Funksprüche."

Das Kragendisplay vor Jonas' rechtem Auge verriet, dass auf der Kommandoebene heute Dekan Sorofraugh persönlich saß. Eine hervorragende Gelegenheit, verlorenen Boden wieder gutzumachen.

„Es handelt sich um die Entführung einer Gnädigen Schwester mit schwerem Zölibatsverstoß. Wir laden dir die Daten gleich rüber, mein Sohn. Befindet sie sich an Bord des Gleiters, den du verfolgst, Wing 645?"

Es fiel Jonas bei dem Tempo schwer, Kragendisplay und Cockpitfenster gleichzeitig im Auge zu behalten. Gut, dass Abatha ihn jetzt nicht sah. Als er genau jene in seinen Einsatzparametern ausmachte, hätte er vor Überraschung beinahe die Steuerung verrissen,

„Negativ. Der Vermummte. Vermutlich ist es der Vermummte. Ich habe einen schwarzen Schatten aus dem Loch in den Gleiter fallen sehen."

Im Staffelkanal wurde es panisch. „Abrechen, abbrechen! Die Statue! Ich pralle gleich an die Wand!"

„Verstanden, Wing 132. Breche Manöver ab."

In dem Moment, in dem nichts als Schweigen aus der St. George an Jonas' Ohr drang, schlug der verfolgte Shark-Filtzer eine Serie von Haken und der Stümper Gad wäre bei dem Versuch, ihn mit einem der Brüder in die Zange zu nehmen, um ein Haar als Schlackeklumpen an einem Wohnturm geendet. Jonas musste unbedingt wieder aufschließen und diesen Schmeißfliegenschwarm auf die Reihe bringen.

„Eingeschränkte Abschussfreigabe erteilt. Aber lass den Inquisitoren etwas übrig, das sie auf die Bank legen können. Daten über entsprechende Zielpunkte für die Shark-Klasse folgen. Amen."

Sie sollten ihn lebend vom Himmel holen? Die Blaupausen des Sharks vor dem rechten Auge sagten Bruder Jonas dazu nicht viel, aber sein Fluch würde garantiert Gegenstand der nächsten Beichte werden. Wenigstens durfte er nun das Feuer auf den Schweinepriester eröffnen.

„Bruder Jonas an alle: Ihr habt`s gehört, Brüder. Schießen wir die Pestkrähe flügellahm!"

***

„Jetzt haben sie die Erlaubnis, uns runterzuholen." Kaum waren die Worte über Desmonds Lippen, da pfiffen die ersten gelben Hochenergiegeschosse knapp am Cockpit vorbei. Er ließ den Shark zur Seite tanzen, wurde aber gleich von einer weiteren Salve in Empfang genommen. Pures Adrenalin spülte Übelkeit und Schwindel aus seinem Körper.

„Die gute Nachricht ist", zischte er zwischen den Zähnen hervor, „dass sie uns lebend erwischen sollen."

Der Shark raste hochkant zwischen zwei Lastengleitern hindurch, die einander gerade überholten, und Desmond hörte bereits das Kratzen ihres Rumpfes über die Ladesektionen, doch es ging gut.

„Wird er sich dran halten?", fragte Fate.

„Wie bitte?"

„Dieser Bruder Jonas. Wird er sich daran halten, dass er uns nicht töten darf?"

„Jonas ist bequem, von lahmer Auffassung und hat ein aufbrausendes Temperament. Er wird auf unseren Antrieb zielen und hoffen, dass wir ihm nicht um die Ohren fliegen."

Sofort versetzte Desmond den Shark in Rollbewegungen, um die beiden außen sitzenden Hecktriebwerke dem Beschuss zu entziehen. Bis jetzt hatten sie noch nicht einmal einen Kratzer abbekommen. Jonas lief sicherlich vor Wut gerade rot an. Der Notrufsender erwachte wieder zum Leben.

„Treibt ihn im Täuferbezirk in die 766. Dort können wir euch mit Fangnetzen unterstützen."

Diese versteckte Warnung seines Onkels würde Desmond in den Wind schlagen, denn ihm war gerade eine Idee gekommen.

„Sie wollen die Fangnetze einsetzen. Kann gut sein, dass wir gleich ein paar von denen los sind … oder unser Leben."

Er führte den Gleiter in einer steilen Abwärtskurve bis fast auf die Bodenebene. Die Wings der fünf Priester blieben in seinem Windschatten. Dann wurde er langsamer, ließ sie wieder aufschließen, rollte sich aus ihrer Schussbahn und gab wieder Schub.

„Wiederhole das, 645!" Den Unglauben in der Stimme des Dekans konnte man sogar bei der schlechten Qualität des Notruf-senders heraushören. „Hervorragend. Drängt ihn in die Netze. Sobald er den Markierungspunkt passiert, haben wir ihn."

Die Wings rückten auf und nahmen Desmonds Shark erneut unter Beschuss. Er steigerte das Tempo.

„Mehr Energie in die Pneumatikpuffer der Landekufen. Kufen ausfahren auf meinen Befehl." Beim Durchführen der unorthodoxen Anordnung machten sich deutliche Zweifel auf Fates Gesicht breit.

Soweit Desmond sich noch erinnerte, waren die Fangnetze jetzt unmittelbar vor ihnen. Ganz in der Nähe des Christophorusflusses. Er drosselte das Tempo.

Zwei Verfolger kamen dem Heck des Sharks so nah, dass die Hitze der hinteren Düsen den Lack vom Bug ihrer Wings brennen musste. Aber immerhin hatten sie den Beschuss eingestellt. Die Umstellung ihrer Taktik sah vor, ihn in das Netz zu drängen.

In Desmonds Kapuze befahl sein Onkel: „Bodenlevel-Fangnetz aktivieren. Jetzt."

Zwischen den Fassaden schoss ein gitterartiges Gewebe durch die Luft und spannte sich über die gesamte Breite der Gebäudeschlucht.

„Die Kufen raus!", brüllte Desmond und beschleunigte auf Maximum. Er brachte den Shark so tief, dass er auf Container und Menschen achten musste, die mit rudernden Armen über die glatte Straße in Sicherheit flohen.

Die Kufen setzten mit einem ohrenbetäubenden Kreischen auf und durch den Gleiter ging ein Ruck, der den Insassen die Schädel gegen die Kopfstützen knallte.

Während die Landekufen über den vereisten Boden rutschten, wurden sie von der Pneumatik bis zur Belastungsgrenze ineinandergeschoben. Doch kurz bevor sie brachen, glitt der Shark knapp unter dem Fangnetz durch. Desmond zog die Höhenkontrolle sofort nach oben.

Von einer Sekunde zur nächsten hingen die beiden Wings, die gerade noch so dicht hinter ihnen gewesen waren, hilflos im Fangnetz.

Zwei weniger. Die Brüder hatten wohl darauf gepokert, dass es egal war, wenn sie mit Desmond zusammen in dem Netz endeten. Nur dass Desmond ihnen den Gefallen nicht erwiesen hatte. Er dankte der Heiligen Maria, dass er heute Morgen die Wetterdaten für den Tag eingeholt hatte.

Der Abstand zu Bruder Jonas und seinen verbliebenen zwei Mitstreitern hatte sich zwar ein wenig vergrößert, da sie das Netz erst überfliegen mussten, aber sie wären sicherlich sehr bald wieder an ihnen dran.

„Na, für die Landung müssen wir uns dann was einfallen lassen", meinte Fate trocken.

„So weit sind wir noch nicht. Drei hängen uns noch am Allerwertesten. Und wenn ich das gerade richtig mitkriege, dann bekommen wir sogar noch etwas mehr Aufmerksamkeit."

***

Bei Bruder Jonas' Bericht über den desaströsen Fangnetzeinsatz ließ Dekan Sorofraugh seiner Begeisterung freien Lauf, indem er „ärgerlich" auf die Lehne des Präfektensitzes einhieb.

„Der Sünder wechselt jetzt vom Täuferbezirk in den Hain-Mamre-Sektor", informierte ein Stabsdiener aus der Grube der Erkenntnis. „Wir haben zwei weitere Sechserstaffeln in dem Gebiet zusammengezogen." Damit sanken Desmonds Chancen wieder. Der Dekan musste Jonas informieren.

„Bruder Jonas, wir schicken dir zwei Staffeln zur Unterstützung."

„Negativ, Vater."

Ephraim Sorofraugh hob eine Braue. Dass Jonas die Verstärkung ablehnte, war eigentlich ein Glück. Es barg aber auch das Risiko, dass der vom Ehrgeiz geblendete Jonas ausnahmsweise eine brauchbare Eingebung hatte.

„Wenn Ihr die Sünder wirklich lebend haben wollt, dann sagt meinen Brüdern bitte, dass wir den Shark in die 553. treiben. Sie sollen nur dafür sorgen, dass er nicht ausbricht."

,Was brütest du aus, Jonas?', fragte der Dekan sich. In das Mikrofon an der Kopfstütze sagte er: „So sei es, mein Sohn." Dann gab er die Order an die Begleitstaffeln weiter.

***

Jonas schäumte. So sehr wie über den Kerl da vorne hatte er sich selbst über den arroganten Desmond Sorofraugh noch nicht geärgert.

Gad war aber auch ein solch kurzsichtiger Idiotenschädel. Der hing völlig zu Recht im Fangnetz. Und ein Segen war es auch. Kein Messraum strahlte heller, nur weil zwei Bischöfe darin beteten. Weniger Brüder bedeuteten weniger Eigensinn und weniger Eigensinn bedeutete weniger Schwierigkeiten.

„Ich krieg dich schon, du Kalbstänzer." Der Shark-Gleiter tänzelte durch die Zielpositronik wie ein Wasserläufer über eine Dachpfütze. „Jetzt bist du dran." Er betätigte die Abzüge der vorderen Geschütze.

Der Shark setzte zu einem Rollmanöver an, doch diesmal war Jonas vorbereitet. Er kippte den Wing leicht nach links und feuerte weiter.

Treffer. Das obere Stück der Heckflosse wurde von einer seiner gelben Salven weggesenst. Eigentlich hatte er mit Sperrfeuer ein Abschwenken in die 746. verhindern wollen. Sei es drum. Vielleicht sah der Baalsjünger jetzt ein, dass es das Beste war, einfach aufzugeben.

***

„Wir haben die Horizontalsteuerung verloren." Fates Stimme klang tatsächlich etwas rau.

Der Shark war kaum ruhig in der Luft zu halten. Er bockte und ruckelte wie die alten Schubschaufeln, mit denen Desmond als Kind im Industriesektor die Kieshalden heruntergerutscht war. Dazu gaben sich sämtliche Warnsignale des Bordcomputers ein quäkendes und blinkendes Stelldichein.

„So eine Kleinigkeit kann man spielend mit den Schwebedüsen ausgleichen", beruhigte Desmond Fate.

„Die Schwebedüsen überhitzen viel zu schnell. Lass mich wieder steuern. Wir müssen runter."

„Schwebedüsen zuschalten! Die halten das schon aus. Und dreh diese Alarmsignale ab! Bei dem Theater kann sich ja keine Seele konzentrieren."

Fate hätte vielleicht eine Landung ohne Kufen und mit dem Feind im Rücken durchgezogen, aber Desmond blieb lieber in der Luft, denn in einem Gleiter rechnete er sich wesentlich größere Chancen als zu Fuß aus. Mit fest umklammertem Steuerhebel zwang er den taumelnden Shark auf die zweite Ebene zurück. Fate schaltete die Schwebedüsen an und riss die Sicherungen der Warnkaskade raus.

Viel stiller wurde es dadurch nicht, weil irgendwer versuchte, noch mehr von der Steuerfläche abzutrennen. Blendende Energieblitze jaulten über ihre Köpfe. Aus Desmonds Rollmanövern wurde ein müdes Wackeln.

„Jetzt kann ich sie sehen", fiel Fate ihm in die Konzentration.

„Wen sehen?"

„Die Verstärkung. Angel's Wings. Eine Staffel ist rechts und die andere links. Jeweils einen Häuserblock entfernt. Sie halten ihren Kurs parallel zu unserem. In den letzten paar Minuten waren die Vögel an jeder Kreuzung."

„Warum will Jonas uns unbedingt in der 553. haben?", überlegte Desmond laut und Fate quetschte den Bordcomputer aus.

„Hier steht, dass die 553. für den Flugverkehr gesperrt ist."

Das musste ja einen Grund haben, dachte Desmond. Und in den kirchlichen Navigationscomputern war dieser Grund garantiert verzeichnet. In ihrem nicht. Dennoch musste er das Spiel von Bruder Jonas mitspielen. Mit dem beschädigten Shark würde er einer ganzen Staffel nicht mehr entkommen. Ganz zu schweigen von zweien. Vielleicht sollten sie doch besser landen und ihr Glück im Labyrinth der Wallways und Gebäude versuchen ...

Von rechts hagelte es Lasergeschosse und er kippte den Gleiter weg, nur um die Bewegung gleich wieder mit den Schwebedüsen abzufangen.

Der Shark wollte nach unten. Desmond zog ihn mit Gewalt wieder hoch.

Sperrfeuer von oben. Desmond ruckte die Nase des Gleiters nach vorn.

Kurve voraus.

Die Schüsse der Verfolger schlugen in die Fassade eines Wohnturms. Fenster zersprangen. Mauerreste regneten zu Boden.

„Diese heuchlerischen Knierutscher." Fate lachte böse. „Kennen keine Rücksicht."

Desmond verwendete nun alles darauf, den Shark mit der maroden Steuerung und den überlasteten Schwebedüsen in die Kurve zu zwingen, damit sie nicht ebenfalls in eine Wohneinheit krachten.

Geschafft! Bei Gott, das war nicht einfach gewesen.

Er riskierte einen Blick auf die Navigation. „Die 553. liegt vor uns. Wollen wir doch mal sehen, welche Überraschung Jonas für uns bereithält." Desmonds Handschuhe spannten sich um die Knöchel.

„Willst du, dass die Bauarbeiten eingestellt werden?" Das war wieder Desmonds Onkel gewesen, der diese Frage offensichtlich an ihren Verfolger gerichtet hatte. Die Antwort seines ungeliebten Bruders war Desmond nur zu klar.

„Gurtzeug strammziehen. Mehr Energie in den G-Kraft-Kompensator. Es ist mir wieder eingefallen. In der 553. werden Sanierungsarbeiten durchgeführt. Das wird ruppig."

Wie sie es in dem schlingernden Etwas von einem Luftgleiter durch eine Großbaustelle schaffen sollten, wusste er selber noch nicht.

Der Flugverkehr verschwand. Dafür kamen riesige Baumaschinen in Sicht.

Im ersten Abschnitt wurde bereits wieder aufgebaut und ein Wust aus Kränen und Versorgungsleitungen ragte kreuz und quer durch den Straßencanyon.

Von hinten fingen die Wings wieder an zu drängen. Sie gingen über den Shark und wollten ihn nach unten zwingen. Dort war das Chaos aus Verstrebungen noch dichter.

Zu Desmonds Leidwesen hatte ihr beschädigter Flitzer in der Zwischenzeit ebenfalls Probleme mit dem Steigflug. Verlorene Höhe wäre also schwer wieder wettzumachen. Argwöhnisch schielte er auf die Temperaturskala, strapazierte die Schwebedüsen noch ein wenig mehr und drückte den Wing über ihm ein Stück weiter nach oben.

Ein Kranarm kam in die Bahn. Darunter hingen mehrere dicke Leitungen im Weg.

Desmond bremste hart. Der Shark sackte stotternd ab.

Während seine Verfolger über das Hindernis hinwegschossen, sprühten vom Heck Funken: Ein Kabel hatte ihnen die rechte Seitenflosse abgetrennt und mit einem Mal bot der Beschleunigungshemmer Desmonds Hand auffällig wenig Widerstand. Aus den elektronischen Innereien des Sharks erklang ein Knall. Durchs restliche Kabelgewühl kamen sie schadlos, doch die Werte der Düsen kletterten besorgniserregend hoch.

Nun hatten sie zwei Wings vor und einen hinter sich. Desmond hätte die Unversehrtheit seiner Seele darauf verwettet, dass es Jonas war, der ihnen da im Nacken hing.

Fate schaute von der Schadensanalyse des Bordrechners auf. „Was war das für ein Geräusch?"

„Die Bremsschubleitungen sind durch."

„Wir können nicht mehr bremsen? Du hättest mich fliegen lassen sollen."

Nach den Kränen versuchten die Wings, Desmond von drei Seiten in die Zange zu nehmen.

„Das hättet ihr wohl gerne, was?" Für einen klitzekleinen Augenblick gab er die Kontrolle über Steuerung und Schwebedüsen auf.

Der Shark wurde so stark destabilisiert, dass er fast einen Salto geschlagen hätte. Nur unter größter Anstrengung zwang Desmond die Maschine wieder unter seinen Willen. Aber sie hatten Höhe gewonnen und die Wingpiloten ließen ihnen wieder mehr Platz.

Eigentlich eine gute Sache, doch Fate fluchte einmal kräftig. Dann noch einmal. Noch kräftiger.

Desmonds Augen weiteten sich. Vor ihnen tauchten Fassadenstampfer auf. Mehrere mächtige Metallarme, die riesige Stücke aus einer zu erneuernden Gebäudefront hämmerten. Während sie nach statischen Schwachstellen suchten, fuhren die ölig verdreckten Arme scheinbar wahllos an hundert Meter hohen Gerüsten hoch und runter.

Gleich mehrere dieser gigantischen Konstruktionen füllten dampfend und zischend die Straßenschlucht mit Schutt. Ihr Stampfen war sogar durch die dicke Frontscheibe des Sharks zu hören.

Jeder Versuch, vor den Maschinen nach oben auszuweichen, wurde von der kaputten Steuerfläche zunichtegemacht. Ein Problem, das ihre Verfolger nicht kannten. Sie stiegen auf und überließen Desmond und Fate ihrem Schicksal.

Quer vor der Bugspitze des Sharks donnerte ein kantiger Metallarm in die Fassade. Desmond riss wie wild an der Steuerung und dosierte die Schwebedüsen nach bestem Können, aber die Ausweichbewegungen wurden immer schwächer. Zusätzlich behinderte der Abrissstaub die Sicht.

Es rumste. Wieder ein Stampfer. Diesmal hatte er knapp an der Unterseite des Sharks vorbeigeschlagen. Prompt geriet der Gleiter ins Trudeln. Wahrscheinlich hatte der Hammerarm Reste der Landekufen erwischt.

Fates Kiefermuskeln traten hervor. Desmond war mittlerweile an seiner Belastungsgrenze angelangt. Mit purer Willensanstrengung und Reflexen, die ihm in ihrer Schnelligkeit selbst unheimlich waren, drückte er den Shark zurück auf Kurs. Gleichzeitig wich er zwei weiteren Stampfern aus, die ihnen sonst das Cockpit zertrümmert hätten.

Das Steuer zu halten und die Tasten für die Schwebedüsen zu bedienen, ließ sich von Minute zu Minute schlechter bewerkstelligen. Desmonds Handschuhe wurden rutschig. Derweil war der Shark von der zweiten bis fast zurück auf die erste Ebene gesunken und durchs Cockpit konnte man wieder den Boden ausmachen.

Ein monströses Krachen hinter ihnen. Dann prasselten Betonbrocken auf das Gleiterverdeck.

Das hatte Desmond nicht einmal kommen sehen. Er hätte es nie zugegeben, aber es war reines Glück gewesen, dass der letzte Metallarm sie nicht erwischt hatte. Doch nun ließen sie auch die Stampfer endlich hinter sich. Gelobt sei die Gnade des …

„Heiliger Georg, Jesus, Maria und Josef!"

„Was ist denn?", fragte Fate. „Oh, jetzt wird es richtig lustig. Du lässt mich besser fliegen."

Das Umgebungsradar zeigte voraus eine weitere Kurve. Diesmal so eng, dass sie sie bei der Geschwindigkeit niemals nehmen konnten. Nicht ohne Bremsschub.

Jonas und die beiden anderen Wings witterten ihre Chance, drängelten erneut und bereiteten sich sicherlich schon auf eine Landung vor, um entweder ihre Überreste zusammenzukehren oder zwei Sündengriffe durchzuführen. Die Abstandsanzeige zählte gnadenlos die verbleibenden Meter bis zur Kurve runter.

Desmond brüllte: „Verdeck öffnen!"

Fate gehorchte, aber nicht kommentarlos. „Das Verdeck wird keine große Bremswirkung haben. Abreißen wird es. Das ist alles." Natürlich griff der Fahrtwind sofort unter das Verdeck. Mit einem Schlag wurde es aus der Verankerung gerissen und segelte in die Tiefe. „Na, sag ich`s doch. Ich sollte besser fliegen." Fate setzte den Helm auf.

Desmond kniff die Augen gegen den eisig tosenden Wind zusammen. Trotz der Frontscheibe fühlte er den schneidenden Luftzug durch den Gesichtswickel. „Fest anschnallen!"

Alles, was ihm jetzt noch einfiel, war etwas, das er noch nie versucht hatte und das Fate ihm wahrscheinlich auch ganz schnell wieder ausgeredet hätte. Er zog das Gurtzeug so eng es ging. Bei dieser Aktion würde der G-Kraft-Kompensator wenig nützen. Er schaltete ihn aus und leitete die Energie zu den Schwebedüsen um.

Die Wings kamen immer näher. Und der Respekt der Priester war gewichen. Einer von ihnen wollte dem Shark einen Rempler mit dem Bug verpassen, damit er gleich aus der Kurve flog. In einem letzten Gewaltakt wich Desmond aus.

„Übernimm die Steuerung, Veneno! Flieg einfach geradeaus! Die Schwebedüsen nur zum Stabilisieren einsetzen!", schrie er gegen den Fahrtwind an.

„Aber die Kurve!?"

„Um die werde ich mich kümmern."

Der Heilige Geist war wieder stark in Desmond. Er konzentrierte sich auf die Gebäudeecke. Eine Engelsstatue, die die gesamte erste Ebene hoch aufragte, verengte den Abstand zwischen den Wohntürmen noch mehr.

Die voll funktionstüchtigen Wings verringerten ihre Geschwindigkeit, während Desmond seine Hände ausstreckte, so als wolle er den steinernen Engel packen.

Und genau das tat er mit dem Heiligen Geist. Er spürte den Widerstand der Statue in den Händen und die Masse des Sharks am Körper. Das Gewicht zerrte an Gurtzeug wie wahnsinnig. Kalter Schweiß sammelte sich unter Desmonds Kopfwickel.

„Du bist verrückt", brüllte Fate.

Desmond rief noch mehr vom Heiligen Geist, stählte seinen Körper und klammerte sich an das Standbild. Die Flugbahn des Shark veränderte sich. Erst nur leicht, dann immer mehr. Etwas knirschte.

Desmond stöhnte auf. Es war eine immense Anstrengung. Nur schwer auszuhalten. Sein Augenlicht verdunkelte sich, seine Galle drückte den Magen hoch und das Gurtzeug schnitt mörderisch in den Leib. In seinen Armen schien jedes Gelenk auseinanderzuspringen zu wollen.

Das Knirschen und Rumpeln wurde lauter.

Mit brennenden Armen wuchtete Desmond den Shark durch die Kurve und die Flüssigkeit in seinen Augenwinkeln stammte nicht mehr allein vom Wind.

An den Knöcheln des steinernen Engels bildeten sich Risse. Dann gab die gewaltige Statue den Kräften, die an ihr zogen, nach. Sie kippte in den Straßenspalt, schlug zwei der Wings aus der Luft und krachte gegen die gegenüberliegende Fassade.

Aus der Staubexplosion schoss nur noch ein Gleiter hervor.

Fates Lachen hallte durch die Straßenschlucht und mit wütend speienden Turbinen setzte der letzte Pilot die Verfolgung fort.

***

„Von den Brüdern 277 und 418 kommen unklare Signale. Wing 645, geben Sie uns ihren Einsatzstatus!" Die Bistumsbeamten aus den Turmspitzen hatten sich eingeschaltet.

„Wing 645. Bruder Jonas hier. 277 und 418 sind abgestürzt. Status unbekannt." Seine Stimme im Zaum zu halten kostete Sem Jonas einiges an Beherrschung.

Dabei musste er seinem Schutzpatron eigentlich eine kleine Opfergabe darbringen, weil er ihn so glimpflich hatte davonkommen lassen. Lediglich das Reinigungssystem der Scheibe hatte es erwischt und da, wo sie Bekanntschaft mit den Betontrümmern gemacht hatte, zeigten sich kleine Sprünge. Alles Kinderkram. Er konnte den Wing dank des Kragendisplays auch blind fliegen. Aber darum ging es nicht.

Zweimal war ihm diese elende Teufelszucht schon entkommen, und jetzt musste er dem Bistum noch den Verlust von zwei weiteren Brüdern melden. Er wollte irgendetwas zerstören.

„Bruder Jonas, brich die Mission ab. Überlass das den beiden Ersatzstaffeln." Dekan Sorofraugh mit seiner väterlichen Sanftheit.

Zum Teufel mit ihm. Es würde sowieso Riesenärger geben. Jonas warf einen Blick auf die Sektorenkarte und den gegenwärtigen Kurs. Der Shark hatte massive Steuerprobleme, konnte nicht mehr schnell aufsteigen und wurde von zwei Sechserstaffeln geklammert. Die einzige Richtung für ihn war geradeaus. Jonas konnte doch jetzt nicht einfach aufgeben. Etwas Geduld, und dieses Wrack würde von ganz allein aus der Luft stürzen.

Beim Herauszoomen erkannte er, dass die Straßenflucht zu seiner letzten Chance führte, dieses Debakel noch zu einem erfolgreichen Abschluss zu bringen.

„Vater, bei der Gnade Gottes bitte ich Euch: Lasst mich den Einsatz fortführen." Oh, wie er es hasste, vor jemandem so auf den Knien herumzurutschen.

„Bist du dir sicher, was du da tust, Jonas? Sollte der Büßer entkommen, werden das Bistum und auch ich dich zur vollen Verantwortung ziehen." Die Stimme klang immer noch bemerkenswert ruhig.

„Ja, Vater. Ich bin überzeugt, dass ich es schaffe. Die Staffeln sollen nichts anderes tun als bisher. Wir scheuchen ihn über die 101. in den Sichem. Ich erbitte eine Verriegelung des gesamten Sektors."

Bis zu Dekan Sorofraughs Antwort dauerte es etwas. Er hatte den Vorgang sicherlich noch einmal auf dem Turmkanal mit den Bistumsbeamten besprochen und protokollieren lassen.

„Die 101. endet im Sichem als Sackgasse. Ich rufe dir noch mal ins Gedächtnis, dass du ihn lebend erwischen sollst, Bruder Jonas! Amen."

„Verstanden. Amen", sagte Jonas, dachte aber zornig: „Besser tot als gar nicht."

Niemand entzog sich der Macht der Katholischen Kirche. Niemand.

***

Hob Desmond seine Arme auch nur ein kleines Stück aus dem Schoß, antworteten sie sofort mit einem quälenden Stechen. So legte er lediglich den Kopf zur Seite und presste sein Ohr an den Notrufsender. Sichem, Sackgasse, Sektorabriegelung, war alles, was er über das Brausen des Fahrtwinds verstand. Aber den Rest konnte er sich denken. Sie waren immer noch hinter ihnen her.

Er informierte seinen Mentor. „Jonas weiß, wir können weder Höhe noch Richtung großartig ändern und diese Strecke endet vor einem Gebäudeturm."

„Hervorragend", seufzte Fate durch den Helm. Allerdings beherrschte er den schrottreifen Shark bewundernswert gut. „Was sollen wir tun?"

„Den Kurs beibehalten und gegen die Wand fliegen."

„Gegen die Wand?"

Desmond fand kaum noch Kraft zum Antworten. Ihm war schlecht und er fühlte sich unendlich schläfrig ...

***

Ein heftiger Rüttler des Sharks holte ihn in eine Realität aus Kälte und ungesundem Triebwerkskreischen zurück. Im ersten Moment befürchtet er, dass sie gerade abstürzten, doch Fate hatte bloß an einer Kreuzung dem Verkehr ausweichen müssen.

„Jonas schießt ja gar nicht mehr", meldete Desmond sich zurück.

„Schön, dass du wieder bei mir bist. Ich hab mir schon ernste Sorgen gemacht. Diesmal scheint er sich seiner Sache sehr sicher zu sein. Mehr als in unserem Windschatten zu bleiben macht er nicht."

„Überheblichkeit ist Jonas´ größte Schwäche." Desmonds Schwindel hatte sich fast erledigt und er konnte seine Arme wieder bewegen, ohne schreien zu müssen. „Wie lang noch bis zum Aufprall?"

„Viele Kilometer können es nicht mehr sein. Wir sind schon in der 101. und die Begleitstaffeln über uns. Wenn du einen Plan hast, wäre es jetzt an der Zeit."

„Ist in Arbeit."

„Und ich bin ganz Ohr."

Desmond löste seine Gurte. „Wie jeder Gleiter dieser Privilegienklasse hat auch der Shark Schleudersitze."

„Ich bin immer noch ganz Ohr."

„Außerdem stecken Rettungsschirme in den Rückenlehnen." Desmond zückte ein Dagon-Messer aus dem Ausrüstungsgürtel, kniete sich gegen die Flugrichtung auf den Sitz und umschloss seine Kopfstütze. Die Distanz zum Wing hinter ihnen war so kurz, dass er Jonas garantiert hätte sehen können, wenn die Cockpitscheibe nicht so verschmiert gewesen wäre. Gut. Das würde ihnen entgegenkommen.

„Was immer das wird, es sollte schnell gehen", hetzte Fate. „Wir sind so gut wie da."

Desmond zerschnitt erst das Kunstleder der Rückenlehne, danach durchtrennte er die Schnüre seines Schirms. Mittlerweile schloss Jonas zum wer-weiß-wievielten Male auf, als wollte er sie nötigenfalls bis in seine Falle schieben. Zweimal hatte sich diese Strategie schon gegen ihn gewandt. Wurde der sture Sem denn niemals klüger?

Fate rüttelte an Desmonds Schulter. „Fassaden voraus. Ich kann das Ende der Route erkennen."

Zum Schluss durchtrennte Desmond auch die Fallschirmschnüre in Fates Lehne und setzte das Signalfeuer beider Sitze außer Kraft.

„Fühlst du dich plötzlich doch noch an Iskariots Wort gebunden oder warum willst du uns umbringen?"

„Vertrau mir", antwortete Desmond, fand dann eiligst in seinen Sitz zurück und schnallte sich wieder an. Irgendwie gefiel es ihm, den Spieß einmal umzudrehen.

Links und rechts rasten festlich erhellte Fenster von Wohneinheiten vorbei, mit denen die Mieter signalisierten, dass sie sich Zuhause befanden und der Ankunft Christi gedachten. Und auch die ebenso adventlich ausgeleuchtete Fassade vor ihnen, am Ende der Straßenschlucht, wurde immer deutlicher.

„Runter!", brüllte Desmond. „Setz den Gleiter ins Fundament!"

„Du erwartest eine Menge Vertrauen."

Als der Shark sich abwärts neigte, verlangsamte Jonas' Wing das Tempo und setzte zur Landung an. Er hatte an diesem Tag wohl doch etwas gelernt.

In einer weit gezogenen Kurve raste der Shark Richtung Fundamentstockwerk. Die Gläubigen, die sich dort aufhielten, spritzten in alle Richtungen davon. Desmond presste die Taste für das Scheuchsignal, bis er meinte, seine Finger müssten abknicken.

„Die Schleudersitze!", rief er, zog den Hebel dafür nach hinten und klammerte sich mit beiden Armen an Fates Rüstungsplatten.

Auf ihren blauflammigen Minidüsen wurden die Sitze senkrecht in die Höhe geschleudert. Der Shark überschlug sich und donnerte in die Fundamentmauer. Eine schwarz-orangefarbene Explosionswolke zu Desmonds Füßen verwandelte alles, was sie berührte, in Asche. Fenster zerplatzten, Leuchtreklamen wurden in die Luft geschleudert und Antennenschüsseln weggerissen. Nur die Schleudersitze trieb sie knapp vor sich her.

Gesegnete Mutter, hilf mir in meiner Verzweiflung. Heiliger Geist, wo bist du?

Desmond griff nach den Kräften in seinem Inneren, doch er griff ins Leere. Aneinandergeklammert wie zwei Kinder in der Kälte schossen sie auf ihren Sitzen weiter aufwärts.

Desmond würde sich nicht von Jonas besiegen lassen. Nicht von Sem Jonas. Mit seinem ganzen Zorn beschwor er den Heiligen Geist, befahl ihn unnachgiebig an seine Seite. Und plötzlich war die wunderbare Macht Gottes bei ihm.

Nun war der Zenit ihrer Schleuderkurve fast erreicht.

Desmond sah sich um.

Es folgte ein trockenes Knallen und die Rettungsschirme flatterten nutzlos davon, aber er fand, was er gesucht hatte: eine Etage, die fast vollständig dunkel war.

In Desmonds Innerem loderte der Heilige Geist auf, toste direkt unter seiner Haut. Als die Schwerkraft ihn und Fate wieder nach unten zog, streckte er einen Arm zur gegenüberliegenden Wand und befreite den Heiligen Geist von seinen körperlichen Grenzen. Mit den Rückenlehnen voran wurden die Schleudersitze durch eins der unbeleuchteten Fenster katapultiert.

Zum zweiten Mal krachte Desmond heute durch Glas. Diesmal landete er in einem Wohnbereich, riss ein Sofa mit sich und blieb rücklings in Möbeltrümmern liegen.

Hinter ihnen spielte der Wind mit den zerfetzten Resten der Gardine.

„Du hättest mich fliegen lassen sollen", krächzte Fate durch das Sprechfeld im Helm und befreite sich aus dem Gurtzeug sowie aus Desmonds Umarmung.

„Du bist doch geflogen", entgegnete er schwach.

„Erst unter deinem Kommando und dann per Schleudersitz in ein Wohnzimmer. Das ist nicht ganz, was ich meinte. Nun, ja. Wenigstens leben wir noch."

„Wie man's nimmt." Obwohl Desmonds Gurte an zwei Stellen gerissen waren, brauchte er für seine Befreiung deutlich länger als Fate. Währenddessen landeten in seiner Fantasie schon die ersten Wings vor dem Gebäude und eine Hundertschaft Priester riegelte den Sektor ab. Er zog sich in den nächsten Sessel.

„Bei Belphegors Schwanz!", blaffte Fate ihn an. „Du willst dich jetzt ausruhen? Auch wenn Jonas unseren spektakulären Ausstieg wegen des Drecks an seiner Scheibe vermutlich verpasst hat, müssen wir trotzdem ganz schnell hier raus."

„Ist mir klar."

„Ich schau mich mal ein wenig um und du machst, dass du auf die Beine kommst." Fate verließ den Wohnbereich.

Oh, Maria. Desmond würgte alles, was da bis zu seinem Hals stand, tapfer wieder herunter und sprang plötzlich vom Sessel auf.

Vor dem zerstörten Fenster flammte ein Lichtkegel auf: ein Wing im Lauermodus!

So schnell die Füße ihn trugen, wankte er ins Schlafzimmer.

„Das Schicksal ist uns gewogen", wurde er von Fate begrüßt. „Hier wohnen dicke Menschen!" Wie er sich die übergroßen Kleidungsstücke über die Rüstung gezogen hatte, sah schlichtweg lächerlich aus.

„Du musst dieses schwarze Ding und deinen Bogen loswerden. Sonst erkennt man uns an jeder Ecke."

„Auf keinen Fall. Solange wir auf den Mitternachtspfaden bleiben, reichen die Klamotten als Tarnung. Außerdem suchen alle nach einem schwarz Vermummten und die wenigsten wissen, was eine Toledo-Tarnrüstung überhaupt ist." Er stopfte seinen Helm in einen Tragesack. „Aber jetzt lass uns abhauen!"

In der Sekunde fuhr der Lichtkegel des Wings draußen über die Schlafzimmervorhänge und Fate zog Desmond fort vom schmuddeligen Doppelbett in den schmalen Korridor, der alle Räume der Wohneinheit verband.

„Nichts wie raus hier!" Er schob ihn weiter durch die Wohneinheit. „Die Schwarzröcke machen bestimmt schon alles dicht."

In diesem Stockwerk waren wohl die meisten Gläubigen noch bei der Arbeit, denn niemand rannte in Panik über den Etagenkorridor oder klopfte aufgeregt bei den Nachbarn. Auch der Rapidlift tat noch seinen Dienst, was bedeutete, dass die Priester das Gebäude noch nicht gestürmt hatten.

Trotzdem drängte Desmond Fate am Lift vorbei ins Treppenhaus.

„In Sichem sind viele Bauwerke durch ein System von Kellern und Abwasserkanälen untereinander verbunden. Das können meine Brüder gar nicht alles unter Kontrolle bringen. Wir nehmen die Treppen bis nach ganz unten und sehen dann zu, dass wir unterirdisch von hier wegkommen." Sich den Gesichtswickel abreißend, hetzte Desmond das Treppenhaus herunter.

Fate folgte ihm.

Im dritten Stock zwangen sie Schritte und Stimmen zurück in die Etagenkorridore. Doch von da aus glückte ihre Flucht letztendlich über einen Abfallschacht, in dem Desmond nicht nur seine verräterische Maske, sondern auch den größten Teil seines Frühstücks loswurde.

***

Man hatte Daniel zusammen mit Meisterheiler Levi und dem Sicherheitsbeauftragten zum Generaloberen Michaelis beordert. Diese Zusammenkunft im Angesicht der Krise war allen Beteiligten merkbar unangenehm. Sogar Michaelis selber. Ständig blickte er von einem zum anderen und bewegte die ineinander verschränkten Finger. Konsequenzen drohten. Und jeder wollte, dass der bittere Kelch an ihm vorüberzog.

Nur Daniel, der jetzt da stand, wo vor wenigen Stunden seine geliebte Tabea gestanden hatte, musste so tun, als würde ihm all das etwas ausmachen. Teil seiner Scharade war es, dass er sein Analyseboard umklammerte und bis zum Schluss vorgab, er wolle all die Umstände, die zum Fiasko im Zölibattrakt geführt hatten, restlos aufschlüsseln. In Wahrheit gab er die letzten Steuerbefehle ein und war dankbar für jede Sekunde, in der ihm niemand das Board aus der Hand riss, um zu sehen, was er wirklich machte.

„Ich bin über alle Maßen enttäuscht von euch, meine Söhne." Der Generalobere trat vor seinen Schreibtisch zu den drei vermeintlich Verantwortlichen und stellte sich vor Daniel. „Und ganz besonders von dir. Mein Vertrauen in deine Fähigkeiten war wohl doch zu hoch angesetzt."

Fertig. Das Timing hätte nicht besser sein können. Daniel packte den kleinen Terminal unter den Arm und hielt dem Blick des Generaloberen stand.

Würde er weiterhin das verschreckte Huhn mimen, würde er sich spätestens jetzt unglaubwürdig machen. Schließlich kannte man ihn in dieser Stadt als einen abgebrühten Verhandlungspartner, dessen Sicherheitsunternehmen sich seit über fünf Jahren gegen Kirche und Zivile Sicherheit behauptete. Davon abgesehen wurde unter seinem Arm soeben jede seiner Manipulationen am System gelöscht.

„Wie ich bereits Meisterheiler Levi sagte: Als Erstes hätte ein Wartungsteam auf die Sache angesetzt werden müssen. Ich habe es wieder und wieder durchgecheckt: Sämtliche technischen Mängel sind von mir ausgeglichen oder behoben worden. Alles, was jetzt immer noch nicht vernünftig seinen Dienst tut oder was dazu geführt haben könnte, dass jemand unbemerkt hier eindringen konnte, hatte nichts mit den von mir installierten Systemen zu tun. Die Ursachen dafür lagen von Anfang an *nicht* primär in den Sicherheitsanlagen."

Michaelis spitzte die Lippen. „Ein Team von der St. George ist gerade in diesem Augenblick auf dem Weg hierher. Es wird feststellen, ob deine Worte der Wahrheit entsprechen. Wenn nicht ..."

„Uns drängte sich der Eindruck auf, dass Commander Jackdaw die Angelegenheit eher verschlimmert hat, als sich um eine Wiederherstellung der Ablaufprotokolle zu bemühen", fiel Meisterheiler Levi Daniel in den Rücken. Er schaute den Sicherheitsexperten an, der zog seine Rangtuchstreifen glatt und nickte. Mit nichts anderem hatte Daniel gerechnet.

Der Generalobere zog die Stirn kraus. „Das klingt, als müsstest du dir Sorgen machen, Jackdaw."

Mit einem Mal starrte der Sicherheitsbeauftragte und kurz danach auch Levi zur Decke. Aus dem weiß getünchten Ventilationsrohr, das dort entlanglief, drang außer dem üblichen Brummen noch ein anderes Geräusch.

Daniel gab sich alle Mühe, dass seine Mundwinkel unten blieben.

Das Geräusch schwoll an. Am treffendsten konnte man es wohl als Trippeln bezeichnen. Aber da war noch etwas anderes.

„Was zum ...?"

Als das Lüftungsgitter hinter Michaelis' Schreibtisch vom Rohr auf die hell marmorierten Steinfliesen schepperte, blieb selbst Meisterheiler Levi der Mund offen stehen.

„Das erklärt dann wohl so einiges", kommentierte Daniel gezwungen neutral.

Drei fette Ratten streckten ihre Nasen durch das Loch und wurden dann von ihren Schwarmgenossen aus dem Rohr geschubst. Auf der Suche nach einem Versteck rannten sie fiepsend durch den karg möblierten Raum. Ein wahrer Schwall an hässlichen, fetten Nagern folgte.

Michaelis musste sich setzen. Levis vor Ekel verzerrtes Gesicht wurde weiß wie sein Gewand und der Sicherheitsbeauftragte war hin- und hergerissen zwischen der Idee, die Ratten zu zertreten oder lieber ein dafür zuständiges Hygieneteam herbeizurufen.

Aber keiner von ihnen sagte noch ein Wort.

Daniel verließ Michaelis´ Büro, ohne eine Erlaubnis dafür abzuwarten. Vor der Tür gab er den Heimruf für seine Ungeziefer-Lockdrohnen ins Terminal ein.

XXXI

„Bist du dir sicher, dass man uns hier endlich reinlässt?", fragte Fate und blickte nervös unter dem übergroßen, lächerlich bunten Hut hervor.

„Ich war mir schon sicher, dass Çelesi heute Dienst hat und trotzdem hat uns im Häuserfriedhof niemand geöffnet. Wenn es hier nicht klappt, dann weiß ich nicht mehr wo sonst." Kraftlos hämmerte Desmond gegen die Tür des „Candy"-Ladens. Die Gasse davor erschien verlassener als damals bei der Rettung Nodrims.

„Vielleicht benutzt du den falschen Code?"

„Nein. Auch wenn sich die Zeichen im Wochenrhythmus ändern, kenne ich das aktuelle genau. Langsam mache ich mir Sorgen um die Ketzer."

„Um die Ketzer? Wir haben es jetzt an fünf verschiedenen Eingängen versucht, sind die Trümmerhalde hinauf- und heruntergekraxelt, trotzdem stehen wir immer noch auf der Straße. Darf ich dich daran erinnern, dass man nach uns fahndet? Wir sollten uns Alternativen überlegen."

„Typisch Veneno Fate. Denkt immer zuerst an sich."

„Richtig. Und bevor sich auch noch die falschen Leute Gedanken über uns machen, sprengen wir uns den Weg jetzt besser frei."

„Bist du wahnsinnig? Dann können wir auch gleich ein Eingangsschild montieren. Kommt nicht infrage." Desmond klopfte noch einmal. „Beim Heiligen Georg! Erst Iskariots Mordauftrag, dann finden wir alle geheimen Zugänge verschlossen. Irgendetwas stimmt hier nicht."

„Damit könntest du gar nicht mal so Unrecht haben ..."

Die Tür klackte, wurde aufgeschoben und Desmond und Fate sahen sich einem rußgeschwärzten Gesicht gegenüber. „Ihr seid das. Ein Glück. Kommt rein!"

„Hast du dich rasiert?", begrüßte Fate Nodrim.

„Schicker Hut", antwortete der und winkte die beiden aufgeregt hinein.

Drinnen machte Desmond seiner Anspannung sofort Luft. „Was ist passiert? Wo ist der Rest unseres Teams? Warum, beim Herrn Jesus, öffnet uns niemand?"

Nodrim ließ die Tür ins Schloss krachen und verriegelte sie mehrmals. „Eine Rebellion. Iskariots Gefolgschaft hat die Macht an sich gerissen."

„Einfach so? Hat sich niemand dagegen gewehrt? Was war mit den anderen Versammlungsführern?"

„Ich weiß nicht genau. Es ist passiert, während wir weg waren. Trimmund hat wohl seinen Posten in der Wachkammer verlassen. Das Pack hat sie dann gestürmt, sich bewaffnet und die Dreizehn als Geiseln genommen. Als ich aus der St. Fabiola zurückkehrte, war schon alles so gut wie geschehen. Zum Glück konnten meine Männer auf Wache einige Ketzer, die sich Iskariots Zugriff entzogen hatten, ins Ganglabyrinth führen. Der Zugang vom Labyrinth zum See wurde dann mit den Minen aus diesem Gang gesichert."

„Ist Fennek wohlauf?", fragte Fate dazwischen.

„Ja. Er steht vorne und hält die Stellung.

„Lass nach ihm schicken."

„Wir sind doch hier nicht im Bischofssitz. Schwing deinen Hintern gefälligst selber hin."

Ohne ein weiteres Wort riss Fate den Hut vom Kopf und verschwand im dunklen Gang.

„Was ist mit Calla und Tabea?", wollte Desmond wissen.

„Die sind bei uns in Sicherheit. Sag mal, Jackdaw kann uns nicht zufälligerweise Waffen oder Sprengstoff besorgen?"

Desmond zeigte auf den Rufsender im Kapuzenrand. „Wenn du die Tür noch mal öffnest, werde ich ihn fragen."

***

„Tabea!", rief Daniel überglücklich.

„Daniel! Endlich!"

Seine Tresorkiste übergab er dem SecularSecurity-Söldner an

seiner Seite und drängelte sich durch die Menge Tabea entgegen. Am Rand der Kreuzung von fünf Gängen, wo sich die letzten freien Ketzer versammelt hatten, schlossen sie sich in die Arme.

Obwohl sich ihm gleich zwei Frauen auf einmal an den Hals geworfen hatten, war nicht einmal Veneno Fate so stürmisch begrüßt worden. Und dass Desmond von diesen ungestümen Küssen mehr fasziniert als peinlich berührt war, zeigte ihm, dass er wohl schon zu lange unter den Gottlosen wohnte. Wenigstens trug die Nonne nun eine wärmende Decke über dem durchsichtigen Büßerkleid.

Nach einer kleinen Ewigkeit lösten die beiden sich voneinander und traten Arm in Arm in den Kreis, der sich um Nodrim, Calla, Fate und Nelson Toffler gebildet hatte.

„Ist in den Kisten das, was ich vermute, Jackdaw?"

„Bewaffnung in allen Größen, Nodrim. Für jeden was dabei."

„Du bist der Beste." Nodrim schlug in Daniels Hand.

„Aber Vorsicht! Lasst die Gewehre heile. Wenn mein Bestand bei der nächsten Inventur Lücken aufweist, bekommt der Dekan Ärger vom Bistum. Apropos: Der gute Sorofraugh hat persönlich für meine Flugfreigabe gesorgt. Ihr solltet ihm also genauso danken wie mir." Schließlich legte er einen Arm um Desmond. „Und dir danke ich auch. Dir vor allen anderen."

„Das hat Tabea schon getan", erwiderte Desmond. „Leider dürfen wir uns noch nicht zurücklehnen und feiern."

„Hab ich schon befürchtet. Worum geht's?"

„Oh, Maria. Wir haben uns hier ganz schön was eingefangen …"

„Hört mal her!", ergriff Nodrim das Wort und jeder Kopf wandte sich ihm zu. „Viel Zeit bleibt uns nicht mehr. Ich fasse die Lage kurz für alle zusammen und danach sollten wir schnell entscheiden, was zu tun ist." Er wiederholte alles, was er Desmond erläutert hatte, und schloss mit den Worten: „Wir haben nun die Möglichkeit, uns zu ergeben und Iskariots Herrschaft anzuerkennen oder von hier wegzugehen und uns irgendwo anders ein neues Versteck zu suchen … oder wir können kämpfen."

Schweigen. Die Frauen und Männer an den Felswänden sahen sich fragend an. Irgendjemand rief: „Wofür noch kämpfen? Iskariots Anhänger haben den Unterschlupf überrannt. Alle Waffen gehören ihnen und in der Zwischenzeit steht doch sowieso schon jeder auf deren Seite."

„Wofür wir kämpfen?", antwortete Fate in die Menge. „Ihr glaubt doch nicht, dass die anderen Ketzer ernsthaft gutheißen, was Iskariot getan hat? Ist euch das nicht klar? Wir kämpfen, weil die Kaverne unsere Heimat geworden ist. Weil wir hier unsere Freiheit genießen. Die ständige Überwachung durch die Kirche findet hier unten nicht statt. Hier brauchen wir uns nicht zu verstecken für das, was wir sind. In der Kaverne stehen Gottesmänner ...", er holte Desmond zu sich, „... Seite an Seite mit gefallenen Propheten." Dann zeigte er auf Calla und Tabea: „... und Geächtete auf einer Seite mit Heilsbringern. Im Unterschlupf finden wir die Liebe, die wir sonst an keinem anderen Ort finden konnten. Und deswegen beugen wir uns vor niemandem. Nicht vor dem Bischof, nicht vor dem Papst und schon gar nicht vor Iskariot. Und selbst wenn wir irgendwo einen neuen Unterschlupf finden, wer garantiert uns, dass uns dort nicht wieder jemand beherrschen will? Aus Nicopolis hat man uns schon verjagt. Ich für meinen Teil bin genug weggelaufen. Meine Angst ist keine Angst mehr. Sie hat sich in Wut verwandelt. Eure nicht auch?"

„Aber was für eine Freiheit soll das sein? In St. Conon konnte ich gehen, wohin ich wollte", rief eine Frau aus Nicopolis in die nachfolgende Stille. „Hier traue ich mich nicht mal vor die eigene Hütte. Und jedes Mal, wenn einer von uns an die Oberfläche will, weiß er nicht, ob er je zurückkommt."

Desmond ergriff das Wort: „Noch mag das stimmen, aber die Kaverne ist weit mehr als nur ein kleines Stückchen Freiheit. Sie ist ein Versprechen geworden. Mein Versprechen an euch auf ein Leben ohne Angst. Wir brauchen nur noch etwas Geduld. Es wird häufig erst schlechter, bevor es besser werden kann ..."

„Wir haben unsere Heimat verloren", unterbrach die gleiche Frau nun ihn. „Einige wurden sogar entführt und jetzt werden wir nicht nur von der Inquisition, sondern auch noch von den eigenen Leuten bedroht. Wie viel schlechter kann es werden? Wie lange müssen wir warten?"

„Veneno Fate und ich sind davon überzeugt, dass Iskariot für die meisten unserer Probleme verantwortlich ist. Er war es, der eure Frauen verschleppt und wahrscheinlich umgebracht hat. Wenn wir ihn beseitigt haben, dann wird das Leben im Unterschlupf ganz von selbst wieder ein besseres. Viele von euch sind in den letzten Monaten wegen eines Rates zu mir gekommen. Jetzt habe ich einen Rat für euch, einen Wunsch, eine Bitte: Lasst uns die Dunkelheit in unserer Mitte gemeinsam zum Teufel jagen! Lasst uns kämpfen für die Hoffnung auf ein Leben im Licht!"

Keinem Zwischenruf Zeit lassend, streckte Nodrim seine Faust gegen die Felsdecke und brüllte: „Für die Hoffnung! Die erste echte Hoffnung!"

Und seine Anhänger ließen ihre Armen folgen. Jetzt fielen auch die restlichen Flüchtlinge mit ein.

Unter schallendem Kampfgeschrei zogen sich Desmonds Freunde und Nelson Toffler in den hinteren Teil des Ganges zur Beratung zurück.

Dort wollte Desmond von Nodrim wissen: „Wie sieht es vorne aus?"

„Unsere Verteidigungsposition ist optimal, aber für einen Ausfall denkbar ungeeignet. Nachdem ich eine der Minen hochgejagt habe, hat sich niemand von Iskariots feigen Schleimern mehr in unseren Gang getraut. Die eröffnen bloß das Feuer, sobald wir vorstoßen wollen. Vielleicht sollten wir es von einem anderen Eingang aus probieren."

„Das haben Desmond und ich schon hinter uns", warf Fate ein. „Alles dicht. Verfügen wir über Lähmgas?"

Nodrim wollte den Kopf schütteln, doch Daniel erwiderte: „Jetzt schon. Hübsch verpackt in Granaten", und wies auf die Kisten, die er und seine Männer mitgebracht hatten.

„Aber die wenigsten von uns haben irgendeinen Atemschutz", gab Nodrim zu bedenken.

Fate winkte ab. „Da kann Desmond Abhilfe schaffen."

„Kann ich das?", fragte der.

Nodrim lachte freudlos. „Hast du hundert Odemsspender in der Tasche, oder was?"

„Das nicht", gab Fate zurück. „Aber er wird das Gas der Granaten mit dem Heiligen Geist vor uns hertreiben."

Daniel überlegte laut: „Wenn das klappt, dann erspart es uns einen verlustreichen Kampf aus diesem engen Felsspalt heraus."

„Es wird gelingen", gab Fate sich zuversichtlich. „Doch was erwartet uns, sobald wir hier raus sind?"

„Iskariot und seine Männer", antwortete Toffler nervös.

„Wie viele Kämpfer sind das insgesamt?"

„So um die dreihundert. Sie tragen alle eine rote Binde mit dem schwarzen Dornsymbol, um sich gegenseitig zu erkennen."

„Dreihundert bloß? Kinderspiel."

„Du hast gut reden", wies Nodrim Fate zurecht. „Wir sind nur etwas über siebzig Leute unter Waffen. Und diese Tropfsteinhirne marschieren quer durchs Kavernendorf, um die Bewohner einzuschüchtern. Wenn das nicht in ein Blutbad ausarten soll, müssen wir uns verflucht in Acht nehmen."

„Dann sollten wir so rasch wie möglich an Iskariot ran", schlug Desmond vor. „Mit ihm steht und fällt dieser Aufruhr."

„Wieso seid ihr euch da eigentlich so sicher? Und woher wollt ihr wissen, dass er es war, der die Frauen verschleppt hat?" Nodrims Stimme troff vor Argwohn und Toffler gab ihm recht.

„Wir haben herausgefunden, dass Iskariot nicht der ist, der er vorgibt", antwortete Desmond vorsichtig.

Fate sagte frei heraus: „Er ist ein Dämon."

Desmond wurde rot.

Münder blieben offen stehen, Lippen verwandelten sich zu Strichen und Nodrims Augenbrauen fuhren in die Höhe. „Wann wolltet ihr uns das denn sagen?"

Still schüttelte Fate den Kopf, dann flüsterte er: „Ich kann eure Empörung verstehen, aber wenn wir das in unserer kleinen Rede ans Volk gebracht hätten, wären alle direkt freiwillig nach Nicopolis zurückgerannt. Überlasst Iskariot Desmond und mir." Er strich über seinen Bogen. „Wir haben unsere Methoden. Bringt ihr uns bloß in seine Nähe und wir erledigen den Rest."

***

„Ich weiß nicht so recht, ob ich das noch packe. Erst Tabeas Flucht, dann unsere eigene und jetzt soll ich gegen einen Dämon und dreihundert seiner Gefolgsleute bestehen."

Desmond lehnte sich an die Gangwand, während Fate die Schutzkappen von den Enden seiner Bogenwurfarme entfernte. Es kamen zwei gefährlich gezackte Klingen zum Vorschein.

„Egal was passiert, ich bleibe in deiner Nähe. Öffne die Tür zu deinem Seelenhunger einen Spalt und dann und wann schiebe ich dir Energie hindurch. Du kannst sie dir natürlich auch selber nehmen, wenn du willst." Bei den Worten prüfte er in aller Ruhe die Zugkraft seiner drei Sehnen.

„Veneno Fate, skrupellosester aller Propheten, das werde ich nicht tun. Diese Perversion einmal am eigenen Leib zu spüren, hat mir vollauf gereicht. Ich werde mich nicht ein weiteres Mal gegen eine Seele versündigen. Weder gegen deine, noch die eines anderen"

„Ich sprach nicht davon, jemanden zu töten."

„Und ich höre gar nicht hin. Daniel hat mir ein Gewehr gegeben. Das reicht."

„Ist dem so? Womöglich beherrscht Iskariot mittlerweile das Baalsfeuer und verwandelt den gesamten Unterschlupf in Schutt und Asche. Wir brauchen jemanden, der dagegenhalten kann und das bin bestimmt nicht ich."

Desmond wollte aufstehen und gehen.

Fate ließ den Bogen fallen und drückte ihn wieder herunter. „Bei diesem Kampf werden Menschen sterben."

„Menschen, deren Seelen Gott gehören."
„Es sind Ketzer. Ihre Seelen werden vergehen ... oder schlimmer noch", er zwinkerte Desmond zu, „sie fallen Luzifer anheim."
Er gab Desmond wieder frei und der geriet kurz ins Überlegen, verwünschte sich aber sogleich dafür.

***

Die erste Verteidigungsreihe der Ketzer bestand aus vier Mann, die sich hinter einem Felsvorsprung und einem Haufen dicker, kantiger Steine verschanzten. Von dort aus bewachten sie die engste Stelle im Gang. Als sich ihnen das siebzig Kopf starke Ausfallteam unter Fates, Desmonds, Daniels und Nodrims Führung von hinten näherte, drehten sich zwei bekannte Gesichter um: Commander Oke, der Wächter, der bei Desmonds Prozess in der Rotunde ausgesagt hatte, und Fennek.

„Wie läuft die Verteidigung?", sprach Fate seinen Leibwächter an, während Nodrim sich leise mit Commander Oke austauschte.

„Sie schießen sporadisch auf uns und versuchen sich dann hinter Metallschilden zu nähern. Ohne Erfolg. Und seit Nodrim die erste Ladung hochgejagt hat, ist selbst das nicht mehr passiert."

„Ich hörte davon. Wir werden die Pattsituation jetzt auflösen. Apropos: Nodrim?", riss Fate den Versammlungsführer aus seinem Gespräch mit Oke. „Wie verhindern wir bei einem Vorstoß, dass die Minen diesen Gang in unser Grab verwandeln?"

Nodrim wühlte in seinem Beutel. Er präsentierte eine kleine Apparatur, die mehr Knöpfe und Schieberegler aufwies, als eine Großorgel Pfeifen hatte.

„Mit dieser Fernsteuerung sorge ich für Sicherheit auf allen Wegen, die ich je vermint habe. Solange du die Sprengquader nicht als Wurfgeschosse benutzt, sollte alles klargehen." Er grinste listig.

„Hört sich lustig an. Deaktivier sie und dann verpasst ihr denen da vorne eine Lähmgranate. Der Rest wie besprochen."
Fates Schwarzglasvisier sirrte in den Jochbeinbogen des Helms.

„Soll mir ein Vergnügen sein", gluckste Nodrim.

Er drückte erst mehrere Knöpfe an seiner Fernbedienung, dann gab er Oke ein Zeichen und der schleuderte eine entsicherte Granate über seine Deckung.

Es klackerte mehre Male, knallte, dann zischte es.

Sogleich schlugen Lasergeschosse von der Gegenseite in den Felsen und den Steinhaufen. Dazwischen hörte man lautes Fluchen und Husten.

Fate wartete keine halbe Minute, dann warf er einen Stein hinterher. Als keine Reaktion kam, flüsterte er: „Köcher auf. Standard." Den anderen rief er zu: „Bleibt zurück", und sprang mit einem Salto über den Steinhaufen, wobei er einen Pfeil vom Köcher in die Sehne legte.

Selbst wenn Iskariots Männer sich noch hätten wehren können, hätten sie Fate wahrscheinlich gar nicht getroffen. Ohne die Hände von Pfeil oder Bogen zu nehmen, hetzte er durch den Gang, sprang dabei von einer Wand zur anderen und verschwand schließlich in den Gaswolken, mit denen die Granaten die Passage gefüllt hatten.

Erneut vergingen keine dreißig Sekunden und Fates vom Helm verstärkte Stimme erschallte. „Sicher. Die schlafen alle wie die Babys."

Wollte er nicht an meiner Seite bleiben?, dachte Desmond und setzte sich wie die Übrigen mit dem Gewehr im Anschlag in Bewegung.

Fate kam ihnen entgegen. „Halt! Sonst fallt ihr auch gleich aus den Stiefeln. Desmond, schieb das Gas mit dem Heiligen Geist nach vorn."

„Ich soll etwas mit dem Geist bewegen, das ich nicht sehe? Das habe ich noch nie gemacht."

„Stell dir einfach vor, du wolltest einen riesigen Stein wegschieben. Moment! Ich höre jemanden."

***

„Los! Rein da mit euch oder ich mache euch Beine", trieb Moses Vocola ein Dutzend Männer mit einfachen Gewehren und Energieschleudern in den Zugang zum Stillen See. Er selber blieb mit fünfzig Bewaffneten auf einer Art Platz zurück, der von der Felswand, dem Seeufer und ein paar hastig errichteten Deckungen aus Bauquadern abgegrenzt wurde.

„Was ist passiert, Papa?", wollte Konstantin, einer seiner Jungs, wissen.

„Die scheinen von irgendwoher Verstärkung bekommen zu haben. Treltan kam flennend und hustend aus dem Gang gerannt und meinte, die anderen wären alle bewusstlos. Vermutlich Kampfgas. Wo ist Eckart?"

„Bei Iskariot auf der zweiten Ebene des Kavernendorfs. Er verhört gerade ein paar Versammlungsführer über Zugänge, in denen sich weitere Flüchtlinge versteckt halten könnten. Soll ich mit rein?"

„Nein. Trommel die anderen Jungs zusammen und schafft so viele Kämpfer her, wie die oben entbehren können. Hier wird es gleich ziemlich heiß hergehen, schätze ich."

Konstantin nickte und machte sich daran, seine Aufgabe zu erfüllen.

Er war kaum am ersten Pflanzcontainer vorbei, da schoss Vocolas Trupp ein orkanartiger Windstoß um die Ohren. Mehrere Männer, die eben im Gang verschwunden waren, wurden wieder ausgespien. Sie prallten gegen die Felswand, rutschten über den schwarzen Kies und zwei wurden sogar gegen einen Pflanzcontainer in Vocolas Rücken geschleudert. Eine Andeutung von Betäubungsgas hing in der Luft.

Vocola fluchte. „Geht in Stellung!"

***

Das hier entwickelte sich überhaupt nicht gut. Mittlerweile standen er und seine Männer alle hinter den Steinquaderdeckungen und vier Boote mit Schützen hinter Metallschilden dümpelten auf dem Stillen See. Vocola hatte eine weitere Gruppe in den Zugang geschickt, doch nur Kampflärm und Schreie waren wieder herausgekommen. Wenn Iskariot davon erführe, würde er toben. Vielleicht sollten sie drastischere Maßnahmen ergreifen und den Gang einfach sprengen.

Da tat sich wieder etwas. Man konnte Schritte vernehmen, deren Schall schnell näher kam.

„Achtung", rief Vocola überflüssigerweise, denn alle Waffen waren bereits angelegt.

Jemand stolperte aus dem Gang.

Er wurde sogleich von einem Laserfeuerstakkato niedergehämmert. War die rauchende Leiche jemand mit Iskariots Zeichen am Arm gewesen oder einer von Nodrims Bande? Verdammte Lumpenkleidung. Man konnte sie nicht auseinanderhalten.

Noch ein Geräusch! Ein arhythmisches Schlagen gegen die Wände. Was, beim Teufel, war das? Und auch diese Laute näherten sich. Schneller als die ersten.

Im nächsten Moment brach jemand hinter der Felsbarrikade direkt gegenüber vom Gang zusammen. Aus seinem Kopf ragte ein Pfeil und aus der Dunkelheit sprang ein Kämpfer in schwarzer Rüstung. Den Bogen hatte er bereits wieder gespannt.

Fate!

Er tötete zwei weitere Männer, bevor der erste Schuss in seine Richtung ging. Allerdings setzte er zu einer so schnellen Serie von Überschlägen an, dass ihn niemand traf. Auch Vocola selber nicht.

Er versuchte noch zweimal, den Mann in der Rüstung zu erwischen, dann flog etwas so dicht an seinem Ohr vorbei, dass er den Kopf schnellstens wieder hinter die Deckung nahm. Eddie schrie auf und wurde neben ihm in den Kies geworfen. Der Junge wollte an den Pfeil in seinem Bauch langen, ließ jedoch mit schmerzverzerrtem Gesicht wieder davon ab und begann zu wimmern.

„Tötet diesen Ziegen fickenden Dreckskerl!", schrie Vocola. „Das kann doch nicht so schwer sein!" Mit schief sitzender Mütze und zwei Gaslaser gleichzeitig abfeuernd kam er hinter den Quadern hoch.

Fate war mit einem besonders hohen Satz an die Felswand gesprungen und von da aus hinter die Deckung, die am nächsten zur Wand stand. Den ersten Kämpfer dort erwischte wieder einer dieser verfluchten Pfeile und kaum dass er auf dem Boden aufgekommen war, ließ Fate den Bogen kreisen. Die beiden nächsten Ketzer streckte er mit den Klingen an seinen Enden nieder.

Dann würden sie ihn eben hinter den Deckungen kaltmachen. Vocolas Läufe überhitzten fast, aber er konnte dem Propheten einen Treffer auf den Arm verpassen. Die Rüstung schluckte ihn. So wie zwei weitere, die von den Booten gekommen waren. Der Beschuss auf Fate steigerte sich nun. Die Anzahl der Treffer auch. Während er weiterhin Mann für Mann aus Vocolas Reihen metzelte, flogen jetzt Funken über seinen Körper und das Schwarz der Rüstungsplatten glühte. Irgendwann musste die Panzerung doch mürbe sein.

Steinsplitter spritzten in Vocolas Gesicht. „Was zum …", brüllte er. Von seiner Stirn lief Blut. Zum Glück hatte es kein Auge erwischt. Sonst hätte er wohl nicht mehr sehen können, wie die bewaffneten Ketzer hinter Nodrim und dem Priester aus ihrem Gang stürmten und aus allen Rohren feuerten.

Vocola schrie: „Alle Mann zum Aufzug. Dann in die Kaverne!", und nahm unter dem Feuerschutz seiner Jungs die Beine in die Hand. Dieser verfluchte Fate war eine beschissene Einmannarmee. Doch wenn Vocola ihn erledigte, wäre Iskariots Gunst für ewig seine. Er sollte nur den Priester lebendig anschleppen. Sie brauchten mehr Feuerkraft.

***

„Bei Gott, die ziehen sich ja schon zurück." Desmond warf sich mit Calla, die immer noch den Nonnenhabit trug, vor die erste Deckung aus Steinquadern.

Daniel warf sich daneben. „Und das, nachdem Fate den Gang ganz allein gesäubert hat. Langsam bin ich beeindruckt."

„Er kämpft so elegant, wie er tanzt."

Trotz allem hörte Desmond etwas eindeutig Schwärmerisches in Callas Kommentar. Das Mysterium der Frauen würde ihm wohl auf ewig verschlossen bleiben. So hielt er nach seinem Mentor Ausschau, konnte ihn aber nirgends entdecken. Hatte er ihn nicht gerade noch an den Pflanzcontainern vorbeisprinten sehen?

Daniel tauschte seinen Blaster gegen das schwere Scharfschützengewehr von seiner Schulter und gestikulierte mit seinen Männern. Auch sie verharrten vor den Steinquadern, während Nodrims Gruppe an ihnen vorbeilief. Desmond wollte Vocolas Leuten ebenfalls nachsetzen, da herrschte Daniel ihn an: „Unten bleiben! Hast du die Boote nicht gesehen?"

Plötzlich jagte von den Metallschilden der Boote eine Salve nach der nächsten in Nodrims Gruppe und zwang sie so zwischen die Pflanzcontainer an der Felswand. Kein ausreichendes Versteck. Ein Ketzer, der sich nicht weit und schnell genug zurückgezogen hatte, wurde mit einem Kopftreffer niedergestreckt.

Dafür nahm Daniel jetzt die Boote gemeinsam mit seinen Söldnern unter Beschuss. Er legte an. Erst klackte etwas am Gewehr, dann krachte es und schließlich schlug das komprimierte Präzisionsgeschoss mit einem Pling durch die Metallschilde. Wenn der Schild danach auch nicht umkippte, so machte sich doch auf jedem Boot Panik breit. Daniels Männer, Desmond und Calla gaben der Besatzung dann den Rest.

Nach dem letzten von Daniels Schüssen lagen zehn Leichen im Wasser und zwei hingen über den Bootsrändern.

Die Jagd auf Moses Vocola konnte fortgesetzt werden. Desmond zog Calla mit sich. Gemeinsam liefen sie Richtung Aufzug. Vocola war mit dem ersten Schwung seiner Männer bereits oben am Durchgang angekommen. Unten wehrten sich noch fünf Verzweifelte hinter viel zu kleinen Felsen. Nodrims Truppe deckte sie von den Containern aus mit Laserenergie ein und rückte dabei vor.

Desmond zielte auf „Papa" Vocola, aber seine Salve prasselte bloß gegen den oberen Aufzugholm. Dem Widerling fiel vor Schreck die Mütze vom Kopf und er selber ging in die Hocke. Sein nachfolgender Schuss ins Hauptzahnradfass stoppte die Fahrt der Kabine nach unten schlagartig und überließ seine Nachhut damit der Gnade Nodrims.

Die blieb aus. Die fünf nahmen noch einen seiner Männer mit in den Tod, dann fetzte eine Granatenexplosion ihre Körper in den See.

Jetzt stürmten alle bis auf Daniels Männer und Fate zum Aufzug, konnten dort jedoch bloß Nodrims Schimpfkanonade hören.

„Diese feige Kanalratte. Wenn ich Vocola in die Finger kriege, schneide ich alles ab, was nur einen Zentimeter von seinem Körper absteht. Und seine Schniedelflöte zum Schluss auch." Wütend wandte er sich an Desmond und Calla. „Wo wir gerade von Kanalratten reden: Wo sind eigentlich Fate und Jackdaw?"

Desmond blickte sich um. Sein Mentor hatte gerade bei einem der Toten gestanden und setzte sich jetzt in Bewegung.

„Veneno kommt gerade angerannt und Daniel ist mit seinem Trupp bei den Steinquaderdeckungen geblieben." Er wollte seinen Freund herbeigestikulieren, doch der winkte ab und zeigte zum ... Fahrstuhl?

„Was für ein Nümmerchen war das da zwischen den Pflanzcontainern, Fate?", fragte Nodrim, als der bei ihnen angelangt war. „Du hast doch nicht etwa meditiert, während wir hier Krieg und Vernichtung gespielt haben, oder?"

„Ich brauchte eine Pause", gab Fate zurück, aber irgendwie glaubte das keiner, bei dem sarkastischen Tonfall, mit dem der Satz aus seinem Vocoderfeld am Kinnteil des Helms kam.

Desmond jedenfalls nicht. Wenn hier jemand eine Pause brauchte, dann er selber. „Und nun?" Zweifelnd blickte er die Felswand empor. Seine Knie wurden schon wieder weich. „Ohne Ausrüstung kommen wir da nie ..."

Von oben fauchte ein Schuss neben Nodrim in den Kies.

„Was, beim nackt tanzenden Bischof, fällt denen denn ein?"

Der trockene Knall beantwortete die Frage zwar nicht, ließ aber alle erst zu Daniel und dann nach oben schauen, von wo ein Schrei ertönte. Nodrim, Desmond und ein paar Ketzer sprangen zur Seite, der Schrei wurde lauter und brach abrupt ab, als ein Körper zwischen ihnen aufschlug.

Nodrim hielt Daniel grimmig den gestreckten Daumen entgegen. Indes starrte Desmond geschockt auf den zerschlagenen Ketzer im eigenen Blut. Er glaubte, ihn von einem Vertrauenszeugnis zu kennen.

„Bleibt weiterhin die Frage, wie wir jetzt noch ohne Kletterausrüstung in die Kaverne kommen", riss er sich von dem Anblick los.

„Das wird kein großes Problem", merkte Nodrim an. „Die Mehrheit der Flüchtlinge hier sind Felsaffen und für den Rest existiert ein Steig, den man über den See erreicht. Und es gibt auch noch einen geheimen Zugang, der eigentlich nur Trimmund und mir bekannt ist."

Fate drehte den Kopf. „Geheime Gänge sind meine Spezialität."

***

„Wir kommen etwa hundertfünfzig Meter vor dem Durchgang zum Fahrstuhl aus der Wand", informierte Fate Desmond, während er durch die Steine eines Geröllhaufens spähte. „Sieht verhältnismäßig ruhig aus. Iskariot hält auf einem Dach in der Mitte des Dorfes eine Art Tribunal ab. Da stehen jede Menge Leute auf den Hütten. Ketzer, Bewaffnete, die Dreizehn und er selbst sitzt mittendrin." Mit einem Surren zoomte er die Helmansicht von Vergrößerung auf normal. „Jetzt müssen erstmal die Steine möglichst lautlos verschwinden, die diesen Spalt verbergen. Schaffst du das mit dem Geist, Desmond?"

„Ich weiß nicht. Die letzte Stunde war nicht gerade erholsam und mitten im Dunklen durch einen kalten Fluss zu waten hat mich zwar wachgemacht, aber auch Kraft gekostet."

„Bis zum Dorfrand sind es etwa fünfzig Meter und dort ist so gut wie nichts los. Vocola und seine Bande warten in und an den Hütten beim Durchgang auf uns. Sie haben eins von diesen kuriosen Etrogasschnellfeuergewehren aus Nodrims Waffenkammer auf ein Dach geschleppt. Wir werden versuchen, im Kavernendorf zu verschwinden, ohne dass sie auf uns aufmerksam werden. Doch fünfzig Meter können eine lange Strecke sein. Sollte die

Sache danebengehen, brauche ich dich topfit. Reiß dich also etwas zusammen."

Desmond sammelte den Heiligen Geist und blinzelte angestrengt gegen das Licht, das durch die Spalten im Geröllhaufen fiel. Er spürte das Gewicht der Steine, mehr geschah jedoch nicht. „Solange ich nicht fünfzig Leute gleichzeitig beeinflussen kann, werde ich dir keine große Hilfe sein, fürchte ich. Wir hätten ein paar von den anderen mitnehmen sollen."

„Um dann von Vocola beim Rausschleichen entdeckt zu werden? Wohl kaum."

„Was wird das?"

Fate hatte die Handschuhspange am Handgelenk gelöst. „Ich sorge dafür, dass wir beide auf der Gewinnerseite landen." Mit diesen Worten zog er den Handschuh aus und griff in Desmonds Nacken.

Desmond überkam die gleiche wohlige Wärme wie bei Iskariots Heilung, nur dass es diesmal nichts zu heilen gab. Fate nahm die Hand zurück, klemmte den Handschuh aber in ein Ausrüstungsfach der Rüstung.

Desmonds Müdigkeit und Schwindel waren verschwunden.

„Verfügst du etwa über das Lazarustalent?"

„Nein. Ich habe deinen Seelenhunger geöffnet und dir etwas von meiner Kraft übertragen."

„Ich habe im Geist gar nichts gespürt und ich fühle auch nichts von dir in meinem Bewusstsein."

„Du hast einen Teil meiner Energie bekommen, keinen Teil meiner Seele. Das eine lässt sich regenerieren, das andere wäre ich für immer los und dergleichen liegt nicht in meinem Interesse."

„So etwas lässt sich trennen? Das hättest du gleich sagen sollen. Unter diesen Umständen lasse ich mir den Gebrauch des Seelenhungers gefallen. Vorübergehend."

„Schön, dass du zur Vernunft gekommen bist. Und nun bitte: die Steine. Aber leise."

Desmond stellte sein Gewehr zur Seite und konzentrierte sich auf das, was den mannshohen Spalt verschloss. „Ich kann die Spitze des Haufens nicht sehen. Wie soll ich ihn da abtragen?"

„Warte! Nicht, dass die Steine hier so fulminant durch die Kaverne fliegen wie Vocolas Sturmtruppe vorhin durch die Gänge. Ich helfe dir."

Diesmal umschloss Fate Desmonds Handgelenk und zeigte mit dem Arm auf den Ausgang. „Öffne die Hand."

Desmond tat es. Der Heilige Geist wurde aus seiner Mitte gesogen und floss zum Arm hinaus.

„Jetzt probier ganz sachte, eine Faust zu ballen."

Kaum hatte Desmond die Finger ein wenig gekrümmt, stieß er auf Widerstand. „Geht nicht", informierte er Fate.

„Gut."

Es knirschte. Unvermittelt floss der Geist stärker aus Desmonds Arm und der Steinstapel rutschte als Ganzes so weit vom Eingang fort, dass das Licht vom Dorfrand einen breiten Strich auf den Boden zeichnete.

„So. Und jetzt drücken wir uns ganz langsam hindurch. Verlier nicht die Konzentration und sieh auf nichts anderes als auf den Stapel. Ich führe dich."

Desmond nahm sein Gewehr zurück. Schritt für Schritt gingen sie zum Spalt zwischen Wand und Geröll. Zunächst wand sich Fate nach draußen und zog seinen Schüler dann an einer Hand hinter sich her. Desmond ließ dabei das lose Gestein nicht aus den Augen. Gleichzeitig achtete er darauf, nirgends mit dem Gewehr hängenzubleiben.

Auf der anderen Seite angekommen, schoben sie den Haufen behutsam zurück vor den Spalt und versteckten sich so dahinter, dass Vocola sie nicht sehen konnte.

„Hervorragend", sagte Fate und löste seine Hand von Desmond.

Die Steine klackerten. Einer aus der dritten Reihe von oben legte sich auf die Seite und wollte aus dem Haufen rollen. Doch Fate schoss vor und verhinderte eine mögliche Kettenreaktion, indem er den Stein in seine alte Position drückte. Dann duckte er sich wieder.

„Das war knapp", kommentierte Desmond.

„Du sagst es, Waffenbruder. Ich nehme jetzt Vocolas kleines Bewacherteam in Augenschein. Sobald niemand von denen in unsere Richtung guckt, rennen wir zwischen die Steinhütten. Von da aus schleichen wir uns weiter bis auf Pfeilnähe an Iskariot heran." Aus Fates Visier drang ein erneutes Sirren und sie warteten. Es vergingen drei quälende Minuten, dann sagte er: „Ich würde behaupten: Die Dämonenjagd ist eröffnet!" Damit spurtete er zum Dorfrand.

Desmond folgte ihm zu einer Fensteröffnung, unter der sie sich duckten und angestrengt lauschten. Nichts.

„Kannst du Iskariot mit dem ersten Schuss töten?", flüsterte Desmond.

„Wahrscheinlich."

„Was bedeutet denn ‚wahrscheinlich'?"

„Keine Sorge. Ich musste die Pfeilspitzen mit dem Sanktuariumssilber nur ummanteln. Wir haben drei Versuche."

„Wenn du ihn nicht mit einem Pfeil erledigst, dann flieht er vielleicht. Oder schlimmer noch: Er wehrt sich. Und das mitten in der Kaverne. Sollte er wirklich so mächtig sein, wie wir fürchten, käme das einer Katastrophe gleich. Hast du keine Möglichkeit in Betracht gezogen, wie wir ihn an den Dorfrand locken können?"

Fate stöhnte leise: „Priester Sorofraugh, der Philanthrop. Lass mich raten. Wenn ich mich weigere, dann drohst du mir damit, nicht mitzukommen und so weiter und so fort, bla, bla, bla, nicht wahr?"

„So in der Art."

„Das ist wahrlich nicht der richtige Zeitpunkt, um zimperlich zu werden."

„Beim Heiligen Georg, ich hab´s. Es wird dir nicht gefallen, aber so und nicht anders werden wir es angehen."

„Verkompliziert dein Ersatzplan die Angelegenheit?"

„Ein wenig."

„Und verlangst du wieder mein Vertrauen?"

„Ja, eine Menge. Mehr als bei unserem ‚Absturz'."

Fate stöhnte noch einmal. „Du hast recht. Das gefällt mir ganz und gar nicht."

„Mach einfach nichts, was ich dir nicht sage, und vergiss nie: Egal was in den nächsten Minuten passiert, wir stehen immer auf einer Seite, auch wenn das nicht unbedingt deine Seite zu sein scheint."

„Dein Plan sinkt in meiner Achtung Stück für Stück."

„Weil du ihn noch nicht kennst."

„Wirst du etwa probieren, mit Iskariot zu diskutieren?"

„Das ist ein Teil des Plans. Ein kleiner."

„Sei gewarnt, Desmond Sorofraugh. Ein Dämon ist alles, bloß nicht vertrauenswürdig. Seine Worte enthalten Lügen, die du im Dickicht der Wahrheiten nicht erkennst. Ehe du dich versiehst, hat er dir auch ohne Heiligen Geist seinen Willen aufgedrückt. Lass ihn am besten gar nicht erst den Mund aufmachen."

„Bei Jesus. Du hörst dich manchmal wirklich an wie mein Onkel. Ich werde schon vorsichtig sein. Komm mit. Und halt dich zur Gegenwehr bereit, sobald ich mich am Kinn kratze."

Desmond trat wieder zwischen den Hütten hervor, ging in Richtung des Durchgangs, vor dem Vocolas Trupp wartete, und nahm das Gewehr über den Kopf.

Fate senkte die Stimme: „Standard." Der Pfeil aus seinem Köcher lag schneller auf der Sehne, als Desmond gucken konnte.

„Nimm das Ding runter!"

„Was hast du vor?"

Desmond ignorierte Fate. Er brüllte: „Hey, ihr da drüben! Nicht schießen. Wir kommen in Frieden."

Vocolas Trupp hatte so gebannt auf den Durchgang zum Fahrstuhl geblickt, dass sie Desmond und Fate tatsächlich jetzt erst wahrnahmen.

Fate flüsterte: „Das darf doch wohl nicht wahr sein!"

„Noch mal: Vertrau mir, egal was passiert."

Einige der Männer winkten Vocola zu und zeigten aufgeregt auf Fate und Desmond. Einen überraschteren „Papa" Vocola hatte man wohl noch nie gesehen. Er gab den Schützen hinter dem Schnellfeuergewehr einen Befehl und sie drehten den schweren Rotationslauf. Auch alle anderen Waffen zeigten nun auf die Neuankömmlinge.

„Wir ergeben uns", bekräftige Desmond erneut, um zu verhindern, dass man sie einfach über den Haufen knallte.

„Fate und der Schwarzrock." Vocola zeigte mit einem alten, aber schlagkräftigen Projektilgewehr direkt auf seinen Kopf. „Unter welchem Stein seid ihr denn hervorgekrochen? Und warum sollte ich euch nach der Vorstellung unten am See glauben?"

„Frag unseren Menschenhirten hier", nickte Fate Desmond zu.

„Du weißt um unsere Fähigkeiten", tat der selbstsicher. „Wenn wir gewollt hätten, wäret ihr alle schon tot. Wir möchten nur reden."

Vocolas Miene wechselte fortwährend zwischen Angst und Neugier. „Geht klar. Solange ihr die Waffen fallen lasst und die Griffel an den Kopf nehmt. Ach ja ... und Helm ab. Ich will wissen, ob du es wirklich bist, Prophet."

Fate ließ lediglich das Schwarzglasvisier nach oben fahren. Danach legte er den Pfeil und seinen „Stillen Tod" auf den Boden und seine Hände an den Helm. Desmond tat es ihm mit der eigenen Waffe nach und hielt seine Hände ebenfalls auf Schläfenhöhe. Dann bannte er Vocolas Blick.

„Lass mich mit Iskariot sprechen. Ich will verhandeln."

„Sicher." Mit glasigem Blick hakte Vocola ein verbeultes Comphone vom Gürtel und hielt es Desmond vors Gesicht.

***

Bogdan stand zwischen zwei von Iskariots Schlägern. Und auch wenn die Robe verdreckt und der Bart blutverkrustet war, in seiner Haltung lag noch immer etwas von dem grauen Löwen, als der er Iskariot im Prozess gegen Desmond gegenübergestanden hatte.

„Mehr kann und werde ich dir nicht erzählen, Iskariot. Der Prophet hat mich über vieles im Ungewissen gelassen. Wenn du genaue Einzelheiten über seine Höhlenexpeditionen wissen willst, solltest du dir Fennek vorknöpfen. Der weiß sehr viel besser Bescheid als ich."

Das Wesen, das sich Iskariot nannte, stützte sich auf einen verdrehten Stab, sein neues Zepter, und knurrte. Seine Gefolgschaft hinter ihm und die Anhänger der ehemaligen Dreizehn vor ihm umstanden eine freie Fläche, auf der es Bogdan, Lyonel Grazon und den dunkelhäutigen alten Barc Anastic verhörte. Sogar auf den Flachdächern der umliegenden Hütten standen Leute und verfolgten diesen Prozess, der eigentlich nichts als eine Machtdemonstration war. Und mit den Waffen aus Nodrims Kammer sorgten die Männer mit dem schwarzen Blutdorn auf dem Arm dafür, dass niemand Ärger machte.

„Da du so partout nicht mit Informationen über Fates Gänge oder einer Karte dazu herausrücken willst, Bogdan", erhob der Dämon in Menschengestalt das Wort, „ich dein Hirn aber leider nicht zu Brei schlagen darf, sollte ich das vielleicht mit dem von Barc machen." Er schenkte dem ältesten der Versammlungsführer ein wölfisches Grinsen.

Dessen Gesicht verlor eine Spur Farbe, aber er blieb aufrecht an seinem Gehstock, zuckte nicht mal, als Iskariot einen Schritt auf ihn zutat. Verfluchte sture alte Männer.

„Meister?" Das Comphone in seiner Tasche ließ den Menschdämon innehalten.

„Melde dich gefälligst mit Namen", sprach er in das Gerät und dachte: „Damit ich dich nachher für deine Impertinenz strafen kann", sagte jedoch laut: „Ich hoffe um deinetwillen, dass es wichtig ist."

„Hier spricht Vocola. Nodrims Gruppe hat einen Ausfall gewagt und uns bis zum Durchgang zurückgetrieben. Jetzt ist der bleiche Priester aufgetaucht und will verhandeln."

„Sorofraugh?"

„Genau der. Fate ist bei ihm. Sie sind wohl von draußen zu Nodrims Abtrünnigen gestoßen."

Fate war erst gegangen und dann doch zurückgekehrt! Weshalb? Das entsprach weder seiner Natur noch jeder Einschätzung. Dies musste eine seiner vertrackten Fallen sein.

„Gib ihn mir!"

Erst kam Rascheln aus dem Sprechfeld, dann sagte jemand so leise, dass man es kaum verstand: „Iskariot? Ich bin es: Desmond Sorofraugh. Du hattest recht. Fate kann mir nichts mehr bieten. Es ist mir gelungen, ihn unter Vorspiegelung falscher Absichten in die Kaverne zu locken. Wenn dein Angebot noch gilt, möchte ich, dass du meine Ausbildung fortsetzt. Dann lasse ich ihn in dem Glauben, dass wir dich zusammen umbringen wollen. Allerdings garantierst du mir dafür, dass kein Ketzer bestraft wird. Egal für was. Und ich werde Fate nicht töten. Das musst du schon selber machen. Seine Überreste schaffe ich hinterher zu meinem Onkel."

„Du willst dich jetzt noch darauf einlassen? Sei gewarnt: Wenn du mich hintergehst ..."

„Ich weiß, was du jetzt denkst, aber Fate gebietet nicht mehr über den Heiligen Geist. Die Inquisitoren haben ihn einst erwischt, bevor er als Prophet berühmt wurde und unwissentlich alle Talente aus ihm herausgebrannt. Er hat mir die Geschichte im Vertrauen erzählt und ich musste feststellen, dass sie stimmt."

„Ich will Vocola sprechen."

Abermals Rascheln.

„Meister?"

„Hat Veneno Fate gegen euch gekämpft?"

„Ja, Meister."

„Wie?"

„Er ist in irrem Tempo durch die Gänge gesprungen. Und dieser Bogen, den er da hat, ist eine der tödlichsten Waffen, die ich je gesehen habe."

„Er hat bloß mit Rüstung und Bogen gekämpft? Mehr hat er nicht eingesetzt?"

„Was meint Ihr mit ‚mehr', Meister? Lähmgas war auch dabei …"
„Aber sonst gab es gar nichts Ungewöhnliches?"
„Nach dem Kampf schien er für einige der Toten zu beten, oder so was."
„Zu beten?"
Jetzt besann sich das Wesen für eine Sekunde. Er hatte meditiert aber keine Magie eingesetzt. Konnte das möglich sein? Sollte das wirklich …? Wenn es das Große und Ganze betrachtete, dann könnte in Sorofraughs Geschichte ein Funke Wahrheit stecken, auch wenn das einfältige Menschlein nicht ahnte, wieso. Es wäre gewagt, sich darauf zu verlassen, aber die Aussicht darauf, endlich das zu bekommen, wonach es schon so lange strebte, ließ es das Risiko eingehen.

„Gut. Bleibt, wo ihr seid und gebt mir Sorofraugh noch mal."
Nach einer kleiner Verzögerung tönte wieder die Stimme des Priesters aus dem Comphone: „Ja?"
„Sorg dafür, dass ich Fate noch mal berühren kann, bevor er stirbt. Ich komme."

Als Iskariot an Barc Anastic vorbeiging, ohne ihm den Stab an den Schädel zu donnern, konnte er fühlen, wie dem alten Narren vor Erleichterung fast die Beine nachgaben.

***

Jetzt wurde es ernst. Desmond sah Iskariot zwischen den Hütten auftauchen. Sofort schirmte er seine Gedanken mit dem Heiligen Geist ab. Auch wenn er sehr leise ins Comphone gesprochen hatte, schaute sein Mentor so besorgt wie nie vorher und sparte sich auch jedwede Lautäußerung. Offenbar verfügte dieser schwarze Helm über einen Audioverstärker. Aber das war weder besonders überraschend noch besonders schlimm. Im Gegenteil. Fates Verhalten verlieh Desmonds Scharade die nötige Glaubwürdigkeit.

Mit Eckart, weiteren zwanzig Bewaffneten im Schlepptau und einem Stab in der Hand schritt Iskariot aus dem Kavernendorf heraus. Er baute sich vor Vocola auf und war jetzt näher, als Desmond sich je zu hoffen erlaubt hatte. Indem er so tat, als wolle er sich kratzen, flüsterte er Daniel durch den Rufsender das Signal zum Angriff zu. Ein Seitenblick. Fate war mehr als bereit. Und Desmond auch.

„Warum sind die beiden nicht in Ketten?", wollte Iskariot wissen.

Vocola murmelte: „Wir wollten erst auf euch warten, Meister. Die Männer haben Befehl zu schießen, sobald Fate oder der Pfaffe etwas anderes machen, als in der Nase zu bohren."

„Stehst du etwa unter dem Einfluss des Priesters, du Simpel? Aus dem Weg!" Er rempelte Vocola zur Seite und blieb mit gehörigem Abstand zu Desmond stehen.

Eckart hieß die zwanzig zusätzlichen Männer, ihre Gewehre auf Fate anzulegen.

„Du hast deinen Mentor also verraten, damit du an meine Seite zurückkehren kannst?"

Desmond nickte knapp und beschwor den Heiligen Geist. „Ich glaubte zwar, dass Gott mir einst ein anderes Schicksal zugedacht hat, aber jetzt will ich, dass alle Ketzer hier unter einer Führung leben und dass der Friede im Dekanat meines Onkels gewahrt bleibt. Außerdem möchte ich die Talente des Heiligen Geists erlernen. Alle."

Iskariots stechender Blick galt nun ganz Fate. „Wie fühlt es sich an, vom eigenen Auserwählten verraten zu werden?"

Obwohl der falsche Prophet schwieg, blitzten seine Augen noch unerbittlicher als die von Iskariot.

„Füllt die Kondensatoren bis Maximum", wandte dieser sich an Eckart. „Ich brauche ihn zwar eigentlich noch eine Minute lebendig, trotzdem schießt ihr ihm sofort ins Gesicht, wenn ich es euch sage."

Die Gewehre der Männer begannen zu summen.

Iskariot schenkte seine gesamte Aufmerksamkeit wieder Desmond. „Nun gut. Senke deine geistigen Barrieren, Priester, damit ich die Aufrichtigkeit deiner Worte erkennen kann."

Wenn Desmond das tat, waren sie gleiche beide tot. Wie konnte er Zeit gewinnen?

Indes redete Iskariot einfach weiter. „Du glaubst also, dein Gott, die Vorsehung oder das Schicksal hätten dich hier heruntergeführt? Du könntest nicht falscher liegen. Das waren nicht Gott oder das Schicksal. Das waren ich und der ..."

Fates Visier klappte herunter und er sprang zu seinem Bogen.

Es ist zu früh, durchfuhr es Desmond. Während er mit der Kraft Gottes jeden Gewehrträger von den Füßen stieß und sich ihre Waffen an Wänden oder der Decke entluden, endete Iskariots Satz in einer Blutfontäne. Jedem anderen wäre wahrscheinlich der Schädel geplatzt, aber er taumelte nur rückwärts, warf den Stab fort und griff sich mit einer Hand an den Pfeil, der in seinem Mund steckte. Röchelnd wob er einen Abwehrschild und Fates zweiter Schuss prallte wirkungslos an ihm ab.

„Gottverdammt", fluchte der.

Und die Hölle brach los.

Aus dem Durchgang flog erst eine Rauchgranate, dann prasselte ein horizontaler Gaslaserregen aus dem Dunkel, dem Vocolas halbe Mannschaft zum Opfer fiel. Einer seiner Jungs taumelte gegen die Felswand und blieb liegen. Die restlichen seiner Leute sprangen mit ihrem Anführer zwischen die Häuser. Ihre Mitstreiter gaben ihnen aus den Fensteröffnungen Feuerschutz.

Dem Laserregen folgten weitere Granaten, die den Bereich zwischen Gang und Dorf zum Beben und Brennen brachten.

Desmond packte sein Gewehr mit dem Heiligen Geist, zog es in seine Hände und nahm sogleich die Gasgewehrstellung auf dem Dach unter Feuer. Bevor die beiden Schützen irgendetwas tun konnten, lagen sie tot neben ihren Waffen. Desmond hatten sie gar nicht beachtet, bloß noch Augen für ihren einstigen Meister gehabt.

Iskariots Gestalt wand und krümmte sich. Indem sein Röcheln zu einem Krächzen und dann zu einem abgehackten Brüllen wurde, sah es aus, als würde sein Körper unter der Kutte große unregelmäßige Blasen werfen. Er wuchs. Wuchs und schrie.

Daniel, Nodrim und die Felsaffen stürmten aus dem Spalt und feuerten wieder, was die Läufe hergaben. Daniel erwischte, in voller Rüstung und mit einem tonlosen „Pitchfork" auf den Lippen, den nächsten von Vocolas Jungs.

Nodrim klaubte eine Sprengladung aus dem fleckigen Sackgewand. Er heizte den Fliehenden mit einem improvisierten Granatwerfer ein. Dabei zeigte er den wildesten Blick seit Langem. Und zwischen ihnen stand Calla im schwarzen Nonnenhabit und beharkte den Dorfrand mit einem Gewehr.

Es waren ausschließlich Vocolas Männer, die aus den Fensteröffnungen und um die Ecken der äußeren Hütten zurückschossen. Eckart und seine Gewehrschützen wichen vor dem ungestalten Riesen mit der dunklen, aufgeworfenen Haut, der aus Iskariot geworden war, zurück. Desmond sah sie nicht mehr als Gefahr an. Auch er kümmerte sich jetzt um die Fensteröffnungen. Er kniete sich hin, legte an, zog den Abzug durch und schoss an dem zitternden Iskariot vorbei. Zwei der zerlumpten Gestalten kippten in die Dunkelheit ihrer Hütte.

Fate sprang mal hierhin, mal dorthin, um einen günstigen Winkel für seinen Bogen zu erwischen. Mittlerweile hatte er fünf weitere Schuss an Iskariot verschwendet.

„Wie viele Silberpfeile hast du noch?", fragte Desmond über das unartikulierte Gebrüll des Dämons hinweg.

Fate erwiderte: „Noch einen. Die Pfeile sind einfach zu schnell, um seinen Schutzzauber zu überwinden."

Desmond jagte eine Salve in die Kreatur, die auf ihrem Buckel verpuffte.

„Bei der Macht der Erzengel. Wie kann man so etwas töten?"

„Ich sollte es mit einem Sprengstoffprojektil probieren. Die sind schlagkräftiger als Granaten. Wenn ich ihn in einem unbedachten Moment erwische, könnte ich ihn damit nachhaltig verletzen."

„Auf keinen Fall. Damit tötest du uns womöglich alle. Ich versuche es mit dem Heiligen Geist."

Desmond wollte sich sammeln, aber Nodrims Granaten verwandelten gerade krachend die zweite Hüttenwand in Geröll. Die Gegenwehr war nun fast vollends dahin und Desmonds Konzentration auch. Alle Iskariotanhänger, die nicht tot waren oder sich verletzt auf dem schwarzen Kies krümmten, stierten auf die Verwandlung ihres Anführers.

Da tauchte Vocolas staubiges Gesicht zwischen den Hütten auf.

„Ihr habt meine Jungs auf dem Gewissen, ihr elenden Missgeburten!" Blindlings feuerte er in die Menge.

Daniel stieß den Mann neben sich zur Seite und schoss ebenso wie Vocola mit zwei Blastern gleichzeitig zurück. Moses Vocola brach in der Brust getroffen zusammen. Nun gaben alle Waffen Ruhe.

Genau wie Iskariot. Der hatte mittlerweile eine Größe von fast vier Metern und brüllte nicht mehr. Was gerade noch wie ein unförmiger Buckel ausgesehen hatte, entpuppte sich als zwei schwarze Schwingen, die sich über einem hässlichen Leib entfalteten.

Verwunderung und Panik ließen die Ketzer aufschreien.

In Iskariots Augen glühte das Feuer des Wahnsinns. Kaum hatte er sich den Nächstbesten in seiner Nähe gegriffen, schleuderte er ihn gegen Fate. Der sprang zur Seite und man hörte die Knochen des Mannes an der Kavernenwand brechen.

In dem Versuch, den Dämon zu binden, streckte Desmond die Arme aus. Doch dessen Lederflügel schlugen zu wild umher. So setzte er am Torso an und verhinderte sein Abheben vom Boden. Iskariot konnte sich natürlich denken, warum er nicht in die Luft kam. Er drehte den Kopf zu Desmond. Allerdings machte der Pfeil, der immer noch im Tentakelkinn steckte, aus seinem Fauchen ein ärgerliches Gurgeln.

Eckart und seine Männer brachten sich jetzt vor Desmonds Kampf mit dem Monster in jede Richtung in Sicherheit. Der Dämon schnappte sich das Bein des Langsamsten und warf ihn diesmal gegen Desmond. Und weil der das schreiende Wurfgeschoss mit dem Heiligen Geist auffing, kam Iskariot tatsächlich frei.

In der Sekunde, in der er zu überlegen schien, ob er angreifen oder fliehen sollte, zerplatzten Funkenblumen aus Lasergeschossen auf seinen Schwingen. Nodrim, Daniel und Calla hatten ein neues Ziel, auf das sich jetzt auch die restlichen Ketzer einschossen. Iskariot packte noch einmal zu. Er zeriss eine Frau mit Pistolenschleuder, warf mit den Hälften nach ihren Kameraden und erhob sich dann unter kräftigem Flügelschlag ein paar Meter in die Luft.

Doch Desmond war wieder im Geschehen. Es glückte ihm, Iskariot genau dort mit dem Heiligen Geist festzuhalten.

Wie gequälte Schlangen zuckten seine Barteln und Gesichtstentakel, als der Dämon endlich den Pfeil aus der Fratze zog. Wollte er etwas sagen? Es kam nur unverständliches Geschrei aus seinem Maul und die Ketzer nahmen ihn weiter unter Beschuss. Desmond fragte sich, wie lange Iskariots Schutzritual die Geschosse noch neutralisieren würde. Bestimmt hätte er unter einem Angriff auf seinen Verstand Schwierigkeiten, die Abwehr aufrechtzuerhalten. Also suchte Desmond den feuergelben Blick. Seine Stirn legte sich unter dem Ausmaß an Willenskraft, die nötig war, in Falten, aber er schaffte es, den Dämon gleichzeitig zu halten und gegen sein Bewusstsein zu schlagen.

Iskariots erste Reaktion bestand aus einem Knurren. Danach daraus, dass er sein Gesicht wegdrehte. Der mächtige Arm, der gerade noch Fates Pfeil weggeschleudert hatte, wischte durch die Luft. Desmond versuchte verzweifelt es zu verhindern, doch jetzt kam er an seine Grenzen. Aus der Ferne schmetterte Iskariot alle Angreifer zu Boden. Daniel und Calla standen sofort wieder. Nodrim blieb an der Felswand liegen. Er war doch nicht etwa …?

„Er darf nicht entkommen!", rief Fate Desmond zu.

Der wollte den Dämon jetzt wieder zu Boden ziehen, doch seine Kraft ließ nach. Schwindel und leuchtende Pünktchen begannen, die sichtbare Welt einzuengen. Desmonds Knie wurden weich. Immer stärker, immer mächtiger pflügten die widerhakenbewehrten Schwingen durch die Luft. Iskariot entwand sich seinem unsichtbaren Griff langsam aber stetig.

„Ich kann nicht ...", ächzte Desmond.

Fate hielt inne. „Warte." Obwohl ihm womöglich gerade die Chance zum letzten Schuss auf den Dämon entging, kniete er sich hin ... senkte den Kopf ... unter den Rüstungsplatten hob der Brustkorb sich in einem langsamen, stetigen Rhythmus ...

Desmond wurde schwarz vor Augen. Er musste Iskariot ganz freigeben.

Triumphales Gebrüll über ihren Köpfen.

Desmond kippte zur Seite. Jemand griff sein Handgelenk und er fing sich.

„Wo ist er hin?", fragte er und fühlte sich mit einem Mal prächtig.

Fate zeigte zur Kavernenmitte. „Pack ihn dir!"

Ihr Feind flog davon. Wahrscheinlich gab es da oben einen Weg aus dem Unterschlupf, den man nur mit Flügeln erreichen konnte.

Desmond spürte den Heiligen Geist sofort in sich. Er konzentrierte seine Energie in den Armen und befreite sie in einem gleißenden Strahl gegen Iskariot.

Unter der Kavernendecke erscholl das Geheul eines verletzten Tieres. Das Ungeheuer taumelte in der Luft, aber Desmond hielt es im nächsten Moment fest unter seiner Kontrolle. Und das gefiel Iskariot gar nicht. Ein Teil seiner rechten Lederschwinge hing schlaff, so als wäre der Knochen darunter gebrochen. Trotzdem zog er so energisch an der unsichtbaren Fessel, das Desmond Angst bekam, Iskariot würde ihn einfach mitreißen.

„Exzellent!", rief Fate aus. „Wir müssen näher ran."

Ins Zentrum laufen und gleichzeitig den Heiligen Geist halten erschien Desmond plötzlich so einfach wie Drachenfliegenlassen in der Kindheit.

Daniel und Calla tauchten an seiner Seite auf. „Was können wir tun?"

„Haltet uns alles vom Hals, was sich in den Weg stellt", wies Fate an. „Desmond darf weder Augenkontakt noch Konzentration verlieren."

„Verlasst euch auf uns." Daniel und Calla liefen voran.

Das Geschrei aus der Dorfmitte rührte nicht mehr allein von dem sich schüttelnden Iskariot. Erst kamen sie nur vereinzelt, aber irgendwann ergoss sich eine wahre Flut an Flüchtenden in die Gassen. Jeder wollte so schnell und so weit wie möglich weg von der Horrorgestalt am Kavernenhimmel. Die meisten drängte es zum Aufzug. Andere wollten sich in den Nebengängen verstecken. Und Desmond wäre ihnen, als ihm klar wurde, welche Ungeheuerlichkeit sie hier gerade begingen, am liebsten gefolgt. Grausen überkam ihn.

„Heiliger Georg steh mir bei", betete er. „Wie du einst, so kämpfe auch ich jetzt gegen ein Ungeheuer."

Als Fate merkte, dass die Menschenmassen langsam drohten, die Wege zu verstopfen und Daniel und Calla sie wohl nicht mehr lange abschirmen konnten, schlug er vor: „Wir weichen aufs Dach aus!" Ein hoher Sprung führte ihn auf eine der schwarzen Hütten.

Desmond stoppte und konzentrierte sich ganz auf Iskariot. Wie sollte er …

„Bei Gott!"

Ein vierschrötiger Kerl hatte sich an Daniel vorbeigedrängt und Desmond fast von den Füßen gestoßen. Hätte er nicht schnell mit dem Heiligen Geist nachgesetzt, wäre der Dämon freigekommen. Dem Mann folgten drei junge Burschen, die nebeneinander herstolperten, obwohl die Gasse dafür viel zu eng war. Daniel und Calla schossen in die Luft. Verwünschungen ausstoßend machten die Burschen kehrt.

Daniel steckte die Waffen nicht weg. „Wie soll es weitergehen?", wollte er wissen.

Anstelle einer Antwort rief jemand über die Dachkante: „Wo bleibt ihr denn?" Fates Helm starrte zu ihnen hinunter.

„Ohne sprungunterstützende Servogelenke werde ich dir wohl kaum folgen können, Waffenbruder", gab Desmond zurück.

„Kannst du nicht klettern?"

„Und gleichzeitig einen Dämon halten? Machst du Witze?"

„Warte mal. Ich glaube, ich erwische ihn schon von hier aus." Der Helm verschwand wieder. „Halt ihn exakt dort, wo er jetzt ist."

Nun schrie Iskariot lauter. Er wollte sich freikämpfen und Desmond musste seinen Griff verstärken. Erneut tanzten Funken vor seinen Augen. Er biss die Zähne zusammen und begrüßte den bitteren Geschmack in seinem Mund.

Plötzlich sah man Fates Stiefelspitzen über der Dachkante. Dazu seinen Bogen, den er daran eingehakt hatte.

Und in der nächsten Sekunde zischte ein Pfeil von der Sehne Richtung Iskariot. Nein, zur Kavernendecke über ihm.

Die Detonation brachte die gesamte Höhle zum Erzittern und ein gewaltiger Flammenball umhüllte die großen Tropfsteine. Von überall konnte Desmond die Ketzer ängstlich aufschreien hören.

Genau wie Iskariot. Doch sein Heulen war voller Zorn. Drei der übergroßen Stalaktiten zitterten, knirschten und rumpelten. Schließlich stürzten sie in die Tiefe.

Der mittlere würde Iskariot treffen, aber die anderen beiden womöglich jede Menge Unschuldige. Desmond gab den Dämon frei. Er wollte die Felszapfen rechts und links gegen die Nordwand stoßen, erwischte aber den gewaltigen mittleren, den rechten und Iskariot selber. Während an der Nordwand Stein auf Stein prallte und als Geröll herabrutschte, krachte der linke, kleinste Stalaktit in Iskariots Rücken und riss ihm mit sich.

Durch die Staubexplosion in der Kavernenmitte drang ein schreckliches Geheul.

Fate tauchte wieder an der Dachkante auf und streckte Desmond einen Arm entgegen.

„Jetzt setzen wir ihm ein Ende. Über die Dächer geht es am schnellsten."

Desmond ließ sich hochziehen. Kaum war er oben, rannten sie los.

Der riesige Tropfstein hatte sich in der Dorfmitte durch zwei Häuser gebohrt, das obere zerstört und Iskariot an seinem Boden, der gleichzeitig das Dach des unteren Hauses war, festgenagelt. Um sich zu befreien, schlug der Dämon wie von Sinnen auf alles in seiner Nähe ein. Mit rudernden Armen und dem Heiligem Geist, aber nichts davon war zielgerichtet. Die Hütten der zweiten Ebene um ihn herum brachen ein.

Was für ein Missbrauch von Gottes Macht. Desmond musste ihn wieder binden.

Oh Maria, mach, dass er endlich mit diesem Gebrüll aufhört, dachte er und versuchte Fate nachzusetzen. Es ging von Dach zu Dach, von der zweiten Ebene auf die erste und mit Sprüngen über die Gassen hinweg. Eigentlich dauerte die Jagd nicht lange, aber Desmond musste schon wieder um seine klaren Sinne kämpfen.

Jetzt wollte Iskariot den Stalaktiten aus seinem Rücken brechen, bekam ihn aber nicht in die Pranken. Fate sprang in das Loch, das der Aufprall in die zweite Ebene gerissen hatte. Da schwoll das Geschrei des Dämons an, wurde lauter als je zuvor. Seine Arme schlugen in Fates Richtung, seine spitzen Zähne schnappten nach ihm und die Gesichtstentakel zitterten und wanden sich. Aber Fate duckte sich immer wieder geschickt unter den Schlägen weg oder sprang zur rechten Zeit außer Reichweite.

Desmond konnte Iskariot einfach nicht mehr binden. Da alles an ihm in Bewegung war, fand er keinen Punkt zum Ansetzen.

„Weihsilber", rief Fate ins Köchermikro, sprang über Iskariots Klaue und während er sich an dem Stalaktit abfederte, jagte er dem Dämon seinen letzten Silberpfeil ins Genick.

Das Brüllen erstarb, dafür schlug Iskariot jetzt noch heftiger mit den Armen um sich und sogar die gebrochenen Flügel bewegten sich wieder.

Rund um den Pfeil verglühte die Haut des Dämons zu Asche. Das Feuer seiner Augen verglomm und rund um seinen Hals bildete sich eine schwarze Linie. Sie wurde breiter, verästelte sich im Adergeflecht und Krämpfe brachten Iskariots Körper zum Erschauern. Dann hämmerte er ein letztes Mal mit einer Faust auf die Hütte unter sich und blieb schließlich still.

„Gott der Herr sei gelobt. Es ist überstanden", keuchte Desmond. Er setzte sich an die Abbruchkante des Daches, auf dem er gestanden hatte.

Fate erwiderte: „Es war wohl eher unsere harte Arbeit als himmlische Hilfe." Selbst sein Atem ging stoßweise.

Bis die Umgebung mit dem Rotieren aufhörte, schloss Desmond die Augen. Er atmete tief durch. Als er die Lider wieder gefahrlos heben konnte, sah er direkt in ein gelbes Leuchten: Iskariots Auge. Und seine Arme regten sich ebenfalls wieder. Sie rissen den Pfeil aus dem Nacken.

„Das darf nicht wahr sein", rief Fate aus. „Er neutralisiert das geweihte Silber. Er heilt sich selbst."

Desmond wünschte sich sein Gewehr herbei, um in dieses verhasste gelbe Auge zu schießen. „Was nun?"

„Du musst ihm den Kopf abreißen, bevor er die Wirkung des Sanktuariumssilbers vollständig überwunden hat."

Iskariot schrie wieder und drosch jetzt gezielt auf das Stockwerk unter sich ein. „Ruf den Heiligen Geist! Schnell!"

Desmond sprang zu Fate hinunter. Jetzt tat der Dämon ihm schon beinahe leid, wie er da wie ein zum Krüppel geschossenes Tier in den Aufschlagkrater genagelt war und sich gegen die eigene Hinrichtung wehrte. Doch sein Blick fiel auch auf all die Zerstörung, die dieses Wesen hervorgerufen hatte, auf die Trümmer, die zerstörten Heime und die Toten zwischen dem Geröll … Da lag eine zerrissene Kinderpuppe.

Voller Wut streckte Desmond seine Arme aus. „Vater unser im Himmel", betete er die Macht Gottes und die des Heiligen Geistes herbei. „Dein Reich komme." Damit packte er das Haupt des Dämons an Nacken und Unterkiefer. „Dein Wille geschehe!" Iskariot sträubte sich, warf den Schädel hin und her. Desmond griff umso härter zu. „Wie im Himmel, also auch auf Erden."

Die Haut an der schwarzen Linie am Hals riss an, aber Desmond merkte, wie Iskariot erstarkte, wie er sich diesmal durch den Heiligen Geist gegen ihn wehrte. „Und führe uns nicht in Versuchung."

Klang! Desmonds Abwehr fuhr hoch.

Nun legte er jedes bisschen Energie in seinen Angriff und zog so kräftig, wie er vermochte, an Iskariots Kopf. Dessen Adern verloren bereits das Schwarz und wurden grau. Desmond wollte noch mehr Energie in sich vereinigen, aber die Welt drehte sich schon wieder und der Dämon entzog sich seinem Zugriff.

„Ich …", stammelte Desmond.

„Ich weiß", sagte Fate, „Hör auf zu beten!" Er nahm seine Hand und streckte die andere, als wolle er einen Falter aus der Luft fangen.

Iskariot stützte sich auf die Unterarme. Er wollte sich hochstemmen und den Stalaktiten in seinem Leib einfach abbrechen. Das Schwarz des Ritualsilbers beschränkte sich jetzt nur noch auf die Linie um seinen Hals. Und auch die wurde dünner und das Glühen seiner Augen wieder lebendiger, sein Brüllen machtvoller.

Desmond spürte den Heiligen Geist in der gesamten Kaverne. Und sofort erfasste die Kraft seines Gottes auch ihn: ein lebendiger Strom, der durch Veneno Fate zu ihm hinüberfloss.

Desmond krümmte die Finger seiner freien Hand.

Iskariot schrie jetzt anders. Ängstlich? Überrascht?

Fate schien irgendwie schwächer zu werden.

Desmond packte ein letztes Mal zu. Der Heilige Geist war mit ihm, die göttliche Macht erfüllte ihn ganz und gar.

Noch einmal bäumte Iskariot sich auf. Im Geist und mit dem Körper. Er schlug gegen Desmonds Verstand. Die schwarze Linie auf seinem Hals war nunmehr nur noch ein dünner Strich.

„Und erlöse uns von dem Übel!" Desmond drückte den Dämon aus seinem Bewusstsein und zog mit aller Macht die Hand nach hinten.

Iskariots Oberkörper ruckte in die Gegenrichtung.

Muskelstränge rissen. Ein letzter Schrei. Knochen brachen, ein Gurgeln und Iskariots Kopf schnellte im hohen Bogen über Desmond hinweg.

„Amen." Unvermittelt brachen ihm die Beine weg. Er hörte jemanden müde lachen.

Wieso war Iskariots Blut blau und leuchtete?

Dunkelheit …

EPILOG

Ein paar Stunden später in den Nebengängen der Kaverne.

Im Schein einer Gaslampe hockten zwei Männer auf dem Boden. Der größere, dunkelhäutige der beiden hielt den älteren wie ein kleines Kind im Arm und dieser hantierte an etwas herum, das aussah wie ein kaputter mechanischer Schmetterling. Dabei blinzelte er dem Licht entgegen.

„Schau, was ich gefunden habe, Nodrim. Eine Lichtmotte." Er lächelte zahnlos.

„Ich musste mich selbst überzeugen, um es zu glauben", sagte Nodrim und hätte nicht vorwurfsvoller klingen können.

Der Blick des schwarzen Riesen blieb gefühllos und er gab sich alle Mühe, dass der Rest seiner Miene diesen Eindruck nicht verdarb. „Warum hast du das getan, Trimmund? Oder sollte ich besser sagen: Warum hast du nichts getan?"

„Sie hatten den Professor als Geisel." Trimmunds Stimme dröhnte sonor durch den Gang, aber Nodrim zeigte sich kein bisschen eingeschüchtert.

„Wer sind denn bitteschön ‚sie'?"

„Diese Moultrew-Hexen."

„Wenn es nicht so tragisch wäre, würde ich mich glatt kaputt-lachen. Und was hat dich davon abgehalten, den drei Schreck-schrauben den Stiel aus der Birne zu ziehen?" Nodrim unterbrach sich mit einem Seufzer. „Wenn du schon die Waffenkammer im Stich lässt, hätte ich wenigstens erwartet, dass du hinterher auf unserer Seite kämpfst, um deinen Fehler auszubügeln."

Jetzt richtete Trimmund sich zur vollen Größe auf. „Er hat mir befohlen, hier zu bleiben. Niemand sieht mein wahres Gesicht und lebt, hat er gesagt."

„Iskariot?"

„Ich weiß nicht, wer er ist, aber Iskariot ist sein Name bestimmt nicht. Er ist ein Bote des dunklen Herrschers. Ich musste ihm gehorchen, andernfalls hätte er das Recht gehabt, uns zu töten."

„Du meinst den Dämon? Der war ein Bote des dunklen Herrschers. Desmond und Fate haben ihn ins Jenseits befördert oder in die Hölle oder was weiß ich, wohin die Kerle kommen, wenn sie tot sind."

Trimmunds Augen schienen doppelt so groß wie sonst und er machte eine fahrige Abwehrgeste. „Der Priester hat einen Vasallen Luzifers umgebracht?"

„Das Licht", flüsterte der Professor.

„Ja, genau das hat ‚der Priester' getan. Und dafür sind wir ihm auch alle dankbar. Dass deine ominöse Auffassung vom Satanskult einmal solche Auswüchse annehmen würde, hätte ich nicht für möglich gehalten, Trimmund. Jetzt will ich dir mal etwas sagen: Seit Desmond hier unten angekommen ist, darf ich mir nichts als Rattenscheiße von dir über ihn anhören, weil du ein Satanist bist und er ein Kleriker ist. Allerdings hat er uns hier unten bis jetzt noch nicht aus irgendwelchen ideologischen Gründen verraten. Das kann ich von dir nicht mehr behaupten. Hast du einen Gedanken daran verschwendet, was mit Kieran geschehen würde?"

Trimmund schluckte. „Der Unheilige hat mir versichert, dass er ihm nichts antut."

„Sehr schön. Dann war ja alles geritzt. Dämonen kann man ja vertrauen. Das weiß jeder. Meine Güte, Trimmund. Die haben sich da draußen gegenseitig die Kerzen ausgepustet. Sogar mich hat es erwischt und ich kann von Glück reden, dass Maltravers meinen Schädel wieder zusammenflicken konnte. Kieran hätte bloß irgendeinem Trottel in die Schusslinie laufen müssen ..."

„Geht es ihm gut? Ist Kieran in Ordnung?"

„Ja. Er hat sich unter der Bodenklappe in seinem Alkoven versteckt und auch dann keinen Mucks von sich gegeben, als Iskariots Drecksschleimer unsere Hütte auf den Kopf gestellt haben. Nur gut, dass er so clever ist. Trotzdem trägst du eine große Mitschuld am Tod von vielen anderen. Das ist nämlich das große Problem, wenn man jemandem hirnlos hinterherrennt. Egal, ob Gott, dem Teufel oder sonst wem. Selbst bei den besten Absichten endet so etwas meistens in Leid und Tod. Weil die da oben genau das machen, sind wir hier unten. Schon vergessen?"

Nun wusste Trimmund keine Antwort.

„Also entweder kommst du ganz schnell wieder auf die Spur und überlegst dir, wem dein Pflichtgefühl wirklich gilt, oder wir beide gehen getrennte Wege. Und du wirst dich vor den Dreizehn verantworten für … das alles."

Während sich der Professor unter jedem von Nodrims Worten zusammengekrümmt hatte, als habe man ihn geprügelt, war Trimmund steif wie ein Stock geblieben.

„Ich weiß nicht, was ich sagen soll", presste er hervor. In seinen Augen schimmerte etwas, von dem Nodrim nie geglaubt hätte, es jemals an dem großen, groben Trimmund zu sehen: Tränen.

„Dass es dir leidtut, wäre ein Anfang."

„Das tut es. Es tut mir leid", versicherte Trimmund.

„Und?"

„Und ich habe keine Ahnung, wie ich es wieder gutmachen …"

„Und es wird nie wieder geschehen. Mann! Lass dir doch nicht jedes Wort in den Mund legen, du großer Dummorfel."

„Ich schwöre, dass ich von nun an nur den Dreizehn und der Ketzergemeinde dienen werde. Niemand anderem."

„Das klingt nach einem vielversprechenden Neuanfang, Trimmund. Doch sieh nicht immer alles so absolut. Versprich mir für die Zukunft lieber, dass du Hirn, Herz und vielleicht noch deine Freunde einschaltest, bevor du so schwerwiegende Entscheidungen triffst."

„Mache ich." Trimmund wischte sich über die Augen.

„Ach, Scheiße, Mann. Dann kommt mal raus aus eurem Loch. Die Arbeit wartet. Im Dorf muss eine Menge aufgeräumt werden."

Der dürre Leib des Professors zitterte wie Espenlaub, als sich die drei auf den Weg in die Kaverne machten.

„War es meine Schuld, mein Sohn?", fragte er seinen Begleiter und sah erschrocken zu ihm auf.

„Nein, Professor", antwortete der. „Sie konnten nichts dafür. Ich war es. Ich ..."

***

Ein paar Tage später in Desmonds Hütte.

„Ich danke dir, Vater. Von ganzem Herzen. Und da ich von Daniel weiß, dass Ihr einer der wenigen männlichen Priester seid, die den Marienkult pflegen, möchte ich Euch das hier geben." Wo immer Tabea sie herbekommen hatte, sie überreichte Desmond eine filigran gearbeitete Marienstatuette aus Obsidian, die vor einer kleinen Weihwassermulde in ihrem eigenen Schrein stand.

„Das ist eine überaus rührende Geste von dir, Schwester. Und ich nehme dein Geschenk mit Freuden an." Bewundernd fuhr er mit den Fingern über die vielen Details an dem Schrein.

Fate stand daneben, schwieg glücklicherweise und sparte sich sogar jeden verächtlichen Blick.

Tabea deutete eine Verbeugung an, wollte sich hinknien und Desmonds Hand ergreifen, um sie zu küssen, doch Daniel, der zwischen ihr und Calla stand, hielt sie zurück.

„Auch wenn er es verdient hätte, geht das doch ein bisschen weit. So förmlich sind wir hier unten nicht."

Peinlich berührt zog Desmond die Hand zurück. „Daniel hat recht, Tabea. Im Unterschlupf gibt es keine Ehrbezeichnungen wie ‚Vater' oder ‚Mutter'. Nenn mich einfach Desmond. Und eigentlich schuldest du mir auch keinen Dank. Was ich getan habe, habe ich aus Freundschaft zu Daniel getan. Ich bin froh, wenn ihr beiden glücklich seid. Das ist alles."

„Nicht nur charmant, bescheiden ist er auch noch", feixte Calla. „Es ist ein Wunder, dass die Ketzerfrauen dir nicht scharenweise nachrennen." Sie erhob den Zeigefinger. „Ich vergaß: Du lebst ja unter dem Gebot der Keuschheit."

Obwohl Desmond einen kleinen Stich verspürte, erwiderte er heiter: „Du weißt doch: Von nun an wird sich so manches ändern. Und wer weiß, wie weit diese Änderungen gehen."

„Du hast wirklich vor, dein Versprechen, das du vor dem Kampf gegeben hast, zu halten, nicht wahr, Sorofraugh? Du haust jetzt nicht irgendwann wieder ab?"

„Nein. Ich werde alles dafür tun, damit es wahr wird. Und solange die freien Frauen von Rauracense so tapfer kämpfen wie du, habe ich eine gute Chance, es zu schaffen."

„Bevor die Lobhudeleien überhandnehmen, sollten wir uns langsam zum Stillen See begeben", warf Daniel ein. „Ich habe mir sagen lassen, dass dort noch so manch salbungsvolle Rede für uns und unsere beiden Helden hier geschwungen werden soll."

„Ist das richtig?", wollte Desmond wissen. „All die Toten und Gefangenen, die Trümmer sind noch gar nicht alle beseitigt und wir feiern?"

„Wir haben den Unterschlupf vor dem Untergang bewahrt, dafür lasse ich mir ein bisschen Anerkennung gerne gefallen. Außerdem brauchen die Ketzer nach diesem Schlag etwas Aufheiterung. Da kommt ein kleines Fest gerade recht." Er legte die Arme um Tabea und Calla und drehte sich zum Ausgang. „Können wir dann, oder was?"

Desmond antwortete: „Geht schon vor und sagt Nodrim, Fate und ich kommen sofort nach."

„Lass die Gemeinde nicht zu lange warten, Vater Sorofraugh", witzelte Daniel und er und die Frauen waren verschwunden.

Desmond richtete Talar und Kreuz in seiner Waschecke. Auch wenn man ihn so tief unter der Erde wahrscheinlich nicht orten konnte, ließ er den Kragen wie gewohnt abgeschaltet. Als er wieder in den Wohnbereich trat, fragte er Fate: „Und, wie sehe ich aus?"

Der spielte mit den Kordeln seiner Weste und erwiderte: „Wie ein anständiger Mann Gottes. Aber du hast die anderen doch nicht weggeschickt, um mit mir über den Sitz deiner Kleidung zu sprechen."

„Auf dem Platz in Nicopolis empfand ich es als unentschuldbaren Übergriff, beim Kampf gegen den Dämon hat es geholfen. Trotzdem möchte ich nicht noch einmal, dass du mich durch den Heiligen Geist benutzt."

„Wenn ich dich daran erinnern darf: Ich hatte dein Einverständnis."

„Es war eine extreme Situation und nicht viel Zeit zum Überlegen ..."

„... und du hast mich in dem Glauben gelassen, du wollest mich an Iskariot verraten."

„Du hast doch nicht wirklich gedacht, dass ich das wirklich tun würde."

„Das nicht. Aber ich hatte arge Bedenken, dass du die Situation auch hättest handhaben können, ohne dass wir dabei draufgehen."

„Trotzdem wiegt das nicht auf, dass du mich zu deinem Werkzeug machst. Den Heiligen Geist auf die Weise zu missbrauchen, gilt im Klerus als unheiliges Tabu. Jede Forschung in die Richtung ist eine Todsünde. Sogar für Inquisitoren."

Fate schnaubte: „Ich gebe einen feuchten Furz auf die Regeln der Kirche."

„Aber ich nicht. Wir haben und werden noch genug Gebote brechen. Diese eine Regel wird aufrechterhalten. Versprichst du mir das?"

„Auch wenn ich es für die Verschwendung von wertvollen Optionen halte und ich sicher bin, dass wir das noch bereuen werden?"

„Selbst dann."

„Da es dir so sehr am Herzen liegt ... Meinetwegen."

„Außerdem möchte ich dich nicht mehr an der Oberfläche sehen. Sollte man dich im Dekanat meines Onkels aufgreifen, möchte ich über die Konsequenzen gar nicht erst nachdenken."

„Beruhige dich. Dein Onkel und ich haben einen Handel darüber abgeschlossen und ich gedenke, meinen Teil in Zukunft einzuhalten. Kein Tageslicht mehr für meine Prophetenaugen, bevor ich ihm die Informationen über die Seraphim besorgt habe."

„So sei es. Wie weit bist du in der Sache?"

„Sie läuft. Wird aber noch eine Weile dauern. Ein ungewöhnliches Anliegen. Kann es eigentlich sein, dass dein Onkel denkt, seinem Gott würde ein Dienst erwiesen, wenn man Innozenz aus der Welt schafft?" Welchen Gesichtsausdruck Desmond auf diese Bemerkung auch gezeigt hatte, er brachte Fate zum Lachen. „Keine Sorge, was immer er plant, meinen Segen hat er und sein Geheimnis ist bei mir in den besten Händen."

Eigentlich hatte Desmond eisern schweigen wollen, aber jetzt platzte es aus ihm heraus. „Bei der Mutter Gottes. Du vermutest eine Menge, wobei mir unwohl wird. Aber obwohl mich mein Onkel, Daniel, Nodrim und sogar mein Kater vor dir warnen, wird mir wohl nichts anderes übrig bleiben, als mich auf dein Wort zu verlassen."

„Deine Katze? Wie kann dich ein Tier vor etwas warnen?"

„Fandango hat mich zweimal durch den Heiligen Geist kontaktiert. Mir war gar nicht klar, dass gewöhnliche Tiere so etwas können."

Fate legte die Handflächen aneinander. „Jetzt entwickelst du sogar schon die Talente eines Inquisitors. Faszinierend. Je länger ich dich kenne, desto überzeugter bin ich, dass es das Schicksal war, das uns zusammengeführt hat."

„Schicksal? Müsstest du nicht daran glauben, dass Satan mich zu dir gesandt hat, so wie ich glaube, dass Gott dafür verantwortlich ist?"

„Ich sagte dir doch bereits, ich bete zu niemandem. Auch wenn meine Prophezeiung der Dunkelheit entspringt und ich Luzifers Werk ehre, erweise ich ihm damit einen Gefallen, erfülle aber nicht seinen konkreten Willen."

„Woran glaubst du eigentlich wirklich?"

„Losgelöst von den Paradigmen des Guten und des Bösen glaube ich an mein eigenes Schicksal. Und auch das hat mich nicht völlig in seiner Gewalt. Das Schicksal führt uns bloß an die wichtigen Orte im Leben. Welche Entscheidungen du dort fällst, liegt ganz bei dir."

„Sehr tiefschürfend. Hast du das auch meinem Onkel erzählt?"

„Nein, natürlich nicht. Er scheint mir niemand zu sein, der sich leicht bekehren lässt. Unter seiner sanften Oberfläche verbirgt sich ein knallharter Kleriker."

„Er tut, was nötig ist."

„Was er für nötig hält", verbesserte Fate und offenbarte im nächsten Atemzug beiläufig: „Ich glaube, dass er eine Zusammenführung der Ketzer und aufbegehrender Elemente in der Kirche plant."

Desmond war wie vor den Kopf gestoßen. Fate hatte den Kreuznagel mit einem Schlag versenkt. Wie sollte er darauf reagieren?

„Wäre das so abwegig?", fragte er und hätte sich am liebsten gleich auf die Zunge gebissen, da er sich damit wieder näher an einem Eingeständnis befand, als allen Beteiligten gut tat.

Fate schüttelte langsam den Kopf. „Im Gegenteil. Es ist unsere einzige Chance, wenn wir wirklich etwas bewegen wollen. Auf so etwas hätte ich selber kommen müssen. Vermutlich wäre ich dann in Nicopolis nicht gescheitert. "

„Sag nur niemandem etwas davon, bevor die Zeit reif ist."

Fates ironisches Grinsen kehrte zurück. „Wir haben doch alle unsere kleinen Geheimnisse."

Im Gelobten Land geschieht nichts ohne Grund, dachte Desmond und irgendwie schauderte es ihn dabei. „Wie unser Professor, der mich mitten in der Nacht mit Geschichten von Prinzen und Generälen aus dem Schlaf schreckt."

„Was meinst du damit?"

Desmond berichtete über die Ungereimtheiten, mit denen der Greis ihn dreimal konfrontiert hatte.

Fate verzog das Gesicht. „Très mystérieux. Warum er sich wohl gerade an dich damit gewandt hat?"

„Und ich würde gern wissen, ob er wohl Iskariot mit dem Prinzen gemeint hat und wer dieser General sein soll."

„Vielleicht solltest du den alten Einfaltspinsel mal fragen."
„Das werde ich. Sobald Trimmund nicht in der Nähe ist."
„Nun denn. Können wir jetzt gehen und uns als Helden feiern lassen?"
„Ich denke schon, Waffenbruder."

***

Ein paar Wochen später im Dekanat Torquemada.

Die einzigen Geräusche, die die Ruhe in Nathan Thorns Büro störten, waren das Atmen seines Wolfes und das sporadische Piepen irgendeiner der elektronischen Anlagen.

Dunkel war es hier. Fenster gab es keine. Und somit auch keine Ablenkung. Denn anders als seine Brüder war Großinquisitor Thorn nie darauf aus gewesen, von seiner Arbeitsstatt ganz Malleopolis zu überblicken. Auch wenn die Türme der Tugend und der Wahrheit nach der Allmächtigkeitskathedrale des Papstes die höchsten Gebäude im ganzen Gelobten Land waren, hielt Thorn dergleichen für irrelevant. Überlegenheit hatte nichts mit Größe oder der Ebene zu tun, auf der man wohnte. Wahre Macht kam nur vom Herrn und aus einem selbst.

So saß er an seinem plastharzversiegelten Splitterholztisch und brütete über dem eingelassenen Monitor. Erzinquisitor Grim hatte ihn mit dem Mysterium beauftragt, an dem sich selbst der Seraphim Illuminoel die Zähne ausbiss: Wer hatte Thompson Woodgate getötet?

Eine Aufgabe, die direkt aus dem Turm des Vaters kam und für Thorn als Arkan, Bindeglied zwischen Inquisition und Geheimer Bruderschaft der Unschuld, wie geschaffen schien. Normalerweise fühlte er sich durch diese Sonderstellung überlegen und privilegiert, doch diesmal kam ihm sein Amt wie eine Bürde vor.

Seraphim machten keine Aufzeichnungen und Thorn würde eher den Teufel küssen, als Illuminoel zu befragen. Deswegen hatte er sich anfangs mit den Niederschriften des Klerus von Ramoth-Gilead zufriedengeben müssen. Die nicht sehr ergiebige Recherche im Zentralrechner der St. Zeno brachte ihn zu folgendem Schluss: Entweder war dieses Wesen, das dem Herrn die Seele der Gläubigen vorenthielt, ein Dämon aus Babylon und hatte sich auch wieder dorthin zurückgezogen - dann wäre es jenseits seines Zugriffs - oder es versteckte sich, ohne dass die Seraphim es spüren konnten, irgendwo im Gelobten Land. Dann war es kein Dämon.

Babylon wäre die letzte aller Möglichkeiten, die er dem Papst unterbreiten wollte. Also hatte Thorn all seine Beziehungen vom höchsten Kathedralenturm bis runter in den verkommensten Keller spielen lassen. Er hatte mit Belohnungen gelockt, unter Druck gesetzt, in Versuchung geführt und eingeschüchtert. Er wollte über ausnahmslos jeden ungewöhnlichen Vorgang im Land informiert werden, der nicht länger als fünf Jahre her war.

Genervt verzog Thorn das hohlwangige Gesicht. Vielleicht wäre es klüger gewesen, den Zeitraum auf drei Jahre zu beschränken, denn die Arbeit seiner Seher und Judasjünger hatte reichlich Früchte getragen ...

Ein Wischen über den Bildschirm vor ihm ließ ein Datenkarussell aufflammen, wie es chaotischer kaum hätte sein können. Von Marienwundern in Chalcedon über angebliche Kindesentführungen durch die Düsteren Pilger in Agrigent bis hin zu den zahlreichen Sichtungen des wiedergeborenen Fate in Nicopolis war alles dabei, was die Fantasie eines übereifrigen Kirchendieners beflügeln konnte.

Drei Wochen Sichten und Aussortieren waren nötig gewesen, um all dies auf einen einzigen Vorfall zu reduzieren, der Thorns Aufmerksamkeit wirklich verdiente. Zu allem Überfluss war dies einer, für den er noch nicht mal seine inoffiziellen Quellen hätte bemühen müssen. Er war auf ganz normalem Wege über das Informationsbeschaffungsamt in seine Datenmappe gelangt: die Entführung der Schwester Maria Tabea vom Heiligen Lazarus aus dem Zölibattrakt des St. Luca Spitals in New Bethlehem. Noch gar nicht lange her.

Auf den ersten Blick entbehrte die Tat jedweder Sinnhaftigkeit, hatte aber etwas verachtenswert Aufrührerisches. Es gab so gut wie nichts an Bildmaterial. Nur die einsekündige verschwommene Aufnahme von einem schwarzen Etwas, das über die Aussichtsterrasse des Spitals lief. Bedauerlicherweise war die Außenkamera mitten in der Aufzeichnung ausgefallen, weil sich ein Rudel Ratten an den Hauptleitungen des Spitals verköstigt hatte.

Die mündlichen Aussagen über diesen Mann in Schwarz waren dafür umso zahlreicher und höchst exotisch. Wenn die Datenakte nicht ganz offiziell vom zuständigen Dekan bearbeitet worden wäre und eine in großen Teilen aufgezeichnete Verfolgungsjagd nach sich gezogen hätte, wäre Thorn nicht darauf verfallen, sich damit abzugeben. Die involvierten Bannaugen der Schwester stellten den Kerl als eine Art übermenschliches Wesen dar. Vermutlich bloß, um ihr eigenes Versagen in ein besseres Licht zu rücken. Und dennoch ...

Wenn nur ein Viertel davon den Tatsachen entsprach, blieb immer noch genug Häresie, um den Argwohn des Großinquisitors zu wecken. Die Verfolgungsjagd hatte mit einem explodierten Fluchtfahrzeug geendet, in dem man keine Leichen gefunden hatte. Auch sonst fehlte jede Spur vom Mann in Schwarz und seinen Helfern. Bemerkenswert. Vielleicht nutzte es, wenn man etwas Druck auf den Herrscher der St. George ausübte. Schließlich war der Sünder unter seiner Leitung entkommen.

Thorn rief das Gewissensverzeichnis von Dekan Ephraim Sorofraugh auf, musste jedoch einsehen, dass dies wahrscheinlich nirgendwo hinführte. Der Mann hatte eine blütenreine Akte. Er hatte alles vorschriftsgemäß erledigt, was in seiner Verantwortung stand: eine Blockfahndung, die mittlerweile zur Dekanatsfahndung ausgeweitet worden war und noch lief. Eine offizielle Meldung beim Bischof, dem Bistum und sogar eine ordnungsgemäße Bitte um Unterstützung durch die Inquisition.

Doch auch für die Ritter der Wahrheit gab es nicht mehr viel, was sie tun konnten. Die Maßregelung der eigenen Männer wegen ihrer Unfähigkeit unterlag schon dem Reuestatus. Das Ersuchen um eine Ablösung des Generaloberen war als recht- und verhältnismäßig anerkannt. Der Heilerorden suchte bereits nach einem Nachfolger. Alles, wie es sein sollte.

Selbstredend haftete Dekan Sorofraughs Überkorrektheit der Gestank der Heuchelei an. Der Mann hatte die Gelegenheit zweifelsohne genutzt, um einige unbequeme Zeitgenossen loszuwerden. In dem Punkt waren die kirchlichen Würdenträger alle gleich. Er selbst hätte es auch nicht anders gehandhabt.

Doch was war das? Ab Anno Salvatio 399 unterlagen die Aufzeichnungen in Sorofraughs Gewissensverzeichnis einer durch die Geheime Bruderschaft der Unschuld verfügten Einsichtssperre. Genau in diesem Jahr war Thorn zufälligerweise in den Stand des Arkan erhoben worden. Seine Neugier war geweckt. Was verband einen einfachen Dekan mit dem Geheimdienst des Papstes? Oder unter Umständen Innozenz selbst? Und was war in diesem Jahr geschehen?

Bei Gelegenheit würde Thorn da noch einmal nachhaken, doch jetzt galt es einen Mann dingfest zu machen, der gefallene Nonnen befreite und dabei ganz außergewöhnliche Fähigkeiten zeigte.

Er fragte sich, ob dabei wirklich der Heilige Geist im Spiel gewesen war. Oder nur technische Mätzchen, die einen dies glauben machen wollten?

War er ein wilder Geistanwender? Oder, er mochte den ekelhaften Gedanken gar nicht zu Ende denken, gar ein abtrünniger Geistlicher?

Doch die wichtigste aller Fragen war jene: Wenn er all das, worüber die Beteiligten Zeugnis abgelegt hatten, wirklich zustande brachte, konnte er dann vielleicht auch einen Menschen töten, ohne ihn zu verletzen?

Noch konnte Nathan Thorn all diese Fragen nicht beantworten, aber er hatte das unumstößliche Gefühl, dass er nicht zum letzten

Mal von dem verschwommen schwarzen Schatten auf dem Bild gehört hatte. Seine Instinkte sagten ihm, dass er hier dranbleiben musste.

Mittlerweile forderte der unregelmäßige Schlafrhythmus der letzten Zeit Tribut und Thorns Gedankenstrom wurde von Müdigkeit ausgebremst.

Er seinen schaltete den Monitor aus. Mit dem Heiligen Geist holte er Mordax aus seinen Wolfsträumen heraus und an seine Seite.

Ein Spaziergang im Regen durch die Dorngärten würde seinen Verstand von der Trägheit befreien. Danach konnte er immer noch in Ruhe entscheiden, welcher Spur er in den nächsten Tagen folgen soll.

Die Sinistra
Tom Daut

Taschenbuch
Seiten: 402
Preis 16,90 €
ISBN 978-3-945016-36-7

eBook
Preis 3,99 €
ISBN 978-3-945016-37-4

Ebenfalls erhältlich!

Infos unter
www.oldigor.com

Zauberhafte Universen
Claus Karst (Hrsg.)

Taschenbuch
Preis 14,90 €
ISBN 978-3-95815-033-1

eBook
Preis 4,99 €
ISBN 978-3-95815-032-4

Bald erhältlich!

Infos unter
www.oldigor.com